ELIZABETH GEORGE

Am Ende war die Tat

Der sinnlose, brutale Mord an Lady Helen, Chief Inspector Lynleys Frau, hat alle Kollegen in Scotland Yard erschüttert. Am schlimmsten jedoch war die Erkenntnis, dass ein Zwölfjähriger die Tat verübte – wer ist dieser Joel Campbell? Und warum hat er geschossen?

Als Kendra Osborne erschöpft von der Arbeit nach Hause kommt, wartet eine Überraschung auf sie: Vor der Tür ihres kleinen Hauses in einem der ärmsten Londoner Stadtteile stehen die fünfzehnjährige Vanessa, der elfjährige Joel und der siebenjährige Toby, die Kinder ihrer Schwester. Seit der Vater der drei bei einer Schießerei ums Leben kam und die Mutter in eine psychiatrische Anstalt eingewiesen wurde, hatten sie bei ihrer Großmutter gelebt. Doch die kehrt nun in ihre jamaikanische Heimat zurück und denkt nicht daran, die Enkel mitzunehmen.

Tante Kendra richtet ein improvisiertes Nachtlager ein und organisiert den Schulbesuch der Kinder. Doch bei allem guten Willen ist sie auf die Dauer überfordert mit der Aufsicht über ihre Neffen und ihre Nichte – und völlig auf sich allein gestellt, geraten die drei in die Untiefen eines Milieus, das seine eigenen Gesetze hat. Verzweifelt sieht Joel Campbell mit an, wie seine ältere Schwester im Drogensumpf zu versinken droht und sein kleiner Bruder ins Visier einer brutalen Straßenbande gerät. Ausgerechnet an einen berüchtigten Dealer wendet sich Joel um Hilfe.

Und schließt damit einen Pakt mit dem Teufel ...

Elizabeth George auf dem Höhepunkt ihres schriftstellerischen Schaffens: »Ein dunkler, aufwühlender Roman über Verzweiflung und Rache.«
Booklist

Von Elizabeth George sind im Goldmann Verlag außerdem lieferbar:

Die Romane mit Inspector Lynley und Sergeant Havers
in chronologischer Reihenfolge:

Mein ist die Rache (42798) · Gott schütze dieses Haus (09918) · Keiner werfe den ersten Stein (42203) · Auf Ehre und Gewissen (41350) · Denn bitter ist der Tod (42960) · Denn keiner ist ohne Schuld (43577) · Asche zu Asche (43771) · Im Angesicht des Feindes (44108) · Denn sie betrügt man nicht (44402) · Undank ist der Väter Lohn (44982) · Nie sollst du vergessen (45611) · Wer die Wahrheit sucht (46298) · Wo kein Zeuge ist (46869)

Außerdem lieferbar:

Vergiss nie, dass ich dich liebe. Erzählungen (45725) · Elizabeth George (Hrsg.), Im Anfang war der Mord: Die spannendsten Kurzgeschichten von den besten Krimiautorinnen der Welt (45953) · Wort für Wort oder Die Kunst, ein gutes Buch zu schreiben (41664)

Elizabeth George

Am Ende
war die Tat

Roman

Deutsch
von Ingrid Krane-Müschen
und Michael J. Müschen

GOLDMANN

Die Originalausgabe erschien 2006 unter dem Titel
»What Came Before He Shot Her«
bei HarperCollins*Publishers*, Inc., New York.

Für Grace Tsukiyama
Politisch Liberale
Kreativer Geist
Mum

FSC
Mix
Produktgruppe aus vorbildlich
bewirtschafteten Wäldern und
anderen kontrollierten Herkünften
Zert.-Nr. SGS-COC-1940
www.fsc.org
© 1996 Forest Stewardship Council

Verlagsgruppe Random House FSC-DEU-0100
Das FSC-zertifizierte Papier *München Super* für dieses Buch
liefert Arctic Paper Mochenwangen GmbH.

2. Auflage
Taschenbuchausgabe Dezember 2009
Wilhelm Goldmann Verlag, München,
in der Verlagsgruppe Random House GmbH
Copyright © der Originalausgabe 2006
by Susan Elizabeth George
Copyright © der deutschsprachigen Ausgabe 2007
by Blanvalet Verlag in der Verlagsgruppe Random House GmbH
Umschlaggestaltung: UNO Werbeagentur, München
Umschlagmotiv: FinePic, München und Getty Images/Yamada Taro
Th · Herstellung: Str.
Druck und Bindung: GGP Media GmbH, Pößneck
Printed in Germany
ISBN 978-3-442-47132-4

www.goldmann-verlag.de

Lieber ein authentischer Mammon
als ein falscher Gott.

Louis MacNeice, *Autumn Journal*

1

Für Joel Campbell, elf Jahre alt, begann der Abstieg mit einer Busfahrt. Es war ein neuerer Bus, keiner dieser älteren Doppeldecker, er trug die Nummer 70 und bediente die Du Cane Road in East Acton – nur ein kurzes Stück auf dem nördlichen Abschnitt der Busroute, auf der es nicht sonderlich viel Bemerkenswertes zu sehen gab. Der südliche Abschnitt war ansehnlicher, führte am Victoria and Albert Museum und an den stattlichen weißen Gebäuden von Queen's Gate in South Kensington vorbei. Im Norden jedoch lagen Stationen, die sich wie eine Liste zu meidender Örtlichkeiten in London lasen: die *Swift Wash Laundry* an der North Pole Road, *H. J. Bent Bestattungsinstitut (Einäscherung und Bestattung)* auf der Old Oak Common Lane, das unsägliche Gewirr von Läden an der turbulenten Kreuzung, wo die Western Avenue zum Western Way wird und Autos und Lastwagen dem Stadtzentrum zustreben. Drohend über all dem, fast wie Charles Dickens' Feder entsprungen, ragt Wormwood Scrubs auf: nicht das von Bahnlinien begrenzte Stück Land namens Wormwood Scrubs, sondern das gleichnamige Gefängnis, das halb wie eine Festung, halb wie eine Klinik aussieht und ein Ort nicht enden wollender düsterer Realitäten ist.

Doch an diesem Januartag nahm Joel Campbell nichts von alledem zur Kenntnis, was draußen vor den Busfenstern vorüberglitt. Er war in Begleitung dreier weiterer Personen und spürte eine vage Hoffnung, dass sein Leben im Begriff war, sich zum Positiven zu wenden. Bis jetzt hatten East Acton und ein winziges Reihenhaus an der Henchman Street seine Lebensumstände umrissen: ein schäbiges Wohnzimmer und eine schmierige Küche im Erdgeschoss, drei Schlafzimmer oben und ein Fleckchen Grün vor dem Eingang, um welches die Gebäude sich hufeisenförmig drängten wie Kriegerwitwen um ein Grab. Vor fünfzig Jahren mochte die Siedlung einmal hübsch gewesen sein, doch eine jede Generation ihrer Bewohner hatte Spuren hinterlassen, und die Spuren der derzeitigen Bewohner bestanden vornehmlich aus Müll vor den Haustüren, zerbrochenem Spielzeug auf dem Gehweg, der die Gebäude miteinander verband, Plastikschneemännern und pummeligen Nikoläusen und Rentieren, die von November bis Mai auf den Dächern der Erkerfenster residierten, und einer Schlammpfütze inmitten des Rasens, die sich dort acht Monate des Jahres hielt und in der es wimmelte wie in dem Labor eines Insektenforschers. Joel war froh, diesen Ort hinter sich zu lassen, auch wenn sein Abschied eine lange Flugreise und ein neues Leben auf einer Insel mit sich brachte, die vollkommen anders war als die einzige Insel, die er bislang kannte.

»Ja-*mai*-ka.« Seine Großmutter sagte das Wort nicht, sie intonierte es vielmehr. Glory Campbell zog das »*mai*« in die Länge, bis es sich wie eine warme Brise anhörte, einladend und lau und verheißungsvoll. »Was sagt ihr dazu, ihr drei? Ja-*mai*-ka.«

»Ihr drei« waren die Campbell-Kinder – Opfer einer Tragödie, die sich eines Samstagvormittags auf der Old Oak Common Lane zugetragen hatte. Glorys ältester Sohn, der Vater der Kinder, war inzwischen ebenso tot wie ihr zweitältester, wenn auch unter völlig anderen Umständen. Die Kinder hießen Joel, Ness und Toby. Oder »arm' klein' Dinger«, wie Glory sie gern nannte, seit ihr Freund, George Gilbert, seinen Ausweisungsbescheid bekommen hatte und sie ahnte, worauf sein Leben fortan hinauslaufen würde.

»Arm' klein' Dinger« – diese Ausdrucksweise war neu und ungewohnt für Glory. Seit die Campbell-Kinder bei ihr lebten – was seit gut drei Jahren der Fall war und zum Dauerzustand zu werden schien –, hatte sie stets größten Wert auf eine korrekte Sprache gelegt. Auf der katholischen Mädchenschule von Kingston hatte sie selbst vor langer Zeit gelernt, Englisch zu sprechen wie die Queen. Das hatte ihr zwar nicht annähernd so viel genützt, wie sie gehofft hatte, als sie nach England emigrierte, aber sie konnte ihr Hochenglisch immer noch aus dem Hut zaubern, wenn etwa eine Verkäuferin zurechtgestutzt werden musste, und sie wollte, dass auch ihre Enkelkinder die Fähigkeit erwarben, Leute zurechtzustutzen, wenn es sich je als notwendig erweisen sollte.

Doch als Georges Ausweisungsbescheid eintraf – nachdem der dicke Umschlag geöffnet worden war und sein Inhalt gelesen, verdaut und verstanden und nachdem alle juristischen Schritte, das Unvermeidliche wenigstens aufzuschieben, wenn schon nicht zu verhindern, sich als ergebnislos erwiesen hatten –, legte Glory ihren englischen Patriotismus von einer Sekunde zur nächsten ab. Wenn ihr George sich auf den Weg nach Ja-*mai*-ka machte, dann würde sie das auch tun. Dort brauchte man kein königlich-makelloses Englisch. Vielmehr konnte es dort sogar ein Hindernis sein.

Also wandelten sich Tonfall, Satzmelodie und Syntax von Glorys charmant antiquiert wirkender Hochsprache zum honigweichen Karibischen. Sie wurde wieder zur »Eingeborenen«, wie ihre Nachbarn sagten.

George Gilbert hatte London bereits verlassen. Beamte der Einwanderungsbehörde hatten ihn nach Heathrow eskortiert, um das Versprechen des Premierministers einzulösen, etwas gegen jene Besucher zu unternehmen, die ihr Visum »überstrapazierten«. Sie waren in einem Zivilfahrzeug gekommen und hatten unablässig auf ihre Uhren geschaut, während George sich ausführlich von Glory verabschiedete – angenehm beflügelt von jamaikanischem Red-Stripe-Bier, auf das er angesichts der bevorstehenden Rückkehr zu seinen Wurzeln umgestiegen war. »Kommen Sie, Mr. Gilbert«, hatten sie gesagt und ihn an den Armen gepackt. Einer hatte die Hand in die Tasche gesteckt, als wolle er Handschellen hervorziehen für den Fall, dass George nicht kooperierte.

Aber George hatte keine Einwände dagegen, sie zu begleiten. Nichts war in Glorys Haushalt mehr so wie früher, seit die Enkel dort aufgeschlagen waren wie drei menschliche Meteoriten aus einer Galaxie, die er nie so recht begriffen hatte. »Die seh'n echt komisch aus, Glory«, hatte er manchmal gesagt, wenn er glaubte, die Kinder hörten es nicht. »Die Jungs jedenfalls, das Mädchen geht ja noch.«

»Bist du wohl still«, lautete Glorys Antwort dann immer. Schon das Blut ihrer eigenen Kinder war ein wildes Durcheinander, aber es war nichts im Vergleich zu dem Blut ihrer Enkel – und sie ließ nicht zu, dass irgendjemand sich über eine Tatsache mokierte, die ohnehin so unübersehbar war wie verbrannter Toast im Schnee. Außerdem war gemischtes Blut heutzutage keine Schande mehr wie in vergangenen Jahrhunderten. Es brandmarkte niemanden mehr.

Aber George schürzte die Lippen. Dann saugte er an den Zähnen, musterte die Campbell-Kinder aus dem Augenwinkel und bemerkte: »Die passen nicht nach Jamaika.«

Diese Einschätzung konnte Glory nicht abschrecken. Zumindest sah es so für ihre Enkel aus, als der Abschied von East Acton näher rückte. Glory verkaufte die Möbel. Sie verstaute die Küchenutensilien. Sie sortierte Kleider aus. Sie packte die Koffer, und als sich herausstellte, dass sie nicht ausreichend Platz hatten, um all das zu verstauen, was ihre Enkelin Ness mit nach Jamaika nehmen wollte, faltete sie diese Kleidungsstücke und stopfte sie in ihren Einkaufstrolley. Sie würden unterwegs einen zusätzlichen Koffer besorgen, verkündete sie.

Die kleine Prozession sorgte auf dem Weg zur Du Cane Road für Aufsehen: Glory führte sie an, in einem marineblauen Wintermantel, der ihr bis zu den Knöcheln reichte, und mit einem grün-orangefarbenen Turban auf dem Kopf. Ihr folgte der kleine Toby, trippelnd auf Zehenspitzen, wie es seine Gewohnheit war. Er trug einen aufgeblasenen Schwimmreifen um die Taille. Der Nächste, Joel, hatte seine liebe Mühe, Schritt zu halten, denn die beiden Koffer, die er schleppte, behinderten seine Schritte. Ness bildete die Nachhut. Sie hatte sich in eine Jeans gezwängt, die so eng war, dass man sich fragen musste, wie sie sich damit hinsetzen konnte, ohne dass die Nähte platzten. Das Mädchen stöckelte auf den zehn Zentimeter hohen Absätzen ihrer schwarzen Stiefel einher. Sie zog den Einkaufstrolley hinter sich her, und sie war alles andere als glücklich darüber. Genau genommen war sie über gar nichts glücklich. Ihre Miene war voller Hohn; ihr Schritt drückte Verachtung aus.

Es war ein kalter Tag, einer von der Sorte, wie es sie nur in London im Januar gibt. Feuchtigkeit lag schwer in der Luft, vermischt mit Autoabgasen und dem Ruß längst verbotener Kohleöfen. Der Nachtfrost war nicht getaut, und vereiste Gehwegplatten lauerten auf unachtsame Fußgänger. Alles war grau: vom Himmel über die Bäume und Straßen bis hin zu den Gebäuden. Und alles war beherrscht von einer Atmosphäre der Hoffnungslosigkeit. Im schwindenden Tageslicht schienen Sonne und Frühling ein leeres Versprechen.

Selbst in London, wo man jeden nur denkbaren Anblick irgendwann schon einmal gesehen hatte, zogen die Campbell-Kinder im Bus neugierige Blicke auf sich; aus verschiedenen Gründen allerdings: Bei Toby waren es die mehr oder weniger kahlen Stellen an seinem Kopf, auf dem das Haar ungleichmäßig nachwuchs und für einen Siebenjährigen viel zu spärlich war – und natürlich der Schwimmreifen, der viel zu viel Platz beanspruchte, von dem er sich aber um keinen Preis trennen wollte. Auch Ness' Vorschlag: »Nimm das verdammte Ding einfach in die Hand«, stieß nicht auf Gegenliebe. Bei Ness selbst war es der unnatürlich dunkle Ton ihrer Haut, offensichtlich durch Make-up verstärkt, als wolle sie ihre ethnische Herkunft schwärzer malen, als sie tatsächlich war. Hätte sie die Jacke ausgezogen, wäre außer ihrer Jeans auch ihrer übrigen Kleidung einige Aufmerksamkeit zuteilgeworden: Das paillettenbesetzte Top ließ ihren Bauchnabel frei und offenbarte ein üppiges Dekolleté. In Joels Fall waren es die münzgroßen Pigmentflecken im Gesicht, die man beim besten Willen nicht mehr als Sommersprossen abtun konnte und die eine physische Folge der ethnischen und genetischen Scharmützel waren, die sein Blut vom Moment seiner Zeugung an ausgetragen hatte. Und wie bei Toby war auch sein Haar auffällig: Unbändig und widerspenstig stand es vom Kopf ab wie rostige Stahlwolle. Nur Toby und Joel sahen aus, als könnten sie möglicherweise miteinander verwandt sein; und keines der Kinder hatte auch nur die geringste Ähnlichkeit mit Glory.

Also fielen sie auf. Nicht nur nahmen sie mit ihren Koffern, dem Einkaufstrolley und den fünf randvollen Sainsbury-Plastiktüten, die Glory zu ihren Füßen abgestellt hatte, fast den ganzen Platz im Gang ein. Sie boten eben auch einen denkwürdigen Anblick.

Von den vieren waren sich nur Joel und Ness der Blicke der übrigen Fahrgäste bewusst, und sie reagierten unterschiedlich darauf. Joel las aus jedem Blick: »Gelbärschiger Bastard«, und jedes Mal, wenn ein Augenpaar sich hastig abwandte, schien es ihm, als werde sein Recht, auf Erden zu wandeln, in Abrede gestellt. Dieselben Blicke deutete Ness als musternde Lüsternheit, und sie war versucht, ihre Jacke aufzureißen, ihre Brust vorzustrecken und zu schreien: »Willst du das, Mann? Isses das hier, was du willst?«, wie sie es häufig auf der Straße tat.

Glory und Toby hingegen hielten sich in ihren eigenen Welten auf. Bei Toby war dies der Normalzustand – eine Tatsache, über die niemand in der Familie besonders gern nachdachte. Bei Glory lag es eher an ihrer momentanen Situation und an der Lösung, die sie anstrebte.

Der Bus quälte sich die Strecke entlang und ließ die Pfützen, die der letzte Regen hinterlassen hatte, aufspritzen. Ohne Rücksicht auf die Sicherheit der Fahrgäste, die sich an die Haltestangen klammerten, steuerte er die Haltestellen am Straßenrand an, und es wurde immer voller und enger. So wie immer im winterlichen Londoner Personennahverkehr lief die Heizung auf Hochtouren, und da kein Fenster außer dem des Fahrers geöffnet werden konnte, war die Atemluft nicht nur warm und stickig, sondern ebenso angefüllt mit jenen Mikroorganismen, die unverwehrtes Niesen und Husten verbreiten.

All das gab Glory den Vorwand, den sie brauchte. Sie hatte die ganze Zeit über akribisch verfolgt, wo genau sie sich befanden, und wog alle nur erdenklichen Gründe ab, die sie für das, was sie zu tun gedachte, anführen konnte. Doch die Luft im Bus genügte völlig. Als sie auf Höhe der Chesterton Road über die Ladbroke Grove fuhren, drückte sie entschlossen den roten Halteknopf. »Raus hier«, teilte sie den Kindern mit, und mitsamt ihrer Habseligkeiten drängten sie sich zur Tür und in die wohltuend kalte Luft hinaus.

Dieser Ort war meilenweit entfernt von Jamaika und selbst von jedwedem Flughafen, wo sie einen Flieger in Richtung Westen hätten besteigen können. Doch ehe irgendjemand sie auf diese Tatsachen aufmerksam machen konnte, rückte Glory ihren Turban zurecht, der im Gedränge des Busses in Schieflage geraten war, und erklärte den Kindern: »Wir können ja wohl nich' nach Ja-*mai*-ka, ohne dass ihr euch von eurem Tantchen verabschiedet, was?«

Bei diesem »Tantchen« handelte es sich um Glorys einzige Tochter, Kendra Osborne. Obwohl sie nur eine Busfahrt von East Acton entfernt lebte, hatten die Campbell-Kinder sie im Laufe der letzten drei Jahre nur wenige Male gesehen, zu den obligatorischen Familientreffen an Weihnachten und Ostern. Nicht dass sie und Glory entfremdet gewesen wären. Die Wahrheit war, dass die Frauen einander missbilligten – und diese Missbilligung betraf ihren Umgang mit Männern. Mehr als zweimal im Jahr zur Henchman Street zu kommen, hätte bedeutet, dass Kendra George Gilbert arbeitslos und unvermittelbar im Haus herumlungern gesehen hätte. Ein Besuch in North Kensington hätte Glory ihrerseits der Gefahr ausgesetzt, einem Exemplar aus der endlosen Reihe von Männern zu begegnen, die Kendra aufgabelte und alsbald wieder abservierte. Die beiden Frauen betrachteten ihre seltenen Begegnungen als eine Art Waffenstillstand. Das Telefon reichte ihnen für gewöhnlich, um Kontakt zu halten.

Als die Kinder hörten, dass sie einen Umweg zu ihrer Tante Kendra machen sollten, um sich zu verabschieden, reagierten sie daher mit Verwirrung, Überraschung und Argwohn. Toby glaubte, sie seien in Jamaika angekommen. Joel bemühte sich, die plötzliche Abweichung von ihrem Plan zu verarbeiten, und Ness murmelte: »Ja, klar«, als habe ein heimlich gehegter Verdacht sich gerade bestätigt.

Glory hörte darüber hinweg und übernahm wieder die Führung. Sie ging davon aus, dass ihre Enkel ihr folgen würden wie die Küken der Entenmutter. Was sonst blieb ihnen auch übrig in einer Londoner Gegend, in der sie sich nicht auskannten?

Glücklicherweise war es kein weiter Weg von der Ladbroke Grove zum Edenham Estate, doch schon auf der Golbourne Road erregten sie erneut Aufmerksamkeit. Dort war Markttag, auch wenn die Zahl der Stände nicht so beeindruckend war wie auf der Church Road oder in der Umgebung der Brick Lane. Am Obst- und Gemüsestand von *E. Price & Söhne* bedienten zwei ältere Herren – Vater und Sohn, die in Wahrheit jedoch eher wie Brüder aussahen – zwei Kundinnen und kommentierten die vorüberziehende Karawane von Fremdlingen. Ihre Kundinnen waren selbst einmal als Fremde in die Gegend gekommen, aber Vater und Sohn Price hatten gelernt, ihnen mit Respekt zu begegnen. Es blieb ihnen auch nicht viel anderes übrig, denn in den sechzig Jahren, in denen sie den Obst- und Gemüsestand betrieben, hatten sie erlebt, wie die englische Bevölkerung des Viertels, das Golbourne Ward genannt wurde, erst von Portugiesen verdrängt wurde und diese von Marokkanern, und sie wussten, es war weise, diese zahlende Kundschaft anzuerkennen.

Doch die kleine Gruppe, die da die Straße entlangmarschierte, hatte offensichtlich nicht die Absicht, etwas an den Marktständen zu kaufen. Vielmehr hielten sie den Blick auf die Portobello Bridge geheftet, und bald schon hatten sie sie überquert. Ein Stück die Elkstone Road hinab auf der anderen Seite lag in Hörweite des unablässigen Getöses der Westway-Überführung und gleich neben einem mäandrierenden Park namens Meanwhile Gardens die Edenham-Siedlung. Das zentrale Element dieser Siedlung war der Trellick Tower, der mit anmaßendem Stolz in die Höhe ragte: dreißig Stockwerke Sichtbeton, Hunderte von Balkonen an der Westfassade, auf denen Satellitenschüsseln, bunte Sichtschutzplanen und flatternde Wäscheleinen wie Unkraut wucherten. Der freistehende Aufzugschacht, der durch ein System von Brücken mit dem Hauptgebäude verbunden war, war das einzig Bemerkenswerte an diesem Turm. Davon abgesehen, glich er den meisten Massenunterkünften der Nachkriegszeit in der Stadt; riesige, graue Narben in der Landschaft, sichtbare Beweise fehlgeschlagener guter Absichten. Um den Turm gruppierte sich der Rest der Siedlung: Mehrfamilienhäuser, ein Seniorenheim und zwei Reihen mit Einfamilienhäuschen, die unmittelbar an Meanwhile Gardens grenzten.

In einem dieser Häuschen lebte Kendra Osborne. Dorthin führte Glory ihre Enkel, und mit einem Seufzer der Erleichterung ließ sie die Plastiktüten auf der oberen Treppenstufe vor Kendras Haustür fallen. Joel stellte die Koffer ab und rieb sich die schmerzenden Hände an den Seiten seiner Jeans. Toby blickte sich blinzelnd um, während seine Finger krampfhaft den Schwimmreifen kneteten. Ness rammte den Einkaufstrolley vor die Garagentür, verschränkte die Arme vor der Brust und warf ihrer Großmutter einen finsteren Blick zu, der zu sagen schien: Und was kommt als Nächstes, du Miststück?

Viel zu clever, dachte Glory beim Anblick ihrer Enkelin nervös. Ness war ihren Brüdern seit jeher immer ein gutes Stück voraus gewesen.

Glory wandte dem Mädchen den Rücken zu und drückte resolut die Klingel. Das Tageslicht schwand, und auch wenn Zeit angesichts ihres Plans nicht von essenzieller Wichtigkeit war, lag Glory doch daran, dass der nächste Abschnitt ihres Lebens möglichst bald beginne. Sie klingelte ein zweites Mal.

»Sieht nich’ so aus, als würden wir uns hier von irgendwem verabschieden, Gran«, bemerkte Ness säuerlich. »Dann geht’s wohl jetz’ gleich weiter zum Flughafen, was?«

Glory ignorierte sie. »Lass ma’ hintenrum gucken«, schlug sie vor und führte die Kinder zurück zur Straße und den schmalen Pfad zwischen den beiden Häuserreihen entlang zu den winzigen Gärtchen, die sich hinter einer Ziegelmauer versteckten. »Halt ma’ dein’ Bruder hoch«, bat Glory Joel. »Toby, guck ma’, ob da drin Licht an is’.« Und an niemand Speziellen: »Kann sein, sie is’ wieder ma’ mit einem von ihren Typen zugange. Die Kendra, die denkt eh nur an das Eine.«

Joel kniete sich hin, sodass Toby auf seine Schultern klettern konnte. Obwohl der Schwimmreifen ihn dabei erheblich behinderte, tat Toby wie geheißen, klammerte sich an die Mauer und murmelte: »Die hat 'nen Grill, Joel«, und starrte wie gebannt darauf.

»Is' Licht an?«, fragte Glory den Kleinen. »Toby, *im* Haus!«

Toby schüttelte den Kopf. Die dunklen Fenster im Obergeschoss konnte sie selbst sehen, und Glory nahm an, das hieß, dass auch im Erdgeschoss keine Lichter brannten. Aber wenn Glory sich auf eines verstand, war es Improvisation. »Tja ...«, sagte sie, rieb sich die Hände und wollte fortfahren, als Ness sie unterbrach.

»Jetzt müssen wir doch tatsächlich einfach so nach Jamaika fahren, was, Gran?« Ness war am Anfang des Pfades stehen geblieben, die Hände in die Hüften gestemmt, das Gewicht auf ein Bein verlagert, den freien Fuß vorgestreckt. Ihre Jacke stand weit offen, sodass ihr nackter Bauch, der gepiercte Nabel und ihr beachtliches Dekolleté zu sehen waren.

Verführerisch, kam es Glory in den Sinn, doch sie verdrängte den Gedanken schnell, *musste* ihn verdrängen, wie sie es sich in den vergangenen Jahren, da sie ständig in der Gesellschaft ihrer Enkelin gewesen war, eingetrichtert hatte.

»Wir könn' Tante Ken ja 'nen Zettel dalassen.«

»Kommt mit«, sagte Glory, führte sie zurück zur Vorderseite des Hauses, wo die Koffer, der Einkaufstrolley und die Plastiktüten in einem wilden Durcheinander herumstanden. Sie wies die Kinder an, sich auf die Eingangsstufe zu setzen, obwohl eigentlich auf einen Blick ersichtlich war, dass dort nicht genug Platz sein würde. Joel und Toby gehorchten, ließen sich zwischen den Tüten nieder, nur Ness blieb zurück, und ihr Ausdruck besagte, dass sie auf die unvermeidlichen Ausflüchte ihrer Großmutter geradezu lauerte.

»Ich bereite alles für euch vor«, sagte Glory. »Das dauert halt seine Zeit. Also fahr ich schon ma' vor und lass euch nachkommen, wenn in Ja-*mai*-ka alles bereit für euch ist.«

Ness schnaubte höhnisch. Sie schaute sich um, als suche sie einen Zeugen für die Lügen ihrer Großmutter. »Wir soll'n bei Tante Kendra bleiben, ja?«, fragte sie. »Weiß die das überhaupt schon, Gran? Is' sie überhaupt da? Oder in Urlaub? Oder umgezogen? Woher willst du überhaupt wissen, wo sie is'?«

Glory streifte sie mit einem Blick, wandte sich dann aber an die Jungen, die sich so viel bereitwilliger ihren Plänen beugen würden. Mit fünfzehn war Ness bereits viel zu gerissen. Aber mit elf und sieben hatten Joel und Toby noch viel zu lernen.

»Ich hab gestern mit eurer Tante gesprochen«, behauptete sie. »Die is' nur 'n paar Sachen einkaufen. Will was Besonderes für euch zum Abendessen holen.«

Wieder ein ungläubiges Schnauben von Ness. Ein ernstes Nicken von Joel. Ein rastloses Hin- und Herrutschen von Toby. Er zupfte an Joels Jeans. Joel legte ihm den Arm um die Schultern. Der Anblick wärmte den kleinen Teil von Glorys Herz, der solcher Regungen noch fähig war. Sie würden schon zurechtkommen, versicherte sie sich.

»Ich muss los«, sagte sie. »Und ich will, dass ihr drei hier bleibt. Wartet auf euer Tantchen, ja? Die kommt gleich wieder. Holt nur euer Abendessen. Ihr wartet hier auf sie, ja? Treibt euch nich' in der Gegend rum, ihr kennt euch nich' aus, und ich will nich', dass ihr hier rumirrt, kapiert? Ness, du passt auf Joel auf, und Joel, du auf Toby!«

»Ich werd doch nich' ...«, begann Ness. »Okay.« Das war alles, was Joel herausbrachte. Seine Kehle war zugeschnürt. Das Leben hatte ihn gelehrt, dass es Dinge gab, gegen die zu kämpfen keinen Sinn hatte, aber er hatte noch nicht gelernt, diese Dinge gar nicht erst an sich heranzulassen.

Glory gab ihm einen Kuss auf den Kopf. »Bis'n guter Junge«, sagte sie und tätschelte dann Toby abwesend. Schließlich ergriff sie ihren Koffer und zwei der Plastiktüten, trat zurück und atmete tief durch. Es war ihr nicht gerade recht, die Kinder hier allein zurückzulassen, aber sie wusste, Kendra würde bald nach Hause kommen. Sie hatte sie zwar nicht angerufen, aber Glory wusste: Abgesehen von ihrem Männerproblem war Kendra ein Muster an Verantwortungsbewusstsein. Sie hatte einen Job und ließ sich gerade zu einem weiteren umschulen, um nach ihrer gescheiterten letzten Ehe wieder auf die Füße zu kommen. Was sie wollte, war ein richtiger Beruf. Völlig ausgeschlossen, dass Kendra sich einfach so verdrückt hatte. Sie würde bald zurück sein. Es war schließlich bereits Zeit fürs Abendessen.

»Rührt euch nich' hier weg, klar«, trug Glory ihren Enkeln auf. »Und gebt euerm Tantchen 'n dicken Kuss von mir.«

Mit diesen Worten wandte sie sich um. Ness versperrte ihr den Weg. Glory versuchte ein freundliches Lächeln. »Ich lass euch nachkommen, Liebes«, versicherte sie. »Du glaubs' mir zwar nich', das merk ich. Aber ich schwör bei Gott, Ness, ich lass euch nachkomm'. Ich und George suchen ein Haus, in dem wir alle wohnen könn', und wenn das fertig is' …«

Ness machte auf dem Absatz kehrt und ging – nicht in Richtung Elkstone Road, wohin Glorys Weg führte, sondern in die entgegengesetzte Richtung, vorbei an dem Pfad, der hinter der Häuserreihe verschwand, und weiter nach Meanwhile Gardens und allem, was dahinter liegen mochte.

Glory sah ihr nach. Ness' Gang hatte etwas Gestelztes, und die Absätze ihrer Stiefel knallten wie Peitschenschläge in der kalten Luft. Und wie Peitschenschläge traf der Laut Glorys Gesicht. Sie hatte den Kindern nie Unrecht zufügen wollen. Auf manche Dinge hatte man einfach keinen Einfluss.

Sie rief Ness nach: »Soll ich George was von dir ausrichten? Er richtet ein Haus für dich ein, Nessa.«

Ness' Schritte beschleunigten sich. Sie stolperte über eine Unebenheit im Gehweg, fiel aber nicht hin. Im nächsten Moment war sie um die Ecke verschwunden, und Glory lauschte vergeblich auf eine Antwort. Sie gierte nach etwas, was sie beruhigte und ihr bewies, dass sie nicht versagt hatte.

»Nessa? Vanessa Campbell?«, rief sie noch einmal.

Die einzige Antwort war ein gequälter Schluchzer, und Glory spürte, wie es ihr das Herz zerriss. Sie suchte bei den zwei Jungen, was deren Schwester ihr verweigert hatte.

»Ich hol euch nach«, sagte sie. »Ich und George, wenn wir

das Haus fertig haben, bitten wir Tante Ken, alles in die Wege zu leiten. Ja-*mai*-ka.« Sie sang das Wort. Ja-*mai*-ka.

Toby rückte noch näher zu Joel. Joel nickte.

»Ihr glaubt mir doch?«, fragte ihre Großmutter.

Joel nickte wieder. Er wusste nicht, was er sonst hätte tun sollen.

Die Straßenlaternen gingen bereits an, als Ness das niedrige Ziegelgebäude am Rand von Meanwhile Gardens umrundete – eine Kindertagesstätte, um diese Zeit allerdings unbesucht, und als Ness einen Blick durchs Fenster warf, sah sie eine ältere Frau, die offenbar gerade dabei war, Feierabend zu machen. Hinter dem Gebäude breitete sich der Park aus wie ein Fächer. Ein Pfad schlängelte sich zwischen baumbestandenen Hügeln hindurch und führte zu einer Treppe. Diese Treppe schraubte sich in einer stählernen Spirale zu einer Brücke empor, die wiederum den Paddington-Arm des Grand Union Canal überspannte. Der Kanal bildete die nördliche Begrenzung von Meanwhile Gardens, trennte Edenham Estate von einem Sammelsurium von Bauwerken – moderne, schicke Mehrfamilienhäuser, Seite an Seite mit alten Mietskasernen, die daran erinnerten, dass ein Leben am Wasser nicht seit jeher als besonders erstrebenswert gegolten hatte.

Ness nahm einen Teil all dessen wahr, aber nicht alles. Sie steuerte auf die Treppe zu, die Brücke mit dem Eisengeländer und die Straße, die hinter dieser Brücke lag.

Innerlich brannte sie – so schlimm, dass ihr danach war, ihre Jacke zu Boden zu werfen und darauf herumzutrampeln. Aber trotz der Hitze in ihrem Innern war sie sich der Januarkälte bewusst, spürte sie dort, wo ihre Haut nackt war. Und sie fühlte sich unentrinnbar gefangen zwischen der innerlichen Hitze und der äußerlichen Kälte.

Sie erreichte die Treppe, ohne das Augenpaar zu bemerken, das sie aus dem Schatten einer jungen Eiche auf einem der Hügel in Meanwhile Gardens beobachtete. Ebenso wenig war sie sich des zweiten Augenpaares bewusst, das ihre Schritte über den Grand Union Canal von unterhalb der Brücke verfolgte. Sie wusste nicht, dass nach Einbruch der Dunkelheit – und manchmal auch schon eher – gewisse Transaktionen in Meanwhile Gardens durchgeführt wurden. Bargeld wanderte von einer Hand zur anderen, wurde verstohlen gezählt, und ebenso verstohlen wechselten illegale Substanzen den Besitzer. Und tatsächlich: Als Ness die Brücke erreichte, lösten die beiden Beobachter sich aus der Dunkelheit und traten aufeinander zu. Sie handelten ihre Geschäfte in so routinierter Weise ab, dass Ness es für ein vollkommen harmloses, freundschaftliches Treffen gehalten hätte, hätte sie es denn gesehen.

Aber sie war voll und ganz mit ihren eigenen Belangen beschäftigt: Sie musste der Hitze in ihrem Innern ein Ende setzen. Sie hatte weder Geld noch kannte sie sich in dieser Gegend aus, aber sie wusste, wonach sie Ausschau halten musste.

Von der Brücke aus sah sie sich um, um sich zu orientieren. Gegenüber lag ein Pub, dahinter je eine lange Häuserreihe auf beiden Straßenseiten. Ness schaute sich den Pub genauer an, entdeckte aber weder darin noch davor irgendetwas Vielversprechendes, also ging sie zu den Häusern hinüber. Irgendwo in der Nähe würden ein paar Geschäfte sein. Nach kaum fünfzig Metern fand sie, was sie suchte.

Vor einem Pizza-Take-away stand eine Gruppe von fünf Teenagern: drei Jungen und zwei Mädchen, allesamt Farbige, wenn auch unterschiedlicher Couleur. Die Jungen trugen Schlabberjeans, die Kapuzen ihrer Sweatshirts auf den Köpfen, schwere Anoraks darüber – eine Art Uniform in diesem Teil North Kensingtons. Ihre Montur zeigte dem Betrachter auf einen Blick, wo die Loyalität des Trägers lag. Ness wusste das. Und sie wusste auch, was von ihr erwartet wurde: Sie musste Härte mit Härte begegnen. Doch das war kein Problem für sie.

Die beiden Mädchen taten bereits genau das: Sie standen mit halb geschlossenen Lidern und herausgereckter Brust an die Scheibe von *Tops Pizza* gelehnt und schnipsten Asche von ihren Zigaretten auf den Gehweg. Wenn eine etwas sagte, warf sie dabei den Kopf zurück, während die Jungen sie umschlichen und sich aufplusterten wie Gockel: »Du bis' echt scharf. Los, komm mit, wir mach'n Party.«

»Was hängste eigentlich noch hier rum? So toll ist die Gegend auch nicht. Ich könnt dir ma' was richtig Tolles zeigen ...«

Gelächter. Ness spürte, wie sich die Zehen in ihren Stiefeln krümmten. Es war immer das Gleiche: ein Ritual, das nur in den Folgen seines Ausganges variiierte.

Die Mädchen spielten mit. Ihre Rolle schrieb vor, nicht zögerlich, sondern vielmehr verächtlich zu reagieren. Zögern machte Hoffnung; Verächtlichkeit hingegen hielt das Feuer in Gang. Was leicht zu haben war, war uninteressant.

Ness trat näher. Die Gruppe verstummte – in dieser einschüchternden Weise, die Heranwachsende an den Tag legen, wenn ein Fremder in ihre Mitte tritt. Ness wusste, wie wichtig es war, als Erste das Wort zu ergreifen. Das Wort, nicht die Erscheinung, prägte den ersten Eindruck, wenn man auf der Straße mehr als einem Menschen begegnete.

Sie nickte kurz in ihre Richtung und steckte die Hände in die Jackentaschen. »Wisst ihr, wo ich hier was kriegen kann?«, fragte sie. Sie presste ein Lachen hervor, warf dann einen Blick über die Schulter. »Scheiße. Ich könnt was brauchen.«

»Ich hätt da was, was du brauchen kannst, Süße.« Ness hatte keine andere Reaktion erwartet. Es war der größte der Jungen gewesen. Ness sah ihn scharf an und musterte ihn von Kopf bis Fuß, noch ehe er das Gleiche mit ihr tun konnte. Sie spürte, wie die beiden Mädchen sich ob der Invasion in ihr Territorium anspannten, und sie wusste, dass alles von ihrer Erwiderung abhing.

Sie verdrehte die Augen und wandte die Aufmerksamkeit den Mädchen zu. »Von den Typen hier is' ja wohl nix zu erwarten, was?«

Die Üppigere der beiden lachte. Genau wie die Jungen nahm sie Ness in Augenschein, aber auf eine andere Art. Sie untersuchte Ness auf ihr Integrationspotenzial. Um ihr die Sache zu erleichtern, fragte Ness: »Lässte mich ma' ziehen?«, und zeigte auf die Zigarette.

»Is' aber kein Joint.«

»Is' klar«, erwiderte Ness. »Aber wenigstens etwas. Und wie gesagt, ich kann echt was brauchen.«

»Süße, ich sag doch, ich hab genau, was du brauchs'. Wir geh'n um die Ecke, und ich zeig's dir!« Wieder der Große. Die anderen grinsten. Sie traten von einem Fuß auf den anderen, schlugen die Fäuste gegeneinander und lachten.

Ness ignorierte sie. Das Mädchen reichte ihr die Zigarette, und sie nahm einen tiefen Zug. Sie musterte die beiden Mädchen, genau wie umgekehrt.

Niemand stellte sich vor. Das war Teil des Rituals. Einen Namen zu nennen, hieß, einen Schritt zu machen, und niemand wollte der Erste sein.

Ness gab die Zigarette zurück.

»Also, was willste?«

»Scheißegal«, antwortete Ness. »Koks, Gras, Olly, Ecstasy – irgendwas. Ich bin grad einfach nur so was von down, weißte.«

»Ich wüsst da was …« Wieder der Große.

»Halt's Maul«, sagte das Mädchen. Und dann zu Ness: »Was haste denn dabei? Hier gibt's nämlich nix umsonst.«

»Ich kann zahlen«, versicherte Ness. »Solang's nich' unbedingt Cash sein muss.«

»Hey, na dann, Baby …«

»Halt's Maul«, fuhr das Mädchen den Großen wieder an. »Du nervst, Greve, kapiert?«

»Eh, Six, du reißt ganz schön die Klappe auf!«

»Heißt du so?«, fragte Ness sie. »Six?«

»Ja«, antwortete sie knapp. »Das da is' Natasha. Und du?«

»Ness.«

»Cool.«

»Also, wo krieg ich hier was?«

Six deutete mit einer Kopfbewegung zu den Jungen hinüber. »Von denen garantiert nich'. Die reißen hier gar nix, das is' ma' klar.«

»Also, wo?«

Six' Blick suchte einen der Jungen. Er stand ein Stück außerhalb des Kreises, schweigsam, beobachtend. »Liefert er heut Abend was?«

Der Junge zuckte nur leicht die Achseln, sagte jedoch nichts. Er sah Ness unfreundlich an. Schließlich sagte er: »Kommt drauf an. Und selbst wenn, heißt das noch lang nicht, dass er was lockermacht. Und überhaupt, er verschenkt nix, und er macht auch keine Deals mit Schlampen, die er nich' kennt.«

»Ma' halblang, Dashell«, entgegnete Six ungeduldig. »Die is cool, okay? Sei nich' so'n Arsch.«

»Es geht nich' nur um 'nen einmaligen Deal«, schaltete Ness sich ein. »Ich hab vor, regelmäßig zu kaufen.« Sie verlagerte das Gewicht von einem Fuß auf den anderen und wieder zurück – ein kleiner Tanz, der signalisierte, dass sie ihn anerkannte, seine Position in der Gruppe und seine Macht über sie.

Dashell sah von Ness zu den beiden anderen Mädchen. Seine Beziehung mit ihnen schien schließlich den Ausschlag zu geben. »Okay, ich frag ihn«, sagte er zu Six. »Klappt aber bestimmt nich' vor halb zwölf.«

»Cool«, erwiderte Six. »Wo bringt er's hin?«

»Wenn er überhaupt was rausrückt. Da mach dir ma' kein' Kopf. Er findet dich schon.« Ein kurzes Nicken zu den anderen beiden Jungen, und sie schlenderten in Richtung Harrow Road davon.

Ness sah ihnen nach. »Und der kann liefern?«, fragte sie Six.

»Klar. Er weiß, wen er anrufen muss. Der labert nicht nur, was, Tash?«

Natasha nickte und sah Dashell und seinen Freunden nach. »Der sorgt schon für uns«, sagte sie. »Aber nur der Tod ist umsonst hier in der Gegend.«

Es war eine Warnung, aber Ness war überzeugt, dass sie mit jedem fertig werden konnte. So wie sie die Lage einschätzte, war es gleichgültig, wie sie an das Zeug kam. Worauf es ankam, war Vergessen, und zwar für so lange wie möglich.

»Ich kann schon auf mich aufpassen«, versicherte sie Natasha. »Und was geht jetz'? Is' noch 'ne Weile bis halb zwölf.«

Unterdessen warteten Joel und Toby weiter auf ihre Tante und saßen gehorsam auf der obersten der vier Stufen, die zur Haustür führten. Von hier aus boten sich ihnen zwei Aussichten: Trellick Tower mit seinen Balkonen und Fenstern, hinter denen seit mindestens einer Stunde die Lampen brannten; und die Häuserreihe direkt gegenüber. Nichts davon war interessant genug, um die Gedanken oder die Fantasie eines elfjährigen Jungen und seines siebenjährigen Bruders anzuregen.

Die Sinne der Jungen waren nichtsdestotrotz voll und ganz in Anspruch genommen: von der Kälte, dem unablässigen Verkehrslärm, der von der Überführung und von der U-Bahn von der »Hammersmith and City«-Linie herüberdrang, die in dieser Gegend keineswegs unterirdisch verlief, und – zumindest soweit es Joel betraf – von der zunehmenden Notwendigkeit, eine Toilette aufzusuchen.

Sie kannten diese Gegend nicht, darum nahm sie in der Dämmerung, die rasch zur Dunkelheit wurde, etwas Bedrohliches an. Schon die Männerstimmen, die sich näherten, konnten Gefahr bedeuten: Drogendealer, Straßenräuber, Einbrecher, Taschendiebe ... Der Klang dröhnender Rapmusik aus einem vorüberfahrenden Auto auf der Elkstone Road westlich von ihnen mochte die Ankunft des Anführers einer Straßengang ankündigen, der sie anpöbelte und ein Pfand verlangte, das sie nicht würden zahlen können. Jeder, der in den Edenham Way einbog – die kleine Gasse, an der das Haus ihrer Tante lag –, würde sie sofort bemerken, argwöhnische Fragen stellen und vielleicht sogar die Polizei rufen, wenn sie keine befriedigenden Antworten gaben. Polizei würde kommen. Dann das Jugendamt. Und »Jugendamt« – dieses Wort, das zumindest in Joels Vorstellung nur aus Großbuchstaben bestand – war etwa genauso Furcht erregend wie der Schwarze Mann. Während die Eltern anderer Kinder vielleicht frustriert oder nur um Gehorsam zu erwirken ausrufen mochten: »Tu, was ich sage, oder ich schwöre, du kommst ins Heim«, war diese Drohung für die Campbell-Kinder durchaus real. Glory Campbells Abreise hatte sie nur noch einen Schritt näher dorthin gebracht. Ein Anruf bei der Polizei würde ihr Schicksal besiegeln.

So war Joel nicht sicher, was er tun sollte, als er und Toby schon über eine Stunde auf ihre Tante warteten. Er musste dringend zur Toilette, aber wenn er einen Passanten ansprach oder an einer Tür klingelte und fragte, ob er das Badezimmer benutzen dürfe, lief er Gefahr, Verdacht – oder zumindest Aufmerksamkeit – zu erregen. Also presste er die Beine zusammen und versuchte, sich auf etwas anderes zu konzentrieren. Zur Auswahl standen die bereits genannten Lärmquellen und sein kleiner Bruder.

Toby weilte in einer Welt, in der er schon seit langem den Großteil seiner Tage verbrachte. Er nannte sie *Sosi,* und sie war bevölkert von Leuten, die freundlich mit ihm sprachen, die für ihre Liebe zu Kindern und Tieren ebenso bekannt waren wie für ihre tröstlichen Umarmungen, die sie großzügig verteilten, wann immer ein kleiner Junge sich ängstigte. Mit angezogenen Knien und dem Schwimmreifen immer noch um den Bauch hatte Toby einen Platz, wo er sein Kinn ruhen lassen konnte, und das tat er, seit Joel und er sich auf der obersten Stufe niedergelassen hatten. Er hielt die Augen die ganze Zeit geschlossen.

Seine Sitzposition gewährte Joel freien Blick auf den Kopf seines Bruders – das Letzte, was Joel sehen wollte, abgesehen vielleicht von dem gelegentlichen beängstigenden Fußgänger, der durch die Siedlung kam. Denn Tobys Kopf mit den großen kahlen Stellen glich einer Anklage, einer bitteren Erinnerung an ein Pflichtversäumnis. Die Ursache für die kahlen Stellen war Klebstoff gewesen. Eine Horde junger Taugenichtse hatte die zähe Masse über seinem Kopf ausgeschüttet, und nur mittels einer Schere hatte sich das Ergebnis in einer schmerzhaften Prozedur entfernen lassen. Diese Horde angehender Gangster und die Grausamkeiten, die sie bei jeder Gelegenheit mit Toby getrieben hatten, waren zwei der Gründe, warum Joel nicht traurig war, East Acton zu verlassen. Wegen dieser Halbstarken hatte Toby niemals allein losgehen können, um sich bei *Ankaran Food & Wine* ein paar Süßigkeiten zu kaufen, und wenn Glory Campbell ihm gelegentlich Geld fürs Mittagessen statt eines Sandwichs mitgegeben hatte, besaß Toby die Münzen zur Mittagszeit nur dann noch, wenn seine Peiniger sich ausnahmsweise einmal ein anderes Opfer gesucht hatten.

Joel wollte den Kopf seines Bruders nicht anschauen, weil der Anblick ihn daran erinnerte, dass er nicht da gewesen war, als die Jugendlichen Toby wieder einmal zugesetzt hatten. Da Joel sich zum Beschützer seines kleinen Bruders ernannt hatte, hatte es in seiner Brust gebrannt, dass er kaum atmen konnte, als Toby die Henchman Street entlanggekommen war, die Kapuze seines Anoraks am Kopf festgeklebt. Und als Glory, deren Schuldgefühle sich gern in Wut ausdrückten, zu wissen verlangte, wie Joel zulassen konnte, dass seinem kleinen Bruder so etwas zustieß, hatte er nur beschämt den Kopf senken können.

Joel holte Toby ins Hier und Jetzt zurück, um ihn nicht länger ansehen zu müssen, aber auch, weil der Drang, die Blase zu leeren, allmählich unerträglich wurde. Er wusste, dass sein Bruder nicht schlief, aber ihn seiner Traumwelt zu entreißen, war, als versuche man, ein schlafendes Baby zu wecken. Als Toby endlich den Kopf hob, stand Joel auf und sagte verwegener, als er sich fühlte: »Komm, Mann, wir geh'n uns ma'n bisschen umseh'n hier.« Toby war in höchstem Maße erfreut, »Mann« genannt zu werden, und willigte sofort ein, ohne den berechtigten Einwand vorzubringen, dass es unklug wäre, ihre Habseligkeiten in einer Gegend zurückzulassen, wo sie möglicherweise gestohlen werden konnten.

Sie gingen in die Richtung, die auch Ness eingeschlagen hatte: an den Häusern entlang auf Meanwhile Gardens zu. Doch statt an der Kindertagesstätte vorbeizugehen, folgten sie dem Pfad, der die rückwärtigen Gartenmauern der Häuserreihe säumte. Dieser Pfad führte zum östlichen Teil des Parks, der sich hier zu einem Streifen Buschwerk verjüngte, begrenzt von einem asphaltierten Weg und dem Kanal dahinter.

Joel konnte dem Gebüsch nicht widerstehen. »Sekunde, Tobe«, sagte er, und während Toby treuherzig zu ihm aufblinzelte, tat Joel das, was die meisten Männer in London ohne jedes Schamgefühl tun, wenn der Drang sie überkommt: Er pinkelte in die Büsche. Die Erleichterung war sagenhaft. Sie gab ihm neuen Schwung. Die Ängste, die die Siedlung zuvor in ihm ausgelöst hatte, waren so gut wie verflogen, und er nickte in Richtung des Asphaltwegs jenseits des Gebüschs und setzte sich in Bewegung. Toby folgte.

Nach gut dreißig Schritten blickten sie auf einen Teich hinab. Das Wasser glitzerte schwarz und bedrohlich, doch ein Wasservogel, der im Uferschilf hockte und mit dem Schnabel klapperte, vertrieb die unheimliche Stimmung. Schwaches Licht fiel auf einen Holzsteg. Ein gewundener Pfad führte dorthin, und die Jungen eilten hinunter. Sie polterten über die Holzbohlen und knieten am Rand des Stegs nieder. Links und rechts von ihnen flohen Enten ins Wasser und paddelten davon.

»Cool, was, Joel?« Toby schaute sich lächelnd um. »Wir könnten uns hier ein Fort bau'n. Bitte! Wenn wir's hinter den Büschen da bau'n, kann keiner …«

»Pssst!« Joel legte seinem Bruder eine Hand auf den Mund. Er hatte gehört, was Toby in seiner Erregung nicht wahrgenommen hatte: Mehrere Personen gingen oben den Fußweg am Grand Union Canal entlang – junge Männer, dem Klang der Schritte nach.

»Gib ma' den Joint rüber, Mann. Sei nich' so geizig.«

»Was zahlst 'n? Ich bin doch nich' das Sozialamt, Mann.«

»Komm schon, du lieferst hier doch eh überall Gras und Dope aus.«

»Hey, geh mir nich' auf'n Sack.«

Die Stimmen verhallten. Sobald die Jungen fort waren, stand Joel auf und kletterte die Böschung hinauf. Toby flüsterte ängstlich seinen Namen, aber Joel brachte ihn mit einer schnellen Geste zum Schweigen. Er wollte wissen, wer diese Jungen waren, um abschätzen zu können, was dieser Ort für sie bereithielt. Oben angekommen, konnte er auf dem Pfad jedoch nichts als Schemen erkennen, Silhouetten an der Wegbiegung. Es waren vier, alle identisch gekleidet: weite Jeans, Sweatshirts mit hochgezogenen Kapuzen und Anoraks. Behindert durch den tiefhängenden Schritt ihrer Hosen, hatten sie einen schlurfenden Gang. Auf den ersten Blick wirkten sie alles andere als bedrohlich. Aber ihre Unterhaltung hatte etwas anderes offenbart.

Auf Joels rechter Seite erhob sich ein Ruf, und er entdeckte in der Ferne jemanden auf der Brücke, die den Kanal überspannte. Zu seiner Linken wandten die Jungen sich um, um zu sehen, wer sie gerufen hatte. Ein Rasta, meinte Joel zu erkennen. Er hielt eine Sandwichtüte in der ausgestreckten Hand.

Joel hatte genug erfahren. Er duckte sich und glitt die Böschung hinab zu Toby. »Wir hau'n lieber ab, Mann«, sagte er und zog Toby auf die Füße.

»Wir könn' ein Fort bauen …«, begann Toby.

»Nicht jetzt«, zischte Joel. Er führte ihn in die Richtung, aus der sie gekommen waren, bis sie zurück vor der Haustür ihrer Tante und vergleichsweise in Sicherheit waren.

2

Kendra Osborne kehrte an diesem Abend um kurz nach sieben nach Edenham zurück. Sie kam in einem alten Fiat Punto um die Ecke der Elkstone Road geknattert. Bekannte konnten Kendra in ihrem Kleinwagen immer mühelos an der Beifahrertür erkennen, auf die irgendjemand in blutrot triefender Farbe »Blas mir einen« gesprayt hatte. Kendra hatte die krude Aufforderung stehen lassen, nicht weil sie es sich nicht hätte leisten können, die Tür neu lackieren zu lassen, sondern weil ihr einfach die Zeit dazu fehlte. Sie arbeitete an der Kasse in einem Wohltätigkeitsladen der AIDS-Stiftung auf der Harrow Road und bastelte gleichzeitig an einer Karriere als Masseurin. Letztere befand sich allerdings noch in den Kinderschuhen. Kendra hatte achtzehn Monate lang Kurse am Kensington and Chelsea College besucht, und seit sechs Wochen versuchte sie, sich als freiberufliche Masseurin zu etablieren.

Dabei hatte sie vor, zweigleisig zu verfahren: Sie wollte das kleine Gästezimmer in ihrem Haus für die Kunden nutzen, die lieber zu ihr kommen wollten, und gedachte, mit einem zusammenklappbaren Massagetisch und den Ölen im Kofferraum diejenigen Kunden zu besuchen, die in den eigenen vier Wänden massiert werden wollten. Die Kosten für die Anfahrt würde sie natürlich berechnen. Nach und nach würde sie genügend Geld sparen, um ihren eigenen kleinen Massagesalon zu eröffnen.

Massage- und Sonnenstudio. Sonnenbänke und Massageliegen. Das war es, was ihr vorschwebte, und damit bewies sie ein gewisses Einfühlungsvermögen in die Psyche ihrer bleichgesichtigen Mitbürger. Da in diesen Breitengraden das Wetter häufig verhinderte, dass man sich schöner und vor allem natürlich gebräunter Haut erfreuen konnte, hatten mindestens drei Generationen weißer Engländer sich an den seltenen Tagen, da die Sonne schien, regelmäßig Verbrennungen ersten oder gar zweiten Grades eingehandelt. Kendra hatte die Absicht, die Neigung dieser Menschen, sich ultravioletten Strahlen auszusetzen, gewinnbringend zu nutzen. Mit der Sonnenbräune, die sie ersehnten, würde Kendra sie anlocken, um sie dann später mit den Segnungen einer therapeutischen Massage bekannt zu machen. Denjenigen Kunden wiederum, die sie schon bei sich oder bei ihnen zu Hause massiert hatte, würde sie die zweifelhaften Vorzüge von Sonnenbänken anpreisen – der perfekte Plan zum sicheren Erfolg.

Kendra wusste, all das würde viel Zeit und Mühe kosten, aber sie war noch nie vor harter Arbeit zurückgeschreckt. In diesem Punkt unterschied sie sich grundlegend von ihrer Mutter. Und das war nicht der einzige Aspekt, in dem Kendra Osborne und Glory Campbell sich unterschieden.

Der zweite war – Männer. Ohne Mann fühlte Glory sich verängstigt und unvollkommen, ganz gleich, was er darstellte oder wie er sie behandelte. Allein deshalb saß sie auch genau in diesem Moment am Abflug-Gate des Flughafens, auf dem Weg zu einem heruntergekommenen jamaikanischen Alkoholiker mit fragwürdiger Vergangenheit und absolut keiner Zukunft. Kendra hingegen stand auf eigenen Füßen. Sie war zweimal verheiratet gewesen. Einmal verwitwet und jetzt geschieden, sagte sie gern; sie habe »ihre Zeit abgebüßt« – mit einem Hauptgewinn und einer totalen Niete –, und derzeit verbüßte ihr zweiter Mann gerade seine Zeit. Sie hatte nichts gegen Männer, aber sie war zu der Einsicht gekommen, dass sie nur dazu taugten, gewisse körperliche Bedürfnisse zu befriedigen.

Wenn diese Bedürfnisse sie überkamen, hatte Kendra nie Probleme, einen Mann zu finden, der sich der Angelegenheit annahm. Einen Abend mit ihrer besten Freundin um die Häuser gezogen, und in der Regel war das Problem gelöst, denn mit vierzig war Kendra immer noch eine kaffeebraune, exotische Schönheit, und sie war durchaus bereit, ihr Äußeres einzusetzen, um zu bekommen, was sie wollte: ein bisschen Spaß ohne Verpflichtungen. In Anbetracht ihrer Karrierepläne hatte sie in ihrem Leben keinen Platz für einen liebeskranken Mann, der irgendetwas anderes von ihr wollte als bloßen – wenn auch geschützten – Sex.

Als Kendra in die schmale Garageneinfahrt vor ihrem Haus einbog, waren Joel und Toby bereits seit einer Stunde von ihrem Ausflug zum Ententeich in Meanwhile Gardens zurück und saßen mit tauben Hinterteilen in der eisigen Kälte wieder auf der Treppe. Kendra entdeckte ihre Neffen zuerst nicht, weil die Straßenlaterne schon seit letztem Oktober kaputt war, und es sah nicht so aus, als hätte irgendjemand die Absicht, sie in naher Zukunft zu reparieren. Was sie stattdessen sah, war ein Einkaufstrolley, den irgendwer mit Habseligkeiten vollgestopft und dann vor ihrer Garage abgestellt hatte.

Zunächst glaubte Kendra, die Sachen seien für den Secondhandladen bestimmt, und obwohl sie es nicht sonderlich schätzte, wenn die Nachbarn ihre aussortierten Kleidungsstücke vor ihrer Haustür abluden, statt sie zur Harrow Road zu bringen, wäre es Kendra dennoch nicht in den Sinn gekommen, Waren zu verschmähen, die sich vielleicht noch verkaufen ließen. Darum war sie immer noch bester Laune, als sie aus dem Wagen stieg, um den Trolley beiseitezuschieben. Sie hatte einen erfolgreichen Nachmittag in einem Fitnessstudio in der Portobello Green Arcade verbracht, wo sie ihre Sportmassagen vorgeführt hatte.

Dann sah sie die Jungen, ihre Koffer und Plastiktüten. Auf einen Schlag verspürte Kendra Furcht, und Erkenntnis folgte der Furcht auf dem Fuße.

Sie schloss die Garage auf und öffnete das Tor, ohne ein Wort an ihre Neffen zu richten. Sie wusste ganz genau, was jetzt kommen würde, und sie fluchte – leise genug, dass die Jungen sie nicht hören konnten, aber doch so laut, dass es ihr ein klein wenig Erleichterung verschaffte: »Scheiße.« Und: »Diese blöde alte Kuh.« Dann stieg sie wieder in den Fiat, setzte ihn in die Garage und sann fieberhaft auf einen Ausweg, um sich nicht mit dem Problem befassen zu müssen, das ihre Mutter dort vor ihrer Haustür abgeladen hatte. Ihr fiel nichts ein.

Sie stieg wieder aus und umrundete den Wagen, um ihren Massagetisch aus dem Kofferraum zu holen. Joel und Toby standen auf und traten näher, blieben jedoch unsicher an der Hausecke stehen, Joel vorn, Toby wie üblich sein getreuer Schatten.

Ohne Gruß oder Vorrede sagte Joel: »Gran sagt, sie muss erst ein Haus einrichten, eh' wir zu ihr nach Jamaika zieh'n könn'. Sie holt uns, wenn alles fertig is'. Sie sagt, wir soll'n hier auf sie warten.«

Kendra antwortete nicht. Die Stimme ihres Neffen und sein hoffnungsvoller Tonfall trieben ihr Tränen in die Augen, was weit mehr mit der Grausamkeit ihrer Mutter als mit Kendras eigenen Empfindungen zu tun hatte.

Joel fuhr noch eifriger fort: »Wie geht's dir denn so, Tante Ken? Soll ich mit anfass'n?«

Toby schwieg. Er blieb in der dunklen Einfahrt zurück und vollführte einen kleinen Tanz auf Zehenspitzen – eine bizarre Ballerina, die ein Solo tanzte. In einem Wasserballett.

»Warum zum Henker trägt er dieses Ding?«, fragte Kendra Joel und machte eine schnelle Kopfbewegung hin zu seinem Bruder.

»Den Schwimmreifen? Den mag er im Moment einfach am liebsten. Gran hat ihn ihm zu Weihnachten geschenkt, weißte noch? Sie hat gesagt, in Jamaika kann er ...«

»Ich weiß, was sie gesagt hat«, unterbrach Kendra schroff. Der plötzliche Zorn, den sie verspürte, richtete sich nicht gegen ihren Neffen, sondern gegen sich selbst, weil ihr plötzlich aufging, dass sie es damals schon hätte ahnen müssen. Schon an Weihnachten hätte ihr klar werden müssen, was Glory Campbell im Schilde führte, gleich im ersten Moment, als sie feierlich verkündet hatte, sie wolle ihrem nichtsnutzigen Freund zurück in ihrer beider Heimatland folgen. Kendra hätte sich ohrfeigen können, weil sie Scheuklappen getragen hatte.

»Die Kinder werden Jamaika lieben«, hatte Glory gesagt. »Und George wird besser zurechtkommen. Mit den Kindern, mein' ich. War nich' leicht für ihn, weiß' du, drei Kinder und wir in der winzigen Bude. Wir steh'n uns gegenseitig auf den Füßen.«

Und Kendra hatte erwidert: »Du kannst sie nicht nach Jamaika verschleppen. Was ist mit ihrer Mutter?«

Worauf Glory geantwortet hatte: »Carole wird wahrscheinlich nich' ma' merken, dass sie weg sind.«

Während Kendra noch den Massagetisch aus dem Kofferraum wuchtete, wurde ihr klar, dass Glory irgendwann genau dieses Argument als Ausrede vorbringen würde, in dem Brief, der lange nach ihrer Abreise kommen würde, wenn sie es nicht länger aufschieben konnte. *Ich habe gründlich darüber nachgedacht,* würde sie erklären. Kendra wusste, ihre Mutter würde ihr einstmals makelloses Englisch für diesen Anlass verwenden und nicht das jamaikanische, das sie sich in Vorbereitung auf ihr neues Leben wieder zugelegt hatte. *Und ich habe mich daran erinnert, was du über die arme Carole gesagt hast. Du hattest recht, Ken. Ich kann ihr die Kinder nicht wegnehmen und so eine große Entfernung zwischen sie bringen.* Und damit wäre die Angelegenheit erledigt. Ihre Mutter war kein boshafter Mensch, aber sie hatte immer fest daran geglaubt, dass man Prioritäten setzen musste. Und da Glorys oberste Priorität immer das eigene Wohl gewesen war, war es unwahrscheinlich, dass sie je etwas zu ihrem eigenen Nachteil tun würde. Drei Enkelkinder in Jamaika in ein und demselben Haushalt mit einem unnützen, arbeitslosen, Karten spielenden, Fernseh glotzenden Exemplar übergewichtiger und übel riechender Männlichkeit, an das Glory sich mit aller Gewalt klammerte, weil sie nie in der Lage gewesen war, auch nur eine Woche lang ohne Mann auszukommen, und in dem Alter war, da Männer nicht mehr so leicht zu haben waren ... Ein solches Szenario musste selbst einem minderbemittelten Volltrottel als nachteilig erscheinen.

Kendra knallte den Kofferraumdeckel zu. Sie stöhnte, als sie den schweren Klapptisch am Griff packte.

Joel eilte hinzu, um ihr zu helfen. »Ich nehm das, Tante Ken«, sagte er, als glaube er wirklich, dass er mit der Größe und dem Gewicht fertig werden konnte.

Wider Willen schmolz Kendra ein wenig. »Geht schon. Aber du könntest das Garagentor schließen. Und bring den Trolley und eure anderen Sachen ins Haus.«

Während Joel ihrer Anweisung folgte, sah Kendra zu Toby. Der kurze Moment der Versöhnlichkeit verflog. Was sie sah, waren das Rätsel, das jeder sah, und die Verantwortung, die niemand wollte. Die einzige Antwort auf die Frage, was denn mit Toby eigentlich nicht stimmte, die man je zu geben gewagt hatte, war das nutzlose Etikett »defizitäres Sozialverhalten« gewesen, und in dem allgemeinen Chaos, das kurz vor seinem vierten Geburtstag zur Normalität geworden war, hatte niemand den Mut aufgebracht, den Dingen weiter auf den Grund zu gehen. Auch Kendra wusste nicht mehr über dieses Kind, als was sie vor sich sah – und dennoch fand sie sich plötzlich in der Zwangslage, mit ihm zurechtkommen zu müssen, bis sie eine Möglichkeit auftat, sich dieser Verantwortung wieder zu entledigen.

Als sie ihn so dastehen sah – mit dem lächerlichen Schwimmreifen, den kahlen Stellen am Kopf, die Jeans zu lang, die Turnschuhe mit Klebeband verschlossen, weil er nie gelernt hatte, sich die Schuhe zu binden –, wollte sie am liebsten einfach weglaufen.

»Na«, sagte sie kurz angebunden zu Toby. »Und du? Alles klar?«

Toby hielt in seinem Tanz inne und sah zu Joel, auf der Suche nach einem Hinweis darauf, was er tun sollte. Als Joel ihm keinen Hinweis gab, sagte er zu seiner Tante: »Ich muss ma'. Is' das hier Jamaika?«

»Tobe. Du weiß', dass es das nich' is'«, warf Joel ein.

»*Nicht ist*«, verbesserte Kendra. »Sprich anständig in meiner Gegenwart. Ich weiß, dass du dazu in der Lage bist.«

»Tobe, das hier *ist nicht* Jamaika«, sagte Joel folgsam.

Kendra führte die Jungen ins Haus und schaltete die Lichter im Erdgeschoss ein, während Joel zwei Koffer, die Plastiktüten und den Trolley hereinbrachte. An der Tür blieb er stehen und sah sich verstohlen um. Er war nie zuvor im Haus seiner Tante gewesen. Was er sah, war eine noch kleinere Wohnstatt als das Haus an der Henchman Street.

Im Erdgeschoss gab es nur zwei Zimmer, dahinter versteckt ein winziges WC. Eine Art Essecke gleich am Eingang, dann die Küche mit einem Fenster, das jetzt nachtschwarz war und Kendras Spiegelbild zurückwarf, als sie das Deckenlicht einschaltete. Zwei Türen im rechten Winkel zueinander machten die hintere linke Küchenecke aus. Eine führte in den Garten mit dem Grill, den Toby gesehen hatte, die andere stand offen und gewährte einen Blick auf die Treppe. Zwei Stockwerke lagen darüber, wie Joel später entdecken sollte. Im ersten befand sich das Wohnzimmer, im zweiten das Bad und zwei Schlafzimmer.

Kendra schleppte den Massagetisch auf die Treppe zu. Joel eilte zu ihr, um ihr zu helfen. »Soll der nach oben, Tante Ken? Ich kann das machen. Ich bin stärker, als ich aussch.«

»Kümmere dich um Toby«, erwiderte Kendra. »Sieh ihn dir doch an, er muss zum Klo.«

Joel sah sich suchend nach einer Toilette um, ein Blick, den Kendra vielleicht hätte sehen und interpretieren können, hätte sie irgendetwas wahrgenommen außer dem Gefühl, dass die Wände ihres Hauses auf sie einstürzten. Sie machte sich an den Aufstieg. Joel, der keine Fragen stellen wollte, die ihn vielleicht dumm erscheinen ließen, wartete, bis er seine Tante auf der Treppe hörte, wo das anhaltende Gepolter darauf hinwies, dass sie den Massagetisch in die oberste Etage brachte. Dann schloss er die Gartentür auf und führte seinen Bruder hastig ins Freie. Toby erhob keine Einwände, sondern pinkelte in das erstbeste Blumenbeet.

Als Kendra zurück nach unten kam, standen die Jungen wieder bei den Koffern und dem Einkaufstrolley. Kendra hatte eine Weile in ihrem Schlafzimmer verharrt und versucht, sich zu beruhigen, einen Schlachtplan zu entwerfen, doch ihr war keine Lösung eingefallen, die ihr Leben nicht vollkommen auf den Kopf stellen würde. Sie war an dem Punkt angelangt, da sie eine Frage stellen musste, deren Antwort sie lieber gar nicht hören wollte. Sie wandte sich an Joel. »Und wo ist Vanessa? Ist sie mit eurer Großmutter gegangen?«

Joel schüttelte den Kopf. »Sie läuft da draußen irgendwo rum«, antwortete er. »Sie wa' zickig und ...«

»Wütend«, verbesserte Kendra. »Nicht zickig. Wütend. Verärgert. Aufgebracht.«

»Verärgert«, stimmte Joel zu. »Sie war verärgert und ist weggelaufen. Aber sie kommt bestimmt bald zurück.« Diese Vermutung sprach er aus, als sei er überzeugt, seine Tante müsse glücklich ob dieser Aussicht sein. Dabei kam die Sorge für das ungebärdige, aufsässige Mädchen auf der Liste der Dinge, die Kendra am Hals haben wollte, nur knapp an vorletzter Stelle vor der Sorge um Toby.

Eine fürsorglich veranlagte Frau hätte an diesem Punkt begonnen, den beiden bedauernswerten Kindern, die an ihrer Türschwelle gestrandet waren, eine anständige Mahlzeit zu bereiten, wenn nicht gar ihr Leben neu zu organisieren. Sie wäre die Treppe ein zweites Mal hinaufgestiegen, um ihnen in einem der zwei Schlafzimmer eine Bettstatt zu bereiten. Das notwendige Mobiliar dafür war zwar nicht vorhanden, schon gar nicht in dem Zimmer, das Kendra für die Massagen eingerichtet hatte, aber sie besaß doch ausreichend Bettzeug, das man am Boden ausbreiten konnte, und Handtücher, die sich zu Kissen zusammenrollen ließen. Und dann hätte die Suche nach Ness begonnen. Aber all das lag Kendra vollkommen fern, also ging sie zu ihrer Tasche und holte eine Schachtel Benson & Hedges heraus. Sie zündete sich eine Zigarette am Gasherd an und überlegte, was nun zu tun war. Das Klingeln des Telefons erlöste sie.

Ihr erster Gedanke war, dass Glory überraschend Gewissensbisse bekommen hatte und anrief, um ihr zu sagen, sie habe sich die Sache mit George Gilbert, Jamaika und den Kindern, für die sie sorgen musste, noch einmal anders überlegt. Doch die Anruferin war Kendras beste Freundin Cordie, und sobald Kendra deren Stimme hörte, fiel ihr ein, dass sie heute Abend verabredet waren, um miteinander auszugehen. In einem Club namens »No Sorrow« wollten sie trinken, rauchen, reden, Musik hören und tanzen – allein, zusammen oder mit einem Partner. Sie wollten Männer aufreißen, um sich zu beweisen, dass sie noch anziehend waren, und falls Kendra beschloss, mit ihrer Eroberung ins Bett zu gehen, würde sie Cordie, die glücklich verheiratet war, am nächsten Tag per Handy in einer detaillierten Nacherzählung an ihren Freuden teilhaben lassen. So machten sie es immer, wenn sie zusammen ausgingen.

»Na, schon die Tanzschuhe an?«, fragte Cordie. Es sollte der Prolog zu Kendras neuem Leben werden.

Kendra verspürte nicht nur das körperliche Verlangen nach einem Mann, sondern sie hatte dieses Verlangen auch schon seit einer ganzen Woche in sich getragen und lediglich mit der Schufterei im Laden und ihrer Massageausbildung überspielt. Bei dem Wort »Tanzschuhe« flammte das Gefühl wieder auf und wurde so intensiv, dass sie erkannte: Sie konnte sich nicht einmal mehr erinnern, wann sie zum letzten Mal für einen Mann die Beine breit gemacht hatte.

Also überlegte sie fieberhaft. Wohin mit den Jungen, damit sie rechtzeitig ins No Sorrow kam, solange dort die Auswahl noch gut war? Im Geiste ging sie den Inhalt ihres Kühlschranks und ihre Vorräte durch. Es musste doch irgendetwas geben, was sie schnell zusammenbrutzeln und ihnen vorsetzen konnte. Angesichts der fortgeschrittenen Stunde hatten sie wahrscheinlich Hunger. Außerdem musste sie das Massagezimmer herrichten, damit sie heute Nacht dort schlafen konnten. Sie würde Handtücher und Laken ausgeben und ihnen das Bad zeigen, und dann ab ins Bett mit ihnen. All das musste doch rechtzeitig zu bewerkstelligen sein, um immer noch um halb zehn mit Cordie im No Sorrow sein zu können.

Kendra antwortete auf die schnoddrige Art, die sie immer wählte, wenn sie mit ihrer Freundin sprach: »Polier sie grad. Wenn ich sie auf Hochglanz krieg, lass ich das Höschen weg, kannste mir glauben.«

Cordie lachte. »Du bis' doch echt 'ne Schlampe. Wie viel Uhr?«

Kendra sah zu Joel. Er und Toby standen noch immer neben

den Koffern, der Reißverschluss an Tobys Jeans nur halb geschlossen, und beide Jungen trugen noch ihre Winterjacken, zugeknöpft bis obenhin. »Wann geht ihr normalerweise schlafen?«, fragte sie Joel.

Joel überlegte. Es gab eigentlich keine feste Schlafenszeit. In ihrem Leben hatte es über die Jahre so viele Veränderungen gegeben, dass niemand auch nur daran gedacht hätte, so etwas wie feste Zeitpläne einzuführen. Er versuchte zu erahnen, welche Antwort seine Tante wohl von ihm erhoffte. Offenbar war jemand am anderen Ende der Leitung, der auf eine gute Nachricht wartete, und die gute Nachricht schien vorauszusetzen, dass er und Toby frühestmöglich zu Bett gingen. Er blickte zu der Wanduhr über der Spüle. Es war Viertel nach sieben.

Seine Antwort war ebenso willkürlich wie unwahr: »So um halb neun, Tante Ken. Aber wir könnten auch jetzt geh'n, oder, Tobe?«

Toby stimmte anderen Menschen grundsätzlich immer zu, es sei denn, es ging um die Wahl des Fernsehprogramms. Er nickte bereitwillig.

Und Kendra Osborne spürte, wie ihr Leben eine neue Richtung einschlug. Obwohl es ihr ganz und gar nicht gefiel, spürte sie es so deutlich, dass sie es nicht harmloser umschreiben konnte. Sie fühlte so etwas wie einen Haarriss in ihrem Herzen und dass ihr Geist niederzutaumeln drohte. Rauchen, Tanzen, Aufreißen, Vögeln: All das musste warten. Ihr Griff um den Telefonhörer erschlaffte, und sie wandte sich zum nachtschwarzen Fenster um. Sie lehnte die Stirn dagegen und spürte den Druck von kaltem, glattem Glas auf der Haut. Sie sprach nicht zu Cordie oder den Jungen, sondern zu sich selbst: »Du lieber Gott.« Es war kein Gebet.

Die folgenden Tage waren nicht einfach, und die Gründe dafür entzogen sich Kendras Kontrolle. Die Invasion ihrer jungen Verwandten hatte ihr ohnehin schon kompliziertes Leben vollends durcheinandergebracht. Allein die Grundversorgung – Mahlzeiten, saubere Kleidung und genügend Toilettenpapier – bereitete ihr Schwierigkeiten, doch noch schlimmer als alles andere war Ness.

Kendras Erfahrung im Umgang mit fünfzehnjährigen Mädchen beschränkte sich darauf, dass sie selbst einmal eines gewesen war – ein Umstand, der eine Frau nicht unbedingt dafür qualifizierte, mit einer anderen in der schlimmsten Phase der Pubertät fertig zu werden. Und Ness' Pubertät – schwierig genug mit all den Herausforderungen, denen eine heranwachsende junge Frau sich stellen musste, angefangen von Gruppenzwang bis hin zu hässlichen Pickeln am Kinn – war bislang weitaus steiniger gewesen, als Kendra ahnte.

An dem Tag, als Glory Campbell die Kinder auf der Fußmatte ihrer Tochter abgeladen hatte, war Ness selbst um Mitternacht noch nicht zurück gewesen. Kendra hatte sich auf die Suche nach ihr gemacht; schließlich kannten die Campbell-Kinder dieses Viertel nicht gut genug, um sich herumzutreiben – erst recht nicht nachts. Nicht nur konnten sie sich im Gewirr der Hochhauslabyrinthe verirren, deren fragwürdige Bewohner noch fragwürdigeren Aktivitäten nachgingen. Als junge Frau allein auf der Straße war Ness überdies schlicht und ergreifend gefährdet. Kendra selbst fühlte sich nie unsicher, aber das lag daran, dass sie stets zügig ging und grimmig dreinschaute, was ihr schon bei so mancher nächtlichen Zufallsbegegnung gute Dienste erwiesen hatte.

Nachdem Joel und Toby sich auf dem Fußboden im Massagezimmer schlafen gelegt hatten, machte sie sich mit dem Auto auf die Suche – ohne Erfolg. Sie fuhr nach Süden bis Notting Hill Gate, nach Norden bis zur Kilburn Lane. Je später es wurde, umso zahlreicher wurden die umherziehenden Straßengangs – Männer und Jungen, die wie Fledermäuse bei Dunkelheit hervorkamen, um zu sehen, was das Viertel ihnen darbot.

Schließlich hielt sie an der Polizeiwache Harrow Road, einem beeindruckenden viktorianischen Backsteinbau, der alle umstehenden Gebäude überragte, als wolle er verkünden, dass er noch lange hier zu stehen gedenke. Sie sprach die diensthabende

Beamtin an – eine wichtigtuerische, weiße Polizistin vom Rang eines Constables, die sich alle Zeit der Welt ließ, ehe sie von ihrem Papierkram aufschaute. Nein, lautete die Antwort, es seien heute keine fünfzehnjährigen Mädchen auf die Wache gebracht worden ... *Madam*. Zu einem anderen Zeitpunkt hätte Kendra vielleicht gespürt, wie die Haare auf ihren Armen sich auf die kleine Verzögerung zwischen »worden« und »Madam« hin aufrichteten. Doch an diesem Abend war Geringschätzung ihre geringste Sorge, und so ließ sie es auf sich beruhen und fuhr eine letzte Runde durch die nähere Umgebung. Doch von Ness keine Spur.

Das Mädchen ließ sich die ganze Nacht nicht blicken. Erst gegen neun am nächsten Morgen klopfte sie an Kendras Tür.

Auf die Frage, wo in aller Welt Vanessa die ganze Nacht gewesen sei, ihre Tante sei ganz krank vor Sorge gewesen, antwortete Ness, sie habe sich verlaufen, und nachdem sie eine Weile herumgeirrt sei, habe sie ein unverschlossenes Gemeindehaus drüben im Wornington Estate gefunden. Dort habe sie Schutz gesucht und sei schließlich eingeschlafen. »Sorry«, schloss sie und trat zur Kaffeemaschine, wo das abgestandene Gebräu vom Vorabend noch immer nicht durch frischen Morgenkaffee ersetzt worden war. Sie schenkte sich eine Tasse ein und entdeckte die Benson & Hedges ihrer Tante auf dem Tisch, wo Joel und Toby vor zwei Schalen mit Frühstücksflocken saßen, die sich Kendra hastig von einer Nachbarin geborgt hatte. »Kann ich 'ne Kippe, Tante Ken?«, fragte sie, und an Joel gewandt: »Was glotzte denn so?«

Als Joel den Kopf wieder über sein Frühstück beugte, versuchte Kendra, die Stimmung in der Küche zu eruieren, um herauszufinden, was hier eigentlich los war. Sie wusste, dass irgendetwas nicht stimmte – irgendetwas, was sie nicht so leicht würde ausmachen können –, aber sie hatte keine Ahnung, wie sie den Dingen auf den Grund gehen konnte.

»Warum bist du weggelaufen?«, fragte Kendra das Mädchen. »Warum hast du nicht wie deine Brüder einfach gewartet, bis ich nach Hause kommen würde?«

Ness zuckte die Achseln – eine Gewohnheit, zu der sie sich so häufig hinreißen ließ, dass Kendra irgendwann den Wunsch verspürte, ihre Schultern festzunageln – und griff nach der Zigarettenschachtel.

»Ich habe nicht gesagt, dass du dir eine nehmen kannst, Vanessa.«

Ness zog die Hand zurück. »Dann eben nich'.« Und etwas verzögert: »Tut mir leid.«

Diese Entschuldigung bewog Kendra zu der Frage, ob sie wegen ihrer Großmutter davongelaufen sei. »Wegen Jamaika? Weil sie euch hiergelassen hat? All das. Du hättest jedes Recht ...«

»Jamaika?«, wiederholte Ness und schnaubte. »Scheißdreck. Ich such mir hier 'n Job und 'ne eigene Bude. Hatte schon lang die Schnauze voll von der alten Kuh. Kann ich jetzt 'ne Kippe oder was?«

Da auch Kendra von Glorys zwischenzeitlich hochenglischem Einfluss geprägt worden war, gedachte sie nicht, sich Ness' Version ihrer Muttersprache länger zumuten zu lassen. »Sprich nicht so, Vanessa! Du kannst doch vernünftig reden. Also tu es!«

Ness verdrehte die Augen. »Von mir aus. Kann. Ich. Eine. Zigarette. Haben?« Sie sprach jeden einzelnen Laut überdeutlich aus.

Kendra nickte. Sie stellte keine weiteren Fragen über Ness' Abwesenheit in der vergangenen Nacht und deren mögliche Gründe, und das Mädchen steckte sich die Zigarette auf die gleiche Weise an, wie Kendra es am gestrigen Abend getan hatte: an der Flamme des Gasherds.

Kendra beäugte Ness, genau wie umgekehrt. Beide sahen für einen kurzen Moment die Gelegenheit, die sich ihnen bot. Für Kendra war es die Einladung, in die Mutterrolle zu schlüpfen, die ihr versagt geblieben war. Für Ness war es ein ebenso flüchtiger Blick auf ein Vorbild, auf einen Menschen, zu dem sie selber einmal werden konnte. So weilten sie beide einen Augenblick fern der Realität in einem Land der Möglichkeiten. Dann erinnerte Kendra sich an alles, was sie in ihrem Leben gerade unter einen Hut zu bringen versuchte, und Ness entsann sich dessen, was sie so verzweifelt vergessen wollte. Sie brachen den Blickkontakt. Kendra wies die Jungen an, sich mit dem Frühstück zu beeilen. Ness zog an ihrer Zigarette und trat ans Fenster, um einen Blick auf den grauen Wintertag draußen zu werfen.

Dann machte Kendra sich daran, ihrer Nichte die Illusionen bezüglich eines Jobs und einer eigenen Wohnung zu rauben. In ihrem Alter, erklärte sie Ness, werde niemand sie einstellen. Das Gesetz verlangte, dass sie die Schule besuchte. Ness nahm dies besser auf als befürchtet, wenn auch in genau der Weise, die Kendra erwartet hatte: mit einem Achselzucken. »Von mir aus, Ken.«

»Ich heiße Kendra, Vanessa.«

»Von mir aus.«

Dann begann der mühevolle Prozess, die Kinder in einer Schule unterzubringen. Ein Drahtseilakt, für den Kendras wohltätiger Arbeitgeber ihr nur eine Stunde am Ende jedes Arbeitstages freigab, um sich diesem und all den anderen Problemen zu widmen, die die plötzliche Anwesenheit dreier Kinder in ihrem Leben verursachten. Sie hatte die Wahl, ihren Job im Laden der AIDS-Stiftung aufzugeben, was sie sich nicht leisten konnte, oder mit den Beschränkungen zu leben, die er ihr auferlegte. Sie entschied sich für Letzteres. Dass es auch noch eine dritte Möglichkeit gab, war eine Erkenntnis, über die sie häufiger nachdachte, während sie sich abmühte, preiswerte, aber brauchbare Möbel für das Gästezimmer zu finden, und die Wäsche von vier Personen zum Waschsalon schleppte statt nur ihre eigene.

Die dritte Möglichkeit war das Jugendamt. Kendra musste nur dort anrufen. Erklären, dass sie hoffnungslos überfordert sei. Doch um Gavins willen konnte Kendra diesen Weg nicht einschlagen. Ihr Bruder Gavin, der Vater der Kinder; alles, was er sich angetan hatte. Und nicht nur das, sondern auch all das, was das Leben Gavin angetan hatte, bis hin zu seinem vorzeitigen und unnötigen Tod.

Die Kinder in ihren Haushalt zu integrieren und auf Schulen unterzubringen, dauerte zehn Tage. In dieser Zeit blieben sie zu Hause, während Kendra selbst zur Arbeit ging. Ness hatte die Aufsicht, und die einzige Unterhaltung war das Fernsehen. Ness hatte strengste Auflagen, im Haus zu bleiben, und soweit Kendra es beurteilen konnte, befolgte sie diese auch. Sie war daheim, wenn ihre Tante morgens zur Arbeit ging und wenn sie am späten Nachmittag heimkehrte. Die Tatsache, dass Ness die dazwischenliegenden Stunden des Tages durch Abwesenheit glänzte, blieb Kendra verborgen, und die Jungen hielten dicht. Joel sagte nichts, weil er wusste, welche Folgen es für ihn haben würde, wenn er seine Schwester verpfiff. Toby sagte nichts, weil es ihm nicht auffiel. Solange der Fernseher lief, konnte er sich nach Sosi zurückziehen.

Auf diese Art und Weise hatte Ness zehn Tage Zeit, sich mit dem Leben in North Kensington vertraut zu machen, was ihr keinerlei Schwierigkeiten bereitete. Six und Natasha waren notorische Schulschwänzer und nur zu gern bereit, Ness in die neue Umgebung einzuführen: Sie zeigten ihr den kürzesten Weg hinunter zum Queensway, wo sie bei Whiteley's herumlungern konnten, bis man sie wegjagte, und die besten Stellen, wo sie Kerle anquatschen konnten. Wenn sie nicht gerade damit beschäftigt waren, besorgten sie ihr Stoff, der ihr Leben glücklicher machen sollte. Damit war Ness jedoch vorsichtig. Sie wusste, es war klug, ihre fünf Sinne beisammenzuhaben, spätestens wenn ihre Tante von der Arbeit nach Hause kam.

Joel beobachtete all dies und hätte gerne etwas dazu gesagt. Aber er war zwischen widerstreitenden Loyalitäten gefangen: einerseits seiner Schwester gegenüber, die er kaum noch erkannte, geschweige denn verstehen konnte, andererseits seiner Tante gegenüber, die sie bei sich aufgenommen hatte, statt sie irgendwohin abzuschieben. Also schwieg er und sah Ness – die immer peinlich genau darauf achtete, sich zu waschen, auch das Haar und notfalls die Kleider, bevor Kendra nach Hause kam – kommen und gehen, und er wartete auf das, was unweigerlich kommen musste.

Was allerdings zuerst kam, war Holland Park, die dritte Gesamtschule, die Kendra auf der Suche nach einem Platz für Joel und Ness kontaktiert hatte. Wenn es ihr nicht gelänge, sie in einer Schule in der Nähe unterzubringen, würden sie jeden Tag nach East Acton zurückfahren müssen, was Kendra weder für die Kinder noch für sich selbst wünschte. Sie hatte es zuerst bei einer katholischen Schule versucht, weil sie hoffte, dass ein religiöses und, wie sie annahm, diszipliniertes Umfeld genau das Richtige war, um Ness auf den rechten Pfad zurückzuführen. Doch dort gab es keine freien Plätze. Also hatte sie es als Nächstes bei einer anglikanischen Schule versucht, wo sie jedoch die gleiche Antwort erhielt. Als Drittes probierte sie die Holland Park School, und dort hatte sie schließlich Erfolg. Es gab gleich mehrere freie Plätze, und die Kinder mussten lediglich die Aufnahmetests bestehen – und Schuluniformen besorgen.

Joel in die mittel- und dunkelgrau gehaltene Schulmontur zu stecken, war nicht weiter schwierig. Ness hingegen war nicht so kooperativ. Sie hatte nicht die Absicht, »in so Scheißklamotten rumzulaufen«. Kendra wies sie ob der Formulierung zurecht, stellte für die Zukunft ein Bußgeld von fünfzig Pence für jede linguistische Entgleisung in Aussicht und erwiderte, dass Ness diese Uniform sehr wohl tragen werde.

Es hätte der Auftakt zu einem Kräftemessen sein können, aber Ness gab nach. Kendra gestattete sich, erfreut zu sein, und war naiv genug zu glauben, sie habe diese Runde für sich entschieden. Sie konnte ja nicht ahnen, dass Ness nicht die Absicht hatte, für Geld oder gute Worte überhaupt zur Holland Park School zu gehen, und dass es ihr vollkommen gleich sein konnte, ob ihre Tante nun eine Uniform für sie kaufte oder nicht.

Nachdem Joel und Ness also untergebracht waren, blieb noch Toby zu versorgen. Wo immer er auch zur Schule ging, es musste irgendwo auf dem Weg zu der Bushaltestelle sein, von wo aus Ness und Joel nach Holland Park fuhren. Obwohl keiner von ihnen es offen aussprach, wussten sie doch alle, dass man Toby nicht allein zur Schule gehen lassen konnte, und Kendra würde ihrem eigenen Massagesalon – dessen Planung ohnehin auf Eis lag, seit sie die Jungen auf ihrer Türschwelle vorgefunden hatte – niemals auch nur einen Schritt näher kommen, wenn sie gleichzeitig ihren Job im AIDS-Laden behielt und Toby zu Fuß oder mit dem Auto zur Schule fahren und wieder abholen musste.

Dieses Problem kostete sie weitere zehn Tage. Es hätte einfach sein können, denn rund um Edenham Estate lagen Grundschulen in allen Richtungen, einige davon sogar direkt an dem Weg, den Tobys Geschwister zur Bushaltestelle nahmen. Aber Kendra hatte kein Glück: Entweder gab es in diesen Schulen keine freien Plätze oder keine geeignete Betreuung für jemanden mit Tobys »besonderen Bedürfnissen«, wie sie es nach einer kurzen Unterhaltung mit dem Jungen nannten. Kendra fing bereits an zu befürchten, sie müsse das Kind permanent bei sich behalten – ein schrecklicher Gedanke! –, als die Direktorin der Middle Row School sie auf das Westminster Learning Centre an der Harrow Road aufmerksam machte, nur ein kurzes Stück vom Laden der AIDS-Stiftung entfernt. Toby könne die Middle Row School besuchen, erklärte sie, vorausgesetzt, er nehme zusätzlich Sonderunterricht im Lernzentrum. »Um seine Schwierigkeiten in den Griff zu bekommen«, fügte die Direktorin hinzu, als glaube sie tatsächlich, so etwas wie Förderunterricht könne seine psychischen Probleme beheben.

Es war, als sei alles vorherbestimmt. Auch wenn Middle Row für Ness und Joel nicht auf dem direkten Weg zur Bushaltestelle lag, trennte doch nur ein fünfminütiger Fußweg Tobys Schule von der Haltestelle an der Ladbroke Grove. Und Toby nach der Schule im nahen Lernzentrum zu wissen, bedeutete, dass sie auch ein Auge auf Ness und Joel haben konnte, die ihren kleinen Bruder jeden Tag dorthin bringen sollten. Kendras Plan sah vor, dass die älteren Geschwister sich bei dieser Aufgabe abwechseln und auf dem Weg bei ihr vorbeischauen sollten.

Bei all dem hatte Kendra die Rechnung ohne Ness gemacht. Das Mädchen ließ ihre Tante denken und planen, was immer sie wollte. Sie war recht geschickt darin geworden, Kendra Sand in die Augen zu streuen, und wie so viele Halbwüchsige, die sich allmächtig vorkommen, weil es ihnen eine Zeit lang gelungen ist, unbemerkt über die Stränge zu schlagen, glaubte sie, sie könne ewig so weitermachen.

Natürlich täuschte sie sich.

Die Holland Park School schien ein Widerspruch in sich. Sie lag in einer der besten Wohngegenden Londons: ein grünes Viertel mit freistehenden Stadtvillen aus roten Ziegeln und weißem Stuck, ansprechenden Mehrfamilienhäusern mit teuren Apartments und unerschwinglichen Maisonettewohnungen. Die große Mehrheit der Schüler kam jedoch aus den verrufenen Siedlungen nördlich der Themse. Die Anwohner des Viertels waren weiß, die Schüler der Holland Park School hingegen bewegten sich ausschließlich auf der Farbskala von Braun bis Schwarz.

Joel Campbell hätte blind oder dumm sein müssen, um zu glauben, er passe in die unmittelbare Umgebung der Schule. Nachdem er herausgefunden hatte, dass es zwei Wege vom 52er Bus zur Schule gab, wählte er immer den, der ihn weniger abweisenden Blicken von Frauen in Kaschmirmänteln aussetzte, die ihre Yorkshireterrier ausführten – oder auch denen ihrer Kinder, die von Au-pair-Mädchen in Range Rovern zu besseren Schulen gefahren wurden. Er wählte den Fußweg, der ihn zur Ecke Notting Hill Gate führte. Von dort ging er in westlicher Richtung zur Campden Hill Road, statt weiter mit dem Bus zu fahren, was ihn gezwungen hätte, einige jener Straßen entlangzugehen, in die er so gut gepasst hätte wie ein verbeulter Käfer in eine Rolls-Royce-Ausstellung.

Vom ersten Tag an absolvierte er den Schulweg allein, nachdem er Toby am Tor der Middle Row School abgeliefert hatte. Ness – in die graue Schuluniform gekleidet und mit einem Rucksack auf dem Rücken – ging nur mit bis zur Golbourne Road. Dort verließ sie ihre Brüder und zog ihrer Wege, ihr Busgeld in der Tasche.

Wieder und wieder schärfte sie Joel ein: »Wehe, du verpfeifs' mich! Dann kannste was erleben!«

Joel nickte und schaute ihr nach. Er hätte ihr gern gesagt, dass es nicht nötig sei, ihm zu drohen. Er werde sie niemals verpfeifen. Wann hätte er das je getan? Zum einen war sie seine Schwester, aber selbst wenn nicht, kannte er doch die wichtigste Regel der Kindheit und Pubertät: Dichthalten! Auf dieser Basis operierten er und Ness. Er hatte keine Ahnung, was sie außer Schuleschwänzen noch so alles anstellte, und sie erzählte ihm auch nichts.

Er hätte sie trotzdem gern an seiner Seite gehabt, nicht nur bei der Aufgabe, Toby jeden Morgen und Nachmittag zu begleiten, sondern auch bei der Erfahrung, der Neue an der Holland Park School zu sein. Denn diese Schule schien Joel ein Ort voller Gefahren. Zum einen konnten ihn die Lehrer womöglich für dumm statt schüchtern halten. Er hatte keine Freunde – und das in Kombination mit seiner äußeren Erscheinung konnte ihn leicht zum Opfer werden lassen. Ness' Anwesenheit hätte die Dinge einfacher gemacht, davon war Joel überzeugt. Sie hätte sich leichter eingefügt als er. Er hätte in ihrem Kielwasser fahren können.

Allerdings hätte Ness – so wie sie heute war, nicht die Ness seiner Kindheit – dies niemals zugelassen. Aber Joel sah seine Schwester immer noch in einer Art und Weise, die ihre Abwesenheit umso schmerzlicher für ihn machte. Also versuchte er, sich unsichtbar zu machen und weder die Aufmerksamkeit seiner Mitschüler noch die der Lehrer zu wecken. Auf die herzlichen Nachfragen seines Vertrauenslehrers: »Na, wie läuft's denn, Kumpel?«, gab er immer die gleiche Antwort: »Okay.«

»Irgendwelche Schwierigkeiten? Probleme? Klappt's mit den Hausaufgaben?«

»Ja, klar.«

»Schon Freunde gefunden?«

»Läuft schon.«

»Es hat's hoffentlich auch niemand auf dich abgesehen oder so was?«

Kopfschütteln, den Blick zu Boden gesenkt.

»Denn wenn das passieren sollte, musst du mir das sofort sagen. Wir dulden so einen Unsinn nicht hier in Holland Park.« Es folgte eine lange Pause, und als Joel schließlich aufschaute, stellte er fest, dass der Lehrer, Mr. Eastbourne, ihn eingehend musterte.

»Du würdest mich doch nicht anlügen, oder, Joel? Mein Job ist es, deinen Job hier leichter zu machen, okay? Und du weißt, was dein Job in Holland Park ist, ja?«

Joel schüttelte den Kopf.

»Weiterzukommen«, erklärte Eastbourne. »Bildung zu erlangen. Das willst du doch, oder? Denn du musst es wollen, um Erfolg zu haben.«

»Okay.« Joel wollte nur noch weg und diesem forschenden Blick entfliehen. Hätten achtzehn Stunden Hausaufgaben am Tag dazu geführt, dass er für Mr. Eastbourne und alle anderen hier unsichtbar würde, hätte er sie dankend in Kauf genommen. Er hätte alles dafür getan.

Die Mittagspause war das Schlimmste. Wie in jeder Schule fanden die Jungen und Mädchen sich auch hier zu Gruppen zusammen, von denen jede einzelne eine bestimmte Ausrichtung hatte, die nur ihren Mitgliedern bekannt war. Diejenigen Teenager, die als beliebt angesehen wurden – ein Etikett, das sie sich selbst verliehen hatten, das aber offenbar niemand infrage stellte –, hielten sich in deutlicher Distanz von den Strebern auf. Die Streber blieben auf Abstand zu all jenen, deren Zukunft auf einen Job an der Supermarktkasse beschränkt schien. Die Sozialkritischen machten einen Bogen um die Unpolitischen. Die Markenbewussten glaubten sich jenen überlegen, die für dergleichen nur Verachtung übrig hatten. Natürlich gab es dazwischen Inseln von Individuen, die in keine dieser Gruppen passten, aber sie waren die Außenseiter, die selber nicht wussten, wie man jemanden willkommen hieß. Also blieb Joel während der Mittagspausen für sich.

So hatte er es mehrere Wochen lang gehalten, bis ihn eines Tages jemand ansprach. Er stand an seinem üblichen Essplatz –

nahe dem Schultor an dem Kabuff des Sicherheitspersonals, wo ihn vom Schulhof aus niemand sehen konnte –, als er die Stimme hörte. Eine Mädchenstimme. »Warum isst du denn hier, Mann?«, fragte sie.

Als Joel erkannte, dass er gemeint war, und aufschaute, entdeckte er ein pakistanisches Mädchen mit einem marineblauen Kopftuch, das auf dem Weg Richtung Schulhof stand, als habe der Wachmann es gerade erst aufs Gelände gelassen. Die Schuluniform war ihr ein paar Nummern zu groß und verbarg erfolgreich, was immer ihr an weiblichen Rundungen zu eigen sein mochte.

Da es Joel bislang gelungen war, von niemandem außer den Lehrern angesprochen zu werden, wusste er nicht recht, wie er reagieren sollte.

»Hey! Biste stumm oder was?«

Joel wandte den Kopf ab, er spürte sein Gesicht heiß werden, und er wusste genau, was das mit seiner seltsamen Gesichtsfarbe anstellte. »Nein«, antwortete er leise.

»Also, was treibste dann hier?«

»Essen.«

»Das seh ich, Mann. Aber hier isst keiner. Is' nich' ma' erlaubt. Wieso hat dir keiner gesagt, wo du essen solls'?«

Er zuckte die Schultern. »Stört doch kein', wenn ich hier steh, oder?«

Sie kam näher und postierte sich vor ihm. Damit er sie nicht ansehen musste, stierte er auf ihre Schuhe hinab. Sie waren schwarz mit jeder Menge Riemchen – die Sorte Schuhe, die man in einem trendigen Laden sah. Sie wirkten irgendwie fehl am Platz, und Joel fragte sich, ob sie unter der übergroßen Uniform vielleicht noch andere trendige Sachen trug. Das hätte vermutlich seine Schwester getan, und dieses Mädchen mit Ness in Verbindung zu setzen, linderte seine Verlegenheit ein wenig. Das war wenigstens eine bekannte Größe.

Sie beugte sich vor und fixierte ihn. »Ich kenn dich«, sagte sie dann. »Du komms' mit dem Bus. Mit dem 52er. Wie ich. Wo wohns' du?«

Er sagte es ihr, wagte einen flüchtigen Blick auf ihr Gesicht. Der Ausdruck verwandelte sich von neugierig in überrascht. »Edenham Estate? Da wohn ich auch. Im Hochhaus. Ich hab dich da noch nie geseh'n. Wo steigste denn ein? Nich' an meiner Haltestelle, aber ich hab dich im Bus geseh'n.«

Er erklärte ihr, dass er einen kleinen Bruder habe, den er zur Schule bringen müsse. Ness erwähnte er nicht.

Das Mädchen nickte und erwiderte dann: »Ach so. Ich heiß Hibah. Wer is'n dein Vertrauenslehrer?«

»Mr. Eastbourne.«

»Reli?«

»Mrs. Armstrong.«

»Mathe?«

»Mr. Pearce.«

»Oh. Der is' echt fies. Biste gut in Mathe?«

Das war er, aber er wollte es lieber nicht zugeben. Er hatte Spaß an Mathematik. Es war ein Fach mit Antworten, die entweder richtig oder falsch waren. Da wusste man, woran man war.

Hibah fragte: »Haste auch 'n Namen?«

»Joel.« Und er fügte noch etwas hinzu, obwohl sie nicht gefragt hatte: »Ich bin neu hier.«

»Is' klar«, sagte sie, und er fühlte sein Gesicht wieder heiß werden, weil es verächtlich klang. »Weil du hier allein rumhängs«, erklärte sie. »Da hab ich mir das gedacht. Und ich hab dich hier auch schon mal geseh'n.« Sie nickte zum Tor hinüber, das das Schulgelände vom Rest der Welt trennte. »Mein Freund kommt fast jeden Mittag hierher«, fügte sie hinzu. »Drum hab ich dich geseh'n, wenn ich zum Tor geh, wenn ich mit ihm rede.«

»Geht der hier nich' zur Schule?«

»Der geht nirgendwo zur Schule. Müsste eigentlich, geht aber nich'. Ich treff mich hier mit ihm, weil wenn mein Dad mich je mit ihm seh'n würd, würd er mich grün und blau prügeln. Moslem«, fügte sie hinzu, und das Eingeständnis schien sie verlegen zu machen.

Joel wusste nicht, was er darauf erwidern sollte, also sagte er gar nichts.

»Neunte Klasse«, sagte Hibah. »Aber wir könn' Freunde sein. Sonst nix, kapiert, weil wie gesagt, ich hab 'n Freund. Aber Freunde könn' wir ja trotzdem sein.«

Dies war ein so überraschendes Angebot, dass Joel wie gelähmt war. So etwas hatte noch nie irgendjemand zu ihm gesagt, und er konnte sich nicht vorstellen, warum Hibah es tat. Hätte er sie gefragt, wäre Hibah selbst wohl kaum in der Lage gewesen, es zu erklären. Doch ihr inakzeptabler Freund und ihre Lebensperspektive hatten sie zwischen die Frontlinien zweier verfeindeter Welten katapultiert, sodass sie wusste, wie es sich anfühlte, fremd zu sein. So kam es, dass Hibah mehr Mitgefühl aufbringen konnte als ihre Altersgenossen, und so wie Magneten einander anziehen, findet ein Außenseiter den anderen, selbst wenn er sich dessen gar nicht bewusst ist. Das war auch bei Hibah der Fall.

Als Joel nicht reagierte, sagte sie schließlich: »Scheiße. Ich hab nich' die Krätze oder so. Na ja, egal. Wir könn' ja im Bus Hallo sagen. Das bringt dich nicht um, oder?« Und damit ging sie davon.

Die Glocke läutete zum Ende der Pause, ehe Joel Hibah einholen und ihr seinerseits Freundschaft anbieten konnte.

3

Was Freundschaft anging, entwickelten die Dinge sich für Ness vollkommen anders, jedenfalls oberflächlich betrachtet. Wenn sie sich morgens von ihren Brüdern trennte, tat sie, was sie seit ihrem ersten Abend in North Kensington getan hatte: Sie traf sich mit ihren Freundinnen Natasha und Six. Dazu trennte sie sich in der Nähe der Portobello Bridge von Joel und Toby und blieb dort stehen, bis sie sicher war, dass die Jungen nicht sehen würden, welche Richtung sie einschlug. Sobald sie außer Sichtweite waren, machte sie kehrt, ging am Trellick Tower vorbei und dann in nördlicher Richtung nach West Kilburn.

Auf ihrem Weg ließ sie höchste Vorsicht walten, denn um ihr Ziel zu erreichen, musste sie die Fußgängerbrücke über den Grand Union Canal überqueren, die sie ausgerechnet zur Harrow Road brachte, gar nicht weit von dem Wohltätigkeitsladen entfernt, wo ihre Tante arbeitete. Obwohl Ness für gewöhnlich lange vor Beginn der Öffnungszeiten dort vorbeikam, bestand immer die Gefahr, dass Kendra eines Tages beschloss, früher zur Arbeit zu gehen, und das Letzte, was Ness wollte, war, auf dem Weg zur Second Avenue von ihrer Tante gesehen zu werden. Nicht dass sie eine Konfrontation mit ihrer Tante fürchtete, war Ness doch immer noch der irrigen Auffassung, dass sie mit jedem fertig werden konnte, einschließlich Kendra Osborne. Sie wollte lediglich vermeiden, Zeit mit ihrer Tante vergeuden zu müssen. Falls sie sich trafen, musste Ness aus dem Stegreif eine Ausrede finden, warum sie zur falschen Zeit am falschen Ort war. Sie war überzeugt, dass sie das mühelos konnte – schließlich waren jetzt Wochen seit ihrem Umzug von East Acton hierher vergangen, und ihre Tante hatte immer noch keine Ahnung, was sie trieb –, aber sie wollte darauf keine Energien verschwenden. Es kostete sie bereits genug Kraft, sich in die Ness Campbell zu verwandeln, die zu werden sie beschlossen hatte.

Sobald sie die Harrow Road überquert hatte, ging Ness auf direktem Wege zum Jubilee Sports Centre, einem weitläufigen, flachen Gebäude an der nahen Caird Street, das den Bewohnern der Gegend andere Freizeitmöglichkeiten bot, als sich immer nur in Schwierigkeiten zu bringen oder daraus wieder herauszuwinden. Ness betrat das Gebäude, und unweit des Kraftraums, wo man zu beinahe jeder Tageszeit das Klirren von Hanteln und das Stöhnen der Gewichtheber hören konnte, betrat sie die Damentoilette, um die Kleidung und die Schuhe anzuziehen, die sie in ihrem Rucksack mitgebracht hatte. Die abscheuliche graue Hose wurde durch hautenge Jeans ersetzt, der gleichermaßen abscheuliche graue Pullover durch ein Spitzentop oder ein dünnes T-Shirt. Hochhackige Stiefel und offenes Haar, das ihr Gesicht umschmeichelte, wie sie es gern hatte. Dann legte sie noch mehr Make-up auf – dunkleren Lippenstift, dicken Kajalstrich und Glitzerlidschatten – und betrachtete im Spiegel das Mädchen, das sie geschaffen hatte. Wenn ihr gefiel, was sie sah, und das war meistens der Fall, verließ sie das Fitnessstudio und ging um die Ecke zur Lancefield Street.

Hier wohnte Six in einem weitläufigen Gebäudekomplex namens Mozart Estate. Es war ein endloses Labyrinth aus Backsteinhäusern: Dutzende Reihenhäuser und Wohnblocks, die sich bis zur Kilburn Lane erstreckten. Wie all diese Projekte war das Mozart Estate erbaut worden, um eine Verbesserung der Wohnverhältnisse in den Mietskasernen, die es ersetzt hatte, herbeizuführen, doch im Laufe der Zeit war die Siedlung genauso heruntergekommen wie ihre Vorgänger. Tagsüber ging es dort verhältnismäßig harmlos zu, es waren nur wenige Menschen auf der Straße – ein paar Rentner auf dem Weg zum Laden an der Ecke, die einen Laib Brot oder einen Karton Milch besorgen wollten. Nach Einbruch der Dunkelheit sahen die Dinge indes anders aus. Die Nachtgeschöpfe vom Mozart Estate standen schon lange auf Kriegsfuß mit dem Gesetz, handelten mit Drogen, Waffen und Gewalt und verfuhren entsprechend mit jedem, der versuchte, sie aufzuhalten.

Six lebte in einem der Wohnblocks, der den Namen Farnaby House trug: drei Stockwerke hoch, eine dicke hölzerne Sicherheitstür am Eingang, Balkone, die im Sommer nach draußen einluden, PVC auf den Fluren und gelbe Farbe an den Wänden. Von außen sah es nicht einmal so übel aus, doch wenn man näher trat, entdeckte man, dass die Sicherheitstür zertrümmert war, die kleinen Fenster links und rechts davon entweder zerbrochen oder vernagelt, scharfer Uringeruch schlug einem im Eingangsflur entgegen, und man sah die Löcher, die Vandalen in die Wände getreten hatten.

Die Wohnung, in der Six' Familie lebte, war von Gerüchen und Lärm beherrscht. Abgestandener Zigarettenrauch mischte sich mit dem Geruch von ungewaschenen Textilien, und der Fernseher plärrte ebenso wie die gebrauchte Karaoke-Maschine, die Six von ihrer Mutter zu Weihnachten bekommen hatte. Dieses Gerät, glaubte die Mutter, werde der Tochter den Weg ebnen, um ihren Traum von einer Karriere als Popstar zu erfüllen. Außerdem hoffte sie, selbst wenn sie das nicht laut sagte, dass das Singen ihr Kind von der Straße fernhalten werde. Die Tatsache, dass die Karaoke-Maschine keine dieser Funktionen erfüllte, war Six' Mutter bislang verborgen geblieben, und selbst wenn das Verhalten ihrer Tochter darauf hingedeutet hätte, hätte sie sich blind gestellt. Sie hatte zwei Jobs; das war nötig, um die vier der sieben Kinder, die sie noch bei sich hatte, einzukleiden und zu ernähren. Sie hatte weder die Zeit noch die Energie, sich zu fragen, was ihre Sprösslinge trieben, während sie die Zimmer im Hyde Park Hilton putzte oder in der Wäscherei des Dorchester Hotels Laken und Kissenbezüge bügelte. Wie die meisten Mütter in ihrer Situation wünschte sie sich für ihre Kinder eine bessere Zukunft. Dass drei von ihnen bereits in ihre Fußstapfen getreten waren – unverheiratet und in überschaubaren Abständen schwanger von immer neuen nutzlosen Kerlen –, hielt sie für pure Bockigkeit. Dass drei der übrigen vier ebenfalls in diese Richtung steuerten, weigerte sie sich zu erkennen. Nur ein einziges ihrer Kinder besuchte halbwegs regelmäßig die Schule, was ihm den Spitznamen »Professor« eingetragen hatte.

Ness ging durch die zertrümmerte Sicherheitstür von Farnaby House und eine Treppe hinauf. Six war in ihrem Zimmer, das sie mit ihren Schwestern teilte, und Natasha war zu Besuch, versuchte gerade, ihre bereits rot lackierten kurzen Fingernägel mit einer Schicht grellviolettem Glanzlack zu versehen, während Six das Karaoke-Mikrofon an die Brust gedrückt hielt und wilde Zuckungen zum Instrumentalteil einer alten Madonna-Nummer vollführte. Als Ness eintrat, setzte Six gerade wieder zum Gesang an. Sie sprang vom Bett, das ihr als Bühne gedient hatte, umtänzelte Ness im Takt der Musik, ehe sie sie packte und zu einem Zungenkuss an sich zog.

Ness stieß sie weg und fluchte in einer Ausdrucksweise, die ihr ein stattliches Bußgeld eingetragen hätte, wenn ihre Tante sie gehört hätte. Dann schnappte sie sich von einem der drei Betten ein Kissen und wischte sich am Bezug den Mund ab. Zwei Schmierspuren aus leuchtend rotem Lippenstift blieben zurück: eine auf dem Kissen, eine auf Ness' Wange.

Natasha lachte träge, während Six, die nicht einmal aus dem Takt geraten war, sich zu ihr hinüberschlängelte. Natasha empfing den Kuss willig, öffnete den Mund zur Größe einer Untertasse, um so viel Zunge aufnehmen zu können, wie Six ihr zu geben gedachte. Ness' Magen zog sich zusammen, und sie musste sich abwenden. Ihr Blick fiel auf etwas, was das enthemmte Verhalten ihrer Freundinnen erklärte: Auf der Kommode lag ein Handspiegel mit dem Glas nach oben, darauf sichtbar Spuren von weißem Pulver.

»Scheiße!«, schimpfte Ness. »Ihr habt nich' auf mich gewartet? Haste noch was übrig, Six, oder war's das?«

Six und Natasha ließen voneinander ab.

»Ich hab dir doch gesagt, du solltest gestern Abend herkommen, oder?«, entgegnete Six.

»Du weiß' genau, dass ich das nich' kann. Wenn ich nich' rech'zeitig daheim bin … Scheiße. *Scheiße*. Wie hast du's gekriegt?«

»Tash hat's besorgt«, antwortete Six. »Der Blowjob muss der Hammer gewesen sein.«

Die beiden Mädchen lachten verschwörerisch. Wie Ness inzwischen wusste, hatten die beiden eine Vereinbarung mit ein paar jungen Fahrradkurieren, die von einem der Großhändler in West Kilburn aus Kunden versorgten, die es vorzogen, ihre Drogen in den eigenen vier Wänden zu konsumieren, statt dafür eines der einschlägig bekannten Lokale aufzusuchen. Für ein wenig Pulver aus sechs oder sieben Beuteln, sodass es insgesamt nicht auffiel, bekamen sie einen geblasen. Natasha und Six wechselten sich mit dieser Dienstleistung ab; den jeweiligen Lohn teilten sie schwesterlich.

Ness ergriff den Spiegel, befeuchtete ihren Finger und wischte das bisschen Pulver auf, das noch übrig war. Sie verrieb es auf dem Gaumen, aber es stellte sich keine Wirkung ein. Sie spürte den harten, heißen Stein in ihrer Brust größer werden. Sie hasste es, ausgeschlossen zu sein, und genau das war sie hier – und sie würde es auch bleiben, wenn sie den Mädchen nicht bald auf ihrem Trip folgen konnte.

Sie wandte sich ihnen zu: »Haste wenigstens Gras?«

Six schüttelte den Kopf. Sie tanzte zur Karaoke-Maschine hinüber und stellte sie ab. Natasha beobachtete sie mit glühenden Augen. Sie war zwei Jahre jünger als Six und sah zu ihrer Freundin verehrungsvoll auf. Doch heute Vormittag fand Ness diese Art von Anbetung widerlich, vor allem wenn sie bedachte, welche Rolle Natasha gestern Abend gespielt hatte, um sich selbst und Six mit Stoff zu versorgen – unter Ausschluss von Ness.

Sie sagte zu Natasha: »Scheiße, weißt eigentlich, wie du aussiehs', Tash? Wie 'ne Lesbe. Willste Six zum Frühstück vernaschen oder was?«

Six verengte die Augen und ließ sich aufs Bett fallen. Sie durchwühlte einen Kleiderhaufen am Boden, fischte eine Jeans heraus und zog eine Zigarettenschachtel aus einer der Taschen. Sie steckte sich eine an und sagte: »Pass auf, was du sagst, Ness. Tash is' in Ordnung.«

»Wieso? Stehste da drauf?«, fragte Ness.

Das war die Art Bemerkung, die Six unter anderen Umständen vielleicht dazu veranlasst hätte, eine Prügelei mit Ness anzuzetteln, aber sie war unwillig, irgendetwas zu tun, was sie aus dem angenehmen Rausch reißen konnte. Darüber hinaus wusste sie genau, was Ness so verärgerte, und sie gedachte nicht, sich auf fruchtlose Diskussionen einzulassen, nur weil Ness nicht sagen konnte, was sie eigentlich meinte. Six war kein Mädchen, das um den heißen Brei herumredete. Sie hatte von Kindesbeinen an gelernt, direkt zu sein – die einzige Möglichkeit, sich in ihrer Familie Gehör zu verschaffen.

»Du kannst dazugehören, mit oder ohne das Zeug«, sagte sie. »Mir is' das egal. Liegt ganz bei dir. Ich und Tash könn' dich gut leiden, aber wir ändern uns nich', damit wir dir gefall'n, Ness.« Und an Natasha gewandt: »Is' das cool für dich, oder, Tash?«

Natasha nickte, obwohl sie keine Ahnung hatte, wovon Six eigentlich sprach. Natasha war schon lange das Anhängsel: Sie brauchte jemanden, der wusste, wohin die Reise ging, und der sie mitschleifte, sodass sie selbst nicht nachdenken oder eigene Entscheidungen treffen musste. Darum war für sie so gut wie alles »cool«, was um sie herum geschah, solange das jeweilige Objekt ihrer parasitischen Anbetung der Auslöser war.

Six' kleine Ansprache brachte Ness in eine schwierige Position: Sie wollte nicht verwundbar sein – weder durch diese beiden noch durch sonst irgendjemanden –, doch die Mädchen verhießen ihr ein gewisses Gemeinschaftsgefühl und eine Ausflucht. Sie versuchte, die Kurve zu kriegen. »Gib ma' 'ne Kippe«, sagte sie, bemüht darum, gelangweilt zu klingen. »Für alles andere is' mir sowieso noch zu früh.«

»Grad has' du noch gesagt …«

Six hatte keine Lust auf Streit und fiel Natasha ins Wort: »Genau. Zu früh.« Sie warf Ness ein Zigarettenpäckchen und ein Plastikfeuerzeug zu. Ness fingerte eine Zigarette hervor und zündete sie sich an, ehe sie beides an Natasha weiterreichte. Damit senkte sich so etwas wie Frieden auf sie herab, und sie konnten endlich den restlichen Tag planen.

Seit Wochen folgte ihr Tagesablauf einem festen Muster. Morgens waren sie bei Six zu Hause. Six' Mutter war nicht da, der Bruder in der Schule, die beiden Schwestern entweder noch im Bett oder zu Besuch bei ihren drei älteren Geschwistern, die mit ihrem Nachwuchs in den benachbarten Siedlungen wohnten. Ness, Natasha und Six nutzten diese Zeit, um sich gegenseitig zu frisieren, zu schminken und die Nägel zu lackieren, während sie Radio hörten. Gegen halb zwölf machten sie sich auf den Weg in Richtung Kilburn Lane, um nachzusehen, was dort »ging«, und um am Zeitungskiosk Zigaretten zu klauen, Gin in der Spirituosenhandlung, gebrauchte Kassetten bei Apollo Video und im Al Morooj Market alles, was nicht niet- und nagelfest war. Sie waren nur mäßig erfolgreich, denn allein ihr Erscheinen reichte, um die Wachsamkeit der jeweiligen Ladenbesitzer zu schärfen. Die Herren drohten den Mädchen regelmäßig mit der Schulbehörde – ein Einschüchterungsversuch, den keine von ihnen ernst nahm.

Wenn sie nicht zur Kilburn Lane gingen, fuhren sie die kurze Busstrecke zum Queensway in Bayswater, wo zahllose Attraktionen lockten: Internetcafés, die Einkaufspassage in Whiteley's, die Schlittschuhbahn, einige Boutiquen und – Hort ihrer größten Sehnsucht – ein Handyladen. Ohne Mobiltelefon konnte ein Heranwachsender in London sich nicht vollkommen fühlen, und so kam es, dass der Höhepunkt ihrer Ausflüge zum Queensway immer der Handyladen war – der heilige Schrein am Ende ihrer Wallfahrt.

Regelmäßig forderte man sie dort auf, das Geschäft zu verlassen, was ihre Gier aber lediglich steigerte. Die Anschaffung eines Handys lag außerhalb ihrer – nicht existenten – finanziellen Möglichkeiten, nicht jedoch außerhalb ihrer kriminellen Fantasien.

»Wir könnten uns gegenseitig SMS schicken«, sagte Six. »Du könntest an einem Ort sein, ich am andern. Wir bräuchten echt nur so 'n Handy, Tash.«

»Hmh.« Natasha seufzte.

»Planen, wo wir uns treffen.«

»Shit von einem der Jungs organisieren, wenn wir was brauchen.«

»Genau. Wir müssen so'n Handy kriegen. Hat deine Tante eins, Ness?«

»Klar.«

»Wieso klauste das nich' einfach?«

»Weil wenn ich das mach, hat sie mich dran. Mir is' lieber, sie beachtet mich nich'.«

Das war nicht gelogen. Weil sie klug und diszipliniert genug war, nur am Wochenende abends auszugehen, weil sie in ihrer Schuluniform zu Hause saß, wenn ihre Tante abends von der Arbeit oder von ihrem Massagekurs heimkam, und weil sie vorgab, am Küchentisch ihre Hausaufgaben zu machen, während Joel genau das tatsächlich tat – nur deshalb war es Ness bislang gelungen, Kendra über ihr tatsächliches Leben im Dunkeln zu lassen. Sie ließ größte Umsicht walten, und wenn es gelegentlich vorkam, dass sie zu viel getrunken hatte und es nicht riskieren konnte, sich zu Hause blicken zu lassen, rief sie ihre Tante brav an, um Bescheid zu sagen, dass sie bei ihrer Freundin Six schlafen werde.

»Was für ein Name ist das denn?«, hatte Kendra wissen wollen. »Six? Sie heißt Six?«

Ihr richtiger Name sei Chinara Kahina, erklärte Ness, aber ihre Familie und Freunde nannten sie immer nur Six, weil sie das sechste Kind ihrer Mutter und zweitjüngster Spross der Familie war.

Das Wort »Familie« verlieh Six' Lebensverhältnissen einen Anstrich von Seriosität, der Kendra irrigerweise zu dem Gefühl verleitete, bei dieser Freundin sei ihre Nichte sicher, und dort ginge alles mit rechten Dingen zu. Hätte Kendra gewusst, was man sich bei Six zu Hause unter »Familie« vorstellte, hätte sie dieses Zuhause selbst gesehen oder das, was dort vorging, wäre ihre Dankbarkeit darüber, dass Ness so schnell eine Freundin in der Gegend gefunden hatte, deutlich gedämpfter gewesen. Da sie von den wahren Verhältnissen aber keine Ahnung hatte und Ness ihr keinen Anlass zu Argwohn gab, ließ Kendra sich zu dem Glauben verleiten, es sei alles in Ordnung. So konnte sie sich guten Gewissens mit ihren Zukunftsplänen als Masseurin befassen und ihre Freundschaft mit Cordie Durelle neu beleben.

Diese Freundschaft hatte in den Wochen, seit die Campbell-Kinder bei Kendra eingezogen waren, gelitten. Ihre Ausflüge ins Nachtleben wurden jetzt ebenso regelmäßig vertagt, wie sie früher stattgefunden hatten. Die stundenlangen Telefonate, die einst Stützpfeiler dieser Freundschaft gewesen waren, wurden immer kürzer und verkamen schließlich zu dem Versprechen: »Ich ruf bald zurück, Liebes.« Nur dass »bald« sich nie einstellte. Doch als das Leben am Edenham Way allmählich das entwickelte, was Kendra als festes Muster betrachtete, gedachte sie, sich Stück für Stück der Tage und Abende zurückzuerobern, die sie vor der Ankunft der Kinder gekannt hatte. Als Erstes kam ihre Arbeit: Weil sie die unbezahlte freie Stunde pro Tag nicht mehr brauchte, um sich um die Belange ihrer Nichte und Neffen zu kümmern, begann sie wieder, Vollzeit im Laden der AIDS-Stiftung zu arbeiten. Sie nahm ihre Kursbesuche im Kensington and Chelsea College wieder auf, genau wie die Werbemassagen im Fitnessstudio in der Portobello Green Arcade. Die Kinder hatten sich in ihren Augen so gut eingelebt, dass sie diese Massagen auf zwei weitere Sportclubs in der Umgebung ausweitete, und schließlich stellten sich auf diesem Wege sogar drei erste Stammkunden ein, sodass sie das Gefühl hatte, das Leben kehrte in geregelte Bahnen zurück.

Kendra freute sich, Cordie zu sehen, als ihre Freundin im Laden vorbeischaute. Es war ein regnerischer Nachmittag, nicht lange nach dem kleinen Zwischenfall mit dem Zungenkuss von Ness und Six.

Kendra hatte Joel und Toby erwartet, denn es war in etwa die Zeit, da sie sich vom nahen Lernzentrum auf den Heimweg machten. Sie versuchte gerade, eine Spende abscheulichen Modeschmucks aus den Siebzigerjahren zu einer ansprechenden Auslage zu arrangieren, als sie das Glöckchen über der Tür klingeln hörte. Sie schaute auf, entdeckte Cordie statt der Jungen am Eingang, lächelte und sagte: »Tu mir den Gefallen, und lenk mich von diesem Mist hier ab!«

»Der Kerl, den du dir angelacht hast, muss ja der Hammer sein«, bemerkte Cordie. »Der besorgt's dir wahrscheinlich dreimal am Tag, und du liegs' nur da und stöhns', und dein Hirn zerschmilz' dir dabei. Isses so, Miss Kendra?«

»Soll das ein Witz sein? Ich hab so lang keinen Kerl mehr gehabt, dass ich gar nicht mehr weiß, was an ihnen anders is' als bei uns«, antwortete Kendra.

»Na, Gott sei Dank«, befand Cordie. »Ehrlich, ich hab schon geglaubt, du treibs' es mit meinem Gerald und gehst mir aus dem Weg, weil du sicher bist, ich würd's dir sofort anseh'n. Nur eins sag ich dir, du Schlampe: Ich wär ja so froh, wenn du's mit Gerald machen würdest. Dann würde er mich nicht jede Nacht bespringen.«

Kendra lachte mitfühlend. Gerald Durelles Sexualtrieb war seit jeher das Kreuz, das seine Frau zu tragen hatte. In Kombination mit seinem Wunsch, einen Sohn zu zeugen – sie hatten bereits zwei Töchter –, machte dieser Trieb ihre bereitwillige Anwesenheit in seinem Bett zur zentralen Komponente ihres Ehelebens. Solange Cordie sich anfangs gierig gab und am Ende befriedigt, merkte er jedoch nicht, dass sie in der Zeit dazwischen Löcher in die Luft starrte und sich fragte, wann ihm endlich aufgehen würde, dass sie heimlich die Pille nahm.

»Ist er inzwischen dahintergekommen?«, fragte Kendra ihre Freundin.

»Gott, nein«, erwiderte Cordie. »Der Mann hat ja so ein großes Ego! Der is' überzeugt davon, dass ich überglücklich bin, seine Babys abzusondern, bis er endlich kriegt, was er will.«

Sie schlenderte zur Ladentheke hinüber. Cordie hatte vergessen, den Mundschutz abzunehmen, der zur Uniform der Kosmetikerinnen beim *Princess European and Afro Unisex Hair Salon* gehörte. Sie trug ihn unter dem Kinn wie eine elisabethanische Halskrause, darunter einen roten Polyesterkittel und Gesundheitsschuhe. Als Tochter eines äthiopischen Vaters und einer kenianischen Mutter war Cordie von tiefschwarzer

Hautfarbe und majestätischer Erscheinung, mit einem grazilen Hals und einem Profil, das man auf Münzen hätte prägen können. Aber selbst gute Gene, ein perfekt symmetrisches Gesicht, wunderbare Haut und die Figur eines Mannequins konnten die unvorteilhafte Montur, die der Kosmetiksalon seinen Angestellten verordnete, nicht aufwiegen.

Sie ging an Kendras Tasche, die wie immer in dem Schrank unter der Kasse stand, öffnete sie und fischte sich eine Zigarette heraus.

»Was machen die Mädchen?«, fragte Kendra.

Cordie schüttelte das Streichholz aus. »Manda will Makeup, ein Nasenpiercing und einen Freund, und Patia will ein Handy.«

»Wie alt sind sie gleich wieder?«

»Sechs und zehn.«

»Scheiße. Da hast du aber wirklich alle Hände voll zu tun.«

»Das kannst du laut sagen. Ich wette, mit zwölf sind sie beide schwanger.«

»Was hält Gerald davon?«

Cordie blies Qualm durch die Nase aus. »Sie führen ihn an der Nase rum, diese Mädchen. Manda braucht nur mit dem Finger zu schnipsen, schon schmilzt er dahin. Patia verdrückt ein paar Tränchen, und er zückt erst sein Portemonnaie und reicht ihr dann sogar noch ein Taschentuch. Wenn ich zu irgendwas Nein sage, sagt er Ja. Sie sollen auf nichts verzichten müssen, nicht so wie ich früher, sagt er. Ehrlich, Ken, wenn du heutzutage Kinder hast, heißt das: Chronische Kopfschmerzen, egal, was du einwirfst.«

»Das hast du ja immer schon gesagt«, erwiderte Kendra. »Ich dachte immer, ich sei davor sicher, und jetzt schau's dir an: Ich steh mit dreien da.«

»Wie kommst du klar?«

»Ganz gut, wenn man bedenkt, dass ich keine Ahnung von Erziehung hab.«

»Und wann lern ich sie endlich ma' kennen? Oder versteckst du sie vor mir?«

»Verstecken? Warum in aller Welt sollt ich das denn tun?«

»Keine Ahnung. Vielleicht hat eins zwei Köpfe oder so?«

»Du hast es erraten.« Kendra lachte in sich hinein. Aber Tatsache war, dass sie die Campbell-Kinder tatsächlich vor ihrer Freundin versteckte. Sie sozusagen unter Verschluss zu halten, ersparte ihr, irgendjemandem irgendetwas bezüglich dieser Kinder erklären zu müssen. Und natürlich wären Erklärungen erforderlich. Nicht nur wegen ihres Aussehens – Ness war die Einzige, die auch nur entfernt verwandt mit Kendra aussah, und das auch nur, wenn sie ordentlich Make-up aufgetragen hatte –, sondern auch wegen ihres Verhaltens, vor allem des der Jungen. Für Joels Introvertiertheit konnte sie womöglich eine Erklärung finden. Doch zu erklären, warum Toby so war, wie er war, hielt sie für undenkbar. Sie würde Gefahr laufen, die Mutter der Kinder zu erwähnen. Cordie wusste bereits, was mit ihrem Vater passiert war, aber der Aufenthaltsort von Carole Campbell hatte in ihren Unterhaltungen bislang keine Erwähnung gefunden. Und Kendra wollte es auch dabei belassen.

Doch die Umstände machten ihr einen Strich durch die Rechnung. Keine Minute später öffnete sich die Ladentür erneut. Joel und Toby kamen aus dem Regen hereingehastet – Joels Schuluniform auf den Schultern durchnässt, Toby mit dem Schwimmreifen auf den Hüften, als erwarte er eine Flut biblischen Ausmaßes.

Es blieb Kendra nichts anderes übrig, als sie Cordie vorzustellen – und das möglichst kurz und schmerzlos: »Wenn man vom Teufel spricht. Da sin' schon mal zwei von ihn': Joel. Und Toby. 'n Stück Paprikapizza von Tops, ihr beiden? Wollt ihr'n Snack?«

Ihre Sprache war für die Jungen beinahe so verwirrend wie das unerwartete Angebot. Joel wusste nicht, was er sagen sollte, und da Toby stets Joels Beispiel folgte, antwortete keiner der beiden. Joel senkte lediglich den Kopf, und Toby trippelte zum Verkaufstisch hinüber, wo er sich mit Glasperlenketten behängte, bis er aussah wie ein Zeitreisender aus der Hippie-Ära.

»Habter eure Zunge verschluckt?«, fragte Cordie freundlich.

»Oder seid ihr schüchtern? Schande, echt, da sollt'n meine Mädels sich mal für 'ne Stunde oder so 'ne Scheibe abschnei'n. Wo habter denn eure Schwester gelass'n? Die muss ich doch auch kennenler'n.«

Joel schaute auf. Jeder, der geübt im Deuten von Mimik war, hätte erkennen können, dass er eine Entschuldigung für Ness suchte. Es kam nicht oft vor, dass jemand direkt nach ihr fragte, darum hatte er keine Antwort parat. »Die is' bei ihr'n Freundinnen«, sagte er schließlich, aber er sah nicht Cordie dabei an, sondern seine Tante. »Die arbeiten an irgend'nem Schulprojekt.«

»Dann is' sie wohl richtig fleißig, ja?«, fragte Cordie. »Und wie sieht's aus mit euch beiden? Seid ihr auch fleißig?«

Toby wählte diesen Moment, um sich zu Wort zu melden: »Ich hab heut 'n Twix gekriegt, weil ich mir nich' in die Hose gemacht hab. Ich wollt, aber ich hab's nich' getan, Tante Ken. Also hab ich ein Twix gekriegt, weil ich gefragt hab, ob ich aufs Klo kann.« Und er unterstrich seine frohe Kunde mit einer kleinen Pirouette.

Cordie sah zu Kendra. Sie wollte etwas sagen, aber Kendra kam ihr zuvor und fragte Joel leutselig: »Wie sieht's aus mit Pizza?«

Joel willigte mit einer Munterkeit ein, die besagte, dass er ebenso erpicht darauf war zu verschwinden, wie Kendra ihn und seinen Bruder aus dem Laden haben wollte. Er nahm die drei Pfund, die sie ihm reichte, führte Toby aus dem Laden und in Richtung Great Western Road. Die beiden Jungen ließen einen dieser Momente zurück, da die Dinge entweder überspielt, ausgesprochen oder vollkommen ignoriert werden. Wie diese Szene interpretiert werden sollte, lag allein bei Cordie, und Kendra beschloss, ihr dabei nicht zu helfen.

Gute Manieren erforderten einen höflichen Themenwechsel. Freundschaft verlangte eine ehrliche Einschätzung der Situation. Zwischen diesen beiden Extremen gab es einen Mittelweg, und dort fand Cordie sicheren Boden unter den Füßen. »Du hast's echt alles andere als leicht«, bemerkte sie und drückte ihre Zigarette in einem der gespendeten Aschenbecher aus, den sie im Regal entdeckt hatte. »So stellt man sich die Rolle als Mutter nich' vor, was?«

»Ich hab mir nie irgend'ne Rolle vorgestellt«, entgegnete Kendra. »Ach, ich glaub, ich komm ganz gut damit klar.«

Cordie nickte. Nachdenklich schaute sie zur Tür und fragte: »Wird ihre Mum sie denn irgendwann zu sich hol'n?«

Kendra schüttelte den Kopf, und um Cordie möglichst weit von dem Thema Carole Campbell fernzuhalten, sagte sie: »Ness is' mir 'ne Hilfe. Große Hilfe. Und Joel gibt sich auch Mühe.«

Sie wartete darauf, dass Cordie auf Toby zu sprechen kam.

Cordie tat dies auf eine Art und Weise, die sie Kendra nur noch mehr ans Herz wachsen ließ: »Wenn du mal Hilfe brauchst, ruf mich an, Ken. Und wenn du tanzen geh'n willst, bin ich auch zur Stelle.«

»Ich komm drauf zurück«, antwortete Kendra. »Aber im Moment komm' wir alle ganz gut klar.«

Die Schulaufsichtsbeamtin der Holland Park School machte Kendras Illusionen ein jähes Ende. Die Dame, die sich als Mrs. Harper vorstellte, ließ sich fast zwei Monate Zeit mit dem Anruf, der das Leben, wie es am Edenham Way 84 dahinholperte, zunichtemachte. Aber sie hatte einen konkreten Anlass. Da Ness sich abgesehen von dem Tag, da sie den Aufnahmetest gemacht hatte, nicht ein einziges Mal in der Schule gezeigt hatte, war es ihr gelungen, durch sämtliche Raster zu fallen. Dass eine Vanessa Campbell auf einer Namensliste stand, das Mädchen selbst aber nicht auftauchte, verwunderte viele ihrer Lehrer nicht im Geringsten, denn die Schülerschaft unterlag einer enormen Fluktuation, weil die Regierung Asyl suchende Immigranten ständig hierhin und dorthin umsiedelte. So nahmen die Lehrer an, dass Vanessas Fehlen lediglich bedeutete, sie und ihre Familie seien umgezogen. Darum wurde ihre Abwesenheit nie gemeldet, und es vergingen ganze sieben Wochen seit ihrer Aufnahme an der Schule, bis Kendra endlich einen

Anruf erhielt, der sie vom Schuleschwänzen ihrer Nichte in Kenntnis setzte.

Der Anruf erreichte sie nicht zu Hause, sondern im Laden. Wie so oft war Kendra allein dort, und so konnte sie nicht einfach alles stehen und liegen lassen. Dabei wollte sie nichts mehr als in ihren Punto steigen, die Straßen auf und ab fahren und ihre Nichte suchen, so wie sie es nach deren Ankunft in North Kensington schon einmal getan hatte. Weil ihr das aber verwehrt blieb, ging sie stattdessen im Laden auf und ab, vorbei an einem Regal getragener Jeans, an den Wollmänteln entlang, und sie versuchte, nicht an die Lügen zu denken: die Lügen, die Ness ihr seit Wochen aufgetischt, und jene, die sie selbst gerade Mrs. Harper erzählt hatte.

Ihr Herz hatte so heftig in ihren Ohren gehämmert, dass sie kaum verstand, was die Beamtin am anderen Ende der Leitung gesagt hatte, und Kendra hatte beteuert: »Ich bedaure dieses Missverständnis wirklich. Kaum hatte ich Ness und Joel in der Schule angemeldet, musste sie nach Bradford, um bei der Pflege ihrer Mutter zu helfen.« Wie in aller Welt sie auf Bradford gekommen war, hätte sie nicht sagen können. Sie war nicht einmal sicher, dass sie es ohne Weiteres auf der Landkarte gefunden hätte, aber sie wusste, Bradford hatte eine große multikulturelle Bevölkerung. Erst im letzten Sommer war es dort zu Krawallen gekommen: Pakistani, Schwarze und die einheimischen Skinheads hatten versucht, sich gegenseitig umzubringen, um zu beweisen, was immer sie sich beweisen mussten.

»Geht sie denn in Bradford zur Schule?«, hatte Mrs. Harper sich erkundigt.

»Sie hat dort Privatunterricht«, antwortete Kendra. »Aber sie kommt morgen zurück!«

»Verstehe. Mrs. Osborne, Sie hätten uns wirklich anrufen ...«

»Selbstverständlich. Irgendwie habe ich es schlichtweg ... Ihrer Mutter ging es nicht gut. Es ist eine komplizierte Situation. Sie hat von den Kids ... den Kindern getrennt leben müssen ...«

»Verstehe.«

Natürlich verstand Mrs. Harper gar nichts, sie konnte auch gar nichts verstehen, und Kendra hatte nicht die Absicht, den Schleier für sie zu lüften. Sie wollte nur, dass die Frau ihre Lügen glaubte. Der Platz in der Holland Park School war wichtig für Ness – und für Kendra selbst.

»Also, Sie sagen, dass sie morgen zurückkommt?«, fragte Mrs. Harper.

»Ich hole sie heute Abend am Bahnhof ab.«

»Sagten Sie nicht morgen?«

»Ja, ich meinte, morgen kommt sie wieder zur Schule. Es sei denn, sie wird krank. Sollte das der Fall sein, rufe ich Sie sofort an …« Kendra zwang sich innezuhalten und wartete auf die Antwort. Wie gut, dass Glory Campbell all ihren Kindern eine akzeptable Variante der englischen Sprache eingetrichtert hatte! Dass sie in dieser Situation in der Lage war, korrekte Sätze in ordentlicher Aussprache zu formulieren, fand Kendra ausgesprochen hilfreich. Sie wusste, es verlieh ihr mehr Glaubwürdigkeit als der Dialekt, den Mrs. Harper zweifellos erwartet hatte.

»Dann werde ich ihren Lehrern Bescheid geben«, sagte Mrs. Harper. »Und bitte informieren Sie uns in Zukunft, Mrs. Osborne.«

Kendra ließ sich vom Befehlston der Schulaufsichtsbeamtin nicht kränken. Sie war so dankbar, dass die Frau die wilde Lügengeschichte über Ness' Pflegeeinsatz bei Carole Campbell geschluckt hatte; sie hätte jede Erwiderung – außer vielleicht einer direkten Beleidigung – erträglich gefunden. Sie war erleichtert, dass es ihr gelungen war, aus dem Stegreif ein Märchen zusammenzudichten, aber kurz nach dem Ende des Telefonats war sie ob der Tatsache, dass sie *gezwungen* worden war, jenes Märchen zusammenzudichten, so aufgewühlt, dass sie im Laden umherwandern musste. Das tat sie immer noch, als Joel und Toby auf dem Heimweg vom Lernzentrum bei ihr vorbeischauten.

Toby trug ein Schulheft unter dem Arm, dessen Seiten mit

bunten Aufklebern versehen waren: die Belohnungen für seinen Erfolg bei den phonetischen Übungen, die ihm das Lesenlernen erleichtern sollten. Weitere Aufkleber mit »Gut gemacht!«, »Fabelhaft!« und »Super!« in leuchtendem Blau, Rot und Gelb zierten seinen Schwimmreifen. Kendra sah sie zwar, gab aber keinen Kommentar ab. Stattdessen fragte sie Joel: »Wo treibt sie sich den ganzen Tag rum?«

Joel war kein Dummkopf. Doch weil er dem ungeschriebenen Gesetz verpflichtet war, niemals zu petzen, runzelte er die Stirn und stellte sich blöd. »Wer?«

»Tu nicht so, als wüsstest du nicht, wovon ich rede. Die Schulaufsicht hat mich angerufen. Wo hat Ness sich rumgetrieben? Ist sie mit diesem Mädchen zusammen? Wie heißt sie gleich wieder? Six? Warum hab ich die eigentlich nie kennengelernt?«

Joel senkte den Blick, damit er nicht antworten musste.

»Guck ma' meine Aufkleber, Tante Ken«, meldete Toby sich zu Wort. »Ich durfte mir 'nen Comic aussuchen, weil ich genug Aufkleber hab. Ich hab Spiderman genomm'. Is' in Joels Rucksack.«

Das Wort »Rucksack« brachte Kendra auf einen Schlag zu der Erkenntnis, wie Ness es angestellt hatte. Wie dumm sie gewesen war! Sie behielt Joel und Toby bei sich, bis es Zeit wurde, den Laden zu schließen, damit Joel keine Gelegenheit hatte, seine Schwester vorzuwarnen. Und als sie abends nach Hause kamen, nahm Kendra sich als Erstes Ness' Rucksack vor, der über einer Stuhllehne hing. Sie öffnete ihn und schüttelte ihn über dem Küchentisch direkt vor Ness aus, die mit irgendjemandem telefonierte und zerstreut den neuesten Prospekt des Kensington and Chelsea Colleges durchblätterte, als habe sie tatsächlich die Absicht, etwas aus ihrem Leben zu machen.

Ness' Blick schweifte von den Seiten des Prospektes zum Inhalt ihres Rucksacks und weiter zum Gesicht ihrer Tante. »Ich muss Schluss machen«, sagte sie ins Telefon, legte auf und beäugte Kendra mit einem Ausdruck, den man argwöhnisch hätte nennen können, wäre er nicht gleichzeitig so berechnend gewesen. Kendra durchsuchte den Inhalt des Rucksacks. Ness schaute an ihr vorbei zur Tür, wo Joel sich im Rahmen herumdrückte. Ihre Augen verengten sich, während sie ihren Bruder abschätzte und überlegte, ob er sie möglicherweise verpfiffen hatte. Sie glaubte es nicht. Joel war in Ordnung. Die Information musste aus einer anderen Quelle stammen, erkannte sie. Toby? Wohl kaum. Toby hielt sich die meiste Zeit in seinem Wolkenkuckucksheim auf.

Kendra versuchte, das Sammelsurium aus dem Rucksack zu deuten, wie ein heidnischer Priester, der sich in Wahrsagerei übt. Sie entrollte die Jeans und faltete das schwarze T-Shirt auseinander. Als sie die goldene Aufschrift »Tight Pussy« las, wanderte es umgehend in den Mülleimer. Sie wühlte sich durch Make-up, Nagellack, Haarspray, Haarklammern, Streichhölzer und Zigaretten, dann steckte sie die Hände in die hochhackigen Stiefel, um festzustellen, ob darin irgendetwas versteckt war. Zuletzt untersuchte sie die Taschen der Jeans und fand ein Päckchen Kaugummi und eines mit Zigarettenpapier. Letzteres packte sie mit dem bitteren Triumph eines Menschen, der seine schlimmsten Befürchtungen bestätigt findet.

»Also?«, fragte sie.

Ness antwortete nicht.

»Was hast du mir zu sagen?«

Über ihnen wurde im Wohnzimmer der Fernseher eingeschaltet und zu einer nervenaufreibenden Lautstärke aufgedreht, sodass jeder im Umkreis von zweihundert Metern wusste, dass irgendwer im Haus Nummer 84 *Toy Story II* zum zwölften Mal anschaute. Kendra warf Joel einen Blick zu. Er wandte sich zur Treppe, um sich um Toby und die Fernsehlautstärke zu kümmern, und blieb dann oben. Der explosiven Situation wollte er sich nicht aussetzen.

Kendra wiederholte ihre Frage. Ness griff nach ihrer Zigarettenpackung auf dem Küchentisch, doch Kendra riss sie ihr aus den Fingern und feuerte sie in die Spüle. Dann hielt sie die Blättchen hoch. »Mein Gott, denk doch an deinen Vater! Er hat auch mit Gras angefangen. Das weißt du doch. Das hat er dir doch erzählt, oder? Euch hätte er doch nie was vorgemacht.

Er hat bestimmt gesagt: ›Sie werden mich so sehen, wie ich bin, oder sie können mich überhaupt nicht sehen.‹ Du bist doch sogar mit ihm nach St. Aidan gegangen und hast während der Treffen in der Kinderkrippe auf ihn gewartet. Das hat er mir erzählt, Ness. Also, was glaubst du, wofür das alles gut war? Antworte! Sag mir die Wahrheit! Glaubst du, du bist immun?«

Ness kannte nur eine Überlebensstrategie, wenn jemand ihren Vater erwähnte, und das war Rückzug. Sie distanzierte sich, indem sie zuließ, dass der heiße Stein, der immer in ihrem Innern war, größer und größer wurde, bis sie ihn wie durch einen brennenden Tunnel aufsteigen und auf ihrer Zunge liegen fühlte. Verachtung war das, was sie empfand, wenn der Zorn in ihr am Werke war. Verachtung für ihren Vater – die einzig gefahrlose Emotion, die sie sich in Bezug auf ihn leisten konnte – und noch größere Verachtung für ihre Tante. »Was machste dir denn ins Hemd?«, fragte sie. »Ich dreh mir Kippen. Scheiße, du gehörs' echt zu denen, die immer das Schlimmste denk'n.«

»Sprich anständiges Englisch, wie du es gelernt hast, Vanessa! Und erzähl mir nicht, du rauchst Selbstgedrehte, wenn du mit einer Packung Filterzigaretten in deinem Rucksack herumläufst. Was immer du denken magst, ich bin nicht blöd. Du rauchst Gras. Du schwänzt die Schule. Was treibst du sonst noch?«

Ness erwiderte: »Ich hab dir gesagt, dass ich das hässliche Zeug nicht anzieh.«

»Du erwartest, dass ich dir das glaube? Dass es nur die Schuluniform ist – weil sie dir nicht gefällt? Für wie dämlich hältst du mich eigentlich? Mit wem warst du die ganzen letzten Wochen zusammen? Was hast du gemacht?«

Ness griff nach dem Kaugummipäckchen. Sie hielt es ihrer Tante hin, fragte sie mit dieser sarkastischen Geste, ob es ihr wenigstens erlaubt sei, einen Streifen Kaugummi zu kauen, da sie anscheinend nicht rauchen durfte. »Was ich gemacht hab? Nix«, antwortete sie.

»Nichts«, korrigierte Kendra. »Nichts. *Nichts.* Sag es!«

»Nichts«, wiederholte Ness. Sie steckte den Kaugummi in den Mund. Dann spielte sie mit der Verpackung, wickelte sich das Stückchen Alufolie um den Zeigefinger und starrte darauf hinab.

»Also nichts. Mit wem?«

Ness antwortete nicht.

»Ich habe dich gefragt ...«

»Six un' Tash«, unterbrach sie. »Okay? Six un' Tash. Wir häng' bei Six rum. Hör'n Musik. Das is' alles, okay?«

»Ist sie dein Dealer, diese Six?«

»Quatsch. 'ne Freundin.«

»Und warum habe ich sie dann noch nicht kennengelernt? Weil sie dir das Zeug beschafft, und du weißt, dass ich das rauskriegen würde. Ist es so?«

»Scheiße. Ich hab dir doch gesagt, wofür die Blättchen sind. Glaub doch, was du wills'. Außerdem has' du doch gar kein Interesse dran, meine Freunde kenn'zulern'.«

Kendra merkte sehr wohl, dass Ness versuchte, sie in die Defensive zu drängen, aber sie gedachte nicht, das zuzulassen. Stattdessen verlegte sie sich auf ein besorgtes: »So kommen wir nicht weiter. Was ist nur los mit dir, Vanessa?« – in dem uralten Tonfall elterlicher Verzweiflung, dem für gewöhnlich die ewige Frage folgt: Was habe ich nur falsch gemacht?

Aber Kendra ersparte sich diese stumme, gegen sie selbst gerichtete zweite Frage. Im letzten Moment rief sie sich ins Gedächtnis, dass dies nicht ihre Kinder waren und eigentlich keines von ihnen zu ihrem Problem werden sollte. Da sie jedoch nun mal Einfluss auf ihr Leben genommen hatten, musste sie dranbleiben, und fragte, ohne zu ahnen, dass dies genau die Frage sein würde, die am wenigsten dazu geeignet war, ein positives Ergebnis hervorzurufen: »Was würde deine Mum sagen, Vanessa, wenn sie sähe, wie du dich benimmst?«

Ness verschränkte die Arme vor der Brust. An diesem Punkt würde sie sich nicht packen lassen, weder durch Erinnerungen an die Vergangenheit noch durch Zukunftsprognosen.

Obwohl Kendra nicht genau wusste, was Ness umtrieb,

nahm sie doch an, dass es mit Drogen zu tun hatte und – aufgrund des Alters ihrer Nichte – mit Jungen. Und dabei konnte nichts Gutes herauskommen. Doch wirklich wissen konnte Kendra es nicht. Sie hatte eine Ahnung davon, was sich in den Wohnsiedlungen von North Kensington so alles abspielte. Drogenhandel. Hehlerei. Raubüberfälle. Einbrüche. Gelegentlich Vergewaltigungen. Banden halbwüchsiger Jungen, die es darauf anlegten, sich in Schwierigkeiten zu bringen. Banden halbwüchsiger Mädchen, die mehr oder minder das Gleiche im Schilde führten. Die beste Methode, Problemen aus dem Weg zu gehen, bestand darin, diszipliniert die Schule zu besuchen und sich ansonsten zu Hause aufzuhalten. Aber das war ganz offensichtlich nicht der Tagesablauf, dem Ness gefolgt war.

»So kannst du nicht weitermachen, Ness. Das wird kein gutes Ende nehmen.«

»Ich kann auf mich selber aufpassen«, entgegnete Ness.

Und genau das war der eigentliche Punkt: Kendra und Ness hatten vollkommen unterschiedliche Definitionen davon, was »auf sich aufpassen« bedeutete. Schwere Zeiten, Krankheiten, Enttäuschungen und Tod hatten Kendra gelehrt, dass sie sich nur auf sich selbst verlassen konnte. Das Gleiche und Schlimmeres hatte Ness gelehrt, ihr Heil in der Flucht zu suchen: zu rennen, so weit und so schnell ihr Geist und ihr Wille sie trugen.

Kendra stellte also die einzige Frage, die zu stellen ihr noch übrig blieb und von der sie hoffte, sie werde zu ihrer Nichte durchdringen und ihr Verhalten in Zukunft beeinflussen: »Vanessa, willst du wirklich, dass deine Mutter erfährt, was du hier treibst?«

Ness hob den Blick von ihrem Kaugummipapierchen und neigte den Kopf zur Seite. »Ja, klar, Tante Ken«, erwiderte sie schließlich. »Als ob du's ihr erzählen würdes'.«

Dies war eine Kampfansage. Und für Kendra war die Zeit gekommen, den Handschuh aufzuheben.

4

Obwohl Kendra sie mit dem Auto hätte fahren können, entschied sie sich für Bus und Bahn. Glory hatte die Campbell-Kinder in der Vergangenheit immer begleitet, wenn sie ihre Mutter besuchten, weil sie nichts anderes zu tun hatte. Kendra hingegen hatte einen Job und wollte sich ein zweites Standbein schaffen, und darum würden die Kinder die Fahrt zu Carole Campbell in Zukunft allein meistern müssen. Das hieß, sie mussten lernen, wie man dorthin und wieder zurückkam.

Entscheidend für Kendras Pläne an diesem Tag war, dass Ness anfangs nicht wissen durfte, wohin die Reise ging. Wenn sie es erfuhr, würde sie Reißaus nehmen, und Kendra war auf ihre Kooperation angewiesen, selbst wenn ihre Nichte sich ihrer Beihilfe nicht bewusst war. Kendra wollte, dass Ness ihre Mutter sah – und das aus Gründen, die sie selbst nicht richtig benennen konnte –, und ebenso wollte sie, dass Carole Campbell ihre Tochter sah. Es hatte schließlich einmal ein Band zwischen Mutter und Tochter bestanden, selbst während Caroles schlimmster Phasen.

Ihre Fahrt begann in der Buslinie 23 in Richtung Paddington Station. Es war Samstag, und der Bus war hoffnungslos überfüllt; die Route führte am Queensway entlang, wo sich am Wochenende Scharen von Jugendlichen in den Läden, Cafés, Restaurants und Kinos herumtrieben. Tatsächlich glaubte Ness, genau das sei ihr Ziel. Als sie sich der Haltestelle Westbourne Grove näherten, stand das Mädchen wie selbstverständlich auf und ging über das Oberdeck des Busses zur Treppe – und Kendra begann es zu dämmern, was ihre Nichte mit den Tagen angefangen hatte, die sie eigentlich in der Schule hätte verbringen sollen.

Kendra packte Ness am Kragen. »Hier noch nicht, Vanessa«, sagte sie und hielt sie weiter fest, bis der Bus wieder anrollte.

Ness blickte von ihrer Tante zurück zum Queensway, den sie rasch hinter sich ließen, und wieder zu Kendra. Ihr war klar, dass sie in irgendeiner Weise vorgeführt worden war, aber sie verstand noch nicht, wie. Mit Six und Natasha hatte sie den 23er Bus nie weiter als bis zum Queensway benutzt.

»Was soll das?«, fragte sie.

Kendra antwortete nicht. Sie zupfte Tobys Jackenkragen zurecht und fragte Joel: »Alles in Ordnung, Schatz?«

Joel nickte. Es war seine Aufgabe, auf Toby aufzupassen, und er machte es so gut, wie er konnte. Doch die Verantwortung lastete bleischwer auf ihm. Toby war an diesem Morgen schon in bedenklichem Zustand aufgewacht, so als habe er eine Vorahnung davon, wohin sie fuhren und was sie dort erwartete. Er hatte darauf bestanden, seinen Schwimmreifen vollständig aufgeblasen mitzunehmen, und er fiel auf wie ein bunter Hund, wie er da auf Zehenspitzen umhertrippelte, vor sich hin brabbelte und mit den Händen fuchtelte, als würde er von Stechfliegen angegriffen. Im Bus wurde es noch schlimmer. Er ließ sich partout nicht dazu überreden, den Schwimmreifen abzulegen oder auch nur ein wenig Luft abzulassen, um seiner Familie oder den anderen Fahrgästen ein bisschen mehr Platz zu gewähren. Als Kendra dies anregte, hatte er »Nein!« gerufen und immer wieder »Nein!«, lauter und lauter, und er hatte zu schreien begonnen, dass er ihn anlassen müsse, weil Gran sie holen kommen würde, und außerdem habe ein gewisser unsichtbarer Maydarc ihm gesagt, er müsse ihn anlassen, und außerdem half er ihm beim *Atmen* und er würde *ersticken,* wenn ihm jemand den Schwimmreifen wegnahm. »Scheiße, gib ihn einfach her«, hatte Ness gesagt, was nur dazu führte, die ohnehin schwierige Situation zu verschlimmern, die bereits die Blicke sämtlicher Fahrgäste auf sich gezogen hatte. Toby kreischte, und Ness fauchte: »Ich werd langsam sauer, Mann. Kapiert, Toby?«

Joel wand sich innerlich und wollte nur eines: sich in Luft auflösen.

»Vanessa«, sagte Kendra bestimmt, um die Situation zu entschärfen, aber auch, weil es Ness war, die sich die Strecke für die Zukunft einprägen sollte. »Dies ist der 23er Bus. Hast du dir das gemerkt?«

»Du gehs' mir auch langsam auf 'n Sack, Tante Ken«, fuhr Ness sie an. »Was soll ich mir das merken?« Ein unausgesprochenes »blöde Kuh« schwang in ihrem Tonfall mit.

»Weil ich es dir sage«, entgegnete Kendra. »Der 23er Bus. Von Westbourne Park bis ... ah, da sind wir schon. Paddington Station.«

Ness verengte die Augen. Jetzt ahnte sie, was es wahrscheinlich zu bedeuten hatte, wenn sie in Paddington Station ausstiegen. Im Laufe der Jahre waren sie und ihre Brüder schon oft hier gewesen. »Hey«, sagte sie. »Auf gar keinen Fall ...«

Kendra packte sie am Arm. »Oh doch«, erwiderte sie. »Und da ich dich kenne, weiß ich: Das Letzte auf der Welt, das du willst, ist, vor all diesen Fremden hier eine Szene zu veranstalten wie eine Fünfjährige. Joel? Toby? Mitkommen.«

Ness hätte sich beim Aussteigen davonmachen können, aber im Laufe der letzten Jahre hatte sie eine Vorliebe dafür entwickelt, genau dann in Opposition zu gehen, wenn die Gegenseite am wenigsten damit rechnete. Wegzulaufen, während sie das höhlengleiche Bahnhofsgebäude betraten, wäre die erwartete Reaktion gewesen; also entwickelte Ness eine andere Strategie.

Sie versuchte, die Hand ihrer Tante abzuschütteln. »Meinetwegen«, sagte sie, »meinetwegen«, und bemühte sich sogar um diese nervtötende Etepetete-Aussprache, auf die ihre Tante so große Stücke hielt. »Du kannst mich jetzt loslassen«, fuhr sie fort. »Ich lauf schon nicht weg, okay? Ich komm ganz freiwillig mit. Aber es wird nichts ändern. Das tut es eh nie. Hat Gran dir das nich' gesagt? Na ja, wirste ja bald selber sehen.«

Kendra sparte sich die Mühe, ihre Ausrutscher in der Aussprache zu verbessern. Stattdessen kramte sie zwölf Pfund aus ihrer Handtasche und gab das Geld Joel – nicht Ness, der sie trotz ihrer vermeintlichen Kooperation nicht traute. »Während ich die Fahrkarten besorge, könnt ihr rüber zu W. H. Smith gehen«, sagte Kendra. »Kauft ihr eine Zeitschrift, die sie gern liest, und etwas Süßes. Kauft euch selbst auch etwas. Joel?«

Er schaute auf. Seine Miene war ernst. Er war vor einer Woche zwölf Jahre alt geworden, und schon lastete das Gewicht der Welt auf seinen Schultern. Kendra erkannte das, und obwohl es ihr leidtat, wusste sie doch, dass sie nichts dagegen tun konnte. »Ich verlasse mich auf dich. Du sorgst dafür, dass deine Schwester dieses Geld nicht in die Finger bekommt, in Ordnung?«

»Ich will deine blöde Kohle überhaup' nich', Kendra«, fauchte Ness. »Kommt«, fügte sie an ihre Brüder gewandt hinzu und steuerte die Bahnhofsbuchhandlung an. Sie nahm Tobys Hand und versuchte, ihn dazu zu zwingen, mit dem ganzen Fuß aufzutreten statt nur mit den Zehenspitzen, indem sie mit der freien Hand seine Schulter hinunterdrückte. Er protestierte und wand sich, um ihrem Griff zu entkommen. Sie gab auf.

Kendra schaute ihnen nach, um sich zu vergewissern, dass die Kinder auch wirklich zu W. H. Smith gingen. Dann wollte sie die Fahrkarten lösen, doch die Automaten waren wie üblich außer Betrieb, sodass sie sich am Schalter anstellen musste.

Die drei Campbells ließen den Blick über die wogende Menge schweifen. Die meisten Menschen im Bahnhof schienen um eine Position vor den Anzeigetafeln zu rangeln, als erwarteten sie minütlich die Verkündigung der Wiederkehr Christi. Joel dirigierte Toby in Ness' Kielwasser durch die Menge und machte ihn auf diverse Sehenswürdigkeiten – wie etwa einen durchgeknallten Reiseleiter – aufmerksam, um ihn in Bewegung zu halten: »Guck dir das Surfboard an, Tobe. Was meinste, wohin der Typ fährt?« Und: »Haste gesehen, Tobe? Da waren Drillinge in dem Kinderwagen.« Auf diese Weise geleitete er seinen Bruder in die Buchhandlung, wo er Ness am Zeitschriftenständer entdeckte. Sie hatte *Elle* und *Hello!* ausgesucht und stand vor der Süßigkeitenauslage, als Joel zu ihr stieß.

Im Laden war es fast noch voller als in der Bahnhofshalle. Tobys Schwimmreifen machte die Sache nicht gerade einfacher, doch immerhin klebte der kleine Junge an Joels Seite wie Kaugummi unter der Schuhsohle.

»Ich will diesma' keine Chips mit Geschmack«, erklärte Toby. »Ich will die normal'n. Kann ich auch 'n Ribena?«

76

»Tante Ken hat nichts von Getränken gesagt«, erwiderte Joel. »Ma' gucken, wie viel Geld wir übrig haben.« Bestimmt nicht viel, wusste Joel, und die Ahnung bestätigte sich, als die Jungen sich wieder ihrer Schwester anschlossen. »Tante Ken hat nix von zwei Zeitschriften gesagt«, bemerkte Joel. »Wir müssen doch noch ihre Schokolade kaufen, Ness. Und uns're Snacks.«

»Tja, von mir aus kann Tante Kendra sich ins Knie ficken, Joel«, lautete die Antwort. »Gib mir die Kohle.« Sie wedelte mit der *Hello!* Auf dem Cover posierte ein jahrhundertealter Rockstar mit zu vielen Zähnen, einer vielleicht zwanzigjährigen Frau und einem Baby, das sein Urenkel hätte sein können.

»Kann ich 'n Milky Way?«, fragte Toby. »Chips, Milky Way und Ribena, Joel?«

»Ich glaub nich', dass wir genug Geld …«

»Rück die Kohle raus«, unterbrach Ness.

»Tante Ken hat gesagt …«

»Mit irgendwas muss ich das hier bezahl'n, oder?«

Mehrere Köpfe drehten sich in ihre Richtung. Auch der Junge hinter der Kasse schenkte ihnen jetzt seine Aufmerksamkeit. Joel lief rot an, gab aber seiner Schwester nicht nach. Er wusste, sie würde ihn später dafür büßen lassen, aber er beschloss zu tun, was seine Tante ihm aufgetragen hatte.

Er wandte sich an Toby. »Also, welche Chips willste ha'm?«

»Scheiße«, sagte Ness. »Du bist doch ein erbärmlicher …«

»Kattle-Chips in Ordnung?«, fuhr Joel unbeirrt fort. »Die hier sind nur mit Salz. Okay für dich?«

Toby hätte einfach nur zu nicken brauchen, und sie hätten den Laden verlassen können. Aber wie immer hatte er seinen eigenen Kopf. Zunächst betrachtete er jede einzelne Chipstüte im Ständer eingehend, und er war nicht zufrieden, ehe er sie alle berührt hatte, als besäßen sie magische Kräfte. Zu guter Letzt wählte er diejenigen, die Joel ihm die ganze Zeit über hingehalten hatte. Es war nicht der Gehalt an Nährwerten, der den Ausschlag gab, denn davon wusste er als Siebenjähriger nichts, und es kümmerte ihn auch nicht, sondern allein die Farbe der Tüte. »Die is' total schön«, sagte er. »Grün is' meine Lieblingsfarbe. Wussteste das, Joel?«

»Sorg dafür, dass er endlich aufhört, sich wie ein Vollidiot zu benehmen, und gib mir die Kohle«, verlangte Ness.

Joel ignorierte sie, und nachdem er unter den Schokoriegeln seine eigene Wahl getroffen hatte, griff er auch noch nach einem Aero für ihre Mutter. An der Kasse überreichte er das Geld und sorgte dafür, dass das Wechselgeld in seine Handfläche gezählt wurde, nicht in die seiner Schwester.

Kendra wartete vor dem Laden auf sie. Sie nahm die Tüte mit den Einkäufen, inspizierte den Inhalt und ließ sich von Joel das Wechselgeld zurückgeben. Als Friedensangebot vertraute sie Ness die Tüte an. Dann ließ sie alle drei Kinder vor der Anzeigetafel Stellung beziehen. »Also: Wie finden wir heraus, welchen Zug wir nehmen müssen?«

Ness verdrehte die Augen. »Tante Ken, für wie dämlich hälts' du …«

»Wir gucken uns die Ziele an?«, schlug Joel vor. »Und die Zwischenhalte?«

Kendra lächelte. »Glaubst du, du kriegst es für uns raus?«

»Bahnsteig neun, verdammt noch mal«, bekundete Ness.

»Pass auf, was du sagst«, mahnte Kendra. »Joel, Bahnsteig neun ist richtig. Kannst du uns hinführen?«

Er konnte.

Unterwegs setzte Kendra ihr Quiz über die Strecke fort, um sicherzugehen, dass die Kinder sie in Zukunft allein bewältigen konnten. Sie richtete die Fragen stets an alle drei Campbells, aber nur einer antwortete.

Wie viele Zwischenhalte, bis sie aussteigen mussten?, wollte sie wissen. Was gab man dem Schaffner, wenn er den Zug entlangkam? Was, wenn man vergessen hatte, eine Fahrkarte zu kaufen? Was, wenn man zur Toilette musste?

Joel beantwortete zuverlässig jede ihrer Fragen, Ness schmollte und blätterte in der *Hello!,* und Toby trat mit den Fersen gegen die Sitzpolster, schaute aus dem Fenster und fragte Joel, ob er seinen Schokoriegel essen werde. Um ein Haar hätte Joel Ja gesagt, aber dann entdeckte er das hoffnungsvolle Leuchten in den Augen seines Bruders. Er überließ ihm den Schokoriegel und beantwortete brav weiter die Fragen seiner Tante.

Wie hieß ihre Haltestelle?, wollte sie wissen. Wo mussten sie hingehen, wenn sie ankamen? Was sollten sie sagen? Zu wem?

Die meisten Antworten kannte Joel, aber nicht alle. Wenn er ins Stocken geriet, fragte Kendra Ness, deren Antwort jedes Mal lautete: »Mir doch egal«, worauf ihre Tante erwiderte: »Wir sprechen uns noch, Fräulein.«

Auf diese Art und Weise fuhren sie Meile um Meile in westlicher Richtung durch Landschaften, die nicht mehr die geringste Ähnlichkeit mit London hatten. Trotzdem war den drei Campbells die Strecke vertraut, sie hatten die Fahrt nach Wiltshire im Laufe der Jahre viele Male unternommen, vom Bahnhof aus anderthalb Meilen bis zu dem Komplex mit der hohen Steinmauer und den grünen Eisentoren. Sie waren in Begleitung ihrer Großmutter gekommen und davor mit ihrem Vater, der sie den Gehweg entlangführte bis zu der Stelle, wo man die Straße gefahrlos überqueren konnte.

»Weiter komm ich nich' mit«, verkündete Ness, als sie ausgestiegen waren und der Zug aus dem Bahnhofsgebäude rollte, einem winzigen Backsteinhäuschen von der Größe einer öffentlichen Toilette mit einem verrosteten weißen Schild davor. Es gab keine erkennbaren Bahnsteige, ebenso wenig konnte man hier, mitten im Nirgendwo, einen Taxistand erhoffen. Auch Personal gab es in diesem Bahnhof, der umgeben von Hecken zwischen winterlich braunen Feldern lag, keines.

Vor dem Gebäude stand eine einzelne Bank, mattgrün mit grauen Stellen, wo die Farbe im Laufe der Jahre abgeblättert war. Darauf ließ sich Ness fallen. »Ich komm nich' mit.«

»Augenblick mal«, sagte Kendra. »Du wirst auf keinen Fall …«

»Du kanns' mich nicht hinschleifen«, fiel Ness ihr ins Wort. »Klar, du kanns' es versuchen, aber ich kann mich wehr'n, und das werd ich auch, ich schwör's.«

»Du musst aber mitkommen«, sagte Joel. »Was wird sie sagen, wenn du nich' kommst? Sie wird fragen. Was soll'n wir dann sagen?«

»Von mir aus sag ihr, ich bin gestorben oder so«, erwiderte Ness. »Sag ihr, ich bin mit 'nem Zirkus abgehau'n. Sag ihr, was du wills'. Ich will sie nich' seh'n. Ich bin bis hier mitgekommen, okay, aber jetz' fahr ich wieder zurück nach London.«

»Mit welcher Fahrkarte?«, fragte Kendra. »Von welchem Geld willst du dir eine kaufen?«

»Oh, ich hab Geld, falls ich welches brauch«, teilte Ness ihr mit. »Und ich kann mir noch viel mehr besorgen.«

»Woher?«, fragte Kendra. »Was ist das für Geld?«

»Geld, für das ich arbeite«, erwiderte Ness.

»Willst du mir weismachen, du hast einen Job?«

»Kommt drauf an, was du ›Job‹ nenns'.« Ness knöpfte ihre Jacke auf und enthüllte ihre Brüste in der hautengen Bluse. Sie lächelte selbstzufrieden. »Weißte, Tante Ken, ich brauch mich nur richtig anzuzieh'n, um Geld zu machen.«

Zu guter Letzt musste Kendra einsehen, dass es sinnlos war, weiter zu streiten. Also rang sie Ness ein Versprechen ab. Dann gab sie ihrerseits eines, auch wenn sie beide wussten, dass ihre Worte wertlos waren. Kendra hatte einfach schon zu viel um die Ohren, um sich obendrein noch mit Ness auf einen Kleinkrieg über die Frage einzulassen, woher sie ihr Geld hatte oder ob sie ihre Tante und ihre Brüder zu ihrer Mutter begleiten werde. Für Ness waren Versprechen schon seit langem keinen Pfifferling mehr wert. Seit sie denken konnte, hatten andere Menschen ihr Versprechen gegeben und bei erster Gelegenheit gebrochen, darum fand sie, es sei ihr gutes Recht, das Blaue vom Himmel zu versprechen und dann nicht zu halten, und sie redete sich ein, es sei ihr inzwischen auch vollkommen gleich, wenn andere dies mit ihr täten.

Die getauschten Versprechen waren in diesem Fall simpel: Kendra würde nicht darauf bestehen, dass Ness sie auch nur einen Schritt weiter begleitete. Im Gegenzug würde Ness die zwei Stunden bis zu ihrer Rückkehr hier am Bahnhof warten. Nachdem sie handelseinig waren, ließen Kendra und die Jungen Ness auf der Holzbank zurück, zwischen einem Fahrplankasten, der seit mindestens zehn Jahren weder geöffnet noch aktualisiert, und einem Mülleimer, der bestimmt ebenso lange nicht mehr geleert worden war.

Ness schaute ihnen nach. Für einen gar zu kurzen Moment war sie so erleichtert, einem weiteren qualvollen Besuch bei ihrer Mutter entgangen zu sein, dass sie tatsächlich erwog, ihr Versprechen zu halten. Tief in ihrem Innern existierte immer noch das Kind, das in der Lage war zu erkennen, wenn jemand aus Liebe handelte, und dieses Kind wusste intuitiv, dass Kendra – sowohl mit dem Besuch bei Carole Campbell als auch mit dem Verbot, sich allein auf den Rückweg zu machen – nur ihr Bestes im Sinn hatte. Doch was ihr Bestes betraf, stand Ness vor einem zweifachen Problem: Zum einen hielt derjenige Teil von ihr, der kein Kind mehr war, die Direktiven erwachsener Autoritäten für eine Art Folter. Zum anderen hatte sie längst die Fähigkeit verloren, irgendetwas, das diese erwachsenen Autoritäten sagten, als ihrem Wohl förderlich zu begreifen. Vielmehr sah sie nur, was andere Menschen von ihr verlangten und was sie im Gegenzug von ihnen fordern konnte, indem sie ihren Forderungen nachgab oder eben nicht.

In diesem speziellen Fall kam sie nach kurzer Überlegung zu dem Schluss, dass Nachgeben gleichbedeutend war mit einer langen Wartezeit in der Kälte. Ein gefühlloser Hintern nach Gott weiß wie vielen Stunden auf den splittrigen Planken der Bahnhofsbank, gefolgt von einer endlosen Zugfahrt zurück nach London, in deren Verlauf Toby ihr so auf die Nerven ging, bis sie ihn am liebsten auf die Schienen werfen wollte. Schlimmer noch: Nachgeben bedeutete, dass sie verpassen würde, was immer Six und Natasha für diesen Nachmittag und Abend geplant hatten, sodass sie sich bei ihrem nächsten Zusammentreffen erneut in der Außenseiterrolle finden würde.

Sie würde also den nächsten Zug nach Osten abwarten und zusteigen. Achtundzwanzig Minuten nachdem Kendra mit Joel und Toby fortgegangen war, rollte er in den Bahnhof ein, und Ness stieg ein, ohne einen Blick zurückzuwerfen.

Die anderen drei boten einen seltsamen Anblick, wie sie da die Landstraße entlanggingen: Toby mit dem Schwimmreifen um den Bauch, Joel in seiner schlecht sitzenden Kleidung aus dem Wohltätigkeitsladen und Kendra in Cremeweiß und Marineblau, als sei sie auf dem Weg zu einer Teestunde in einem feinen Hotel auf dem Lande.

Nachdem sie das Pförtnerhäuschen am Tor passiert hatten, führte sie ihre Neffen die geschwungene Auffahrt hinauf, entlang an einer weiten Rasenfläche mit nackten Eichen und kahlen, farblosen Blumenbeeten. In der Ferne erhob sich ihr eigentliches Ziel: die Front, Flügel, Türmchen und Giebel eines Neugotikbaus, die Fassade mit einer Patina aus Schimmel und Ruß überzogen. In den Winkeln und Mauervorsprüngen nisteten Vögel.

Krähen krächzten und flatterten auf, als Kendra und die Jungen die breite Eingangstreppe erreichten. Blind stierten die Fenster ihnen entgegen, außen mit vertikalen Gittern versehen, innen mit verbogenen Rollos. Vor der gewaltigen Eingangspforte stockte Tobys Schritt. Mit seinem Schwimmreifen bewaffnet, war er so folgsam einhergetrottet, seit sie den Bahnhof verlassen hatten, dass sein plötzliches Zögern Kendra überraschte.

»Schon okay, Tante Ken«, sagte Joel hastig. »Er hat keine Ahnung, wo wir hier sind. Aber sobald er Mum sieht, kriegt er's auf die Reihe.«

Kendra vermied es, die naheliegende Frage zu stellen: Wie konnte Toby *nicht* wissen, wo sie hier waren? Er war die längste Zeit seines Lebens zu Besuchen hierhergekommen. Und Joel vermied es, ihr die naheliegende Antwort zu geben: Toby hatte sich wieder nach Sosi zurückgezogen. Stattdessen drückte Joel gegen die Tür und hielt sie seiner Tante auf. Er bedeutete Toby, ihr ins Innere zu folgen.

Der Empfang befand sich auf der linken Seite der Eingangshalle, die mit schwarz-weißen PVC-Fliesen ausgelegt war. An der Tür lag eine an den Rändern ausgefranste Fußmatte. Ein Schirmständer und eine Holzbank vervollständigten das Mobiliar des Foyers, das in einen Flur mit einer breiten Holztreppe mündete. Diese Treppe führte in scharfen Kehren zum ersten und zweiten Obergeschoss hinauf.

Mit Toby an der Hand trat Joel an den Empfang, und ihre Tante folgte. Die Dame hinter dem Schalter erkannte er von früheren Besuchen wieder, auch wenn er ihren Namen nicht wusste. Doch er erinnerte sich an ihr gelbes, zerfurchtes Gesicht. Stechender Zigarettengeruch hüllte sie ein.

Unaufgefordert reichte sie ihnen die Besucherpässe. »Achtet darauf, dass sie sichtbar an der Kleidung befestigt sind.«

»Danke«, antwortete Joel. »Is' sie in ihrem Zimmer?«

Die Angestellte wies mit einer Geste zur Treppe, als wolle sie ihn wegscheuchen. »Du musst oben fragen. Abmarsch! Hier rumzuhängen, nützt keinem.«

Das war indessen nicht ganz richtig. Nicht im weiteren Sinne. Menschen kamen hierher oder wurden von ihren Familien, Ärzten oder von Richtern hier eingewiesen, weil es ihnen nützen, mit anderen Worten, sie heilen sollte, damit sie wieder normal und lebenstüchtig wurden.

In der zweiten Etage hielt Joel auf einen weiteren Schalter zu. Ein Pfleger schaute von einem Computerbildschirm auf. »Fernsehraum, Joel.« Dann wandte er sich wieder seiner Arbeit zu.

Sie gingen den PVC-gefliesten Flur entlang, vorbei an Türen auf der linken und Fenstern auf der rechten Seite. Genau wie unten waren auch hier die Fenster vergittert, und die gleichen Rollos hingen davor – die Sorte, die den Markennamen »Anstalt« hätte tragen können. Ihre Breite, die schiefen Lamellen und die dicke Staubschicht waren in allen Einrichtungen dieser Art gleich. Kendra nahm all das in sich auf, während sie ihren Neffen folgte. Sie war nie zuvor hier gewesen. Bei den seltenen Gelegenheiten, da sie Carole besucht hatte, war das Wetter gut gewesen und sie hatten sich draußen getroffen. Sie wünschte, es wäre auch heute schön und warm genug gewesen, damit sie die Konfrontation mit dieser Realität im Innern des Gebäudes weiter hätte meiden können.

Der Fernsehraum lag am Ende des Flurs. Als Joel die Tür öffnete, sprang Gestank sie an: Irgendjemand hatte an den Thermostaten der Heizkörper gespielt, und die mörderische Hitze, die dies zur Folge hatte, hatte die Gerüche ungewaschener Körper, voller Windeln und schlechten Atems regelrecht eingekocht. Toby blieb wie angenagelt auf der Schwelle stehen, dann versteifte er sich, machte einen Schritt rückwärts und stieß dabei gegen Kendra. Der Gestank wirkte auf ihn wie Riechsalz, holte ihn grob aus dem sicheren Rückzugsort seiner Fantasie zurück in die Realität. Plötzlich war er im Hier und Jetzt, und er blickte über die Schulter, als erwäge er eine Flucht.

Sanft schob Kendra ihn in den Raum. »Ist schon gut«, sagte sie. Aber sie konnte ihm ob seines Zauderns keinen Vorwurf machen. Sie empfand das Gleiche wie er.

Niemand sah in ihre Richtung. Im Fernsehen lief ein Golfturnier, und mehrere Personen saßen gebannt vor dem Bildschirm und verfolgten das eher spannungsarme Geschehen. Vier weitere Patienten saßen an einem Klapptisch über einem großen Puzzle, während sich an einem anderen Tisch zwei alte Damen über etwas beugten, das wie ein uraltes Hochzeitsalbum aussah. Drei weitere Personen – zwei Männer und eine Frau – schlurften stumpf die Wand entlang, und eine Person von undefinierbarem Geschlecht saß in einem Rollstuhl in der Ecke und rief mit schwacher Stimme: »Ich muss pissen, verdammt noch mal.« An der Wand über dem Rollstuhl hing ein Poster mit der Aufschrift: »Wenn das Leben dich aus der Bahn wirft, beschreite neue Pfade.« Gleich daneben hockte ein langhaariges Mädchen auf dem Fußboden und weinte stumm.

Nur eine einzige Person im Raum war bemerkenswert arbeitsam. Sie schrubbte auf Händen und Knien den Fußboden gleich hinter dem Puzzletisch und arbeitete sich von der Ecke in den Raum vor. Weder Eimer, Schrubber noch Wischmopp erleichterten ihr die Arbeit. Mit nackten Fingerknöcheln fuhr sie in weit ausholenden Bogen wieder und wieder über das PVC.

Joel erkannte seine Mutter an ihrem rötlichen Haar, das seinem ähnelte. »Da ist sie«, flüsterte er und zog Toby in ihre Richtung.

»Sie spielt heute den Putzteufel«, erklärte eine der Puzzledamen. »Macht hier alles schön sauber und ordentlich. Carole, du hast Besuch, Liebes.«

»Die macht noch den ganzen Fußboden kaputt«, warf einer ihrer Mitstreiter ein. »Und sag ihr, sie soll dem Jungen die Nase putzen.«

Joel blickte zurück auf Toby. Die Oberlippe des kleinen Jungen war nass und glänzend. Kendra griff in die Tasche, auf der Suche nach einem Taschentuch, das sie nicht hatte, während Joel sich im Raum nach etwas umsah, womit er Toby präsentabel machen konnte – vergebens. Ihm blieb nichts anderes übrig, als seinen Hemdzipfel zu nehmen, den er anschließend in den Hosenbund stopfte.

Kendra trat zu Carole Campbell, die immer noch am Boden kniete, und überlegte, wann sie sie zum letzten Mal gesehen hatte. Es musste etliche Monate her sein. Oder vielleicht noch länger, im Frühling des vergangenen Jahres, wegen der Blumen, des Wetters und der Tatsache, dass sie sich im Freien aufgehalten hatten. Seither war Kendra einfach immer zu beschäftigt gewesen. All ihre Projekte und Verpflichtungen hatten sie von diesem Ort ferngehalten.

Joel hockte sich neben seine Mutter. »Mum? Wir ha'm dir 'ne Zeitschrift mitgebracht. Ich und Toby und Tante Kendra. Mum?«

Carole Campbell setzte ihre sinnlose Reinigungsaktion fort, fuhr in großen Halbkreisen über den stumpfen grünen Boden. Joel legte die *Elle* vor sie hin. »Guck mal«, sagte er. »Die is' ganz neu, Mum.«

Die Zeitschrift sah schon ein bisschen mitgenommen aus; Joel hatte sie auf dem Weg vom Bahnhof hierher zusammengerollt, und die Ecken verbogen sich in einer Weise nach oben, die schon Ähnlichkeit mit Eselsohren hatte. Ein Handabdruck verunzierte das Gesicht des Covergirls. Doch der Anblick der

Zeitschrift ließ Carole in ihrer Arbeit innehalten. Sie betrachtete das Titelbild, und ihre Hände wanderten zu ihrem eigenen Gesicht, zu den Zügen, die sie zu dem machten, was sie war: eine Mischung aus japanischen, irischen und ägyptischen Genen. Sie verglich ihre eigene ungepflegte, ungewaschene Erscheinung mit der makellosen Gestalt auf dem Bild. Dann blickte sie zu Joel und weiter zu Kendra. Toby war an Joels Seite in Deckung gegangen.

»Wo ist mein Aero?«, fragte Carole. »Ich krieg immer ein orangenes Aero, Joel.«

»Hier haben wir's schon, Carole.« Hastig zog Kendra es aus der Tüte. »Die Jungen haben es dir bei H. W. Smith gekauft, als sie die *Elle* ausgesucht haben.«

Doch Carole ignorierte sie, und auch der Schokoriegel war schon vergessen. »Wo ist Ness?«, fragte sie und schaute sich um. Ihre Augen waren graugrün, ihr Blick schien unfokussiert. Sie befand sich im Niemandsland zwischen medikamentösem Phlegma und unheilbarer Apathie.

»Sie wollt nich' mitkomm'«, verkündete Toby. »Sie hat eine *Hello!* mit Tante Kendras Geld gekauft, sodass ich keinen Schokoriegel mehr haben konnte, Mum. Wenn du dein Aero nich' wills', nehm ich …«

»Die fragen mich die ganze Zeit«, unterbrach Carole. »Aber ich will nicht.«

»Was willst du nicht?«, fragte Joel.

»Die blöden Puzzles machen.« Sie deutete kurz zu dem Tisch hinüber und fügte dann verschwörerisch hinzu: »Es ist ein Test. Die meinen, ich merk das nicht, aber von wegen! Die wollen wissen, was in meinem Unter… meinem Unterbewusstsein los ist, und so wollen sie das rauskriegen, und darum mach ich keine Puzzles. Ich sag ihnen, wenn sie wissen wollen, was in meinem Kopf los ist, warum fragen sie mich nicht direkt? Warum werde ich nicht von dem Doktor untersucht? Joel, eigentlich sollte ich einen Termin pro Woche bei dem Doktor haben. Warum kommt der nie?« Ihre Stimme hatte sich erhoben, und sie drückte die Zeitschrift an die Brust. Joel spürte, wie Toby an seiner Seite zu beben begann. Er sah hilfesuchend zu Kendra, doch die starrte Carole lediglich an, als handele es sich um eine Laborratte.

»Ich will den Doktor sprechen!«, schrie Carole. »Ich hab ein Recht darauf, ihn zu sprechen, das weiß ich genau!«

»Du hast ihn gestern doch gesprochen, Carole«, teilte die erste Puzzledame ihr mit. »Wie immer, einmal pro Woche.«

Caroles Gesicht verdüsterte sich. Ein Ausdruck, in dem Joel und Kendra für einen Augenblick Toby erkennen konnten, wenn er sich aus der Wirklichkeit zurückzog, huschte über Caroles Gesicht. Dann sagte sie: »Ich will nach Hause. Joel, sprich mit deinem Vater! Jetzt gleich. Er hört auf dich, und du musst ihm sagen …«

»Gavin ist tot«, ging Kendra dazwischen. »Begreifst du das? Er ist seit vier Jahren tot.«

»Frag ihn, ob ich nicht nach Hause kommen darf, Joel. Es wird nicht wieder passieren. Ich hab es jetzt verstanden. Damals noch nicht. Es war einfach zu viel … hier oben. Zu viel … zu viel … zu viel …« Sie hatte die Zeitschrift ergriffen und schlug sich damit an die Stirn. Einmal, zweimal, und bei jedem »zu viel« fester.

Joel sah flehend zu Kendra, doch die war selber zu entsetzt, um ihm zu helfen. Sie wollte nur so schnell wie möglich verschwinden, ehe die Situation vollends eskalierte. Nicht dass noch kein Schaden entstanden wäre. Aber plötzlich hatte sie genug von alldem, wollte, dass das Schicksal, Karma, die Vorsehung oder wie immer man es nennen wollte, sie und die Kinder in Zukunft verschonte.

Obwohl er es nicht in Worte hätte kleiden können, erkannte Joel am Ausdruck, an der Haltung und am Schweigen seiner Tante, dass er diesen Besuch bei seiner Mutter allein durchstehen musste. Keine Krankenschwester, kein Pfleger war in der Nähe, und selbst wenn einer plötzlich den Raum betreten hätte … Carole tat ja nichts, womit sie sich hätte verletzen können. Und schon als sie zum ersten Mal hier gelandet war, hatte man ihnen klipp und klar gesagt: Nur wenn die Patientin im

Begriff war, sich körperlichen Schaden zuzufügen, werde das Personal einschreiten, aber es gebe hier niemanden, der sie vor dem, was sie selbst ihrer Seele antat, schützen könne.

Joel versuchte, das Thema zu wechseln. »Toby hat bald Geburtstag, Mum. Er wird acht. Ich weiß noch nich', was ich ihm schenken soll. Ich hab nicht viel Geld. Aber ein bisschen was schon. Ungefähr acht Pfund hab ich gespart. Ich hab gedacht, Gran würd vielleicht Geld schicken, und dann könnt ich …«

Seine Mutter umklammerte seinen Arm. »Sprich mit deinem Vater«, fauchte sie. »Versprich mir, dass du mit deinem Vater sprichst. Ich muss nach Hause. Verstehst du mich?« Sie zog Joel näher, und ihr Geruch stieg ihm in die Nase: ungewaschener Körper, ungewaschene Haare. Er gab sich die größte Mühe, nicht zurückzuzucken.

Toby hingegen wich zurück und prallte dabei gegen seine Tante. »Könn' wir jetz' nach Hause? Joel? Könn' wir geh'n?«

Das schien Carole aus ihrem seltsamen Wachtraum zu reißen. Plötzlich nahm sie Toby und Kendra zur Kenntnis. »Wer ist das?«, fragte sie, und ihre Stimme wurde immer lauter. »Wer sind diese Leute, Joel? Wen hast du da mitgebracht? Wo ist Vanessa? Wo ist Ness? Wo hast du Ness gelassen?«

»Ness wollte … konnte nich' … Mum, das hier sind Toby und Tante Kendra. Die kenns' du doch. Klar, Toby is' groß geworden. Schon fast acht jetz'. Aber Tante Ken …«

»To-by?« Caroles Bewusstsein wandte sich nach innen, als sie den Namen aussprach. Es durchforstete den Trümmerhaufen ihrer Erinnerung nach irgendeiner hilfreichen Information. In der Hocke wiegte sie sich vor und zurück, betrachtete den kleinen Jungen vor sich, dann Kendra, und versuchte zu begreifen, wer diese Leute waren und – noch wichtiger – was sie von ihr wollten. »To-by«, murmelte sie. »Toby. Toby.« Plötzlich hellte sich ihr Gesicht auf, als es ihr gelang, *Toby* mit einem Bild in ihrer Erinnerung zu verknüpfen. Joel seinerseits fiel ein Stein vom Herzen, und Kendra hatte das Gefühl, haarscharf einer Krise entgangen zu sein.

Doch Caroles Zugriff auf die Realität war nicht stabiler als eine Münze, die auf der Kante steht, und plötzlich entglitt ihr die Erkenntnis wieder, und ihr Ausdruck verdüsterte sich. Sie schaute Toby direkt an, hob beide Hände, die Handflächen nach vorne, als wolle sie ihn abwehren. »Toby!«, schrie sie, und es klang nicht wie ein Name, sondern wie ein Vorwurf.

»Genau, Mum«, sagte Joel. »Das is' unser Toby.«

»Ich hätt dich fallen lassen sollen«, keifte Carole. »Als ich den Zug gehört hab. Ich hätt dich fallen lassen sollen, aber irgendwer hat mich gehindert. Wer? Wer hat mich gehindert, dich fallen zu lassen?«

»Nein, Mum, du kanns' nich' …«

Sie vergrub die Hände tief in ihrem rötlichen Haar. »Ich muss nach Hause! Sofort, Joel! Ruf deinen Vater an, und sag ihm, dass ich nach Hause muss, und mein Gott, Gott, *Gott,* warum kann ich mich an nichts erinnern?«

5

Es gehörte zu Mr. Eastbournes Aufgaben zu merken, wenn einer seiner Schüler im Begriff war, Schiffbruch zu erleiden. Sein Fachgebiet hieß nicht umsonst Persönlichkeits-, Sozial- und Gesundheitsbildung, kurz: PSG. Weil er derzeit allerdings geistig, seelisch und emotional sehr von seiner unglücklichen Beziehung zu einer arbeitslosen, selbstmordgefährdeten Schauspielerin in Anspruch genommen war, dauerte es ein Weilchen, bis er erkannte, dass Joel Campbell Unterstützung brauchte. Es wurde ihm erst bewusst, als einer seiner Kollegen Joel zum dritten Mal in Folge aus dem Versteck holte, wo der Junge sein Mittagessen einnahm, und ihn bei Mr. Eastbourne zu einem vertraulichen Gespräch ablieferte, das Joels Probleme ans Licht bringen sollte. Dabei waren die Probleme des Jungen durchaus offenkundig: Er blieb für sich, hatte keine Freunde, redete nur, wenn er angesprochen wurde, und selbst dann nicht immer, und in den Pausen versuchte er, mit dem Mobiliar, dem Schwarzen Brett oder einem sonstigen Hintergrund seiner Umgebung zu verschmelzen. Was es in Joels Psyche jedoch zu ergründen galt, waren die Ursachen für dieses Problem.

Mr. Eastbourne besaß eine Eigenschaft, die ihn als PSG-Lehrer besonders prädestinierte: Er kannte seine Grenzen. Er verabscheute aufgesetzte Leutseligkeit, und er wusste, der Versuch, einem problemgeplagten Jugendlichen kumpelhaft zu begegnen, war zum Scheitern verurteilt. Also griff er auf die Mentorengruppe der Schule zurück – einen Pool Freiwilliger aus der näheren Umgebung, die gewillt waren, Schülern mit so unterschiedlichen Problemen wie Leseschwäche oder Angststörungen zu helfen. So kam es, dass Joel nicht lange nach dem Besuch bei seiner Mutter in einen Raum geführt wurde, wo er sich einem höchst merkwürdig aussehenden Engländer gegenüberfand.

Sein Name war Ivan Weatherall – ein weißer Mann jenseits der fünfzig, der karierte Jacketts mit Lederflicken mochte und ausgebeulte Tweedhosen, die zu hoch in der Taille saßen und sowohl von Hosenträgern als auch von einem Gürtel gehalten wurden. Er hatte fürchterlich schlechte Zähne, aber wohlriechenden Atem, chronische Schuppen, aber immer frisch gewaschene Haare, manikürte Fingernägel, ein glattrasiertes Kinn und gewienerte Schuhe. Ivan Weatherall wusste, was es bedeutete, ein Außenseiter zu sein: Im Internat hatte er unter allerhand Schikanen gelitten, und er hatte eine so unterentwickelte Libido, dass er seit seinem dreizehnten Lebensjahr das Stigma des Sonderlings trug.

Er hatte eine höchst eigentümliche Art zu reden. Sie war so grundverschieden von allem, was Joel gewöhnt war, dass er zuerst glaubte, Ivan Weatherall mache sich über ihn lustig. Er verwendete Ausdrücke wie »ganz recht«, »was du nicht sagst«, »schlechterdings« oder »heureka«, und hinter seiner Nickelbrille sahen seine blauen Augen unverwandt in Joels, als warte er auf eine Reaktion. Statt seinen Blick zu erwidern, sah Joel jedoch meist weg.

Ivan begann ihre Bekanntschaft mit einem formvollendeten Diener und den Worten: »Ivan Weatherall, zu Diensten. Ich habe dich noch nie in unserem Viertel gesehen. Es ist mir eine Freude, dich kennenzulernen. Wollen wir flanieren, oder ist Verbleib dein Begehr?«

Auf diese bizarre Eröffnung fiel Joel keine Antwort ein. Er war sicher, der Mann nehme ihn auf den Arm.

Ivan fuhr fort: »Dann werde ich die Entscheidung fällen. Da Regen in Aussicht steht, schlage ich vor, wir bedienen uns der zur Verfügung stehenden Sitzmöbel.« Mit diesen Worten führte er Joel in ein kleines Büro, ließ sich auf einem roten Plastikstuhl nieder und klemmte die Füße hinter die Vorderbeine.

»Du bist erst seit relativ kurzer Zeit ein Bewohner unseres kleinen Eckchens der Welt, wenn ich rechtens informiert bin?«, fragte er. »Deine Residenz befindet sich ... wo? Eine der Siedlungen, nehme ich an? Welche?«

Joel sagte es ihm, ohne den Blick von Weatheralls Händen zu heben, die in seinem Schoß lagen und mit der Gürtelschnalle spielten.

»Ah, Mr. Goldfingers grandioses Gebäude«, lautete Ivans Erwiderung. »Wohnst du in diesem kuriosen Bauwerk?«

Joel nahm richtigerweise an, dass er vom Trellick Tower sprach, und schüttelte den Kopf.

»Bedauerlich«, sagte Ivan Weatherall. »Ich wohne selbst in der Nähe und wollte dieses Gebäude immer schon einmal erkunden. Mir erscheint es stets ein wenig grimmig – nun, was kann man schon mit Beton errichten, was nicht wie eine Haftanstalt aussieht, hab ich nicht recht? – und dennoch, diese Brücken ... Stockwerk um Stockwerk von Brücken ... Sie sagen etwas aus. Nichtsdestotrotz könnte man sich wünschen, die Londoner Wohnungsnot der Nachkriegszeit wäre in einer optisch ansprechenderen Weise gelöst worden.«

Joel hob den Kopf und riskierte einen Blick auf Ivan, immer noch nicht sicher, ob der ihn nicht verschaukelte. Ivan betrachtete ihn mit zur Seite geneigtem Kopf. Er hatte seine Position während seines einleitenden Monologs verändert und sich zurückgelehnt, sodass der Stuhl nur noch auf den Hinterbeinen stand. Als ihre Blicke sich trafen, gab Ivan Joel einen freundlichen, kleinen Salut. »*Entre nous,* Joel«, vertraute er ihm verschwörerisch an, »ich gehöre zu der Sorte, die man gemeinhin als englischen Exzentriker bezeichnet. Völlig harmlos, aber äußerst gut geeignet für Dinnerpartys, wenn Amerikaner unter den Gästen sind, die unbedingt mal einen echten Engländer kennenlernen wollen.« Die seien schwierig genug zu finden, fuhr er fort, besonders in seinem Viertel, wo die kleinen Häuser mehrheitlich von algerischen, pakistanischen, portugiesischen, griechischen und chinesischen Großfamilien bewohnt würden. Er selbst lebe allein, habe nicht einmal einen Wellensittich, der ihm Gesellschaft leiste, aber er wolle es nicht anders haben, denn so habe er ausreichend Zeit und Platz, um seinen Hobbys nachzugehen. Jeder Mensch brauche ein Hobby, erklärte er, ein kreatives Ventil, durch welches die

Seele sich Ausdruck verschaffen könne. »Hast du eines?«, erkundigte er sich.

»Ein was?«

»Ein Hobby. Ein Bestreben, welches deine Seele bereichert und außerhalb deiner Pflichten liegt?«

Joel schüttelte den Kopf.

»Verstehe. Nun, vielleicht finden wir eines für dich. Das erfordert natürlich, dass ich dir ein wenig auf den Zahn fühle, wofür ich um deine größtmögliche Kooperation ersuche. Siehst du, Joel, wir sind Kreaturen, die aus Teilen bestehen – körperlichen, geistigen, spirituellen, emotionalen und psychologischen Teilen. Darin ähneln wir Maschinen, könnte man beinahe sagen, und jeder Mechanismus, der uns zu dem macht, was wir sind, braucht regelmäßige Wartung, wenn wir effizient und mit optimaler Leistung funktionieren sollen. Du, zum Beispiel: Was willst du einmal mit deinem Leben anfangen?«

Diese Frage war Joel noch niemals gestellt worden. Natürlich wusste er, was er mit seinem Leben anfangen wollte, aber er war zu verlegen, um es diesem Mann anzuvertrauen.

»Nun, dann wird dies ein Teil dessen sein, wonach wir suchen«, verkündete Ivan. »Deine Absichten. Dein Weg in die Zukunft. Ich persönlich, zum Beispiel, wäre gerne Filmproduzent. Kein Schauspieler, weißt du, denn auf Dauer könnte ich es nicht ertragen, von anderen herumkommandiert zu werden und gesagt zu bekommen, wie ich mich zu verhalten habe. Und auch kein Regisseur, denn ebenso wenig könnte ich es ertragen, derjenige zu sein, der andere herumkommandiert. Aber Produzent ... Ah, das war meine Leidenschaft. Dem Traum anderer Menschen Leben einzuhauchen und ihn wirklich werden zu lassen.«

»Haben Sie das schon mal gemacht?«

»Oh ja. Ich habe zwanzig Filme produziert. Und dann bin ich hierhergekommen.«

»Warum sind Sie nich' in Hollywood?«

»Mit einem Filmsternchen an jedem Finger?« Ivan schüttelte sich theatralisch und entblößte dann seine schlechten Zähne zu einem Lächeln. »Nun, genug davon. Darüber sollten wir uns ein andermal unterhalten.«

Im Verlauf der folgenden Wochen hatten sie viele solcher Unterhaltungen, wenngleich Joel dabei seine dunkelsten Geheimnisse stets für sich behielt. Ivan erfuhr immerhin, dass Joel und seine Geschwister bei ihrer Tante lebten, nicht aber, aus welchem Grund. Er erfuhr auch, dass Joel Toby täglich von der Middle Row School abholte, damit der kleine Junge nicht allein gehen musste, aber wohin er ihn brachte und warum, waren Themen, die bei den Gesprächen mit seinem Mentor nie Erwähnung fanden. Und Ivan erfuhr, dass Ness eine notorische Schulschwänzerin und dass dieses Problem durch den einen Anruf der Schulaufsicht bei Kendra Osborne nicht gelöst worden war.

Von diesen wenigen Einblicken abgesehen, war es meist Ivan, der redete. Joel lauschte und gewöhnte sich an die eigentümliche Sprache des Mannes. Er ertappte sich sogar dabei, dass er Sympathie für Ivan Weatherall entwickelte und sich auf die Zusammenkünfte freute. Doch gerade diese Sympathie stimmte Joel noch unwilliger, offen zu sprechen. Denn er nahm an, dass genau das der Sinn dieser Treffen war, und wenn er schließlich etwas von sich preisgäbe, würde man ihn als »geheilt« betrachten – geheilt von was auch immer ihm nach Meinung der Schulleitung fehlte. Er würde sich nicht mehr mit Ivan treffen dürfen, und Joel wollte nicht, dass dies eintrat.

Es war Hibah, die Joel einen Weg aufzeigte, Ivan weiterhin sehen und vor allem hören zu können, selbst wenn die Schule zu dem Schluss käme, es wäre nicht mehr nötig. In der vierten Woche ihrer Bekanntschaft sah sie Joel mit dem Mentor aus der Schulbibliothek kommen, und später am Nachmittag setzte sie sich im Bus neben ihn, um ihn ins Bild zu setzen.

»Du triffs' dich mit diesem Bekloppten, was?«, begann sie. »Sei bloß vorsichtig mit dem.«

Joel, der mit einer kniffligen Matheaufgabe beschäftigt war, erkannte zuerst gar nicht, welche Drohung hinter ihren Worten lag. »Hä?«, fragte er.

»Dieser Typ, Ivan. Der gibt sich gern mit *Kindern* ab.«

»Das is' doch sein Job, oder?«

»Ich red nich' von der Schule«, erklärte sie. »Anderswo. Warste schon mal bei Paddington Arts?«

Joel schüttelte den Kopf. Er wusste nicht einmal, was Paddington Arts war, geschweige denn wo.

Hibah klärte ihn auf. Paddington Arts war ein Zentrum für künstlerische Projekte unweit des Grand Union Canal auf Höhe der Great Western Road. Dort wurden Kurse angeboten – eine weitere Offerte an die Jugendlichen der Gegend, etwas anderes mit ihrer Zeit anzufangen, als in Schwierigkeiten zu geraten. Ivan Weatherall war einer der Lehrer dort.

»Das behauptet er jedenfalls«, fuhr Hibah fort. »Ich hab aber auch schon andere Sachen gehört.«

»Von wem?«, fragte Joel.

»Von meinem Freund. Er sagt, Ivan steht auf Jungs. Jungs wie dich, Joel, verstehste. Mischlingsjungs. Und mein Freund muss es wissen.«

»Wieso?«

Sie verdrehte vielsagend die Augen. »Kannste dir doch *vorstell'n*. Du bis' doch nich' blöd, oder? Außerdem haben das außer meinem Freund auch noch andere gesagt. Ältere Typen, die hier aufgewachsen sind. Dieser Ivan wohnt hier seit Ewigkeiten, und es war immer schon dasselbe mit ihm. Also, pass bloß auf.«

»Er macht nie was anderes als mit mir reden«, versicherte Joel.

Wieder Augenrollen. »Biste wirklich so dämlich? So fängt's doch immer an.«

Kendras Lüge gegenüber der Schulaufsicht der Holland Park School führte dazu, dass einige Wochen ins Land gingen, ehe Ness' Abwesenheit von der Schule die nächste Phase behördlicher Besorgnis einläutete. Ness verfuhr noch immer annähernd genauso wie zuvor, mit dem kleinen Unterschied, dass sie das Haus zusammen mit ihren Brüdern verließ und sich erst nahe der Portobello Bridge von ihnen trennte. Was ihre Tante überzeugte, dass Ness wirklich die Schule besuchte, war die Tatsache, dass das Mädchen jetzt keine Kleidung mehr in ihrem Rucksack trug, sondern zwei Hefte und ein Geografiebuch, das sie Six' Bruder, dem »Professor«, geklaut hatte. Die Kleidung hatte sie einfach bei Six deponiert.

Kendra ließ sich bereitwillig von diesen Indizien beschwichtigen. Es war der Weg des geringsten Widerstands. Es war aber eben nur eine Frage der Zeit, bis dieser holprige Weg unpassierbar wurde.

Ende März, inmitten eines typisch englischen Dauerregens, verschworen sich gleich mehrere Umstände gegen sie: Als Erstes erschien ein sportlicher, elegant gekleideter Schwarzer im Laden, schüttelte seinen Schirm aus und fragte nach Mrs. Osborne. Er stellte sich als Nathan Burke vor, Schulaufsichtsbeamter der Holland Park School.

Cordie Durelle machte gerade Mittagspause und war bei Kendra im Laden. Wie immer rauchte sie. Wie immer trug sie ihren roten Kittel, der Mundschutz baumelte ihr um den Hals, und sie erzählte Kendra von Gerald Durelles neuerlicher Durchsuchung des Hauses: angetrunken, in destruktiver Stimmung und auf der Suche nach der Pille, die, wie er völlig zu Recht argwöhnte, verhinderte, dass seine Frau schwanger wurde und ihm den Sohn schenkte, auf den er unbeirrt hoffte. Cordie näherte sich gerade dem Höhepunkt ihrer Geschichte, als die Ladentür sich öffnete und das Glöckchen erklang.

Ihre Unterhaltung verstummte wie in telepathischer Übereinkunft, vornehmlich weil Nathan Burke atemberaubend gut aussah und die beiden Frauen erst wieder Luft holen mussten. Er sprach höflich und wohlartikuliert und bewegte sich mit der Selbstsicherheit eines Mannes, der eine gute Erziehung und Bildung genossen und den Großteil seines Lebens außerhalb Englands in einem Umfeld verbracht hatte, wo er von jedermann als gleichwertig behandelt worden war.

Burke erkundigte sich, welche der Damen Mrs. Osborne sei und ob er sie einen Moment in einer persönlichen Angelegenheit sprechen könne. Kendra stellte sich vor und versicherte, dass er vor ihrer besten Freundin Cordie Durelle ganz offen sein könne. Cordie warf ihr einen dankbaren Blick zu, denn auf den Anblick des attraktiven Mannes hätte sie ungern verzichten wollen. Sie senkte die Lider und versuchte, so verführerisch auszusehen, wie es einer Frau in rotem Kittel und mit Mundschutz um den Hals nur möglich war.

Nathan Burke nahm sie mitnichten zur Kenntnis. Seit neun Uhr an diesem Morgen hatte er die Eltern von Schulschwänzern aufgesucht, und fünf weitere solcher Besuche lagen noch vor ihm, ehe er Feierabend machen und zu der teilnahmsvollen Fürsorge seiner Partnerin nach Hause zurückkehren konnte. Aus diesem Grund kam er sogleich zur Sache. Er zog eine Anwesenheitsstatistik hervor und brachte Kendra die schlechte Nachricht bei.

Kendra sah auf die Statistik und spürte sofort das Einsetzen eines hämmernden Stresskopfschmerzes. Auch Cordie warf einen Blick auf die Unterlagen. »Scheiße, Ken. Sie ist überhaupt nicht zur Schule gegangen, he«, konstatierte sie das Offensichtliche, und an Nathan Burke gewandt: »Was für 'ne komische Schule seid ihr eigentlich? Wird sie gemobbt oder so, dass sie da nich' hingeh'n will?«

»Sie kann schwerlich gemobbt werden, wenn sie nie hingeht«, entgegnete Kendra in gepflegtestem Englisch, nicht in der Sprechweise ihrer Freundin.

Cordie zeigte Erbarmen und ersparte ihr einen der üblichen bissigen Kommentare bezüglich ihres Dialekts. Stattdessen sagte sie nur: »Das heißt, sie is' dabei, sich in Schwierigkeiten zu bring'. Frage is' nur, was für welche. Kerle, Drogen, Alk, krumme Dinger.«

»Was sie getan hat, während sie geschwänzt hat, ist uns vollkommen gleichgültig. Wir müssen dafür sorgen, dass sie wieder zur Schule geht«, erklärte Nathan Burke. »Das Problem ist nur: Wie bewerkstelligen wir das?«

»Hat sie jemals Prügel bezogen?«, fragte Cordie.

»Mit fünfzehn? Sie ist zu alt für so was. Und außerdem habe

ich nicht die Absicht, die Kinder zu schlagen. Was sie schon alles durchgemacht haben ... Das reicht.«

Mr. Burke war mit einem Mal ganz Ohr, aber Kendra gedachte nicht, ihn in Einzelheiten der Familiengeschichte einzuweihen. Vielmehr fragte sie ihn, welche Lösungsvorschläge er habe, da es offensichtlich wenig Sinn hatte, ein Mädchen zu schlagen, das vermutlich ohne zu zögern zurückschlagen würde.

»Normalerweise führt es zum Erfolg, wenn Konsequenzen aufgezeigt werden«, sagte er. »Wären Sie einverstanden, wenn ich einige vorschlage, die Sie ausprobieren könnten?«

Er zählte sie mitsamt den möglichen Folgen auf: das Mädchen zur Schule zu fahren und zur ersten Stunde zu eskortieren und sie so vor all den anderen Schülern in eine peinliche Situation zu bringen, die sie kein zweites Mal erleben wollte. Privilegien zu entziehen, wie beispielsweise Fernsehen oder Telefonieren. Hausarrest. Internat. Einen Therapeuten hinzuzuziehen, um den Problemen auf den Grund zu gehen.

Die Drohung, sie zu jeder einzelnen Schulstunde zu eskortieren ... Kendra konnte sich nicht vorstellen, dass ihre Nichte auch nur auf eine dieser aufgezählten Konsequenzen anders als mit einem Achselzucken reagieren würde. Ebenso wenig konnte sie sich vorstellen, dass es irgendeinen anderen Weg gab, das Mädchen von der Wichtigkeit des Schulbesuchs zu überzeugen, außer vielleicht, sie mit Handschellen an die Schulbank zu fesseln. Zu viel war dem Mädchen im Laufe der Jahre genommen worden, und niemand hatte ihr im Gegenzug irgendetwas entgegengebracht. Man konnte Ness wohl kaum davon überzeugen, dass ausgerechnet Bildung wichtig war, nachdem man sie sämtlicher Grundfesten ihres Lebens – einer ausgeglichenen Mutter, eines lebendigen Vaters und eines sicheren Zuhauses – beraubt hatte.

Kendra verstand all dies, aber sie wusste einfach nicht, was sie dagegen hätte tun können. Sie stützte die Ellbogen auf die Ladentheke und vergrub die Finger im Haar.

Vanessas Problem, brachte Nathan Burke zuletzt vor, sei

vielleicht der Art, dass es in einer Wohngruppe gelöst werden könne. Es gab derartige Einrichtungen, und falls Mrs. Osborne sich mit der Erziehung des Mädchens überfordert fühlte, könne das Jugendamt …

Sie hob den Kopf. »Die Kinder kommen nicht ins Heim«, erklärte sie.

»Heißt das, dass wir Vanessa zukünftig in der Schule sehen werden?«, erkundigte sich Mr. Burke.

»Das weiß ich nicht«, gestand Kendra offen.

»Wenn nicht, muss ich den Fall weiterleiten, und das Jugendamt würde zwangsläufig eingeschaltet. Wenn Sie sie nicht zum Schulbesuch motivieren können, ist das der nächste Schritt. Bitte machen Sie ihr das klar. Vielleicht hilft es.«

Er klang mitfühlend, aber Mitgefühl war das Letzte, was Kendra wollte. Inzwischen wollte sie nur noch, dass dieser Kerl endlich verschwand, und darum nickte sie. Er verabschiedete sich bald darauf, jedoch nicht ohne zuvor ein Schmuckstück aus Bakelit für seine Freundin auszuwählen.

Cordie griff nach Kendras Zigaretten; ihre eigenen hatte sie längst aufgeraucht. Sie zündete zwei an und reichte eine davon ihrer Freundin. »Okay. Ich muss es sagen.« Sie nahm einen tiefen Zug, wie um sich Mut zu machen. »Vielleicht, Ken, nur *ganz vielleicht* haste dir mit dieser Sache einfach zu viel vorgenomm'.«

»Mit welcher Sache?«

»Mit dieser Ersatzmuttersache. Hör mal, du has' doch noch nie … Ich mein, wie kannste von dir erwarten, dass du weiß', was du mit diesen Kids machen solls', wo du so was doch noch nie gemacht has'. Wollteste denn je? Ich mein, vielleicht, wenn sie anderswo hinkämen … Ich weiß, du wills' das nich', aber es könnte doch sein, dass sie richtige Familien für sie finden …«

Kendra sah sie ungläubig an. Es erstaunte sie, dass Cordie sie so schlecht kannte, aber sie war ehrlich genug, sich einzugestehen, dass sie selbst für die Ahnungslosigkeit ihrer Freundin verantwortlich war. Was sonst sollte Cordie glauben, da Kendra ihr nie die Wahrheit gesagt hatte? Sie wusste nicht einmal, warum sie es ihr nie gesagt hatte – vielleicht weil es ihr so viel moderner und emanzipierter erschienen war, ihre Freundin in dem Glauben zu lassen, Kendra hätte in der Frage eine Wahl gehabt. Sie sagte lediglich: »Die Kinder bleiben bei mir, Cordie, zumindest bis Glory sie zu sich holt.«

Doch dass Glory Campbell nicht die Absicht hatte, das zu tun, bestätigte sich wenige Tage später, als Kendra die Post hereinholte und den ersten Brief fand, den Glory in all den Monaten seit ihrer Abreise nach Jamaika geschrieben hatte. Der Inhalt war wenig überraschend: Sie, Glory, habe gründlich über die Situation nachgedacht und sei zu dem Schluss gekommen, dass sie ihre Enkel nicht aus England wegholen dürfe. So viel Distanz zwischen die Kinder und die arme Carole zu bringen, wäre vermutlich der Tropfen, der das Fass zum Überlaufen brächte und Caroles Verstand – oder was davon noch übrig war – endgültig abstürzen ließe, und Glory wolle dafür nicht verantwortlich sein. Aber sie werde Joel und Ness für einen kurzen Besuch zu sich holen, sobald sie das Geld für die Flugtickets zusammengespart habe.

Erwartungsgemäß erwähnte sie Toby mit keinem Wort.

Das war's also. Kendra hatte gewusst, dass es so kommen würde. Sie hatte jedoch keine Zeit, über die Angelegenheit nachzugrübeln. Sie musste sich um Ness kümmern und um die Zukunft, die ihr bevorstand, wenn sie weiterhin nicht zur Schule ging.

Die Androhung von Konsequenzen würde keinerlei Wirkung zeigen, denn Ness war ohnehin der Überzeugung, sie habe nichts mehr zu verlieren. Was sie wollte, konnte sie so oder so nicht bekommen – nicht in der Schule und ganz sicher nicht in dem winzigen Haus ihrer Tante in Edenham.

Kendra machte Ness Vorhaltungen. Sie schrie sie an. Sie fuhr sie zur Schule und eskortierte sie zur ersten Stunde, wie Nathan Burke es vorgeschlagen hatte. Sie versuchte, ihre Nichte unter Hausarrest zu stellen, was aber ohne Ness' Gefügigkeit, Ketten und Schlösser unmöglich war. Nichts funktionierte. Ness' Reaktion blieb immer die gleiche: Sie werde diese grässlichen

Lumpen *nicht* tragen, sie werde sich *nicht* in ein Scheißklassenzimmer setzen, sie werde ihre Zeit auch *nicht* mit irgendwelchem Mathescheiß oder so verschwenden, statt mit ihren Freundinnen um die Häuser zu ziehen.

»Du brauchst eine Pause«, erklärte Cordie an dem Nachmittag, als Nathan Burke im Laden angerufen hatte, um Kendra mitzuteilen, dass Ness eine Sozialarbeiterin zugeteilt worden sei – als letzte Maßnahme, bevor die Justiz eingeschaltet würde. »Du und ich, wir sind seit Ewigkeiten nicht ausgegangen. Lass uns mal wieder ein' draufmachen. Du brauchst das, und ich auch.«

So kam es, dass Kendra sich an einem Freitagabend im No Sorrow fand.

Kendra setzte Ness darüber in Kenntnis, dass sie für Joel und Toby verantwortlich sei, dass sie also zu Hause bleiben müsse, ganz gleich, welche Pläne sie gehabt habe. Sie sollte ihre Brüder bei Laune halten und beschäftigen, was wiederum hieß, in irgendeiner Weise mit ihnen zu interagieren, um sicherzustellen, dass sie beide abgelenkt und sicher verwahrt waren. Da es unwahrscheinlich war, dass Ness diesen Anordnungen aus freien Stücken Folge leisten würde, ließ Kendra durchblicken, dass sie gewillt sei, sich Ness' Kooperation etwas kosten zu lassen.

Joel protestierte, dass er keinen Aufpasser brauche. Er sei kein Baby mehr. Er komme schon allein klar.

Aber Kendra ließ sich nicht davon abbringen. Nicht auszudenken, was passierte, wenn es nach Einbruch der Dunkelheit an der Tür klopfte und niemand mit einem gewissen Maß an Erfahrung im Haus war. Und trotz all der Schwierigkeiten, die Ness machte – Erfahrung konnte man ihr nicht absprechen. »Also, du kannst dir Geld verdienen, Ness«, wiederholte sie. »Was sagst du? Kann ich mich darauf verlassen, dass du bei deinen Brüdern zu Hause bleibst?«

Ness stellte ein paar schnelle Überlegungen an, die nur teilweise mit Geld und der Frage zu tun hatten, was sie damit anfangen konnte, wenn sie es bekam. Sie entschied sich für das Geld, da sie für diesen Abend nichts Besseres vorhatte, als wie üblich mit Six und Natasha drüben im Mozart Estate herumzuhängen. »Wenn du meinst«, antwortete sie, was Kendra fälschlicherweise als Zusage deutete, an der keine etwaigen zufälligen Entwicklungen des Abends etwas ändern würden.

Cordie hatte für den Abend Clubbing verordnet. Sie würden erst zusammen essen und einige Drinks zu sich nehmen. Sie wählten einen Portugiesen an der Golbourne Road, wo sie ihre Vorspeisen mit einem Bombay Sapphire Martini hinunterspülten und den Hauptgang mit einigen Gläsern Wein. Keine der Frauen trank für gewöhnlich viel, und so waren sie mehr als nur ein bisschen beschwippst, als sie schließlich über die Portobello Bridge zurücktorkelten, wo hinter dem Trellick Tower das No Sorrow lag und allmählich zu seinem nächtlichen Leben erwachte.

Jetzt würden sie ein paar Kerle anmachen, verkündete Cordie. Sie brauche eine »außereheliche Knutschablenkung«, und was ihre Freundin Kendra betraf, sei es »höchste Zeit für eine anständige Nummer«.

Das No Sorrow kündete in grünen Neonbuchstaben von seiner Existenz, der Schriftzug im geschmackvollen Art déco quer über den Frontscheiben angebracht. Eigentlich war der Club in dieser Gegend völlig fehl am Platz. Die Eigentümer hatten nicht nur ihr Geld darauf gesetzt, dass dieser Teil North Kensingtons in absehbarer Zukunft eine Sanierung und Aufwertung erfahren werde. Vor fünf Jahren hätte niemand, der auch nur einen Funken Verstand besaß, zehn Pfund in die Immobilie investiert. Aber das war bezeichnend für London: Man mochte ein Viertel oder gar einen ganzen Stadtbezirk hoffnungslos heruntergekommen nennen, aber nur ein Dummkopf würde ihn je für tot erklären.

Der Club lag am Ende einer Reihe von Ladenlokalen, die allesamt schäbig wirkten – angefangen von einem Waschsalon über einen Buchladen bis hin zu einem Schlüsseldienst. Die Tür des No Sorrow war von diesen Etablissements abgewandt, so als könne sie ihre Nachbarn nicht ertragen. Der Club erstreckte sich über zwei Etagen: Im Erdgeschoss standen eine halbmondförmige Bar, Tischchen, um die man sich zum Plaudern niederlassen konnte, und gedämpftes Licht beschien Wände, die vom Zigarettenqualm vergilbt waren. Im ersten Stock gab es Musik und Getränke, einen DJ, der in wahnwitziger Lautstärke Platten abspielte, und eine Lightshow, die die ganze Szenerie wie einen schlechten LSD-Trip wirken ließ.

Kendra und Cordie begannen im Erdgeschoss und verschafften sich erst einmal einen Überblick. Sie holten sich etwas zu trinken und nahmen »das Männermaterial in Augenschein«, wie Cordie es ausdrückte.

Kendra kam schnell zu dem Schluss, dass das Angebot reichhaltig, aber nicht übermäßig attraktiv war: Männer – großteils jenseits der Lebensmitte – waren hier im Erdgeschoss zwar in der Überzahl, doch bei näherer Betrachtung stellte sie fest, dass nicht ein einziger sie interessierte – ein euphemistischer Schluss, denn es war ziemlich offensichtlich, dass sich auch keiner von ihnen für sie interessierte. Eine Handvoll junger Frauen hatte alle Aufmerksamkeit auf sich gezogen. Kendra war sich jedes einzelnen ihrer vierzig Jahre bewusst.

Als sie vorschlug, den Club wieder zu verlassen, antwortete Cordie: »Gleich, lass uns nur noch kurz nach oben gehen.« Selbst wenn sie dort oben keine geeigneten Männer fänden, meinte Cordie, könnten sie und Kendra wenigstens ein bisschen tanzen, zusammen oder jede für sich.

Der Lärm im Obergeschoss war ohrenbetäubend, und es gab nur drei Lichtquellen: eine kleine Tischlampe, die die Anlage des DJ beleuchtete, zwei gedimmte Birnen über der Bar und das Stroboskop. Kendra und Cordie blieben am Treppenabsatz stehen, bis ihre Augen sich auf das Dämmerlicht eingestellt hatten. Auch an die Hitze mussten sie sich erst gewöhnen. Im Frühjahr kam in London einfach niemand auf die Idee, ein Fenster zu öffnen, nicht einmal um den Zigarettenrauch hinauszulassen, der vom Stroboskop angeleuchtet wurde, sodass die Szene wie ein Aufklärungsfilm wider den Blauen Dunst wirkte.

Hier oben gab es keine Tische, nur ein brusthohes Bord entlang der Wände, wo die Tänzer ihre Gläser abstellen konnten, während sie sich den Freuden der Musik hingaben. Im Augenblick lief Rap: viel Text, viel Beat und keine Melodie, aber das schien niemanden zu stören. Es sah aus, als drängten sich zweihundert Menschen auf der Tanzfläche, und noch einmal hundert rangelten um die Aufmerksamkeit der drei Barkeeper, die in Höchstgeschwindigkeit Drinks mixten und Biere zapften.

Mit einem Jubellaut stürzte Cordie sich ins Getümmel. Sie drückte Kendra ihr Glas in die Hand und tänzelte auf zwei junge Männer auf der Tanzfläche zu, denen sie äußerst willkommen zu sein schien. Kendra fühlte sich noch schlimmer als zuvor – noch älter, als sie tatsächlich war. Vor der Ankunft der Campbells hatte sie in dem Bewusstsein gelebt, dass das Leben flüchtig war; das hatte der Tod ihrer beiden Brüder sie gelehrt. Sie hatte sich immer bemüht, die Dinge bewusst zu erfahren, statt nur darauf zu reagieren. Sie selbst prägte ihr Dasein, nicht umgekehrt. Doch in den Monaten, seit Glory sie unverhofft in die Mutterrolle gedrängt hatte, hatte Kendra nur sehr wenig zuwege gebracht, das auch nur annähernd Ähnlichkeit mit ihrem alten Leben hatte. Es kam ihr vor, als sei sie nicht mehr dieselbe – als sei sie nicht mehr die Frau, die zu sein sie vor langer Zeit beschlossen hatte.

Erfahrung – vor allem die zweier Ehen – hatte Kendra gelehrt, dass nur sie allein dafür verantwortlich war, wenn das Leben nicht zu ihrer Zufriedenheit verlief. Wenn sie ihr Alter spürte und die Last einer Verantwortung, die sie nicht haben wollte, lag es allein bei ihr, etwas dagegen zu unternehmen. Kendra wollte etwas tun, wollte sich der Gruppe transpirierender Zwanzigjähriger anschließen und tanzen. Doch der Alkohol, den sie zuvor getrunken hatte, dieses chemische Depressivum, verhinderte, dass sich ihre Stimmung besserte. Und auch ihr Sekundärziel, nämlich jemanden zu finden, mit dem sie am Ende des Abends ins Bett steigen konnte, rückte in unerreichbare Ferne.

Auf dem Heimweg fragte Cordie, die es auf eine sehr nette

viertelstündige Knutscherei mit einem neunzehnjährigen Jungen im Flur zu den Toiletten gebracht hatte, wie es denn angehen konnte, dass Kendra – die, so erklärte sie, so sagenhaft gut aussah, dass es jeden Kerl von den Füßen reißen müsse – nicht wenigstens ein vergleichbares Erfolgserlebnis zu verbuchen hatte.

Kendra bemühte sich, es gelassen zu nehmen. Ihr Leben sei derzeit ohnehin zu kompliziert, um noch Platz für einen Mann darin zu haben, und sei es auch nur vorübergehend.

»Komm ja nich' auf die Idee, du wärs' nich' mehr attraktiv genug, Ken«, warnte Cordie. »Und weil Männer eben sind, wie sie sind, kannste immer einen kriegen, wenn du deine Ansprüche weit genug runterschraubs'.«

Kendra lachte in sich hinein. Es spiele keine Rolle, erklärte sie ihrer Freundin. Mal wieder einen Abend um die Häuser zu ziehen, war genug gewesen. Tatsächlich müssten sie das viel häufiger tun, und sie gedenke, diesbezüglich einen Neuanfang zu machen, wenn Cordie einverstanden sei.

»Sach mir nur, wann und wo«, erwiderte Cordie.

Kendra war im Begriff zu antworten, als sie aus dem dunklen Fußweg vom Trellick Tower in den Edenham Way einbogen. Dort erhaschte sie einen Blick auf die Front ihres Hauses. Ein fremdes Auto parkte vor ihrer Garageneinfahrt.

»Scheiße.« Sie legte einen Schritt zu, um herauszufinden, was Ness während ihrer Abwesenheit wieder angestellt hatte.

Es war klar, noch ehe sie den Wagen oder ihre Haustür erreicht hatte. In dem Auto befanden sich zwei Personen, eine davon zweifelsfrei ihre Nichte. Kendra erkannte sie an der Kopfform, der Struktur der Haare und der Wölbung des Halses, als der Mann in ihrer Begleitung den Kopf von ihrer Brust hob.

Er streckte den Arm aus und öffnete die Tür auf ihrer Seite, wie ein Freier, der eine Bordsteinschwalbe entließ. Als Ness nicht sofort ausstieg, versetzte er ihr einen kleinen Schubs, und weil auch das nicht half, stieg er aus und ging herum zur Beifahrerseite. Er zog sie aus dem Auto, und ihr Kopf fiel nach hinten. Entweder stand sie unter Drogen oder war hoffnungslos betrunken.

Kendra brauchte keine weitere Einladung. »Augenblick mal!«, rief sie und hastete näher, um sich den Mann vorzuknöpfen. »Finger weg von dem Mädchen!«

Blinzelnd schaute er sie an. Er war wesentlich jünger, als sie gedacht hatte, wenngleich sein Kopf völlig kahl war. Er war schwarz, kräftig und attraktiv. Er trug seltsame Haremshosen wie ein Tänzer, weiße Sportschuhe und eine schwarze Lederjacke, deren Reißverschluss bis zum Kragen geschlossen war. Er hatte sich Ness' Tasche über die Schulter gehängt und Ness selbst unter einem Arm.

»Haben Sie mich gehört? Lassen Sie sie los!«

»Wenn ich das mach', schlägt sie sich auf den Stufen den Schädel ein«, erwiderte er ruhig. »Sie is' sternhagelvoll. Ich hab sie gefunden, als sie …«

»Gefunden? Sie haben sie *gefunden*?«, höhnte Kendra. »Mir ist scheißegal, ob Sie sie *gefunden* haben. Nehmen Sie Ihre verdammten Finger von ihr, und zwar auf der Stelle! Wissen Sie eigentlich, wie alt sie ist? Fünfzehn! *Fünfzehn!*«

Der Mann schaute auf Ness hinab. »Ich sag Ihnen, sie benimmt sich nicht wie …«

»Geben Sie sie her!« Kendra trat an den Wagen und packte Ness beim Arm.

Das Mädchen fiel gegen sie und hob den Kopf. Sie sah aus wie ein Wrack und roch wie eine Schwarzbrennerei. Sie lallte: »Willste ihn mir jetz' reinstecken oder was? Ich hab dir gesacht, umsons' is' nich.«

Kendra warf ihm einen vernichtenden Blick zu. »Verschwinden Sie! Geben Sie mir die Tasche, und hauen Sie ab! Ich notier mir Ihr Nummernschild. Ich ruf die Polizei.« Und zu Cordie gewandt: »Schreib dir das Nummernschild auf!«

»Hey«, protestierte er. »Ich hab sie doch nur nach Hause gebracht. Sie war im Pub. Sie war drauf und dran, sich in Schwierigkeiten zu bring', also hab ich sie da rausgeschafft.«

»Der hehre Ritter Lanzelot, was? Schreib das Kennzeichen auf, Cordie!«

Während Cordie ihre Handtasche nach einem Stück Papier

durchforstete, sagte der Mann: »Scheiß drauf.« Er schüttelte Ness' Tasche von der Schulter und ließ sie zu Boden fallen. Dann beugte er sich vor, um Ness ins Gesicht zu sehen, und verlangte, sie solle die Wahrheit sagen.

Ness' Antwort folgte auf dem Fuß: »Du wolltes', dass ich dir ein' blas, das is' die Wahrheit. Du hattes' es richtig nötig.«

»Scheiße«, sagte er und warf die Beifahrertür krachend zu. Dann ging er zur Fahrerseite hinüber und sagte über das Wagendach hinweg zu Kendra: »Besser, Sie kümmern sich um sie, ehe jemand anders es tut.«

»Rotsehen«, so wurde Kendra in diesem Augenblick klar, war eine absolut treffende Beschreibung der optischen Veränderung, die sich einstellt, wenn der Zorn eine gewisse Intensität erreicht. Der Mann fuhr davon, ehe sie antworten konnte – ein Fremder, der es wagte, sie zu verurteilen, weil es ihr nicht gelang, ihre Nichte unter Kontrolle zu bekommen.

Sie fühlte sich bloßgestellt. Sie war wütend. Fühlte sich ausgenutzt und dumm. Als Ness auch noch kicherte und sagte: »Ich sag dir, Ken, der Kerl hat ein Ding so lang wie ein Pferd«, schlug sie sie so hart ins Gesicht, dass der Schmerz von ihrer Handfläche bis in die Schulter hinaufstrahlte.

Ness' Beine gaben nach. Sie fiel gegen die Hauswand und landete auf den Knien. Kendra stürmte vor und holte noch einmal aus. Doch Cordie hielt sie am Arm fest. »Nicht, Ken. Tu's nicht«, sagte sie, und das war genug.

Ness wurde mit einem Mal nüchtern – jedenfalls teilweise. Als Kendra also schließlich das Wort an sie richtete, hatte sie die passende Erwiderung schon auf der Zunge.

»Willst du, dass die ganze Welt dich für eine Schlampe hält?«, schrie Kendra. »Ist es das, was du dir wünschst, Vanessa?«

Ness kam mühsam auf die Füße und wich vor ihrer Tante zurück. »Mir doch scheißegal.«

Ness lief stolpernd den Weg hinter den Reihenhäusern entlang und weiter zum Park. Sie hörte ihre Tante hinter sich ihren Namen rufen, und: »Du kommst sofort zurück nach Hause!«

Ness spürte ein bitteres Lachen in sich aufsteigen. Sie hatte kein Zuhause mehr, nur die Bleibe, wo sie sich ein Bett mit ihrer Tante teilte, während ihre kleinen Brüder im Nebenraum auf hastig angeschafften Campingliegen schliefen. Joel und Toby hatten darauf bestanden, ihre ordentlich gepackten Koffer unter diesen Liegen zu verwahren – seit über zwei Monaten schon. Die Jungen glaubten immer noch hartnäckig, was sie glauben wollten: Ganz gleich, wie viel Zeit seit der Abreise ihrer Großmutter vergangen war – sie würde ihr Versprechen von einem Leben unter karibischer Sonne im Land ihrer Wurzeln wahr machen.

Ness hatte nie versucht, ihren Brüdern die Tatsachen vor Augen zu führen, hatte ihnen nie erklärt, was es bedeutete, dass sie kein Wort von Glory gehört hatten, seit diese sie vor Kendras Haustür abgeladen hatte. In Ness' Augen war das Verschwinden ihrer Großmutter kein großer Verlust. Wenn Glory ihre Enkel nicht brauchte und wollte, dann brauchten und wollten diese Enkelkinder sie umgekehrt ganz sicher auch nicht. Doch obwohl Ness sich dies im Laufe der vergangenen Wochen wieder und wieder gesagt hatte, änderte das nicht viel an ihren Gefühlen.

Als Ness ihre Tante vor ihrem Haus am Edenham Way zurückließ, machte sie sich keine Gedanken darüber, wohin sie eigentlich wollte. Sie wusste nur, dass sie keine Sekunde länger in Kendras Nähe bleiben konnte. Sie wurde schneller nüchtern als befürchtet, und einher mit dieser einsetzenden Nüchternheit ging die Übelkeit, die sie normalerweise erst am nächsten Morgen verspürte. Sie sehnte sich nach Wasser, worin sie ihr schweißnasses Gesicht baden konnte, und so schlug sie den Pfad zum Kanal am Ende des Parks ein.

Trotz ihres Zustands war sie sich der Gefahr bewusst, dass sie in den Kanal fallen konnte, und ließ Vorsicht walten. Sie legte sich auf den Bauch, benetzte ihr Gesicht mit dem öligen Wasser, spürte die fettige Konsistenz auf den Wangen, und ein Geruch stieg ihr in die Nase, der dem eines stehenden Tümpels nicht unähnlich war. Prompt musste sie sich übergeben. Dann lag sie kraftlos auf der Erde und lauschte den Rufen ihrer Tante, die auf der Suche nach ihr Meanwhile Gardens durchstreifte. Kendras Stimme verriet Ness, dass ihre Tante in Richtung Kindertagesstätte lief, dann weiter ins Zentrum des Parks, sodass sie zu dem Weg gelangen musste, der zwischen den Hügeln hindurch zu der Wendeltreppe führte. Ness kam torkelnd auf die Füße und floh zum Ententeich am östlichen Rand des Parks und durchquerte den jenseitigen Wildpark mit seinem erhöhten Holzsteg, der in eine Dunkelheit führte, die ihr zugleich bedrohlich und willkommen erschien. Sie war über das Stadium hinaus, sich um ihre Sicherheit zu sorgen, und so zuckte sie weder zusammen, als plötzlich eine Katze ihren Weg kreuzte, noch scherte sie sich um das Knacken der Zweige hinter ihr, das darauf hindeutete, dass sie verfolgt wurde. Sie ging einfach weiter, durchdrang die Finsternis, bis sie den hintersten Teil von Meanwhile Gardens, den Duftgarten, erreichte. Wie ein dunkler Schatten ragte dort am Ende des Pfades ein Gärtnerschuppen auf.

Sie befand sich an der Rückseite des Trellick Tower, der wie ein Wachsoldat zu ihrer Linken aufragte. Sie war nicht weit von der Golbourne Road entfernt, wusste sie, und ohne dass sie eine bewusste Entscheidung getroffen hätte, trugen ihre Füße sie zum Mozart Estate.

Sie wusste, dass Six zu Hause war. Sie hatte sie angerufen, sobald Kendra am Abend ausgegangen war, und hatte erfahren, dass Natasha und zwei Jungen aus der Nachbarschaft bei Six zu Besuch waren. Ness wäre das fünfte Rad am Wagen auf dem Weg ins Nirwana gewesen, und darum hatte sie sich allein auf einen Zug um die Häuser begeben. Doch jetzt brauchte sie Six.

Ness fand das Grüppchen – Six, Natasha und die beiden Jungen – im Wohnzimmer. Die Jungen – Greve und Dashell, der eine schwarz, der andere gelbhäutig – waren so betrunken wie Fußball-Hooligans, deren Team gerade gewonnen hatte. Die Mädchen waren in ganz ähnlichem Zustand. Die ganze Gesellschaft war spärlich bekleidet. Six und Natasha trugen, was als Slips und BHs durchgehen mochte, aber nur aus winzigen

Fetzen bestand, während die Jungen sich ungeschickt Handtücher um die Hüften geschlungen hatten. Six' Geschwister waren nirgends zu sehen.

Musik drang in ohrenbetäubender Lautstärke aus zwei kühlschrankgroßen Lautsprechern links und rechts eines abgewetzten Sofas, darauf ausgestreckt Dashell, der offenbar soeben Natashas liebevolle Dienstleistungen empfangen hatte. Tash wiederum war gerade dabei, sich in ein Geschirrtuch zu erbrechen, als Ness eintrat. Ein geöffneter Karton von Alibabas Pizzaservice stand vergessen an einem Ende der Couch, und eine leere Jack-Daniel's-Flasche lag daneben.

Die sexuelle Komponente dieses Beisammenseins störte Ness nicht. Der Jack Daniel's hingegen schon. Sie war nicht hergekommen, um Alkohol zu trinken, aber die Tatsache, dass ihre Freundinnen auf Whiskey zurückgegriffen hatten, konnte nur eines bedeuten: Das, weswegen Ness hierhergekommen war, war hier und heute nicht zu kriegen.

Trotzdem wandte sie sich an Six. »Haste was?«

Six' Augen waren blutunterlaufen, und ihre Zunge wollte nicht so recht gehorchen, doch ihr Hirn funktionierte noch einigermaßen. »Seh ich so aus, Süße?«, entgegnete sie. »Was brauchste? Scheiße, Ness, was machst du jetzt eigentlich hier? Ich verdien mir grad selbs' was bei dem Typ, kapiert?«

Ness kapierte in der Tat; nur ein debiler Außerirdischer hätte nicht verstanden, was hier vor sich ging. »Hör ma', ich brauch was, Six«, erklärte sie. »Gib mir irgendwas, und ich hau wieder ab. Sticky reicht.«

Natasha sagte: »Der da hat was, was du dir ins Maul stopfen kannst, das sag ich dir.«

Dashell lachte träge, während Greve sich in einen dreibeinigen Sessel sinken ließ.

»Meinste, wir würden Jack Daniel's saufen, wenn wir was zu rauchen hätten? Ich hass das Zeug, Ness, das weißte doch genau, verdammte Scheiße.«

»Okay. In Ordnung. Lass uns abhau'n und was Besseres suchen, ja?«

»Hier is' was Besseres«, bemerkte Greve und zeigte auf das Geschenk, das unter dem Handtuch auf Six wartete.

Alle vier lachten. Ness war versucht, einen nach dem anderen zu ohrfeigen. Sie ging zur Tür und signalisierte Six, ihr zu folgen. Six torkelte auf sie zu. Natasha plumpste auf den Boden, und Dashell zerzauste ihr mit dem nackten Fuß die Haare. Greve ließ den Kopf hängen, als sei es zu anstrengend, ihn aufrecht zu halten.

Ness sagte zu Six: »Du musst nur für mich anrufen. Den Rest mach ich selbs'.« Sie war nervös. Seit dem Abend ihrer Ankunft in North Kensington war Six ihre verlässliche Drogenquelle gewesen, aber jetzt erkannte sie, dass sie einen direkteren Weg einschlagen musste.

Six zögerte. Über die Schulter fuhr sie Greve an: »Hey, werd hier ja nicht ohnmächtig! Vergiss es!«

Greve antwortete nicht. »Scheiße«, schimpfte Six, und dann an Ness gewandt: »Komm mit.«

Neben einem der drei ungemachten Betten im Schlafzimmer warf eine unbeschirmte Glühbirne einen dürftigen Lichtkegel auf einen schmierigen Teller. Ein halb vertilgtes, vertrocknetes Sandwich lag darauf. Daneben stand das Telefon. Six griff zum Hörer und tippte eine Nummer ein. Wer immer am anderen Ende war, hob sofort ab.

Six sagte: »Wo bis' du? ... Was glaubs' du denn, wer hier is', Mann? ... Ja. Okay. Also ... *Wo?* ... Scheiße, wie viele musste denn noch? ... Ach, vergiss es. Wir geh'n ein, wenn wir so lang warten ... Quatsch. Ich ruf Cal an ... Ha. Frag mich doch ma', ob mich das kümmert.« Ohne ein Wort des Abschieds brach sie das Gespräch ab und bemerkte: »Das wird nicht einfach, Süße.«

»Wer ist Cal?«, wollte Ness wissen. »Und wen haste angerufen?«

»Kann dir doch egal sein.« Sie wählte wieder. Dieses Mal dauerte es einen Moment, ehe sie fragte: »Cal, bis' du's ... Wo is' er? Ich hab hier jemand, der brauch' ...« Sie warf Ness einen fragenden Blick zu. Was brauchte sie? Crack, Ecstasy, Tranquilizer, Crystal? Was?

Ness antwortete nicht so schnell, wie Six oder ihr Gesprächspartner es offenbar wollten. Gras wäre ihr recht gewesen. Wenn gar nichts anderes ging, wäre sogar der Jack Daniel's akzeptabel gewesen, wenn denn noch etwas in der Flasche gewesen wäre. Im Moment wollte sie einfach nur fliehen – und zwar aus ihrem eigenen Körper.

»Gras? ... Ja, aber wo hängt er denn rum? ... Ach du Scheiße ... Ach du Scheiße ... Die könn' doch nich' ... Oh ja, ich wette drauf, dass der Typ noch 'n paar Asse im Ärmel hat.«

Sie beendete das Telefonat mit den Worten: »Hoffentlich liebt dich irgendwer außer deiner Mami.« Dann legte sie das Telefon beiseite und wandte sich wieder zu Ness. »Oberste Liga, Süße«, sagte sie. »Die Quelle aller Quellen.«

»Wo?«

Sie grinste. »Polizeiwache Harrow Road.«

Das war alles, was Six für Ness zu tun bereit war. Mit ihr zur Polizeiwache zu gehen, kam nicht infrage. Greve wartete im Wohnzimmer auf sie. Sie erklärte Ness, dass sie einen Typen namens The Blade treffen müsse, wenn sie unbedingt *stoned* werden wollte und nicht abwarten konnte, um auf anderem Wege Vergessen zu finden. The Blade wurde – nach Auskunft seiner rechten Hand Cal – derzeit auf der Polizeidienststelle Harrow Road festgehalten und musste Fragen bezüglich eines Einbruchs in eine Videothek an der Kilburn Lane beantworten.

»Und wie soll ich diesen Typen erkennen?«, fragte Ness.

»Oh, glaub mir, Süße, den erkennste, wenn du ihn siehs'.«

»Und woher soll ich wissen, dass sie ihn wieder laufen lassen, Six?«

Ihre Freundin lachte über die Naivität dieser Frage. »Süße, das ist *The Blade*. Die Cops sind nicht so blöd, ihm in die Quere zu kommen.« Sie winkte Ness und kehrte zu Greve zurück, kletterte auf seinen Schoß, hob seinen Kopf und streifte die Träger ihres winzigen BHs ab. »Na los«, sagte sie. »Es is' so weit, Mann.«

Ness schauderte bei dem Anblick. Hastig verließ sie die Wohnung.

Sie hätte jetzt nach Hause gehen können, aber sie war auf einer Mission, die es um jeden Preis zu erfüllen galt. Also machte sie sich auf den kurzen Weg die Bravington Road hinab zur Harrow Road, die zu dieser späten Stunde mit den finsteren Gelichtern der Gegend bevölkert war: Betrunkene in Hauseingängen, Rudel von Halbwüchsigen in Kapuzenshirts und Schlabberjeans und ältere Männer mit unlauteren Absichten. Sie legte ein flottes Tempo vor, und ihr Gesichtsausdruck war abweisend. Bald erreichte sie die Polizeidienststelle, die die Südseite der Straße dominierte. Eine blaue Lampe beleuchtete eine Treppe, die zu einer imposanten Eingangstür hinaufführte.

Ness rechnete nicht damit, dass sie den Mann erkennen würde, zu dem Six sie geschickt hatte. Um diese Stunde war viel Kommen und Gehen auf der Wache, und jeder Mann, den sie sah, hätte The Blade sein können. Sie versuchte, sich vorzustellen, wie ein Einbrecher aussehen mochte, aber alles, was ihr einfiel, war eine schwarz gewandete Gestalt. Darum hätte sie The Blade um ein Haar übersehen, als er schließlich aus dem Gebäude kam, eine Baskenmütze aus der Tasche zog und sie sich auf den kahlen Kopf setzte. Er war schlank und eher klein, nicht viel größer als Ness, und wäre er nicht unter der Lampe stehen geblieben, um ein Streichholz an seine Zigarette zu führen, hätte sie ihn für eines der vielen Nachtschattengewächse dieser Gegend gehalten.

Im Schein der Laterne erkannte sie jedoch die Tätowierung, die sich unter der Baskenmütze hervorschlängelte und auf ewig seine Wange entstellte: eine Kobra mit gebleckten Giftzähnen. Und sie sah die Reihe goldener Ohrringe und die Lässigkeit, mit der er das leere Zigarettenpäckchen zusammendrückte und vor die Tür der Polizeiwache schleuderte. Sie hörte, wie er sich räusperte und dann ausspuckte. Dann zückte er ein Handy und klappte es auf.

Das war ihre Chance. Sie überquerte die Straße und ging auf den Mann zu, der vielleicht Mitte zwanzig war.

»Wo zum Teufel bist du?«, fragte er ins Telefon, als Ness ihn am Arm berührte.

Argwöhnisch wandte er sich zu ihr um, und sie hob das Kinn. »Du bis' The Blade, oder?«, fragte sie. »Ich brauch heut Abend unbedingt was, Mann. Ich muss irgendwas einschmeißen, also sag einfach Ja oder Nein.«

Er reagierte nicht sofort, und für einen Moment fürchtete Ness, sie habe entweder den falschen Mann oder die falschen Worte gewählt. Dann befahl er ins Telefon: »Beweg dein' Arsch hierher, Cal.« Er klappte das Handy zu und nahm Ness in Augenschein. »Wer zum Geier bis' du?«

»Jemand, der sich was einfahren will. Mehr brauchste nich' wissen.«

»Ah ja? Und was willste dir … *einfahr'n?*«

»Gras oder Shit wär super.«

»Wie alt bis' du? Zwölf? Dreizehn?«

»Hey, ich bin alt genug, und ich kann zahlen.«

»Darauf wett ich. Und womit? Haste zwanzig Pfund in der Tasche?«

Das hatte sie natürlich nicht. Sie hatte nicht einmal fünf. Doch die Tatsache, dass er sie für zwölf oder dreizehn gehalten hatte und sie einfach so abservieren wollte, spornte sie an, und auf einmal wollte sie mehr denn je, was er anzubieten hatte. Sie verlagerte das Gewicht auf einen Fuß und schob die Hüfte vor. Dann neigte sie den Kopf zur Seite und musterte ihn. »Mann, ich kann bezahlen, mit was immer du wills'. Oder besser: Ich kann damit bezahlen, was du *brauchs'.*«

Er schnalzte mit der Zunge, und Ness wurde innerlich ganz kalt, doch sie ignorierte den Laut und das, was er implizierte. Und als er antwortete: »Na, das is' ja mal 'ne interessante Wendung«, glaubte sie sich am Ziel.

6

Ein paar Wochen vor seinem achten Geburtstag zeigte Toby Joel die Lavalampe. Sie stand im Schaufenster eines Ladens am Anfang der Portobello Road, ein gutes Stück nördlich der Gegend, für die diese Straße berühmt ist: die weitläufigen Märkte, die wie kommerzielles Unkraut aus dem Boden schossen und sich um Notting Hill Gate herum ausbreiteten.

Die Lavalampe gab ihre tröpfelnde Vorstellung in einem Laden zwischen einer Halal-Schlachterei und einem Imbiss namens *Cockney's traditionelle Aalküche*. Sie war ihm ins Auge gefallen, als eine Gruppe der kleineren Schüler von der Middle Row School in Reih und Glied die Portobello Road entlangmarschiert war, um bei einem Feldversuch im Postamt zu erlernen, wie man möglichst höflich Briefmarken kaufte. Die Lehrer hegten die Hoffnung, dass die Kinder diese Lektion für alle Einkäufe bis ans Ende ihrer Tage beherzigen würden. Es war eine Übung, in der gleichzeitig Kopfrechnen und soziale Kompetenzen erlernt werden sollten. Toby war in beiden Disziplinen keine Leuchte.

Doch die Lavalampe war ihm aufgefallen. Das Aufsteigen und Herabrieseln der zähflüssigen Substanz in ihrem Innern lockte ihn aus der Reihe zum Schaufenster hinüber, wo er umgehend eine Reise nach Sosi antrat. Die anderen Kinder holten ihn mit ihren Rufen zurück und weckten die Aufmerksamkeit des Lehrers, der die Gruppe anführte. Die Mutter, die sich freiwillig gemeldet hatte, die Kinder zu begleiten, und am hinteren Ende Aufsicht hielt, erkannte das Problem sofort. Sie zog Toby vom Schaufenster weg und brachte ihn an seinen Platz zurück. Doch die Erinnerung an die Lavalampe blieb Toby im Gedächtnis. Noch am selben Abend begann er, davon zu erzählen, während sie ihre gebratenen Scampi, Pommes frites und

Erbsen vertilgten. »Total geil«, nannte er die Lampe, während er sein Essen in brauner Soße ertränkte, und kam so oft darauf zurück, bis Joel schließlich einwilligte, sich mit eigenen Augen von den visuellen Freuden zu überzeugen.

Die Flüssigkeit im Innern war purpurrot. Die »Lava« war orangefarben. Toby presste die Nase gegen das Schaufenster, seufzte, und prompt bildete sich ein feiner Nebel auf der Scheibe. »Ist die nich' *geil*, Joel?«, fragte er und drückte auch noch die Handflächen gegen das Glas, als wolle er hindurchgreifen und mit dem Objekt seiner Faszination eins werden. »Meinste, ich kann die haben?«

Joel suchte nach dem Preis, den er auf einem kleinen Etikett am schwarzen Plastikfuß der Lampe entdeckte. £ 15,99, stand dort in roter Schrift – acht Pfund mehr, als er zurzeit besaß. »Das kannste vergessen, Tobe«, sagte er. »Wo soll denn das Geld herkomm'?«

Toby schaute von der Lavalampe zu seinem Bruder. Er hatte sich heute davon abbringen lassen, den Schwimmreifen aufzublasen, und trug lediglich die schlaffe Hülle unter der Kleidung, aber seine Finger zupften trotzdem daran, befühlten krampfartig die Leere um seine Hüften. »Aber was is' mit meinem Geburtstag?«, fragte er niedergeschlagen.

»Ich red mal mit Tante Ken. Vielleicht auch mit Ness.«

Toby ließ die Schultern hängen. Er war sich der Lebensumstände im Haus am Edenham Way 84 hinreichend bewusst, um zu verstehen, dass Joel ihm mit diesen Worten keine großen Hoffnungen machte.

Joel hasste es, Toby so bedrückt zu sehen. Er sagte ihm, er solle sich keine Sorgen machen. Wenn es die Lavalampe war, die er sich zum Geburtstag wünschte, dann würde er sie auch irgendwie bekommen.

Von seiner Schwester würde er kein Geld erwarten können, das war Joel klar. Man konnte derzeit ohnehin nicht mit Ness reden, über Geld schon mal gar nicht. Seit sie von der Henchman Street hierhergezogen waren, war sie immer verschlossener geworden. Die Erinnerung daran, wer sie einmal gewesen war, verblich allmählich wie ein altes Schwarz-Weiß-Foto. Wenn man es ein wenig schräg hielt, konnte man fast noch das Mädchen aus East Acton erkennen, das im Krippenspiel den Engel Gabriel gegeben hatte. Mit weißen Flügeln wie Wolken und einem goldenen Heiligenschein, Ballettschuhen und einem rosa Tutu hatte Ness sich aus dem Fenster des Weedon House gelehnt und hinunter auf die Straße gespuckt. Heute tat sie nicht einmal mehr so, als ginge sie zur Schule. Niemand wusste, womit sie ihre Tage zubrachte.

Joel war klar, dass seiner Schwester an irgendeinem Punkt etwas Einschneidendes widerfahren war. Er wusste nur nicht, was, und in seiner Unschuld und Ahnungslosigkeit nahm er an, dass es etwas mit dem Abend zu tun hatte, da sie sie allein gelassen hatte, während Kendra mit ihrer Freundin ausgegangen war. Er wusste, dass Ness in der Nacht nicht nach Hause gekommen war und dass es einen furchtbaren Streit zwischen seiner Tante und seiner Schwester gegeben hatte. Doch was dem vorausgegangen war, ahnte er nicht.

Es schien jedenfalls, als habe seine Tante in dem Punkt resigniert und als sei Ness mit diesem Umstand äußerst zufrieden. Sie kam und ging, wann und wie es ihr passte, und wenngleich Kendra sie mit verengten Augen und einem angewiderten Ausdruck betrachtete, wartete sie nur ab. Joel wusste allerdings nicht, worauf sie wartete.

Gleichzeitig trieb Ness ihr unmögliches Benehmen immer weiter auf die Spitze, als wolle sie Kendra dazu provozieren, ihr Einhalt zu gebieten. Waren die beiden zusammen im Haus, war die Spannung mit Händen greifbar. Irgendetwas musste irgendwann nachgeben, und die darauf folgende Lawine würde gewaltig sein.

Kendra wartete auf das Unvermeidliche: die unentrinnbaren Konsequenzen des Lebenswandels, für den ihre Nichte sich entschieden hatte. Sie war sich darüber im Klaren, dass eine dieser Konsequenzen vermutlich die Intervention des Jugendamtes sein würde, vielleicht auch die der Polizei. Womöglich würde man ihr Ness sogar wegnehmen und in irgendeine neue

Lebenssituation hineinverpflanzen. Kendra hatte inzwischen den Punkt erreicht, wo ihr all das willkommen gewesen wäre. Sie war bereit anzuerkennen, dass Ness' Leben seit dem frühen Tod ihres Vaters schwierig gewesen war. Aber Tausende Kinder hatten ein schweres Leben und warfen das, was ihnen geblieben war, trotzdem nicht weg. Kam Ness also betrunken oder stoned nach Hause getorkelt, was hin und wieder vorkam, befahl sie ihr, ein Bad zu nehmen, auf dem Sofa zu schlafen und ihr ansonsten nicht unter die Augen zu treten. Und wenn sie nach Sex roch, sagte Kendra ihr, sie müsse allein damit fertig werden, wenn sie schwanger würde oder sich irgendeine Krankheit einhandelte.

»Mir doch egal«, war Ness' Standardantwort.

Was schließlich auch bei Kendra zu Gleichgültigkeit führte. Hin und wieder verlangte sie noch: »Wenn du erwachsen sein willst, dann benimm dich auch so«, aber meistens sagte sie gar nichts mehr.

So kam es, dass Joel zögerte, seine Tante beim Kauf der Lavalampe für Toby um Hilfe zu bitten. Tatsächlich zögerte er, sie auch nur an Tobys Geburtstag zu erinnern. Manchmal dachte er flüchtig daran, wie es in der Vergangenheit gewesen war: Geburtstagsessen auf einem besonderen Geburtstagsteller, ein »Happy Birthday«-Schild, das schief im Küchenfenster hing, ein uraltes Blechkarussell auf dem Tisch, das sich nicht mehr aufziehen ließ, und wie aus dem Nichts zauberte sein Dad stets einen Geburtstagskuchen hervor, auf dem immer die richtige Anzahl Kerzen brannte, und sang dazu ein selbst gedichtetes Geburtstagslied. Ein einfaches »Happy Birthday to you« sei für seine Kinder nicht gut genug, sagte er immer.

Wenn Joel an diese Dinge dachte, hatte er immer das Gefühl, er müsse sich irgendwie gegen das Leben wehren, das seinen Geschwistern und ihm aufgebürdet worden war, doch sah er mit seinen zwölf Jahren keine Möglichkeit, die Ungewissheiten ihrer Existenz zu lindern. Also blieb ihm nichts anderes übrig, als zu versuchen, ihr jetziges Leben dem früheren so ähnlich wie nur irgend möglich zu machen.

Tobys Geburtstag gab Joel die Gelegenheit, genau das zu tun. Darum entschloss er sich schließlich, seine Tante um Hilfe zu bitten. Er wählte einen Tag, an dem Tobys Förderunterricht im Lernzentrum länger dauerte. Statt dort herumzuhängen und zu warten, flitzte er zum Laden hinüber, wo Kendra im Hinterzimmer Blusen bügelte. Sie hatte jedoch die Tür im Auge für den Fall, dass Kundschaft hereinkam.

»Hallo, Tante Ken«, rief Joel über die Türglocke hinweg und beschloss, sich nicht davon abschrecken zu lassen, dass sie nur mit einem knappen Nicken antwortete.

»Wo ist Toby?«, fragte sie.

Joel erinnerte sie an den längeren Förderunterricht. Den hatte sie offenbar vergessen. Er nahm an, dass sie auch Tobys Geburtstag vergessen hatte, weil sie nie davon sprach. Hastig, weil er fürchtete, sonst den Mut zu verlieren, stieß er hervor: »Toby wird bald acht, Tante Ken. Ich will ihm eine Lavalampe besorgen, die er drüben an der Portobello Road geseh'n hat und die's ihm angetan hat. Aber ich brauch mehr Geld. Kann ich für dich arbeiten?«

Kendra entging sein Tonfall nicht, der so hoffnungsvoll klang, obwohl der Junge sich bemühte, seinen Gesichtsausdruck neutral zu halten. Joel gab sich solche Mühe, damit er selbst und Toby ihr nicht zur Last fielen! Kendra war nicht dumm, sie wusste, dass sie den Kindern nicht gerade das Gefühl vermittelt hatte, ihr willkommen zu sein.

»Wie viel brauchst du denn?«, fragte sie zurück. Und als er ihr die Summe nannte, stand sie einen Moment nur nachdenklich da, und zwischen ihren Brauen bildete sich eine tiefe Furche. Schließlich trat sie an die Kasse. Aus dem Regal darunter förderte sie einen Stapel Papiere in allen Farben des Regenbogens zutage und winkte Joel näher, um sie sich mit ihr zusammen anzusehen.

»Top-Angebot: Massage«, stand oben auf jedem der Zettel, darunter die Zeichnung einer Gestalt, die mit dem Gesicht nach unten lag, und einer zweiten, die über die erste gebeugt offenbar deren Rücken knetete. Dann folgten eine Preisliste für unterschiedliche Massagearten und Kendras Festnetz- und Handynummer.

»Die müssen verteilt werden«, erklärte sie Joel. »Klapper die Läden ab, und frag die Besitzer, ob du die Zettel ins Fenster hängen darfst. Und in Fitnessstudios will ich sie auch. Und in Pubs. In Telefonzellen. Und an jedem anderen Ort, der dir noch einfällt. Kannst du das für mich tun? Dann kriegst du das Geld für Tobys Lampe.«

Joels Herz wurde leichter. Klar konnte er das. Fälschlicherweise nahm er an, es sei ein Kinderspiel. Fälschlicherweise glaubte er, es werde zu nichts anderem führen, als dass er das nötige Geld bekam, um seinem kleinen Bruder ein Geburtstagsgeschenk zu kaufen.

Wenn Joel Kendras Werbezettel verteilte, trottete Toby hinter ihm her. Der Kleine konnte nicht allein zu Hause bleiben, ebenso wenig konnte er im Lernzentrum warten und erst recht nicht im Laden, wo er Kendra im Weg gewesen wäre. Es stand auch völlig außer Frage, dass Ness ihn beaufsichtigte. Also ging er mit Joel und wartete gehorsam vor den Geschäften, in deren Fenster die Zettel aufgehängt wurden.

Nur in die Fitnessstudios durfte Toby mitkommen, denn in deren Eingangsbereichen, wo meist nur der Anmeldeschalter und die Schwarzen Bretter zu finden waren, konnte er nichts anstellen. Das Gleiche galt für Polizeiwachen, Büchereien und Kirchen. Toby ahnte, dass all diese Aktivitäten im Zusammenhang mit der Lavalampe standen, die seine Gedanken beherrschte, daher kooperierte er willig.

Kendra hatte Joel ein paar hundert ihrer Werbezettel gegeben, und Joel hätte sie einfach in den Kanal werfen können, ohne dass seine Tante es je herausgefunden hätte. Aber Unehrlichkeit lag nicht in Joels Natur, also zog er Tag für Tag von der Ladbroke Grove zur Kilburn Lane, die Portobello und die Golbourne Road hinab und jedes Sträßchen dazwischen, um den Stapel, den Kendra ihm aufgebürdet hatte, abzuarbeiten. Nachdem die Geschäfte, Imbisse und Pubs versorgt waren, überlegte er fieberhaft, wer denn wohl noch eine Massage von seiner Tante in Anspruch nehmen würde. Außer Sportskanonen, denen nach einem Tag im Fitnessstudio die Glieder wehtaten, fielen ihm noch die Busfahrer ein, die eine ganze Schicht lang am Steuer sitzen mussten. Also machte er sich auf den Weg zum Busdepot unter der A 40, einem riesigen Ziegelbau, wo die Stadtbusse untergestellt und gewartet und von wo aus sie wieder auf die Strecke geschickt wurden. Während Toby draußen auf den Eingangsstufen hockte, sprach Joel mit dem Fahrdienstleiter, der ihm gestattete, einen Stapel seiner Zettel auf der Theke liegen zu lassen. Das ließ Joel sich nicht zweimal sagen.

Als er sich zum Ausgang wandte, entdeckte er Hibah. Sie trug eine Butterbrotdose in der Hand und war traditionell in Kopftuch und ein knöchellanges Gewand gekleidet. Sie hielt den Kopf gesenkt, doch als sie den Blick hob und Joel erkannte, stahl sich ein Grinsen auf ihr Gesicht, das ihre vorgebliche Demutshaltung Lügen strafte.

»Was machs'n du hier?«, fragte sie.

Joel zeigte ihr die Werbezettel. »Und du?«.

Hibah wies auf die Dose. »Ich bring meinem Dad sein Essen. Er fährt die Linie 23.«

Joel lächelte. »Hey, damit sind wir schon mal gefahren.«

»Ja?«

»Zur Paddington Station.«

»Cool.«

Sie gab die Butterbrotdose dem Fahrdienstleiter. Er nahm sie nickend entgegen und wandte sich wieder seiner Arbeit zu. Hibah kam regelmäßig mit dem Essen für ihren Vater hier vorbei, erklärte sie Joel, während sie nach draußen gingen, wo Toby wartete.

»Auf die Art will mein Dad mich kontrollier'n«, vertraute sie Joel an. »Er glaubt, wenn ich ihm sein Essen mach und bring, muss ich mich anständig anzieh'n und kann mit niemand' rummachen.« Sie zwinkerte. »Ich hab 'ne Nichte – die is' aber in meinem Alter, weil ihr Dad is' mein Bruder, und der is' sechzehn Jahre älter als ich. Jedenfalls trifft die sich mit 'nem englischen Jungen, und ich sag dir, die tun so, als wär das der Weltuntergang. Mein Dad hat geschwor'n, dass ich nie 'n englischen Freund krieg, und wenn er mich nach Pakistan schicken muss, um das zu verhindern.« Sie schüttelte den Kopf. »Ich kann's nich' erwarten, bis ich endlich alt genug bin und auszieh'n kann und auf eigenen Füßen steh. Das hab ich nämlich vor. – Wer is'n das?«

Sie deutete zu Toby, der sich an diesem Tag nicht von seinem Schwimmreifen hatte trennen wollen. Als Joel und Hibah das Depotgebäude verlassen hatten, war er aufgesprungen und trat jetzt zu ihnen. Joel stellte ihr Toby als seinen Bruder vor, ohne dieser Information irgendetwas hinzuzufügen.

»Wusste gar nich', dass du'n Bruder has'«, sagte sie.

»Er geht auf die Middle Row.«

»Und jetzt hilft er dir mit dein' Werbezetteln?«

Joel schüttelte den Kopf. »Ich nehm ihn nur mit, weil er nich' allein zu Haus bleiben kann.«

»Wie viele haste denn noch?«, fragte sie.

Im ersten Moment wusste Joel nicht, was Hibah meinte. Dann wies sie mit dem Daumen auf die Handzettel und erklärte, er könne den Rest ohne Probleme loswerden, wenn er sie unter die Wohnungstüren im Trellick Tower schob. Das sei das Einfachste, meinte sie. Sie könne ihm dabei ja helfen.

»Komm schon. Ich wohn da. Ich lass dich rein.«

Es war nicht weit zum Trellick Tower. Sie überquerten die Great Western Road und bogen in Meanwhile Gardens ein, und Toby bummelte hinterher. Hibah plauderte ohne Unterlass, wie es ihre Art war, während sie einen der geschlängelten Pfade einschlugen. Es war ein schöner Frühlingstag, kühl, aber sonnig, und der Park war von Familien und Jugendlichen bevölkert. Kleine Kinder rannten auf dem Spielplatz hinter dem Zaun der Kindertagesstätte herum, und die größeren fuhren auf Skateboards, Inlinern und Fahrrädern in einer Skate-Bowl umher. Sie erweckten auf der Stelle Tobys Aufmerksamkeit. Sein Mund öffnete sich zu einem O, und seine Schritte verlangsamten sich. Dann blieb er stehen, um zuzuschauen, und war sich wie immer nicht bewusst, was für einen merkwürdigen Anblick er bot: ein kleiner Junge in zu großen Jeans mit einem Schwimmreifen um die Hüften und Turnschuhen, die mit Klebeband geschlossen waren.

Die Skate-Bowl zog sich einen der Hügel hinauf und bestand aus drei Ebenen – der einfachste Parcours oben, der schwierigste und steilste ganz unten. Man erreichte die einzelnen Ebenen über eine Betontreppe, und ein breiter Randstreifen rund um die Anlage bot denjenigen Skatern Platz, die warten mussten, bis sie an die Reihe kamen.

Toby erklomm die Treppe und rief Joel zu: »Guck ma'! Das kann ich auch!«

Die Wartenden und die Zuschauer kommentierten Tobys Erscheinen mit »Verdammt, was …?« und »Hau bloß ab, du Idiot!«

Joel lief rot an, hastete die Treppe hinauf und nahm seinen Bruder an der Hand. Er zerrte ihn hinab, ohne mit irgendjemandem Blickkontakt aufzunehmen, doch an Hibah kam er nicht vorbei.

Sie wartete am Fuß der Treppe. Als er seinen protestierenden Bruder zum Weg zurückzog, fragte sie: »Is' der zurückgeblieben oder so? Und warum hat er Klebeband an den Schuhen?« Den Schwimmreifen erwähnte sie nicht.

»Er is' nur anders«, erklärte Joel.

»Na, das seh ich«, erwiderte sie. Sie warf Toby einen forschenden Blick zu, ehe sie sich wieder Joel zuwandte. »Er wird bestimmt viel rumgekickt, kann ich mir denken.«

»Manchmal.«

»Is' bestimmt ätzend für dich.«

Joel zuckte die Schultern.

Sie nickte nachdenklich. »Also komm«, sagte sie. »Du auch, Toby. Warste schon mal oben im Turm? Ich zeig dir die Aussicht. Man sieht bis zum Fluss, Mann. Und das London Eye kann man auch seh'n. Das is' total cool.«

Der Wachmann in der Pförtnerloge des Trellick Tower nickte Hibah freundlich zu, als sie zum Aufzug hinübergingen. Hibah drückte den Knopf zum dreißigsten Stockwerk. Trotz der ungeputzten Fenster war die Aussicht wirklich so »cool«, wie sie versprochen hatte. Pkw und Laster waren klein wie Matchbox-Autos, und das Häusermeer wirkte wie eine Spielzeuglandschaft.

»Guck ma'! Guck ma'!, rief Toby wieder und wieder, während er von einem Fenster zum anderen stürzte.

Hibah musste lachen, aber es klang nicht gehässig. Sie war anders als die meisten, schloss Joel. Vielleicht, dachte er, könnte sie wirklich seine Freundin sein.

Sie teilte sich den verbliebenen Stapel Werbezettel mit Joel. Einer übernahm die Stockwerke mit den geraden Zahlen, der andere die ungeraden, und im Handumdrehen waren die Flyer verteilt. Sie trafen sich wieder im Erdgeschoss an den Aufzügen. Als sie zurück ins Freie traten, überlegte Joel, wie er Hibah für ihre Hilfe danken oder bezahlen konnte.

Während Toby davontrottete, um durch das Schaufenster eines Zeitungsladens am Fuße des Turms zu spähen, trat Joel von einem Fuß auf den anderen. Trotz der Brise, die die Golbourne Road hinaufgeweht kam, fühlte er sich erhitzt und klebrig. Er suchte nach Worten, um Hibah zu erklären, dass er kein Geld hatte, um ihr zum Zeichen seiner Dankbarkeit eine Cola, einen Schokoriegel, ein Eis oder sonst irgendetwas zu kaufen, als plötzlich jemand ihren Namen rief. Joel wandte sich um und sah einen Jungen auf einem Fahrrad näher kommen.

Der Ankömmling kam vom Grand Union Canal herauf. Er trug die übliche Kluft aus weiten Jeans, abgewetzten Turnschuhen, Kapuzen-Sweatshirt und Baseballmütze. Genau wie Joel war er offenbar ein Mischlingsjunge: die Haut gelblich, aber die Gesichtszüge eines Schwarzen. Seine rechte Gesichtshälfte hing ein wenig herab, als beschwerte sie ein unsichtbares Gewicht, was ihm ein finsteres Aussehen verlieh, das auch die Pubertätsakne nicht aufzuwiegen vermochte.

Er bremste, sprang vom Sattel und warf das Rad auf die Erde. Dann stürmte er auf sie zu, und Joel spürte, wie seine Eingeweide sich schmerzhaft verkrampften. Das Gesetz der

Straße schrieb vor, dass er jedem potenziellen Angreifer die Stirn bieten musste, wenn er nicht für immer als Hosenscheißer abgestempelt sein wollte.

»Neal!«, rief Hibah. »Was machs'n du hier? Ich dachte, du gehs' ...«

»Wer is'n das? Ich hab dich gesucht. Du has' gesagt, du gehs' zum Busdepot, aber da warste nich'. Was soll'n das?«

Es klang drohend, aber Hibah war kein Mädchen, das sich leicht einschüchtern ließ. »Spioniers' du mir hinterher? Eh, das gefällt mir nich'.«

»Wieso? Haste irgendwas zu verbergen?«

Hibahs Freund, dachte Joel verblüfft. Das war also der Junge, mit dem sie sich während der Mittagspause über den Schulzaun hinweg unterhielt, der selbst keine Schule besuchte, obwohl er noch schulpflichtig war, sondern seine Tage lieber damit zubrachte ... Joel hatte keine Ahnung, womit, und wollte es auch lieber nicht wissen. Ihm war nur daran gelegen, dem Jungen klarzumachen, dass er kein Interesse an seinem Eigentum hatte, denn dafür hielt Neal Hibah offensichtlich.

»Danke, dass du mir mit den Zetteln geholfen has'«, wandte er sich an Hibah und machte dann einen Schritt in Tobys Richtung, der sich wieder und wieder mit dem Schwimmreifen gegen das Schaufenster plumpsen ließ.

»Hey«, sagte sie. »Wart mal!« Und zu Neal: »Das is' Joel. Er is' in meiner Schule.« Ihr Tonfall sagte deutlich, dass sie die beiden einander nur unwillig vorstellte, weil es ihr überhaupt nicht passte, dass Neal Besitzansprüche auf sie anmeldete. »Und das is' Neal«, fuhr sie, an Joel gewandt, fort.

Neal musterte Joel, presste angewidert die Lippen zusammen und blähte die Nasenflügel. »Was haste denn mit dem im Haus verlor'n?«, fragte er Hibah. »Ich hab euch rauskomm' seh'n.«

»Oh, wir wollten 'n Baby machen, Neal«, gab sie zurück. »Was sonst sollten wir mitten am Tag da drin tun?«

Sie musste verrückt sein, so zu reden. Neal machte einen Schritt auf sie zu, und für einen Moment fürchtete Joel, er werde sich mit ihm schlagen müssen, um Hibah vor Neals Zorn zu bewahren. Er war erleichtert, als Hibah die Spannung löste, indem sie lachend sagte: »Er is' doch erst *zwölf*, Neal. Ich hab ihm und seinem Bruder nur die Aussicht gezeigt. Das da drüben is' sein Bruder.«

Neal drehte sich um. *»Der?* Was is'n der? Schwachsinnig oder was?«

»Halt die Klappe! Das is' echt total blöd von dir, Neal. Er is' doch nur 'n kleiner Junge.«

Neal fuhr zu Hibah herum. Er lief rot an. Irgendetwas in ihm schien sich entladen zu müssen, und Joel rechnete schon damit, das Ziel dieses Ausbruchs zu werden. Doch bevor etwas geschah, meldete Toby sich zu Wort: »Joel, ich muss mal groß. Könn' wir heim?«

Neal murmelte: »Scheiße.«

»Wenigstens *das* haste erfasst«, bemerkte Hibah und kicherte über ihren eigenen Scherz. Auch Joel musste lächeln, obwohl er versuchte, es zu unterdrücken.

Neal, der den Witz nicht verstanden hatte, blaffte Joel an: »Was gibt's denn da zu lachen, Gelbarsch?«

»Nix«, erwiderte Joel, und an Toby gewandt: »Komm, Tobe. Geh'n wir. Wir haben's nich' weit.«

»Ich hab nich' gesagt, dass ihr geh'n dürft, oder?«

»Gib mir nich' die Schuld für den Geruch, wenn wir bleiben müssen«, murmelte Joel.

Hibah lachte wieder. Dann legte sie ihre Hand auf Neals Arm. »Komm schon. Wir haben noch 'n bisschen Zeit, bevor meine Mum sich fragt, wo ich bleib. Lass sie uns nich' hiermit vergeuden.«

Neals Laune besserte sich schlagartig, und er ließ sich in Richtung Duftgarten führen. Doch er schaute über die Schulter zurück, während er sich entfernte, als wolle er sich Joels Gesicht genau einprägen. Für eine zukünftige, wie auch immer geartete Begegnung. Joel wusste das.

Kendras Zielstrebigkeit zahlte sich schneller aus als erwartet. Einen Tag nachdem Joel mit ihren Massage-Flyern losgezogen war, erhielt sie den ersten Anruf. Ein Mann wünschte eine Sportmassage. Er wohnte über einem Pub namens »The Falcon«, dort wo die Kilburn Lane in Carlton Vale mündete. Sie mache doch Hausbesuche, oder? Und ob sie bald kommen könne?

Er klang höflich. Zurückhaltend. Die Tatsache, dass er über einer Kneipe wohnte, gab ihr Sicherheit. Kendra machte einen Termin aus und lud den Massagetisch in den Punto. Sie warf einen Cumberland Pie für Joels und Tobys Abendessen in den Ofen und kramte ein paar Malteser und Feigenplätzchen als Nachtisch hervor. Sie zahlte Joel ein zusätzliches Pfund dafür, dass er ihre Handzettel so klug platziert hatte. Dann machte sie sich auf den Weg zum Falcon, den sie unweit eines Kreisverkehrs fand. Gegenüber erhob sich eine moderne Kirche, und vor dem Pub wimmelte der Verkehr der drei Straßen, die hier zusammenflossen.

Kendra konnte keinen Parkplatz finden und landete schließlich in einer schmalen Gasse, die zwei Schulgelände mit der Hauptstraße verband. Sie musste ihren Massagetisch einige hundert Meter weit schleppen, über die Kilburn Lane, und sie war außer Atem und verschwitzt, als sie den Pub betrat, um sich zu erkundigen, wie man zu den darüber liegenden Wohnungen gelangte.

Sie ignorierte die Blicke der Stammgäste, die an der Theke oder an den Tischen saßen und ihre Pintgläser stemmten. Der Wirt erklärte ihr, sie müsse zurück auf die Straße und um das Gebäude herumgehen. An der Tür im Hinterhof klingelte sie, schleppte den Tisch polternd die Treppe hinauf und hielt auf dem oberen Absatz inne, um wieder zu Atem zu kommen.

Eine der Etagentüren wurde aufgerissen, und das Licht aus der Wohnung umspielte die Silhouette eines gut gebauten Mannes – offenbar der Anrufer, denn er hastete sofort auf den dämmrigen Korridor hinaus. »Warten Sie, ich helfe Ihnen.« Er nahm ihr den Massagetisch ab und trug ihn mühelos in die Wohnung, ein Einzimmerapartment mit mehreren Betten, einem Waschbecken, einem Heizöfchen und einer einzelnen Kochplatte.

Kendra nahm all dies in Augenschein, während der Mann den Tisch aufstellte.

Sie hatte kaum einen Blick auf ihn geworfen, ebenso wenig wie er auf sie. Sie packte ihre Utensilien aus, zupfte das Laken auseinander und wandte sich dann ihrem Kunden zu, gerade als der auch in ihre Richtung schaute. Gleichzeitig sagten sie: »Oh, Scheiße …«

Vor ihr stand der Mann, der an jenem katastrophalen Abend Ness nach Hause gebracht hatte – eine heillos betrunkene Ness, die willig gewesen war, alles mit sich anstellen zu lassen, was immer er im Sinn gehabt hätte.

Im ersten Moment wusste Kendra überhaupt nicht, was sie tun sollte. Sie hielt das Laken mit ausgebreiteten Armen vor sich, ließ es jedoch sofort sinken.

»Also, das ist eine verdammt peinliche Situation, oder?«, sagte er.

Kendra kam zu einer blitzschnellen Entscheidung. Geschäft war Geschäft. »Eine Sportmassage, sagten Sie?«, fragte sie in ihrem frostigsten Tonfall.

»Stimmt, das hab ich gesagt. Dix.«

»Was?«

»Mein Name. Ich heiße Dix.« Er wartete, bis Kendra den Tisch bedeckt und das weiche Frotteekopfkissen platziert hatte. Dann fragte er: »Hat Sie Ihnen je erzählt, was an dem Abend wirklich passiert ist? Es war so, wie ich gesagt habe, wissen Sie.«

Kendra strich das Laken glatt und schob die Öle zurecht. Schließlich antwortete sie: »Wir haben nie darüber gesprochen, Mr. Dix. Welches Duftöl hätten Sie gern? Ich empfehle Lavendel. Es hat die beste Entspannungswirkung.«

Ein Lächeln umspielte seine Lippen. »Nicht Mr. Dix«, erklärte er. »Dix D'Court. Und Sie heißen Kendra *wie?*«

»Osborne«, antwortete sie. »Mrs.«

Sein Blick glitt von ihrem Gesicht zu den Händen. »Sie tragen keinen Ring, Mrs. Osborne. Sind Sie geschieden? Verwitwet?«

Sie hätte erwidern können, dass ihn das nichts anginge. Stattdessen antwortete sie: »Ja«, und beließ es dabei. »Sie wollen eine Sportmassage?«

»Was muss ich machen?«, fragte er.

»Ziehen Sie sich aus.« Sie reichte ihm ein Laken und drehte ihm den Rücken zu. »Lassen Sie die Unterhose an«, befahl sie. »Das hier ist nämlich eine richtige Massage. Ich hoffe, das ist es, was sie wollten, Mr. D'Court. Ich betreibe ein anständiges Gewerbe.«

»Was sonst sollte ich wohl gewollt haben, Mrs. Osborne?«, entgegnete er, und sie hörte das Lachen in seiner Stimmte. »Ich wär dann so weit.«

Er hatte sich auf den Tisch gelegt, das Laken sittsam über sich ausgebreitet und um die Hüften festgesteckt.

Scheiße! Er hatte einen exquisiten Körper. Bodybuilding hatte seine Muskeln ausgeformt. Seine Haut war so glatt wie die eines Babys. Abgesehen von seinen Augenbrauen und Wimpern konnte sie kein Härchen an ihm entdecken. Er hatte nicht einen einzigen Makel. Obwohl es der denkbar ungünstigste Zeitpunkt war, erinnerte sein Anblick sie daran, wie lange es her war, dass sie zuletzt einen Mann gehabt hatte. Das durfte sie bei ihrer Arbeit nicht empfinden, hielt sie sich vor. Ein Körper war ein Körper und ihre Hände darauf waren das Werkzeug ihres Handwerks.

»Hat sie's Ihnen erzählt?«

Kendra wusste für einen Moment nicht, wovon er sprach. »Was?«

»Ihre Tochter. Hat Sie Ihnen gesagt, was sich an dem Abend zwischen uns abgespielt hat?«

»Ich habe keine Tochter.«

»Wer war dann …?« Für einen Augenblick schien er sich zu fragen, ob er Kendra verwechselt hatte. Dann fügte er hinzu: »Drüben in Edenham.«

»Sie ist meine Nichte«, erklärte Kendra. »Sie wohnt bei mir. Drehen Sie sich um. Ich fange mit Rücken und Schultern an.«

Er wartete noch einen Moment und betrachtete sie. »Sie sehen nicht alt genug aus, um so eine große Tochter oder Nichte zu haben«, bemerkte er.

»Ich bin alt genug«, entgegnete Kendra. »Aber gut erhalten.«

Er lachte in sich hinein, drehte sich dann folgsam um und tat das, was die meisten Menschen tun, die massiert werden: Er legte den Kopf auf die Arme. Bestimmt korrigierte sie seine Position, streckte seine Arme neben dem Körper aus und drehte seinen Kopf so, dass er mit dem Gesicht nach unten lag. Dann ließ sie das Öl in ihre Hand träufeln, wärmte es an, und plötzlich ging ihr auf, dass sie die Entspannungsmusik im Auto vergessen hatte. Sie würde die Massage zu den Geräuschen aus dem Pub durchführen müssen, die stetig und unüberhörbar durch die Bodendielen drangen. Sie sah sich suchend nach einem Radio, einer Stereoanlage oder einem CD-Player um, irgendetwas, das die Atmosphäre hätte verbessern können. Doch der Raum enthielt so gut wie keine Einrichtungsgegenstände – bis auf die Betten. Kendra fragte sich, warum dieser Mann drei davon besaß.

Sie begann mit der Massage. Er hatte eine außergewöhnliche Haut: so dunkel wie schwarzer Kaffee, weich wie die Handflächen eines Neugeborenen, darunter ausgeprägte Muskeln. Sein Körper schien von harter Arbeit gestählt zu sein, doch dessen Hülle sprach eher dafür, dass er noch nie im Leben ein Werkzeug geführt hatte. Sie hätte ihn gern gefragt, womit er seinen Lebensunterhalt bestritt, dass er so fantastisch gebaut war. Doch damit hätte sie ein unangemessenes Interesse an ihrem Kunden zum Ausdruck gebracht, also fragte sie nicht.

Ihr Massagelehrer fiel ihr ein, der den Kursteilnehmern etwas erklärt hatte, was Kendra damals ziemlich verschroben erschienen war: »Sie müssen sich in das Meditative der Massage fallen lassen. Die Wärme Ihrer guten Absichten für das Wohlbehagen des Kunden sollte in Ihre Hände wandern, bis Ihr Selbst verschwindet, sodass nichts bleibt als Gewebe, Muskeln, Druck und Bewegung.«

Was für ein Schwachsinn, hatte sie damals gedacht, aber

nun versuchte sie, genau diesem Weg zu folgen. Sie schloss die Augen und öffnete sich dem Meditativen.

»Das fühlt sich himmlisch an«, murmelte Dix D'Court.

Schweigend knetete sie seine Waden und Füße, Oberschenkel, Hände, Arme, die Schultern, den Nacken und Rücken. Sie lernte jeden Zoll seines Körpers kennen, und ein jeder davon war gleichermaßen perfekt. Selbst seine Füße waren ebenmäßig, kein Millimeter Hornhaut weit und breit. Er musste sein Leben in einer Wanne voll Babyöl verbracht haben.

Dann bat sie ihn, sich umzudrehen, und zu seiner größeren Bequemlichkeit rollte sie ein Handtuch zusammen und legte es ihm unter den Kopf. Als sie nach der Flasche mit dem Massageöl greifen wollte, packte er sie am Handgelenk. »Wo ha'm Sie 'n das gelernt?«

»Schule, Mann, was ha'm Sie 'n gedacht«, erwiderte sie, fast in einer Art Trance, und sie hatte seinen Dialekt nur aufgegriffen, versicherte sie sich, weil sie das Meditative der Massage erreicht hatte, das ihr Lehrer so gerühmt hatte. Doch sogleich verbesserte sie sich: »Ich habe einen Kurs am College besucht.«

»Von mir kriegen Sie echt nur Bestnoten.« Er grinste und entblößte eine Reihe gerader, schneeweißer Zähne, genauso perfekt wie der Rest von ihm. Dann schloss er die Augen und überließ sich der zweiten Hälfte der Massage.

Kendra fühlte sich ertappt, weil sie für einen kurzen Moment aus ihrer kühl-distanzierten Rolle gefallen war. Unbehagen begleitete sie durch den zweiten Teil der Massage. Sie wollte es nur noch hinter sich bringen und von hier verschwinden. Als sie seinen Körper fertig geknetet hatte, trat sie zurück und rieb sich die Hände an einem Frotteetuch ab. Eigentlich sollte sie nun dem Kunden ein paar Minuten Zeit gönnen, um einfach dazuliegen und die Wonne nachwirken zu lassen. Doch Kendra wollte weg hier, schnellstmöglich das Apartment verlassen. Sie wandte dem Tisch den Rücken zu und fing an, ihre Sachen zusammenzupacken.

Sie hörte, wie er sich hinter ihr regte, und als sie sich umdrehte, saß er aufrecht auf dem Tisch, ließ die Füße baumeln und musterte sie. Sein Körper glänzte noch matt vom Massageöl. »Hat sie Ihnen die Wahrheit gesagt, Mrs. Osborne? Sie haben mir vorhin nich' geantwortet, und ich kann Sie hier nich' rauslassen, eh ich es weiß. Ich bin nich' so'n Mistkerl, wie Sie glauben. Sie war unten.« Damit meinte er offenbar den Pub. »Ich bin reingegangen, um mir an der Bar ein Glas Tomatensaft zu hol'n. Sie war sternhagelvoll und tanzte mit zwei Typen in einer Ecke und ließ sich von ihnen begrapschen. Sie hatte die Bluse auf. Dann fing sie an, den Rock hochzuschieben, als wollt sie ...«

»Schon gut«, unterbrach Kendra. Ihr einziger Gedanke war: fünfzehn Jahre alt. *Fünfzehn Jahre alt.*

»Nein«, widersprach er. »Sie müssen das hör'n, weil Sie sonst denken ...«

»Wenn ich sage, dass ich Ihnen glaube ...«

Er schüttelte den Kopf. »Dafür isses jetzt zu spät, Mrs. Osborne. Ich hab sie aus dem Pub geholt, aber sie hat das missverstanden. Sie bietet mir die ganze Palette an, was immer ich mit ihr anstell'n will. Ich sag, okay, sie kann mir einen blasen ...«

Kendra funkelte ihn wütend an.

Er hob beschwichtigend die Hand: »... aber wir müssten zu ihr fahr'n, hab ich gesagt. Versteh'n Sie, nur so konnte ich sie dazu kriegen, mir zu sagen, wo sie wohnt. Also hab ich sie nach Hause gefahr'n. Und dann sind Sie aufgekreuzt.«

Kendra schüttelte den Kopf. »Sie ha'm ... Nein. Sie haben ...« Sie wusste nicht, wie sie es ausdrücken sollte. Sie deutete auf ihre Brüste. »Ich hab Sie gesehen. Sie hatten sich über sie gebeugt.«

Er sah konzentriert an ihr vorbei, wollte sich die Ereignisse jenes Abends genau in Erinnerung rufen. Schließlich antwortete er: »Ihre Tasche war unter den Sitz gerutscht. Ich wollt sie aufheben. Hör'n Sie, ich treib es nich' mit Kindern. Und ich konnt seh'n, dass sie noch ein Kind is'.« Dann fügte er hinzu: »Im Gegensatz zu Ihnen. Mrs. Osborne. Kendra. Könnten Sie einen Schritt näher kommen?«, bat er und winkte.

»Wozu?«

»Weil Sie schön sind, und weil ich Sie gern küssen würde.« Er lächelte. »Seh'n Sie? Ich bin kein Lügner. Ich hab Ihnen die Wahrheit erzählt, über Ihre Nichte, über mich, über Sie.«

»Ich hab Ihnen doch erklärt, dass ich das hier beruflich mache. Wenn Sie sich einbilden …«

»Ich weiß. Ich hab Sie angerufen, weil ich im Fitnessstudio den Aushang gesehen hab, das war alles. Ich wusste doch nich', wer hier aufkreuzt, und es war mir auch egal. Ich muss mich auf 'n Wettkampf vorbereiten, und dafür müssen meine Muskeln auf Vordermann gebracht werden. Das war alles.«

»Was für ein Wettkampf?«

»Bodybuilding.« Er hielt inne, als warte er auf einen Kommentar von ihr. Weil sie sich nicht äußerte, fuhr er fort: »Ich will Mr. Universe werden. Mit dreizehn hab ich mit dem Gewichtheben angefangen.«

»Und wie lange ist das her?«

»Zehn Jahre«, antwortete er.

»Sie sind dreiundzwanzig. *Dreiundzwanzig.*«

»Ha'm Sie damit ein Problem?«

»Ich bin *vierzig,* Mann.«

»Ha'm Sie damit ein Problem?«

»Können Sie nicht rechnen?«

»Auch wenn ich rechne, will ich Sie trotzdem immer noch küssen.«

Kendra blieb hart, ohne zu wissen, warum eigentlich. Sie wollte diesen Kuss, keine Frage. Und sie wollte noch mehr. Die siebzehn Jahre Altersunterschied zwischen ihnen bedeuteten, dass sie mit ihm eine unverbindliche Affäre würde haben können, und das war genau, wie sie es gern hatte. Aber irgendetwas an ihm ließ sie zögern: Er sah keinen Tag älter aus als dreiundzwanzig, doch seine Gesinnung und sein Benehmen waren die eines reiferen Mannes. Das barg eine Art von Gefahr, die sie bisher umschifft hatte.

Er glitt vom Massagetisch. Das Laken, das ihn umhüllt hatte, rutschte zu Boden. Er trat zu ihr, legte ihr die Hand auf den

Arm und ließ sie bis zum Gelenk hinabgleiten. »Die Wahrheit bleibt die Wahrheit, Mrs. Osborne. Ich hab wegen der Massage angerufen. Kohle liegt da drüben auf'm Tisch. Mit Trinkgeld. Ich hab nix weiter erwartet. Aber jetzt will ich's. Die Frage is', was is' mit Ihnen? Ich mein ja nur 'n Kuss.«

Kendra wollte Nein sagen, denn sie wusste, nachzugeben würde sie in eine Lage bringen, die sie besser meiden sollte. Doch sie sagte nichts, und sie wandte sich auch nicht ab.

»Ich will mir keine Freiheiten nehm'«, erklärte er. »Sie müssen schon antworten, Mrs. Osborne.«

Eine Fremde in ihrem Körper übernahm das Ruder. »Ja.«

Er küsste sie. Er drängte ihre Lippen auseinander, eine Hand auf ihren Nacken gepresst. Sie legte ihre Hand auf seine Hüfte und ließ sie dann über sein Gesäß gleiten, das so fest war wie der Rest von ihm, und wie der Rest von ihm weckte es ihr Verlangen.

Sie riss sich los. »Ich mach so was nich'«, keuchte sie.

Er wusste genau, was sie meinte. »Ich weiß«, murmelte er und betrachtete sie. »Ich erwart ja gar nix. Du kanns' jederzeit geh'n.« Er ließ die Finger über die Wölbung ihres Halses gleiten, mit der anderen Hand liebkoste er ihre Brüste.

Ihr Widerstand brach. Sie presste die Lippen auf seine, während ihre Hände wieder zu seinen Hüften wanderten, dieses Mal, um das einzige Kleidungsstück abzustreifen, das er noch trug.

»Wow ...«, sagte er. »Das da drüben is' mein Bett. Komm.« Er führte sie zu der Schlafstatt, die dem Fenster am nächsten war, und drückte sie darauf hinab. »Du bis' 'ne Göttin.«

Er knöpfte ihre Bluse auf, befreite ihre Brüste und betrachtete sie andächtig, ehe er ihr wieder ins Gesicht schaute. Dann drückte er sie in die Kissen und strich mit den Lippen über ihre Brustwarzen.

Sie stöhnte. Es war so lange her, und sie brauchte einen Mann, der ihren Körper anbetete – aufrichtig oder nicht. Sie wollte ihn, und in diesem Augenblick war das Verlangen das Einzige ...

»Scheiße, Dix! Was treibste denn da? Wir hatten 'ne Abmachung!«

Sie stoben auseinander, klaubten nach Laken, Kleidungsstücken – irgendetwas, um sich zu bedecken. Jetzt kannte Kendra den Grund für die drei Betten im Zimmer. Dix D'Court lebte in einer Wohngemeinschaft, und einer seiner Mitbewohner war gerade nach Hause gekommen.

7

An dem Abend, als Ness The Blade aus der Polizeiwache an der Harrow Road kommen sah, traf sie eine Entscheidung, die ihr schicksalsgegeben vorkam, die ihr alles andere als schwerfiel, die aber das Leben von Menschen, denen sie nie begegnen würde, für immer verändern sollte.

The Blade bot keinen sonderlich einnehmenden Anblick. Er strahlte Gefährlichkeit aus, und das in so unübersehbarer Weise, als hingen ihm Warnblinklichter um den Hals statt des italienischen Goldamuletts gegen den bösen Blick. Überdies umgab ihn eine Aura der Macht. Diese Macht zog Menschen an – und seine Gefährlichkeit machte sie unterwürfig, vorsichtig und eilfertig, gerade so wie er es gern hatte. Er hatte aufgrund seiner Körpergröße und äußeren Erscheinung gelernt, Verhaltensmuster an den Tag zu legen, die einschüchternd wirkten. Mit nur einem Meter fünfundsechzig hätte er eigentlich zu den Opfern gehören müssen. Darüber hinaus war er vollkommen haarlos und hatte eine vorspringende Stirn. Er hatte früh gelernt, dass es für ihn nur zwei Strategien gab, um in der Umgebung zu überleben, in die er nun mal hineingeboren war, und er hatte die Dominanz der Unterwerfung vorgezogen. Das war einfacher, und er hatte es gern leicht.

Ness spürte sowohl die Macht als auch die Gefahr, aber sie war nicht in der Verfassung, sich davon beeindrucken zu lassen. Der Zusammenstoß mit ihrer Tante, gefolgt von ihrem Besuch bei Six im Mozart Estate, hatte sie an einen Punkt gebracht, wo Selbsterhaltung keinerlei Priorität mehr hatte. Und sie sah in The Blade genau das, wonach sie gesucht hatte: Als sie ihn in Augenschein nahm – von den Cowboystiefeln, die ihn größer machten, bis hin zu dem Kobra-Tattoo, das sich über seinen Schädel bis auf die Wange hinabschlängelte –, wusste sie, dass sie jemanden vor sich hatte, der in der Lage war, ihre Gemütsverfassung zu ändern.

Was The Blade seinerseits sah, war das, was Ness oberflächlich zu bieten hatte, und das kam ihm gerade recht. Er hatte vier Stunden auf dem Polizeirevier verbracht – zwei Stunden länger als verabredet –, und auch wenn nie infrage gestanden hatte, dass er wieder auf freien Fuß gesetzt würde, sobald er den Beamten erzählt hatte, was sie hören wollten, war sein Auftritt doch nicht nach dem Geschmack der Polizisten gewesen, und er hatte sich ihrer Gnade ausgeliefert gefunden. Das hasste er, und Hass machte ihn nervös. Er musste seine Nerven beruhigen. Dazu konnte er sich verschiedener Methoden bedienen – und da stand Ness vor ihm und bot sich ihm an.

Als sein Wagen vorfuhr, stieg er deswegen nicht auf der Beifahrerseite ein, um seinem Fahrer – einem gewissen Calvin Hancock, der seine üppigen Dreadlocks unter einer Kappe verborgen trug, als fürchte er, dass sie einen haarlosen Mann andernfalls beleidigen könnten – zu befehlen, ihn zur Portnall Road zu fahren, wo ein siebzehnjähriges Mädchen namens Arissa darauf wartete, ihm zu Diensten zu sein. Stattdessen bedeutete er Ness mit einem kurzen Nicken, hinten einzusteigen, folgte ihr und ließ Calvin Hancock damit in der Position des Chauffeurs.

»Willesden Lane«, wies er Calvin an.

Cal schaute in den Rückspiegel. Es gefiel ihm ganz und gar nicht, dass The Blade sich nicht an ihre Vereinbarung hielt. Cal war vor gut vier Jahren zum Beschützer von The Blade avanciert. Im Gegenzug für seine Dienste durfte er sich glücklich schätzen, die andauernde Gesellschaft seines Herrn und Meisters zu genießen – und ein Plätzchen zum Schlafen zu haben. Er kannte das Risiko spontaner Entscheidungen, und er wusste, was ihm blühte, sollte The Blade je etwas zustoßen.

»Ich dachte, du wills' zu Arissa, Mann«, sagte er. »Portnall is' sauber. Sie hat dafür gesorgt. Wenn wir zur Willesden fahr'n, kann man nie wissen, wer da auf dich wartet, wenn du reinkomms'.«

The Blade grollte: »Fuck! Was wills' *du* denn?«

Zur Antwort legte Cal den Gang ein.

Ness lauschte und bewunderte. Als The Blade Cal befahl: »Dreh uns ma' ein'«, durchrieselte sie ein Schauer der Erregung und des Staunens, als der Fahrer folgsam an den Straßenrand fuhr, das Handschuhfach aufklappte und einen Joint drehte. Er zündete ihn an, nahm einen Zug und reichte ihn nach hinten zu The Blade. Während er sich wieder in den nächtlichen Verkehr fädelte, fing er im Rückspiegel Ness' Blick auf.

The Blade lehnte sich zurück in die Polster. Er ignorierte sie völlig, was ihn auf sie noch anziehender wirken ließ. Weil sie sich nach einem Zug von dem Joint sehnte, er ihn ihr aber nicht anbot, legte sie ihm die Hand auf den Oberschenkel und ließ sie zu seinem Schritt hinaufwandern. Er fegte ihre Hand weg, ohne sie auch nur eines Blickes zu würdigen. Doch sie wollte seine Sklavin sein.

»Baby, ich besorg's dir«, gurrte sie in einem Tonfall, den sie sich aus unzähligen Filmen abgeschaut hatte, die eine eher bizarre Vorstellung von zwischenmenschlichen Kontakten vermittelten. »Ich besorg's dir, dass du glaubs', dir geht der Kopf fliegen. Willste das? Haste das gern?«

The Blade warf ihr einen gleichgültigen Blick zu. »*Ich* besorg's *dir,* Schlampe. Wann und wo's *mir* passt. So läuft's und nich' andersrum, das merkste dir am besten von Anfang an.«

Das Einzige, was Ness hörte, war: »von Anfang an«, und die Formulierung versetzte sie in warme, feuchte Erregung.

Calvin fuhr in nördlicher Richtung, entfernte sich von der Harrow Road und überquerte die Kilburn Lane. Ness hatte ihre gesamte Aufmerksamkeit auf The Blade gerichtet und sah nicht, wohin die Reise ging. Als sie schließlich zu einer Siedlung aus niedrigen Backsteinreihenhäusern kamen, die sich in einem Geflecht enger Sträßchen erstreckten, wo die meisten Laternen und die Hausbeleuchtungen längst das Zeitliche gesegnet hatte, hätte Ness nicht zu sagen vermocht, ob sie in Hackney oder in der Hölle war.

Cal parkte und öffnete die Fondtür auf ihrer Seite. Sie

schlüpfte hinaus. The Blade folgte ihr. »Guck ma' nach«, wies er Cal an, reichte ihm den Joint und lehnte sich an den Wagen, während Cal zwischen zwei Häusern verschwand.

Ness schauderte, nicht wegen der Kälte, sondern vor gespannter Erwartung, die sie nie zuvor empfunden hatte. Sie versuchte, sich lässig und cool zu geben, konnte jedoch den Blick nicht von The Blade abwenden. Alles, was sie wollte; das war es, was sie in ihm sah. Ihr kam es vor, als habe dieser Abend, der so katastrophal begonnen hatte, ihr plötzlich ein Wunder beschert.

Nach wenigen Minuten war Cal zurück. »Sauber«, sagte er.

»Haste die Knarre dabei?«

»Scheiße, Mann, was denks' du denn?« Er klopfte auf die Tasche seiner zerschlissenen Lederjacke. »Du bis' sicher, solang Cal Hancock aufpasst. Er liebt dich mehr als deine eigene Großmutter.«

The Blade nickte wortlos zu dem Pfad hinüber, der zwischen den Häusern verschwand. Cal ging voraus.

Ness folgte wie das fünfte Rad am Wagen. Sie hielt sich dicht hinter The Blade, damit dort, wo immer sie hingingen, der Eindruck entstünde, sie kämen zusammen.

Über der Siedlung lag konstanter Radau und der beißende Geruch von fauligem Müll, Kochdünsten und brennendem Gummi. Sie marschierten an zwei betrunkenen Mädchen vorbei, die sich vor einem abgestorbenen Busch erbrachen, und an einer Gang kleiner Jungs, die einem Rentner auflauerten, der dumm genug gewesen war, seinen Müll nach Einbruch der Dunkelheit zum Container zu bringen. Zwei Katzen lieferten sich einen erbitterten Kampf und fauchten ohrenbetäubend. Ein paar Schritte weiter passierten sie eine spindeldürre Frau, die sich im Schutz einer von Schimmel übersäten Matratze, die an einem kahlen Baum lehnte, einen Schuss setzte.

Sie steuerten auf ein Haus mitten in der Reihe zu. Auf Ness wirkte es, als sei es entweder verlassen oder als seien die Bewohner schlafen gegangen. Doch als Cal an die Tür klopfte, öffnete sich der Spion. Jemand nahm sie in Augenschein, befand sie für akzeptabel und öffnete. The Blade ging an Cal vorbei und trat ein. Ness folgte. Cal blieb draußen.

Es gab keine Möbel im eigentlichen Sinne. Stattdessen lagen hier und da alte Matratzen in Dreierlagen übereinander, und große, umgedrehte Pappkartons dienten als Tische. Das schummrige Licht kam von zwei verbogenen Bodenlampen, die ihren matten Schimmer auf Wände und Decken warfen, sodass der Fußboden mit seinen ausgefransten braunen Teppichfliesen großteils im Dunkeln blieb. Bis auf ein Graffiti von einem langhaarigen Mann und einer nackten Frau, die auf einer Spritze in die Stratosphäre ritten, waren die Wände kahl, und insgesamt machte das Haus nicht den Eindruck, als wohne hier jemand.

Leer war es jedoch keineswegs. Man hätte sogar meinen können, eine Party sei im Gange, denn leise, blecherne Musik wimmerte aus einem Radio, dessen Sender dringend nachjustiert werden musste. Doch das, was man normalerweise bei einer Party zu sehen erwartete – Menschen, die sich unterhielten oder anderweitig interagierten –, fand hier nicht statt. Die Aktivität beschränkte sich vielmehr auf Rauchen, und die Unterhaltungen, soweit überhaupt welche stattfanden, drehten sich um Crackqualität und die geistigen und körperlichen Lustbarkeiten, die der Stoff verursachte.

Auch Cannabis und schlichter Tabak wurden geraucht, diverse Substanzen gehandelt: alles unter der Regie einer vielleicht vierzigjährigen schwarzen Frau in einem roten Negligé, das den beklagenswerten Zustand ihrer großen, hängenden Brüste freizügig enthüllte. Sie schien hier das Sagen zu haben und wurde von dem Türsteher unterstützt, der durch den Türspion die Individuen inspizierte, die Einlass begehrten.

Niemand der Anwesenden bezweifelte, dass dies ein sicherer Ort war, um ihrem bevorzugten Zeitvertreib nachzugehen. In dieser Siedlung und der gesamten Umgebung schossen derartige Drogennester aus dem Boden wie Pilze. Die Polizei war unfähig, Schritt zu halten, und in dem unwahrscheinlichen Fall, dass ein Nachbar den Mut aufbrachte, Anzeige zu erstatten und die Verhaftung der Betreiber jener Etablissements zu verlangen, hatten die Ordnungshüter immer zu viel anderes um die Ohren, als dieser Sache nachzugehen.

Die Frau im Negligé brachte The Blade unaufgefordert das, wofür er gekommen war. Sie wollte, dass er sich willkommen fühlte. Dieses Haus war seine erste Bastion in einem Territorium, das von einem albanischen Drogenring kontrolliert wurde, und die Frau verdankte The Blade nicht nur das Dach über dem Kopf, sondern auch das entsprechende Einkommen, das ihre Dienstfertigkeit rechtfertigte.

»Was macht deine Gran, Darling?«, fragte sie ihn, während er die Pfeife anzündete, die sie ihm gegeben hatte. Die Pfeife – ein Pfeifchen vielmehr – war so klein, dass sie gänzlich in seiner Hand verschwand. Ein Rauchkringel stieg von ihr auf. »Is' sie immer noch im Krankenhaus? Is' ja furchtbar. Hält deine Mum dich immer noch von deinen Geschwistern fern? Was für 'ne blöde Kuh. Was kann ich dir sons' noch bring', Darling? Wen ha'm wir denn hier? Gehört die zu dir?«

»Die« war Ness, The Blades Schatten. Sie stand einen Schritt hinter ihm und wartete auf irgendeinen Hinweis darauf, was von ihr erwartet wurde, und versteckte ihre Unsicherheit hinter einer Maske der Gleichgültigkeit. The Blade legte eine Hand in ihren Nacken. Mit Daumen und Zeigefinger kniff er ihr in das weiche Fleisch unter dem Ohr, womit er ihr bedeutete vorzutreten. Dann steckte er ihr die Pfeife zwischen die Lippen und sah zu, wie sie einen tiefen Zug nahm. Er lächelte und antwortete der Frau im roten Negligé: »Zu wem soll sie sons' gehör'n, Schlampe, wenn nich' zu mir?«

»Sieht jung aus, Mann. Is' man von dir nich' gewöhnt.«

»Das glaubs' du nur, weil du mich selbs' haben wills'.«

Sie lachte. »Ooh, so viel Männlichkeit ertrag ich nich', Baby.« Sie tätschelte ihm die Wange. »Sag Bescheid, wenn Melia dir noch was bring' soll.« Damit wandte sie sich ab und ging den dämmrigen Korridor hinab zu einem Paar, das im Gegensatz zu allen anderen im Haus, die nur mit sich selbst beschäftigt waren, miteinander zugange war. Die Frau lehnte an der Wand, und sie schoben eine ungelenke Nummer im Stehen.

Ness spürte die Wirkung der Droge schnell. Alles, was ihr Leben ausmachte, trat in den Hintergrund. Dass ihr im Hier und Jetzt aus unterschiedlichsten Richtungen Gefahr drohen könnte, kam ihr nicht in den Sinn – wie auch, da ihr Urteilsvermögen sich verabschiedet und Platz gemacht hatte für etwas, das ihr über Sinn und Verstand weit hinauszugehen schien. Der einzige Gedanke, den sie zustande brachte, war: mehr von diesem Zeug, das ihr dieses Gefühl schenkte.

The Blade beobachtete sie und lächelte. »Das gefällt dir, oder?«

»Du gefälls' mir«, antwortete sie. Für sie war er der Quell aller Erfahrungen und Empfindungen. Er war derjenige, der sie vollkommen machen konnte. »Ich will dir ein' blasen, Mann. Du glaubs' ja nich', wie du dich dann fühls'.«

»Du bis' Expertin, he?«

»Gibt nur ein' Weg, das rauszufinden.«

»Weiß deine Mum, dass du so mit Kerl'n redes'?«

Statt einer Antwort, die ohnehin offenkundig gewesen wäre, ließ sie ihn stehen und ging zu den Sitzgelegenheiten hinüber, wo sie auf einem der Matratzenstapel zwischen zwei junge Männer rutschte. Bis zu ihrer Ankunft waren sie beide in ihren Rausch vertieft gewesen, doch nun sprach Ness einen von ihnen an. »Was muss ich tun, um auch was von dem Zeug zu krieg'n?« Sie nickte zu der Pfeife in seiner Hand, während sie ihre Finger auf den Oberschenkel des anderen legte und zu seinem Schritt wandern ließ, wie sie es im Auto schon bei The Blade versucht hatte.

The Blade sah genau, was sie tat und warum sie es tat, aber er war kein Mann, der zuließ, dass eine Frau ihm das Heft aus der Hand nahm. Diese kleine Schlampe sollte doch tun, was sie wollte. Er machte sich auf die Suche nach Melia und ließ Ness im Wohnzimmer zurück. Sie würde schnell genug lernen, was der Preis dafür war, an einem Ort wie diesem mit Männern zu spielen wie mit Marionetten.

Die Lektion ließ nicht lange auf sich warten. Ness bekam die Pfeife, aber der eine Zug drohte sie genau das zu kosten, was sie vermeintlich angeboten hatte. Sie erregte nicht nur die Aufmerksamkeit der beiden Männer, zwischen denen sie Platz genommen hatte. Als ihre Hand den Schritt des Mannes neben ihr erreichte, war er nicht der einzige, der sich stimuliert fühlte.

Es waren noch weitere Frauen da, doch sie hatten mehr Erfahrung und wussten, dass es klüger war, unter sich zu bleiben und einfach den Rausch auszukosten, der sie hierhergelockt hatte. Sie zu überreden, hätte die anwesenden Männer mehr Energie gekostet, als sie aufzuwenden bereit oder in der Lage waren, und dass Ness diese Freuden ohne jede Anstrengung anzubieten schien, zog sie an wie ein Magnet.

Dass sie jung war, spielte keine Rolle. Die Männer hatten willfährige Elfjährige gehabt, als sie selbst erst dreizehn oder noch jünger gewesen waren. In einer Welt, in der es wenig zu erleben und noch weniger zu erhoffen gab, hatten sie meist nicht einmal ihre plumpen Verführungskünste einsetzen müssen.

Ehe ihr klar war, was eigentlich vorging, war Ness umstellt. Die Umzingelung allein, weniger das, was sie nach sich zu ziehen drohte, setzte einen Prozess in Gang, der ihren Verstand schlagartig wieder aufhellte. Eine Pfeife wurde ihr hingehalten, aber sie wollte nicht mehr ziehen. Irgendwer sagte: »Legt sie hier hin«, und sie wurde von hinten gepackt und auf die Matratze gedrückt. Heißer Atem erfüllte ihr ganzes Bewusstsein, sein Geruch und das Gefühl auf ihrer Haut. Zwei Paar Hände zogen ihr die Strumpfhose herunter, während ein weiteres Paar ihre Beine spreizte. Ein viertes hielt ihre Arme gepackt. Sie schrie auf, was allgemein als Entzücken aufgefasst wurde. Sie fing an, sich zu winden. Ihr Versuch zu entkommen wurde als ungeduldiges Verlangen gewertet. Sie schrie wieder, als Reißverschlüsse geöffnet wurden, und kniff die Augen zu, damit sie nicht sehen musste, was da auf sie zukam. Ein Leib fiel auf sie, und sie spürte seine Hitze und die schwellende, pulsierende Eichel, und das war der Moment, als sie anfing zu kreischen.

Es war schnell vorbei – nicht so, wie sie befürchtet, sondern wie sie es sich erträumt hatte: Zuerst hörte sie ein Fluchen, dann wurde der Körper, der sie niederdrückte, emporgehoben, als hätte ihn eine Naturgewalt erfasst. Dann war *er* da und half ihr auf – nicht um sie in seinen Armen aus diesem Haus des Schreckens zu tragen wie ein von einem Troubadour besungener Ritter, sondern um sie auf die Füße zu zerren, sie als dämliche, idiotische Schlampe zu beschimpfen und ihr klarzumachen, wenn sie schon eine Lektion lernen wolle, dann sei verflucht noch mal *er* derjenige, der sie erteilte, und nicht dieser Abschaum hier.

Ness kam es trotzdem so vor, als würde er sie zärtlich umwerben. Sie wusste, The Blade wäre nicht herbeigeeilt, um sie zu retten, wenn sie ihm gleichgültig gewesen wäre. Er war allein gegen mehrere Gegner angetreten, die größer, härter und bedrohlicher wirkten als er selbst. Er war für sie ein Risiko eingegangen. Darum kam es ihr vor wie eine Liebkosung, als er sie mit ausgestreckter Hand zwischen den Schultern zur Tür bugsierte. Widerstandslos trat sie hinaus in die Nacht, wo Cal Hancock auf Anweisungen wartete.

»Melia hat alles im Griff. Weiter zur Lancefield, Mann.«

»Was 'n mit der da?«, fragte Cal und nickte in Ness' Richtung.

»Die kommt mit«, antwortete The Blade. »Hier kann ich sie nich' lassen.«

Dreißig Minuten später erreichten sie das Ziel – nicht die schicke Wohnung, die Ness sich vorgestellt hatte, sondern ein verkommenes Mehrfamilienhaus unweit der Kilburn Lane, das seinem Abriss entgegensah und in der Zwischenzeit von denjenigen obdachlosen Individuen bewohnt wurde, die die Nähe zu The Blade nervlich aushalten konnten. Auf einer kratzigen Decke, die auf einem Futon am Boden ausgebreitet lag, tat The Blade dort mit ihr, was die Männer im Crackhaus gern getan hätten. Dieses Mal zeigte Ness sich mehr als willig.

Sie verfolgte ganz eigene Ziele, und als sie die Beine für ihn spreizte, kam sie zu dem Schluss, dass The Blade der einzige Mann auf der Welt war, mit dem sie diese Ziele erreichen wollte.

Kendra hatte beschlossen, Dix zu glauben, dass er Ness im Falcon gefunden und nach Hause gefahren hatte. Er kam ihr aufrichtig vor, mit seiner sanften Stimme und seinem anscheinend gutherzigen Wesen. Und obwohl sie sich in den letzten Wochen immer mehr voneinander entfent hatten, kam sie zu der Erkenntnis, dass sie ihre Beziehung zueinander in Ordnung bringen musste. Es war ihr allerdings nicht klar, wie sie das bewerkstelligen sollte, denn Ness war so gut wie nie zu Hause.

Das einzig Gute daran war, dass Kendra so ihre Karrierepläne ohne Zwischenfälle verfolgen konnte, und das half, sie von dem abzulenken, was nach der Massage in dem Apartment über dem Falcon um ein Haar zwischen ihr und Dix D'Court vorgefallen wäre; und es war ihr wichtig, sich davon abzulenken. Kendra wollte sich als Profi betrachten.

Allerdings verlangte dieselbe Gewissenhaftigkeit, die sie bewog, in beruflicher Hinsicht professionell zu sein, dem Mädchen die Hand zu reichen. Nicht so sehr, weil Kendra hoffte, dass sich eine vernünftige Tante-Nichte-Beziehung zwischen ihnen entwickeln könnte, sondern weil sie sich in Bezug auf das, was zwischen Dix und Ness vorgefallen war, geirrt hatte, und dafür musste sie Abbitte leisten. Das war Kendra ihrem Bruder schuldig, der sein ganzes Leben umgekrempelt hatte: Gavin Campbell war drogenabhängig gewesen bis zu Tobys Geburt und den Ereignissen, die kurz darauf beinahe zum Tod des Kindes geführt hatten.

»Das hat mich wachgerüttelt«, hatte Gavin ihr erklärt. »Es hat mir gezeigt, dass ich die Kinder nicht Caroles Sorge überlassen kann, um die Wahrheit zu sagen ...«

Die Wahrheit war auch, dass keines der Campbell-Kinder je von einem Erwachsenen geschlagen worden war. Kendras Zusammenstoß mit Ness, der an jenem Abend vor dem Haus in einer Ohrfeige gegipfelt hatte, musste geklärt und bereinigt werden. Sie musste sich dafür entschuldigen. Sie musste tun, was immer nötig war, um Ness nach Hause zurückzuholen, wie ihr Vater es gewollt hätte.

Dies zu tun, wurde umso dringlicher, als Kendra wenige Tage später einen Anruf vom Jugendamt erhielt. Eine Frau namens Fabia Bender aus der Abteilung für auffällige Jugendliche wollte einen Termin mit Vanessa Campbell und den erziehungsberechtigten Erwachsenen vereinbaren. Die Tatsache, dass das Jugendamt aktiv geworden war, spielte Kendra für ihre Auseinandersetzungen mit Ness eine Trumpfkarte in die Hand. Falls sie ihre Nichte finden konnte.

Joel zu befragen, führte zu keinem befriedigenden Ergebnis. Er erklärte Kendra, er sehe seine Schwester gelegentlich, aber ihr Kommen und Gehen sei unregelmäßig. Er ließ unerwähnt, dass Ness eine Fremde für ihn geworden war. Er sagte lediglich, dass sie gelegentlich daheim war, wenn er und Toby vom Lernzentrum zurückkamen. Manchmal nahm sie ein Bad oder durchwühlte ihre Kleidung, stibitzte eine Schachtel aus Kendras Benson-&-Hedges-Stange, aß Curryreste vom Vortag oder Chips mit mexikanischem Salsa-Dip, während sie vor dem Fernseher saß und sich eine Talkshow ansah. Wenn er sie ansprach, ignorierte sie ihn meistens. Es mache stets den Eindruck, dass sie auf dem Sprung sei. Mehr könne er nicht sagen.

Kendra wusste, dass Ness unter den Jugendlichen des Viertels Freundinnen hatte. Six und Natasha, erinnerte sie sich. Aber das war auch schon alles, was sie unumstößlich wusste. In ihrer Vermutung standen darüber hinaus Alkohol, Drogen und Sex ganz oben auf der Liste. Sie nahm an, dass Diebstahl, Prostitution, HIV und Bandenkriminalität bald auch eine Rolle spielen konnten.

Trotz aller Bemühungen gelang es Kendra wochenlang nicht, die geplante Unterhaltung mit Ness zu führen. Sie konnte ihre Nichte einfach nicht finden, und erst als sie sich schon damit abgefunden hatte, dass sie Ness nicht aufspüren würde, ehe das Mädchen aufgespürt werden wollte, sah sie sie zufällig beim Betreten von Whiteley's am Queensway. Sie war in Gesellschaft zweier Mädchen, einem pummeligen und einem mageren, beide gekleidet in der üblichen Uniformiertheit hautenger Jeans, unter denen sich alles von den Gesäßbacken bis hin zum Schambein deutlich abzeichnete, auf Stilettoabsätzen, die durchsichtigen Blusen über winzigen, bunten T-Shirts geknotet. Ness war ganz ähnlich ausstaffiert. Kendra entdeckte einen ihrer eigenen Schals im Haar ihrer Nichte.

Sie folgte ihnen in das Geschäft und beobachtete, wie sie in der Bijouterie den Modeschmuck befingerten. Sie rief nach Ness, und das Mädchen drehte sich um und führte die Hand zu dem Schal, als glaube sie, Kendra wollte ihn ihr wegnehmen.

»Ich muss mit dir reden«, sagte Kendra. »Ich versuche schon seit Wochen, dich zu finden.«

»Ich hab mich nich' vor dir versteckt.«

Das pummelige Mädchen lachte hämisch, als sei Kendra irgendwie zurechtgestutzt worden, wenn auch nicht durch die Worte, dann doch durch den abweisenden Tonfall.

Kendra betrachtete das Pummelchen. »Wer bist du denn?«, fragte sie.

Das Mädchen antwortete nicht. Stattdessen setzte sie eine mürrische Miene auf, die Kendra wohl abschrecken sollte, was jedoch nicht funktionierte. »Ich bin Tash«, sagte die Magere, doch die andere brachte sie mit einem vernichtenden Blick ob dieser Leutseligkeit augenblicklich zum Schweigen.

»Also, Tash«, erwiderte Kendra. »Ich müsste mal mit Vanessa alleine sprechen. Ich möchte, dass du und deine Freundin – bist du vielleicht Six? – uns Gelegenheit dazu gebt.«

Natasha hatte außer im Fernsehen niemals eine schwarze Frau ein derart vornehmes Englisch sprechen hören. Sie starrte Kendra verblüfft an. Six verlagerte das Gewicht von einem Fuß auf den anderen, kreuzte die Arme vor der Brust und musterte Kendra von Kopf bis Fuß. Ihr Blick war bedrohlich, fast als merke sie sich Kendra als potenzielles Opfer für einen Straßenraub oder Schlimmeres vor.

»Also?«, hakte Kendra nach, da keines der Mädchen Anstalten machte, sich zu entfernen.

»Die bleiben, wo sie sind«, erklärte Ness. »Und ich will nich' mit dir reden. Ich hab dir nix zu sagen.«

»Aber ich habe dir etwas zu sagen«, entgegnete Kendra. »Ich war im Unrecht, und darüber will ich mit dir reden.«

Ness' Augen verengten sich. Seit dem Vorfall vor Kendras Haus war einige Zeit vergangen, darum war sie nicht sicher, was es mit diesem »Unrecht« auf sich hatte. Sie hatte noch nie erlebt, dass ein Erwachsener – abgesehen von ihrem Vater – ihr gegenüber einen Fehler eingestanden hätte; sie war verwirrt, zögerte und fand auf die Schnelle keine Antwort.

Kendra ergriff die Gelegenheit beim Schopf. »Lass uns einen Kaffee trinken gehen. Du kannst dich ja anschließend wieder mit deinen Freundinnen treffen, wenn du willst.« Sie machte zwei Schritte in Richtung Ausgang.

Ness zauderte immer noch, dann sagte sie zu den anderen beiden Mädchen: »Ich hör mir ma' an, was die Alte will. Wir treffen uns vorm Kino.«

Die anderen beiden zuckten die Achseln, und Kendra führte Ness zu einem Café in der Nähe von Whiteley's. Sie wollte nicht im Einkaufszentrum bleiben, wo ein enormer Geräuschpegel herrschte und die Scharen herumstreifender Jugendlicher zu viel Ablenkung verhießen. Im Café war es zwar brechend voll, doch die Gäste waren mehrheitlich Erwachsene, die zwischen ihren Einkäufen ein Päuschen einlegten, keine Jugendlichen, die auf Action aus waren. Kendra bestellte Kaffee an der Theke, und während sie darauf wartete, überlegte sie, was sie sagen wollte.

Sie machte es kurz und kam sofort zur Sache: »Ich hatte kein Recht, dich zu schlagen, Nessa«, sagte sie zu ihrer Nichte. »Ich war wütend, dass du nicht bei Joel und Toby zu Hause geblieben bist, wie du es versprochen hattest. Und dann hab ich auch noch gedacht, da im Auto sei was vorgefallen, was gar nicht vorgefallen ist, und dann ...« Sie suchte nach der richtigen Formulierung. »Bin ich einfach ausgerastet.«

Den Rest verschwieg sie – die Umstände, die die Geschichte vervollständigten: den Schmerz über ihr eigenes fortschreitendes Alter, den sie an jenem Abend im No Sorrow verspürt hatte, wo es ihr nicht gelungen war, auch nur einen einzigen Mann für sich zu interessieren. Die Begegnung mit Dix D'Court, als

er ihr erklärt hatte, was zwischen ihm und Ness wirklich vorgefallen war. Diese beiden Aspekte verrieten weit mehr über
Kendra, als ihr lieb war. Alles, was Ness wissen musste, war,
dass ihre Tante einen Fehler gemacht hatte, diesen Fehler ein-
sah und nun gekommen war, um es wiedergutzumachen.

»Ich möchte, dass du nach Hause kommst, Nessa«, sagte
sie. »Ich möchte, dass wir beide noch einmal von vorne anfangen.«

Ness wandte den Blick ab. Sie angelte ihre Zigaretten – die
Benson & Hedges, die sie von Kendra stibitzt hatte – aus der
Schultertasche und zündete sich eine an. Sie saßen auf Barho-
ckern an einer Theke entlang der Fensterfront des Cafés, und
ein paar Jungen liefen draußen vorüber. Ihre Schritte verlangsamten sich, als sie Ness im Fenster entdeckten. Ness nickte
ihnen zu. Die Geste hatte etwas Herrschaftliches, und die Jungen erwiderten sie mit einem eigentümlich respektvollen Kopfnicken, ehe sie weiterzogen.

Kendra war nichts davon entgangen. Die kurze Begegnung
zwischen Ness und diesen Jungen, wenngleich sie sich auf Blicke beschränkt hatte, ließ Kendra einen Schauer den Rücken
hinabrieseln. Sie hätte nicht sagen können, was all das zu bedeuten hatte – das Nicken, die Jungen, der Schauer, den sie
verspürte –, aber sie wusste, es verhieß nichts Gutes.

»Toby und Joel wünschen sich auch, dass du wieder nach
Hause kommst, Ness«, sagte sie. »Toby hat bald Geburtstag.
Nach all den Veränderungen, die während der letzten Monate
in eurem Leben stattgefunden haben, wäre es gut für ihn, wenn
du ...«

»Du wills' doch nur, dass ich auf sie aufpasse«, folgerte Ness.
»Deswegen bis' du hier. Toby und Joel sind dir im Weg. Was
willste sonst noch von mir?«

»Ich bin hier, weil ich dir Unrecht getan habe, und ich will,
dass du weißt, dass ich mir darüber im Klaren bin. Ich wollte
mich entschuldigen. Und ich will, dass du und ich und die Kleinen eine Familie sind.«

»Ich hab keine Familie.«

»Das stimmt nicht. Du hast Toby und Joel. Du hast mich. Und du hast deine Mum.«

Ness schnaubte höhnisch. »Klar, meine Mum«, sagte sie und nahm einen tiefen Zug von ihrer Zigarette. Den Kaffee hatte sie nicht angerührt, ebenso wenig wie Kendra.

»So muss es nicht sein«, eröffnete sie Ness. »Die Dinge können sich ändern. Du und ich, wir könnten noch mal ganz von vorne beginnen.«

»Die Dinge laufen so, wie sie eben laufen«, entgegnete Ness. »Jeder will irgendwas. Du bis' auch nich' anders.« Sie sammelte ihre Siebensachen ein.

Als Kendra sah, dass Ness gehen wollte, spielte sie ihren Trumpf aus: »Das Jugendamt hat angerufen. Eine gewisse Fabia Bender will sich mit dir treffen. Mit mir auch. Wir müssen mit ihr reden, Ness, denn wenn wir das nicht tun ...«

»Was? Meinste, die schickt mich irgendwohin? Meinste, das kümmert mich?« Ness rückte ihre Schultertasche zurecht und zupfte an dem Schal in ihrem Haar. »Ich hab Leute, die auf mich aufpassen. Ich muss mir keine Sorgen ums Jugendamt machen oder wegen dir oder sonst was. So is' das.«

Und damit war sie fort, verließ das Café und ging zurück Richtung Whiteley's. In der Frühsommersonne stöckelte sie davon, und ihre Tante blieb zurück und fragte sich, wie viel schlimmer die Dinge zwischen ihnen wohl noch werden konnten.

Als der Tag kam, da Joel die Lavalampe für Tobys Geburtstag kaufen wollte, musste er erst einmal überlegen, was er währenddessen mit seinem kleinen Bruder anfangen sollte. Kendra war im Laden bei der Arbeit; von ihr war keine Hilfe zu erwarten. Wäre Ness zu Hause gewesen, hätte er sie gebeten, auf Toby aufzupassen. Er würde nicht lange brauchen: Er musste nur eben zur Portobello Road hinüberlaufen und Geld gegen Lampe tauschen. Selbst in ihrer derzeitigen Verfassung hätte Ness sich vielleicht überreden lassen, bei Toby zu bleiben und sicherzustellen, dass er keinem Fremden die Tür öffnete. Da sie aber nicht da war, blieben Joel folgende Möglichkeiten: Er konnte

Toby mitnehmen und die Geburtstagsüberraschung verderben; er konnte ihn zu Hause lassen und das Beste hoffen; oder er konnte ihn andernorts unterbringen, wo irgendetwas sein Interesse weckte und ihn für eine Weile beschäftigt hielt.

Ein Blick auf den übrig gebliebenen Toast vom Frühstück, und der Ententeich in Meanwhile Gardens kam ihm in den Sinn. Wenn er ein Versteck im Schilf baute – ähnlich dem Fort, von dem Toby dort vor Monaten gesprochen hatte – und seinem Bruder die Toastscheiben als Entenfutter mitgab, wäre der Junge sicher verwahrt und lange genug so beschäftigt, dass Joel in der Zwischenzeit die Lavalampe kaufen und rechtzeitig zurückkehren konnte.

Also packte er den Toast ein, fügte sicherheitshalber ein paar Brotscheiben hinzu, falls sein Ausflug länger als erwartet dauern sollte, und wartete, während sein Bruder den Schwimmreifen aufblies. Dann vergewisserte er sich, dass Toby eine Jacke trug, die den kühlen Wind abhielt, und sie machten sich auf den Weg, umrundeten das Haus und stießen auf den Pfad, der an den rückwärtigen Gärten entlangführte. Die Sonne schien und hatte die Bewohner aus ihren Häusern gelockt. Joel konnte sie schon hinter der Kindertagesstätte hören, er hörte auch das Rauschen der Skateboards und das Kindergeplapper vom Spielplatz. Er fürchtete schon, dass der Sonnenschein auch Spaziergänger zum Ententeich gelockt habe, doch als er und Toby sich durchs Gebüsch geschlagen und den Trampelpfad erreicht hatten, der sich zum Wasser hinabschlängelte, stellte er erleichtert fest, dass auf dem kleinen Steg keine Menschenseele war – dafür umso mehr Enten. Erhaben paddelten sie umher und streckten gelegentlich das Schwänzchen in die Höh', wenn sie unter Wasser nach Futter suchten.

Obwohl Toby zuerst jammerte, weil er auf dem Steg bleiben wollte, konnte Joel ihn von den Vorteilen eines Verstecks im Schilf überzeugen. Dort seien die Entenhäuser, erklärte er ihm. Wenn er sich ganz still verhielte, bestünde die Chance, dass die Enten aus dem Wasser kämen und ihm das Brot aus der Hand fräßen. Wäre das nicht viel schöner, als es ihnen vom Steg aus zuzuwerfen und zu hoffen, dass sie es bemerkten? Toby hatte wenig Erfahrung mit Enten und wusste daher nicht, dass ein Stück Brot, das ins Wasser geworfen wurde, mit absoluter Sicherheit jede Ente im Umkreis von fünfzig Metern herbeilocken würde. Darum erschien Joels Plan ihm vernünftig, und er ließ sich bereitwillig auf einem provisorischen Entenbeobachtungsposten einquartieren, von dem aus er die Vögel betrachten und geduldig darauf warten konnte, dass sie ihn entdeckten.

»Du bleibs' hier«, ordnete Joel an. »Das haste doch kapiert, oder? Ich muss was auf der Portobello Road erledigen, aber danach komm ich sofort wieder. Du wartes' hier. Versprichste mir das, Tobe?«

Toby hatte sich auf den Bauch gelegt, den Schwimmreifen nach oben geschoben und das Kinn darauf gestützt. Er nickte und richtete den Blick aufs Wasser, das durch die Schilfhalme blitzte. »Gib ma' den Toast«, sagte er. »Die Enten ha'm bestimmt Hunger.«

Joel vergewisserte sich, dass das Brot in Tobys Reichweite lag. Dann kroch er rückwärts aus dem Versteck und kletterte die Böschung hinauf. Er war erleichtert festzustellen, dass Toby von oben nicht zu sehen war. Er konnte nur hoffen, dass sein Bruder auch dort blieb. Er gedachte nicht, länger als zwanzig Minuten weg zu sein.

Um den Laden zu erreichen, wo Toby ihm die Lavalampe gezeigt hatte, musste er die Portobello Bridge überqueren, die die Bahnschienen überspannte und zum Markt an der Golbourne Road führte. Den ersten Teil seines Weges legte er im Trab zurück. Er fragte sich, ob sein kleiner Bruder sich noch daran erinnerte, wie sie früher Geburtstage gefeiert hatten. Wenn ihre Mutter eine gute Phase hatte, saßen sie zu fünft um den kleinen Küchentisch gedrängt. War es eine schlechte Phase, waren sie nur zu viert, aber ihr Vater hatte die Abwesenheit der Mutter wettgemacht, indem er sein ganz spezielles Geburtstagslied besonders laut und schief sang, ehe er das Geschenk überreichte: ein Taschenmesser oder ein Schminktäschchen, Inliner, die zwar gebraucht, aber gründlich gesäubert worden waren, oder ein Paar Turnschuhe einer bestimmten Marke, die man sich sehnlich gewünscht, aber nie erwähnt hatte.

Doch all das war, bevor die Campbell-Kinder in die Henchman Street gezogen waren. Auch Glory hatte immer ihr Bestes getan, eine Feier zu veranstalten – vorausgesetzt, dass jemand sie an den nahenden Geburtstag erinnerte. Nur hatte George Gilbert meist alles verdorben, indem er betrunken nach Hause kam oder den Geburtstag als Vorwand nahm, um sich zu betrinken, oder sich in anderer Weise in den Mittelpunkt der Feierlichkeiten drängte. Joel hatte keine Ahnung, wie ein Geburtstag bei Tante Kendra aussehen würde, aber er wollte alles daransetzen, um den Tag so außergewöhnlich wie möglich zu gestalten.

Vor den massigen Blocks der Wornington-Green-Siedlung hätte er abbiegen müssen, doch ein Stück weiter an der Wornington Road lag in einer Senke ein asphaltierter Fußballplatz, der seine Aufmerksamkeit erregte. Er war an allen vier Seiten von einer Ziegelmauer und einem Maschendrahtzaun mit auskragenden Winkeln am oberen Ende umgeben, damit außerhalb der Öffnungszeiten niemand hinüberklettern konnte. Doch eine Treppe an der Westseite ermöglichte den Zugang zum Spielfeld. Das Tor war bereits vor langer Zeit demoliert worden, und die eigentliche Bestimmung des Platzes, nämlich den Kindern von Wornington Green eine Spielmöglichkeit zu bieten, war schon bald in Vergessenheit geraten. Jetzt entdeckte Joel dort unten einen der vielen Graffitikünstler dieser Gegend, der einen wahren Regenbogen aus Farben auf die verdreckte Ziegelmauer sprühte.

Er war ein Rastafari. Seine Dreadlocks wurden von einer vom Gewicht der Haare ausgebeulten Strickmütze im Zaum gehalten. Haschischgeruch wehte herüber – er hatte einen Joint zwischen den Lippen stecken. Joel schätzte, dass der Künstler gerade drauf und dran war, sein aus Worten und einer Comicfigur bestehendes Werk abzuschließen. Die Wörter leuchteten rot vor dem weiß-orangefarbenen Hintergrund. »Kein Zweifel«, stand da, sozusagen als Sockel einer Figur, die wie ein Phönix aus der Asche daraus emporzusteigen schien: ein schwarzer Mann mit einem Messer in jeder Hand mit einem angemessen finsteren, tätowierten Gesicht. Das beinahe fertige Werk war nur eines von vielen, die den Fußballplatz bereits zierten: dralle Frauen, Zigaretten oder Dope rauchende Männer in unterschiedlichen Posen, Cops mit gezogenen Pistolen, Gitarristen, die sich nach hinten krümmten, um ihre Musik himmelwärts zu senden. Andernorts bedeckten Tags die Mauer: Initialen, Namen und Pseudonyme ... Schwer vorstellbar, dass Kinder auf diesem Platz Fußball spielen konnten, der doch so viel Ablenkung bot.

»Was glotzte denn so, Mann? Haste noch nie 'n Künstler bei der Arbeit geseh'n?«

Der Rasta hatte Joel oben hinter dem Maschendrahtzaun entdeckt. Joel fasste es wörtlich auf, nicht als die Herausforderung, die es von jemand anderem durchaus hätte sein können. Doch dieser Typ war harmlos. Aus seinem schläfrigen Gesichtsausdruck schloss Joel, dass das Gras ihn bereits halbwegs ins Land der Träume verbracht hatte.

»Das is' keine Kunst«, entgegnete Joel. »Kunst hängt im Museum.«

»Ach ja? Und meinste, du könntes' so was hier? Soll ich dir die Farbe geben, und du machs' was genauso Gutes wie das hier?« Mit dem Joint zwischen den Fingern wies er auf sein beinahe vollendetes Werk.

»Wer soll 'n das sein?«, fragte Joel. »Und was soll das heißen, ›Kein Zweifel‹?«

Der Rasta stellte seine Spraydose ab und kam näher. Mit zur Seite geneigtem Kopf trat er an den Zaun. »Das soll 'n Witz sein, oder? Du wills' Cal Hancock auf den Arm nehm'.«

Joel runzelte die Stirn. »Wieso?«

»Du frags', wer das hier is'? Willste mir erzähl'n, das weißte nich'? Wie lange wohnste schon hier in der Gegend, Mann?«

»Seit Januar.«

»Und du weißt es nich'?« Cal schüttelte verwundert den Kopf. Er nahm den Joint aus dem Mund und reichte ihn großzügig nach oben, damit Joel einen Zug nehmen konnte. Joel verschränkte eilig die Hände auf dem Rücken.

»Du bis' clean, was? Das is' gut, Mann. Gib dir selbs' 'ne Zukunft. Haste 'n Namen?«

Joel stellte sich vor.

»Campbell? Haste 'ne Schwester?«

»Ja, Ness.«

Cal pfiff durch die Zähne und nahm einen ordentlichen Zug. »Verstehe«, sagte er. Sein Nicken hatte etwas Versonnenes.

»Kennste sie?«

»Ich? Nix da, Mann. Ich lass mich nich' mit durchgeknallten Frauen ein, kapiert?«

»Meine Schwester is' nich' ...« Er brach ab, denn alles, was »durchgeknallt« implizierte, die unentrinnbare Verbindung zu Carole Campbell, die dieses Wort herstellte, die Zukunft, die es verhieß – all das waren Themen, an denen Joel nicht zu rühren wagte. Er kickte mit der Spitze seines Turnschuhs gegen den Zaun.

»Kann schon sein, Bruder«, sagte Cal leutselig. »Aber sie is'n ganz schönes Luder, das einen Mann um den Verstand bringen kann, das sag ich dir. Wenn die will, kann die 'n Kerl total kirre machen, verstehste? Der weiß gar nich', was ihm eigentlich passiert, und will nur, dass es noch ma' passiert.«

»Und du bis' wirklich nich' ihr Freund?«, fragte Joel.

Cal lachte in sich hinein. »Als ich das letzte Mal nachgeguckt hab, war'n meine Eier noch dran. Also, ich kann's nich' sein.« Er zwinkerte ihm zu, ehe er zu seinem Werk zurückschlenderte.

»Wer isses dann?«, rief Joel ihm nach und wies auf die Figur an der Wand.

Der Rasta antwortete mit einer lässigen Geste. »Das findeste schon noch früh genug raus.«

Joel sah ihm noch einen Moment zu und beobachtete, wie er das K in »Kein« fachmännisch mit einem Schatten unterlegte, dann zog er weiter.

Es war schon eine ganze Weile her, seit Toby ihm die Lavalampe gezeigt hatte, die er sich wünschte, deshalb atmete Joel erleichtert auf, als er zur Portobello Road gelangte und sie immer noch im Schaufenster vor sich hin blubberte.

Joel betrat den Laden. Kaum war der Summer verklungen, kam auch schon ein Pakistani durch eine Hintertür in den Ladenraum. Als er Joel sah, verengten sich seine Augen misstrauisch.

»Wo ist deine Mutter?«, fragte er. »Was hast du in meinem Laden verloren? Bist du allein?« Er sah sich um, während er sprach. Joel wusste, es war nicht seine Mutter, nach der der Mann Ausschau hielt, sondern eine Bande von Jugendlichen, die in der Nähe herumlungerte, um irgendwelchen Unfug anzustellen. Seine Reaktion war absolut typisch für einen Ladenbesitzer aus diesem Teil der Stadt: ein Drittel Paranoia, zwei Drittel Erfahrung.

So manierlich, wie er konnte, sagte Joel: »Ich hätte gerne eine von den Lavalampen.«

»Ah ja? Aber du musst sie auch bezahlen.«

»Das weiß ich doch. Ich hab das Geld.«

»Fünfzehn neunundneunzig?«, fragte der Mann. »Die würd ich gern mal sehen.«

Joel trat näher. Rasch steckte der Verkäufer die Hände unter die Ladentheke. Er ließ Joel nicht aus den Augen, und als der Junge seine zerknitterte Fünf-Pfund-Note und all seine Münzen aus der Tasche holte, zählte der Pakistani den Betrag mit den Augen, nicht mit den Fingern; seine Hände ruhten weiterhin auf dem Gegenstand unter der Theke, der ihm offenbar ein Gefühl von Sicherheit vermittelte. Joel stellte sich so etwas wie einen riesigen Krummsäbel vor, mit dem man jemandem den Kopf abschlagen konnte.

»Hier ist das Geld«, sagte er. »Also, kann ich eine kriegen?«

»Eine was?«

»Lavalampe.«

Der Pakistani nickte mit dem Kopf in Richtung Schaufenster und sagte: »Such dir eine aus.« Sobald Joel sich abwandte, fegte er das Geld von der Theke in die Kassenschublade und knallte diese augenblicklich zu, als fürchte er, jemand könne darin ein Geheimnis erspähen.

Joel griff nach der rot-orangefarbenen Lampe, die Toby so entzückt hatte, zog den Stecker aus der Dose und trug sein Geschenk zurück zum Ladentisch. Die Lampe hatte so lange im Schaufenster gestanden, dass sie ganz und gar von einer Patina aus Staub überzogen war, aber das spielte keine Rolle. Staub war leicht zu entfernen.

Behutsam stellte Joel die Lampe ab und wartete höflich. Als der Pakistani keinerlei Anstalten machte, sie einzupacken, sondern ihn nur unverwandt anstarrte, fragte Joel schließlich: »Könn' Sie sie in einen Karton packen oder so? Ein Karton gehört doch bestimmt dazu, oder?«

»Diese Lampe hat keinen Karton«, antwortete der Verkäufer, und seine Stimme wurde schrill, als würde ihm hier irgendetwas unterstellt. »Wenn du sie haben willst, nimm sie. Nimm sie, und verschwinde! Wenn du sie nicht willst, dann verlass meinen Laden. Ich hab keinen Karton für dich.«

»Aber doch bestimmt 'ne Plastiktüte«, beharrte Joel. »Oder ein Stück Zeitungspapier, um sie einzuwickeln.«

Die Stimme des Mannes stieg weiter an. Er glaubte, die Falle zu durchschauen: Dieser eigenartig aussehende Junge war bloß die Vorhut einer Meute, die seinen Laden verwüsten wollte. »Du machst mir nur Ärger, Freundchen! Du und deinesgleichen könnt doch nichts anderes. Darum sag ich dir was: Nimm deine Lampe, und verschwinde, oder ich ruf die Polizei.«

Trotz seiner jungen Jahre wusste Joel nackte Angst zu erkennen, wenn er sie vor sich sah, und er wusste, wozu Angst Menschen verleiten konnte. Darum antwortete er: »Ich will Ihn' nix tun, klar? Ich hab doch nur nach 'ner Tüte gefragt, um die Lampe heil nach Hause zu bring'.« Er entdeckte einen Stapel Tragetaschen neben der Kasse und zeigte darauf. »Eine von denen wär super.«

Den Blick unverwandt auf Joel geheftet, griff der Mann nach einer der Tüten. Er schob sie über die Theke und verfolgte jede von Joels Bewegungen wie eine sprungbereite Katze,

während der Junge die Tüte öffnete und die Lampe hinein-
legte.

»Danke«, sagte Joel und ging rückwärts Richtung Tür. Er
war ebenso unwillig, dem Pakistani den Rücken zuzudrehen,
wie umgekehrt. Erst auf der Straße verspürte er Erleichterung.

Auf dem Rückweg nach Meanwhile Gardens und zum Ententeich sah Joel, dass Cal Hancock sein Kunstwerk vollendet
hatte. Ein anderer Rasta mit einer Decke um die Schultern
hatte den Fußballplatz jetzt in Beschlag genommen, saß in einer Ecke und steckte sich einen Joint an. Drei junge Männer
in Sweatshirts hockten in einer anderen Ecke. Einer war dabei,
eine Reihe winziger Plastikbeutel aus der Tasche zu holen.

Joel streifte sie mit einem Blick und hastete weiter. Es gab
Dinge, die man besser nicht sah.

Er schlug einen anderen Weg zum Ententeich ein als denjenigen, den er und Toby zuvor genommen hatten, am Trellick
Tower vorbei und durch den Duftgarten. Er kam an einer anderen Stelle ans Wasser, doch der Entenbeobachtungsposten war
von hier aus ebenso versteckt wie von dem früheren Blickwinkel aus. Umso besser. Er beschloss, wieder auf dieses Versteck
zurückzugreifen, wenn er Toby in Sicherheit bringen musste.

Er schlitterte zum Steg hinab, näherte sich dem Versteck
und rief leise den Namen seines Bruders. Als er keine Antwort
bekam, hielt er einen Moment inne, um sich zu vergewissern,
dass er an der richtigen Stelle war. Doch die umgeknickten
Schilfhalme, dort wo Toby gekauert hatte, sprachen eine un-
missverständliche Sprache. Das Brot war verschwunden – und
Toby ebenfalls.

»Scheiße«, murmelte Joel. Er schaute sich um und rief nach
seinem Bruder – diesmal lauter. Er überlegte, wo Toby überall
hingegangen sein konnte, und kletterte zurück auf den Pfad.
Dort hörte er wieder die Geräusche von der Skate-Bowl, das
Rauschen der Boards auf dem Beton und den Jubel der Skater,
die offenbar einen Heidenspaß hatten.

Weil das Wetter so gut war, waren alle drei Ebenen der

Skate-Bowl gut besucht, und sogar Spaziergänger hatten am oberen Rand Halt gemacht, um zuzuschauen. Andere saßen auf den Bänken, die hier und da auf den sachten Hügeln des Parks verstreut standen.

Joel hatte Toby hier erhofft – und tatsächlich: Der Junge saß auf der Umrandung der mittleren Skate-Bowl und ließ die Füße baumeln. Die Hosenbeine seiner Jeans waren hochgerutscht, sodass man das Klebeband an seinen Turnschuhen sehen konnte. Er klatschte mit den Händen auf seinen Schwimmreifen, während vier Jungen auf bunten Skateboards hin und her flitzten. Sie steckten in Schlabberhosen, die tief im Schritt hingen und über den Waden abgeschnitten waren. Darüber trugen sie verwaschene, schlammfarbene T-Shirts mit Band-Logos darauf und auf den Köpfen wollene Skimützen.

Toby rutschte aufgeregt hin und her, während er beobachtete, wie die Skater durch die Röhre schossen, an der Seite emporstiegen, ihre Boards gekonnt im Flug wendeten und wieder herabrauschten, um das Ganze auf der anderen Seite zu wiederholen. Momentan schienen sie noch entschlossen, Toby einfach zu ignorieren, aber er machte es ihnen nicht leicht. Er rief unablässig: »Kann ich auch ma'? Darf ich ma' probier'n? Kann ich? Kann ich?«, während er die Fersen unablässig an die Betonmauer donnerte.

Auf der Brücke, die von der Great Western Road über den Grand Union Canal führte, entdeckte Joel eine Gruppe Halbstarker, die von der höchsten Stelle aus in den Park hinabsahen. Sie wechselten ein paar Worte und kamen dann die Wendeltreppe heruntergepoltert. Joel konnte noch nicht erkennen, wer sie waren. Trotzdem: Ihre Größe, die Art, wie sie sich kleideten, die Gruppenstärke – all das deutete darauf hin, dass sich dort eine Gang näherte, und Joel hatte nicht die Absicht, in der Nähe zu sein, wenn sie zur Skate-Bowl kamen, falls das denn überhaupt ihr Ziel war.

Er hastete zur mittleren Ebene, wo Toby immer noch auf dem Rand hockte und bettelte, auch einmal drankommen zu dürfen. »Tobe, warum haste nich' dahinten bei den Enten gewartet, wie ich gesagt hab? Haste mich denn nich' gehört?«

Doch Toby flüsterte nur: »Guck doch ma', Joel. Ich kann das bestimmt auch. Wenn die mich lassen. Ich frag schon die ganze Zeit. Meinste nich', dass ich das kann?«

Joel warf einen Blick zur Wendeltreppe. Die Gang war unten angekommen. Er hoffte nur, dass sie – was immer sie vorhatten – weiter den Kanal entlangstromern würden. Unter der Brücke lag ein verlassener Flusskahn. Vielleicht war das ihr Treffpunkt. Der Kahn lag dort seit Wochen und wartete förmlich darauf, dass irgendwer sich seiner annahm. Doch stattdessen kamen die Jungen geradewegs zur Skate-Bowl, die Sweatshirt-Kapuzen über ihre Baseballkappen gezogen, Anoraks über den Schultern trotz des milden Wetters, die weiten Jeans tief auf den Hüften.

»Komm schon, Tobe«, drängte Joel. »Wir müssen unser Zimmer aufräum', schon vergessen? Tante Ken hat gesagt, wir müssen mehr Ordnung halten, und im Moment fliegt da überall Zeug rum.«

»Guck doch ma'!«, rief Toby und zeigte aufgeregt auf die Skater. »He, darf ich ma'? Ich kann das bestimmt, wenn ihr mich lasst.«

Joel beugte sich vor und packte seinen Bruder beim Arm. »Wir müssen geh'n«, sagte er. »Und ich bin stinksauer, dass du nich' bei den Enten gewartet has' wie versprochen. Jetzt komm endlich!«

Toby wehrte sich. »Nein! Ich kann das auch. He, ihr, darf ich ma'? Ich kann das bestimmt, wenn ihr mich lasst.«

»Ich kann das bestimmt, wenn ihr mich lasst. Ich kann das bestimmt, wenn ihr mich lasst«, äffte hinter ihnen jemand, und Joel musste sich nicht erst umschauen, um zu wissen, dass er und sein Bruder die Aufmerksamkeit der Gang von der Brücke erregt hatten. »Ich kann das bestimmt, wenn ihr mich lasst, Joelly-Joel. Ich muss mir nur ers' 'n Arsch abwischen, denn das hab ich vergessen, als ich mir heut Morgen in die Hose geschissen hab.«

Als Joel seinen Namen hörte, runzelte er die Stirn, aber er

wandte sich immer noch nicht um. Er flüsterte eindringlich: »Tobe, wir hau'n ab.«

Doch er hatte nicht leise genug gesprochen. »Ich glaub gern, dass du abhau'n wills', Gelbarsch. Lauf lieber, solang du den Weg noch findes'. Du und der kleine Pisser da. Eh, Scheiße, was macht der eigentlich mit dem Schwimmreifen?«

Endlich nahm Toby die anderen Jungen zur Kenntnis. Es war der gehässige Tonfall des Wortführers, ganz zu schweigen von seiner Nähe, die den kleinen Jungen endlich von der Skate-Bowl ablenkten. Hilfesuchend blickte er zu Joel, weil er nicht wusste, ob er antworten sollte, während die Skater ihr halsbrecherisches Tempo mit einem Mal verringerten, ganz so als erwarteten sie spannendere Unterhaltung.

»Ah, jetzt weiß ich, wofür er den Schwimmreifen hat«, fuhr die hämische Stimme fort. »Er will schwimm' geh'n. Greve, warum hilfste ihm nich' einfach.«

Joel wusste, was das hieß. Abgesehen vom Ententeich gab es nur ein Gewässer in der Nähe. Er spürte, wie Tobys Hand sich in seinem Hosenbein verkrallte. Der Junge saß noch immer auf der Umrandung der Skate-Bowl, aber sein Ausdruck hatte sich verändert. Die schlichte Freude über den Anblick der Skater hatte sich in Angst verwandelt. Er kannte sie nicht, aber er hörte die Drohung in ihren Stimmen, selbst wenn er nicht verstand, warum diese Drohung gegen ihn gerichtet war.

»Wer is'n das, Joel?«, fragte Toby.

Joel wusste, es war Zeit, das herauszufinden. Er wandte sich um. Die Gang hatte ein Halbrund gebildet, und in ihrer Mitte stand der Mischlingsjunge mit der herabhängenden Gesichtshälfte, Hibahs Freund. Neal. Falls sie einen Nachnamen erwähnt hatte, erinnerte Joel sich nicht mehr daran. Umso besser erinnerte er sich jedoch an ihre letzte Begegnung und den kleinen Scherz, den er sich auf Neals Kosten erlaubt hatte – eine Bemerkung, die dieser offenbar nicht vergessen hatte. In Gegenwart seiner Gang, vor der Neal sich immer wieder seines Führungsanspruches versichern musste, würde er diese Situation bestimmt für eine Machtdemonstration nutzen, ahnte Joel. Und wenn vielleicht nicht über ein hilfloses Kind wie Toby, dann doch über dessen Bruder, denn wenn er den besiegte, konnte er ordentlich punkten.

Joel wandte sich an den Jungen namens Greve, der ein paar Schritte vorgetreten war, um sich Toby zu schnappen. »Lass ihn in Ruhe«, sagte er. »Er hat euch nix getan. Komm jetzt, Tobe. Wir müssen nach Haus.«

»Sie müssen *nach Haus*«, wiederholte Neal. »Da geh'n sie schwimm'. Habt ihr einen schönen Pool im Garten, *Tobe?* Und was für ein beknackter Name is'n das eigentlich?«

»Toby«, murmelte der Kleine mit gesenktem Kopf.

»Tobiii, is' ja süß! Also los, Tobiii, ich mach dir eben Platz, dann kanns' du schön nach Hause laufen.«

Toby wollte sich erheben, aber Joel durchschaute Neals Spiel. Ein Schritt in ihre Richtung, und die Gang würde sich auf sie beide stürzen, einfach nur so zum Spaß. Joel hatte gute Chancen, einen Zusammenstoß mit diesen Jungen zu überleben, denn um diese Zeit waren genügend Leute in Meanwhile Gardens, die entweder zu Hilfe kommen oder das Handy zücken und die Cops anrufen würden. Doch dass Toby diesen Jungen in die Hände fiel, das wollte er um jeden Preis verhindern. Für sie war Toby so etwas wie ein Hund mit drei Beinen, eine Kreatur, die dazu da war, gedemütigt und verhöhnt zu werden, und der man wehtun durfte.

Betont freundlich sagte er zu Neal: »He, du stehs' uns gar nich' im Weg, Mann. Wir müssen gar nich' in die Richtung, also stört's uns kein bisschen, wenn ihr da steh'n bleibt.«

Einer von Neals Kumpeln musste lachen, so beeindruckend lässig hatte Joel reagiert und dabei einen völlig inakzeptablen Mangel an Furcht demonstriert. Neal warf einen scharfen Blick zurück und suchte nach demjenigen, der sich dieser Respektlosigkeit schuldig gemacht hatte. Als sich niemand zu erkennen gab, wandte er sich wieder an Joel.

»Du verschiss'ner Gelbarsch, verschwinde von hier! Und lass dich hier ja nich' noch ma' ...«

»Nicht gelber als du«, konterte Joel. »Also würd ich an deiner Stelle nich' davon reden, wer was für 'ne Hautfarbe hat, Bruder.« Doch die Wahrheit war, dass bei Neals Zeugung nur zwei Ethnien mit im Spiel gewesen waren, wohingegen Joel für sich selbst mindestens vier beanspruchen musste.

»Sach ja nich' ›Bruder‹ zu mir, Joel, als wärs' du was, was du nich' bis'. So 'ne halbe Portion wie dich zieh ich mir normalerweise zum Frühstück rein.«

Anerkennendes Lachen. Neal hatte wieder Oberwasser, trat einen Schritt weiter vor und nickte Greve zu, auf dass er sich Toby greife. Dann richtete er seine Aufmerksamkeit auf die Tüte in Joels Hand.

»Her damit«, befahl er, während Greve auf Toby zuschritt und Toby vor ihm zurückwich. »Lass doch ma' seh'n, was du da has'.«

Joel saß in der Falle. Es gab nur einen Ausweg, und der war wenig Erfolg versprechend. Er musste schnell sein. Er zog Toby mit einem Ruck auf die Füße, drückte ihm die Tüte mit der Lavalampe in die Hand und rief: »Lauf. Lauf! Los jetzt, Tobe, lauf!«

Ausnahmsweise befolgte Toby seine Anweisungen einmal, ohne sie infrage zu stellen. Er ließ sich ein Stück nach unten rutschen und floh quer durch die Skate-Bowl. Irgendwer brüllte: »Schnappt ihn euch!«, und die Gangmitglieder setzten sich wie ein wütender Hornissenschwarm in Bewegung, doch Joel warf sich ihnen in den Weg.

»Du blödes Arschloch«, fauchte er Neal an. »Schweineficker! Du tust, als wärste wer weiß was, dabei biste zur Hälfte ein Schwein, und drum treibste's auch mit Schweinen.«

Diese kleine Ansprache grenzte – wie Joel sehr wohl wusste und beabsichtigt hatte – an Selbstmord. Aber er errang damit Neals Aufmerksamkeit, ebenso wie die Aufmerksamkeit seiner Gang. Neal lief ziegelrot an, seine Pickel verfärbten sich ins Violette. Seine Hände ballten sich zu Fäusten, und er stürzte vor. Da seine Kumpel nur über geringe Hirnkapazitäten verfügten und immer genau das taten, was Neal tat, folgten sie seinem Beispiel, aber er rief: »Den will ich selbst!«, und warf sich wie ein tollwütiger Hund auf Joel.

Neals Attacke traf Joel in der Körpermitte. Beide Jungen gingen zu Boden und schwangen die Fäuste. Neals Freunde johlten und drängten näher. Die Skater schlossen sich ihnen an, bis alles, was Joel außer Neals wutverzerrtem Gesicht sehen konnte, eine Wand aus Beinen und Füßen war.

Joel war nicht kampferprobt. Ihm blieb bei Prügeleien sofort die Luft weg, und das einzige Mal, als er sich auf eine ernsthafte Schlägerei eingelassen hatte, wäre er beinahe erstickt und war mit einer Sauerstoffmaske auf dem Gesicht in der Notaufnahme gelandet. Was er über Schlägereien wusste, hatte er aus dem Fernsehen gelernt, und so schwang er unkoordiniert die Fäuste in der vagen Hoffnung, dass sie Neal irgendwo trafen. Er landete einen Treffer auf Neals Schlüsselbein, aber sein Gegner konterte mit einem Fausthieb an die Schläfe, dass Joel der Schädel brummte. Er schüttelte den Kopf, um ihn wieder klar zu kriegen. Neal warf sich rittlings auf Joels Brust, hielt ihn mit seinem gesamten Gewicht nieder, die Knie auf die Arme seines Gegners gepresst. Dann schwang er seine Fäuste gezielt. Joel wand sich in dem Versuch, ihn abzuwerfen. Er warf sich nach links, nach rechts, aber er konnte den Jungen nicht abschütteln.

»Du gelbärschiger kleiner Bastard«, knurrte Neal, die schiefen Zähne zusammengepresst, der Mundwinkel schlimmer verzerrt als üblich. »Dir werd ich's zeigen ...« Er legte Joel die Hände um die Kehle und würgte ihn.

Um sich herum hörte Joel Keuchen und Atmen. Die Geräusche kamen nicht nur von ihm und Neal, sondern auch von den anderen Jungen, deren Atem die gespannte Erwartung beschleunigt hatte. Das hier war kein Film. Keine Fernsehserie. Das hier war echt. Neal war ihr Held.

»Mach ihn fertig«, flüsterte einer.

»Ja«, stimmte ein anderer zu. »Gib's ihm.«

Und dann sagte einer: »Mach das Schwein kalt, Bruder. Hier. Hier!« Einer der Zuschauer hatte Neal einen Gegenstand gereicht. Silbern blitzte er in Neals Handfläche auf: ein Taschenmesser, frisch geschliffen. Und niemand eilte Joel zu Hilfe, wie er gehofft hatte. Er wusste, er war erledigt. Aber diese Gewissheit bescherte ihm plötzlich neue Kräfte, einen ungeheuren Überlebenswillen. Neal hatte sich zur Seite gelehnt, um das Messer von seinem Gefolgsmann in Empfang zu nehmen, und die Bewegung hatte seinen Schwerpunkt verlagert. Das war Joels Chance.

Er warf seinen Körper in dieselbe Richtung und schüttelte Neal ab, stürzte sich seinerseits auf ihn, ließ die Fäuste niederfahren, drosch mit aller Kraft, die er aufbringen konnte, auf Fleisch und Knochen ein. Er kämpfte wie ein Mädchen: packte Neal bei den Haaren, zerkratzte ihm das entstellte Gesicht, tat, was immer er konnte, um die Oberhand über den Gegner und dessen Zorn zu behalten. Er kämpfte nicht, um Neal zu bestrafen oder ihm etwas zu beweisen, auch nicht, um sich selbst als größer, besser oder geschickter hinzustellen. Er kämpfte ums nackte Überleben, denn mit der absoluten Klarheit, die die Furcht mit sich bringt, hatte er erkannt, dass der andere Junge ihn töten wollte.

Joel hatte das Messer aus den Augen verloren und wusste nicht, ob Neal es noch in der Hand hielt oder nicht.

Auch den Zuschauern war bewusst, dass es hier um Leben und Tod ging, denn mit einem Mal hatte sich ein angespanntes Schweigen ausgebreitet, auch wenn sie keinen Schritt zurückgewichen waren. Es war diese Stille, die es ermöglichte, dass Joel einen Mann rufen hörte: »Was geht hier vor?« Und dann: »Zurück! Geht mir aus dem Weg! Hast du mich nicht gehört, Greve Johnson? Und du, Dashell Patricks. Was macht ihr denn hier … Um Himmels willen!« Und damit wurde Joel zurückgerissen, auf die Füße gestellt und zur Seite gestoßen.

Es war ausgerechnet Ivan Weatherall, Joels Mentor von der Holland Park School.

»Ist das ein Messer da drüben?«, fragte Ivan. »Habt ihr den Verstand verloren? Ist das deines, Joel Campbell?« Ohne eine Antwort abzuwarten, befahl er den anderen zu verschwinden.

Obwohl er allein und sie im Rudel waren, strahlte er eine solche Selbstsicherheit aus, dass die Jungen gehorchten – so verblüfft waren sie darüber, dass sich jemand in ihre Angelegenheiten einzumischen wagte. Das galt auch für Neal, der seine aufgeplatzte Lippe befühlte. Als seine Freunde ihn wegzerren wollten, brüllte er Joel zu: »Du hättes' dich nich' mit mir anlegen soll'n! Ich krieg dich, du Scheißkerl! Du bist so gut wie tot, Gelbarsch! Du und dein Bruder. Hau ab, und fick deine Mutter!«

Joel wollte sich sofort wieder auf Neal stürzen, aber Ivan packte seinen Arm. Zu Joels Überraschung raunte er ihm zu: »Kämpf gegen mich an, Junge! Versuch, dich loszureißen! Na los. Mach schon, um Gottes willen! Ich hab dich … Gut. So ist's recht … Tritt mich auch … Ja, ja. Guter Treffer … Jetzt nehm ich dich in den Schwitzkasten.« Mit einer raschen Bewegung klemmte er Joel in seiner Armbeuge fest. »Und nun gehen wir zu dieser Bank. Kämpf weiter, Joel … Ich werfe dich jetzt hier auf die Bank nieder … Ich versuche, dir nicht wehzutun … Fertig? Also los.«

Joel landete wie angekündigt auf der Bank, und als er sich umschaute, stellte er fest, dass Neal und seine Kumpel sich bis zur Wendeltreppe zurückgezogen hatten und auf den Weg zur Great Western Road machten. Auch die Skater hatten sich zerstreut, sodass er mit Ivan Weatherall allein war. Joel begriff nicht, wie dieses Wunder zustande gekommen war.

»Sie denken, ich hab's dir gezeigt, was für den Moment ausreichend sein dürfte«, erklärte Ivan. »Es hat den Anschein, als sei ich gerade im rechten Moment gekommen. Was hast du dir nur dabei gedacht, dich mit Neal Wyatt anzulegen?«

Joel antwortete nicht. Sein Atem pfiff. Er wollte nicht wieder in der Notaufnahme landen, darum hielt er es für das Beste zu schweigen und zu atmen. Darüber hinaus wollte er Ivan loswerden. Er musste Toby finden. Er musste dafür sorgen, dass sie beide sicher nach Hause kamen.

»Es ist einfach so passiert, ja?«, fragte Ivan. »Nun, das sollte mich eigentlich nicht überraschen, und das tut es auch nicht. Neal hegt einen Groll gegen die ganze Welt, fürchte ich. Das kommt davon, wenn man einen Vater im Gefängnis hat und eine Mutter mit einer Schwäche für Crack. Natürlich gibt es einen Ausweg für Neal. Ein Gegenmittel, wenn du so willst. Aber er nimmt es nicht. Und das ist ein Jammer, denn er ist ein recht talentierter Klavierspieler.«

Joel machte große Augen, verblüfft über diesen ungeahnten Zug an Neal Wyatts Persönlichkeit.

Ivan nickte wissend. »Eine Schande, nicht wahr?« Er sah über die Schulter zur Brücke, die die Jungen inzwischen auf dem Weg zum Schauplatz ihrer nächsten Schandtat überquert hatten. »Also dann, bist du wieder bei Puste? Bereit zu gehen?«

»Hm. Okay.«

»Wirklich? Du siehst mir nicht so aus, aber wenn du es sagst ... Ich meine, mich zu erinnern, dass du irgendwo hier in der Nähe wohnst, aber nicht im Trellick Tower, oder? Ich begleite dich nach Hause.«

»Ich brauch kein ...«

»Unsinn. Sei nicht dumm. Wir alle brauchen irgendetwas, und der erste Schritt zur inneren Reife – ganz zu schweigen von unserem Seelenfrieden – ist, uns das einzugestehen. Komm schon.« Er bleckte seine schlechten Zähne und lächelte. »Ich erwarte auch nicht, dass du meine Hand hältst.«

Er holte ein Päckchen unter der Bank hervor, auf der sie gesessen hatten, klemmte es sich unter den Arm und erklärte, es enthielte Bauteile für eine Uhr, die er zusammensetzen wolle. Er nickte zur nahen Elkstone Road hinüber und führte Joel in die Richtung, während um sie herum die Normalität wiedereinkehrte.

Ivan erzählte voller Hingabe von seinen Uhren. Ihr Zusammenbau, erklärte er Joel, sei sein Hobby und seine Leidenschaft. Ob sich Joel an ihre Unterhaltung über kreative Ventile erinnerte, fragte er, an dem Tag, als sie sich kennengelernt hatten? Nein? Doch? Hatte er darüber nachgedacht, was er tun wollte, um seinem Geist eine Ausdrucksmöglichkeit zu verschaffen? »Denk immer daran: Wir sind in dieser Hinsicht wie Maschinen, Joel. Jeder unserer Bestandteile muss geölt und gewartet werden, wenn wir optimal funktionieren sollen. Also, zu welchem Ergebnis bist du gelangt? Wie hast du dich entschieden? Was gedenkst du, mit deinem Leben anzufangen? Außer dich mit den Neal Wyatts dieser Welt herumzuprügeln?«

Joel fragte sich, ob Ivan sich wohl über ihn lustig machte. Statt zu antworten, ließ er den Blick auf der Suche nach Toby umherschweifen und sagte: »Ich muss mein' Bruder finden. Er ist weggerannt, als Neal kam.«

Ivan hielt einen Moment inne. »Ach ja, natürlich. Dein kleiner Bruder. Das erklärt zumindest … Nun ja. Das spielt keine Rolle. Wo könnte er hingelaufen sein? Ich werde dir helfen, ihn zu finden, und euch dann nach Hause eskortieren.«

Joel wollte das nicht, aber er wusste nicht, wie er Ivan klarmachen sollte, dass er in Ruhe gelassen werden wollte, ohne unhöflich zu wirken. Also ging er – Ivan im Schlepptau – die Elkstone Road entlang, um festzustellen, ob Toby zum Haus ihrer Tante geflüchtet war. Doch dort fand er ihn nicht, also folgte er dem Fußweg zwischen den Häusern hindurch zum Ententeich, und tatsächlich entdeckte er Toby auf seinem Entenbeobachtungsposten, wo er sich im Schilf versteckt hielt, die Hände über den Kopf gelegt.

Irgendwie hatte er ein Loch in seinen Schwimmreifen gerissen. Er hing schlaff auf seinen Hüften. Doch die Tüte, die Joel ihm in die Hände gedrückt hatte, war noch da. Sie lag neben ihm, und als Joel sich durchs Schilf zu seinem Bruder vorgearbeitet hatte, stellte er erleichtert fest, dass die Lavalampe unbeschädigt war. Wenigstens würde Tobys Geburtstagsüberraschung nicht ins Wasser fallen.

»Hey, Tobe«, sagte er. »Jetz' is' alles in Ordnung. Lass uns geh'n. Das hier is' Ivan. Er will dich kennenlernen.«

Toby hob den Kopf. Er hatte geweint, und seine Nase lief. »Ich hab mir nicht in die Hose gemacht«, verkündete er seinem Bruder. »Ich muss ma', aber ich hab nich' in die Hose gemacht, Joel.«

»Das is' super.« Joel zog Toby auf die Füße. Zu Ivan, der oben auf dem Pfad stehen geblieben war, sagte er: »Das is' Toby.«

»Hocherfreut«, versicherte Ivan. »Und überaus beeindruckt von der Weitsicht deiner Ausstattung, Toby. Ist das übrigens eine Abkürzung für Tobias?«

Joel betrachtete seinen Bruder und sann über das Wort »Ausstattung« nach. Dann ging ihm auf, dass Ivan den Schwimmreifen meinte – angesichts des Ententeichs glaubte der Mann wohl, sie hätten vorausschauend Tobys Sicherheit im Sinn gehabt.

»Einfach nur Toby«, antwortete Joel. »Ich schätze, meine Eltern wussten nich', dass Toby 'ne Abkürzung für irgendwas is'.«

Sie kletterten die Böschung hinauf, und Ivan nahm Toby genauestens in Augenschein und zückte dann ein weißes Taschentuch. Doch statt sich selbst am Gesicht des kleinen Jungen zu schaffen zu machen, reichte er das Tuch wortlos an Joel weiter. Der nickte ihm dankbar zu und wischte seinem Bruder das Gesicht ab. Toby hielt den Blick unverwandt auf Ivan gerichtet, als sehe er ein Geschöpf aus einer fremden Galaxie.

Als Tobys halbwegs sauber war, lächelte Ivan. »Wollen wir?«, fragte er und zeigte in Richtung Reihenhaussiedlung. »Wie ich von der Schule erfahren habe, wohnt ihr beide bei eurer Tante. Ob es ihr heute wohl genehm wäre, wenn ich ihr meine Aufwartung machte?«

»Sie is' bei der Arbeit«, erwiderte Joel. »Im Secondhandladen. Der is' an der Harrow Road.«

»Der Laden der AIDS-Hilfe, richtig?«, fragte Ivan. »Oh, den kenne ich gut. Das ist eine ehrenwerte Arbeit, die sie dort leistet. Eine fürchterliche Krankheit.«

»Mein Onkel is' dran gestorben«, erzählte Joel. »Der Bruder von Tante Ken. Mein Dad war ihr älterer Bruder. Gavin. Der jüngere hieß Cary.«

»Ein schwerer Verlust für sie.«

»Ihr Mann is' auch gestorben. Ihr erster, mein ich. Ihr zweiter Mann is' …« Joel hielt inne. Er gab zu viel preis. Aber er hatte sich verpflichtet gefühlt, etwas von sich zu geben – als Gegenleistung dafür, dass Ivan da gewesen war, als Joel ihn brauchte, und über Tobys Eigenartigkeit nicht mit der Wimper gezuckt hatte.

Ihre Ankunft am Haus ihrer Tante ersparte Joel, weiter reden zu müssen, und Ivan bedrängte ihn auch nicht. Die beiden Jungen erklommen die Eingangsstufen.

»Nun denn. Ich würde mich freuen, eure Tante bei anderer Gelegenheit kennenzulernen«, sagte Ivan. »Vielleicht schau ich mal im AIDS-Laden vorbei und stelle mich ihr vor. Nur mit deiner Erlaubnis, natürlich.«

Flüchtig dachte Joel daran, dass Hibah ihn vor diesem Mann gewarnt hatte. Doch bislang war nichts Eigenartiges vorgefallen, wenn sie sich zu ihren Gesprächsterminen in der Schule getroffen hatten. Joel fühlte, dass von Ivan keine Gefahr ausging, und er wollte seiner Intuition trauen. »Könn' Sie machen, wenn Sie woll'n.«

»Hervorragend«, antwortete Ivan und streckte die Hand aus. Joel schüttelte sie und versetzte Toby dann einen Stups, um ihm anzuzeigen, dass er es ihm gleichtun sollte.

Ivan griff in seine Innentasche, zog eine Karte hervor und reichte sie Joel. »Hier kannst du mich außerhalb der Schule erreichen«, erklärte er. »Meine Adresse und Telefonnummer. Ein Handy besitze ich nicht – ich kann diese grässlichen Apparate nicht leiden –, aber wenn ich nicht zu Hause bin, kannst du mir eine Nachricht auf dem Anrufbeantworter hinterlassen.«

Joel drehte die Karte zwischen den Fingern. Er konnte sich nicht vorstellen, wozu er sie je brauchen sollte. Ivan schien genau zu wissen, was der Junge dachte.

»Vielleicht möchtest du mir ja gelegentlich von deinen Plänen und Träumen erzählen. Wenn du dazu bereit bist, natürlich.« Er trat vom Hauseingang zurück und vollführte einen kleinen Salut. »Also dann. Bis bald, Gentlemen«, sagte er und ging seiner Wege.

Joel sah ihm einen Moment nach, ehe er die Tür aufschloss. Ivan Weatherall war der seltsamste Mann, dem er je begegnet war, entschied er. Er wusste über jeden irgendetwas – persönliche Dinge –, und trotzdem schien er jeden so zu nehmen, wie er war. In seiner Gegenwart fühlte Joel sich nicht als Außenseiter, weil Ivan sich niemals so verhielt, als sei an Joel oder dessen Erbanlagen irgendetwas eigenartig. Vielmehr tat Ivan so, als sei die ganze Welt mit Menschen bevölkert, die aus einer Mischung gut vermengter Ethnien, Rassen, Mentalitäten und Religionen bestanden. Wie ungewöhnlich das in Joels Welt war!

Joel strich mit den Fingern über die geprägten Buchstaben der Visitenkarte. Sixth Avenue 32, las er, und unter Ivan Weatheralls Namen war eine Uhr abgebildet. Joel vertraute dem Himmel an, was er bislang immer für sich behalten hatte: »Psychiater«, flüsterte er. »Das möchte ich werden, Ivan.«

8

»Ich komm also von der Arbeit nach Haus und seh genau, dass der Junge sich geprügelt hat«, berichtete Kendra. »Aber er sagt kein Sterbenswort darüber, und Toby auch nicht. Nicht dass Toby je irgendwen verpetzen würde. Joel schon mal gar nicht.« Sie schaute von Cordies Fußsohlen zu dem Reflexzonenschaubild auf dem Küchentisch. Sachte schob sie die Daumen unter Cordies rechtem Fuß nach links. »Wie fühlt sich das an?«, fragte sie. »Spürste was?«

Cordie hatte sich bereitwillig als Versuchskaninchen zur Verfügung gestellt. Sie hatte ihre Schuhe mit den hohen Keilabsätzen ausgezogen, sich die Füße waschen, trocken tupfen und eincremen lassen und Kendra dann laufend Bericht erstattet, welche Wirkung die Fußreflexzonenmassage auf diverse Körperpartien hatte. »Hm. Erinnert mich an Schokoladenkuchen, Ken«, sagte sie. Sie hielt einen Finger hoch und runzelte die Stirn. »Ach nein, das trifft es nich' so ganz … Mach weiter … bisschen noch … Oh ja. Das isses. Es fühlt sich an … wie wenn ein schöner Mann meinen Nacken küsst.«

Kendra versetzte ihr einen Klaps auf die Wade. »Bleib ernst«, befahl sie. »Das hier ist wichtig, Cordie.«

»Ein schöner Mann, der meinen Nacken küsst, auch«, entgegnete Cordie. »Wann geh'n wir wieder auf die Piste? Diesmal will ich einen zwanzigjährigen Studenten, Ken. So einen mit starken Oberschenkelmuskeln, weißte?«

»Du hast zu viele Sexratgeber gelesen. Wieso Oberschenkelmuskeln?«

»Damit er genug Kraft hat, mich so zu halten, wie ich gehalten werden will. An die Wand gelehnt, meine Beine um ihn geschlungen. Hmh. *Das* will ich als Nächstes.«

»Oh, das glaub ich dir aufs Wort, Cordie«, entgegnete Kendra. »Du weißt doch genau, wo du das kriegen kanns' und wer 's dir nur allzu gern besorgt. – Wie fühlt sich das hier an?« Sie drückte eine andere Stelle.

Cordie seufzte. »Das machs' du verdammt gut, Ken.« Sie lehnte sich so weit zurück, wie der Küchenstuhl es zuließ, legte den Kopf in den Nacken und fragte die Decke: »Und woher weißt du dann, dass es 'ne Schlägerei war?«

»Er hatte Blutergüsse im Gesicht«, antwortete Kendra. »Als ich von der Arbeit kam, war er im Bad und hat versucht, sich wiederherzustell'n. Was ist passiert, frag ich ihn, und er sagt, er wär an der Skate-Bowl die Treppe runtergefallen. Drüben in Meanwhile Gardens.«

»Vielleicht stimmt's ja«, gab Cordie zu bedenken.

»Und warum hat Toby Angst, auch nur einen Schritt von seiner Seite zu weichen? Irgendwas ist da passiert, Cordie. Ich kapier nur nicht, warum er mir nichts erzählen will.«

»Hat er vielleicht Angst vor dir? Bis' du zu streng zu ihm, Ken? Dein … Wenn du so vornehm redest, kann das 'ne ganz schöne Distanz aufbau'n, weißte. Zwischen dir und … wem auch immer.«

»Ich glaub, er hat eher Angst, mir Scherereien zu machen. Er sieht ja, dass Ness das schon zur Genüge tut.«

»Wo treibt Miss Vanessa sich eigentlich rum in letzter Zeit?«, fragte Cordie sarkastisch.

»Kommt und geht, wie üblich.« Kendra berichtete von ihrem Versuch, sich bei Ness für das, was zwischen ihnen vorgefallen war, zu entschuldigen. Sie hatte ihrer Freundin all dies bislang verschwiegen, denn Cordie würde garantiert nach dem Warum fragen, und Kendra wollte darauf im Moment eigentlich keine Antwort geben. Doch nun war auch noch Joel in eine Schlägerei geraten, und sie hatte das Gefühl, sie brauchte den Rat einer Freundin. Als Cordie also fragte, warum zum Teufel Kendra sich bei dem Mädchen entschuldigt hatte, das vom Moment seiner Ankunft am Edenham Way das Leben dort völlig durcheinandergebracht hatte, erklärte Kendra wahrheitsgemäß, dass sie zufällig den Mann wiedergetroffen hatte, der an jenem Abend mit Ness im Auto gewesen war. Er hatte etwas völlig anderes erzählt als das, was Kendra zu sehen geglaubt hatte. Er war … Kendra rang nach Worten, die Cordie nicht zu weiteren Fragen veranlassen würden. Der Mann, sagte sie schließlich, habe so aufrichtig gewirkt, dass sie in ihrem Innern gespürt habe, dass er die Wahrheit sagte: Ness war betrunken im Falcon aufgetaucht, und er hatte sie nach Hause gebracht, ehe sie in Schwierigkeiten geraten konnte.

Cordie stürzte sich zielsicher auf das interessanteste Detail dieser Offenbarung: Kendra hatte den Mann wiedergetroffen? Wie war das passiert? Wer war er? Und wieso hatte er sich überhaupt die Mühe gemacht zu erklären, was an dem fraglichen Abend zwischen ihm und Ness vorgefallen war?

Kendra wurde unbehaglich. Sie wusste, Cordie wäre einer Lüge so mühelos auf die Spur gekommen wie ein Jagdhund seiner Beute, also versuchte sie es erst gar nicht. Sie erzählte Cordie von seinem Anruf, von der Sportmassage, und wie sie sich in dem kleinen Apartment über dem Falcon plötzlich Auge in Auge mit diesem Mann wiedergefunden hatte.

»Er heißt Dix D'Court. Ich hab ihn aber nur das eine Mal gesehen.«

»Und das hat gereicht, um ihm zu glauben?«, hakte Cordie nach. »Ich hab das Gefühl, du sags' mir nich' die ganze Wahrheit, Ken. Lüg mich nich' an, ich kann's dir ja eh an der Nasenspitze anseh'n. Irgendwas is' doch passiert. Haste dich endlich mal wieder flachlegen lassen?«

»Cordie Durelle!«

»Was, Cordie Durelle? Ich kann mich ja nich' wirklich an ihn erinnern, aber wenn er 'ne Sportmassage wollte, heißt das doch bestimmt, dass er 'n sportlichen Körper hat.« Sie dachte darüber nach. »Mist. Hast du etwa die muskulösen Oberschenkel abbekomm'? Das is' ja so was von unfair!«

Kendra lachte. »Nix hab ich abbekommen.«

»Was nich' an ihm gelegen hat, schätz ich mal.«

»Cordie, er ist dreiundzwanzig«, eröffnete Kendra ihr.

»Da sind sie schön ausdauernd.«

»Tja, davon weiß ich nichts. Wir haben nach der Massage nur ein bisschen geredet. Das war alles.«

»Ich glaub dir kein Wort. Aber wenn's stimmt, dann bist du so was von blöd. Wenn du mich mit 'nem Kerl in ein Zimmer stecks', der 'ne Sportmassage will, werd ich mit ihm danach bestimmt nich' über die Lage der Nation diskutier'n.« Cordie nahm die Füße von Kendras Schoß. »Also. Du hast Ness ausfindig gemacht und dich entschuldigt. Was is' dann passiert?«

Nichts war passiert. Ness hatte weder ihre Entschuldigung noch sonst irgendetwas hören wollen. Trotzdem sprach Kendra weiter über ihre Nichte, um zu verhindern, dass das Thema wieder auf Dix D'Court kam, sonst hätte sie Cordie noch offenbaren müssen, dass er sie nach der Sportmassage wieder und wieder angerufen hatte. Und nicht etwa, um einen neuen Massagetermin zu vereinbaren. Er wollte sich mit ihr treffen. Sie hätte an dem Abend doch etwas gespürt, beharrte er. Und er hatte auch etwas gespürt. Er wollte das nicht einfach ad acta legen. Sie etwa?

Nach den ersten drei Anrufen hatte Kendra ihn nur noch auf die Mailbox sprechen lassen. Zu Hause hatte sie den Anrufbeantworter eingeschaltet. Sie rief ihn nicht zurück und nahm an, dass er irgendwann Ruhe geben würde. Aber das tat er nicht.

Kurz nach ihrer Unterhaltung mit Cordie erschien Dix D'Court im AIDS-Laden auf der Harrow Road. Kendra hätte sich gern eingeredet, dass dies ein Zufall war, aber er belehrte sie sogleich eines Besseren. Seinen Eltern gehöre das Rainbow Café ein Stück die Straße runter, erklärte er. Ob sie wisse, wo das sei? Er sei auf dem Weg dorthin gewesen, als die Auslage im Schaufenster des AIDS-Ladens seine Aufmerksamkeit erregt habe. (»Der Damenmantel mit den großen Knöpfen«, sagte er später. Der Geburtstag seiner Mutter stünde bevor.) Er hatte seine Schritte verlangsamt, um genauer hinzusehen, und dabei Kendra im Laden entdeckt. Deswegen sei er hereingekommen, erklärte er.

»Warum rufst du nicht zurück? Hast du meine Nachrichten nicht abgehört?«

»Doch, die hab ich gehört«, antwortete Kendra. »Ich hatte nur keine Veranlassung zurückzurufen.« Sie klammerte sich an diese Formalität.

»Das heißt, du gehs' mir aus dem Weg.« Eine Feststellung, keine Frage.

»So kann man es nennen.«

»Warum?«

»Ich bin Masseurin, Mr. D'Court. Ihre Anrufe hatten nichts damit zu tun, dass Sie einen neuen Termin vereinbaren wollten. Zumindest haben Sie davon nichts gesagt. Nur ›Ich will dich sehen‹, was sich für mich nicht nach einer geschäftlichen Verabredung anhörte.«

»Übers Geschäftliche war'n wir hinaus. Und du wolltes' es genauso wie ich.« Er hob die Hand, um sie daran zu hindern, ihm ins Wort zu fallen, und fuhr fort: »Ich weiß selbs', dass es nich' besonders höflich is', das offen zu sagen. Normalerweise benehm ich mich lieber wie ein Gentleman. Aber genauso gern hab ich's, wenn man die Wahrheit sagt, okay, und nicht die Fakten verdreht, weil's einem grad besser passt.«

Kendra war dabei gewesen, das Geld in der Kasse zu zählen, als er eingetreten war. Es war schon so kurz vor Feierabend, dass er nur zehn Minuten später vor der verschlossenen Tür gestanden hätte. Jetzt hob sie das Geldfach aus der Kassenschublade und trug es ins Hinterzimmer, wo sie es im Safe einschloss. Sie hoffte, Dix würde dies als Zurückweisung auffassen, aber er weigerte sich, den Wink zu verstehen.

Er folgte ihr, blieb aber an der Schwelle zum Hinterzimmer stehen. Das Licht aus dem Laden umspielte seine Silhouette. Der Körper, den Kendra an jenem Abend über dem Falcon gesehen hatte, war von der Türöffnung umrahmt – ein verführerischer Anblick.

Aber Kendra hatte Pläne und wusste, was sie wollte. Eine Affäre mit einem dreiundzwanzigjährigen Jungen gehörte nicht dazu. Ein *Junge,* rief sie sich in Erinnerung. Kein Mann. Fast zwanzig Jahre jünger als sie. Dieser Altersunterschied, sagte sie sich, ließ absolut keine Beziehung zu.

»Ich sag dir, was ich denke«, unterbrach er ihre Gedanken. »Du bis' wie die meisten Frauen, und das heißt, du meins', ich hab's nur auf 'ne schnelle Nummer abgeseh'n. Ich hab dich nur angerufen, um zu Ende zu bring', was wir angefang' haben, weil ich es nich' leiden kann, wenn eine Frau mir einfach so durch die Lappen geht. Weil ich noch 'ne Trophäe in meiner Sammlung will oder wie immer man das nennt, ich kenn mich da nich' so aus.«

Kendra lachte in sich hinein. »Also das ist so ziemlich genau das, was ich *nicht* denke, Mr. D'Court. Wenn ich geglaubt hätte, dass es nur darum ging – eine schnelle Nummer und damit fertig –, hätte ich Ihre Anrufe erwidert und mich mit Ihnen verabredet. Wozu soll ich lügen? Sie waren ja schließlich dabei. Und es war ja nicht so, als hätte ich zu Ihnen gesagt: ›Nehmen Sie Ihre Finger weg.‹ Aber ich habe das Gefühl, dass Sie einfach nicht so ein Kerl sind, und leider will ich genau das nicht, was Sie im Sinn zu haben scheinen. Und so, wie ich das sehe, ist es besser, wenn zwei Leute – ein Mann und eine Frau, meine ich – das Gleiche wollen, wenn sie sich zusammentun. Sonst könnte es passieren, dass einer von beiden nachher mit gebrochenem Herzen dasteht.«

Er betrachtete sie, und sein Ausdruck spiegelte eine Mischung aus Bewunderung, Sympathie und Belustigung wieder. »Dix«, war alles, was er erwiderte.

»Was?«

»Dix. Nicht Mr. D'Court. Und du has' recht mit allem, was du da sagst, was es umso schlimmer macht. Denn jetz' will ich dich nur noch mehr. Du bis' nich' ...« Er lächelte und wechselte zu ihrer Sprechweise: »Du bist nicht wie die meisten anderen Frauen, denen ich begegnet bin. Glaub mir.«

»Das liegt daran, dass ich älter bin«, entgegnete sie streng. »Siebzehn Jahre. Ich war zweimal verheiratet.«

»Zwei Idioten, die dich haben laufen lassen.«

»Das war nicht ihre Absicht.«

»Was ist passiert?«

»Der erste ist gestorben, der zweite hat Autos geklaut. Er

sitzt in Wandsworth. Mir hat er erzählt, er habe einen Ersatzteilhandel. Ich wusste eben nur nicht, woher die Ersatzteile kamen.«

»Autsch. Der erste – wie ist er …«

Sie hob die Hand. »Darüber möchte ich nicht reden.«

Er drängte sie nicht, sondern sagte lediglich: »Schlimm. Du hattest schwere Zeiten mit deinen Männern. Aber ich bin nicht so.«

»Gut für Sie. Aber das ändert nichts daran, wie die Dinge bei mir stehen.«

»Und zwar?«

»Ich bin beschäftigt. Ich habe ein Leben. Drei Kinder, die ich vernünftig erziehen, und einen Beruf, den ich zum Erfolg führen will. Für alles, was darüber hinausgeht, habe ich keine Zeit.«

»Und wenn du mal einen Mann brauchst? Für das, was ein Mann dir geben kann?«

»Es gibt Mittel und Wege«, erwiderte sie. »Denken Sie mal scharf nach.«

Er verschränkte die Arme vor der Brust und schwieg. Schließlich sagte er: »Einsam. Befriedigung, ja. Aber wie lange hält das an?« Und ehe sie antworten konnte, fuhr er fort: »Aber wenn es das ist, was du wills', muss ich das akzeptier'n und verschwinden. Also …« Er sah sich im Hinterzimmer um, als suche er irgendetwas, womit er sich beschäftigen könnte. »Du wolltest gerade abschließen, oder? Komm mit, und lern meine Eltern kennen! Rainbow Café, wie gesagt. Mum hat mir 'n Proteindrink vorbereitet, aber ich nehm an, sie macht dir 'nen Tee.«

»Einfach so?«, fragte Kendra.

»Einfach so«, antwortete er. »Hol deine Tasche! Geh'n wir.« Er grinste. »Mum is' nur drei Jahre älter als du, du wirst sie mögen. Ihr habt bestimmt viel gemeinsam.«

Die Bemerkung traf Kendra bis ins Mark, aber sie gedachte nicht, darauf einzugehen. Sie wollte zurück in den Laden, wo ihre Handtasche unter der Theke stand. Aber Dix trat nicht beiseite. Auge in Auge standen sie sich gegenüber.

»Du bist so eine schöne Frau, Kendra.« Er legte die Hand in ihren Nacken und zog sie sanft näher. Er wollte, dass sie sich in die Arme schließen ließ, und das wusste sie.

»Du hast doch gerade gesagt ...«, begann sie.

»Ich hab gelogen. Nicht, was meine Mum angeht. Aber dass ich verschwinden werde. Das hab ich ganz und gar nich' vor.«

Dann küsste er sie. Sie leistete keinen Widerstand. Und als er sie weg von der Tür ins Hinterzimmer schob, ließ sie auch das geschehen. Sie wollte protestieren, aber dieser Vorsatz und all die Warnsignale, die ihr Verstand aussandte, blieben unbeachtet. Ihr Körper sprach eine andere Sprache. Er erinnerte sie daran, wie lange es her war, wie gut es sich anfühlte und wie unbedeutend es war, wenn sie sich eine schnelle Nummer ohne Verpflichtungen gönnte. Ihr Körper sagte ihr, dass Dix' Beteuerungen bezüglich seiner ehrbaren Absichten ohnehin Lügen waren. Er war dreiundzwanzig, und in dem Alter wollten Männer nur Sex – kraftvolle Penetration und befriedigende Orgasmen –, und sie waren gewillt, alles zu sagen und zu tun, was nötig war, um zum Ziel zu kommen. Obwohl er ihrer Einschätzung darüber, wie die Dinge zwischen ihnen standen, zugestimmt hatte, wollte er doch in Wahrheit tatsächlich nur eine weitere Trophäe in Form einer erfolgreichen Eroberung. Alle Männer waren so, und er war ein Mann.

Also überließ sie sich dem Augenblick. Es gab weder Vergangenheit noch Zukunft. Nur das Jetzt.

»Oh, mein Gott«, keuchte sie auf, als er endlich in sie eindrang.

Er hatte alles, was der Anblick seines Körpers versprochen hatte – muskulöse Oberschenkel inklusive.

Six und Natasha waren ihrem Traum vom Handy noch keinen Schritt näher gekommen seit dem Abend, als Ness sie kennengelernt hatte. Und es war diese Tatsache, die den ersten Riss in der Freundschaft der drei Mädchen verursachte. Denn The Blade stattete ausgerechnet Ness mit einem Handy aus. Es solle dazu dienen, erklärte er, dass sie ihn immer anrufen konnte, wenn irgendjemand ihr in seiner Abwesenheit Scherereien machte. Niemand belästigte sein Mädchen, und wenn es doch jemand wagen sollte, würde er sehr bald mit The Blade zu tun haben. Ganz gleich, wo sie war, er konnte in Windeseile bei ihr sein, also solle sie nicht zögern, ihn anzurufen, wenn sie ihn brauche.

Einem fünfzehnjährigen Mädchen wie Ness galt diese Versicherung als romantischer Liebesbeweis – auch wenn sie auf einem fleckigen Futon in einer Bruchbude ohne Strom und fließendem Wasser abgegeben wurde. Natürlich war Ness unfähig zu erkennen, was diese Geste tatsächlich darstellte: nämlich dass The Blade gedachte, sie an der kurzen Leine zu halten und jederzeit Zugriff auf sie zu haben, wenn er sie wollte. Six, die weit mehr Erfahrung in Sachen unbefriedigende Beziehungen hatte als Ness und vor allem besser über The Blade Bescheid wusste, war sie doch im selben Teil North Kensingtons aufgewachsen wie er, reagierte auf alles, was Ness über ihren neuen Freund sagte, mit Misstrauen, wenn nicht gar unverhohlener Verachtung. Als das Handy Einzug in Ness' Leben hielt, verschärfte sich dies noch.

An diesem Nachmittag hatten die Mädchen sich ein gutes Stück über Whiteley's hinausgewagt. Sie waren auf die Kensington High Street gegangen, wo sie im Top Shop Oberbekleidung anprobierten, dann bei H&M reduzierte Pullover inspizierten und schließlich in einer Accessorize-Filiale vorbeischauten, wo sie das eine oder andere Paar Ohrringe stehlen wollten.

Was Ladendiebstahl anging, war Six unübertroffen. Ness war kaum weniger geschickt. Natasha hingegen hatte wenig Talent als Langfinger – sie war so ungeschickt, wie sie schlaksig war. Darum war sie normalerweise für die Ablenkungsmanöver zuständig, doch heute hatte sie beschlossen, selbst zuzuschlagen. »Tash!«, zischte Six. »Mach, was ich dir gesagt hab! Geh mir bloß nich' auf die Nerven, blöde Kuh.« Doch Natasha ließ sich nicht von ihrem Vorhaben abbringen, ging hinüber zu dem Ständer mit den Ohrringen – und warf ihn prompt um, gerade als Six im Begriff war, drei Paar riesiger Ohrgehänge in der Tasche verschwinden zu lassen.

Das Resultat war, dass die drei Mädchen aus dem Geschäft geleitet wurden und draußen auf der Straße, gut sichtbar für die Scharen von Einkäufern auf der High Street, von zwei übergewichtigen Wachmännern, die wie aus dem Nichts aufgetaucht waren, an eine Mauer gestellt und mit einer alten Polaroidkamera fotografiert wurden. Die Fotos, erklärte man den Mädchen, würden neben der Kasse aufgehängt. Sollten sie sich in diesem Laden je wieder blicken lassen … Den Rest konnten sie sich wohl denken.

Die ganze Episode ging Six mächtig gegen den Strich. Sie war eine solch erniedrigende Behandlung nicht gewohnt, weil sie normalerweise nicht erwischt wurde. Und sie wäre auch dieses Mal nicht geschnappt worden, hätte Natasha sich nicht in den Kopf gesetzt, selbst etwas mitgehen zu lassen. »Scheiße, Tash, du bist echt so 'ne dämliche Kuh«, schimpfte sie, doch das allein schien ihr nicht die Befriedigung zu bereiten, nach der sie dürstete. Also suchte sie nach einem anderen Ventil – und visierte Ness an, allerdings nicht geradeheraus. Wie die meisten Menschen, die unfähig waren, ihre eigenen Emotionen zu begreifen, übertrug sie das, was sie empfand, auf etwas weniger Angsteinflößendes: Der Mangel an Geld war ein geeigneter Ersatz für den Mangel an Lebensperspektive.

»Wir müssen irgendwie an Kohle komm'«, sagte sie. »Es hat kein' Zweck, Sachen zu klau'n und zu vertick'n. Das dauert ewig.«

»Genau«, antwortete Tash und fügte sich wieder in die Rolle der Gehorsamen, die Six immer zustimmte. Sie fragte nicht einmal, wozu sie das Geld benötigten. Six würde schon gute Gründe haben. Geld war immer nützlich, vor allem wenn die Fahrradkuriere einmal nicht willens waren, ein Gramm aus ihren mit Drogen gefüllten Butterbrottüten gegen sexuelle Gefälligkeiten einzutauschen.

»Also, wo kriegen wir was her?« Six durchwühlte ihre Schultertasche und förderte eine Packung Dunhill zutage, die sie in einem Tabakladen an der Harrow Road geklaut hatte. Sie fischte eine Zigarette daraus hervor, ohne den anderen ebenfalls eine anzubieten. Da sie weder Streichhölzer noch ein Feuerzeug bei sich hatte, drehte sie sich zum Gehweg um und hielt eine weiße Frau mit Kinderwagen an und verlangte nach irgendetwas, »mit dem man die Kippe hier anzünden« konnte. Die Frau zögerte. Ihr Mund war geöffnet, aber die Worte wollten nicht heraus. »Haste nich' gehört, Alte?«, fragte Six. »Ich brauch Feuer, und du has' doch bestimmt irgendwas in deiner Tasche da.«

Die Frau schaute sich hilfesuchend um, doch das Überlebensmotto in London – gemäß dem Prinzip »Besser, sie kriegen dich dran als mich« – besagte, dass ihr niemand zu Hilfe kommen würde. Hätte sie Six angefahren: »Hau ab, du Miststück, oder ich schrei so laut, dass dir die Trommelfelle platzen«, hätte das Mädchen vor Überraschung wahrscheinlich genau das getan. Doch stattdessen begann das bedauernswerte Opfer, in seiner Tasche zu wühlen. Six erspähte das Portemonnaie, registrierte sein Volumen, spürte die Befriedigung, die sich einstellt, wenn einem unverhofft ein Hauptgewinn dargeboten wird, und befahl der Frau, das Geld herauszurücken.

»Is' nur geliehen«, erklärte sie lächelnd. »Es sei denn, du wills' mir was schenken oder so.«

Ness, die die Szene beobachtete, sagte warnend: »Hey, Six.« Ladendiebstahl war eine Sache, Straßenraub eine völlig andere.

Doch Six ignorierte sie. »Zwanzig Pfund is' genug«, erklärte sie. »Das Feuerzeug nehm ich auch, falls ich noch eine rauchen will.«

Die ganze Aktion sah nicht wie ein Raubüberfall aus, und so konnte Six sie reibungslos zu Ende führen. Die Frau, die an das Wohlergehen ihres Kindes zu denken hatte und weit mehr als zwanzig Pfund bei sich trug, war erleichtert, so billig davonzukommen. Sie überreichte Six das Feuerzeug und einen Zwanziger, den sie aus dem Portemonnaie holte, ohne es ganz zu öffnen, damit Six nicht den ganzen Inhalt einsehen konnte, und setzte ihren Weg dann hastig fort.

»Ha!«, rief Six aus, euphorisch über den Ausgang dieses kleinen Abenteuers. Dann fiel ihr Blick auf Ness, die alles andere als die erwartete Zustimmung zur Schau trug.

»Was? Biste zu fein für so was?«

Ness gefiel nicht, was sie gerade gesehen hatte, aber sie wusste, es war klüger, keinen Kommentar abzugeben. Stattdessen sagte sie: »Gib ma' ne Kippe. Ich kann jetz' eine vertragen.«

Das überzeugte Six nicht. Sie, für die es lebenswichtig war, ihren Verstand zu gebrauchen und die Menschen, mit denen sie es zu tun hatte, korrekt einzuschätzen, registrierte die Missbilligung. »Besorg dir doch selbs' welche, Süße«, gab sie zurück. »Ich bin das Risiko eingegangen, und du wills' was vom Profit abhaben?«

Ness machte große Augen. »Stimmt doch gar nich'.«

»Tash?«, fragte Six. »Stimmt's oder nich', Alte?«

Natasha suchte nach einer halbwegs diplomatischen Antwort, die beide bei Laune halten würde, doch als auf die Schnelle keine kam, wandte Six sich wieder an Ness. »Außerdem muss' du doch gar nix riskieren, oder, Süße? Du has' doch jetz' dein' *Kerl,* der für dich sorgt. Aber du gibs' nie ma' was ab. Keine Kohle, kein Dope. Koks oder Gras. Und was den Rest angeht … dazu sag ich ma' nix.« Sie lachte und versuchte, sich die Zigarette anzuzünden. Das Feuerzeug war leer. »Scheiß auf die Alte«, blaffte sie und warf das Feuerzeug auf die Straße.

Was Six über The Blade gesagt hatte, traf Ness unvorbereitet. »Was meinste 'n damit?«, fragte sie.

Six antwortete: »Wie gesagt. Ich sag dazu weiter nix, Herzchen.«

»Jetz' sag schon, Schlampe«, verlangte Ness. Genau wie Six war sie von tiefer Angst getrieben, auch wenn diese Angst bei Ness vollkommen andere Ursachen hatte. »Wenn du mir was zu sagen has', dann sag es. Jetzt.«

Das Handy. Geld, wenn Ness welches benötigte. Von jemandem auserwählt worden zu sein, der von Bedeutung war. All das trieb Six zu ihrer Antwort: »Meinste etwa, du wärs' die Einzige, Alte? Außer dir fickt er noch diese Schlampe Arissa.

Die hat er schon vor dir gehabt, um genau zu sein, und er hat auch nich' mit ihr aufgehört, als er mit dir angefang' hat. Und vor euch beiden hat er drüben im Dickens Estate eine geschwängert, genau wie die Alte von der Adair Street, wo seine Mum gleich nebenan wohnt, und deswegen hat sie ihn auch rausgeschmissen. Alle wissen das, so isser nu' ma'. Ich kann nur hoffen, dass du verhütes'. Er will dir 'n Kind machen und Arissa genauso, wie bei den andern, aber sobald du 'n Braten in der Röhre has', lässt er dich sitzen. So hat der's am liebsten. Hör dich ma' um, wenn du mir nich' glaubs'.«

Ness fühlte eine innere Kälte, doch sie wusste, wie wichtig es war, jetzt Gelassenheit an den Tag zu legen. »Na und?«, gab sie zurück. »Von mir aus kann er mir ein Kind machen. Dann nehm ich mir 'ne eigene Wohnung. Das will ich sowieso.«

»Meinste etwa, der kommt dann noch zu dir? Meinste, der gibt dir dann noch Kohle? Lässt dir das Handy? Sobald du geworfen hast, is' der fertig mit dir. So läuft das bei dem, und du bis' zu blöd, das zu merken.« Dann wandte sie sich an Natasha und sprach weiter, als hätte Ness sich in Luft aufgelöst: »Scheiße, Tash, was meins' du? Der Typ muss 'n Schwanz aus Gold haben, oder? Is' doch so was von offensichtlich, worauf der's abgeseh'n hat. Entweder sind die Weiber blöder, als ich gedacht hätt, oder der muss ein Ding haben, das sie alles vergessen lässt. Was isses wohl?«

Das war weit mehr, als Natasha handhaben konnte. Six' Monolog war ihr durchaus begreiflich, aber die unterschwelligen Absichten waren zu subtil, als dass sie sie hätte verstehen können. Sie wusste nicht, auf wessen Seite sie sich stellen oder warum sie überhaupt Partei ergreifen sollte. Ihr stiegen Tränen in die Augen, und ihre Mundwinkel zuckten.

»Scheiße, ich hau ab«, sagte Six.

Ness erwiderte: »Ja, super Idee, Fotze.«

Tash gab ein Wimmern von sich und blickte von einer zur anderen, weil sie fürchtete, dass die beiden gleich aufeinander losgehen würden. Die Vorstellung war ihr zuwider: Kreischen, Treten, Schubsen, Haareziehen und Kratzen. Wenn Frauen sich prügelten, waren sie schlimmer als Katzen. Schlägereien unter Frauen waren immer nur der Anfang. Schlägereien zwischen Männern beendeten eine Sache.

Was Tash nicht im Auge hatte, war der Einfluss, den The Blade besaß. Six beging diesen Fehler nicht – sie wusste, dass eine Schlägerei mit Ness mächtige Gegner auf den Plan rufen würde. Und auch wenn es ihr furchtbar schwerfiel, den Fehdehandschuh nicht aufzuheben, den Ness ihr hingeworfen hatte, war sie doch kein Dummkopf.

»Wir hau'n ab, Tash«, sagte sie. »Ness muss sich um ihren Kerl kümmern. Und Ness will unbedingt ein Baby. Die hat keine Zeit mehr für Leute wie uns.« Und an Ness gewandt, fügte sie hinzu: »Viel Spaß, Miststück. Du bis' ja so was von armselig.«

Sie machte auf dem hohen Stiefelabsatz kehrt und ging in Richtung Kensington Church Street davon, wo sie und Natasha den 52er Bus bestiegen, der sie in ihr heimisches Revier zurückbrachte. Ness, beschloss Six, konnte ja ihr Scheißhandy zücken und The Blade anrufen, damit er sie einsammelte und nach Hause fuhr. Er würde sich bestimmt nicht lange bitten lassen.

In kürzester Zeit fand Kendra sich genau dort wieder, wo sie nie hatte hinkommen wollen. Sie hatte immer Frauen verachtet, die bei dem Gedanken an einen Mann einfach zerflossen, und jetzt war sie selbst auf dem besten Wege dorthin. Sie verhöhnte sich selbst für ihre Gefühle, doch der Gedanke an Dix D'Court war so dominant, dass sie nur beten konnte, der Fluch ihrer eigenen Sexualität möge weichen. Doch sie betete vergebens.

Sie war nicht so einfältig, das, was sie für den jungen Mann empfand, Liebe zu nennen, wenngleich andere Frauen das vielleicht getan hätten. Sie wusste, im Grunde war es nur das Animalische, jener Trick einer jeden Spezies, sich zu erhalten. Doch die Intensität dessen, was in ihrem Körper vorging, konnte diese Erkenntnis nicht mildern. Das Verlangen brachte in ihr seine heimtückische Saat aus und ließ ihre hochgesteckten Ziele in weite Ferne rücken. Sie hielt daran fest, so gut sie konnte, verabreichte Massagen und besuchte weitere Kurse, doch ihr Ehrgeiz, all das zu tun, ließ rasch nach, wurde von dem Gedanken an Dix D'Court verdrängt. Getrieben von seiner jugendlichen Vitalität, war Dix mehr als willig, alles zu tun, was sie befriedigte, weil es ihn im gleichen Maße befriedigte.

Es dauerte jedoch nicht lange, bis Kendra erkannte, dass Dix kein so gewöhnlicher Dreiundzwanzigjähriger war, wie sie angenommen hatte, als sie sich im Hinterzimmer des Ladens zum ersten Mal geliebt hatten. Wenngleich er sich enthusiastisch den körperlichen Freuden hingab, wollte er doch mehr: Er war das Kind glücklicher Eltern, die sein ganzes Leben lang eine konstante, liebevolle Ehe geführt hatten, und das erwartete er sich auch für sein eigenes Leben. In seinem jugendlichen Leichtsinn setzte Dix – im Gegensatz zu Kendra – seine Empfindungen mit einer Vorstellung von romantischer Liebe gleich.

»Wohin geht das mit uns, Ken?«, brachte er diese Vorstellung schließlich zum Ausdruck.

Sie lagen nackt in ihrem Bett, die Gesichter einander zugewandt, während unten im Wohnzimmer das Video von Dix' Lieblingsfilm lief, um Toby und Joel zu beschäftigen und davon abzuhalten, sie zu stören. Der Film war eine Raubkopie von *Pumping Iron*. Dix' Idol Arnold Schwarzenegger spielte die Hauptrolle, und sein gestählter Körper ebenso wie seine Cleverness dienten als Metapher dafür, was ein entschlossener Mensch alles erreichen konnte.

Dix hatte seine Frage gestellt, bevor sie sich liebten, und das gab Kendra die Möglichkeit, der Antwort, die er hören wollte, auszuweichen. Sie schlängelte sich einfach an seinem Körper hinab und ließ ihre Brustwarzen sachte über seine Haut streichen. »Hey, Baby. Oh, Scheiße, Ken …« Er überließ sich ihr mit solcher Hingabe, dass sie schon glaubte, es sei ihr gelungen, ihn abzulenken.

Doch kurz darauf schob er sie behutsam von sich.

»Nicht schön?«, erkundigte sie sich.

»Nein, das isses nich'«, erwiderte er. »Komm her. Wir müssen reden.«

»Später«, sagte sie und näherte sich ihm erneut.

»Jetzt«, widersprach er und rückte von ihr ab. Er stopfte das Laken wie einen Schild um sich herum fest. Sie wollte ihn in Atem halten, ließ ihre Blöße unbedeckt – vergebens.

Er wandte den Blick von ihren Brüsten ab und schien felsenfest entschlossen, seinem Herzen Luft zu machen. »Wo soll das hinführ'n mit uns, Ken? Ich muss es wissen. Das hier ist gut, aber es ist nicht genug. Ich will mehr.«

Sie beschloss, ihn misszuverstehen, und fragte lächelnd: »Wie viel mehr? Wir machen's so oft, bis ich nicht mehr laufen kann.«

Ihr Lächeln blieb unerwidert. »Du weißt, was ich meine, Kendra.«

Sie ließ sich auf den Rücken fallen und starrte an die Decke. Von der Wand zur Mitte hin zog sich ein Riss, der die gleiche Krümmung hatte wie die Themse an der Isle of Dogs. Ohne hinzusehen, griff Kendra nach einer Schachtel Benson & Hedges. Er verabscheute es, wenn sie rauchte – sein Körper war ein Tempel, der weder von Tabak, Alkohol, Drogen noch von Fastfood entweiht wurde –, und als er ungeduldig, fast drohend ihren Namen aussprach, steckte sie sich erst recht eine an. Er rückte von ihr ab. Meinetwegen, dachte sie.

»Also, was?«, fragte sie. »Heirat? Babys? Das willst du doch nicht mit mir, Mann.«

»Sag du mir nich', was ich will, Ken. Das weiß ich selbs' am besten.«

Sie zog an ihrer Zigarette und hustete dann. Sie warf ihm einen warnenden Blick zu, und er hielt den Mund.

»Ich hab das schon zweimal hinter mir«, sagte sie frostig. »Und ich werde nicht ...«

»Aller guten Dinge sind drei.«

»Irgendwann willst du sicher Kinder haben. Vielleicht noch nicht jetzt, weil du ja selbst nicht viel mehr als ein Kind bist, aber eines Tages. Und was dann? Von mir kriegst du die nicht.«

»Das Problem lösen wir, wenn es sich stellt. Und wer weiß, was die Wissenschaft bis dahin ...«

»Krebs!«, sagte sie, und Wut stieg in ihr auf. Ungerecht, unbegreiflich, ein Schicksalsschlag, der sie mit achtzehn getroffen und den sie bis dreißig kaum für wichtig erachtet hatte. »Mir fehlen die nötigen Organe, Dix, allesamt. Und daran ist nichts zu ändern, kapiert?«

Seltsamerweise schien diese Eröffnung ihn nicht abzustoßen. Vielmehr nahm er ihr die Zigarette aus der Hand, beugte sich über sie, um den Glimmstängel auszudrücken, und küsste sie. Sie wusste, der Zigarettengeruch störte ihn – genau deshalb hatte sie ja zur Zigarette gegriffen –, aber er hielt ihn nicht ab. Im Gegenteil: Der Kuss wurde immer intensiver und führte schließlich genau dorthin, worauf Kendra noch kurz zuvor zugesteuert hatte, sodass sie glaubte, sie habe gewonnen.

Doch als es vorüber war, löste er sich nicht von ihr. Er sah auf sie hinab, stützte sein Gewicht mit den Ellbogen ab und sagte: »Du hast mir das mit dem Krebs nie erzählt. Warum nicht, Ken? Gibt es noch mehr Dinge, die du vor mir verheimlichst?«

Sie schüttelte den Kopf. Gerade jetzt spürte sie den Verlust nur allzu deutlich, und ihr gefiel nicht, was sie empfand. Sie wusste, es war nur ein Trick der Natur. Das Sehnen würde vergehen, sobald ihr Verstand wieder die Oberhand über ihren Körper gewann.

»Es geht um dich«, sagte Dix. »Auf den Rest kann ich verzichten. Und außerdem haben wir Joel und Toby. Sie sind unsere Kinder. Und Ness.«

Kendra lachte matt. »Oh, klar. So eine Last ist genau das, was du willst.«

»Hör endlich auf, mir zu sagen, was ich will!«

»Irgendwer muss es tun. Du selbst weißt es ganz offensichtlich nicht.«

Er rollte von ihr herunter. Verdrossen wandte er sich ab, setzte sich auf und schwang die Beine aus dem Bett. Seine Hose – genau so eine Haremshose, wie er sie an dem Abend getragen hatte, als er Ness im Falcon begegnet war – lag am Boden. Er stand auf, drehte ihr den Rücken zu und zog die Hose an, streifte sie über dieses herrlich muskulöse Gesäß, das sie so gern betrachtete.

Sie seufzte. »Dix, ich hab das alles schon mal erlebt. Es ist nicht das Paradies, für das du es hältst. Wenn du mir das nur glauben wolltest, bräuchten wir Unterhaltungen wie diese gar nicht zu führen, Baby.«

Er wandte sich ihr wieder zu. »Nenn mich nicht ›Baby‹. So, wie du's meinst, gefällt mir der Klang nämlich überhaupt nicht.«

»Ich meine es nicht ...«

»Doch, Ken, das tust du. Der Junge ist doch noch ein Baby. Weiß nich', was er will. Er meint, es ist Liebe, dabei ist es doch nur Sex. Aber er wird sicher bald zur Vernunft kommen.«

Kendra setzte sich auf und lehnte sich gegen das geflochtene Kopfteil. »Tja, und jetzt ...?« Sie sah ihn vielsagend an. Ihr schulmeisterlicher Blick besagte, dass sie ihn besser kannte als er sich selbst, da sie länger gelebt und mehr Erfahrungen gesammelt hatte – ein Blick, dazu angetan, einen Mann zur Weißglut zu treiben, der das, was er wollte, genau vor sich sah, nur eben knapp außerhalb seiner Reichweite.

»Ich kann nichts dafür, wie es dir mit den anderen beiden ergangen ist, Ken. Ich kann nur der sein, der ich bin. Ich kann nur sagen, dass es mit uns anders wäre.«

Ein plötzlicher, unerwarteter Schmerz überkam sie, und sie blinzelte die Tränen weg. »Darauf haben wir gar keinen Einfluss«, entgegnete sie. »Du glaubst, wir hätten das, aber so ist es nicht, Dix.«

»Ich hab mein Leben voll ...«

»Das hat er auch geglaubt«, fiel sie ihm ins Wort. »Und dann wurde er auf der Straße ermordet. Mit einem Messer haben sie ihn niedergestochen, als er von der Arbeit nach Hause kam, und zwei Kerle meinten, er erweise ihnen nicht den gebotenen Respekt. Natürlich waren sie high, also war's ohnehin egal, was er ihnen erwies oder nicht, jedenfalls haben sie ihn in eine Ecke gezerrt und niedergestochen. Und die Polizei? Nur ein weiterer toter Schwarzer. Die Bimbos erledigen sich gegenseitig, meinten sie. Aber mein Mann Sean, der hatte Ziele, genau wie du, Dix. Immobilienverwaltung.« Sie lachte bitter, als wolle sie sagen: Was war nur in den Mann gefahren, sich Träume zu leisten? »Und er wollte die ganz gewöhnlichen Dinge im Leben. Kinder adoptieren, weil wir keine eigenen haben konnten. Ein Zuhause. Sachen wie Möbel, einen Toaster, eine Fußmatte kaufen. Ganz schlichte Dinge. Aber er ist gestorben, weil ihm das Messer die Bauchdecke aufgeschlitzt und die Milz zerfetzt hat, und er ist einfach ausgeblutet, Dix. So ist er gestorben. Verblutet.«

Er setzte sich auf die Bettkante, ganz nah bei ihr, aber ohne sie zu berühren. Er hob die Hand, um Kendra zu streicheln. Sie zog den Kopf weg. Er ließ den Arm sinken.

»Und soll ich dir von Nummer zwei auch noch erzählen, Dix? Es sah aus, als hätte er seine Träume verwirklicht, so bescheiden die auch waren. Ersatzteilhandel, bei dem ich helfen sollte, mit der Buchführung. Ein Unternehmerehepaar, genau wie deine Eltern. Nur hab ich nicht mitgekriegt, dass er auch Autos geklaut hat. Er war so verdammt gut darin, sie zu besorgen und zu verscherbeln – das ging schneller, als man gucken konnte. Also ha'm wir alles verlor'n, er is' eingefahren, und mir wär's um ein Haar genauso gegangen. Also, jetz' verstehste vielleicht, ich bin nich' …« Sie merkte, wie schlampig sie redete und dass sie weinte, und sie fühlte so große Demütigung, dass sie glaubte, darin zu ertrinken. Sie stützte die Stirn auf die angewinkelten Knie.

Dix schwieg. Was konnte ein Dreiundzwanzigjähriger, der gerade erst im Erwachsenenalter angekommen war, schon sagen, um eine Regung zu lindern, die wie Trauer aussah, aber in Wahrheit doch so viel mehr war? Er glaubte wirklich noch, dass man alles erreichen konnte. Ohne dass er je von irgendeiner persönlichen Tragödie betroffen gewesen war, konnte er sie zwar erkennen, aber er konnte nicht nachempfinden, wie tief sie gehen oder wie vollkommen sie eine Zukunft verdüstern konnte.

Er dachte, er könne sie mit seiner Liebe heilen. Was sie hatten, war gut in seinen Augen, und dieses Gute musste doch auslöschen können, was in der Vergangenheit passiert war. Er wusste das, aber es war eine Art Urvertrauen, ein Urgefühl, so tief im Innern, dass er es nicht in Worte kleiden konnte. Es kam ihm vor, als sei er auf Nervenenden und Verlangen reduziert, beherrscht von dem Bedürfnis, ihr zu beweisen, dass es mit ihm anders war. Doch seine Unerfahrenheit beschnitt ihn, beschränkte ihn. Die einzige Ausdrucksform, die er fand, war Sex.

Er streckte die Hand nach ihr aus und murmelte: »Ken. Baby.«

Kendra zuckte zurück und drehte sich zur Seite. Alles, was sie war, und alles, was sie hatte werden wollen, fiel wie ein Kartenhaus in sich zusammen, weil die Kendra, die sie der Welt zeigte, vom Gewicht der Vergangenheit niedergedrückt wurde, das sie sonst einigermaßen verdrängen konnte. Anerkennen, eingestehen, darüber reden … Zu alledem hatte sie keine Veranlassung, wenn sie einfach nur ihren Alltag lebte und ihre Ziele verfolgte. Dass sie all das aber nun getan hatte, obendrein in Gegenwart eines Mannes, mit dem sie nichts als nur die grundlegendsten körperlichen Freuden zu teilen gedacht hatte, steigerte ihr Gefühl von Minderwertigkeit.

Sie wollte, dass er ging. Sie scheuchte ihn mit einer Handbewegung fort.

»Okay«, sagte er. »Aber du kommst mit.«

Er ging zur Schlafzimmertür und öffnete sie. »Joel?«, rief er. »Hörst du mich, Bruder?«

Die Lautstärke von *Pumping Iron* wurde heruntergedreht, Arnolds Monolog verstummte glücklicherweise. »Ja?«, rief Joel zurück.

»Wie schnell könnt ihr fertig sein? Du und Toby?«

»Für was?«

»Wir unterneh'm was.«

»Was 'n?« Eine geringfügige Veränderung im Tonfall, die Dix für freudige Erregung hielt: ein Vater, der seinen Jungs eine schöne Überraschung bereitete.

»Wird Zeit, dass du meine Eltern kenn'lerns', Bruder. Toby und eure Tante Ken auch. Lust? Sie haben eine Kneipe oben an der Harrow Road, und meine Mum macht super Apfelkuchen mit heißer Vanillesoße. Wollt ihr?«

»Jaa! Hey, Tobe ...« Den Rest hörte Dix nicht, denn er hatte die Tür wieder geschlossen und wandte sich zu Kendra um. Er hob die Kleidungsstücke auf, die sie am Boden verstreut hatte: Höschen und BH aus zarter Spitze, Nylons, ein Rock, der ihre Hüften umschmeichelte, und ein Top mit V-Ausschnitt, das wie Sahne auf ihrer Haut schimmerte. In einer Schublade fand er ein dünnes T-Shirt, mit dem er ihr das Gesicht abtupfte.

»Oh, Gott«, sagte sie. »Was willst du von mir, Mann?«

»Komm schon, Ken«, erwiderte er. »Zieh dir was an! Es wird Zeit, dass meine Eltern die Frau kennenlernen, die ich liebe.«

9

Kein vernünftiger Mensch, der The Blade sah, geschweige denn ein oder zwei Stunden in seiner Gesellschaft verbrachte, hätte die geringsten Zweifel daran gehabt, was dieser Mann zu tun imstande war. Zum einen war da die Tätowierung und was eine giftspritzende Kobra im Gesicht über das Innenleben ihres Trägers ebenso wie über seine Chancen auf einen lukrativen oder auch nur annähernd legalen Arbeitsplatz aussagte. Dann seine Größe – ein komplexbeladener Napoleon, indes ohne alle kaiserlichen Würden, um die weniger angenehmen Seiten seiner Persönlichkeit auszugleichen. Des Weiteren seine Wohnsituation und all die Unannehmlichkeiten, die eine Behausung mit sich brachte, der die Abrissbirne drohte. Schließlich sein Betätigungsfeld, zu dessen Begleiterscheinungen eine nicht allzu hohe Lebenserwartung zählte. Doch um all diese Indizien zu beurteilen und die entsprechenden Schlüsse zu ziehen, war es erforderlich, dass der Betrachter zu rationalen und komplexen Gedankengängen in der Lage war. Als Ness The Blade zum ersten Mal begegnete, war sie dazu ganz und gar nicht fähig gewesen, und als sie vielleicht wieder in der Lage gewesen wäre, ihn mit klarem Blick zu betrachten, war sie schon zu tief verstrickt, um das überhaupt noch zu wollen.

Also sagte sie sich, dass es in ihrer Beziehung mit The Blade Elemente gab, die darauf hindeuteten, dass er sie auserwählt hatte, selbst wenn sie nicht wusste, wofür. In ihrer momentanen Lebenssituation konnte sie es sich nicht leisten, gründlich über die Beziehungen zwischen Männern und Frauen nachzudenken. Darum kam sie stattdessen zu voreiligen Schlüssen, die auf rein oberflächlichen Informationen basierten. Diese Informationen beschränkten sich auf drei Bereiche ihres Lebens: den sexuellen, den finanziellen und den drogenorientierten.

Sie und The Blade waren ein Liebespaar – wenn man dieses Wort denn auf das niedere Niveau anwenden konnte, auf dem der junge Mann seine Sexualität auslebte. Ness' Befriedigung spielte dabei keine Rolle, aber die erwartete sie auch nicht. Solange sie miteinander schliefen, war sie dem Baby einen Schritt näher, das sie sich zu wünschen glaubte, und gleichzeitig konnte sie sich einreden, dass ihre Beziehung mit The Blade so stabil war, wie sie es ersehnte. So kam es, dass sie seine Rücksichtslosigkeiten – die Frauen mit größerem Selbstwertgefühl vielleicht als entwürdigend empfunden hätten – damit rechtfertigte, dass »ein Mann eben seine Bedürfnisse hat«, und sich regelmäßig seinem Gerammel unterwarf, dem niemals etwas vorausging, das auch nur im Entferntesten einem zärtlichen Vorspiel oder einer Verführung ähnelte. Da sie ja ein Liebespaar waren und er sich so benahm, als empfände er eine gewisse Zuneigung zu ihr, war sie, wenn vielleicht nicht zufrieden, so aber doch zumindest beschäftigt. Eine beschäftigte Frau hat wenig Zeit für Fragen.

Als er ihr das Handy geschenkt hatte, besaß sie etwas, wonach ihre Freundinnen lechzten. Sie hatte ihnen etwas voraus, und nicht nur das: Ness hielt an dem Glauben an The Blades romantische Absichten fest, so als habe er ihr einen kostbaren Diamanten geschenkt. Gleichzeitig fühlte sie sich überlegen, und das genoss sie. In den Augen ihrer Umgebung war ihr Wert gestiegen.

Sie war überlegen – Six und Natasha übergeordnet – wegen The Blade. Er war die Quelle für das Gras, das sie rauchte, und für das Kokain, das sie schnupfte, und sie war nicht mehr auf die Almosen der Drogenkuriere aus der Nachbarschaft angewiesen wie Six und Natasha. Für Ness war die Tatsache, dass The Blade sie großzügig mit Drogen versorgte, ein Beweis dafür, dass sie ein echtes Paar waren.

Sie klammerte sich an diese Überzeugung – zumal sie nichts sonst hatte, woran sie sich klammern konnte – und versuchte zu vergessen, was Six über The Blade gesagt hatte. Mit seiner Vergangenheit konnte sie leben. Herrgott noch mal, er war eben

»ein Mann mit Bedürfnissen«, und sie konnte wohl kaum erwarten, dass er sich für sie aufgespart hatte. Doch ganz gleich, wie sehr sie sich bemühte – zwei der Informationen über The Blade, die Six ihr auf der Kensington High Street so grausam offenbart hatte, konnte sie nicht ignorieren: dass er zwei Kinder gezeugt hatte: eines im Dickens Estate und eines an der Adair Street. Und Arissa.

Die Frage nach den Babys und allem, was damit zusammenhing, war so schrecklich für Ness, dass sie nicht wagte, sie in ihrem Kopf zu formulieren, geschweige denn sie zu stellen. Arissa hingegen besetzte ein Thema, über das sie gut nachdenken konnte, selbst wenn diese Nebenbuhlerin den Albtraum einer jeden verliebten jungen Frau darstellte: Verrat durch den Mann, den sie als den ihren betrachtete.

Nachdem Six den Zweifel gesät hatte, war es Ness unmöglich, den Gedanken an Arissa aus ihrem Kopf zu verbannen. Sie musste die Wahrheit wissen, um zu entscheiden, was zu tun war – falls sie überhaupt etwas tun konnte. The Blade direkt zu konfrontieren, war keine gute Idee, darum wollte sie Cal Hancock befragen.

Da außer ihrem Bruder Joel niemand ihr auch nur das geringste Maß an Loyalität entgegengebracht hatte, kam es Ness überhaupt nicht in den Sinn, dass Cal unwillig sein könnte, den Mann zu hintergehen, der ihm alles gab, was er brauchte, um Körper, Geist und Seele zusammenzuhalten. Cals Eltern hatten England verlassen, als er sechzehn war. Seine Geschwister hatten sie zwar mitgenommen, ihn jedoch zurückgelassen, sodass er auf sich allein gestellt gewesen war. Schon als Teenager hatte er sich mit The Blade zusammengetan, hatte sich zuerst als der zuverlässigste der Fahrradkuriere bewiesen und war dann rasch zu der Position aufgestiegen, die er jetzt schon seit gut vier Jahren erfolgreich innehatte: teils rechte Hand, teils Leibwächter. Doch davon wusste Ness nichts. Sie sah in Cal Hancock den Graffitikünstler mit den Dreadlocks, der meistens stoned war, aber immer zur Verfügung stand, es sei denn, The Blade entließ ihn vorübergehend, weil er ungestört sein und Sex haben wollte.

Ness wartete einen Moment ab, da The Blade sich »ums Geschäft kümmerte«, wie er es ausdrückte. Wenn er normalerweise Diebesgut, Drogen oder andere Schwarzmarktware entgegennahm, wurde er von Cal begleitet, doch diesmal wollte er Ness im Anschluss »rannehmen« und befahl ihr, in der Bruchbude zu warten. Damit sie dort in der Zwischenzeit keinen Schaden nahm oder selbst welchen anrichtete, stellte er Cal ab, um ihr Gesellschaft zu leisten. Auf diesen Moment hatte Ness gewartet.

Cal zündete einen Joint an und bot ihn ihr an, doch Ness schüttelte den Kopf und ließ ihm Zeit für einen ordentlichen Zug. Wenn er stoned war, legte er nicht jedes Wort auf die Goldwaage, und Ness wollte, dass er bei der Beantwortung ihrer Fragen möglichst sorglos war.

Sie wollte bluffen, Wissen vortäuschen. »Sag ma', Cal, wo wohnt eigentlich diese Arissa?«

Er war schon tief in seine Nebelwelt eingetaucht und nickte mit halb geschlossenen Lidern. Als The Blades Leibwächter bekam er wenig Schlaf, darum ließ er kaum eine Gelegenheit zu einem schnellen Nickerchen verstreichen. Er ließ sich auf dem Futon nieder. Über ihm zierte das Bild eines vollbusigen schwarzen Mädchens mit gezogenen Pistolen die Wand. Das Werk hatte bereits bei ihrem ersten Besuch auf der Wand geprangt, doch Ness hatte ihm nie große Aufmerksamkeit geschenkt. Erst jetzt entdeckte sie, dass das rote Top des Mädchens gerafft war und ein Tattoo enthüllte: eine Miniaturschlange, die mit The Blades Kobra identisch war.

»Is' sie das, Cal? Has' du Arissa da an die Wand gemalt?«

Cal schaute auf, und ihm dämmerte, wovon sie sprach. »Die da?«, fragte er. »Nein. Das is' nich' Arissa. Das is' Thina.«

»Ach so. Und wann malste Arissa?«

»Hab ich nich' vor …« Er warf ihr einen Blick zu und nahm noch einen Zug. Er zögerte fortzufahren. Er hatte durchschaut, was sie im Schilde führte, und fragte sich, ob er sich mit dieser Antwort gerade in Schwierigkeiten gebracht hatte.

»Wo wohnt sie eigentlich?«, fragte Ness.

Cal schwieg. Er nahm den Joint aus dem Mund und betrachtete verzückt den zarten Rauchkringel, der sich von der Glut löste. Wieder bot er ihn ihr an. »Komm schon. Wir müssen ja nix verschwenden, Mann.«

»Ich bin kein Mann. Ich hab doch gesagt, ich will nix.«

Cal nahm noch einen Zug und hielt den Rauch in den Lungen. Er nahm seine Mütze ab, warf sie neben sich und schüttelte die Locken.

»Wie lange treibt er's denn schon mir ihr?«, fragte Ness. »Stimmt es, dass er die schon länger hat als mich?«

Cal blinzelte sie an. Sie saß vor dem hellen Fenster, und er winkte sie näher, damit er sie besser sehen konnte. »Es gibt Sachen, die du nich' wissen musst«, sagte er, »und das gehört dazu.«

»Sag's mir.«

»Gar nix sag ich dir. Vielleicht tut er's, vielleicht auch nich'. Vielleicht hat er, vielleicht auch nich'. Und wenn du's weißt, ändert das auch nix.«

»Und was soll das heißen?«

»Denk ma' scharf nach. Aber lass mich damit in Ruhe.«

»Is' das alles, Cal? Ich könnt dich dazu bring' zu reden. Wenn ich wollt, könnt ich.«

Er lächelte. Ihre Drohung schien ihm so große Angst zu machen, wie ein bewaffnetes Entenküken es getan hätte. »Echt? Und wie?«

»Ganz einfach: Ich sag ihm, du hättest versucht, mich zu ficken. Du weißt doch bestimmt, was er dann tut.«

Cal lachte laut, ehe er noch einmal zog. »Is' das dein super Plan? Meinste echt, du wärst so was Besonderes für ihn, dass er jeden andern umbringt, der versucht, dich anzurühr'n? Süße, du machst dir was vor! Wenn ich dich ficke, bis' du diejenige, die verschwindet. Für The Blade isses viel einfacher, dich zu ersetzen als mich, das kannste ma' glauben. Du kanns' froh sein, dass ich kein Interesse an dir hab, kapiert? Denn wenn's so wär, würd ich es The Blade sagen, und er würd dich an mich durchreichen, wenn er mit dir fertig is.«

»Das reicht, Alter.« Ness hatte genug gehört und machte sich wie immer in unangenehmen Situationen aus dem Staub. Sie würde Cal Hancock drankriegen. Sie würde ihn da packen, wo es richtig wehtat.

Fest dazu entschlossen, erzählte sie The Blade gleich bei ihrem nächsten Zusammentreffen, was Cal gesagt hatte. Sie rechnete felsenfest damit, dass The Blade der gerechte Zorn über seinen Leibwächter überkommen und er es ihm heimzahlen würde, wie er es verdiente. Stattdessen brach er in Gelächter aus.

»Wenn der Mann was geraucht hat, redet er allen möglichen Müll«, sagte er und machte keinerlei Anstalten, seinen Lakaien zur Rechenschaft zu ziehen.

Sie zeterte und verlangte von ihm, dass er etwas unternahm, um sie zu verteidigen, doch er vergrub stattdessen nur die Nase an ihrem Hals. »Meinste etwa, ich würd das hier jemand anderem überlassen? Du bis' verrückt, wenn du das glaubs'.«

Blieb immer noch die Frage nach Arissa, und Ness fürchtete schon, es bleibe ihr nichts anderes übrig, als abzuwarten, ob The Blade selbst ihr eine Antwort lieferte. Doch Ness wusste, dass sie ihm nicht auf Schritt und Tritt folgen konnte. Cal machte seinen Job als Leibwächter verdammt gut, und er würde sie entdecken, ganz gleich was sie sich einfallen ließ, um unsichtbar zu bleiben.

Die andere Möglichkeit, an Informationen zu gelangen, war Six. Der Gedanke war Ness zuwider, weil sie sich damit von Six abhängig machte, aber es schien ihr die einzige Alternative.

Da Six nicht nachtragend war, wenn die Aussicht auf einen Gratis-Trip bestand, gab sie vor, was zwischen ihr und Ness auf der Kensington High Street vorgefallen war, hätte nie stattgefunden. Vielmehr hieß sie Ness in der heruntergekommenen Wohnung im Mozart Estate willkommen und lud sie ein, einer Karaoke-Darbietung von »These Boots Are Made For Walkin'« beizuwohnen – ein zweifelhafter Genuss, mit der besonderen Note versehen, dass sie zuvor eine ganze Flasche vom Mundwasser ihrer Mutter getrunken hatte, weil sie hoffte, davon high zu werden. Nach einigem Hin und Her offenbarte Six Ness schließlich die gewünschten Informationen: Arissa wohnte auf der Portnall Road. Die Hausnummer wusste sie nicht, aber es gab nur einen Wohnblock an der Straße, wo hauptsächlich ältere Leute lebten. Arissa wohnte dort bei ihrer Großmutter.

Ness fuhr zur Portnall Road und begab sich in Stellung. Sie musste nicht lange warten. Bei ihrem zweiten Versuch, The Blade auf frischer Tat zu ertappen, tauchte er tatsächlich auf. Er betrat das Haus mit einem eigenen Schlüssel. Cal, der ihn hierherchauffiert hatte, machte es sich im Hauseingang bequem, zog einen Block aus der Tasche – einen Zeichenblock, vermutete Ness – und machte sich mit einem Bleistift ans Werk. Er lehnte lässig an der Mauer und schaute nur hin und wieder hoch, um sich zu vergewissern, dass niemand auftauchte, der The Blade gefährlich werden konnte.

Es konnte nur einen Grund für The Blades Besuch geben, das war Ness klar. So war sie alles andere als überrascht, als er eine halbe Stunde später zurück auf die Straße kam und sich noch im Gehen die Hose zuknöpfte. Er und Cal waren ein paar Schritte die Straße hinabgegangen, da wurde oben ein Fenster geöffnet. Augenblicklich warf sich Cal vor The Blade, um im Ernstfall seinen Körper als Schutzschild einzusetzen. Ein helles Lachen schallte von oben herab. »Meinste, ich würd dem Mann was tun, Cal Hancock? Du has' das hier vergessen, Baby.«

Ness machte ein Gesicht am Fenster aus: perfekte Schokoladenhaut, seidiges Haar, volle Lippen und Schlafzimmeraugen. Die junge Frau warf einen Schlüsselbund herunter.

»Bis dann!«, rief sie, und dieses Mal klang ihr Lachen verführerisch. Dann schloss sie das Fenster.

Was Ness bewog, ihr Versteck zu verlassen, war nicht so sehr ihr Wissen um die Existenz dieses Mädchens, sondern vielmehr The Blades Gesichtsausdruck, mit dem er zum Fenster hinaufschaute. Er sah aus, als erwäge er, noch einmal zu ihr nach oben zu gehen. Was immer Arissa ihm gegeben hatte – er wollte mehr davon.

Ness dachte keine Sekunde lang darüber nach, was eine öffentliche Szene mit The Blade für Folgen haben konnte, und stellte sich ihm in den Weg. »Ich will die Fotze sehen, die meinen Kerl fickt«, verlangte sie. Das Mädchen war schuld, nicht The Blade; nur so konnte sie die Schmach ertragen. »Dieses Miststück Arissa! Bring mich zu ihr«, fügte sie hinzu. »Der zeig ich, was passiert, wenn sich eine an meinen Kerl ranmacht. Bring mich zu ihr, Mann! Wenn nich', wart ich hier und mach sie fertig, sobald sie zur Tür rauskommt, ich schwör's.«

Ein Mann von anderem Schlage hätte vielleicht versucht, die Situation zu entschärfen. Doch da The Blade Frauen nicht so sehr als menschliche Wesen, sondern eher als Objekte betrachtete, die seiner persönlichen Unterhaltung dienten, beschied er, dass es amüsant wäre, wenn Ness und Arissa sich tatsächlich um ihn schlugen, nahm Ness beim Arm und stieß sie Richtung Haustür.

In ihrem Rücken hörte Ness Cal sagen: »Hey, Mann, ich glaub nich' ...« Aber was immer er hatte sagen wollen, wurde abgeschnitten, als die Tür hinter ihnen ins Schloss fiel.

The Blade sagte kein Wort. Ness fachte ihren Zorn weiter an, indem sie sich vorstellte, dass The Blade und Arissa genau das taten, was er eigentlich mit ihr hätte tun sollen. So deutlich hatte sie die Szene vor Augen, dass sie auf das Mädchen losging und es bei den Haaren packte, kaum dass die Tür sich geöffnet hatte. Sie schloss die Faust um eine dicke Haarsträhne und kreischte: »Du lässt die Finger von ihm, haste gehört? Wenn ich dich noch ein Mal in seiner Nähe erwische, mach ich dich kalt, du Fotze. Kapiert?« Dann schmetterte sie Arissa die Faust mitten ins Gesicht.

Sie hatte mit Kratzen und Zurückschlagen gerechnet, aber der Kampf nahm sofort eine andere Wendung. Arissa wehrte sich überhaupt nicht, sondern ließ sich zu Boden fallen und kauerte sich wie ein Embryo zusammen. Ness trat ihr in den Rücken, zielte auf die Nieren, und dann änderte sie ihre Position und trat ihr in den Bauch. Arissa schrie – lauter, als es der Tritt rechtfertigte.

»Blade! Das Baby!«

Ehe The Blade sich rühren konnte, trat Ness noch einmal zu. Sie wusste, dass Arissa die Wahrheit gesagt hatte. Nicht nur der leicht gewölbte Bauch verriet dies, mehr noch der Umstand, dass ihre Rivalin sich überhaupt nicht gewehrt hatte. Für das Mädchen stand mehr auf dem Spiel als nur ihr Ruf auf der Straße.

Ness trat weiter auf sie ein, doch in Wahrheit ging es nicht mehr um die Frau, sondern um die Tatsache – eine Tatsache, die sie nicht akzeptieren konnte, weil sie ihre eigene Vergangenheit und Zukunft in einem neuen Licht gezeigt hätte. »Miststück!«, schrie Ness. »Ich bring dich um, du Schlampe, wenn du ihn nich' in Frieden lässt!«

Arissa kreischte: »Blade!«

Endlich ging er dazwischen. Das Aufeinandertreffen der beiden Mädchen war schnell genug eskaliert, um The Blade zu beweisen, wie begehrenswert er war. Er zerrte Ness von Arissa weg und hielt sie fest, während Ness sich nach vorn warf und versuchte, wieder an ihre Rivalin heranzukommen. Unablässig beschimpfte sie sie weiter und kämpfte wie eine wilde Katze, während The Blade sie zur Tür zog und auf den Korridor hinausbeförderte.

Einen kurzen Moment wandte er sich noch zurück, um sich zu vergewissern, dass Arissa die Wahrheit gesagt hatte. Sie sah eigentlich nicht anders aus als noch vor wenigen Minuten, als er sie in der Küche im Stehen genommen hatte – sie an den Herd gelehnt, er wie üblich in Eile, weil bereits neue Aufgaben seine Aufmerksamkeit erforderten. Nur lag sie jetzt zusammengekauert am Boden. Er half ihr nicht auf. Er betrachtete sie lediglich und rechnete nach. Möglich, dass es stimmte. Aber ebenso war denkbar, dass sie nur eine verlogene Schlampe war. Vielleicht war's seins, vielleicht auch nicht. Wie auch immer, seine Reaktion war unmissverständlich: »Treib's ab, Arissa. Ich hab schon zwei, und eins ist unterwegs. Mehr brauch ich nich'.«

Damit drehte er sich um und ging hinaus auf den Flur. Ness würde er sich noch in einer Weise vornehmen, die sie so bald nicht vergessen würde. Einem Mann wie ihm durch North Kensington zu folgen und eine Szene zu machen, war absolut inakzeptabel. Doch Ness war nicht mehr da. Vielleicht besser so, dachte er bei sich und machte sich auf den Weg zum Auto.

Ness beschloss, dass sie fertig mit The Blade war: mit diesem verlogenen, hinterhältigen Kerl, der es wie ein Karnickel mit Arissa trieb und parallel mit ihr. Dass er sie hintergangen hatte, würde sie sich nicht gefallen lassen, ganz gleich, wer oder wie berüchtigt er war.

Sie plante ihren Abgang akribisch. The Blade hatte eine Vergangenheit, das wusste sie inzwischen, und sie hatte überdies geschickt aus Six herausgelockt, dass sich sämtliche Frauen in seinem Leben bislang hatten abservieren lassen, ohne ihm irgendwelche Probleme zu bereiten, sogar die beiden armseligen Kreaturen, die ihm Kinder geboren hatten. Was immer sie sich erhofft hatten, was seine Rolle für die Zukunft ihrer Sprösslinge betraf: Er hatte ihnen die Illusionen schnell geraubt, wenngleich er hin und wieder in den Hochhaussiedlungen vorbeischaute, wo sie lebten, wenn er das Bedürfnis verspürte, Cal oder sonst irgendjemandem, den er beeindrucken wollte, die Früchte seiner Lenden vorzuführen, die in vollen Windeln inmitten verrosteter Einkaufswagen spielten.

Ness würde sich nicht zu diesen Frauen gesellen und widerstandslos aus The Blades Leben verschwinden, sobald er genug von ihr hatte. Sie redete sich ein, dass *sie* diejenige war, die genug von *ihm* hatte, vor allem von seinen erbärmlichen Fähigkeiten als Liebhaber. Sie musste nur auf den richtigen Augenblick warten.

Drei Tage später war es so weit. Six – dieser ergiebige Quell an Informationen über kriminelle Vorgänge in North Kensington – hatte ihr verraten, wo The Blade die illegalen Substanzen entgegennahm, deren Verkauf seine Vormachtstellung in ihrem Viertel sicherte: an der Bravington Road, unweit der Ecke Kilburn Lane. Dort, vertraute Six ihr an, gebe es einen Laden, dessen Hinterhof von einer Ziegelmauer gesäumt war. In dieser Mauer gab es wohl ein Tor, das aber immer abgeschlossen war, und selbst wenn nicht, dürfe Ness den Hof unter gar keinen Umständen betreten. Niemand außer The Blade und Cal Hancock durfte dort hinein. Jeder andere musste seine Geschäfte mit ihm in der dahinter verlaufenden Gasse abwickeln. Diese Gasse war nicht nur von der Straße aus gut einsehbar, sondern auch von einer Häuserzeile aus, die direkt daran angrenzte. Doch niemand wäre je auf die Idee gekommen, wegen der dubiosen Vorgänge dort draußen die Polizei zu rufen. Jedermann wusste, wer dort zugange war.

Ness wählte einen Zeitpunkt, da sie sicher sein konnte, ihn mit seinen Untergebenen anzutreffen. Sie fand ihn genau so, wie sie es erhofft hatte: Er war gerade dabei, eine Lieferung zu überprüfen, die er von zwei Finstermännern und drei Jungen auf Fahrrädern erhalten hatte.

Diese stieß sie mit den Ellbogen beiseite, und vor ihr erblickte sie ein verlassenes Gebäude mit einer umlaufenden Laderampe. Auf der Rampe standen einige Holzkisten, manche geöffnet, andere nicht. Während Cal Hancock in einer der Kisten herumkramte, war The Blade dabei, eine Luftpistole zu untersuchen und herauszufinden, wie viel Arbeit notwendig war, um sie in eine brauchbare Waffe zu verwandeln.

»Hey«, sagte Ness. »Ich bin fertig mit dir, du Scheißer. Ich dachte, ich komm vorbei und lass dich das wissen.«

The Blade schaute auf. Die Lieferanten am Tor schienen unisono nach Luft zu schnappen. Auf der Laderampe ließ Cal Hancock den Deckel zurück auf die Kiste fallen und sprang herunter. Ness wusste genau, was er vorhatte. Sie musste sich beeilen, also sprach sie schnell: »Du bist 'ne Null, kapiert, Mann? Du tust grad so, als wärste wer weiß wer, weil du genau weißt, in Wahrheit biste nur ein Wurm, der im Dreck rumkriecht. Und dein Ding is' auch nich' größer als ein Wurm, kapiert?« Sie lachte und stemmte die Hände in die Hüften. »Ich hatte echt schon beim zweiten Mal die Schnauze voll von deiner Fresse und deinem dämlichen Tattoo. Und genauso hab ich die Schnauze voll von deiner kahlen Bowlingkugel und wie lächerlich die aussieht, wenn du mir ein' bläst. Kapiert? Haste verstanden, was ich sag? Du bist gut zu gebrauch'n, wenn man Dope will, aber echt, du bist den Preis nich' wert für das, was du zu bieten hast. Darum ...«

An dem Punkt schritt Cal ein. The Blades Gesicht war starr wie eine Maske, die Augen trüb. Niemand sonst wagte, sich zu regen.

Cal packte Ness und zerrte sie von der Mauer weg die Gasse hinunter. In der Totenstille ergötzte Ness sich an ihrem Triumph, indem sie zu den Hehlern und Fahrradkurieren hinüberrief: »Ihr meint, der Typ is' 'ne große Nummer? Der is' 'ne Null. Ein Wurm. Habt ihr Angst vor dem? Vor einem *Wurm?*«

Dann bogen sie auf die Bravington Road ein, und Cal zischte ihr ins Ohr: »Du bis' echt so 'ne dämliche Schlampe! Blöde, sture Schlampe – du kanns' einem fast leidtun. Weißte eigentlich, mit wem du dich hier einlässt? Weißte nich', was der mit dir macht, wenn ihm danach is'? Jetz' hau bloß ab hier! Und lauf ihm besser nich' mehr übern Weg!« Er versetzte ihr einen kräftigen Stoß, um sie zu ermutigen, schleunigst zu verschwinden. Ness hatte vollbracht, wozu sie hergekommen war. Sie erhob keine Einwände und wehrte sich auch nicht. Sie lachte. Sie war fertig mit The Blade. Sie fühlte sich federleicht. Sollte er doch mit Arissa und all seinen anderen Nutten glücklich werden! Aber worauf er verzichten musste, jetzt und für alle Zukunft, war Vanessa Campbell.

Für sein Streben nach dem perfekten Körper – und dessen ultimativer Bestätigung durch den Titel »Mr. Universe« – benötigte Dix D'Court finanzielle Unterstützung, darum hatte er sich Sponsoren gesucht. Ohne sie wäre er dazu verdammt gewesen, sein Training in knapp bemessene Zeitfenster vor oder nach der Arbeit zu zwängen oder am Wochenende zu absolvieren, wenn das Fitnessstudio überfüllt war – und hätte so nur geringe Chancen gehabt, seinen Traum vom bestgeformten männlichen Körper der Welt zu verwirklichen. Hin und wieder musste er sich mit seinen Geldgebern treffen, um sie auf den neuesten Stand zu bringen und sie über gewonnene

Wettkämpfe zu informieren. Unwissentlich hatte er eines dieser Treffen ausgerechnet für Tobys Geburtstagsabend angesetzt. Als er davon erfuhr, wollte er den Termin absagen. Aber das zuzulassen, hätte für Kendra einen weiteren Schritt in die Art von Beziehung bedeutet, die sie scheute, und darum erklärte sie ihm, der Geburtstag sei ohnehin eine Privatangelegenheit, die im engsten Familienkreis begangen werden solle. Dix sollte ruhig wissen, dass er zu diesem engsten Familienkreis nicht gehörte.

Er warf ihr einen kurzen Blick zu, der sagte: Ganz wie du willst. Joel vertraute er indessen an, dass er sofort nach seinem Sponsorenmeeting vorbeikommen werde.

Joel schloss messerscharf, dass er Kendra nichts von Dix' geplantem Besuch am Geburtstagsabend verraten dürfe. Er wunderte sich ein wenig – wie über so vieles in der Beziehung zwischen Dix und seiner Tante, dachte aber nicht weiter darüber nach, weil er ganz andere Sorgen hatte. Zum Beispiel hatte er kein »Happy Birthday«-Schild, das man ins Fenster hängen konnte. Schlimm genug, dass sie das alte Blechkarussell nicht mehr besaßen, das in ihrer Familie traditionell an jedem Geburtstag auf dem Tisch gestanden hatte. Aber auf das grellbunte Schild zu verzichten, erschien Joel noch viel schlimmer. Sogar Glory Campbell hatte es Jahr für Jahr aus irgendeinem Versteck hervorgezaubert, jedes Mal ein bisschen schäbiger als zuvor. Doch das Schild mit den Metallösen, die es erlaubten, es mit fröhlicher Unbekümmertheit an jedem gewünschten Platz in jeder nur denkbaren Ausrichtung aufzuhängen, hatte das gleiche Schicksal erfahren wie Glorys übrige Habseligkeiten, die nicht mit nach Jamaika sollten: Sie hatte es ohne Joels Wissen in den Müll geworfen, und erst als er seine persönlichen Dinge durchforstet hatte, war ihm klar geworden, dass das Schild nicht mehr in Familienbesitz war.

Er hatte nicht genug Geld, um ein neues zu kaufen, also musste er eines basteln: Er nahm einen Schreibblock, riss für jeden Buchstaben ein Blatt ab und malte sie dann mit einem Filzschreiber, den er sich in der Schule von Mr. Eastbourne geliehen hatte, rot aus. Am Morgen von Tobys Geburtstag wollte er sie ans Fenster hängen, doch außer einem Briefmarkenheftchen konnte er nichts finden, was als Klebstreifen hätte dienen können.

Er hätte Tesafilm vorgezogen, aber nicht einmal dafür hatte er das nötige Geld. Also nahm er die Briefmarken, die man sicherlich später trotzdem noch auf Umschläge kleben konnte, wenn er nur vorsichtig genug war und sie so ans Fenster klebte, dass man sie leicht wieder ablösen konnte. Als Tante Kendra an dem fraglichen Abend nach Hause kam und die gebastelten Buchstaben und deren Aufhängung entdeckte, rief sie: »Was zum Teufel ...«, stellte ihre Einkaufstüten auf der Anrichte ab und wandte sich zu Joel um, der ihr in die Küche gefolgt war und zu einer Erklärung ansetzte. Aber sie unterbrach ihn, indem sie die Arme um seine Schultern legte.

»Das war lieb von dir«, versicherte sie. Ihre Stimme klang ein wenig belegt. Sie war umgänglicher geworden, seit Dix regelmäßig bei ihnen auftauchte, dachte Joel, besonders seit dem Tag, da er sie alle mit zum Rainbow Café genommen hatte, damit sie seine Eltern kennenlernen, und seine Mum mit der heißen Vanillesoße zu ihrem Apfelkuchen so außerordentlich großzügig gewesen war.

Kendra packte ihre Einkaufstüten aus. Sie hatte Currys beim Inder gekauft. »Wo ist Ness?«, fragte sie und rief dann die Treppe hinauf gegen die Stimmen aus einem Zeichentrickfilm an: »Mr. Toby Campbell? Komm auf der Stelle runter in die Küche! Hörst du mich?«

Auf die Frage nach Ness antwortete Joel mit einem Schulterzucken. In den letzten Tagen war seine Schwester zwar häufiger zu Hause, aber sie war schweigsam und grüblerisch gewesen, wie eine Kreatur, die ihre Wunden leckt. Hin und wieder war sie auch mit Six und Natasha unterwegs gewesen, und Joel hatte keine Ahnung, wohin sie dann gegangen war. Seit gestern Abend hatte er sie nicht mehr gesehen.

»Sie weiß doch, was für ein Tag heute ist, oder?«, fragte Kendra.

»Ich nehm's an«, antwortete Joel. »Ich hab's ihr allerdings nich' gesagt. Ich hab sie nich' geseh'n.«

»Nicht«, verbesserte Kendra.

»Ich habe sie *nicht* gesehen. Du?« Er war noch Kind genug, um zu glauben, dass Kendra – die Erwachsene – etwas an dem Problem mit Ness ändern konnte.

Seine Tante erriet seine Gedanken so mühelos, als hätte er sie ausgesprochen. »Was soll ich denn tun?«, fragte sie. »Sie einsperren? Ans Bett fesseln?« Sie holte Geschirr und Besteck aus dem Schrank und reichte es an ihn weiter.

Joel deckte den Tisch.

»Irgendwann kommt der Zeitpunkt, wo jeder selbst entscheiden muss, wie sein Leben aussehen soll, Joel. Ness hat diese Entscheidung getroffen.«

Joel antwortete nicht. Was er dachte, konnte er nicht in Worte fassen. Er und Ness hatten viel durchgemacht. Er hatte Sehnsucht nach der Ness, die sie einmal gewesen war. Und er glaubte, dass auch sie selbst Sehnsucht nach dieser Ness hatte.

Toby kam die Treppe herabgepoltert, die Lavalampe unter dem Arm. Er stellte sie mitten auf den Tisch und rollte das Kabel aus, um sie anzuschließen. Dann setzte er sich auf einen Stuhl, legte das Kinn auf die Hände und beobachtete die orangefarbenen Blasen auf- und absteigen.

»Dein Lieblingsessen, Mr. Campbell«, eröffnete Kendra ihm. »Naanbrot mit Rosinen, Mandeln und Honig. Na, was sagst du?«

Toby sah mit leuchtenden Augen zu ihr hinüber. Kendra lächelte, zog einen Briefumschlag mit drei ausländischen Marken aus ihrer Handtasche und reichte ihn Toby. »Sieht so aus, als hätte deine Gran deinen großen Tag auch nicht vergessen. Das hier kommt den ganzen weiten Weg aus Jamaika.« Sie verschwieg, dass sie ihre Mutter dreimal angerufen und ihr die Fünf-Pfund-Note geschickt hatte, die Toby in dem Umschlag finden würde. »Also, mach ihn auf, und lass sehen, was sie geschrieben hat!«

Joel half Toby, die große Karte aus dem Umschlag zu ziehen, und hob dann den schlaffen Geldschein auf, der zu Boden gesegelt war. »Hey, guck dir das an, Tobe«, rief er. »Du bist reich!«

Aber Toby interessierte sich mehr für das Polaroidfoto, das Glory mitgeschickt hatte: sie und George Arm in Arm, inmitten einer Gruppe von Fremden, Bierflaschen in die Höhe gereckt. Glory trug ein schulterfreies Top – keine allzu weise Entscheidung für eine Frau ihres Alters –, eine Baseballkappe mit der Aufschrift »Cardinals« und Shorts und war barfuß.

»Scheint so, als hätte sie ihr Plätzchen gefunden«, bemerkte Kendra. »Wer sind all die Leute? Georges Familie? Und sie hat dir fünf Pfund geschickt, Toby! Das ist doch echt nett von ihr, oder? Was wirst du denn mit so viel Geld anfangen?«

Toby strahlte und befingerte den Schein. So viel Geld hatte er noch nie zuvor im Leben besessen.

Gerade als Joel überlegte, was er als Geburtstagsteller für Tobys Lieblingsessen hernehmen könnte – er entschied sich für ein verstaubtes Blechtablett mit einem aufgemalten Weihnachtsmann, das er unter zwei Kuchenformen und einer Rührschüssel hervorzog –, stieß Ness zu ihnen.

Sie hatte Tobys Geburtstag also nicht vergessen. Sie überreichte ihm etwas, das, so behauptete sie, ein Zauberstab war. Er war aus durchsichtigem Kunststoff und mit Flitter gefüllt, der bunt erstrahlte, wenn man ihn schüttelte. Sie erwähnte nicht, wo sie ihn herhatte; in demselben Laden auf der Portobello Road, wo Joel die Lavalampe gekauft hatte, hatte sie ihn mitgehen lassen.

Als Ness den Zauberstab vorführte, strahlte Toby übers ganze Gesicht. »Cool! Kann ich mir was wünschen, wenn ich ihn schüttle?«

»Du kannst alles tun, was du willst«, antwortete Ness. »Du hast ja heute Geburtstag, oder?«

»Und weil heute sein Geburtstag ist, habe ich auch etwas ...«, sagte Kendra, eilte die Treppe hinauf und kam mit einem länglichen Paket zurück, das sie Toby überreichte. Er packte es aus – eine Tauchermaske mit Schnorchel; wahrscheinlich das nutzloseste Geschenk, das je ein Kind von seiner Tante bekommen hatte. »Passend zu deinem Schwimmreifen, Toby«, erklärte Kendra. »Wo ist der denn eigentlich? Wieso hast du ihn nicht an?«

Joel und Toby hatten ihr nichts von ihrem Zusammenstoß mit Neal Wyatt erzählt, als der Schwimmreifen seine tödliche Wunde davongetragen hatte. Joel hatte versucht, den Riss zu kleben, aber die Flickstelle hatte nicht gehalten. Darum war der Schwimmreifen in der Mülltonne gelandet.

So war nicht alles perfekt, aber alle – sogar Ness – waren entschlossen, gute Stimmung zu verbreiten. Toby selbst schien überhaupt nicht zu merken, was bei seiner Geburtstagsparty alles fehlte: das Schild, das Karussell und vor allem die Mutter, die ihn zur Welt gebracht hatte.

Alle vier futterten mit Hochgenuss, ließen sich Jalfrezi-Gemüse und Zwiebel-Bhaji schmecken, tranken Limonade und gaben Toby Ratschläge, was er sich mit seinen fünf Pfund alles kaufen könne. Und die ganze Zeit stand die Lavalampe mitten auf dem Tisch, gluckerte und blubberte und verströmte ein gruseliges Licht.

Sie hatten gerade mit dem Naanbrot angefangen, als jemand laut an die Haustür polterte. Dreimal Pochen, dann Stille, dann zweimal Pochen und eine Stimme, die brüllte: »Rück's raus, Schlampe! Hörste mich?« Es war eine Männerstimme, unverkennbar bedrohlich.

Kendra, die gerade ein Stück Brot für Toby abreißen wollte, hielt inne und schaute auf. Joel sah zur Tür. Toby starrte auf seine Lavalampe. Ness hielt den Blick stur auf ihren Teller gerichtet.

Wieder wurde an die Tür gehämmert, dieses Mal mit mehr Nachdruck, begleitet von neuen Rufen: »Ness! Hörste mich? Mach auf, oder ich tret diese Scheißtür ein! Die schaff ich mit einem Fuß!« Erneutes Gehämmer. »Pass bloß auf, Ness! Wenn du nich' sofort aufmachs', schlag ich dir den Schädel ein!«

Von solchen Reden ließ Kendra Osborne sich nicht einschüchtern, im Gegenteil: Empörung stieg in ihr auf. »Wer zum Teufel ist das?«, fragte sie und wollte gerade aufstehen. »Ich erlaube nicht, dass irgendwer …«

»Ich geh schon.« Ness erhob sich, um Kendra zuvorzukommen.

»Aber nicht allein.« Kendra marschierte zur Tür, und Ness folgte ihr dicht auf den Fersen. Toby und Joel bildeten die Nachhut. Toby kaute auf seinem Naanbrot, und seine Augen waren groß vor Neugier, als vermutete er einen weiteren Teil seiner Geburtstagsüberraschung.

Kendra riss die Tür auf. »Was geht hier vor? Was erlauben Sie sich eigentlich, hier an meine Tür zu trommeln wie ein …« Dann sah sie, wer es war, und diese Erkenntnis ließ sie augenblicklich verstummen. Stattdessen blickte sie von The Blade zu Ness und wieder zurück zu The Blade, der fast wie ein Londoner Banker gekleidet war. Das rote Barett auf der Glatze und die giftspeiende Kobra auf seiner Wange sprachen jedoch eine andere Sprache.

Kendra wusste genau, wer er war. Sie lebte lange genug in North Kensington, um von ihm gehört zu haben. Selbst wenn das nicht der Fall gewesen wäre – der Edenham Way lag nicht weit von der Adair Street entfernt, wo The Blades Mutter in einem Reihenhaus wohnte, aus welchem sie, so ging ein Gerücht auf dem Markt an der Golbourne Street, ihren ältesten Sohn verbannt hatte. Sie hatte sich zu diesem Schritt entschlossen, als offensichtlich wurde, welch schlechtes Beispiel er seinen jüngeren Geschwistern war, deren Weg, wenn sie seinen Fußstapfen folgten, nur ins Gefängnis führen konnte.

Kendra zog in Windeseile die richtigen Schlüsse und sagte zu Ness: »Du wirst mir allerhand erklären müssen.«

The Blade schob sich einfach an ihr vorbei, unwillkommen und nicht willens, auf eine Einladung zu warten, die – wie er völlig richtig vermutete – ohnehin nicht kommen würde. Hinter ihm stand Arissa, in ein winziges schwarzes Miniröckchen und ein bauchfreies schwarzes Top gekleidet und in schwarzen Stiefeln, die bis über die Knie reichten, mit so hohen, spitzen Absätzen, dass man dafür fast schon einen Waffenschein gebraucht hätte. Ihre Anwesenheit hatte genau den Effekt, den er sich erhofft hatte, als er sie aufgefordert hatte mitzukommen.

Ness trat einen Schritt vor. »Was willst du, Mann? Ich hab dir doch gesagt, ich hab kein Interesse mehr an dir. Vor allem nich', wenn ich dafür so rumlaufen müsste wie diese Schlampe.«

»Letztes Mal hat's dir aber noch ganz gut gefall'n, oder etwa nich', Miststück!«

»Als ob du das wüsstest!«

Arissa musste ein Lachen unterdrücken und gluckste, wurde aber von The Blade sofort in ihre Schranken verwiesen. Ihr Gesicht wurde ausdruckslos. »Komm, Baby«, sagte sie. »Ärgern wir uns hier nicht rum.« Sie ließ die Hand seinen Arm hinabgleiten, um seine Finger zu berühren.

Er schüttelte sie ab. »Scheiße, Arissa, wir ha'm hier was Geschäftliches zu erledigen.«

»Wir machen keine Geschäfte mehr mit'nander«, eröffnete Ness ihm. »Das hat sich erledigt.«

»*Du* sags' *mir* nich', wann was erledigt is', du Flittchen!«

»Ach, is' dir das noch nie passiert? Hat sich noch keine getraut, dich abzuservier'n?«

»So blöd is' keine außer dir. *Ich* bin derjenige, der sagt ...«

»Ich bepiss mich fast vor Angst, Mann. Also, was wills' du? Und wozu bringste diese Nutte zu mir nach Haus? Haste dir gedacht, ich könnt ihr was beibring', damit die weiß, wie du's gern hast?

»Du hast doch keine Ahnung, was ich gern hab.«

Arissa trat hinter ihm ein, und nun reichte es Kendra endgültig.

»Ich weiß nicht, was zwischen euch gelaufen ist, und im Moment will ich es auch nicht hören. Aber sie befinden sich in meinem Haus«, fuhr sie The Blade und Arissa an, »und ich fordere Sie auf zu gehen. Ich bitte Sie nicht. Ich fordere Sie auf. Alle beide. Seht zu, dass ihr zurückkommt ...« Sie zögerte kurz.

Die »Güllegrube, aus der ihr gekrochen seid«, hätte vermutlich zu einer weiteren Eskalation geführt. Stattdessen beendete sie den Satz mit: »... dahin zurückkehrt, wo immer ihr hergekommen seid.«

»Das is' die beste Idee, die ich seit Wochen gehört hab.« Ness hätte die Angelegenheit an diesem Punkt auf sich beruhen lassen können, hätte dies vielleicht sogar getan, wäre The Blade nicht mit Arissa im Schlepptau erschienen und hätte all das, wofür Arissa stand, Ness nicht dazu verleitet, das letzte Wort haben zu wollen. Mit einem Lächeln, das keinerlei Fröhlichkeit, dafür aber das ganze Ausmaß ihrer Animosität offenbarte, sagte sie: »Außerdem kannste ja jetzt mit deiner Cracknutte hier abhau'n und ein Nümmerchen schieben. Vielleicht in deinem super Luxusschuppen an der Kilburn Lane. Da kannste's ihr zwischen den Kakerlaken besorgen. Wird ihr sicher gefall'n. Dann muss sie vielleicht nich' drüber nachdenken, dass reinstecken und abspritzen alles is', was du draufhas'. So wie ...«

The Blade griff an Kendra vorbei und packte Ness am Kiefer, so fest, dass die Finger sich tief in die Haut gruben. Ehe irgendjemand sich rühren konnte, schlug er ihr die andere Faust gegen die Schläfe. Ness ging krachend zu Boden. Der Aufprall presste ihr die Luft aus der Lunge.

Toby schrie auf. Joel riss ihn zurück.

Kendra zögerte nicht länger. Blitzschnell drängte sie sich an den Jungen vorbei in die Küche und hastete zum Herd, griff nach einer Pfanne und richtete sie gegen The Blade. »Mach, dass du rauskommst, du kleiner Scheißer!«, befahl sie. »Wenn du nicht in fünf Sekunden durch die Tür bist, schlag ich dir den Schädel ein. Und du ...«, fuhr sie an Arissa gewandt fort, die die Entwicklung der Szene mit einem dümmlichen Grinsen verfolgt hatte. »Wenn das hier der beste Kerl ist, den du kriegen kannst, dann bist du noch erbärmlicher, als man auf den ersten Blick meint.«

»Halt die Fresse«, herrschte The Blade sie an. Mit einem Tritt beförderte er Ness aus dem Weg und baute sich vor Kendra auf. »Na los! Du wills' mir eins verpassen, du Schlampe? Versuch's doch. Komm schon, komm schon. Ich geh hier nich' weg, also muss' du dein Versprechen wahr machen.«

»Du machst mir keine Angst«, eröffnete Kendra ihm. »Mit Typen wie dir bin ich schon fertig geworden, als du noch in die Windeln geschissen hast. Jetzt verschwinde, und zwar auf der Stelle! Wenn nicht, lässt du dich mit einer Frau ein, die kleine Schwänze wie deinen auf Toast serviert. Hast du verstanden, Bruder?«

Dass The Blade sie in der Tat verstanden hatte, wurde im nächsten Moment offenbar. Er zog das Klappmesser aus der Tasche, dem er seinen Rufnamen verdankte. Die Klinge blitzte im Gegenlicht, als er sie aufschnappen ließ. »Deine Zunge verlierst du als Erstes«, prophezeite er Kendra und sprang auf sie zu.

Sie schmetterte ihm die Pfanne an den Kopf. Sie traf ihn hart gleich über dem Auge, und die Haut platzte auf. Arissa kreischte. Toby heulte. Und The Blade stürzte sich auf Kendra, die jetzt unbewaffnet war.

Ness packte The Blade am Bein. »Hol irgendwas, Joel!«, schrie Ness ihrem Bruder zu, und dann schlug sie die Zähne in The Blades Wade. Er stach nach ihr. Das Messer fuhr durch ihre drahtigen Locken. Ness schrie auf. Kendra sprang auf The Blades Rücken.

Joel schlängelte sich um die Kämpfenden herum, verzweifelt bemüht, die einzige Waffe zu erreichen, die er ausmachen konnte: die Pfanne, die unter einen Stuhl geschlittert war. Kendra bekam The Blades Arm zu fassen und hielt ihn, so fest sie konnte, um zu verhindern, dass er noch mal auf Ness einstach. Joel streckte sich nach der Pfanne, doch Arissa riss ihn zurück, sodass er hinfiel. Er fand sich nur Zentimeter von The Blades linkem Bein entfernt, folgte dem Beispiel seiner Schwester und biss ebenfalls zu. Ness schrie, vor Schmerz und vor Angst, während ihr das Blut aus der Kopfwunde übers Gesicht lief, Arissa brüllte noch immer, und Toby weinte – und plötzlich rief jemand von der offenen Haustür laut und wütend: »Was zum Teufel ...«, und dann war Dix bei ihnen – Dix, der viel stärker war als The Blade, Dix, der größer war als The Blade, Dix, der sah, dass Kendra in Not war, Ness blutete, Toby weinte und Joel vergeblich versuchte, sie alle zu beschützen.

Er feuerte seine Sporttasche zu Boden, stieß Arissa zur Seite und landete einen einzelnen Fausthieb. The Blades Kopf schleuderte nach hinten – und damit war das Gerangel vorüber. The Blade fiel zurück, Kendra glitt von seinem Rücken, und sie beide landeten zwischen Ness und Joel am Boden. The Blades Messer flog durch den Raum bis in die Küche und landete schlitternd unter dem Herd.

Dix zerrte The Blade auf die Füße und brüllte: »Ken, alles in Ordnung? Ken? Ken!«

Kendra winkte ab, kroch zu Ness hinüber und keuchte: »Ich rauch einfach zu viel. Alles okay, Ness? Wie schlimm bist du verletzt?«

»Soll ich die Cops rufen?«, fragte Dix. Immer noch hielt er The Blade gepackt, der ebenso heftig blutete wie Ness.

»Der isses nich' wert, die Cops zu rufen«, antwortete Ness. Sie hatte sich zusammengekauert, und Kendra beugte sich über sie. »Keinen Fliegenschiss ...«

»Du beschissene Nutte, Ness!«

»Das war ich, als ich's mit dir gemacht hab. Ich hätt Geld dafür nehm' soll'n.«

The Blade wollte sich schon wieder auf sie stürzen, aber Dix hielt ihn mit einem Griff gepackt, aus dem er sich nicht befreien konnte. »Ich brech dir die Knochen, wenn du nich' stillhältst«, fauchte er ihm ins Ohr, schob ihn dann zur Tür und beförderte ihn mit einem kräftigen Stoß auf die Stufen hinaus, sodass The Blade das Gleichgewicht verlor, stolperte und auf den Knien auf dem Asphalt des Gehwegs landete. Arissa hastete zu ihm, um ihm aufzuhelfen. Er riss sich los. Während des Handgemenges hatte er sein rotes Barett verloren, und das Licht aus dem Hausflur schimmerte auf seiner Glatze. Ein paar Nachbarn, die den Lärm gehört hatten, waren auf die Straße getreten. Als sie sahen, wer der Mittelpunkt der Auseinandersetzung war, zogen sie sich schnell wieder zurück.

»Ich krieg, was mir zusteht, kapiert?«, presste The Blade

hervor. Und dann lauter: »Haste gehört, Ness? Ich will das Handy!«

Drinnen kam Ness taumelnd auf die Füße. Sie ging in die Küche, wo ihre Tasche an einer Stuhllehne hing, fischte das Handy heraus, trat damit an die Haustür und warf es mit letzter Kraft nach The Blade.

»Dann gib's *ihr* doch!«, kreischte sie. »Vielleicht wirft sie dir noch ein Junges. Dann lässt du sie fall'n wie ein Stück Scheiße und suchst dir die Nächste. Weiß sie, dass es so läuft? Haste ihr das gesagt? Du schwängers' sie alle. Aber das langt nich', einen größer zu machen, wenn man innerlich so mickrig is'.«

Damit knallte sie die Tür zu, ließ sich schluchzend dagegen fallen und traktierte ihr Gesicht mit den Fäusten. Toby floh in die Küche und versteckte sich unter dem Tisch. Joel stand stumm und hilflos da. Dix ging auf Kendra zu, doch Kendra wandte sich zu Ness.

Die Antwort würde ein Albtraum sein, das war ihr klar, doch sie musste ihre Nichte einfach fragen: »Ness, Ness, was ist dir nur passiert, Baby?«

»Ich konnte nicht …«, war alles, was Ness herausbrachte. Sie weinte immer noch und fuhr fort, ihr eigenes Gesicht zu malträtieren. »Sie konnte, aber ich nicht.«

10

Natürlich trug Joel für die Ereignisse, die über Tobys Geburtstagsfeier hereingebrochen waren, nicht die Verantwortung. Trotzdem fühlte er sich schuldig. Tobys Abend war in eine Katastrophe gemündet. Joel war sich bewusst, wie wenig sein Bruder vom Leben forderte, und darum war er umso entschlossener, alles zu tun, um ein solches Desaster in Zukunft zu verhindern.

Chaos hatte auch den Rest des Abends bestimmt. Nachdem Dix D'Court The Blade vor die Tür gesetzt hatte, musste Ness versorgt werden. Ihrer Kopfwunde war mit einem einfachen Pflaster nicht beizukommen, darum hatten Kendra und Dix sie zum nächsten Krankenhaus gebracht, ein verwaschenes Geschirrtuch mit dem verblassten Konterfei der Princess of Wales als notdürftigen Verband auf den Schnitt gedrückt, um die Blutung zu stoppen. Joel blieb allein zurück mit den Überresten des Abendessens und dem Durcheinander, das The Blades Besuch hinterlassen hatte. Er konnte all das entweder ignorieren oder Ordnung schaffen. Er entschied sich dafür, den Abwasch zu erledigen, er räumte Küche und Essnische auf, schälte vorsichtig die »Happy Birthday«-Girlande vom Fenster und legte die Briefmarken zurück in das Heftchen und neben den Toaster, wo er sie gefunden hatte. Er wollte wiedergutmachen, was geschehen war, und widmete sich seiner Arbeit mit verzweifelter Entschlossenheit. Derweil saß Toby am Küchentisch, das Kinn auf die Fäuste gestützt, starrte auf seine Lavalampe und atmete durch den neuen Schnorchel. Er erwähnte mit keinem Wort, was passiert war. Er war längst wieder in Sosi.

Sobald Joel das Erdgeschoss des Hauses in Ordnung gebracht hatte, brachte er Toby nach oben und setzte ihn erst in die Badewanne – was Toby völlig zu Recht als erste echte Gelegenheit

sah, seine Tauchermaske und den Schnorchel auszuprobieren –
und anschließend vor den Fernseher. Beide Jungen schliefen
schließlich auf dem Sofa ein und wachten auch nicht auf, als
ihre Tante mit Ness nach Hause kam. Kendra weckte sie sanft
und erklärte, Ness sei jetzt oben im Bett. Die Wunde war mit
zehn Stichen genäht worden und verbunden, aber sie durften
ihre Schwester vor dem Schlafengehen kurz besuchen, wenn sie
wollten, um sich zu vergewissern, dass es ihr gut ging.

Ness lag in Kendras Bett, ihr Kopf ganz in Weiß umwickelt,
sodass sie aussah, als trage sie einen Turban. Vom Umfang des
Verbandes hätte man meinen können, dass Ness einer Gehirno-
peration unterzogen worden wäre, aber Kendra erklärte ihnen,
der Turban habe eher kosmetische als medizinische Gründe.
Die Krankenschwester hatte Ness stellenweise den Schädel ra-
sieren müssen, um an die Schnittwunde zu gelangen, und Ness
hatte sie gebeten, die kahle Stelle zu bedecken.

Ness schlief nicht, aber sie redete auch nicht. Joel wusste, es
war klüger, sie in Frieden zu lassen, also sagte er lediglich, er
sei froh, dass es ihr gut gehe. Er trat zu ihr und strich ihr ungeschickt über die Schulter. Sie hatte den Blick auf ihn gerichtet,
aber es kam ihm vor, als sehe sie durch ihn hindurch. Toby
schaute sie überhaupt nicht an.

Joel fühlte sich an ihre Mutter erinnert, was sein Bedürfnis,
die Dinge wieder in Ordnung zu bringen, nur noch stärker
werden ließ. Ihr Leben sollte wieder so werden, wie es einmal
gewesen war. Dass das – angesichts des Todes ihres Vaters und
des Zustands ihrer Mutter – unmöglich war, machte das Gefühl nur drängender. Er suchte nach irgendetwas, nach einer
Art Schmerzstiller. Doch seine Möglichkeiten waren begrenzt.
Er durchschaute nur unzureichend, was mit seiner Familie passierte. Er entschied schließlich, ein neues Geburtstagsschild zu
beschaffen, um allen eine Freude zu machen.

Das nötige Geld beschaffte er sich, indem er eine Woche lang
den Heimweg von der Schule zu Fuß zurücklegte und das Busgeld beiseitelegte. Das hieß aber auch, dass Toby viel länger als
sonst allein an der Middle Row School auf ihn warten musste

und zu spät zum Förderunterricht kam. Doch das schien Joel das Geburtstagsschild wert zu sein.

Er suchte danach an drei verschiedenen Orten: zuerst an der Portobello Road. Weil er dort nicht fündig wurde, probierte er es an der Golbourne Road, ebenfalls ohne Erfolg. Schließlich suchte er eine kleine Filiale von Ryman's auf. Doch selbst dort gab es nicht das, wonach er suchte, und erst als er weiter Richtung Kensal Town ging, kam er schließlich an einem Laden vorbei, wo von Telefonkarten bis zum Dampfbügeleisen einfach alles zu haben war. Er trat ein.

Das einzige Spruchbanner, das er finden konnte, verkündete: »Es ist ein Junge!«, und das dazugehörige Bild zeigte einen Storch mit Sturzhelm auf einem Motorrad mit einem Bündel Windeln im Schnabel. Joel beschloss kurzerhand, es zu kaufen. Er trug es zur Kasse und reichte das Geld über den Ladentisch. Doch am Ende fühlte er sich dennoch niedergeschlagen und besiegt.

Als er den Laden verließ, fiel sein Blick auf ein kleines, aber auffällig orangefarbenes Plakat mit einer Ankündigung, nicht unähnlich den Handzetteln, die er für seine Tante verteilt hatte.

Darauf beworben wurde ein Drehbuch-Schreibkurs bei Paddington Arts. Durchaus nichts Ungewöhnliches, denn Paddington Arts – teilweise durch staatliche Lotterieeinnahmen finanziert – war gegründet worden, um genau diese Art kreativer Betätigung in North Kensington zu fördern. Was hingegen ungewöhnlich war, war der Name des Dozenten: »Unter der Leitung von I. Weatherall«, stand unter dem Titel der Veranstaltung. Es schien höchst unwahrscheinlich, dass es in dieser Gegend mehr als einen I. Weatherall gab. Um sich zu vergewissert, durchwühlte Joel seinen Rucksack nach der Visitenkarte, die Ivan ihm an dem Tag gegeben hatte, als er die Schlägerei zwischen Joel und Neal beendet hatte. Die Telefonnummer auf der Karte war identisch mit der auf dem Plakat, unter der man »weitere Informationen« abfragen konnte.

Joel blickte erneut auf die Visitenkarte in seiner Hand. Weatherall wohnte auf der Sixth Avenue – nicht weit von der Straßenecke, wo sich Joel gerade befand. Diesen Zufall wollte er nicht ungenutzt lassen.

Joel hatte den Weg unterschätzt. Als er die Sixth endlich erreichte, fand er sich in einer Gegend mit Reihenhäusern, wie er sie noch nie gesehen hatte, seit er bei seiner Tante wohnte. Im Gegensatz zu den riesigen Hochhäusern, die den Großteil von North Kensington beherrschten, waren diese Häuser – kuriose Überbleibsel aus dem neunzehnten Jahrhundert – kleine hübsche Gebäude mit nur zwei Stockwerken. Die meisten trugen im Giebel über dem Eingang einen Stein mit der Jahreszahl »1880«. Sie waren alle identisch, unterschieden sich nur durch die Hausnummern, die Fensterdekoration, die Haustüren und die Bepflanzung der winzigen Vorgärten. Zwischen der Haustür von Nummer 23 und dem Fenster, das vermutlich zum Wohnzimmer gehörte, stand ein Rosengitter an der Hauswand. Vier von insgesamt sieben Gartenzwergen kletterten daran empor, um zu Schneewittchen zu gelangen, das ganz oben auf dem Gitter thronte. Einen nennenswerten Vorgarten gab es nicht, nur eine rechteckige gepflasterte Fläche, auf der ein Fahrrad stand, das an die Eisenreling gekettet war, die wiederum eine niedrige Ziegelmauer bekränzte. Diese Ziegelmauer verlief parallel zum Gehweg und markierte die Grenze des winzigen Grundstücks. Joel zögerte. Mit einem Mal erschien es ihm dumm, hierhergekommen zu sein. Er hatte keine Ahnung, was er sagen sollte, wenn er an die Tür klopfte und Ivan Weatherall zu Hause antraf. Zwar hatten sie sich auch weiterhin in der Schule getroffen, doch diese Sitzungen waren rein professioneller Natur gewesen, hatten nur mit der Schule selbst und Hausaufgabenhilfe zu tun. Hin und wieder versuchte Ivan, Joel mit einer Frage nach seinem Privatleben auf den Zahn zu fühlen, doch der Junge wich den Fragen stets aus, so gut er konnte. So kam es, dass außer »Noch irgendwelche Probleme mit Neal, mein Junge?« und der wahrheitsgemäßen Antwort »Nö« noch kein persönliches Wort zwischen ihnen gefallen war.

Joel blieb einen Moment vor der Haustür stehen, fragte sich, was er tun sollte, und traf eine Entscheidung. Es war höchste Zeit, zu Toby zurückzukehren. Joel hatte ihn im Lernzentrum zu seinem üblichen Förderunterricht abgeliefert, aber bald würde man ihn dort erwarten, um seinen kleinen Bruder abzuholen. Er hatte eigentlich gar keine Zeit, Ivan Weatherall einen Besuch abzustatten. Besser, er machte sich auf den Weg.

Er hatte sich schon abgewandt, da öffnete sich plötzlich die Haustür, und Ivan Weatherall höchstpersönlich blickte auf ihn hinab. Ohne jede Vorrede sagte er: »Dich schickt der Himmel! Fast als hätte ich auf den Knien gelegen und gebetet. Komm rein, komm rein! Ich brauche unbedingt ein zweites Paar Hände.« Er verschwand im Innern des Hauses und ließ die Tür erwartungsvoll offen stehen.

Joel trat von einem Fuß auf den anderen und wusste nicht, was er tun sollte. Hätte ihn jemand gefragt, hätte er nicht sagen können, warum er eigentlich zur Sixth Avenue gekommen war. Aber da er schon mal hier war, da er Ivan von der Schule kannte und da er nach all seinen Bemühungen nichts Besseres vorzuweisen hatte als ein blödes Banner, auf dem stand: »Es ist ein Junge!«, betrat er das Haus.

Gleich im Eingang stand ein roter Eimer mit der Aufschrift »Sand«, in dem vier zusammengerollte Regenschirme und ein Spazierstock standen. Darüber hing ein hölzerner Elefantenkopf mit nach oben gewölbtem Rüssel, der als Kleiderhaken diente, und von dem einzigen Stoßzahn des Tiers baumelte ein Schlüsselbund.

Leise schloss Joel die Tür. Er nahm sofort zwei Dinge wahr: den Duft frischer Minze und das Ticken von Uhren. Er befand sich inmitten einer generalstabsmäßig organisierten Unordnung. Abgesehen von dem Elefanten dekorierte eine Vielzahl alter Schwarz-Weiß-Fotos die Wände der kleinen Diele. Nicht ein einziges davon hing schief, wie es passierte, wenn man im Vorbeigehen die Rahmen streifte. Unterhalb zogen sich vollgestopfte Bücherregale die Wand entlang und weiter bis in ein winziges Wohnzimmer. Doch all die vielen Bücher standen wohlgeordnet mit unversehrten Rücken in Reih und Glied.

Über den Regalen hingen mehr als ein Dutzend Uhren. Joel empfand ihr vielstimmiges Ticken als beruhigend.

»Nur keine Scheu. Tritt ein!« Ivan Weatheralls Stimme kam von einem Tisch, der in den Erker des Wohnzimmers unters Fenster gequetscht worden war. Von dort aus hatte Ivan ihn vor dem Haus entdeckt. Joel trat näher und stellte mit Staunen fest, dass der Mann in dem kleinen Raum eine Arbeits-, eine Bastel- und eine Musikecke eingerichtet hatte. Derzeit war er in der Bastelecke zugange: Er hatte versucht, einen Pappkarton auszupacken, in dem irgendetwas in einer Styroporummantelung festklemmte. »Du bist genau im richtigen Moment gekommen«, eröffnete Ivan ihm. »Fass mal mit an, bitte! Ich bekomme das einfach nicht raus. Eine Schar Sadisten muss diesen Karton gepackt haben, und jetzt sitzen sie sicherlich irgendwo und amüsieren sich köstlich bei der Vorstellung, wie ich mich sinnlos abmühe. Aber ich werde derjenige sein, der zuletzt lacht. Komm her, Joel! Selbst in meinen eigenen vier Wänden beiße ich nicht.«

Joel kam näher. Der Minzegeruch wurde intensiver. Ivan kaute nicht Kaugummi, sondern echte frische Minze! Auf dem Tisch stand eine flache Schale voll blättriger Zweiglein, und Ivan fischte gerade eines davon heraus und steckte es zwischen die Lippen wie eine Zigarette.

»Lass uns zusammen unser Glück versuchen. Wenn du die Schachtel festhältst, gelingt es mir vielleicht, den Inhalt herauszubugsieren.«

Joel legte das »Es ist ein Junge!«-Banner auf den Boden und kam Ivan zu Hilfe. Während Ivan am Inhalt der Schachtel ruckte, fragte Joel: »Was is'n da drin?«

»Eine Uhr.«

Joels Blick schnellte hinüber zu den Uhren an der Wand. »Wofür brauchen Sie 'n noch eine?«, fragte er.

Ivan folgte seinem Blick. »Ah. Nun ja. Hier geht es nicht um Zeitmessung, falls du das meinst. Es geht um das Abenteuer. Um Fingerspitzengefühl, Ausgeglichenheit und die Geduld, ein Projekt zu Ende zu führen, ganz gleich, wie kompliziert es ist. Mit anderen Worten: Ich baue Uhren. Dabei entspanne ich mich. Ich kann mich konzentrieren und mich von all den Dingen ablenken« – er lächelte – »über die ich andernfalls nachdenken müsste. Abgesehen davon, empfinde ich den Prozess als eine Miniaturabbildung des menschlichen Kosmos.«

Joel runzelte die Stirn. Ivan Weatheralls Sprache war einfach zu eigenartig. »Wovon reden Sie eigentlich?«, fragte er.

Ivan antwortete nicht, bis sie den Styroporblock aus dem Karton gelöst hatten. Er hob den Deckel an, legte ihn behutsam beiseite. »Fingerspitzengefühl, Ausgeglichenheit und Geduld. Die Beziehungen, die man mit anderen unterhält, die Pflichten, die man sich selbst auferlegt, und die Ausdauer, die notwendig ist, um seine Ziele zu erreichen.« Er betrachtete den Inhalt der Styroporhülle, die, wie Joel jetzt sah, Plastikpäckchen mit einzelnen großen Buchstaben und kleine, mit Etiketten versehene Pappschachteln enthielt. Ivan holte sie vorsichtig hervor, legte sie fast zärtlich auf den Tisch, zusammen mit einem Heftchen, das eine Art Montageanleitung zu enthalten schien. Als Letztes kam ein Päckchen ans Licht, aus dem Ivan ein Paar dünner weißer Handschuhe zog. Er legte sie sich aufs Knie und drehte sich zur Seite, um eine Holzkiste am Fuße des Schreibtischs zu durchforsten. Dort fand er ein zweites Paar Handschuhe, das er Joel reichte. »Die wirst du brauchen«, erklärte er. »Wir dürfen das Messing nicht berühren, sonst hinterlassen wir Fingerabdrücke darauf, und das wäre das Ende.«

Folgsam streifte Joel die Handschuhe über, während Ivan die Montageanleitung entfaltete, auf dem Tisch ausbreitete und eine vorsintflutliche Nickelbrille aus der Brusttasche seines karierten Hemdes zog. Er rückte sie auf seiner Nase zurecht und fuhr dann mit dem Finger die ersten Zeilen der Anleitung entlang, bis er fand, wonach er suchte. Dann zog er ebenfalls seine Handschuhe an. »Zuerst eine Inhaltskontrolle. Das ist von entscheidender Wichtigkeit, weißt du. Andere sind vielleicht so ungestüm, direkt loszulegen, ohne sicherzugehen, dass sie alles Notwendige beisammenhaben. Wir hingegen werden nicht so töricht sein, einfach anzunehmen, im Besitz aller Dinge zu sein, die wir brauchen, um ans Ziel dieser Reise zu gelangen. Fangen wir mit dem Tütchen mit der Aufschrift ›A‹ an. Aber mach es beim Aufreißen nicht kaputt! Nach der Inventur werden wir den Inhalt wieder hineinpacken.«

Die beiden machten sich an die Arbeit und verglichen das, was geschickt worden war, mit der Liste. Jedes Schräubchen, jeder winzige Bolzen wurde abgehakt, jedes Zahnrädchen, jede Achse und jedes Messingteil. Und die ganze Zeit über plauderte Ivan über Uhren und erklärte, woher seine Liebe zu ihnen kam. Am Ende seiner Ausführungen fragte er unvermittelt: »Was hat dich zur Sixth Avenue geführt, Joel?«

Joel wählte die einfachste Antwort. »Hab das Plakat geseh'n.«

Ivan runzelte die Stirn. »Und dabei handelt es sich um …?«

»Das für den Drehbuchkurs. Paddington Arts. Sie sind doch der Lehrer, oder?«

Ivan schien erfreut. »So ist es. Willst du dich anmelden? Bist du deswegen gekommen? Alter spielt keine Rolle, falls dir das Sorgen bereitet. Wir führen immer ein Gemeinschaftsprojekt durch, aus dem schließlich der Film entsteht.«

»Was? Sie machen 'nen *echten* Film?«

»Allerdings! Ich habe dir doch erzählt, dass ich einmal Filmproduzent war, oder? Nun, mit einem Drehbuch beginnt ein jeder Film. Ich habe festgestellt: Je mehr Köpfe an einem Projekt beteiligt sind, umso besser für die Anfangsphase. Später, wenn wir anfangen, das Ganze zu überarbeiten und daran zu feilen, tritt immer einer in den Vordergrund, dessen Stimme sich als die stärkste erweist. Interessiert dich das?«

»Ich wollte eigentlich ein Geburtstagsschild kaufen. Auf der Harrow Road.«

»Oh. Verstehe. Also hast du keine Ambitionen im Filmgeschäft? Nun, daraus kann man dir kaum einen Vorwurf machen. Moderne Filme bestehen ja doch nur noch aus Computeranimationen und -montagen, Verfolgungsjagden und Explosionen. Ich sage dir, Joel, Hitchcock rotiert in seinem Grab! Ganz zu schweigen von Cecil B. DeMille. Also, was hast du für deine Zukunft geplant? Rocksänger? Fußballer? Oberster Richter? Wissenschaftler? Banker?«

Joel stand abrupt auf. Auch wenn er der Konversation nicht immer ganz hatte folgen können, merkte er doch, wann sich jemand über ihn lustig machte, selbst wenn derjenige nicht lachte. »Ich hau ab, Mann«, sagte er, zog die Handschuhe aus und klaubte das Banner vom Boden.

»Du meine Güte!« Ivan schnellte hoch. »Was ist los? Hab ich irgendetwas gesagt ...? Hör mal, ich sehe, dass ich dich irgendwie gekränkt habe, aber sei versichert, es war nicht meine Absicht ... Oh. Ich glaube, ich weiß. Du hast angenommen ... Joel, hast du etwa geglaubt, ich will dich auf den Arm nehmen? Warum solltest du nicht Oberster Richter oder Premierminister werden, wenn das dein Wunsch ist? Warum nicht Astronaut oder Neurochirurg, wenn dich das interessiert?«

Joel zauderte, versuchte, Ivans Worte, Tonfall und Gesichtsausdruck zu deuten. Der Mann stand mit einer ausgestreckten Hand vor ihm, und mit den weißen Handschuhen sah er aus wie Mickymaus.

»Joel«, setzte Ivan wieder an. »Vielleicht solltest du es mir sagen.«

Joel fühlte einen eisigen Schauer. »Was?«

»Die meisten Leute finden mich so harmlos wie ... wie einen Wattebausch. Ich plappere manchmal einfach drauflos, ohne darüber nachzudenken, wie es sich vielleicht anhören mag. Aber mein Gott, das weißt du doch inzwischen, oder? Und wenn wir Freunde werden wollen, statt nur die Rollen zu spielen, die uns in der Schule zugewiesen wurden – ich meine die des Schülers und die des Mentors –, dann scheint mir, als Freunde ...«

»Wer redet von Freunden?« Joel kam sich schon wieder veralbert vor. Und wer wäre nicht misstrauisch, wenn ein erwachsener Mann plötzlich anfing, von Freundschaft zu reden. Doch Joel empfand kein Misstrauen, nur Verwirrung. Und es war eine Verwirrung, die von der Neuartigkeit dieser Situation herrührte. Kein Erwachsener hatte ihn je um seine Freundschaft gebeten, wenn es denn das war, was Ivan tat.

»Niemand, um genau zu sein«, erwiderte Ivan. »Aber warum sollten wir keine Freunde sein, wenn wir beide es wünschen und uns dazu entschließen? Kann man denn überhaupt je genug Freunde haben? Ich glaube nicht. Was mich betrifft – wenn ich feststelle, dass ich ein Interesse mit jemandem teile, Enthusiasmus für ein Thema oder einen bestimmten Blickwinkel auf das Leben ... was immer es ist ... dann ist dieser Mensch mir seelenverwandt, ganz gleich wer er ist. Oder auch sie. Oder sogar *es,* denn ehrlich gesagt, gibt es Insekten, Vögel und Tiere, mit denen ich manchmal mehr gemeinsam habe als mit Menschen.«

Joel musste lächeln, als er sich vorstellte, wie Ivan Weatherall mit einem Vogelschwarm kommunizierte. Er legte das Banner wieder ab. Und dann hörte er sich sagen, was er eigentlich niemals einem Menschen hatte anvertrauen wollen: »Psychiater.«

Ivan nickte versonnen. »Eine ehrenvolle Aufgabe. Die Analyse und Wiederherstellung des leidenden Geistes. Der Gehirnchemie unter die Arme greifen. Ich bin beeindruckt. Wie bist du auf Psychiatrie gekommen?« Er nahm wieder Platz und winkte Joel zurück an seine Seite, um die Inventur der Uhrenbauteile fortzusetzen.

Joel rührte sich nicht. Es gab Dinge, über die zu reden er nicht ertragen konnte, auch jetzt nicht. Aber er entschloss sich, es trotzdem zu versuchen, wenigstens teilweise. »Letzte Woche war Tobys Geburtstag«, begann er. »Wenn jemand Geburtstag hatte, haben wir immer ...« Er spürte ein Brennen in den Augen, und es fühlte sich an, wie wenn Zigarettenqualm durch seine geschlossenen Lider drang. Aber in diesem Zimmer lag nirgendwo eine Zigarette in einem Aschenbecher und schwelte vor sich hin. Hier war nur Ivan, der nach einem weiteren Minzezweiglein griff, es zusammenrollte und in den Mund steckte. Sein Blick war jedoch unverwandt auf Joel gerichtet, und Joel sprach weiter, weil es sich anfühlte, als würden die Worte aus ihm herausgezogen, nicht so, als sei er derjenige, der sie aussprach. »Dad hat immer gesung' an Geburtstagen. Er konnt überhaupt nich' gut singen, und wir haben immer drüber gelacht. Er hatte so 'ne beknackte Ukulele aus gelbem Plastik und tat so, als würd er drauf spielen. ›Jetzt werden Musikwünsche entgegengenommen, meine Damen und Herren‹, hat er immer gesagt. Wenn Mum da war, hat sie sich Elvis gewünscht. Und dann hat Dad immer gesagt: ›Der alte Knacker, Caro? Du musst mit der Zeit geh'n, Frau!‹ Aber dann hat er's doch gesungen. So grässlich, dass uns die Ohren davon wehtaten, und alle ha'm gebrüllt, er soll aufhör'n.«

Ivan saß still. Eine Hand ruhte auf der Bauanleitung, die andere auf seinem Bein. »Und dann?«

»Hat er aufgehört und die Geschenke geholt. Ich hab mal einen Fußball bekomm', und Ness hat Ken gekriegt, diesen Barbie-Mann.«

»Ich meinte nicht an den Geburtstagen.« Ivans Stimme klang mitfühlend. »Ich meinte, was ist passiert? Dass ihr nicht bei euren Eltern wohnt, weiß ich. Das hat man mir in der Schule gesagt. Aber warum das so ist, weiß ich nicht. Was ist mit ihnen passiert?«

Das war Niemandsland. Joel schwieg. Er wusste nicht, was er antworten sollte. Aber zum ersten Mal *wollte* er antworten. Doch das hätte bedeutet, ein Familiengeheimnis preiszugeben. Niemand redete darüber. Niemand konnte es aushalten, diese Dinge auszusprechen.

Joel unternahm einen Versuch: »Die Bullen ha'm gesagt, er war auf'm Weg zum Schnapsladen. Mum hat denen gesagt, das stimmt nich', denn er war geheilt. Er hat nix mehr getrunken, hat sie gesagt. Er wollte nur Ness vom Ballett abhol'n, so wie immer. Außerdem hatte er mich und Toby dabei. Wie komm' die nur drauf, er wollt sich Schnaps kaufen, wo er seine Söhne dabeihat?«

Aber mehr brachte er nicht heraus. Der Rest ... tat zu weh, um auch nur daran zu denken. Und der Schmerz, das wusste er, ließ sich durch nichts betäuben.

Ivan betrachtete ihn. Aber jetzt wollte Joel nicht mehr. Er

wollte nicht mehr betrachtet werden und sah nur noch einen Weg. Er hob sein Banner auf und stürzte aus dem Haus.

Nachdem The Blade am Edenham Way eingefallen war, traf Dix eine Entscheidung und teilte sie Kendra in einer Art und Weise mit, die weder Widerspruch noch Debatten zuließ: Er werde bei ihr einziehen. Er werde sie nicht allein lassen – nicht in Gesellschaft dreier Kinder, oder vielmehr erst recht nicht in Gesellschaft dieser Kinder –, solange ein Subjekt wie The Blade sie bedrohte. Denn was immer The Blade mit seinem Besuch bei Kendra und den Campbells beabsichtigt hatte: Die Behandlung, die er durch Dix erfahren hatte, konnte seine Entschlossenheit nurmehr gesteigert haben. Und sie solle gar nicht erst damit anfangen, fügte er hinzu, als Kendra Einwände gegen seinen Plan vorbringen wollte, The Blade würde sich Dix als Ziel seiner Rache aussuchen. So lief es nicht bei seinesgleichen. Vielmehr würde er hinter einem der anderen Mitglieder des Haushalts her sein. Dix wollte da sein, wenn es ihn aufzuhalten galt.

Er erwähnte nicht, dass sein Einzug ihn auch seinem Ziel einen Schritt näher brachte, seiner Beziehung mit Kendra einen dauerhaften Charakter zu verleihen. Er schob vor, aus dem Falcon ausziehen zu wollen, denn mit zwei anderen Bodybuildern in dem kleinen Apartment zu wohnen, barg die Gefahr, immer tiefer in einen Sumpf aus Testosteron zu sinken. Seinen Eltern erklärte er lediglich, dies sei eben, was er tun müsse. Ihnen blieb kaum etwas anderes übrig, als seine Entscheidung zu akzeptieren. Sie hatten durchaus erkannt, dass Kendra keine gewöhnliche Frau war, und das sprach für sie, fanden sie, doch sie hatten ihre eigenen Träume für das Leben ihres Sohnes gehabt, und eine vierzigjährige Frau, die für drei Kinder Sorge tragen musste, kam darin nicht vor. Abgesehen von ein paar anfänglichen behutsamen Warnungen, behielten sie ihre Vorbehalte jedoch für sich.

Joel und Toby waren glücklich, als Dix einzog. In ihren Augen war er so etwas wie ein Gott. Nicht nur war er wie ein

Actionheld im Kino aus dem Nichts erschienen, um sie alle zu retten. Er erschien ihnen auch in jeder anderen Hinsicht perfekt: Er sprach mit ihnen, als wären sie gleichberechtigt. Es war nicht zu übersehen, dass er ihre Tante anbetete – was ein echter Pluspunkt war, denn auch ihnen wuchs sie allmählich ans Herz. Und selbst wenn er vielleicht von körperlicher Perfektion im Allgemeinen und seiner eigenen körperlichen Perfektion im Besonderen besessen war, konnten sie mit Leichtigkeit darüber hinwegsehen. Außerdem garantierte er ihre Sicherheit.

Das einzige Problem war Ness, wie sich bald herausstellte. Sie hatte Dix nicht erkannt, weil sie an jenem Abend, als er sie vor einer folgenschweren Überraschung im Falcon bewahrt hatte, zu betrunken gewesen war. Doch trotz seines Erscheinens im genau richtigen Augenblick, als The Blade sie überfallen hatte, konnte sie Dix einfach keine Sympathie entgegenbringen. Dafür gab es mehrere Gründe, wenngleich sie keinen davon eingestehen wollte.

Der offensichtlichste war ihre Umquartierung. Seit sie von East Acton hierhergezogen waren, hatte Ness in den Nächten, die sie zu Hause verbracht hatte, das Bett ihrer Tante geteilt. Nach Dix' Ankunft musste sie auf das Sofa im Wohnzimmer ausweichen. Die Tatsache, dass Dix einen Wandschirm baute, um ihr ein Mindestmaß an Privatsphäre zu gewährleisten, änderte nicht das Mindeste an ihrer Empörung. Ihr Groll wuchs vielmehr noch durch den Umstand, dass Dix – der nur acht Jahre älter war als sie und ein atemberaubendes Exemplar an Männlichkeit – nicht das geringste Interesse an ihr zeigte, sondern ganz und gar ihrer Tante verfallen war. In seiner Gegenwart kam sie sich so unwiderstehlich vor wie eine Scheibe kalter Toast, und das führte zum einen dazu, dass sie ihrer Familie gegenüber zunehmend mürrisch und einsilbig wurde, zum anderen zu einer Wiederbelebung ihrer Freundschaft mit Six und Natasha.

Das war Kendra unbegreiflich. Sie hatte angenommen, dass Ness nach The Blades Überfall eine völlig andere sein werde, die ihr Fehlverhalten bereute und dankbar war, dass sie alle jetzt einen männlichen Beschützer hatten. Ratlos und enttäuscht über die anhaltende Verdrossenheit ihrer Nichte, wies Kendra sie darauf hin, dass Dix' Einzug allein Ness selbst zu verdanken sei: Hätte sie sich nicht mit The Blade eingelassen, befände sie sich jetzt nicht in der Lage, auf dem Wohnzimmersofa hinter einem zusammenklappbaren Wandschirm nächtigen zu müssen.

Dieser zwar verständliche, aber erfolglose Versuch, Ness zur Vernunft zu bringen, machte die Dinge nur noch schlimmer. Dix spürte das und riet Kendra unter vier Augen, dem Mädchen nicht so zuzusetzen. Wenn Ness nicht mit ihm reden wollte – in Ordnung. Wenn sie aus dem Zimmer stolzierte, sobald er eintrat – ebenfalls in Ordnung. Wenn sie seinen Rasierer benutzte, seine Bodylotion die Toilette hinunterspülte und seine hundertprozentigen Natursäfte in den Ausguss – sollte sie doch. Fürs Erste. Früher oder später würde sie einsehen müssen, dass nichts von alledem etwas an der Realität ändern konnte. Dann würde sie einen anderen Kurs einschlagen. Und damit dies kein Kurs werde, der sie in noch größere Schwierigkeiten brachte, mussten sie beide, Kendra und Dix, bereit sein, ihr Alternativen aufzuzeigen.

Kendra fand, mit dieser Sichtweise machte er es Ness viel zu leicht. Seit ihrer Ankunft hatte ihre Nichte ihr nichts als ständig neue und immer größere Probleme beschert. Irgendetwas musste geschehen. Kendra fiel jedoch nichts Besseres ein als Befehle und Drohungen, von denen sie die meisten aus Pflichtgefühl gegenüber ihrem Bruder – Ness' Vater – nicht wahr machen konnte.

»Du erwartest immer, dass sie so sein soll wie du«, bemerkte Dix, als sie wieder einmal über Ness sprachen, und es brachte sie auf die Palme, wie plausibel seine Einschätzung der Situation war. »Wenn du das überwinden könntest, hättest du 'ne Chance, sie so zu akzeptieren, wie sie eben is'.«

»Ein Flittchen, das ist sie, und nichts anderes«, entgegnete Kendra. »Sie schwänzt die Schule, sie ist faul, und sie treibt sich rum.«

»Das denkst du doch nicht wirklich.« Dix legte einen Finger auf ihre Lippen und lächelte auf sie hinab. Es war spät. Sie waren schläfrig vom Sex und im Begriff einzuschlummern.

»Das is' nur deine Frustration, die da aus dir spricht. Und aus ihr spricht eben ihre Frustration. Du lässt zu, dass sie dir zusetzt, statt nach den Gründen zu suchen, warum sie sich so benimmt.«

Meist umkreisten sie einander wie zwei argwöhnische Katzen. Wenn Kendra einen Raum betrat, stürmte Ness hinaus. Wenn Kendra dem Mädchen eine Aufgabe übertrug, erledigte Ness sie erst, wenn aus der Bitte eine Anordnung, aus der Anordnung eine Drohung geworden war, und auch dann machte sie es so schlampig, wie sie nur konnte. Sie war einsilbig, wütend und sarkastisch, wo sie nach Kendras Auffassung doch hätte dankbar sein müssen. Nicht unbedingt für das Dach über ihrem Kopf. Selbst Kendra sah ein, dass das zu viel verlangt war, bedachte man, unter welchen Umständen Ness und ihre Brüder zum Edenham Way gezogen waren. Aber dankbar doch wenigstens dafür, dass Dix sie vor The Blade gerettet hatte. Es war schon das zweite Mal gewesen, dass Dix Ness in einer brenzligen Situation beigestanden hatte, und Kendra machte ihre Nichte auf diese Tatsache aufmerksam.

»Das war *der* Typ? Aus dem Falcon? Quatsch!« Doch nachdem sie dies erfahren hatte, betrachtete sie Dix mit anderen Augen und in einer Art und Weise, die einer Frau mit weniger Selbstbewusstsein als Kendra zu schaffen gemacht hätte.

»Kein Quatsch«, erwiderte Kendra. »Wie besoffen warst du eigentlich, dass du das nicht mehr weißt, Ness?«

»Zu betrunken, um mir seine Visage anzuseh'n«, antwortete Ness. »Aber woran ich mich erinner …« Sie lächelte und hob vielsagend die Augenbrauen. »Mannomann, Kendra, du bis' vielleicht 'n Glückspilz.«

Ihr Kommentar war wie ein kleiner Kiesel, der drohte, eine Lawine in Gang zu setzen. Kendra weigerte sich, ihn zur Kenntnis zu nehmen. Sie redete sich ein, Ness fände in ihrem momentanen Zustand Erleichterung darin, andere zu manipulieren, egal wie.

Doch die Reaktion tief in ihrem Innern konnte sie nicht aufhalten, und das bewog sie eines Tages, Dix zu fragen: »Was findest du eigentlich an meinem vierzigjährigen Körper? Stehst du nicht auf Mädchen? Ist es das? Man sollte doch meinen, in deinem Alter willst du eine junge Freundin.«

»Du *bist* jung«, entgegnete er prompt – eine wohltuende Antwort. Doch intuitiv fragte er: »Worum geht es hier wirklich, Ken?«

Es machte Kendra wahnsinnig, dass Dix sie so mühelos durchschaute. »Um gar nichts«, sagte sie.

»Das glaub ich aber wohl.«

»Also, meinetwegen. Du willst mir im Ernst weismachen, dass du keine Mädchen anguckst? Junge Frauen? Im Pub, im Fitnessstudio, beim Sonnen im Park?«

»Klar guck ich sie an. Ich bin ja kein seelenloser Roboter.«

»Und wenn Ness hier halb nackt herumläuft? Siehst du das auch?«

»Noch mal, Ken: Worum geht es hier?«

Doch Kendra konnte sich nicht überwinden, mehr zu sagen. Denn damit hätte sie einen Mangel an Vertrauen eingestanden, einen Mangel an Zuversicht und an Achtung. Nicht Selbstachtung, sondern Achtung vor ihm.

Um sich von den Gedanken abzulenken, die Ness ihr offensichtlich einimpfen wollte, verdoppelte Kendra ihre Anstrengungen bei der Akquise neuer Massagekunden. Sie sagte sich, dass alles andere zweitrangig sei, verglichen mit der Zukunft, die sie sich aufbauen wollte.

Doch sie hatte nie geplant, dass die Campbells Bestandteil dieser Zukunft sein würden, und während Ness sich ausdauernd bemühte, ihr zu demonstrieren, wie schwierig ein Zusammenleben mit einem pubertierenden Mädchen sein konnte, begann Kendra verständlicherweise, darüber nachzudenken, wie sie dem Zusammenleben mit solch einem pubertierenden Mädchen ein Ende setzen konnte. Sie überlegte, ob die Mutter der drei Kinder je wieder in ihre Welt zurückkehren und ihr die Verantwortung abnehmen würde. Sie stattete Carole sogar einen heimlichen Besuch ab, um festzustellen, ob ihre mütterlichen Instinkte – soweit vorhanden – wiedererweckt werden könnten. Aber Carole hatte einen ihrer ganz dämmrigen Tage und äußerte sich mit keinem Wort zu Ness und Joel. Toby, wusste Kendra, war ein Thema, das man besser ganz mied.

Die Tatsache, dass die Campbells – und vor allem Ness – Dix überhaupt nicht zu stören schienen, verschlimmerte Kendras Gewissensbisse ob ihrer eigenen Gefühle. Sie hielt sich vor, dass sie doch verdammt noch mal die Tante der Kinder sei, und versuchte, die Unruhe abzulegen, die sie dazu trieb, ständig mit dem Schlimmsten zu rechnen.

Ness wusste, dass ihre Tante argwöhnisch war, und nachdem sie so lange völlig machtlos gewesen war, genoss sie das flüchtige Gefühl von Überlegenheit, das sich einstellte, wenn sie nur mit Kendra und Dix D'Court im selben Raum war. Denn Kendra hatte sich angewöhnt, sie zu studieren wie ein Pantoffeltierchen unter dem Mikroskop. Da Ness das Misstrauen ihrer Tante als Eifersucht interpretierte, fühlte sie sich prompt versucht, ihr dafür auch einen Grund zu liefern.

Das erforderte Dix' Kooperation. In Ness' Augen war er ein Mann wie jeder andere – beherrscht von niederen Instinkten. Er würde sich von ihr verführen lassen.

Er stand in der Küche an der Spüle, als sie sich an ihn heranmachte. Er hatte sich gerade einen Proteindrink gemischt und trank ihn in großen Schlucken. Sein Rücken war ihr zugewandt. Sie waren allein im Haus.

»Ken hat ja so 'n Glück. Du bis' echt was fürs Auge, Bruder.«

Verblüfft wandte er sich zu ihr um. Er hatte geglaubt, sie habe das Haus verlassen, und wollte ein paar Dinge erledigen – vor allem sein tägliches Laufprogramm –, doch ein Tête-à-Tête mit der Nichte seiner Freundin gehörte nicht dazu. Außerdem hatte er sehr wohl gemerkt, wie Ness ihn in letzter Zeit ansah, wie sie ihn musterte. Er konnte sich unschwer vorstellen, wozu ein Gespräch unter vier Augen mit ihr führen würde. Er kippte den Rest seines Energiedrinks hinunter und drehte ihr wieder den Rücken zu, um das Glas auszuspülen.

Ness trat zu ihm, legte die Hand auf seine Schulter und ließ sie seinen Arm hinabgleiten. Dix' Oberkörper war unbekleidet. Ness drehte seine Hand nach oben und fuhr mit dem Finger die Vene entlang. Ihre Berührung war sacht, ihre Haut weich, ihre Absicht unmissverständlich.

Dix war ein menschliches Wesen, und wenn er einen Augenblick damit liebäugelte, ihre Berührung zu erwidern, einen noch kürzeren Augenblick auf die üppigen, dunklen Brustwarzen schaute, die sich – von keinem BH behindert – durch den dünnen weißen Stoff ihres Tops abzeichneten, dann war dieses Menschsein der Grund dafür. Einen Moment lang beherrschten ihn allein die Instinkte der Arterhaltung, aber er brachte sie unter Kontrolle.

Er nahm Ness' Hand von seinem Körper. »So bringt man sich leicht in Schwierigkeiten, oder?«, sagte er.

Sie ergriff seine Linke, legte sie an ihre Hüfte und hielt sie dort fest. Dann sah sie ihm tief in die Augen und schob seine Hand hoch, bis sie am Ansatz ihrer Brust lag. »Warum soll bloß sie so ein Glück haben? Dabei hab ich dich zuerst geseh'n. Komm schon, Mann. Ich weiß doch, dass du's willst. Und ich weiß, wie du's willst. Und ich weiß, du willst es von mir.«

Er spürte, wie er in Wallung geriet. Doch das veranlasste ihn, sich umso entschiedener von ihr loszureißen. »Du siehst die Dinge falsch, Ness. Entweder das, oder du bildest dir was ein.«

»Oh, klar doch. Du warst nur der Kavalier an dem Abend im Falcon, Dix? Willste mir das echt verkaufen? Willste mir echt weismachen, du weißt nich' mehr, was passiert is', bevor du mich nach Haus gefahr'n hast? Wir sind zu deinem Auto gegangen. Du hast mich reingesetzt. Du hast dafür gesorgt, dass ich den Gurt anleg. ›Hier, lass mich dir helfen, junge Frau. Ich zieh den Gurt über deine Brust und mach ihn fest, damit du sicher bist.‹«

Dix hob eine Hand, um sie zum Schweigen zu bringen. »So war's nich'«, sagte er.

»Wie war's nich'? Haste etwa nich' mit den Fingern über meine Brust gestrichen, so wie du's jetzt auch willst? Nich' deine Hand mein Bein raufgeschoben, bis du gefunden hast, was du wolltest? *Was* war nich' so?«

Er verengte die Augen. Seine Nasenflügel bebten, als er einatmete, und er nahm ihren Duft wahr. Kendra war sexy, aber dieses Mädchen war purer Sex. Sie war triebhaft, sie war präsent, und sie machte ihm eine Todesangst. »Du bist also nicht nur 'ne Schlampe, sondern auch 'ne Lügnerin, Ness?«, fragte er. »Lass mich in Frieden. Ich mein's ernst, kapiert?«

Er drängte sich an ihr vorbei und verließ die Küche. Ihr Gelächter verfolgte ihn. Ein einzelner Laut, schrill, ebenso herzlos wie bar jeder Heiterkeit. Es fühlte sich an wie ein Skalpell, das sein Fleisch abschälte.

Ness war noch zu jung, um zu begreifen, was sie empfand. Alles, was sie über die Vorgänge in ihrem Innern verstand, war, dass etwas brodelte. Dieses Brodeln drängte sie zu handeln. Zu handeln war einfacher als nachzudenken.

Sie musste nicht lange auf eine Gelegenheit warten, um sich durch Handlung Ausdruck zu verschaffen. Sie hatte geglaubt, dass es etwas Sexuelles sein würde: sie und Dix ineinander verschlungen, in einer Art und Weise und an einer solchen Stelle, dass Kendra sie zwangsläufig entdecken musste. Aber es kam anders. Es waren Six und Natasha, die ihr diese Ausdrucksmöglichkeit verschafften, und sie ergab sich aus altbekannten Umständen: Sie wussten mal wieder nichts mit sich anzufangen, sie hatten kein Geld, aber sie wollten sich unbedingt irgendetwas beschaffen, wovon sie high werden konnten.

Das hätte eigentlich kein Problem darstellen sollen. Für sexuelle Befriedigung in der jeweils ausgehandelten Form waren die Fahrradkuriere der Gegend immer gewillt gewesen, sie mit Kokain, Cannabis, Ecstasy, Crystal und so weiter zu versorgen. Und das Schönste für die Jungen war, dass die Mädchen nie wählerisch gewesen waren, was die Drogen betraf. Aber in jüngster Zeit hatten die Dinge sich geändert. Der Arbeitgeber der Kuriere war dazu übergegangen, sie schärfer zu kontrollieren, weil ein wachsamer Kunde sich beklagt hatte, dass vor der Auslieferung der Ware offenbar etwas abgezweigt wurde. Die Quelle der Mädchen war versiegt, und keine sexuelle Dienstleistung schien sie wieder zum Sprudeln bringen zu können.

Sie brauchten also Geld. Doch sie besaßen nichts, was sie verkaufen konnten, und keine von ihnen kam auch nur auf den Gedanken, sich Arbeit zu suchen – was ohnehin sinnlos gewesen wäre, da sie mitnichten vermittelbar waren. Darüber hinaus gehörten sie zu einer Generation, die die sofortige Befriedigung ihrer Bedürfnisse erwartet. Sie hatten zwei Möglichkeiten: Sie konnten ihre sexuellen Dienste anderweitig als nur den Drogenkurieren anbieten, oder sie gingen stehlen. Sie entschieden sich für Letzteres, einfach weil es ihnen der schnellere Weg zum Ziel zu sein schien. Blieb nur noch zu entscheiden, wem sie stehlen wollten, was sie brauchten. Sie konnten das Portemonnaie von Six' Mutter plündern. Sie konnten es jemandem abknöpfen, der gerade vom Geldautomaten kam. Oder sie konnten es sich von einem wehrlosen Opfer auf der Straße holen.

Da Six' Mutter mitsamt ihrer Handtasche selten zu Hause war und auch kein Geldversteck in der Wohnung unterhielt, von dem Six wusste, fiel diese Möglichkeit aus. Der Geldautomat klang vielversprechend, bis ausgerechnet Tash darauf hinwies, dass die meisten Apparate mit Überwachungskameras ausgestattet waren, und das Letzte, was ihnen fehlte, war ein Videomitschnitt ihres Überfalls auf einen Bankkunden. Blieb also der Straßenraub. Sie mussten nur noch die Gegend aussuchen, in der die Operation stattfinden sollte, und ein geeignetes Opfer ausspähen.

Die Wohnsiedlungen der Mädchen wurden sofort verworfen, ebenso die Great Western Road, die Kilburn Lane, die Golbourne Road und Harrow Road. Sie alle waren zu belebt, und wenn ihr potenzielles Opfer anfing zu schreien, bestand die Gefahr, dass die Täterinnen auf einer dieser Straßen bemerkt und an der Durchführung der Tat gehindert wurden. Sie entschieden sich schließlich für einen Wohnkomplex gleich hinter der Polizeiwache Harrow Road. Andere hätten diesen Tatort vielleicht als absurd und zu gefährlich verworfen, aber den Mädchen gefiel er aus zwei Gründen: Der Komplex war umzäunt und hatte ein verschlossenes Eingangstor, das dem potenziellen Opfer ein falsches Sicherheitsgefühl vermittelte, und die Polizeidienststelle lag so nahe, dass niemand damit rechnen würde, ausgerechnet dort überfallen zu werden. Die Auswahl ihres Tatorts, entschieden die Mädchen, war schlichtweg brillant.

Auf das Gelände der Siedlung zu gelangen, erwies sich als unproblematisch. Sie lungerten einfach ein Weilchen bei den Müllcontainern in der Nähe des Eingangstores herum, bis sich eine arglose ältere Frau mit einem Einkaufstrolley näherte. Sobald sie das Tor aufgesperrt hatte, sprang Tash hinzu und hielt es ihr auf. »Moment, ich helf Ihnen, Ma'am.« Die Frau war so verdutzt, dass sie angesprochen und obendrein höflich behandelt wurde, dass sie keinerlei Argwohn schöpfte, als Tash ihr durch das Tor folgte und Six und Ness hinter sich hereinwinkte.

Six schüttelte den Kopf, um zu bedeuten, dass sie die Frau ziehen lassen sollten. Eine Rentnerin hatte vermutlich nicht so viel Geld dabei, wie sie brauchten, und außerdem war Six dagegen, alte, hilflose Damen zu überfallen. Sie erinnerten sie an ihre eigene Großmutter, und sie in Frieden zu lassen, kam einem Pakt mit dem Schicksal gleich, der gewährleisten sollte, dass ihre Gran in ihrer Wohnsiedlung unbehelligt blieb.

Also begannen die Mädchen, die Gehwege entlangzuschlendern. Sie mussten nicht lange warten. Keine zehn Minuten später kam ihre Zielperson, eine Frau, aus einem der Häuser, ging in Richtung Harrow Road und zog törichterweise und entgegen aller Empfehlungen der Polizei ihr Handy aus der Tasche – ein Geschenk des Himmels, wussten die Mädchen, als sie auch noch eine Nummer eintippte und dabei ihre Umgebung völlig ausblendete. Selbst wenn sie kein Bargeld bei sich haben sollte, besaß sie doch ein Handy, und für Six und Natasha war der Besitz eines Mobiltelefons noch immer der größte Traum.

Drei gegen eine; die Erfolgschancen schienen hervorragend. Zwei von ihnen würden von vorn angreifen, eine von hinten –

eine Konfrontation ohne Anwendung, aber unter Androhung von Gewalt. Sie würden taff aussehen, denn sie waren taff. Außerdem war das Opfer weiß, in den mittleren Jahren, und sie waren schwarz und jung, mit anderen Worten: Es konnte nichts schiefgehen. Die Mädchen ergriffen die Gelegenheit, ohne zu zögern.

Six übernahm das Kommando. Sie und Tash wollten den Frontalangriff starten. Ness sollte den Part des Überraschungsangreifers von hinten übernehmen.

»Patty? Hier ist Sue«, sagte die Frau in ihr Handy. »Könntest du mir die Tür aufschließen? Ich bin spät dran, und die Schüler werden kaum länger als zehn Minuten …« Sie entdeckte Tash und Six vor sich. Wie angewurzelt blieb sie stehen. Von hinten legte Ness ihr eine Hand auf die Schulter. Die Frau erstarrte.

»Her mit dem Handy, Alte«, verlangte Six.

Tash folgte ihrem Beispiel. »Und die Handtasche auch.«

Sues Gesicht, sogar die Lippen waren weiß, aber vielleicht war dies auch ihre natürliche Gesichtsfarbe. »Ich kenne euch nicht, oder?«, fragte sie die Mädchen.

»Stimmt«, erwiderte Six. »Rück das Handy raus, und zwar jetzt gleich. Wenn nich', wirste aufgeschlitzt.«

»Oh, sicher. Natürlich.« Dann sprach sie wieder ins Telefon: »Hör zu, Patty, ich werde gerade überfallen. Sei doch so gut, die Polizei …«

Ness versetzte ihr einen Stoß. Six schubste sie zurück. Tash drohte: »Mach keine Spielchen mit uns, Fotze.«

Die Frau schien allmählich die Fassung zu verlieren. »Ja. Ja. Tut mir leid. Ich habe nur … Hier. Lasst mich … Mein Geld ist hier drin …«, und sie machte sich an der Handtasche zu schaffen, die mit einer Unzahl von Riemen und Schnallen versehen war. Sie ließ Tasche und Handy zu Boden fallen. Six und Tash bückten sich danach – und von einer Sekunde zur nächsten kippte die Situation.

Aus der Jackentasche zog die Frau blitzschnell eine kleine Dose hervor und sprühte den drei Mädchen den Inhalt ins Gesicht: nichts Gefährlicheres, nur ein starkes Raumspray, aber es erfüllte seinen Zweck. Während Sue sprühte und lauthals um Hilfe schrie, wichen die Mädchen zurück.

»Ich hab keine Angst vor euch! Ich hab vor niemandem Angst! Ihr verkommenen kleinen ...« Sue kreischte und kreischte. Und um ihren Standpunkt unmissverständlich klarzumachen, packte sie das Mädchen, das am Nächsten stand, und sprühte ihm direkt in die Augen. Es traf Ness, die sich zusammenkrümmte, während an den umliegenden Häusern die Außenlichter angingen, Nachbarn aus den Türen kamen und in Trillerpfeifen bliesen. Es war die Hölle.

Six und Natasha hatten genug. Sie flohen in Richtung Tor. Das Handy und die Handtasche ließen sie ebenso zurück wie ihre Freundin. Da diese durch das Spray schon kampfunfähig war, hatte Sue leichtes Spiel, sie festzusetzen: Sie warf sie zu Boden und hockte sich einfach auf sie drauf. Dann ergriff sie ihr Telefon und wählte 999.

»Drei junge Mädchen haben gerade versucht, mich zu überfallen«, berichtete sie, als die Notrufzentrale sich meldete. »Zwei laufen in westlicher Richtung die Harrow Road entlang. Auf der dritten sitze ich gerade ... Nein, nein, ich habe keine Ahnung ... Hören Sie, ich schlage vor, Sie schicken umgehend jemanden her, denn ich habe nicht die Absicht, dieses Früchtchen hier laufen zu lassen, und ich übernehme keine Verantwortung für die Folgen, wenn ich ihr noch mal ins Gesicht sprühen muss ... Direkt an der Dienststelle Harrow Road, Sie Vollidiot! Von mir aus schicken Sie den Hausmeister!«

11

Die Polizei erschien in Gestalt eines weiblichen Constables mit festen Schuhen und einer unmöglichen Frisur. Sue, die die ganze Zeit auf Ness gesessen hatte, übergab sie nun der Beamtin, die das Mädchen unsanft auf die Füße zog – vor den Augen der versammelten Nachbarn, die schließlich gnädigerweise aufhörten, ihre Trillerpfeifen zu bemühen. Sie bildeten ein johlendes Spalier, und da sie sich von der Polizistin nicht vertreiben ließen, wurde Ness wie bei einem Spießrutenlauf durch diese Gasse hindurch abgeführt. Sie war erleichtert, als sie die Siedlung verließen. Weniger erleichtert war sie, sich in der Polizeiwache wiederzufinden, wo die Beamtin sie allein in ein Verhörzimmer sperrte, ohne ihren immer noch tränenden Augen die geringste Beachtung zu schenken. Ness war verängstigt, aber das hätte sie niemals zugegeben.

Die Polizeibeamten wussten, dass sie Ness nicht befragen durften, solange kein Erwachsener zugegen war. Da sie sich jedoch weigerte, den Namen eines Erziehungsberechtigten zu nennen, blieb ihnen nur, das zuständige Jugendamt einzuschalten. Dieses wiederum schickte eine Sozialarbeiterin: Fabia Bender, die seit Wochen das Gespräch mit Kendra Osborne wegen ihrer Nichte suchte.

Fabia Benders Aufgabe bestand jedoch nicht darin, Ness zu befragen. Das Mädchen war nicht in Polizeigewahrsam, weil es die Schule geschwänzt hatte – der einzige Grund, warum das Jugendamt bisher an ihr interessiert gewesen war. Hier und jetzt sollte die Sozialarbeiterin als eine Art Puffer zwischen der Polizei und der festgenommenen Jugendlichen fungieren. Sie sollte gewährleisten, dass die Rechte des Mädchens nicht verletzt wurden.

Da Ness auf frischer Tat bei einem versuchten Raubüberfall

ertappt worden war, beschränkten die Fragen der Polizei sich allein auf Namen und Adressen ihrer Komplizinnen. Doch Six und Natasha zu verpfeifen, kam für Ness nicht infrage. Als der Polizeibeamte – ein gewisser Sergeant Starr – sie fragte, ob ihr klar sei, dass sie die Folgen allein würde tragen müssen, wenn sie die Namen nicht preisgab, pflaumte Ness nur: »Von mir aus. Mir doch scheißegal«, und forderte eine Zigarette. Fabia Bender ignorierte sie vollkommen. Sie war weiß. Der Cop war wenigstens schwarz.

»Hier wird nicht geraucht«, antwortete Sergeant Starr.

»Mir doch egal«, wiederholte Ness, verschränkte die Arme auf dem Tisch und bettete den Kopf darauf.

Der Raum wirkte aus voller Absicht unbehaglich. Tisch und Stühle waren am Boden festgeschraubt, das Licht blendete, die Temperatur war tropisch. Inhaftierte – zumindest die Schwachköpfe unter ihnen – sollten glauben, dass eine kooperative Haltung bei der Befragung ihnen wenigstens eine angenehmere Umgebung bescheren würde.

Sergeant Starr fragte: »Ist dir klar, dass du für diese Sache vor Gericht kommst?«

Ness zuckte die Schultern, ohne den Kopf zu heben.

»Ist dir klar, dass der Richter mit dir machen kann, was immer er will? Er kann dich in Jugendhaft stecken oder dich deiner Familie wegnehmen.«

Ness schnaubte. »Ooh, ich mach mir gleich ins Hemd vor Angst. Hör'n Sie, machen Sie, was Sie woll'n. Ich sag nix.«

Das Einzige, was sie sich von Sergeant Starr entlocken ließ, war Kendras Adresse und Telefonnummer. Sollte die blöde Kuh doch kommen und sie abholen, fand Ness. Vielleicht würde der Anruf der Cops Kendra bei einem Nümmerchen mit Dix unterbrechen, und das wäre Ness nur recht.

Aber Kendra war nicht im Bett, als der Anruf kam. Sie hatte gerade eine Gesichtsmaske aufgetragen und wartete darauf, dass sie trocknete. Sie hatte sich ins Bad zurückgezogen, damit Dix nicht merkte, was sie trieb.

Es war Joel, der ans Telefon ging und ihr durch die geschlossene Badezimmertür mitteilte, die Cops wollten sie sprechen. »Sie haben Ness«, sagte er. Er klang besorgt.

Kendras Herz wurde bleischwer. Sie wusch sich die Maske vom Gesicht – viel zu früh für die erwünschte Wirkung – und sah genauso aus wie vorher. Auch als sie zwanzig Minuten später die Polizeiwache an der Harrow Road betrat, sah sie nicht anders aus. Dix hatte sie begleiten wollen, doch sie hatte das abgelehnt. »Bleib bei den Jungen«, hatte sie ihn gebeten. »Wer weiß, was passiert, wenn irgendwer da draußen mitkriegt, dass Joel und Toby allein zu Hause sind.« Sie wussten beide genau, wen sie damit meinte.

Im Polizeirevier gab es einen kleinen Wartebereich, wo ein junger Schwarzer mit einem geschwollenen Auge auf einem Stuhl herumlungerte. Kendra musste sich nicht lange gedulden. Nach wenigen Minuten erschien eine Frau in aufgekrempelten Jeans, blendend weißem T-Shirt und ebensolchen Turnschuhen und mit einer Baskenmütze auf dem Kopf, um sie zu holen. Energisch, war Kendras erster Eindruck. Die Frau war klein und drahtig, hatte zerzauste graue Haare und strahlte eine Strenge aus, die suggerierte, dass man sich besser nicht mit ihr anlegte. Als sie sich als Fabia Bender vorstellte, konnte Kendra sich nur mit Mühe davon abhalten, schuldbewusst zusammenzuzucken und eine Reihe von Ausreden vorzubringen, warum sie die zahlreichen Anrufe der Sozialarbeiterin in den letzten Wochen nicht erwidert hatte. Irgendwie brachte sie es fertig, die Frau einfach nur ausdruckslos anzusehen, als habe sie nie im Leben von ihr gehört. »Was hat sie angestellt?«

»Nicht ›Was ist ihr *passiert*‹?«, gab Fabia Bender vielsagend zurück. »Haben Sie so etwas kommen sehen, Mrs. Osborne?«

Kendra fand sie auf Anhieb unsympathisch. Zum einen, weil die Sozialarbeiterin eine Schlussfolgerung gezogen hatte, die absolut korrekt war. Zum anderen, weil sie einfach war, wer sie war: die Sorte, die glaubte, dass sie ihr Gegenüber sofort richtig einschätzen könne, wenn sie ihre milchig blauen Augen auf sie richtete.

Kendra fühlte sich kleiner, als sie war. Sie verabscheute dieses

Gefühl. Kurzangebunden antwortete sie: »Die Polizei hat mich angerufen. Ich soll sie abholen. Also, wo ist sie?«

»Ness spricht gerade mit Sergeant Starr. Oder genauer gesagt, er spricht mit ihr. Ich nehme an, sie warten auf meine Rückkehr, denn es ist nicht zulässig, ihr irgendwelche Fragen zu stellen, solange ich nicht dabei bin. Oder Sie. Übrigens hat sie sich bei ihrer Festnahme zuerst geweigert, Ihren Namen zu nennen. Können Sie sich vorstellen, warum?«

»Weswegen wurde sie festgenommen?«, fragte Kendra, die nicht die Absicht hatte, Fabia Bender in die Einzelheiten ihrer Beziehung mit Ness einzuweihen.

Fabia Bender berichtete, was sie von Sergeant Starr über die Ereignisse erfahren hatte. Sie endete damit, dass Ness sich weigere, ihre Komplizinnen zu benennen. Das übernahm Kendra für sie. Sie kannte indes nur die Vornamen der beiden Mädchen: Six und Natasha. Eine von beiden wohnte im Mozart Estate. Die Adresse der anderen kannte sie nicht.

Kendra verspürte brennende Scham, während sie der Sozialarbeiterin diese Informationen gab. Nicht weil sie Einzelheiten verriet, sondern weil sie nur so wenige Fakten kannte. Sie fragte, ob sie Ness jetzt sehen, mit ihr sprechen, sie mit nach Hause nehmen dürfe.

»Bald.«

Sie wurde in ein unbesetztes Verhörzimmer geführt.

Fabia Bender hatte einen undankbaren Job, aber sie selbst sah es nicht so. Sie machte diese Arbeit nun seit beinahe dreißig Jahren, und wenn sie mehr Kinder verloren hatte, als sie hatte retten können, lag es nicht daran, dass es ihr an Engagement mangelte oder an Glauben an das Gute im Menschen. Sie stand jeden Tag mit der Gewissheit auf, dass sie genau da war, wo sie sein sollte, und genau das tat, wofür sie bestimmt war. Jeder neue Morgen barg das Versprechen auf ungeahnte Möglichkeiten. Und jeder Abend war eine Gelegenheit zu reflektieren, wie sie die Chancen des Tages genutzt hatte. Sie kannte weder Entmutigung noch Verzweiflung. Sie hatte längst begriffen: Veränderungen konnte man nicht über Nacht bewirken.

»Ich will nicht so tun, als sei ich glücklich darüber, dass Sie meine Anrufe nicht erwidert haben, Mrs. Osborne«, sagte sie. »Hätten Sie mich angerufen, wären wir jetzt vielleicht nicht hier. Ich muss Ihnen ganz offen sagen, dass ich diese Situation teilweise für ein Ergebnis von Vanessas notorischer Schwänzerei halte.«

Das war keine Eröffnung, die eine unmittelbare Verständigung versprach. Kendra reagierte, wie man es von einer stolzen Frau erwarten konnte: Sie fühlte sich gekränkt, und das machte sie wütend. Ihre Haut wurde so heiß, als könnte sie jeden Moment von ihren Knochen herunterschmelzen, und das bewog sie nicht gerade, offen auf die andere Frau zuzugehen. Sie schwieg.

Fabia Bender änderte die Strategie. »Es tut mir leid. Es war nicht richtig, das zu sagen. Ich habe nur meiner Frustration Luft gemacht. Ich fange noch einmal von vorn an. Mein Ziel war immer nur, Vanessa zu helfen, und ich glaube daran, dass Bildung zumindest ein Schritt in die richtige Richtung ist, um einen jungen Menschen auf den rechten Pfad zu bringen.«

»Meinen Sie etwa, ich hätte nicht versucht, sie zur Schule zu schicken?«, konterte Kendra, und wenn sie verletzt klang – was der Fall war –, lag es daran, dass sie das Gefühl hatte, als Ersatzmutter für Ness versagt zu haben. »Ich habe alles versucht! Aber nichts hat gefruchtet. Ich habe ihr wieder und wieder gesagt, wie wichtig die Schule ist. Ich habe sie persönlich an der Schule abgeliefert, nachdem ich mit diesem Typen von der Schulaufsicht gesprochen hatte. Ich habe getan, was er wollte. Ich habe sie bis an die Tür gebracht und gewartet, bis sie hineinging. Ich habe versucht, sie unter Hausarrest zu stellen, als sie wieder blaugemacht hat. Ich habe ihr gesagt, wenn sie sich nicht zusammennimmt, wird sie genau da landen, wo sie jetzt gelandet ist. Nichts hat geholfen. Sie ist dickköpfig und wild entschlossen ...«

Fabia hob beide Hände. Es war eine Geschichte, die sie seit so vielen Jahren von so vielen Erziehungsberechtigten gehört hatte – meistens weiblichen Geschlechts und von einem nichtsnutzigen Mann sitzen gelassen worden –, dass sie sie mühelos von Anfang bis Ende selbst hätte erzählen können. Sie hatte es mit Müttern zu tun, die sich verzweifelt die Haare rauften, und mit Kindern, deren Flehen um Verständnis zu lange als Trotz oder Depression missverstanden worden war. Das einzige Heilmittel gegen diese Misere war offene Kommunikation. Aber die Eltern, die doch eigentlich da sein sollten, um ihren Kindern bei der großen Reise durchs Leben zu helfen, hatten oft genug in ihrer Jugend selbst niemanden gehabt, der ihnen geholfen hätte. Und so kam es, dass ein Blinder versuchte, einen zweiten auf einem Pfad zu führen, den sie beide nicht kannten.

»Noch mal, verzeihen Sie mir, Mrs. Osborne«, sagte sie. »Ich bin nicht hier, um Schuld zuzuweisen, sondern um zu helfen. Können wir noch einmal von vorn anfangen? Bitte, setzen Sie sich.«

»Ich will Ness jetzt nach ...«

»Hause bringen. Ja, ich weiß. Kein Mädchen in ihrem Alter gehört auf ein Polizeirevier, da stimme ich ihnen aus vollem Herzen zu. Und Sie werden sie auch mit nach Hause nehmen können. Aber vorher würde ich gerne mit Ihnen reden.«

Das Verhörzimmer sah genau aus wie jenes, in dem Ness und Sergeant Starr warteten. Kendra wollte ihm so schnell wie möglich entkommen, aber da sie gemeinsam mit Ness entkommen wollte, kam sie der Bitte der Sozialarbeiterin nach. Sie ließ sich auf einem der Plastikstühle nieder und vergrub die Hände in den Taschen ihrer Strickjacke.

»Wir stehen in dieser Sache auf derselben Seite«, versicherte Fabia Bender, als sie sich am Tisch gegenübersaßen. »Wir beide wollen Vanessa auf den rechten Weg bringen. Wenn ein Mädchen eine völlig falsche Richtung einschlägt, so wie sie, gibt es dafür meistens einen Grund. Wenn wir verstehen lernen, was Vanessas Grund ist, können wir ihr helfen, damit fertig zu werden. Das Leben zu meistern, ist die essenzielle Fertigkeit, die wir ihr vermitteln müssen. Leider vermittelt die Schule diese Fertigkeit nicht. Wenn die Eltern sie nicht besitzen – und ich möchte betonen, dass ich damit jetzt nicht Sie meine –, besteht die Gefahr, dass auch die Kinder sie niemals erwerben.« Sie atmete tief durch und lächelte. Ihre Zähne waren fleckig von Kaffee und Nikotin, und sie hatte die welke Haut einer lebenslangen Raucherin.

Kendra gefiel es überhaupt nicht, dass diese Frau ihr einen Vortrag hielt. Sie war durchaus in der Lage zu erkennen, dass Fabia Bender es gut meinte, aber die Art und Weise, wie sie es vorbrachte, führte nur dazu, dass Kendra sich minderwertig fühlte. Und dieses Gefühl, einer weißen Frau unterlegen zu sein – wo sie doch selber zum Teil weiß war –, war der sicherste Weg, Kendras Feindseligkeit zu wecken. Fabia Bender hatte nicht den Schimmer einer Ahnung von dem Chaos und der Tragik von Vanessa Campbells Kindheit, und da Kendra gekränkt war, gedachte sie auch nicht, die andere Frau ins Bild zu setzen.

Obwohl sie es gerne gewollt hätte. Nicht weil sie glaubte, dass diese Information in irgendeiner Weise helfen würde, sondern weil sie der Sozialarbeiterin damit den Wind aus den Segeln nehmen konnte. Sie wollte sich vor ihr aufbauen und ihr die Geschichte ins Hirn rammen: Zehn Jahre alt war Ness gewesen, als sie an einem Samstag darauf wartete, dass ihr Daddy sie wie immer vom Ballettunterricht abholte. Ganz allein hatte sie dort draußen gestanden. Sie wusste genau, sie durfte unter keinen Umständen allein, ohne erwachsene Begleitung, die A 40 überqueren, um nach Hause zur Old Oak Common Lane zu gelangen. Sie hatte Angst bekommen, weil er nicht kam, und dann das Heulen der Sirenen gehört. Schließlich hatte sie sich doch über die stark befahrene Straße gewagt, denn was blieb ihr übrig, als sich auf den Heimweg zu machen? Und so war sie zu der Stelle gekommen, wo er lag. Eine Meute Schaulustiger hatte sich bereits versammelt, und um seinen Kopf bildete sich eine Blutlache. Joel kniete neben dem Körper und rief immer wieder: »Dad! Dad!«, während Toby mit ausgestreckten Beinen auf der Straße saß, den Rücken an das Schaufenster des Spirituosenladens gelehnt, und weinte, weil er mit seinen drei Jahren noch nicht begreifen konnte, dass sein Vater gerade auf offener Straße erschossen worden, zwischen die Fronten eines

Drogenkriegs geraten war, mit dem er nicht das Geringste zu tun hatte. Wer war Ness für all diese Leute: die Cops, die Meute, die Rettungssanitäter und den Notarzt, der schließlich eintraf, um das ohnehin Offensichtliche amtlich zu machen? Nur ein schreiendes kleines Mädchen in einem Tutu, das sich kein Gehör verschaffen konnte.

Sie wollen wissen, warum?, wollte Kendra die weiße Frau fragen. Ich kann Ihnen sagen, warum.

Aber das war nur ein Teil der Geschichte. Nicht einmal Kendra kannte den Rest.

Fabia Bender unterbrach ihre Gedanken. »Wir müssen ihr Vertrauen gewinnen, Mrs. Osborne. Eine von uns beiden muss eine Verbindung zu dem Mädchen herstellen. Das wird nicht leicht, aber es muss sein.«

Kendra nickte. Was sonst hätte sie tun können? »Verstehe«, antwortete sie. »Kann ich sie jetzt mit nach Hause nehmen?«

»Ja, natürlich. Gleich.« Dann machte die Sozialarbeiterin es sich auf ihrem Stuhl erst richtig bequem, und ihre Körpersprache verriet, dass diese Unterhaltung noch lange nicht vorüber war. In den Wochen seit ihrem ersten Anruf bei Mrs. Osborne habe sie einige Informationen über Vanessa sammeln können. Nicht nur die Schulleitung der Wood Lane School in East Acton, sondern auch die dortige Polizei hatte ihr bereitwillig Auskunft erteilt. Darum wusste Fabia Bender über die Familiengeschichte Bescheid, aber sie spürte, dass da noch mehr war als ein toter Vater, eine Mutter in der Psychiatrie, zwei Brüder und eine Tante ohne eigene Kinder. Wenn Kendra Osborne gewillt wäre, die Lücken in dem Bild zu schließen, das die Sozialarbeiterin sich gemacht hatte …

Dass Fabia Bender also doch einige der Familiengeheimnisse kannte, führte nur dazu, dass Kendras Unbehagen wuchs, das Unbehagen – und die Antipathie gegen diese andere Frau, vor allem gegen ihren Akzent. Fabias wohlmodulierte Sprache verriet eine Herkunft aus der gehobenen Mittelschicht. Ihre Wortwahl ließ auf einen Universitätsabschluss schließen. Ihre sicheren Umgangsformen bewiesen, dass sie ein privilegiertes

Leben führte. All das summierte sich in Kendras Augen zu einer Person, die niemals würde verstehen können, mit welchen Problemen sie es zu tun hatte, geschweige denn einen Ausweg finden konnte.

»Scheint, Sie haben die Lücken alle schon selbst gefüllt«, antwortete Kendra knapp.

»Nur einige, wie gesagt. Aber was ich besser verstehen muss, ist der Grund für Vanessas Zorn.«

Frag doch ihre Großmutter, wollte Kendra erwidern. Stell dir doch nur mal vor, wie es ist, mit Glory Campbells ewigen Lügen leben zu müssen und andauernd von ihr im Stich gelassen zu werden. Aber Glory Campbell und die Art und Weise, wie sie ihre drei Enkel vor Kendras Tür abgeladen hatte, war die Sorte schmutzige Wäsche, die sie vor den Augen dieser weißen Frau nicht zu waschen gedachte. Also stellte sie ihr eine logische Frage: Wie viel mehr als einen toten Vater und eine Mutter in der Psychiatrie brauchte man, um Ness' Zorn zu verstehen? Und was hatte das Verständnis ihres Zorns damit zu tun zu verhindern, dass sie ihr Leben ruinierte? Denn, erklärte Kendra der Sozialarbeiterin, ihr werde zunehmend klar, dass Ness sich in den Kopf gesetzt hatte, ihr Leben zu zerstören, und zwar gründlich. Sie sah es bereits als gescheitert an und hatte offenbar beschlossen, mit Pauken und Trompeten unterzugehen. Den Prozess sogar noch zu beschleunigen. Denn wenn die Zukunft gleichgültig war, war alles gleichgültig.

»Sie sprechen wie jemand, der das aus eigener Anschauung kennt«, sagte Fabia Bender behutsam. »Gibt es einen Mr. Osborne?«

»Nicht mehr«, antwortete Kendra.

»Geschieden?«

»So ist es. Aber was hat das mit Ness' Schwierigkeiten zu tun?«

»Das heißt, es gibt keine männliche Bezugsperson in Vanessas Leben? Keine Vaterfigur?«

»Nein.« Kendra erwähnte weder Dix noch The Blade und auch nicht den Männergeruch, der seit Monaten an ihrer Nichte haftete. »Hören Sie, ich glaube gern, dass Sie es gut meinen. Aber ich möchte sie jetzt mit nach Hause nehmen.«

»Das verstehe ich. Dann bleibt nur noch eines, was wir besprechen müssen: ihre Gerichtsverhandlung.«

»Sie hat noch nie irgendwelche Schwierigkeiten gehabt«, bemerkte Kendra.

»Bis auf die Kleinigkeit, dass sie ständig die Schule schwänzt«, widersprach Fabia. »Das wird in den Augen des Richters nicht gerade für sie sprechen. Ich werde tun, was ich kann, damit sie auf Bewährung und nicht zu Jugendhaft verurteilt wird.«

»*Verurteilt?* Für einen Raubüberfall, der nicht einmal passiert ist? Während Drogendealer, Autodiebe, Einbrecher und alle möglichen anderen Verbrecher da draußen herumlaufen? Da soll ausgerechnet sie diejenige sein, die eingesperrt wird?«

»Ich muss dem Richter einen Bericht vorlegen, Mrs. Osborne. Er wird ihn vor der Verhandlung lesen. Lassen Sie uns das Beste hoffen.« Sie stand auf. Kendra folgte ihrem Beispiel.

An der Tür hielt Fabia Bender noch einmal inne. »Irgendwer muss ein Band zu diesem Mädchen knüpfen. Irgendwer außer den Freunden, die sie sich derzeit aussucht. Das wird nicht leicht. Sie hat sehr gute Abwehrmechanismen. Aber es muss passieren.«

In den Tagen nach Ness' Festnahme war die Stimmung am Edenham Way 84 aufs Äußerste angespannt. Daher beschloss Joel, nicht bis zu Tobys nächstem Geburtstag zu warten, ehe er das »Es ist ein Junge!«-Banner aufhängte. Er wollte schließlich nicht nur wiedergutmachen, was am Geburtstag passiert war, sondern glaubte auch, dass es wichtig sei, seinen kleinen Bruder von den Dingen abzulenken, die derzeit in Ness' Leben passierten, damit er sich nicht von der Familie zurückzog und auf unbestimmte Zeit in seiner eigenen Welt einschloss. Also hängte er das Banner an das Fenster ihres Zimmers und war gespannt darauf, was Toby sagen würde. Dieses Mal brauchte er keine Briefmarken. Er hatte Mr. Eastbourne um ein paar Streifchen Tesafilm gebeten, die er auf der Plastikhülle eines

Schreibheftes nach Hause transportierte und daher leicht wieder ablösen konnte.

Doch Joel hätte sich die ganze Mühe sparen können. Toby mochte das Banner – wenn auch nicht so sehr wie seine Lavalampe –, aber er bedurfte keiner Ablenkung, da er von Ness' Schwierigkeiten überhaupt nichts mitbekam. Nicht etwa, weil er so oft in seiner Traumwelt weilte; vielmehr schien er inzwischen täglich Nachrichten von dort zu erhalten. Was seinen Geburtstagsabend anging, so hatte er offenbar kaum Erinnerungen daran. Er wusste noch, dass es Curry gegeben hatte und Naanbrot mit Mandeln, Rosinen und Honig, und dass er von dem Blechtablett mit dem Weihnachtsmann darauf gegessen hatte. Er konnte sich sogar auch noch daran erinnern, dass Ness da gewesen war und ihm einen Zauberstab geschenkt hatte. Aber dass The Blade gekommen war und Schrecken verbreitet hatte, hatte er vollkommen ausgeblendet.

Das war das Schöne an dem, was in Tobys Kopf vorging – an manche Sachen erinnerte er sich mit einer Klarheit, die alle überraschte. Andere Begebenheiten verflüchtigten sich wie Nebelschwaden. Das bescherte ihm eine Art von Zufriedenheit, die seinen Geschwistern verwehrt blieb.

Seine Eltern beispielsweise existierten für Toby in einer rosa Wolke. Sein Vater war der Mann, der ins Gemeindehaus von St. Aidan ging, während sie Kinder in der Kinderkrippe auf ihn warteten. Wenn man ihn drängte, erzählte Toby davon. Den Grund für ihren Aufenthalt in der Krippe oder was es für Treffen im Gemeindehaus waren, die ihr Vater täglich besuchte, und warum sie ihm so wichtig waren – all das hatte Toby vergessen. Seine Mutter war die Frau, die ihm liebevoll durchs Haar gestrichen hatte, als sie das letzte Mal nach Hause gekommen war. An den Rest – ein offenes Fenster im dritten Stock, ein Asphaltparkplatz darunter, ein vorbeirasender Zug auf den Schienen gleich hinter dem Haus – erinnerte er sich nicht. Das konnte er auch nicht, bedachte man, wie klein er damals noch gewesen war. Tobys Verstand war gleichermaßen sein Fluch und Segen.

Für Joel war die Situation eine völlig andere. Doch er hatte wenigstens Ivan Weatherall und dessen unausgesprochene Versicherung, der aufgeladenen Atmosphäre in Kendras Haus wenigstens für ein paar Stunden entkommen zu können. Kendra indes erwartete mit zunehmender Nervosität Ness' Prozess, Ness selber lungerte herum und tat so, als sei ihr völlig egal, was aus ihr wurde, und Dix führte geflüsterte Debatten mit Kendra, in denen er versuchte, die Vermittlerrolle zwischen Tante und Nichte zu übernehmen.

»Vielleicht sind sie nicht die Kinder, die du wolltest, Ken«, hörte Joel ihn in der Küche murmeln, wo Kendra sich gerade Kaffee einschenkte. »Und vielleicht sind sie nicht die Kinder, die du dir für dich vorgestellt hast. Aber auf jeden Fall sind sie die Kinder, die du hast.«

»Halt dich einfach raus, Dix«, erwiderte sie. »Du hast keine Ahnung, wovon du redest.«

Doch er blieb hartnäckig. »Denkst du je darüber nach, dass es vielleicht gottgewollt ist?«

»Ich sag dir eins, Mann: Kein Gott, den ich kenne, hat je in diesem Stadtteil gewohnt.«

Mochte diese Reaktion auch verdeutlichen, wie unsicher die Lebenssituation war, in der Joel und seine Geschwister sich befanden, machte Dix ihm doch wenigstens ein bisschen Hoffnung. Und auch wenn Dix vielleicht nicht gerade die Vaterrolle für die Campbell-Kinder übernahm, so tolerierte er sie doch zumindest, und das war doch schon etwas. Und so kam es, dass Toby Dix helfen und das Werkzeug anreichen durfte, als dieser eines Nachmittags in Erwartung wärmerer Tage Kendras alten Grill reparierte. Joel ergriff die Gelegenheit beim Schopfe, um Ivan Weatherall besuchen zu gehen.

Er hatte über den Drehbuchkurs nachgedacht und noch mehr über den Film, der dabei herauskommen sollte. Er hatte noch nie im Leben etwas geschrieben, darum konnte er sich nicht vorstellen, dass er zu dem Drehbuch überhaupt etwas beitragen konnte. Doch er hatte begonnen, davon zu träumen, dass er vielleicht für irgendeine andere Aufgabe ausgewählt würde, die mit dem Film zu tun hatte. Warum sollte er nicht dazugehören, überlegte er. Während Dix und Toby mit dem Grill beschäftigt waren, Ness sich die Nägel lackierte und Kendra einen Massagekunden besuchte, machte er sich also auf zur Sixth Avenue.

Er wählte eine Strecke, die ihn unweit der Portnall Road entlangführte. Es war ein sonniger Frühlingstag mit einer leichten Brise, und als Joel die Ecke Portnall und Harrow Road erreichte, wehte der unverkennbare Geruch von Cannabis zu ihm herüber. Er sah sich nach der Quelle um. Im Eingang eines kleinen Mietshauses hockte ein Mann mit angewinkelten Knien an die Wand gelehnt, einen Zeichenblock neben sich auf dem Boden. Er saß in einem Streifen Sonnenlicht und hatte den Kopf in den Nacken gelegt. Während Joel hinüberschaute, nahm der Mann einen tiefen Zug, die Augen geschlossen und völlig entspannt.

Joel verlangsamte seine Schritte und blieb dann stehen. Es war Calvin Hancock, der Graffitikünstler vom Fußballplatz, kein Zweifel, aber irgendetwas an ihm war anders. Die Dreadlocks waren verschwunden. Sein Schädel war rasiert, aber ungleichmäßig und schlampig, das Muster undefinierbar.

Joel rief: »Was haste mit dein' Haaren gemacht, Mann? Biste kein Rasta mehr?«

Cal wandte träge den Kopf, nahm den Joint aus dem Mund und lächelte. Selbst auf die Entfernung konnte Joel das unnatürliche Strahlen der Augen erkennen.

»Hey, Bruder«, antwortete Cal. »Was geht?«

»Ich geh einen Freund auf der Sixth Avenue besuchen.«

Cal nickte, als hätte diese Information eine tiefere Bedeutung für ihn. Er streckte Joel den Joint entgegen. Joel schüttelte den Kopf. »Kluger Junge«, bemerkte Cal. »Lass die Finger vom Dope, solang du kannst.« Er schaute auf seinen Zeichenblock hinab, als erinnere er sich plötzlich, was er getan hatte, ehe er sich den Joint angesteckt hatte.

»Was malste denn da?«

»Ach, nix. Nur 'n bisschen Gekritzel, um mir die Zeit zu vertreiben.«

»Lass ma' seh'n.«

Cal hatte scheinbar willkürlich Gesichter gezeichnet, allesamt dunkel, allesamt sehr unterschiedlich, doch als Gruppe betrachtet, mochte es eine Familie sein. Und tatsächlich: Das einzelne Gesicht – etwas abgerückt von der Gruppe von fünf weiteren – war unverkennbar Calvin selbst; die Fünfergruppe seine eigene Familie. »Das is' echt super, Mann«, befand Joel. »Haste Malunterricht genomm' oder so?«

»Quatsch.« Cal warf den Block zur Seite, sodass Joel ihn nicht mehr sehen konnte. Dann nahm er einen tiefen Zug und hielt den Rauch in den Lungen. Blinzelnd schaute er zu Joel hoch und sagte: »Häng hier lieber nich' rum.« Er deutete mit einer Kopfbewegung zur Haustür. Sie war besprüht, wie die meisten Gebäude in dieser Gegend. In einem amateurhaften gelben Schnörkel auf der grauen Metalltür hatte sich hier »Chiv!« verewigt.

»Warum denn nich'?«, wollte Joel wissen. »Was machste denn eigentlich hier?«

»Warten.«

»Auf was?«

»Auf *wen*. Da drin is' The Blade, und du bist so ziemlich der Letzte, den er seh'n will, wenn er rauskommt.«

Joel schaute wieder zum Haus. Cal versah sein Amt als Leibwächter, ganz gleich wie weggetreten er schien, ging dem Jungen auf. »Und was macht er hier?«, fragte er.

»Arissa vögeln«, antwortete Cal unverblümt. »Wie immer um diese Tageszeit.« Er sah auf eine nicht vorhandene Uhr an seinem Handgelenk und fügte dann ironisch hinzu: »Ich hör allerdings kein Stöhnen von ihr, also is' das reine Spekulation. Vielleicht funktioniert sein bestes Stück nich' so gut, wie es sollte. Aber, Bruder, was soll ich dir erzähl'n, ein Mann muss tun, was er tun muss.«

Sie mussten beide grinsen, und dann fing Cal an zu lachen, erkannte einen Witz in seinen Worten, der wohl nur stoned begreiflich war. Er legte den Kopf auf die Knie, um sein Kichern unter Kontrolle zu bringen, und das gewährte Joel einen besseren Blick auf seinen Kopf. Jetzt erkannte er die Struktur in dem Muster, das auf Cals Schädel rasiert worden war: das Profil eines zubeißenden Schlangenkopfs. Unschwer zu sehen, dass da ein Amateur den Rasierer geführt hatte. Joel konnte sich schon vorstellen, wer das gewesen war.

»Warum gibst du dich mit dem Typen ab, Mann?«

Cal hob den Kopf, das Kichern und Grinsen mit einem Mal verflogen. Allein das war schon Antwort genug. Er nahm einen weiteren langen Zug von seinem Joint. »Er braucht mich«, erklärte er dann. »Wer soll sonst diese Tür bewachen, damit er's Arissa in Ruhe besorgen kann, ohne dass irgendein Typ da reinplatzt und ihn kaltmacht, während ihm die Hose um die Füße schlottert? Der Mann hat Feinde, weißte.«

Die Reihen der Frauen, die The Blade erst benutzt und dann weggeworfen hatte. Die Männer, die nur zu begierig darauf waren, sein Revier zu übernehmen. Denn The Blade betrieb ein florierendes Gewerbe: Er handelte Gras, Koks und Ecstasy gegen Geld, Ware oder – noch besser – Dienstleistungen. Viele junge Männer auf der Straße waren gewillt, ihre Freiheit zu riskieren, indem sie für The Blade einen Juwelierladen ausräumten oder eine Postfiliale, den Gemüseladen an der Ecke oder ein dunkles Haus, dessen Bewohner freitagabends nicht daheim waren ... Was immer sie bevorzugten, um high zu werden – The Blade hatte es im Angebot. Und eine nahezu unbegrenzte Zahl von Gangstern war bereit, jedes Risiko einzugehen, um The Blades Position zu übernehmen. Selbst Joel musste eingestehen, dass es etwas Verlockendes hatte, bei manchen Menschen Angst hervorzurufen, Neid bei anderen, Abscheu bei den meisten und – um die Wahrheit zu sagen – Begierde bei Mädchen, die achtzehn oder jünger waren.

Das erklärte wenigstens teilweise, was mit seiner Schwester passiert war, von der Joel nie im Leben gedacht hätte, dass sie sich mit einem Typen wie The Blade einlassen würde. Aber wie er an Tobys Geburtstag hatte erfahren müssen, hatte sie genau das getan.

»Du musst ihn also beschützen, ja? Du warst damit nich' grad supererfolgreich, als er uns besucht hat.«

Cal rauchte seinen Joint zu Ende, streifte behutsam die Glut ab und steckte den Stummel in eine alte Tabaksdose. »Ich hab ihm gesagt, es wär besser, er nimmt mich mit, aber er wollte nix davon hör'n. Er wollte Arissa vorführen, wie er sein kann, verstehste? Zurückholen, was ihm gehört, und deine Schwester dazu kriegen, dass sie sich wünscht, sie wär nie gebor'n worden.«

»Wenn er glaubt, dass er das kann, kennt er Ness aber schlecht«, entgegnete Joel.

»Stimmt«, gab Cal zurück. »Is' aber auch egal. The Blade is' zu beschäftigt, um irgend'ne Schlampe richtig kennenzulern'. Zu beschäftigt für alles außer *quickie fickie.*«

Joel musste über den Ausdruck lachen. Calvin grinste zurück.

Die Haustür ging auf, und wie aus dem Nichts stand The Blade da. Calvin kam hastig auf die Füße, ein beachtliches Manöver angesichts seines Zustands. Joel rührte sich nicht, obwohl er den Drang verspürte, vor der Feindseligkeit in The Blades Miene einen Schritt zurückzuweichen. Der Mann warf ihm einen verächtlichen Blick zu, ignorierte ihn dann aber wie ein lästiges Insekt und richtete seine Aufmerksamkeit auf Cal. »Was soll das?«, verlangte er zu wissen.

»Ich hab nur …«

»Halt's Maul. Nennste das Augen offen halten? Und was is' das hier für'n Scheiß?« Mit der Spitze seines Cowboystiefels kickte The Blade gegen Cals Zeichenblock. Er sah auf das Bild hinab und wieder zurück zu Cal. »Mummy, Daddy und die lieben Kleinen, was? Haste die gemalt?« Ein Lächeln kräuselte seine Lippen, dessen Bedrohlichkeit geradezu bemerkenswert war. »Vermisste sie, Mann? Fragste dich, wo sie sind? Überlegste, warum sie wohl alle eines Tages verschwunden sind? Vielleicht weil du so'n Loser bist, Cal. Schon mal drüber nachgedacht?«

Joel schaute von The Blade zu Calvin. Er wusste intuitiv, dass The Blade drauf aus war, irgendjemanden zu verletzen, und dass er selbst, Joel, umgehend von hier verschwinden musste.

Aber er wusste ebenso, dass er es sich nicht leisten konnte, ängstlich zu wirken.

»Ich hab aufgepasst, Mann.« Calvin klang demütig. »Die ganze letzte Stunde war kein Mensch hier auf der Straße, das weiß ich genau.«

»Ah ja?« The Blade warf einen Blick in Joels Richtung. »Das nennste ›keiner‹? Na ja, is' vermutlich richtig. Mickrige Promenadenmischung, genau wie seine Schwester. Die sind echt niemand.« Dann wandte er sich Joel zu. »Was willst du? Haste hier was zu tun? Haste mir was auszurichten von deiner Schwester, der kleinen Nutte?«

Joel dachte an das Messer, das Blut, die Stiche, mit denen Ness' Kopfhaut hatte genäht werden müssen. Und er dachte daran, wer seine Schwester einmal gewesen und wer sie heute war. Er verspürte eine Trauer, die er sich nicht erklären konnte. Und es war dieses Gefühl, das ihn veranlasste zu sagen: »Meine Schwester is' keine Nutte, Mann.« Er hörte Cal scharf die Luft einziehen; es klang wie der Warnlaut einer Schlange.

»Meinste?«, fragte The Blade, und er sah aus wie ein Mann, der im Begriff war, das Beste aus einer unerwarteten Gelegenheit zu machen. »Soll ich dir ma' erzähl'n, wie sie's am liebsten hat? In den Arsch. So will sie's haben. Andauernd. Jeden Tag. Ich musste der Nutte echt auf die harte Tour beibringen, es überhaupt auch ma' anders zu nehm'.«

»Kann ja sein«, gab Joel willfährig zurück, obwohl er keineswegs sicher gewesen war, dass er überhaupt ein Wort herausbringen würde, so eng war es plötzlich um seine Brust. »Aber vielleicht wusste sie einfach, dass es für dich das Beste is'. Du weiß' schon, was ich mein: Das Einzige, was du kannst.«

»Hey, Bruder …«, begann Cal in warnendem Tonfall, aber Joel war schon zu weit gegangen. Nun musste er den Weg zu Ende gehen, sonst würde er als Feigling dastehen, und das war das Letzte, was jemand wie The Blade von ihm glauben durfte.

»Ness is' halt rücksichtsvoll«, fuhr er fort. »Wenn du kein' hochkriegst, egal wie du dich bemühst, tut sie alles, um dir zu helfen. Und außerdem, wenn du's ihr so besorgst, wie du sagst, durch die Hintertür, muss sie dabei nich' deine hässliche Fresse sehen. Also habt ihr beide was davon.«

The Blade gab keine Antwort. Calvin stieß hörbar die Luft aus. Niemand kannte The Blade so gut wie er, niemand wusste besser, wozu The Blade in der Lage war. Er sagte zu Joel: »Mach dich besser auf den Weg zu dei'm Kumpel auf der Sixth Avenue, Bruder.« Er klang ganz anders als der gemütliche Kiffer, der er vor The Blades Erscheinen noch gewesen war. »Ich glaub nich', dass du dich hierauf einlassen willst.«

»Is' das süß«, bemerkte The Blade. »Vor so was willste mich beschützen? Du bis' ein nutzloses Stück Scheiße, Cal, kapiert?« Er spuckte auf den Bürgersteig und sagte zu Joel: »Verpiss dich! Du bist die Mühe nich' wert. Du nich', und deine blöde Schlampe von Schwester auch nich'.«

Joel wollte noch mehr sagen. Wie ein junger Hahn wollte er auf diesen überlegenen Gegner losgehen. Er wusste, dass er The Blade nichts entgegenzusetzen hatte, und selbst wenn, hätte er erst Cal Hancock überwinden müssen. Er durfte nicht einfach auf The Blades Geheiß davonkriechen. Also starrte er seinem Gegenüber furchteinflößende dreißig Sekunden lang in die Augen, obwohl er das Blut in den Ohren rauschen hörte und seine Eingeweide sich schmerzhaft verkrampften. Er wartete, bis The Blade fragte: »Was? Biste taub oder so?«

Joels Mund war trocken wie eine Wüste, aber irgendwie bekam er genug Speichel zusammen, um ebenfalls auf den Boden zu spucken. Dann machte er auf dem Absatz kehrt und zwang sich, die Straße entlangzugehen und nicht zu rennen.

Er schaute nicht zurück. Und er beeilte sich auch nicht. Er schlenderte, als sei er ein vollkommen sorgenfreier Mensch. Seine Beine kamen ihm weich wie Gummi vor, und die Brust war so zugeschnürt, dass er fürchtete, das Bewusstsein zu verlieren. Aber er schaffte es und erreichte die nächste Straßenecke, ehe er sich in eine Pfütze im Rinnstein erbrach.

12

Der Morgen von Ness Campbells Gerichtsverhandlung begann nicht sonderlich vielversprechend, und er wurde in seinem Verlauf nicht besser. Dichter Verkehr verhinderte, dass sie pünktlich vor Gericht erschien, und das war erst der Anfang vom Ende. Ihre Laune war miserabel, und der momentane Zustand dessen, was sie einst mit Six und Natasha geteilt und Freundschaft genannt hatte, verdüsterte sie überdies.

Six und Natasha war sehr wohl bewusst, dass ihnen Scherereien drohten, sollte Ness sie als Komplizinnen bei dem versuchten Raubüberfall benennen. Vielleicht wäre eine Aussprache ein gangbarer Weg gewesen, die Aussage zu hintertreiben, aber weder Six noch Natasha waren in der Lage dazu, eine solche Verständigung zu erzielen. Außerdem besaßen sie weder die Fähigkeit noch die Vorstellungskraft, um über die momentane Situation hinauszublicken und die Konsequenzen ihrer Handlungen abzuwägen. Sie sorgten sich, dass sie selbst vor dem Richter landen könnten, und die Vorstellung, anschließend dem Zorn ihrer Eltern begegnen zu müssen, beunruhigte die beiden Mädchen zusätzlich. Also mieden sie Ness wie der Teufel das Weihwasser. Als sie jedoch feststellen mussten, dass dies nicht ausreichte, um Ness zu verdeutlichen, dass ihre Freundschaft vorüber war, erklärten sie ihr rundheraus, ihnen gefiele nicht, wie sie sich benehme: »Als wärste was Besseres, dabei biste doch nur 'ne blöde Kuh.«

Als Ness also vor den Richter trat, wusste sie, dass sie allein war. Sie hatte Kendra bei sich, doch bei ihr wollte Ness nicht Trost suchen. Auch die Sozialarbeiterin war anwesend, aber Ness hatte kein Vertrauen zu ihr gefasst und ihr nichts Brauchbares offenbart, sodass Fabia Benders Anwesenheit keinen großen Nutzen hatte. Ganz im Gegenteil war Ness' Benehmen vor Gericht so weit von reuig und demütig entfernt, dass der Richter keine andere Möglichkeit sah, als die volle Härte des Gesetzes zur Anwendung zu bringen.

Für sie sprach einzig und allein, dass dies Ness' erste Straftat gewesen war. Eine andere junge Frau, die dem Prozess, ihrem Beistand und ihrem ganzen Leben mit solch einem Ausmaß an Gleichgültigkeit begegnet wäre, hätte der Richter wohl in die »Besserungsanstalt« geschickt, wie er es in seiner beinahe schon sympathischen Antiquiertheit nannte. Ness hingegen wurde zu zweitausend Stunden gemeinnütziger Arbeit verurteilt, die von der sozialen Einrichtung, wo sie geleistet werden sollten, genauestens zu überwachen und zu dokumentieren waren. Und, fügte der Richter hinzu, Miss Campbell werde unter allen Umständen die Schule besuchen, sobald das neue Schuljahr im Herbst begann. Was andernfalls geschehen werde, musste er nicht erst aussprechen. Es stand ganz deutlich im Raum.

Fabia Bender versicherte Ness, sie könne sich glücklich schätzen. Kendra Osborne pflichtete ihr bei. Ness sah lediglich, dass sie bis ans Ende ihres Lebens brauchen würde, um zweitausend Stunden gemeinnütziger Arbeit abzuleisten – eine himmelschreiende Ungerechtigkeit: »Is' nich' fair«, machte sie ihrem Groll Luft.

»Wenn es dir nicht passt, sag ihnen die Namen deiner Freundinnen und wo sie sie finden können«, lautete Kendras Antwort.

Da Ness dazu nicht bereit war, blieb ihr nichts anderes übrig, als ihre Strafe zu verbüßen – und zwar in der Kindertagesstätte in Meanwhile Gardens, wie sie bald erfuhr. Doch selbst die Tatsache, dass diese Einrichtung günstigerweise nur einen Steinwurf von ihrem Zuhause entfernt lag, konnte Ness nicht einen Funken Dankbarkeit entlocken. Vielmehr fühlte sie sich völlig zu Unrecht angegangen, und sie gedachte, dies ihrer Chefin in der Kindertagesstätte bei nächster Gelegenheit vor Augen zu führen.

Diese Gelegenheit ergab sich schon sehr bald. Ein Anruf von einer gewissen Majidah Ghafoor noch am Tag der Gerichtsverhandlung informierte Ness darüber, zu welchen Zeiten sie in der Kindertagesstätte erwartet wurde. Ihre Arbeit sollte umgehend beginnen. Da sie keine fünfzig Meter entfernt wohne, könne sie auf der Stelle herüberkommen und sich mit den Regeln vertraut machen.

»Regeln?«, fragte Ness. »Was meinen Sie mit Regeln? Das is' doch 'n Job und kein Knast.«

»Ein Job, zu dem du verurteilt wurdest«, stellte Majidah klar. »Also, komm bitte umgehend vorbei! Wenn du in zehn Minuten nicht da bist, rufe ich das Bewährungsamt an.«

»Scheiße!«

»Keine sehr gewählte Ausdrucksweise«, entgegnete Majidah in der angenehmen Modulation ihres Geburtslandes. »In der Kindertagesstätte dulde ich kein Fluchen, Miss.«

Ness machte sich auf den Weg, immer noch in der Stimmung, in die ihre Verhandlung sie versetzt hatte. Sie ging durch das Tor im Zaun und stolzierte über den Spielplatz zu dem Container, in dem die noch nicht schulpflichtigen Kinder betreut wurden. Für heute waren sie verschwunden, und Majidah war gerade dabei, nach einem späten Nachmittagssnack aus Milch und einem getoasteten Brötchen mit Erdbeermarmelade den Abwasch zu erledigen.

Sie reichte Ness ein Geschirrtuch. »Sei vorsichtig! Wenn du was kaputtmachst, musst du es ersetzen.« Und dann begann sie ihren Vortrag.

Majidah Ghafoor war eine traditionell gekleidete Pakistani in den mittleren Jahren. Sie war Witwe und weigerte sich, obwohl sie damit gegen die Traditionen ihrer Kultur verstieß, bei einem ihrer verheirateten Söhne zu leben, weil deren Ehefrauen für ihren Geschmack zu »englisch« waren, wenngleich sie selbst bei deren Auswahl ein entscheidendes Wort mitgeredet hatte. Und auch wenn sie ihre elf Enkel liebenswert fand, erschienen sie ihr doch samt und sonders ungezogen, und sie war überzeugt, sie würden allesamt in der Gosse landen, wenn ihre Eltern sie nicht endlich zur Räson brächten.

»Nein, ich stehe viel lieber auf eigenen Füßen«, erklärte sie

Ness, der auf Anhieb nichts eingefallen wäre, was sie weniger interessierte als Majidahs Lebensumstände. »Und auch du wirst hier Zufriedenheit finden. Solange du dich an die Regeln hältst.«

Diese Regeln entpuppten sich als ein einziger Verbotskatalog: Rauchverbot, Handyverbot, Telefonierverbot, kein zu auffälliges Make-up, kein auffälliger Schmuck, keine Musik vom Walkman, MP3-Player oder sonst irgendeinem Gerät, keine Kartenspiele, Tanzverbot, Tattoo-Verbot, Piercing-Verbot, keine Besucher, kein Junkfood (»McDonald's ist der Fluch der zivilisierten Welt«) und keine zu freizügige Kleidung. (»So wie du heute zum Beispiel gekleidet bist. Das werde ich hier nicht dulden.«) Kein Erwachsener oder Jugendlicher durfte das Areal betreten, es sei denn, er oder sie war in Begleitung eines Kindes bis zu sechs Jahren.

Zu alledem verdrehte Ness vielsagend die Augen und antwortete: »Von mir aus. Wann muss ich anfangen?«

»Jetzt gleich. Wenn du mit dem Abwasch fertig bist, kannst du den Fußboden schrubben. Ich entwerfe währenddessen einen Stundenplan für dich. Den schicke ich dann an deinen Bewährungshelfer und deine Sozialarbeiterin, damit sie sehen, wie wir die zweitausend Stunden abzuarbeiten gedenken, die dir für dein Verbrechen auferlegt wurden.«

»Ich hab kein Verbrechen …«

»Bitte!« Majidah schnitt ihr mit einer Handbewegung das Wort ab. »Ich bin nicht im Mindesten an den Einzelheiten deiner unrühmlichen Taten interessiert. Sie spielen für unsere Zusammenarbeit keine Rolle. Du bist hier, um deine Stunden abzuleisten, und ich bin hier, um genau das zu dokumentieren. – In dem hohen Schrank neben der Spüle findest du Eimer und Mopp. Nimm bitte heißes Wasser und eine Kappe voll Ajax. Wenn du mit dem Boden fertig bist, kannst du die Toilette putzen.«

»Wo schreiben Sie meine Stunden auf?«

»Darüber brauchst du dir nicht den Kopf zu zerbrechen. Und jetzt husch, husch! Arbeit wartet auf uns beide. Die Tagesstätte muss blitzblank geputzt werden, und nur du und ich sind da, um das zu erledigen.«

»Sonst arbeitet keiner hier?«, fragte Ness ungläubig.

»Was den Tag mit Geschäftigkeit segnet«, bemerkte Majidah.

Ness konnte sich nicht vorstellen, dass sie diese Haltung je teilen würde. Widerstrebend holte sie sich den Mopp, Eimer und Putzmittel und rückte dem grünen Linoleumboden zu Leibe.

Insgesamt gab es vier Räume: Küche, Lagerraum, Toilette und Gruppenraum. Am schlimmsten waren die beiden Räume verdreckt, zu denen die Kinder Zugang hatten. Vor allem im Gruppenraum, überall wo Tische und Stühle in Miniaturgröße herumstanden, klebte der Fußboden geradezu von allen möglichen verschütteten Substanzen. In der Toilette schauderte sie bei dem Gedanken, was genau wohl hier danebengegangen war. Unter Majidahs kritischen Blicken putzte sie anschließend die Küche. Der Lagerraum müsse lediglich gründlich ausgefegt werden, wies Majidah sie an, und danach könne sie die Regale und Fensterbänke abstauben und die verbogenen Lamellenrollos säubern.

Ness' Laune war nicht gerade die allerbeste. Sie brummelte vor sich hin und warf Majidah böse Seitenblicke zu, was die pakistanische Frau geflissentlich ignorierte. Sie setzte sich an einen Schreibtisch in einer Ecke des Raums und stellte zwei Stundenpläne auf: einen für Ness, einen für die Kinder. Ness' Zuteilung zur Kindertagesstätte erschien ihr wie ein Geschenk des Himmels, und sie gedachte, sie sich vollauf zunutze zu machen. Was Ness davon hielt, war ihr gleichgültig. Die Erfahrung hatte sie gelehrt, dass harte Arbeit niemanden umbrachte. Ebenso wenig lebensgefährlich war es, wenn man lernte zu akzeptieren, was das Leben einem bescherte.

Nach dem Gerichtstermin traf Kendra sich mit Cordie, um ihren Rat einzuholen. Cordie und ihre beiden Töchter begingen in ihrem winzigen Garten am Kensal Green gerade eine gemütliche Teeparty. Manda und Patia hatten eine höfische Szenerie für das Ereignis gewählt: Manda hatte die Rolle der Monarchin übernommen – ein uraltes Pillbox-Hütchen auf dem Kopf, Spitzenhandschuhe und eine überdimensionierte Handtasche am Arm –, und Cordie und Patia spielten die dankbare bürgerliche Öffentlichkeit, die huldvoll zum Verzehr der aufgetragenen Köstlichkeiten eingeladen war: Fanta in angeschlagenen Porzellantassen (Schnäppchen aus dem Secondhandladen), Schälchen mit Kartoffelchips (in Patias Lieblingssorte Lamm und Minze), ein Plastiksieb voll Käsepopcorn, das mitten auf dem wackligen Gartentisch thronte, und ein Teller mit krümeligen Jaffa-Keksen.

Dass die Rituale der katholischen Kirche sich von denen der Monarchie unterschieden, war Manda offenbar nicht bewusst, und so befahl sie gerade ihrer Mutter und Schwester, ihren Ring zu küssen, als Kendra zu ihnen stieß. Das kleine Mädchen stand in Ermangelung eines Thrones auf einem Gartenstuhl und ging völlig auf in ihrer Rolle: Sobald der Ring geküsst war, erteilte sie den beiden anderen Instruktionen bezüglich der Positionierung von Teetassen im Verhältnis zum kleinen Finger. Patia verkündete, all das sei Blödsinn, und verlangte, dass sie die Rollen tauschen sollten. Cordie erklärte ihr, dass sie in einem fairen Verfahren – sie hatten eine Münze geworfen – verloren hatte und deswegen ihre Rolle weiterspielen müsse bis zum nächsten Mal, wenn sie, so stand zu hoffen, mehr Glück hatte.

»Und es wird nicht geschmollt«, fügte Cordie hinzu.

Als sie Kendra entdeckte, erbat sie die Erlaubnis der Königin, sich entfernen und mit ihrer Freundin sprechen zu dürfen. Die Erlaubnis wurde zögernd erteilt, allerdings unter der Auflage, dass Cordie ihre Teetasse nicht mitnehmen durfte. Cordie knickste und schritt mit angemessener Unterwürfigkeit rückwärts vom Tisch zurück und auf Kendra zu, die auf der winzigen Terrasse, einem gepflasterten Quadrat gleich an der Gartentür, stehen geblieben war. Es war ein schöner Tag, und in den Nachbargärten vergnügten die Menschen sich mit Essen, Musik, Gesprächen und gelegentlichen Streitereien. Die

Geräuschkulisse ließ sie keinen Moment lang vergessen, wo sie waren, damit sie sich ja nicht einbildeten – wie Manda und Patia es gern gehabt hätten –, sie befänden sich in einem Palastgarten.

Da die Mädchen das gesamte Gartenmobiliar für ihre Teeparty beanspruchten, zogen Cordie und Kendra sich in die Küche zurück. Geralds Ermahnung, Rauchen könne dem Baby schaden, so sie denn schwanger sei, kommentierte Cordie lediglich mit einem nachsichtigen Lächeln und zündete sich entspannt eine Zigarette an.

Kendra berichtete ihrer Freundin von Ness' Gerichtsverhandlung. Sie erzählte auch von Fabia Bender und deren Rat, ein Band zu Ness zu knüpfen, wenn Kendra vermeiden wolle, dass das Mädchen weiterhin in immer neue Schwierigkeiten geriet. »So wie ich sie verstanden hab, sollen wir zusammen Dinge unternehmen, wie Freundinnen es tun«, sagte sie.

»Zum Beispiel?« Cordie blies eine Qualmwolke Richtung Gartentür und warf dabei einen Blick auf die Teeparty. Ihre Töchter waren zum Verschlingen des Käsepopcorns übergegangen.

»Gesichtsbehandlung bei der Kosmetikerin?«, schlug Kendra vor. »Maniküre? Frisör? Zusammen mittagessen gehen? Vielleicht einen Abend um die Häuser ziehen, zusammen mit dir? Irgendwas basteln? Schmuck vielleicht? Einen Kurs besuchen?«

Cordie dachte über all das nach. Dann schüttelte sie den Kopf. »Ich kann mir Ness nicht so richtig bei der Kosmetikerin vorstell'n, Ken. Und was den Rest angeht … Das sind alles Sachen, die *du* vielleicht gern machen würdest. Wir müssen überlegen, was *sie* gern mag.«

»Also sich den Kopf zudröhnen und rumvögeln«, entgegnete Kendra. »Alte Damen überfallen und sich volllaufen lassen. Fernsehen und rumliegen und nichts tun. Oh, und sie mag es, Dix anzumachen.«

Cordie zog eine Braue in die Höhe. »Das klingt nicht gut«, bemerkte sie.

Kendra wollte eigentlich nicht darüber reden. Sie hatte bereits

Dix darauf angesprochen, und es hatte nicht funktioniert – im Gegenteil: Hinterher war er beleidigt und sie frustriert gewesen. Und seine Frage: »Für wen hältste mich eigentlich, Ken?«, hatte sie nicht beantworten können.

»Du und deine Töchter, Cordie. Ihr habt doch eine Beziehung.«

»Das will ich hoffen. Ich bin ihre Mutter. Außerdem waren sie immer bei mir, das macht es einfacher. Ich kenn sie. Ich weiß, was sie mögen. Aber so viel anders kann Ness auch nich' sein. Es muss doch was geben, was sie mag.«

Kendra dachte darüber nach, tagelang. Sie überlegte, wer Ness in ihrer Kindheit gewesen war, bevor alles in ihrem Leben sich geändert hatte. Schließlich fiel ihr ein – Ballett! Das musste es sein! Sie und ihre Nichte konnten auf dem Umweg über das Ballett ein Band knüpfen.

Ein Abend beim Royal Ballet war weit jenseits ihrer finanziellen Möglichkeiten, also bestand die erste Aufgabe darin, eine Vorstellung irgendwo in der Nähe zu finden, die ebenso sehenswert wie bezahlbar war. Das erwies sich nicht einmal als so schwierig, wie Kendra befürchtet hatte. Zuerst versuchte sie es beim Kensington and Chelsea College. Sie fand heraus, dass es dort tatsächlich eine Tanzsparte gab, aber es handelte sich um modernen Tanz, und sie glaubte nicht, dass dies das Richtige sei. Als Nächstes fragte sie bei Paddington Arts nach. Dort wurde sie fündig. Neben den Kursen und Veranstaltungen, die mit bildender Kunst zu tun hatten, bot das Zentrum auch verschiedene Bühnenaufführungen an. Eine davon bestritt eine kleine Ballettkompanie. Kendra kaufte umgehend zwei Karten.

Es würde eine Überraschung werden, eine Art Belohnung dafür, dass Ness ihre gemeinnützige Arbeit ohne großes Gejammer leistete, und Kendra forderte ihre Nichte auf, sich schick zu machen, da sie beide zusammen etwas Schönes unternehmen würden. Sie selber brezelte sich richtig auf und gab keinen Kommentar zu Ness' tief ausgeschnittenem Dekolleté ab, zu ihrem winzigen Minirock und ihren hochhackigen Stiefeln. Kendra war entschlossen, den Abend zu einem Erfolg zu machen. Dies war die Gelegenheit, das erforderliche Band zwischen ihnen zu knüpfen.

Bei all ihrer sorgsamen Planung hatte sie jedoch nicht bedacht, was Ballett für ihre Nichte bedeutete. Sie wusste nicht, dass der Anblick einer Riege magerer junger Ballerinen in Spitzenschuhen bei Ness etwas hervorrief, woran sie unter keinen Umständen erinnert werden wollte. Ballett stand für ihren Vater. Seine Prinzessin zu sein. Es erinnerte sie daran, wie sie jeden Dienstag- und Donnerstagnachmittag und Samstagmorgen an seiner Seite zur Tanzschule gelaufen war. An ihre Handvoll Auftritte auf der Bühne, ihr Dad immer in der ersten Zuschauerreihe, mit leuchtenden Augen, kränklich dünn zwar, aber nicht mehr krank. Das Gesicht von Ausschweifungen gezeichnet, denen er abgeschworen hatte. Die Hände zitterten, aber nicht mehr vom Entzug. Er hatte am Abgrund gestanden, drohte aber nicht mehr hineinzustürzen. Er war jemand, der gerne einmal von der Routine abwich, und darum war er an jenem Tag auf der anderen Straßenseite entlanggegangen. Nur deshalb war er in der Nähe der Spirituosenhandlung gewesen. Die Zeugen behaupteten, er habe hineingehen wollen, aber das stimmte nicht. Das stimmte nicht; er war nur zur falschen Zeit am falschen Ort gewesen.

Als Ness aufgrund dieser Erinnerungen die Ballettaufführung nicht länger ertragen konnte, stand sie auf und kämpfte sich durch die Sitzreihe, bis sie den Mittelgang erreichte. Das Einzige, was zählte, war, so schnell wie möglich den Saal zu verlassen, damit sie der Erinnerung entfliehen konnte.

Kendra folgte ihr. Zischte ihren Namen. Verlegenheit und Wut brodelten in ihr – aus Verzweiflung geborene Wut. Nichts, was sie tat, nichts, was sie versuchte, nichts, was sie anbot ... Das Mädchen befand sich einfach außerhalb ihrer Reichweite.

Ness war schon im Freien, als Kendra sie einholte. Das Mädchen fuhr zu seiner Tante herum, ehe Kendra etwas sagen konnte. »Das soll meine Scheißbelohnung sein?«, fragte sie. »Das krieg ich dafür, dass ich es tagein, tagaus mit dieser bescheuerten Majidah aushalte? So was kannste dir sparen, Kendra.« Und damit stürmte sie davon.

Kendra blickte ihr nach. In Ness' Abgang sah sie nicht die Flucht, die es war, sondern lediglich mangelnde Dankbarkeit. Hilflos sann sie auf einen Weg, das Mädchen ein für alle Mal zur Vernunft zu bringen. Sie musste dem Mädchen vor Augen führen, wie die Dinge standen – wie sie sein *könnten*. In guter Absicht, aber unzureichend informiert, glaubte sie zu wissen, wie sie diesen Vergleich anstellen konnte.

Dix hatte Einwände gegen ihren Plan, was Kendra auf die Palme brachte. Sie fand, Dix sei ohnehin nicht in der Lage, eine Jugendliche zu handhaben, hatte er diesen Lebensabschnitt doch selbst kaum hinter sich gelassen. Diese Sichtweise stieß bei ihm auf wenig Gegenliebe – vor allem da er darin unter anderem Kendras Absicht zu erkennen glaubte, ihren Altersunterschied zu unterstreichen. Mit einer für Kendra enervierenden und unerwarteten Kombination aus Einfühlungsvermögen und Reife erklärte er ihr, die ungeschickten Versuche, eine Beziehung zu ihrer Nichte aufzubauen, sähen eher so aus, als wolle sie das Mädchen kontrollieren. Außerdem, fügte er hinzu, schien es ihm, als erwarte sie, dass Ness zwar eine emotionale Bindung zu Kendra knüpfen sollte, ohne dass aber Kendra ihrerseits eine solche Bindung mit ihr einging. »Als würdest du zu ihr sagen: Hab mich lieb, aber rechne nich' damit, dass ich dich lieb hab«, waren seine Worte.

»Natürlich hab ich sie lieb«, widersprach Kendra aufgebracht. »Alle drei. Ich bin ihre Tante, verdammt noch mal.«

Dix betrachtete sie in aller Seelenruhe. »Ich sag ja nich', dass es falsch is', was du fühlst, Ken. Was du fühlst, is' eben das, was du fühlst, verdammt noch mal. Nich' gut und nich' schlecht. Es is' einfach so, verstehste? Wie sollste dich denn auch fühlen, wenn drei Kids einfach ohne Vorwarnung vor deiner Tür abgeladen werden, he? Es erwartet doch keiner von dir, dass du sie liebst, nur weil sie deine Verwandten sind.«

»Ich *liebe* sie aber.« Sie hörte, wie schrill ihre Stimme klang, und sie hasste ihn dafür, dass er sie zu einer solchen Reaktion verleitet hatte.

»Dann musst du sie akzeptieren«, entgegnete er. »Jeden Einzelnen von ihnen. Du kannst sie sowieso nich' ändern, Ken.«

In Kendras Augen war er selbst etwas, das sie gerade erst zu akzeptieren gelernt hatte: Da stand er während dieser Unterhaltung vor ihr im Badezimmer, den ganzen Körper mit rosa Enthaarungscreme bedeckt, damit die Haut, die er den Kampfrichtern bei seinem Bodybuilding-Wettkampf zeigte, von Kopf bis Fuß glatt und unbehaart war. Er sah vollkommen idiotisch aus, aber sie sagte keinen Ton dazu, weil sie wusste, wie viel es ihm bedeutete, sich mit den Hanteln eine Krone zu erkämpfen, die dem Großteil der Menschheit völlig gleichgültig war. Wenn das kein Beweis von Akzeptanz war ...

Aber mehr konnte Kendra nicht aushalten. Sie trug zu viel Verantwortung. Die einzige Methode, mit alledem fertig zu werden, war, die Kontrolle wiederzuerlangen – und genau das hatte Dix ihr vorgehalten, aber sie war unfähig, das zuzugeben. Mit Joel war es leicht, denn er war so bemüht, es ihr recht zu machen, dass er meistens schon tat, was sie wollte, ehe sie ihn überhaupt davon in Kenntnis setzen konnte. Selbst Toby war einfach, denn er brauchte nichts als seine Lavalampe und das Fernsehen, um beschäftigt und zufrieden zu sein; und weiter wollte und konnte sie über Toby nicht nachdenken. Aber Ness war von Anfang an eine harte Nuss gewesen. Sie war ihrer Wege gegangen, und das war nun dabei herausgekommen. Irgendetwas musste sich hier ändern, und mit der Entschlossenheit, mit der sie alle Probleme in ihrem Leben angegangen war, entschied Kendra, dass diese Veränderung stattfinden würde.

Es war Ewigkeiten her, seit die Kinder ihre Mutter zuletzt gesehen hatten, und das bot Kendra den Vorwand, den sie für ihre Lektion brauchte. Sie musste nur Fabia Bender anrufen, um Ness für einen Tag vom Dienst in der Kindertagesstätte zu entschuldigen, doch das erwies sich als unproblematisch. Nachdem sie die Freistellung erwirkt hatte, blieb ihr nur noch, Ness davon in Kenntnis zu setzen, dass es für sie und ihre Brüder wieder einmal an der Zeit sei, ihre Mutter zu besuchen.

Natürlich würde ihre Nichte auch diesmal wieder höchst unwillig sein, Kendras Wünschen zu entsprechen, daher übertrug sie Ness die Aufgabe, ihre kleinen Brüder sicher zur Klinik zu geleiten und wieder nach Hause zu bringen, statt sie selber zu begleiten. Dies, befand sie, würde ihr Vertrauen zu dem Mädchen unter Beweis stellen, und gleichzeitig würde es Ness zwingen, sich damit auseinanderzusetzen, wie ihr Leben aussähe, wenn sie es in Gesellschaft ihrer armen Mutter verbringen müsste. Das würde ein Gefühl von Dankbarkeit in dem Mädchen wecken, und in Kendras Vorstellung war Dankbarkeit ein Bestandteil des Bindungsprozesses.

Vor die Wahl gestellt, zum Dienst in die Kindertagesstätte zu gehen oder eine Zugfahrt aufs Land hinaus zum Krankenhaus zu machen, wählte Ness letztere Option, wie es wohl jedes junge Mädchen getan hätte. Sorgsam verstaute sie die vierzig Pfund, die Kendra ihr für die Fahrkarten und für Caroles Mitbringsel überreicht hatte, und stieg mit ihren Brüdern in den 23er Bus in Richtung Paddington Station. Sie führte die Jungen aufs obere Deck und schien nicht einmal ärgerlich darüber, dass Toby darauf bestanden hatte, seine Lavalampe mitzunehmen, und nun das Kabel die Treppe hinauf und den Gang entlang hinter sich herschleifte und zweimal darüber stolperte, während er sich an den anderen Passagieren vorbeischlängelte. Über diese brandneue Ness hätte ein jeder Beobachter zu positiven Schlussfolgerungen kommen können.

Joel merkte, wie er sich entspannte. Zum ersten Mal seit sehr langer Zeit hatte er das Gefühl, dass die Last der Aufgabe, Toby zu hüten und auf sich selbst und auf den Rest der Welt aufzupassen, endlich einmal von seinen Schultern genommen wurde. Er konnte sogar zur Abwechslung aus dem Fenster schauen und sich an dem Spektakel erfreuen, das die Londoner bei schönem Wetter boten: eine flanierende Masse in möglichst knapper Bekleidung.

Die Campbells hatten Paddington Station und den Fahrkartenschalter erreicht, als Ness ihren Plan offenlegte. Sie erstand lediglich zwei Rückfahrkarten für die Strecke und gab Joel nur einen Teil des Wechselgeldes. Den Rest steckte sie selbst ein.

»Besorg ihr ein Aero, die hat sie gern«, sagte sie. »Und 'ne billigere Zeitschrift als *Elle* oder *Vogue*. Für Chips bleibt diesmal nich' genug übrig, also müsst ihr so klarkommen, kapiert?«

Joel protestierte, auch wenn er wusste, dass es sinnlos war: »Aber Ness, was haste denn vor ...«

»Ein Wort zu Tante Ken, und ich prügel dich windelweich«, stellte sie in Aussicht. »Ich hab einen Tag frei von dieser Zicke Majidah, und den will ich genießen. Kapiert, Mann?«

»Du kriegst Ärger ...«

»Mir doch scheißegal«, gab sie zurück. »Halb fünf treffen wir uns wieder hier. Wenn ich nich' da bin, wartet ihr auf mich. Is' das klar, Joel? Ihr wartet. Wenn ihr ohne mich nach Hause geht, schlag ich dich windelweich, wie ich gesagt hab.«

Dann ließ sie sich von ihm zeigen, dass er auf dem Fahrplan den richtigen Zug finden konnte, und schickte ihn zu W. H. Smith. Als Joel den Laden betrat – mit Toby im Schlepptau, der sein Hosenbein umklammert hielt –, verdrückte sie sich: ein Mädchen, das nicht gedachte, nach irgendjemandes Pfeife zu tanzen, ganz sicher nicht nach der ihrer Tante.

Joel sah ihr durchs Schaufenster nach, bis sie in der Menge verschwunden war. Dann erstand er eine Zeitschrift und ein Aero und führte seinen Bruder zum Bahnsteig. Als sie im Zug saßen, gab er Toby die Schokolade. Ihre Mutter, entschied er, hatte eben das Nachsehen.

Sofort schämte er sich für diesen Gedanken. Um ihn zu vertreiben, betrachtete er die graffitiverzierten Mauern auf beiden Seiten der Geleise und versuchte, einzelne Worte zu entziffern. Die Graffiti erinnerten ihn an Cal Hancock. Cal Hancock wiederum erinnerte ihn an seine Konfrontation mit The Blade und wie er sich anschließend in die Gosse erbrochen hatte, und das brachte ihn auf seinen Besuch bei Ivan Weatherall.

Joel war dankbar gewesen, als er Ivan zu Hause angetroffen hatte. Falls der Mann Erbrochenes an ihm gerochen hatte, war er taktvoll genug gewesen, es nicht zu erwähnen. Er war gerade in der kritischen Phase eines Uhrenbaus und unterbrach seine Arbeit auch nicht, als er Joel einlud, ins Haus zu kommen und sich von den Weintrauben zu bedienen, die in einer angeschlagenen Porzellanschüssel auf dem Tisch standen. Stattdessen reichte er Joel einen grünen Zettel mit der Aufschrift »*Führt Worte statt Waffen*«. »Schau dir das mal an, und sag mir, was du davon hältst«, forderte er ihn auf, während er seine Aufmerksamkeit wieder auf die Uhr richtete.

»Was is'n das?«, fragte Joel.

»Lies«, befahl Ivan.

Es war die Ankündigung eines Schreibwettbewerbs. Das gewünschte Seitenformat war ebenso angegeben wie die Kriterien der Jury, und es wurden Geld und andere Preise ausgelobt. Der Hauptgewinn – fünfzig Pfund – war für eine Sache namens »Du hast das Wort« vorgesehen, was immer das sein mochte. *Führt Worte statt Waffen* fand in einem der Gemeindezentren der Gegend statt, im Basement Activities Centre in Oxford Gardens.

»Kapier ich immer noch nich'«, sagte Joel, nachdem er den Handzettel studiert hatte. »Soll ich da was machen?«

»Hmh. Das hoffe ich. Du sollst teilnehmen. Es ist ein Lyrik … nun, ich denke, Lyrik-Event ist der richtige Ausdruck. Hast du einem solchen Event schon mal beigewohnt? Nein? Dann schlage ich vor, du kommst hin und schaust es dir einmal an. Vielleicht wirst du überrascht sein, wenn du siehst, wie es da zugeht. ›Du hast das Wort‹ ist übrigens ein neues Konzept.«

»*Lyrik?* Man sitzt da rum und redet über Gedichte oder so?« Joel verzog das Gesicht. Vor seinem geistigen Auge sah er einen Kreis ältlicher Ladys mit verrutschten Strümpfen, die sich für irgendeinen toten weißen Kerl begeisterten, von dem man höchstens einmal in der Schule hörte.

»Wir *schreiben* Gedichte«, erklärte Ivan. »Das ist *die* Chance, sich selbst unzensiert auszudrücken – wenn auch nicht unkritisiert. Dafür sorgt das Publikum.«

Joel schaute wieder auf den Zettel hinab und richtete sein

Augenmerk auf die ausgelobte Summe. »Und was ist dieses ›Du hast das Wort‹-Dings?«

»Ah, das Preisgeld hat dein Interesse geweckt, ja?«

Joel antwortete nicht, aber natürlich überlegte er, was er mit fünfzig Pfund alles tun könnte. Eine Kluft tat sich auf zwischen dem, was er war – ein Zwölfjähriger, der für sein tägliches Brot und das Dach über dem Kopf von seiner Tante abhing –, und dem, was er als Erwachsener sein wollte, wenn er tatsächlich Psychiater werden würde. Neben der unbeirrbaren Entschlossenheit zum Erfolg, die er besaß, brauchte er für seine Ausbildung Geld, und das hatte er nicht. Er musste die Kluft zwischen dem, der er heute war, und dem, der er werden wollte, überwinden. Fünfzig Pfund mochten nicht viel sein, aber im Vergleich dazu, was Joel im Moment besaß, nämlich gar nichts, war es ein Vermögen.

»Was müsste ich 'n machen?«

Ivan lächelte. »Komm hin!«

»Muss ich irgendwas schreiben, bevor ich hingeh?«

»Nicht für ›Du hast das Wort‹. Das geschieht dort vor Ort. Ich gebe euch Wörter vor. Alle bekommen dieselben, und innerhalb einer bestimmten Zeit müsst ihr ein Gedicht verfassen, in dem diese Wörter vorkommen. Das beste Gedicht gewinnt. Eine Jury aus dem Publikum wählt es aus.«

»Oh.« Joel gab Ivan den Flyer zurück. Er wusste, wie gering seine Chancen waren, irgendetwas zu gewinnen, wenn Preisrichter im Spiel waren. »Ich kann überhaupt keine Gedichte schreiben«, erklärte er.

Ivan entgegnete: »Schon mal versucht? Pass auf. Willst du wissen, was ich darüber denke? Hörst du mir zu?«

Joel nickte.

»Das ist doch ein Anfang«, befand Ivan. »Zuhören ist eine gute Sache. Fast so gut wie es selbst auszuprobieren. Und das ist das entscheidende Element der Lebenserfahrung, das so viele von uns meiden, weißt du. Etwas Neues auszuprobieren, den Sprung in das vollkommen und absolut Unbekannte zu wagen. In das Andere. Diejenigen, die den Sprung wagen, können dem

Schicksal etwas entgegensetzen, das sie andernfalls vielleicht ereilen würde. Sie trotzen den gesellschaftlichen Erwartungen, entscheiden *selbst,* wer und was sie sein wollen, und lassen nicht zu, dass Geburt, Klasse und Vorurteile ihnen diese Entscheidung abnehmen.« Ivan faltete den Handzettel viermal und steckte ihn in Joels Hemdtasche. »Basement Activities Centre, Oxford Gardens«, fügte er hinzu. »Du kannst das Gebäude nicht verfehlen. Es ist eine dieser Monstrositäten aus den Sechzigern, die sich Architektur schimpfen. Stell dir Betonstuck und angepinseltes Sperrholz vor, und du hast ein ungefähres Bild. Ich hoffe wirklich, dass wir dich dort sehen werden, Joel. Bring deine Familie mit, wenn du willst. Je zahlreicher wir sind, umso besser. Es gibt Kaffee und Kekse danach.«

Joel trug den Handzettel immer noch mit sich herum, als er und Toby im Zug saßen, auf dem Weg zu ihrer Mutter. Er war immer noch nicht zu einer dieser *Führt-Worte-statt-Waffen*-Veranstaltungen gegangen, aber der Gedanke an die fünfzig Pfund hatte sich in sein Hirn eingebrannt, so tief, dass die ursprüngliche Idee, an Ivans Filmprojekt teilzunehmen, in den Hintergrund gedrängt worden war. Jedes Mal, wenn ein *Führt-Worte-statt-Waffen*-Abend sich näherte und verstrich, fühlte Joel sich dem Moment einen Schritt näher, da er genug Mut aufbringen würde, sich an einem Gedicht zu versuchen.

Doch jetzt galt es erst einmal, den Besuch in der Klinik zu überstehen. Am Empfang schickte man sie dieses Mal nicht ins Obergeschoss, wo der Aufenthaltsraum und das Zimmer ihrer Mutter lagen, sondern durch einen Flur im Erdgeschoss zum Wintergarten, einem verglasten Raum auf der Südseite des Gebäudes.

Joel wertete dies als gutes Zeichen. Im Wintergarten schränkte nichts die Bewegungsfreiheit der Kranken ein, insbesondere keine Gitter vor den Fenstern. Ein Patient hätte sich also erheblichen Schaden zufügen können, indem er eine der großen Glasscheiben zerbrach, und die Tatsache, dass man Carole Campbell hierhergelassen hatte, schien auf eine Besserung ihres Zustandes hinzudeuten – bedauerlicherweise eine gar zu optimistische Schlussfolgerung.

Kendras gewünschter Effekt des Besuchs bei Carole Campbell stellte sich also in der Tat ein; allerdings nicht für ihre Nichte. Ness war an diesem Tag allein unterwegs gewesen und traf Joel und Toby zweiundvierzig Minuten nach der verabredeten Zeit. Ihre Laune war so miserabel, dass Joel sofort wusste, dass ihr Nachmittag nicht so erfolgreich verlaufen war, wie sie gehofft hatte. Und Joel selbst plagte sich neu mit der Frage, wo er und seine Geschwister in Zukunft leben sollten.

Ness' Frage – »Und wie geht's der bescheuerten Kuh?« – machte die Dinge keineswegs besser. Ihre Worte und der Tonfall waren nicht gerade eine Einladung, ihr das Herz auszuschütten. Joel hätte ihr gerne die Wahrheit erzählt: dass Carole Toby nicht erkannt hatte, dass sie glaubte, ihr Vater sei noch am Leben, und dass sie auf einer Wolke schwebte, die zu weit entfernt war, um sie zu erreichen. Doch nichts von alledem konnte er in Worte fassen. Also sagte er lediglich: »Du hättest mitkomm' sollen.«

»Fick dich doch ins Knie«, erwiderte Ness und schlenderte in Richtung Bushaltestelle.

Als Kendra sie zu Hause fragte, wie der Besuch verlaufen sei, antwortete Joel: Prima, alles bestens, Carole habe sogar im Wintergarten ein paar Blumentöpfe bepflanzt. »Mum hat nach dir gefragt, Tante Ken«, fügte er hinzu. Er konnte nicht verstehen, warum seine Tante sich über diese Lüge nicht zu freuen schien. Er fand, Kendra hätte Caroles angebliche Besserung doch als Hinweis darauf verstehen müssen, dass die Campbell-Kinder nicht für alle Zeiten bei ihr würden wohnen müssen. Doch Kendra schien nicht im Mindesten erfreut. Joels Eingeweide krampften sich zusammen, und er suchte nach einem Weg, um den Schlag abzumildern, den er ihr offenbar unbeabsichtigt versetzt hatte. Doch noch ehe ihm etwas Brauchbares einfiel, nahm Dix ihn beiseite. »Hat nix mit dir zu tun, Bruder. Is' wegen Ness. Wie war sie denn zu eurer Mum?«

Als Joel schwieg, sah Dix zu Ness hinüber. Sie erwiderte

seinen Blick unverwandt. Ihre Haltung, ihr Ausdruck, selbst die Art, wie sie mit geblähten Nasenflügeln die Luft ausstieß, forderten ihn heraus. Doch er war klug genug, diese Herausforderung nicht anzunehmen. Stattdessen sorgte er immer dafür, dass er etwas zu tun hatte, während sie zu Hause war: Er fuhr ins Fitnessstudio, traf sich mit seinen Sponsoren, bereitete seinen nächsten Wettkampf vor, kaufte seine Speziallebensmittel ein und kochte sich seine Bodybuildermahlzeiten.

So dümpelte das Leben einige Wochen lang in einer Art und Weise vor sich hin, die ein Außenstehender für Normalität hätte halten können. Doch schließlich zerbrach der labile Familienfrieden.

Joel war auf dem Weg zum Lernzentrum, wohin Toby auch in den Sommerferien immer noch regelmäßig ging. Er war gerade um die Ecke der Great Western Road gebogen, als er sah, dass auf der anderen Straßenseite hinter dem Eisengitter, das den Gehweg von der Straße trennte, ein Tumult entstand. Drunk Bob, ein stadtbekanntes Individuum, saß dort in seinem Rollstuhl an einem seiner bevorzugten Plätze, gleich links neben der Tür einer Spirituosenhandlung und unter dem Schaufenster, in dem ein Schild auf ein Sonderangebot für spanischen Wein hinwies. Er hielt eine Papiertüte an die Brust gedrückt, in der sich offensichtlich eine Flasche befand. »Oy! Oy!«, rief er; an sich noch nicht ungewöhnlich. Doch er richtete seinen Ausruf heute nicht wie sonst auf den Verkehr, sondern auf eine Schar Jugendlicher, die ihn schikanierte. Einer der Jungen hatte die Schiebegriffe des Rollstuhls gepackt und drehte ihn im Kreis, während die anderen versuchten, ihm die Tüte zu entreißen. Der Mann wurde in seinem Sitz hin- und hergeschleudert. Drunk Bob hatte den Gutteil des Tages gebraucht, um genug Geld von den Passanten für die Flasche zu erbetteln, und er dachte nicht daran, sie jetzt einfach so einer Horde Jungen zu überlassen, ganz gleich wie bedrohlich sie auch war. Er hielt die Tüte fest umklammert und flog nur so in seinem Rollstuhl umher. Doch die Flasche war ihm wichtiger, als sich an den Armlehnen festzuhalten.

Das Gelächter der Jungen und ihre Spottrufe übertönten die Stimme des alten Mannes beinahe völlig. Aus den umliegenden Läden eilte daher auch niemand zu Hilfe. Mehrere Fußgänger passierten die Szene, doch keiner sagte ein Wort, nur eine alte Dame drohte den Halbstarken mit ihrem Gehstock. Doch auch sie floh, als einer von ihnen Anstalten machte, ihr die Tasche zu entreißen.

Joel konnte sehen, dass Drunk Bob aus dem Rollstuhl zu rutschen drohte. Es würde nur noch Augenblicke dauern, bis der alte Mann auf der Straße lag, und dort hatte er kaum mehr eine Chance, sich zu verteidigen. Nicht dass Joel das Bedürfnis gehabt hätte, ein Held zu sein. Dennoch rief er: »Hey! Lasst den Typ in Frieden! Das is' doch 'n Krüppel, seht ihr das nich'?«

Einer der Jungen sah für einen Moment auf, um festzustellen, wer es wagte, ihnen den Spaß zu verderben.

»Mist«, murmelte Joel vor sich hin, als er erkannte, wer es war. Neal Wyatt und er sahen sich unverwandt in die Augen, und der Ausdruck, der über Neals Gesicht huschte, war unmissverständlich. Er sagte etwas über die Schulter. Seine Gang hörte augenblicklich auf, Drunk Bob zu drangsalieren. Joel war nicht so dumm zu glauben, dass sein Protest sie dazu bewogen hatte.

Er wusste ganz genau, was als Nächstes passieren würde, rannte los, die Harrow Road entlang, und Neal und seine Freunde setzten sich hinter dem Absperrgitter in Bewegung. Neal führte die Meute an, und er grinste wie jemand, dem gerade ein Sack voll Geld in den Schoß gefallen war.

Joel wusste, dass es ein Fehler war wegzulaufen. Er wusste, dass Neal seiner Gang beweisen wollen würde, dass er in der Lage war, ihn fertigzumachen: ihn, Joel, das kleine Würmchen, das er in Meanwhile Gardens hatte zerquetschen wollen, als Ivan Weatherall dazwischengegangen war; Joel, den Mistkerl, dem Hibah ihre Freundschaft angeboten hatte, ohne Neal zuvor nach seiner Meinung zu fragen.

Joel hörte ihre Rufe hinter sich, während er in Richtung Lernzentrum lief. Die Straße hatte nur zwei Fahrspuren, also würden Neal und seine Jungs keine zehn Sekunden brauchen, das Gitter zu überspringen, auf die andere Straßenseite zu laufen und auch das diesseitige Gitter zu überwinden. Joel rannte, was das Zeug hielt, wich einer Mutter mit Kinderwagen aus, drei Frauen in Tschadors mit vollen Einkaufstüten und einem weißhaarigen Herrn, der einfach mal vorsorglich »Halt! Dieb! Hilfe!« brüllte, als Joel an ihm vorbeirauschte.

Ein hastiger Blick über die Schulter, und Joel sah, dass er fürs Erste Glück gehabt hatte. Ein Bus und zwei Lastwagen hatten sich zwischen ihn und seine Verfolger geschoben. Neal und seine Freunde waren zwar wild entschlossen, ihn zu jagen, aber nicht wild darauf, unter die Räder zu kommen. Sie warteten, bis alle drei Fahrzeuge vorübergefahren waren, ehe sie die Straße überqueren und die Verfolgung fortsetzen konnten. Joel hatte einen Vorsprung von fünfzig Metern herausgeholt, als sie endlich herüberkamen. Der Secondhandladen kam in Sicht, er stürmte hinein und japste wie ein Hund, als er die Tür hinter sich zuwarf.

Kendra war im Hinterzimmer, wo sie Plastiksäcke voll neuer Kleiderspenden sortierte. Als sie die Tür zuschlagen hörte, sah sie auf, und ihr lag schon eine scharfe Ermahnung auf der Zunge, doch dann sah sie sein Gesicht. »Was ist los, Joel? Wo ist Toby? Solltest du ihn nicht …«

Joel brachte sie mit einem schroffen Wink zum Schweigen – einer Geste, die so untypisch für ihn war, dass Kendra verdutzt verstummte. Er schaute aus dem Fenster und entdeckte Neal, der seine Meute anführte wie ein Jagdhund bei der Hatz. Joel sah von seiner Tante zu dem Kämmerchen hinter ihr. Eine Tür führte von dort hinaus in eine Gasse.

»Joel, was ist hier los?«, verlangte Kendra zu wissen. »Was ist passiert? Wer ist das da draußen?«

»Typen«, brachte er mühsam hervor und zwängte sich an ihr vorbei. Das Atmen fiel ihm so schwer, dass er einen leichten Schwindel verspürte, und seine Brust fühlte sich an, als habe jemand ein rotglühendes Brenneisen daraufgesetzt.

Kendra trat ans Fenster, während Joel zur Hintertür hastete.

»Machen sie dir Schwierigkeiten? *Das* Häuflein? Die knöpf ich mir vor.« Sie legte die Hand an den Türgriff.

»Nein!«, schrie Joel. Ihm blieb keine Zeit, erst recht nicht, um seiner Tante zu erklären, dass sie alles nur noch schlimmer machen würde, wenn sie sich einmischte. Niemand knöpfte sich in einer Situation wie dieser einfach so irgendjemanden vor, und manchmal war ein Feind einfach ein Feind, ohne dass irgendwer die Gründe dafür hätte erklären können. Und Joel war Neal Wyatts erwählter Todfeind. So war es eben. Er stürzte in die Kammer, wo eine schwache Glühbirne den Weg zur Hintertür beleuchtete, und stieß sie auf. Krachend schlug sie gegen die Rückwand des Gebäudes. Er rannte die Gasse hinunter und hörte nur noch, wie Kendra hinter ihm die Tür wieder schloss.

Joel rannte vielleicht dreißig Meter weit, dann musste er erst einmal wieder zu Atem kommen. Gleichzeitig wusste er, dass es nur Augenblicke dauern würde, bis Neal herausfand, in welchen Laden er geflüchtet und wohin er anschließend verschwunden war. Joel schaute sich nach einem sicheren Versteck um. Neben einer Baustelle stand ein überfüllter Müllcontainer. Mit letzter Kraft hievte er sich dort hinein. Er musste ein paar Pappkartons und Plastiktüten hinauswerfen, aber das würden seine Verfolger kaum bemerken, so wie es in der Gasse aussah. Er duckte sich und wartete, atmete so flach, wie seine schmerzende Lunge es zuließ. Keine zwei Minuten später machte sich seine Anstrengung bezahlt. Er hörte schnelle Schritte näher kommen und dann die Stimmen:

»Dieser Scheißgelbarsch is' entwischt.«

»Quatsch, der muss hier doch irgendwo sein!«

»Die Alte müsst man sich mal vornehm'.«

»Neal, siehste was?«

»Das is' ja wohl 'n Scheißloch hier.«

»Genau richtig für Typen wie den.«

Gelächter, und dann war Neal Wyatts Stimme zu hören: »Geh'n wir. Die Schlampe versteckt ihn irgendwo. Hol'n wir sie uns.«

Die Jungen entfernten sich. Joel blieb, wo er war. Unentschlossenheit und Angst schlugen ihm auf den Magen. Er konzentrierte sich darauf, seine Innereien unter Kontrolle zu bringen, schlang die Arme um seinen Körper, zog die Knie an die Brust und lauschte mit geschlossenen Augen.

In der Ferne hörte er eine Tür schlagen – die Hintertür zum Laden. Die Jungen waren dorthin zurückgekehrt, entschlossen, Randale zu machen. Er versuchte, sich zu erinnern, wie viele sie waren – als machte das irgendeinen Unterschied –, denn er wusste, dass seine Tante zwar mit einem oder zwei dieser Jungen fertig werden konnte, vielleicht sogar mit dreien. Aber eine Konfrontation mit mehreren würde sie in Bedrängnis bringen.

Joel zwang sich, seine Angst ebenso zu überwinden wie das Rumoren in seinem Bauch. Er richtete sich auf und krabbelte zum Rand des Containers. Die heulenden Sirenen, die sich in diesem Moment auf der Harrow Road näherten, retteten ihn.

Er wusste genau: Seine Tante hatte vorausgesehen, was die Jungen tun würden, und die Polizei gerufen, sobald Joel in der Gasse verschwunden war. Sie hatte die taffe Lady gespielt, und ihr Akzent, ihre Sprechweise und die Ausdrücke »Jugendgang« oder besser noch »Bande schwarzer Halbstarker« hatte die Polizei schneller als üblich auf den Plan gerufen, und sie war mit Blaulicht, Sirenen, Schlagstöcken und Handschellen ausgerückt. Neal Wyatt und seine Meute würden gleich Bekanntschaft mit den wenig zimperlichen Beamten der Polizeiwache Harrow Road machen, wenn sie nicht schleunigst den Laden verließen. Seine Tante hatte die Schlacht gewonnen.

Joel sprang auf die Erde und eilte davon. Keine fünf Minuten später betrat er das Lernzentrum.

Im Eingangsbereich hielt er inne, um sich den Dreck von der Kleidung zu klopfen. Der Inhalt des Müllcontainers hatte sichtbare Spuren hinterlassen. Joel war auf einer Tüte mit Küchenabfällen gelandet, vornehmlich gebackene Bohnen und Kaffeesatz. Ein Hosenbein seiner Jeans war damit verziert, während seine Schulter Bekanntschaft mit den Überresten eines Senfsandwichs gemacht hatte. Joel brachte seine Erscheinung in Ordnung, so gut er konnte, dann öffnete er die zweite Tür.

Toby saß auf einem der rissigen Kunstledersofas am Empfang. Er hielt die Lavalampe auf dem Schoß, die Hände um den Sockel gelegt. Er starrte unverwandt darauf, hatte die Schultern hochgezogen, und seine Unterlippe bebte.

Joel sagte fröhlich: »Hey, Tobe. Was geht, Mann.«

Toby schaute auf. Ein breites Lächeln vertrieb den weinerlichen Ausdruck von seinem Gesicht. Er krabbelte vom Sofa, als hätte er es eilig zu verschwinden. Joel ging auf, dass Toby Angst gehabt hatte, niemand werde kommen, um ihn abzuholen und nach Hause zu bringen. Joels Brust zog sich zusammen. Sein Bruder, beschloss er, sollte nie wieder solche Angst fühlen.

»Lass uns abhau'n, Mann. Biste so weit? Tut mir leid, dass ich so spät dran bin. Du hast dir doch keine Sorgen gemacht oder so?«

Toby schüttelte den Kopf. Sein Kummer war schon vergessen. »Quatsch«, sagte er. »Hey, könn' wir auf dem Weg nach Hause Pommes hol'n? Ich hab fünfzig Pence. Hat Dix mir gegeben. Und die fünf Pfund von Gran hab ich auch noch.«

»Aber die Kohle willste doch nich' für Pommes verschleudern«, mahnte Joel. »Das is' dein Geburtstagsgeld. Du musst dir was davon kaufen, das dich an deinen Geburtstag erinnert.«

»Aber wenn ich doch Pommes will? Wie soll ich die sonst kriegen? Und die fünfzig Pence waren doch gar kein Geburtstagsgeld.«

Joel sann auf einen Weg, Toby schonend beizubringen, dass man für fünfzig Pence keine Pommes frites bekam – Geburtstagsgeld hin oder her –, als eine große schwarze Frau mit kurz geschorenem Haar und goldenen Creolen, groß wie Radkappen, aus einem der Büros trat: Luce Chinaka, Tobys Betreuerin. Lächelnd sagte sie: »Ich dachte, ich hätte hier draußen jemanden gehört, der sich mit meinem jungen Freund unterhält. Kann ich dich kurz sprechen?«, fragte sie Joel, ehe sie, an Toby gewandt, fortfuhr: »Hast du etwa vergessen, ihm zu sagen, dass ich ihn sprechen wollte, wenn er dich abholen kommt, Mr. Campbell?«

Toby ließ den Kopf hängen und drückte die Lavalampe fester an seine Brust. Luce Chinaka fuhr ihm über den gerupften Schopf und sagte: »Ist schon gut, Schatz. Du darfst ruhig mal was vergessen. Warte hier, sei so lieb. Wir brauchen nicht lange.«

Toby sah hilfesuchend zu seinem Bruder. Joel erkannte die aufsteigende Panik, die der Kleine bei der Vorstellung empfand, so kurz nach seiner Rettung schon wieder allein gelassen zu werden. »Hau dich wieder aufs Sofa, Mann«, sagte er beruhigend und suchte den Empfang ab, bis er einen Spiderman-Comic gefunden hatte, den Toby durchblättern konnte. Er versicherte ihm, es werde nicht lange dauern.

Toby klemmte sich das Heft unter den Arm und kletterte zurück auf die Couch. Sorgsam stellte er die Lavalampe neben sich ab und legte den Comic auf seinen Schoß, sah ihn jedoch nicht an. Stattdessen klebte sein Blick an Joel. Vertrauen stand ebenso in seinen Augen wie ein Flehen. Nur ein Mensch, der einen Stein anstelle eines Herzens in der Brust trug, hätte von diesem Blick unberührt bleiben können.

Joel folgte Luce Chinaka in ein kleines Büro, das vollgestopft war mit einem Schreibtisch, einem Tisch, Stühlen, Anschlagbrettern, Flipcharts und Regalen, die ihrerseits von Notizblöcken, Büchern, Brettspielen und Heftern überquollen. Ein Messingschild, in das ihr Name eingraviert war, stand auf dem Schreibtisch gleich neben einem Foto von ihr und ihrer Familie: Luce, Arm in Arm mit einem ebenfalls großgewachsenen, dunkelhäutigen Mann, vor ihnen aufgereiht wie die Orgelpfeifen drei niedliche Kinder.

Luce trat hinter den Schreibtisch, nahm aber nicht Platz. Vielmehr zog sie den Stuhl hervor und stellte ihn an die Schmalseite. Sie wies Joel einen zweiten Stuhl, sodass sie sich gegenübersitzen konnten. Es war so eng in dem Kämmerchen, dass ihre Knie sich fast berührten. Luce nahm eine Akte vom Tisch und warf einen Blick hinein, als wolle sie sich der Fakten versichern. Dann sagte sie: »Wir haben uns noch nicht kennengelernt. Du bist Tobys Bruder … Joel, ist das richtig?«

Joel nickte. Er kannte nur einen Grund, warum Erwachsene Kinder an einen so offiziellen Ort wie ihr Büro beorderten, nämlich dann, wenn es Schwierigkeiten gab. Also nahm er an, dass Toby irgendetwas angestellt hatte. Er harrte der Einzelheiten.

»Er spricht oft von dir«, fuhr Luce Chinaka fort. »Du bist sehr wichtig für ihn, aber das weißt du sicher selbst.«

Joel durchforstete sein Hirn auf der Suche nach einer angemessenen Erwiderung, aber außer einem stummen Nicken fiel ihm nichts ein.

Luce ergriff einen Kugelschreiber. Er war golden und schmal und passte zu ihr. Joel sah, dass vorn auf der Akte ein Formular lag, das teilweise ausgefüllt war. Luce überflog es, ehe sie wieder sprach. Dann erklärte sie Joel, was er schon wusste: Tobys Grundschule hatte die Empfehlung gegeben, Toby im Lernzentrum anzumelden, hatte es tatsächlich sogar zur Bedingung für seine Aufnahme an der Schule gemacht. »Wusstest du das, Joel?«, fragte sie. Auf sein neuerliches Nicken fuhr sie fort: »Toby hinkt seinen Altersgenossen in seiner Entwicklung ziemlich hinterher. Weißt du, welcher Art sein Problem ist?« Luce Chinakas Stimme war voller Güte, genau wie ihre Augen, die dunkelbraun waren, das eine goldgefleckt.

»Er is' nich' blöd«, sagte Joel.

»Nein, natürlich nicht«, versicherte Luce. »Aber er hat eine erhebliche Lernschwäche, und … na ja, er scheint noch andere …« Sie zögerte. Wieder schaute sie auf die Akte hinab, dieses Mal, so schien es, auf der Suche nach den richtigen Worten, um zu sagen, was ausgesprochen werden musste. »Es scheint noch andere Probleme zu geben. Unsere Aufgabe hier im Lernzentrum besteht darin herauszufinden, welcher Art diese Probleme sind und wie man Toby am besten helfen kann. Dann unterrichten wir ihn so, dass er etwas lernen kann, zusätzlich zum regulären Schulbesuch. Außerdem vermitteln wir ihm Alternativen … nun ja, Alternativen für sein Sozialverhalten. Verstehst du mich?«

Joel nickte. Er konzentrierte sich. Er hatte das Gefühl, dass Luce Chinaka auf etwas hinauswollte, das wichtig und schrecklich war. Er wurde argwöhnisch.

»Toby hat vor allem Schwierigkeiten damit, Informationen zu verarbeiten und wiederzufinden. Er hat ein Sprachdefizit, verschlimmert durch etwas, das wir kognitive Dysfunktion nennen. Aber das sind nur Begriffe.« Sie vollführte eine Geste, als wolle sie die Worte wegscheuchen. »Der eigentliche Punkt ist, dass ein Sprachdefizit ein ernstes Problem ist, denn alles, was wir in der Schule lernen, hängt zuallererst von unserer Fähigkeit ab, es in Form von Sprache aufzunehmen, in Wörtern und Sätzen.«

Joel merkte, dass die Frau versuchte, sich in einfachen Worten auszudrücken, weil er eben Tobys Bruder und nicht Tobys Vater war. Das beleidigte ihn nicht. Es hatte im Gegenteil etwas eigentümlich Tröstliches, trotz der bösen Vorahnungen, mit denen die Unterhaltung ihn erfüllte. Luce Chinaka war bestimmt eine gute Mutter. Er stellte sich vor, wie sie ihre drei Kinder abends ins Bett brachte und das Zimmer nicht verließ, ehe sie ihre Gebete gesprochen und ihren mütterlichen Kuss empfangen hatten.

»Gut«, sagte sie. »Aber jetzt kommen wir zu unserem eigentlichen Problem. Weißt du, was wir hier im Lernzentrum für Toby tun können, ist begrenzt. Und wenn wir an diese Grenzen stoßen, müssen wir überlegen, was als Nächstes zu tun ist.«

Alarmglocken schrillten in Joels Kopf. »Woll'n Sie sagen, Sie könn' Toby nich' helfen oder so? Er soll nich' mehr herkomm'?«

»Nein, nein«, widersprach sie eilig. »Aber ich möchte einen Plan für ihn aufstellen, und das können wir nicht ohne weiterreichende Untersuchungen. Nennen wir es … also, nennen wir es: eine Studie von Toby erstellen. Und daran müssen alle beteiligt sein. Tobys Lehrer an der Middle Row School, die Mitarbeiter hier im Lernzentrum, ein Arzt und eure Eltern. In den Akten habe ich gesehen, dass euer Vater verstorben ist, aber wir möchten unbedingt ein Gespräch mit eurer Mutter führen. Ich gebe dir diese Unterlagen für sie mit und dann …«

»Geht nich'.« Mehr brachte Joel nicht heraus. Die Vorstellung von seiner Mutter, hier in diesem Büro, mit dieser Frau, war einfach zu viel für ihn, selbst wenn er wusste, dass es dazu nie kommen würde. Man würde sie niemals allein aus der Klinik lassen, und selbst wenn Joel sie von dort abholen könnte, würde sie es in Gegenwart von Luce Chinaka keine fünf Minuten aushalten, ehe sie auseinanderbrach.

Luce sah von den Unterlagen auf. Sie schien sein »Geht nicht« zu allem ins Verhältnis zu setzen, was sie bislang über die Familie wusste. Das war nicht besonders viel – dafür hatte die Familie selbst gesorgt. »Kann deine Mutter nicht lesen?«, fragte sie. »Das tut mir leid. Ich habe angenommen, weil ihr Name auf den Formularen steht ...« Luce schaute genauer hin und betrachtete, was, so wusste Joel, das hastige Gekritzel seiner Tante sein musste.

»Das is' ... Das ist Tante Kendras Handschrift.«

»Ah, verstehe. Kendra Osborne ist also eure Tante, nicht eure Mutter? Hat sie das Sorgerecht für euch?«

Joel nickte, obwohl er keine Ahnung hatte, wovon sie sprach.

»Ist eure Mutter denn auch verstorben, Joel? Meintest du das, als du sagtest, sie könne das hier nicht ...«

Er schüttelte den Kopf. Aber weder konnte noch wollte er ihr von seiner Mutter erzählen. Die Wahrheit war, dass Carole Campbell so gut lesen konnte wie jeder andere. Die Wahrheit war aber auch, dass es völlig unerheblich war, ob sie lesen konnte oder nicht.

Er streckte die Hand nach den Unterlagen aus »Ich kann es lesen. Ich kümmere mich um Toby«, brachte er heraus – näher konnte er der Wahrheit nicht kommen.

»Aber hier geht es nicht um ...« Luce suchte nach einem anderen Erklärungsansatz. »Hör zu, mein Junge: Es muss eine Untersuchung durchgeführt werden, und nur ein sorgeberechtigter Erwachsener kann dazu die Genehmigung erteilen. Verstehst du? Wir müssen Toby ziemlich ... gründlich untersuchen, und das muss von einem ...«

»Ich hab doch gesagt, ich mach das!«, rief Joel. Er ergriff die Papiere und drückte sie an die Brust.

»Aber Joel ...«

»Ich *kann* das!«

Luce Chinaka sah ihm mit einer Mischung aus Verwirrung und Erstaunen nach, als er zu seinem kleinen Bruder nach draußen stürmte. Dann griff sie zum Telefon.

13

Als Ness sich an jenem Tag an der Paddington Station von ihren Brüdern trennte, verließ sie den Bahnhof nicht sofort. Vielmehr verbarg sie sich hinter einem Sandwich-Stand. Sie gab vor, sich dort nur eine Zigarette anzünden zu wollen, die sie Kendra stibitzt hatte, doch während sie ihre Tasche nach Streichhölzern durchforstete, linste sie immer wieder um die Ecke zum Zeitschriftenladen. Obwohl das Geschäft voller Menschen war, hatte sie keine Mühe, Joel zu entdecken. Pflichtschuldig steuerte er auf die Zeitschriftenständer zu, wie üblich mit herabhängenden Schultern. Toby folgte ihm wie immer dicht auf den Fersen.

Ness wartete, bis Joel sich in die Kassenschlange eingereiht hatte, bevor sie ihrer Wege zog. Sie konnte nicht erkennen, was er aus dem großen Zeitschriftenangebot ausgewählt hatte, aber sie wusste, er hatte etwas Passendes für ihre Mutter genommen. So war Joel: zuverlässig und pflichtbewusst bis zuletzt. Außerdem war er in der Lage, sich und anderen vorzumachen, was immer er ihnen vormachen musste, um den Tag zu überstehen. Ness selbst hatte genug davon, sich etwas vorzumachen. Das hatte sie genau dorthin geführt, wo sie sich im Moment befand, nämlich nirgends. Sich etwas vorzumachen, änderte nichts, änderte insbesondere nichts daran, wie sie sich im Augenblick innerlich fühlte: so voll, als müsse sie zerspringen, als wolle ihr Blut durch die Haut nach außen tröpfeln.

Selbst wenn sie gewollt hätte, hätte Ness dieses Gefühl nicht anders zu beschreiben vermocht. Sie hätte nicht mit kindlicher Schlichtheit sagen können, dass sie voller Wut, Bosheit, Traurigkeit oder Freude war. Auch hätte sie es nicht komplexer ausdrücken können, etwa dass sie angefüllt sei mit einem Gefühl menschlicher Barmherzigkeit, voller Mitgefühl, voller Liebe, wie man sie für ein hilfloses Baby oder ein unschuldiges Kätzchen empfinden mochte, voll gerechten Zorns über die Ungerechtigkeiten des Lebens. Alles, was sie wusste, war: Sie war so voll, dass sie irgendetwas tun musste, um den Druck in ihrem Innern zu lindern. Dieser Druck war eine Konstante in ihrem Leben, aber seit dem Abend der Ballettvorführung hatte er gefährlich zugenommen. Die Umgebung war dort regelrecht über sie hergefallen, und Ness war unfähig gewesen zu erklären, warum sie nicht bleiben und diese Tänzer über die Bühne schweben sehen konnte.

Sie musste irgendetwas tun, das wusste sie. Sie musste rennen, sie musste einen Mülleimer umtreten, sie musste ein Baby aus einem Kinderwagen reißen und der Mutter ein Bein stellen, sie musste eine alte Dame in den Grand Union Canal stoßen und zusehen, wie sie ertrank – sie musste einen Weg finden, den Druck abzulassen. Sie verließ den Sandwich-Stand und ging in Richtung Damentoilette.

Dort hineinzugelangen kostete zwanzig Pence. Diese Tatsache erfüllte Ness mit einem so unbändigen Zorn, dass sie erst gegen das Drehkreuz trat und dann darunter durchkrabbelte – nicht weil sie das Geld nicht gehabt hätte, sondern weil es ihr unbeschreiblich unverschämt erschien, dass die Bahnhofsverwaltung überhaupt Geld von jemandem forderte, der doch nur pinkeln wollte, Herrgott noch mal. Das war der Tropfen, der das Fass zum Überlaufen brachte. Ness schaute sich nicht einmal um, um sich zu vergewissern, dass niemand sie auf Händen und Knien in den Toilettenbereich eindringen sah. Sie wollte sogar gesehen werden. Aber es beobachtete sie niemand, also ging sie hinein, benutzte die Toilette, inspizierte sich dann im Spiegel und stellte fest, dass ihr Äußeres einer Auffrischung bedurfte. Sie zog ihr Top nach unten und steckte es so tief in die Jeans, dass ihre Brüste beinahe bis zu den Brustwarzen entblößt waren. Dann betrachtete sie ihr Make-up. Ihre Haut war dunkel genug, aber ihre Lippen brauchten mehr Farbe. Aus der Handtasche holte sie einen Lippenstift, den sie vor einiger Zeit bei Boots hatte mitgehen lassen, und allein dieser

Handgriff – das Schließen der Finger um das Lippenstiftröhrchen – erinnerte sie an Six und Natasha. Doch der Gedanke an ihre einstigen Freundinnen führte nur dazu, dass der innerliche Druck weiter zunahm. Ihre Hände zitterten. Als sie versuchte, den Lippenstift aufzutragen, brach er in der Mitte, und für einen schrecklichen Moment war sie sicher, dass sie in Tränen ausbrechen würde.

Tränen hätten den Druck gelindert, doch das wusste Ness nicht. Für sie bedeuteten Tränen nur einen Ausdruck der Schwäche, eine Niederlage, das letzte Mittel und wahrscheinlich das letzte Röcheln der Rettungslosen und endgültig Besiegten. Statt zu weinen, feuerte sie den zerbrochenen Lippenstift in den Mülleimer und verließ die Damentoilette, verließ den Bahnhof und ging hinüber zur Bushaltestelle, wo sie fünfzehn Minuten warten musste, ehe ein 23er Bus kam. Als er endlich anrollte, stieß sie zwei Frauen mit Kinderwagen beiseite. Als die Frauen sich über ihre Rücksichtslosigkeit empörten, entgegnete sie nur, sie sollten sich ins Knie ficken.

Der Bus war voll und überheizt, doch sie stieg nicht zum oberen Deck hinauf, wie sie es getan hätte, wären Joel und Toby bei ihr gewesen. Vielmehr drängte sie sich nach hinten und blieb unweit der Ausstiegstüren stehen, sodass sie wenigstens hin und wieder einen Hauch frischer Luft ergattern konnte, wenn die Türen sich öffneten. Ness klammerte sich an einen Haltegriff, als der Bus sich wieder in den Verkehr fädelte, und fand sich Auge in Auge mit einem alten Mann, dem Haare aus Nase und Ohren wuchsen wie winzige Fühler.

Er hatte den Sitzplatz am Gang. Man hätte sein Lächeln für ein großväterliches halten können, bis sein Blick zu ihren Brüsten hinabwanderte und dort einen Moment lang verharrte. Als er seinen Blick wieder hob und ihren suchte, leckte er mit seiner Zunge, die bedeckt war von einem unappetitlichen, weißlichen Belag, über seine farblosen, rissigen Lippen und zwinkerte ihr dann zu.

»*Fick* dich!« Ness gab sich keinerlei Mühe, die Stimme gesenkt zu halten. Sie wollte sich von ihm abwenden, aber sie wagte nicht, ihm den Rücken zuzukehren. Nein, sie musste ihn im Auge behalten, und genau das tat sie. Wenn er auch nur eine falsche Bewegung machte, würde sie bereit sein.

Doch nichts weiter geschah. Der alte Mann betrachtete ihre Brüste noch einmal eingehend, sagte dann: »Du meine Güte«, und schlug eine Boulevardzeitung auf. Er hielt sie so, dass das tägliche Pin-up-Girl auf Seite drei gut sichtbar war. Geiler alter Bock, dachte Ness. Als der Bus die Haltestelle am Queensway erreichte, stieg sie aus.

Sie musste nicht weit gehen, aber sie erregte Aufmerksamkeit auf dem kurzen Weg. Am Queensway wimmelte es nur so von Einkaufsbummlern, aber Ness bot einen Anblick, der auffiel. Ihre Kleidung – knapp und eng – zog Blicke auf sich. Ihr hochmütiger Ausdruck und selbstsicherer Schritt erweckten den Eindruck einer Frau, die auf Verführung aus war. Diese Kombination verlieh ihr eine so gefährliche Ausstrahlung, dass niemand wagte, sie anzusprechen, und das war genau, was sie wollte. Wenn überhaupt, wollte sie diejenige sein, die jemanden ansprach.

Als sie an einer Drogerie vorbeikam, schlüpfte sie hinein. Das Geschäft war ebenso überfüllt wie die Straße draußen. Die Kosmetika waren so weit wie möglich von der Tür entfernt, doch diese Herausforderung war Ness nur willkommen. Geradewegs hielt sie auf das Regal mit den Lippenstiften zu und begutachtete die Farbtöne. Sie wählte ein tiefes Burgunderrot, und ohne sich auch nur die Mühe zu machen, über die Schulter zu sehen und festzustellen, ob sie beobachtet wurde, ließ sie den Lippenstift in die Handtasche gleiten, während sie mit der anderen Hand gleichzeitig nach einem weiteren griff. Mit wild hämmerndem Herzen verbrachte sie noch ein paar Minuten in dem Laden, ehe sie ihn wieder verließ. Dann marschierte sie verrichteter Dinge in Richtung Whiteley's.

Einen Lippenstift zu klauen, war an einem Tag wie diesem eigentlich ein Kinderspiel. Die ganze Welt war beim Einkaufsbummel, allein die schieren Massen boten die perfekte Deckung. Eigentlich hätte Ness kein besonderes Triumphgefühl empfinden dürfen. Aber das tat sie. Ihr war danach, laut zu singen. Ihr war danach, mit den Füßen aufzustampfen und in Siegesgeheul auszubrechen. Kurzum, sie fühlte sich völlig anders als in dem Moment, da sie den Laden betreten hatte. Die Euphorie, die sie durchströmte, schien ihren Körper und Geist zu packen, als hätte sie eine Droge genommen, statt nur das Gesetz zu brechen. Endlich fühlte sie sich von dem Druck befreit, der sie angefüllt hatte.

Sie stolzierte. Sie kicherte. Sie lachte laut. Sie würde es wieder tun, entschied sie. Sie wollte zu Whiteley's, wo die Beute noch vielversprechender war. Ihr blieben etliche Stunden, ehe Joel und Toby wieder an der Paddington Station eintreffen würden.

Dann, beim Überqueren der Straße, entdeckte sie Six und Natasha. Arm in Arm gingen sie den Bürgersteig entlang, die Köpfe zusammengesteckt. Sie torkelten ein wenig, was darauf hindeutete, dass sie entweder betrunken oder stoned waren.

Beflügelt von ihrem erfolgreichen Abenteuer, beschloss Ness, der Zeitpunkt sei gekommen, das Kriegbeil zwischen ihnen zu begraben. Gut gelaunt rief sie zu ihnen herüber: »Six! Tash! Was geht?«

Die beiden Mädchen hielten inne. Ihr Gesichtsausdruck wandelte sich von erwartungsvoll zu argwöhnisch, als sie erkannten, wer sie gerufen hatte. Sie tauschten einen Blick, aber sie blieben stehen, als Ness näher trat.

Six nickte Ness zu. »Hab dich länger nicht hier in der Gegend gesehen.«

Ness wertete dies als Friedensangebot. Sie machte sich auf die Suche nach ihren Zigaretten. Als ihr klarwurde, dass sie ihrer Tante nicht genügend Benson & Hedges geklaut hatte, um den beiden auch eine anzubieten, wie es der Anstand erfordert hätte, besann sie sich eines Besseren und fischte stattdessen ihren soeben stibitzten Lippenstift aus der Tasche. Sie holte ihn aus der Verpackung und drehte das untere Ende, bis der Farbzylinder vollständig ausgefahren war, was fast ein wenig obszön aussah. Sie spielte damit, fuhr ihn ein und wieder aus, ein und wieder aus, grinste ihre ehemaligen Freundinnen an und wandte sich zum nächsten Schaufenster, um es als Spiegel zu benutzen. Sie trug den Lippenstift auf und inspizierte das Ergebnis. »Oh, Scheiße«, sagte sie. »Sieht aus, als hätt ich in ein überfahrenes Tier gebissen, was?« Damit warf sie den neuen Lippenstift auf die Straße. Da wo der herkommt, gibt es noch mehr, sagte diese Geste. »Hab das Scheißding in der Drogerie da hinten an der Westbourne Grove mitgeh'n lassen. Ich hätt gleich fünf nehmen soll'n, so einfach, wie das war. Also. Was treibt ihr beiden?«

»Jedenfalls klauen wir kein' Plunder, das steht mal fest«, erwiderte Six. Es war ein Warnschuss, aber nicht genug, um Ness' Euphorie gänzlich zu vertreiben.

»Wieso?«, fragte sie mit einem Grinsen. »Biste anständig geworden, Six? Oder haste jetzt 'nen Kerl, der dich aushält?«

»Ich brauch kein' Kerl, um zu kriegen, was ich will«, gab Six zurück, und um diese Behauptung zu unterstreichen, holte sie ein Handy aus der Tasche und betrachtete es, als sei gerade eine wichtige SMS gekommen.

Ness wusste, sie musste das Handy nun bewundern. Das war Teil des Rituals. Also bemerkte sie: »Das is' ja geil. Wo haste das 'n her?«

Six legte den Kopf zur Seite; sie wirkte hochzufrieden.

Tash war weniger cool. Mit unverkennbarem Stolz erklärte sie: »Von so 'ner weißen Tusse am Kensington Square. Six geht einfach zu ihr hin und sagt: ›Her damit, Fotze‹, und ich hab mich von hinten angeschlichen, falls sie auf die Idee kommt abzuhau'n. Die fängt an zu flenn' und jammert: ›Ach, *bitte*. Meine Mummy wird so böse sein, weil ich ihr Handy geborgt hab, ohne zu fragen.‹ Six schnappt es sich, und dann ha'm wir sie umgerempelt. Bis die wieder aufgestanden war, war'n wir schon fast an der nächsten Straße. War total easy, oder, Six?«

Six tippte eine Nummer ein. »Haste mal 'ne Kippe?«, fragte sie Tash.

Diese durchforstete folgsam ihre Tasche und förderte ein Päckchen Dunhill zutage. Six nahm sich eine, zündete sie

an und gab Tash die Schachtel zurück. Als Tash sie in Ness'
Richtung ausstrecken wollte, hielt Six sie mit einem strengen
»Tash!« davon ab.

Natasha sah von Six zu Ness und wieder zurück und steckte
dann die Zigaretten wieder ein.

Six sprach ins Telefon: »Hey, Baby. Was geht? Haste was
für Mummy oder was? ... Scheiße, nein. So weit fahr ich nich'.
Was willste denn von mir, wofür ich den weiten Weg machen
soll? ... Am Queensway mit Tash ... Ja, das kriegen wir hin,
wenn du Dope für uns hast, kapiert? Sonst ...«

Six lauschte etwas länger. Sie verlagerte das Gewicht auf
einen Fuß und tippte mit dem anderen ungeduldig auf den Boden. Schließlich sagte sie: »Kannste vergessen, Mann. Wenn ich
und Tash den weiten Weg machen, sind wir zu erledigt, um ...
Hey, pass auf, was du sagst, sonst kannste mich kenn'lern',
Baby. Wenn ich und Tash auf dich losgeh'n, haste keine Chance.« Sie lachte und zwinkerte Natasha zu. Natasha sah lediglich
verwirrt aus. Six hörte wieder ein Weilchen zu und sagte dann:
»Okay, aber sei bereit für uns, Mann.« Dann kappte sie die
Verbindung und betrachtete Ness mit einem zufriedenen Lächeln – eine reine Provokation; Ness hatte längst begriffen, was
»ich und Tash« zu bedeuten hatte. Eine Grenze war gezogen
worden, die nicht passierbar war. Ebenso wenig gab es einen
Weg zurück zu dem Status quo, der einmal existiert hatte. Aus
einer Unzahl pubertärer Gründe war Ness die Persona ingrata
geworden, und die würde sie auch bleiben.

Sie hätte auf einer Erklärung bestehen können. Sie hätte An-
schuldigungen erheben und Analysen anstellen können. Doch
unter dem Druck des Augenblicks vermochte sie nichts von alledem. Ihr blieb nur, ihr Gesicht zu wahren, und das hieß, Gleichgültigkeit zu demonstrieren. Einer Kränkung kein Gewicht zu
verleihen, indem man darauf reagierte. Und den Druck im Innern zu ignorieren.

Ness sah Six in die Augen und nickte knapp. »Tja dann«,
sagte sie.

»Alles klar«, erwiderte Six.

Tash war verwirrt – Six' »ich und Tash«-Gerede schien eine Gleichwertigkeit anzudeuten, die zwischen den beiden Mädchen nicht existierte.

»Geh'n wir«, sagte Six zu Natasha. »Da wartet jemand auf uns.« Und als sie sich schon abwandte, rief sie über die Schulter zu Ness: »Pass bloß auf, Alte«, womit das Gespräch endgültig beendet war.

Ness sah ihnen nach: zwei dummen Hühnern, deren Freundschaft sie weder wollte noch brauchte. Doch noch während sie sich dies einredete, fühlte sie sich bereits wieder getrieben. Also ging sie Richtung Whiteley's. Dort gab es jede Menge Lippenstifte, die nur darauf warteten, dass irgendjemand sie mitgehen ließ. Und Ness wusste, sie war dieser Jemand.

Kendra war im Begriff, die Massageliege in den Punto zu laden, als Fabia Bender in Begleitung zweier enorm großer, äußerst gepflegter Hunde – einem Dobermann und einem Riesenschnauzer – vor ihrem Haus erschien. Obgleich Kendra aufgrund ihrer begrenzten Sachkenntnis in Hunderassen unfähig war, den Schnauzer einzuordnen, war sie doch von seiner Größe beeindruckt. Sein Kopf reichte Fabia Bender bis über die Hüfte. Kendra hielt inne. Jede Bewegung – hastig oder langsam – schien wenig ratsam.

»Keine Bange, Mrs. Osborne«, sagte Fabia Bender. »Sie sind die reinsten Lämmer. Der Dobermann heißt Castor, der Schnauzer Pollux. Natürlich besteht keinerlei Verwandtschaft, aber ich war naiv genug zu glauben, es sei einfacher, zwei Hundebabys gleichzeitig aufzuziehen, als diese Zeit zweimal durchzustehen, also habe ich gedacht, na schön, warum nicht. Ich wollte von Anfang an zwei Hunde haben. Zwei große. Ich hab sie gern groß. Aber es hat viermal so lange wie üblich gedauert, bis sie stubenrein waren, und dabei gelten beide Rassen als pflegeleicht! Hey, Pollux hat Sie schon ins Herz geschlossen. Er hofft bestimmt auf eine Streicheleinheit.«

Sie führte die Hunde an Rollleinen, und auf ihren Befehl: »Macht Sitz, Jungs«, folgten die Tiere gehorsam. Fabia Bender ließ die Leinen zu Boden fallen. Castor blieb wachsam, wie es für seine Rasse typisch war. Pollux schnaubte hörbar, ließ sich nieder und legte den Kopf auf die riesigen Pfoten. Ein belesener Mensch hätte sofort an den Hund von Baskerville denken müssen. Kendra hingegen dachte an all die möglichen Gründe für einen unangemeldeten Besuch der Sozialarbeiterin.

»Es ist doch alles in Ordnung mit Ness, oder?«, fragte Kendra. »Sie geht immer pünktlich aus dem Haus, aber ich bin ihr noch nie gefolgt, um sicherzustellen, dass sie auch hingeht. Ich hatte das Gefühl, ich sollte demonstrieren ... dass ich Vertrauen zu ihr habe.«

»Das war eine gute Idee«, stimmte Fabia Bender zu. »Bislang haben wir von Mrs. Ghafoor nur positive Berichte über Ness bekommen. Ich würde nicht so weit gehen zu behaupten, dass sie die Erfahrung genießt – Ness, meine ich, nicht Mrs. Ghafoor –, aber sie ist ausdauernd. Das spricht sehr für sie.«

Kendra nickte und wartete auf eine Eingebung. Sie hatte einen Termin im Nobelviertel Maida Vale bei einer weißen Amerikanerin, die beabsichtigte, Stammkundin zu werden, und die scheinbar unbegrenzt über Zeit und Geld verfügte. Kendra wollte sich nicht verspäten. Sie schaute auf die Uhr und stellte den Koffer mit den Ölen und Lotionen neben die zusammengeklappte Massageliege in den Kofferraum.

»Tatsächlich bin ich heute wegen Ness' Bruder hier«, erklärte Fabia. »Können wir uns vielleicht drinnen unterhalten statt hier draußen auf der Straße, Mrs. Osborne?«

Kendra zögerte. Sie fragte nicht, welcher Bruder. Sie war sicher, es müsse sich um Joel handeln. Sie konnte sich einfach nicht vorstellen, dass eine Sozialarbeiterin von der Abteilung für kriminelle Jugendliche sie wegen Toby aufsuchte. So unvorstellbar es angesichts seiner Persönlichkeit auch schien – es konnte nur Joel sein, der jetzt in Schwierigkeiten geraten war. »Was hat er getan?«, fragte sie und bemühte sich, besorgt zu klingen, aber ihre wahren Empfindungen zu verbergen, nämlich die aufsteigende Panik.

»Wenn wir hineingehen könnten? Die Hunde bleiben natürlich hier draußen.« Sie lächelte. »Sie brauchen sich keine Sorgen um Ihre Habe zu machen. Wenn ich sie bitte, das Auto zu bewachen, werden sie das gewissenhaft tun.« Erwartungsvoll schaute sie zur Haustür. »Es dauert nicht lange«, versprach sie, und an die Hunde gewandt, fügte sie hinzu: »Passt auf, Jungs.«

Kendra verstand sehr wohl, dass das eben auch hieß, dass kein Weg an diesem Gespräch vorbeiführte. Sie schloss den Kofferraumdeckel und ging an den Hunden vorbei, die sich nicht rührten. Fabia Bender folgte ihr.

Die Sozialarbeiterin kam nicht sogleich zur Sache. Stattdessen fragte sie, ob Mrs. Osborne wohl gewillt sei, sie durchs Haus zu führen. Sie sei noch nie in einem der Reihenhäuser im Edenham Estate gewesen, erklärte sie, und sei neugierig zu sehen, wie sie angelegt oder umgebaut waren, damit eine Familie darin Platz hatte.

Kendra glaubte kein Wort davon, aber sie sah keine Alternative, als nachzugeben. Die Sozialarbeiterin konnte ihnen jede Menge Scherereien machen, wenn sie wollte. Viel gab es nicht zu sehen, aber Kendra führte Fabia dennoch herum, spielte ihr Spiel, während sie doch gleichzeitig wusste, wie unwahrscheinlich es war, dass die weiße Frau nur aus diesem Grund gekommen war.

Während des Rundgangs stellte Fabia Fragen. Sie wollte wissen, wie lange Kendra schon in diesem Haus wohnte. War sie die glückliche Besitzerin, oder war das Haus gemietet? Wie viele Personen lebten hier? Wie war die Schlafzimmeraufteilung?

Kendra verstand nicht, was diese Fragen mit Joel zu tun haben sollten oder mit den Schwierigkeiten, in denen er stecken mochte, und war argwöhnisch. Sie wollte in keine Falle tappen und hielt ihre Antworten so knapp und vage wie möglich. Im ersten Stock gab sie darum keine Erklärung für den Paravent, der neben dem Sofa an der Wand lehnte, ebenso wenig erklärte sie, warum sie im zweiten Stock Campingliegen und Schlafsäcke für die Jungen hatte statt richtiger Betten mit Federkissen.

Vor allem erwähnte sie Dix mit keinem Wort. Ganz egal, dass Menschen überall in der Stadt und im ganzen Land in weitaus ungeregelteren Verhältnissen lebten, wo die Partner von Elternteilen mit schwindelerregender Häufigkeit kamen und gingen, weil Frauen nach Männern suchten und Männer nach Frauen, alle von der Angst getrieben, länger als fünf Minuten allein sein zu müssen. Kendra fand, je weniger der Sozialarbeiterin über Dix bekannt war, umso besser. Sie ging sogar so weit zu erwähnen, dass Ness mit ihr im Doppelbett schlief; eine Entscheidung, die sie bereute, als Fabia Bender einen Blick ins Badezimmer warf und die Herrentrikots entdeckte, die über der Badewanne auf Bügeln zum Trocknen hingen. Auch auf dem Bord oberhalb des Waschbeckens fanden sich Indizien für einen männlichen Mitbewohner im Haus: Dix' Rasierzeug lag dort ordentlich aufgereiht, Rasierer, Seife und Pinsel.

Fabia Bender sagte nichts, bis sie wieder nach unten kamen. Dort schlug sie vor, dass sie und Kendra einen Moment am Küchentisch Platz nehmen sollten. Sie sagte, dass bei all den Gelegenheiten, da sie mit Ness zusammengetroffen war – auf dem Polizeirevier, bei Gericht und im Büro des Jugendamtes in Oxford Gardens –, nie die Rede davon gewesen wäre, dass zwei weitere Campbell-Kinder bei Mrs. Osborne wohnten. Davon hatte sie erst durch eine Frau namens Luce Chinaka vom Lernzentrum erfahren, die in Sorge war, weil einige Formulare, die die Unterschrift eines Elternteils oder Erziehungsberechtigten erforderten, nicht zurückgereicht worden waren. Diese Unterlagen seien einem gewissen Joel Campbell ausgehändigt worden und beträfen seinen Bruder Toby.

Es war kein Zufall, dass der Anruf von Luce Chinaka ausgerechnet an Fabia Bender weitergeleitet worden war. Obwohl die Mitarbeiter des Jugendamtes chronisch überarbeitet waren, hatte die Sekretärin sich erinnert, dass der Name Campbell kürzlich bei einem von Fabias Fällen gefallen war, und die Anruferin deswegen an sie verwiesen. Erfahrungsgemäß lag die Neigung, mit dem Gesetz in Konflikt zu geraten, in der Familie. Als Luce Chinaka also ihre Besorgnis über einen gewissen Joel

Campbell zum Ausdruck brachte, hielt die Sekretärin es für wahrscheinlich, dass ein Bruder von Ness aufgetaucht war.

»Was für Unterlagen?«, fragte Kendra. »Warum sollte er sie mir nicht geben?«

Es ginge um weiterführende Untersuchungen, die möglicherweise dazu führen würden, Toby in einer besser geeigneten Einrichtung als der Middle Row School unterzubringen, erklärte Fabia.

»Untersuchungen?«, fragte Kendra misstrauisch. Das Wort löste Alarmsirenen in ihrem Kopf aus. Toby war Tabuzone. Ihn zu untersuchen, zu beurteilen oder einzuschätzen ... undenkbar. Doch weil Kendra genau wissen wollte, mit welch einem Feind sie es zu tun hatte, fragte sie: »Was für Untersuchungen? Und wer soll sie durchführen?«

»Das wissen wir noch nicht genau«, antwortete Fabia Bender. »Aber das ist nicht der eigentliche Grund, warum ich gekommen bin.« Da sich herausgestellt hatte, dass drei Kinder bei Mrs. Osborne lebten und nicht eines, habe sie die Wohnsituation begutachten wollen. Außerdem sei sie hier, um die Frage der Vormundschaft für die Kinder endgültig und offiziell zu regeln.

Wieso das erforderlich sei, wollte Kendra wissen. Die Kinder hatten eine Mutter, eine Großmutter – Glorys Umzug nach Jamaika erwähnte Kendra wohlweislich nicht –, und sie hatten eine Tante. Irgendeine dieser Angehörigen würde sich immer um sie kümmern. Warum musste man irgendetwas offiziell machen? Und was hieß offiziell eigentlich?

Es hieß vor allem Formulare, stellte sich heraus. Unterschriften. Carole musste das Sorgerecht entweder freiwillig abtreten, oder man würde sie für unzurechnungsfähig erklären, sodass jemand anderes die Verantwortung für die Kinder übernehmen konnte. Es galt, Entscheidungen für die Zukunft zu treffen, und derzeit gab es anscheinend niemanden, der berechtigt oder in der Lage wäre, diese Entscheidungen zu fällen. Und sollte sich niemand bereitfinden, die Verantwortung zu übernehmen, dann würden die Behörden ...

Kendra stellte klar, dass diese Kinder niemals der Fürsorge überstellt würden, falls es das sei, was Fabia Bender andeuten wolle. Sie waren eine Last, das ließ sich nicht leugnen. Ness vor allem, und man hörte nie ein Wort des Dankes dafür, dass man sich ihrer angenommen hatte. Aber diese Kinder waren ihre letzten Verwandten in England, und auch wenn Kendra nie gedacht hätte, dass diese Tatsache von großer Bedeutung sei, erhielt sie doch plötzlich ein erhebliches Gewicht, als Fabia Bender da an ihrem Küchentisch saß und von Behörden und von Tobys Untersuchung redete.

Fabia beeilte sich, sie zu beschwichtigen. Wenn es einen bereitwilligen Angehörigen gab, werde immer dafür plädiert, die Kinder in der Familie zu belassen. Das setzte natürlich voraus, dass diese Angehörigen geeignet waren und den Kindern eine stabile Umgebung bieten konnten. Das *schien* hier der Fall zu sein – die Relativierung entging Kendra nicht –, und Fabia werde das sicherlich in ihrem Bericht erwähnen. Unterdessen müsse Kendra die Unterlagen lesen und unterschreiben, die Luce Chinaka vom Lernzentrum Joel ausgehändigt hatte. Außerdem müsse Fabia mit der Mutter der Kinder über das Sorgerecht sprechen. Solange nicht ...

In diesem Moment begannen die Hunde zu bellen. Fabia sprang auf, und in derselben Sekunde rief Dix D'Court von draußen: »Ken, Baby! Was ist hier los? Ich komm nach Haus, um meine Frau zu lieben, und werd so begrüßt?«

Fabia schlenderte zur Tür und öffnete. »Aus, Jungs«, sagte sie. »Lasst ihn vorbei.« An Dix gewandt, fügte sie hinzu: »Ich bitte vielmals um Entschuldigung. Sie dachten, Sie wollten das Auto anfassen, und ich hatte ihnen aufgetragen, es zu bewachen. Kommen Sie rein. Jetzt werden sie Sie nicht mehr behelligen.«

Eine weiße Frau im Haus bedeutete, dass irgendetwas im Gange war, darum fuhr Dix nicht in seinem üblichen Tonfall fort. Mit zwei Einkaufstüten in der Hand trat er ein. Er stellte sie auf die Arbeitsplatte, wo Gemüse, Obst, Nüsse, brauner Reis, Bohnen und Joghurt herauszupurzeln begannen, blieb stehen und lehnte sich mit verschränkten Armen abwartend an die Anrichte. Er trug ein Trikot, wie sie auch über der Badewanne aufgehängt waren, Sportshorts und Laufschuhe. Was er gerufen hatte, ehe er ins Haus gelassen worden war, ließ keinen Zweifel daran, wie die Dinge zwischen diesem gut gebauten Mann und Kendra standen.

Sowohl Dix als auch Fabia Bender warteten darauf, dass Kendra sie miteinander bekannt machte. Da es unvermeidlich war, fasste Kendra sich so kurz wie möglich. »Dix D'Court, Fabia Bender vom Jugendamt«, sagte sie. Fabia notierte sich den Namen.

»Sie wusste nicht, dass es drei sind«, fügte Kendra erklärend hinzu. »Mit Ness hatte sie ja schon zu tun, aber heute ist sie wegen Joel hier.«

»Hat er irgendwelche Probleme?«, fragte Dix. »Sieht ihm gar nich' ähnlich.«

Seine Reaktion freute Kendra. Es deutete an, welch positiven Einfluss Dix auf den Jungen hatte.

»Er sollte mir irgendwelche Unterlagen vom Lernzentrum geben, und das hat er nicht gemacht.«

»Und ist das ein Verbrechen oder so was?«

»Nur interessehalber«, unterbrach Fabia Bender. »Wohnen Sie hier, Mr. D'Court, oder sind Sie nur zu Besuch?«

Dix sah zu Kendra, als erhoffe er sich einen Hinweis darauf, wie er antworten sollte, was natürlich Antwort genug war. Als er sagte: »Ich bin ab und zu hier«, schrieb Fabia Bender etwas in ihr Notizbuch, und die Art und Weise, wie ihre Lippen sich verzogen, deutete darauf hin, dass ihre Notiz entweder das Wort »Lüge« oder »Schutzbehauptung« enthielt. Kendra wusste, die Sozialarbeiterin würde Dix' Anwesenheit in diesem Haushalt zusammen mit einer attraktiven Fünfzehnjährigen für ihre abschließende Empfehlung berücksichtigen. Schließlich hatte Fabia Ness ja gesehen. Wahrscheinlich würde sie zu dem Schluss kommen, dass ein begehrenswerter dreiundzwanzigjähriger Mann und ein verführerisches junges Mädchen eine Mischung ergaben, die man eher als »potenziell problematisch« denn als »stabile Lebenssituation« bezeichnen würde.

Als sie alles aufgeschrieben hatte, was sie für wichtig hielt, klappte Fabia Bender ihr Notizbuch zu. Sie trug Kendra auf, sich von Joel die Unterlagen aushändigen zu lassen, die Luce Chinaka ihm gegeben hatte, und sie zu unterschreiben. Ferner instruierte sie sie, Ness auszurichten, sie möge Fabia beim Jugendamt anrufen. Floskelhaft versicherte sie Dix, es sei eine Freude gewesen, ihn kennenzulernen, und sie endete mit der Bemerkung: »Ich nehme an, Ness hat kein eigenes Zimmer, wo sie schlafen und sich umziehen kann, ist das richtig, Mrs. Osborne?«

Dix warf ein: »Ich hab ihr den Wandschirm gemacht und ...«

Kendra unterbrach ihn. »Wir geben ihr die Privatsphäre und den Respekt, die sie braucht.«

Fabia Bender nickte. »Verstehe.«

Was genau sie zu verstehen glaubte, behielt sie jedoch für sich.

Als Kendra Joel zur Rede stellte, war sie wütend und besorgt. Obwohl sie nicht die Absicht hatte, die fraglichen Unterlagen auch nur eines einzigen Blickes zu würdigen, hielt sie dem Jungen eine Predigt. Hätte er ihr die Formulare doch nur gegeben, hielt sie ihm vor, dann hätte Fabia Bender keine Notwendigkeit gesehen, zu ihnen zu kommen und einen Bericht zu schreiben. Jetzt würden sie wahrscheinlich alle möglichen Scherereien kriegen. Man würde sie durch irgendwelche Reifen hüpfen lassen, sie würden Erklärungen abgeben müssen, Untersuchungen über sich ergehen lassen und sich mit irgendwelchen Beamten herumplagen. Joels Versäumnis, eine einfache Pflicht zu erfüllen, hatte sie alle in die Klauen der Bürokratie getrieben, wo sie nun jeden zeitraubenden Unsinn würden mitmachen müssen, den das System je hervorgebracht hatte.

Kendra wollte wissen, was er sich eigentlich dabei gedacht hatte, ihr die Formulare nicht zu geben, die die Lernzentrumsfrau – in ihrer Erregung hatte sie Luce Chinakas Namen vergessen – ihm mitgegeben hatte. Ob ihm denn eigentlich klar sei, dass sie jetzt alle unter Beobachtung stünden? Ob er wüsste, was es bedeutete, wenn das Jugendamt erst einmal auf eine Familie aufmerksam geworden war?

Natürlich wusste Joel das. Es war seine schlimmste Befürchtung. Doch diese Befürchtung auszusprechen, hätte der Furcht eine Legitimation verliehen, die sie womöglich zur Realität werden lassen konnte. Also erklärte er seiner Tante, er habe es vergessen, weil er so beschäftigt gewesen sei mit Gedanken über ... Er überlegte hastig, welchen Vorwand er vorbringen konnte, und entschied sich für *Führt Worte statt Waffen*. Es war nicht einmal weit von der Wahrheit entfernt.

Er hatte nicht damit gerechnet, dass Kendra ihn ermuntern würde, zu dieser Schreibwerkstatt zu gehen, als sie davon hörte, aber genau das tat sie. Sie glaubte, es sei ein Beweis für die positiven Einflüsse in Joels Leben. Sie nahm an, die Kinder benötigten ein Gegengewicht zu der Tatsache, dass sie bei ihrer vierzigjährigen Tante lebten, die ihre niederen Instinkte Nacht für Nacht und unter beträchtlicher Lärmentwicklung mit einem dreiundzwanzigjährigen Bodybuilder befriedigte.

So kam es, dass Joel zu *Führt Worte statt Waffen* ging, während er Toby bei Dix, Kendra, Pizza und einem Video zu Hause ließ. Als er Oxford Gardens erreichte, ein lang gezogenes, niedrigen Nachkriegsbauwerk – welches auch die Abteilung des Jugendamtes für jugendliche Straftäter beherbergte –, wies dort ein handgemaltes Schild den Teilnehmern den Weg zum Basement Activities Centre. Am Eingang saß eine junge schwarze Frau an einem Klapptisch und beschrieb selbstklebende Namensschilder für jeden, der durch die Tür kam. Joel zögerte, bis sie fragte: »Kommst du zum ersten Mal? Cool. Wie heißt du?«

Joel fühlte, wie seine Wangen heiß wurden. Die Frau hatte ihn einfach so akzeptiert. Sie hieß ihn willkommen, ohne mit der Wimper zu zucken. »Joel«, antwortete er und sah zu, wie sie die vier Buchstaben auf das Klebeschild malte.

»Lass lieber die Finger von denen mit der Vanillefüllung«, riet sie, als sie ihm das Schildchen an die Brust heftete. »Die sind hart wie Schuhsohlen. Halt dich an die Feigenschnittchen!« Sie zwinkerte ihm zu.

Er nickte feierlich. Er wusste mit dieser Information nicht so recht etwas anzufangen, aber sie schien ihm wichtig zu sein. Er schlenderte weiter, entdeckte einen Tisch mit Blechtellern voll Keksen und Kuchen und einer Kaffeemaschine, die leise blubberte und einen angenehmen Duft verbreitete. Er wählte ein Schokoladenplätzchen und ließ den Blick zögernd über die Menschen schweifen, die sich allmählich im Raum versammelten: Menschen jeden Alters und jeder Rasse, sah Joel. Schwarze, Weiße, Araber und Asiaten, von Rentnern bis zu Babys in Kinderwagen. Die meisten schienen einander zu kennen, begrüßten sich enthusiastisch und begannen, sich zu unterhalten. Der Geräuschpegel stieg.

Ivan Weatherall bildete den Mittelpunkt von alledem. Als er Joel entdeckte, hob er eine Hand zum Gruß. Obwohl er nicht zu ihm kam, hatte Joel doch den Eindruck, dass Ivan erfreut war, ihn zu sehen. Auf einem Podium an der Stirnseite des Raums standen ein Mikrofon und ein hoher Hocker. Gelbe und orangefarbene Plastikstühle waren davor aufgereiht. Als Ivan auf das Mikrofon zuschritt, wirkte es wie ein Signal an die Teilnehmer, die Zuschauerreihen zu füllen. »So einen Zulauf hatten wir noch nie«, verkündete Ivan, und er klang hochzufrieden. »Ob es wohl am erhöhten Preisgeld liegt? Ich habe immer geahnt, dass Sie bestechlich sind.«

Er erntete Gelächter. Es war nicht zu übersehen, dass Ivan sich in dieser Gesellschaft wohlfühlte. Joel war nicht überrascht.

»Ich sehe ein paar neue Gesichter, und ich begrüße Sie herzlich bei *Führt Worte statt Waffen*«, sagte Ivan. »Ich hoffe, Sie werden hier einen Hort für Ihr Talent finden. Also will ich gar nicht lange reden ...« Er konsultierte das Klemmbrett, das er in der Hand trug. »Sie sind der Erste, Adam Whitburn. Darf ich Sie ermuntern, zu *versuchen,* Ihre natürliche Scheu heute Abend zu überwinden?«

Alle lachten leise, als ein Rasta, dessen Dreadlocks in einer großen Wollmütze steckten, von seinem Stuhl im Zuschauerraum aufsprang und die Bühne erstürmte wie ein Preisboxer, der in den Ring tritt. Er tippte an seine Mütze, und als jemand rief: »Na los, Bruder!«, grinste er in die Richtung, aus der die Stimme gekommen war. Er nahm auf dem Hocker Platz. Der Titel seines Werks, verkündete er, laute »Stephens Heimgang«.

»Auf der Straße erwischten sie ihn«, begann der Text. »Rot floss das Blut, heiß wie Feuer, das Messer kalter Stahl. Einfach aufgeschlitzt wie Schlachtvieh, Bruder, ohne Grund, weil die Straße eben so ist ...«

Es war still im Saal, während Adam Whitburn vorlas. Nicht einmal eines der Babys krähte. Joel richtete den Blick auf seine Knie, während die Geschichte sich entfaltete: die zusammenströmenden Gaffer, die Polizei, die Ermittlungen, die Verhaftung, der Prozess und das Ende. Keine Gerechtigkeit und keine Chance auf Veränderung. Jemals. Einfach nur auf der Straße ermordet.

Nachdem Adam Whitburn geendet hatte, geschah für einen Moment gar nichts. Dann brandete Applaus auf, begleitet von Rufen und Johlen. Doch was dann folgte, war eine Überraschung für Joel. Die Zuschauer begannen, das Werk zu kritisieren. Sie nannten es Gedicht, und auch das erstaunte ihn, denn der Text hatte keine Reime, und das Einzige, was er über Gedichte wusste, war, dass sie sich reimen mussten. Zum *Inhalt* des Textes sagte niemand etwas – insbesondere nicht über den Mord und die daraus resultierende Ungerechtigkeit, die den Kern bildeten. Vielmehr sprachen sie über Stil und Metrum, Intention und Ausführung. Sie redeten über Metaphern und bildhafte Sprache, und sie stellten Adam Whitburn Fragen nach der Form. Der Rasta lauschte aufmerksam, antwortete, wo es nötig war, und machte sich Notizen. Dann dankte er den Zuhörern, nickte und verließ das Podium.

Als Nächstes war ein Mädchen namens Sunny Drake an der Reihe. Der Text, den sie geschrieben hatte, schien Joel von Schwangerschaft und Kokain zu handeln. Davon, mit der von der Mutter geerbten Drogensucht geboren zu werden und schließlich selbst ein Baby mit der gleichen Abhängigkeit zur

Welt zu bringen. Wieder folgte eine Diskussion: Es wurde Kritik geübt, ohne ein Urteil über den Inhalt abzugeben.

Auf diese Weise vergingen neunzig Minuten. Abgesehen von Ivans einleitenden Worten und der Tatsache, dass er die Teilnehmer nach der Liste auf seinem Klemmbrett aufrief, leitete niemand das Treffen. Es schien von ganz allein zu laufen und allen Teilnehmern vertraut zu sein. Als es Zeit für eine Pause war, trat Ivan wieder ans Mikrofon. Er verkündete, dass für alle Interessierten nun im vorderen Bereich des Saals »Du hast das Wort« beginnen werde, während die übrigen Zuhörer sich an den Erfrischungen laben könnten. Neugierig beobachtete Joel, wie die Gruppe sich auflöste und zwölf Teilnehmer zum Podium eilten. Dort teilte Ivan Blätter aus, und daraus wie auch aus den gemurmelten Unterhaltungen, in denen die Worte »fünfzig Pfund« zu hören waren, schloss Joel, dass dies der Teil der Veranstaltung war, der zuerst sein Interesse geweckt hatte – der Teil, für den ein Preisgeld ausgelobt war.

Obwohl ihm bewusst war, dass er kaum Chancen auf den Hauptgewinn hatte – zumal er überhaupt nicht wusste, worum es hier eigentlich ging –, trat er dennoch mit den anderen nach vorn. Auch Adam Whitburn nahm teil, und beinahe hätte Joel sich wieder davongeschlichen. Doch plötzlich rief Ivan: »Welch eine Freude, dich zu sehen, Joel Campbell. Bitte sehr. Auf in den Kampf.« Und im nächsten Moment hielt Joel ein Blatt Papier in der Hand, worauf fünf Wörter standen: »Chaos«, »Immer«, »Frage«, »Zerstörung« und »Vergebung.«

Verständnislos starrte er darauf. Er wusste, was die einzelnen Wörter bedeuteten, aber davon abgesehen, hatte er keine Ahnung, was er tun sollte. Er schaute sich hilfesuchend um. Die anderen Teilnehmer von »Du hast das Wort« schrieben bereits emsig, hielten nachdenklich inne, kauten auf ihren Bleistiften oder ließen gedankenverloren ihre Kugelschreiberminen klicken. Joel vermutete, was sie da schrieben, waren auch solch merkwürdige Gedichte. Er wusste, er konnte entweder gehen oder es ihnen gleichtun. Fünfzig Pfund schienen ihm ein ausreichend guter Grund, sich für Letzteres zu entscheiden.

Die ersten fünf Minuten starrte er nur auf das Blatt, das er bekommen hatte, während die anderen um ihn herum schrieben, durchstrichen, vor sich hin murmelten, schrieben, ausradierten, durchstrichen und wieder schrieben. Er wartete auf ein Wunder, etwas, das blitzartig über ihn hereinbrach, eine dichterische Inspiration. Er malte das »O« in »Chaos« zu einem Rad mit Speichen aus. Er umrandete das Wort mit Kometen, kritzelte und unterstrich, seufzte und knüllte sein Blatt zusammen.

Neben ihm saß eine großmütterliche weiße Frau mit einer riesigen Brille, die versonnen auf ihrem Kugelschreiber kaute. Sie warf Joel einen Blick zu und tätschelte ihm das Knie. »Fang mit einem der anderen Wörter an, Schatz. Du musst die Liste nicht in der Reihenfolge abarbeiten, wie sie da steht.«

»Sicher?«

»Ich mache hier seit dem ersten Tag mit. Nimm das Wort, das du hier fühlen kannst«, sagte sie und tippte sich auf die Brust. »Und mach von da aus weiter. Lass einfach los! Dein Unterbewusstsein erledigt den Rest. Versuch's nur!«

Joel betrachtete sie zweifelnd, entschied dann aber, es auf ihre Art zu versuchen. Er glättete das Blatt wieder und las die Wörter einzeln. Das »Immer« schien ihn am stärksten zu berühren, also schrieb er es nieder, und dann passierte etwas Eigenartiges: Wörter häuften sich auf dieses »Immer«, und er war nur ihr Schreiber.

Sie ist im Immer gefangen. Sie fragt, warum, und die Frage schreit. Keine Antwort, Mädchen. Du hast zu lange gespielt. Keine Vergebung für den Tod in dir. Was du getan hast, wie es in Zerstörung endete. Stirb, Schlampe, und das Chaos schwindet.

Joel ließ seinen Bleistift sinken und starrte mit offenem Mund auf das, was er verfasst hatte. Ihm kam es vor, als dringe Dampf aus seinen Ohren. Er las seinen Text zweimal durch, dann weitere vier Male. Er war im Begriff, ihn verstohlen in der Jeanstasche verschwinden zu lassen, als jemand vorbeigeschlendert kam und ihm das Blatt aus der Hand zupfte. Es wurde der Gruppe überbracht, die sich an diesem Abend freiwillig für die Juryarbeit gemeldet hatte. Sie verschwanden mit den »Du hast das Wort«-Beiträgen in einem Nebenraum, während *Führt Worte statt Waffen* mit weiteren Vorträgen und Kritiken fortgeführt wurde.

Joel konnte sich nicht mehr richtig konzentrieren. Er beobachtete die Tür, durch welche die Juroren hinausgegangen waren. Es kam ihm ewig vor, die Minuten zogen sich in die Länge, während er auf das Urteil über sein erstes literarisches Werk wartete. Als die Jury zurückkam, übergaben sie die Blätter Ivan Weatherall, der sie durchblätterte, überflog und zufrieden nickte.

Dann wurden die Gedichte vorgelesen, die Verfasser gaben sich zu erkennen, ernteten Beifall und nahmen eine Urkunde mit Goldschrift und einen Gutschein über einen kostenlosen Leihfilm von *Apollo Video* entgegen. Den dritten Platz machte die ältere Dame, die Joel mit ihrem Rat geholfen hatte, und auch sie erhielt eine Urkunde, dazu fünf Pfund und einen Gutschein über ein Curry von *Spicy Joe's*. Den zweiten Platz machte ein pakistanisches Mädchen mit Kopftuch. Joel schaute genau hin. War das Hibah? Nein, doch nicht.

Dann wurde es still im Saal, während alle auf die Bekanntgabe des Siegers warteten, der die fünfzig Pfund einstreichen würde.

Joel machte sich keine Hoffnung. Er hatte keine Ahnung von Worten und von Gedichten erst recht nicht. Trotzdem konnte er nicht aufhören, an diese fünfzig Pfund zu denken und daran, was er damit alles tun könnte, wenn ein Wunder geschah und sich herausstellte, dass er …

Der Gewinner war Adam Whitburn.

»Kommen Sie nach oben, alter Knabe, nehmen Sie ihren Preis in Empfang, und sonnen Sie sich in der Bewunderung Ihrer Mitstreiter«, sagte Ivan.

Mit einem breiten Lächeln trat der Rasta vor. Er riss sich die Mütze vom Kopf, sodass die Dreadlocks ihm bis auf die Schultern fielen, und verbeugte sich. Als der Beifall verebbte, trat er zum zweiten Mal an diesem Abend ans Mikrofon und las sein Gedicht vor. Joel versuchte zu lauschen, aber er konnte nichts hören. Er hatte das Gefühl, als steige um ihn herum eine Flut an.

Er wollte nur noch fliehen, doch er saß mitten in der Reihe, und um nach draußen zu gelangen, hätte er über Sitznachbarn und Kinderwagen klettern müssen. So musste er Adam Whitburns Triumph mit ansehen, und er sehnte den Moment herbei, da die Veranstaltung endete und er nach Hause gehen konnte. Doch als Adam an seinen Platz zurückkehrte, trat Ivan noch einmal ans Mikrofon. Er habe eine letzte Entscheidung zu verkünden, sagte er, denn die Jury habe auch noch einen »Meister von morgen« gekürt. Es sei das erste Mal, dass dieser Titel vergeben werde, seit Adam Whitburn selbst ihn vor fünf Jahren verliehen bekommen habe. Die Jury wolle diesem Teilnehmer eine besondere Anerkennung aussprechen, erklärte Ivan. Dann las er das Gedicht vor, und Joel hörte seine eigenen Worte.

»Wer immer das geschrieben hat, möge auf die Bühne kommen und sich seinen verdienten Beifall abholen.«

14

Meister von morgen. Selbst als *Führt Worte statt Waffen* vorüber war, konnte Joel immer noch die Freude spüren, die er bei all dem Schulterklopfen und den Gratulationen empfunden hatte. Immer noch sah er die lächelnden Gesichter des Publikums, in die er vom Podium aus geblickt hatte, und es würde lange dauern, bis der Beifall in seiner Erinnerung verhallt war.

Als die Versammlung sich aufzulösen begann, trat Adam Whitburn zu Joel. Er fragte: »Wie alt bist du, Bruder?« Und als Joel ihm sein Alter genannt hatte, wiederholte er grinsend: »*Zwölf?* Scheiße. Du hast es echt drauf, Junge.« Er schlug mit seiner Handfläche in Joels. »Solche Sachen hab ich erst mit siebzehn oder so geschrieben. Du hast 'ne besondere Gabe.«

Ein freudiger Schauer rieselte Joels Rücken hinab. Da ihm nie zuvor jemand gesagt hatte, er sei etwas Besonderes, wusste er nicht so recht, wie er reagieren sollte, und er sagte lediglich: »Cool.« Plötzlich wollte er das Basement Activities Centre gar nicht mehr so schnell verlassen und den Abend beenden, also blieb er und half, die Plastikstühle aufzustapeln und das übrig gebliebene Gebäck zu verpacken. Dann verharrte er an der Tür, zog das Erlebnis in die Länge, zum ersten Mal in seinem Leben Teil von etwas gewesen zu sein. Er beobachtete Ivan Weatherall und einige andere, die genau wie er noch geblieben waren und sich vergewisserten, dass der Kellerraum ordentlich hinterlassen wurde. Als alles wieder an seinen Platz geräumt war, schaltete irgendwer das Licht aus, und es wurde Zeit zu gehen.

Ivan kam pfeifend zu ihm herübergeschlendert, und seine Miene spiegelte Zufriedenheit über diesen erfolgreichen Abend wider. Er wünschte den Teilnehmern eine gute Nacht, lehnte einen angebotenen Kaffee ab und sagte: »Vielleicht ein andermal? Ich möchte mich gern noch mit unserem Meister von morgen unterhalten.« Er lächelte Joel zu.

Reflexartig erwiderte Joel das Lächeln. Er fühlte sich mit einer Art Energie geladen, die er nicht identifizieren konnte: die schöpferische Energie, der Rausch der Erneuerung und schieren Lebendigkeit, den ein Künstler erfährt. Aber das wusste er noch nicht.

Ivan schloss die Kellertür ab. Gemeinsam stiegen er und Joel die Treppe zur Straße hinauf. »Na also«, begann Ivan. »Gleich beim ersten Versuch hast du einen Triumph errungen. Ich würde sagen, es hat sich gelohnt, dass du vorbeigeschaut hast. Die Jury vergibt diesen Titel übrigens nicht oft, solltest du glauben, er sei leicht zu haben. Und sie hat ihn noch niemals jemandem verliehen, der so jung war wie du. Ich war ... Um dir die Wahrheit zu sagen, ich war vollkommen verblüfft, was indes nicht das Geringste mit meiner Meinung von dir zu tun hat. Wie dem auch sei, es sollte dir Stoff zum Nachdenken liefern, und ich hoffe, du denkst wirklich darüber nach. Aber vergib mir die Predigt. Sollen wir zusammen nach Hause gehen? Wir haben denselben Weg.«

»Nachdenken worüber?«, fragte Joel.

»Hm? Ach so. Über das Schreiben. Poesie. Das geschriebene Wort in jedweder Form. Dir ist die Macht gegeben, Worte zu formen, und ich schlage vor, du nutzt diese Gabe. In deinem Alter in der Lage zu sein, so zu formulieren, dass du deine Leser auf natürliche Weise bewegst ... ohne manipulative Tricks, ohne Fallen zu stellen ... einfach nur unverhüllte und reale Emotion ... Aber genug davon. Ich schlage vor, wir bringen dich erst einmal sicher nach Hause, bevor wir deine Zukunft verplanen. Einverstanden?«

Sie schlugen den Weg in Richtung Portobello Road ein, und unterwegs plauderte Ivan gut gelaunt. Was Joel besaß, erklärte er, sei ein sprachliches Talent oberster Klasse, ein Gottesgeschenk. Eine seltene, angeborene Begabung, Worte in einer Art und Weise einzusetzen, die metrische Kraft demonstrierte.

Für einen Jungen, dessen Kenntnis von Lyrik sich auf die Gedichtchen in kitschigen Geburtstagskarten beschränkte, war all das unverständlich. Doch das schreckte Ivan nicht ab, unbeirrt fortzufahren: Wenn er diese Begabung nährte, würden sich Joel im Laufe seiner Entwicklung viele Möglichkeiten eröffnen. Denn die Fähigkeit, mit Sprache umzugehen, war ein Talent, mit dem man es weit bringen konnte. Man konnte es beruflich nutzen, als Verfasser aller möglichen Texte, angefangen von politischen Reden bis hin zu modernen Romanen. Man konnte es auch privat nutzen, als Werkzeug der Entdeckung oder als Mittel, um mit anderen in Kontakt zu bleiben. Man konnte es als Ventil für die kreative Energie nutzen, die in jedem Menschen schlummerte.

Joel lief neben Ivan her und bemühte sich, all das zu verdauen. Er – ein Schriftsteller! Dichter, Dramatiker, Romancier, Liedtexter, Redenschreiber, Journalist – ein Gigant an der Schreibmaschine. Es fühlte sich an wie ein viel zu großer Anzug, den ihm jemand vererbt hatte, der seine richtige Größe nicht kannte. Und es fühlte sich an, als habe er die einzige und wichtigste Tatsache vergessen: die Verantwortung seiner Familie gegenüber. Also schwieg er. Er freute sich sehr, dass er zum Meister von morgen gekürt worden war, aber die Wahrheit war, dass das nicht das Geringste änderte.

»Ich möchte anderen Menschen helfen«, erklärte er schließlich. Nicht so sehr, weil er es wirklich wollte, sondern weil sein ganzes bisheriges Leben ihm gezeigt hatte, dass dies seine Bestimmung war. Hätte er einer anderen Berufung folgen sollen, hätte die Vorsehung ihm wohl kaum diese Mutter und diesen Bruder beschert.

»Ach ja, richtig. Deine Zukunftspläne. Psychiatrie.« Ivan führte sie die Golbourne Road entlang, wo die Läden geschlossen und dreckige Autos Stoßstange an Stoßstange geparkt waren. »Selbst wenn du dich endgültig dafür entscheidest, brauchst du immer noch einen kreativen Ausgleich für dich selbst. Weißt du, wenn die Menschen ihren Lebensweg beschreiten, fängt es immer dann an schiefzulaufen, sobald sie den Teil ihrer selbst vernachlässigen, der ihren Geist nährt. Ohne diese Nahrung stirbt der Geist, und es ist Teil unserer Verantwortung für uns selbst, das nicht zuzulassen. Stell dir nur vor, wie wenige psychische Probleme es überhaupt gäbe, wenn jedes Individuum in der Lage wäre, in sich etwas am Leben zu erhalten, das definiert, wer er ist. Genau das vollbringt der kreative Akt, Joel. Gesegnet sind der Mann und die Frau, die dies in jungen Jahren entdecken, so wie du.«

Joel dachte darüber nach, und es war nur natürlich, dass er den Gedanken mit seiner Mutter in Zusammenhang brachte. Er fragte sich, ob dies vielleicht die Antwort für sie war, jenseits aller Kliniken, Ärzte und Medikamente. Etwas, das sie mit sich anfangen konnte, um sich von ihr selbst abzulenken. Etwas, das ihre Seele ausfüllte. Etwas, das ihre Psyche heilte. Es kam ihm unwahrscheinlich vor.

Trotzdem sagte er: »Vielleicht …« Und ohne zu merken, was er enthüllte oder mit wem er eigentlich sprach, fügte er hinzu: »Aber ich muss meiner Mum helfen. Sie ist in der Klinik.«

Ivans Schritt verlangsamte sich. »Verstehe. Wie lange schon? Wo genau ist sie?«

Die Fragen rüttelten Joel wach. Er fühlte sich ertappt. Auf gar keinen Fall konnte er mehr über seine Mutter erzählen, von den verschlossenen Türen, den vergitterten Fenstern und all den fehlgeschlagenen Versuchen, Carole Campbells Zustand zu bessern.

Von der Portobello Bridge kam ihnen eine kleine Gruppe entgegen – drei Leute, und Joel erkannte sie sofort. Er zog scharf die Luft ein und warf Ivan einen Blick zu, wusste er doch, dass es das Klügste wäre, sie würden die Straße überqueren und hoffen, ungesehen zu bleiben. The Blade bei Tageslicht zu begegnen, war schon schlimm genug. Nachts war es lebensgefährlich. Er hatte Arissa an seiner Seite, die er im Nacken gepackt zu halten schien, und Cal Hancock folgte ihnen wie ein Soldat der königlichen Leibgarde.

»Ivan, wir sollten auf die andere Straßenseite wechseln«, riet Joel.

Ivan, der darauf wartete, dass Joel seine Frage beantworte,

glaubte, der Junge wolle ihm ausweichen. »Bin ich indiskret? Sollte ich ein Thema berührt haben, das mich nichts angeht, so bitte ich um Entschuldigung. Aber solltest du je den Wunsch verspüren, darüber zu reden oder …«

»Nein. Ich meine, wir müssen die Straße überqueren, versteh'n Sie?«

Zu spät. The Blade hatte sie bereits entdeckt. Er blieb unter einer Straßenlaterne stehen, und das Licht warf lange Schatten auf sein Gesicht. »Ivan, Ivan, unser Mann«, sagte er. »Was machste denn hier so allein? Haste dir 'n neues Knäblein gesucht?«

Auch Ivan blieb stehen, während Joel sich bemühte, diese Neuigkeit zu verdauen: Er hätte nie für möglich gehalten, dass Ivan Weatherall jemanden wie The Blade kannte. Sein ganzer Körper spannte sich an, während er sich fragte, was er wohl tun würde, wenn sich herausstellte, dass The Blade auf Ärger aus war. Zwei gegen zwei mochten sie sein, wenn Arissa sich heraushielt, aber Joel wusste, ihre Chancen stünden trotzdem schlecht.

»Guten Abend, Stanley«, grüßte Ivan liebenswürdig. Er klang wie ein Mann, der einen hochgeschätzten Bekannten trifft. »Du meine Güte, alter Knabe, wie lange ist es her?«

Stanley?, dachte Joel. Er schaute von Ivan zu The Blade. Letzterer blähte die Nasenflügel, sagte aber nichts.

»Stanley Hynds, Joel Campbell«, fuhr Ivan fort. »Ich würde deine Freunde gern vorstellen, Stanley, aber leider hatte ich die Ehre bislang nicht …« Er vollführte einen kleinen, altmodischen Diener vor Arissa und Calvin.

»Immer noch der Oberlehrer, Ivan«, erwiderte The Blade.

»Ganz recht. Das scheint meine Bestimmung zu sein. Hast du übrigens den Nietzsche ausgelesen? Das Buch sollte eine Leihgabe sein, kein Geschenk.«

The Blade schnaubte. »Muss ich dich mir vielleicht mal vorneh'm, Mann?«

Ivan lächelte. »Stanley, ich beschreite diese Straßen unbehelligt. Unbewaffnet und unbehelligt, wie eh und je. Gehe ich recht in der Annahme, dass ich das dir zu verdanken habe?«

»Noch biste mir nich' langweilig geworden.«

»So möge mein Unterhaltungswert lange anhalten. Sollte er nachlassen … nun, die blau gekleideten Herren von der Harrow Road wissen ja sicher immer, wo sie dich finden.«

Mehr waren The Blades Begleiter offenbar nicht gewillt, sich bieten zu lassen. Arissa sagte: »Lass uns geh'n, Baby.«

Gleichzeitig trat Calvin vor und fragte: »Willste ihm drohen, Mann?« Seine Stimme klang überhaupt nicht wie der gutmütige Calvin, den Joel kennengelernt hatte.

Ivan lächelte nur, sah zu The Blade und tippte an einen imaginären Hut. »*Sage mir, mit wem du umgehst,* Stanley …«

»Nich' mehr lang, Ivan«, entgegnete The Blade. »Du amüsierst mich nich' mehr besonders, Mann.«

»Ich werde an meiner Schlagfertigkeit arbeiten. Und wenn du keine Einwände hast, würde ich meinen jungen Freund nun gern nach Hause geleiten. Dürfen wir mit deinem Segen unserer Wege ziehen?«

Die Bitte sollte The Blade beschwichtigen, und genau das tat sie. Ein Lächeln umspielte seine Mundwinkel, dann bedeutete er Calvin mit einem Kopfrucken beiseitezutreten. »Guck ab und zu mal über die Schulter, Ivan«, riet The Blade, als sie ihn passierten. »Man weiß nie, wer sich grad von hinten anschleicht.«

»Ich werde es mir zu Herzen nehmen«, versprach Ivan.

Der ganze Wortwechsel hatte Joel verwundert. Jeden Moment hatte er damit gerechnet, dass eine Katastrophe hereinbrach, und er wusste nicht, wie er es bewerten sollte, dass sie ausgeblieben war.

Als sie weitergingen, betrachtete er Ivan mit anderen Augen. Er wusste nicht, was er zuerst an ihm bestaunen sollte; so vieles war bemerkenswert an ihm.

Alles, was Joel herausbrachte, war: »Stanley?« Das musste langen, um all die Fragen zu umfassen, die ihn bewegten, für die er aber keine Worte fand.

Ivan warf ihm einen Seitenblick zu.

»The Blade«, hakte Joel nach. »Ich hab noch nie gehört, dass jemand so mit ihm redet. Ich hätt nie gedacht …«

»Dass jemand das wagen kann und überlebt?« Ivan lachte in sich hinein. »Stanley und ich kennen uns schon seit vielen Jahren. Schon aus Zeiten, da er noch nicht The Blade hieß. Er ist ein hochintelligenter Mann. Er hätte es weit bringen können. Aber sein Fluch war seit jeher, dass er immer auf der Stelle seine Wünsche befriedigen musste, der arme Junge. Sind wir mal ehrlich, das ist der Fluch unserer Zeit. Das Merkwürdige ist, dass dieser Mann ein Autodidakt ist, und das ist der unbefriedigendste Bildungsweg, den man sich nur vorstellen kann. Aber Stanley sieht das anders. Er sieht nur, dass er Herr über seine Studien ist – was immer sie derzeit umfassen mögen –, und das reicht, um ihn glücklich zu machen.«

Joel schwieg. Sie hatten die Elkstone Road erreicht, und vor ihnen ragte der Trellick Tower auf. Lichter aus seinen zahllosen Wohnungen erhellten den dunklen Nachthimmel. Joel hatte nicht die geringste Ahnung, wovon sein Begleiter eigentlich sprach.

»Ist das Wort dir bekannt? Autodidakt? Es beschreibt jemanden, der sich selbst etwas beibringt. Unser Stanley – so unglaublich es scheint – gehört zu den Menschen, die die Qualität oder den Inhalt eines Buches nicht allein durch die Betrachtung des Umschlags beurteilen. Wenn man nur sein Äußeres und seine voll beabsichtigte und, wie ich finde, recht charmante Verstümmelung unserer Muttersprache betrachtet, könnte man auf den Gedanken kommen, dass er ein ungebildeter Klotz ohne jegliche Kinderstube ist. Aber das hieße, Mr. Hynds kolossal zu unterschätzen. Als ich ihn kennenlernte – er muss damals ungefähr sechzehn gewesen sein –, lernte er Latein, schnupperte ins Griechische, hatte gerade begonnen, sich mit Naturwissenschaften und der Philosophie des zwanzigsten Jahrhunderts zu befassen. Leider hatte er seine Aufmerksamkeit auch auf die diversen Wege zum schnellen Geld gelenkt, die jene anziehen, denen es nichts ausmacht, sich außerhalb der Gesetze zu bewegen. Und Geld ist immer eine große Verlockung für Jungen, die nie welches hatten.«

»Wie haben Sie ihn denn kennengelernt?«

»Auf der Kilburn Lane. Ich glaube, er wollte mich überfallen, aber ich entdeckte eine eitrige Entzündung an seinem Mundwinkel. Ehe er die Herausgabe meiner ohnehin mageren Barschaft verlangen konnte, führte ich ihn zur nächsten Apotheke, damit die Entzündung fachgerecht versorgt werden konnte. Der arme Junge wusste kaum, wie ihm geschah: Da liegt er auf der Lauer, um ein Verbrechen zu begehen, und im nächsten Moment steht er vor dem Apotheker, Seite an Seite mit dem Mann, den er eigentlich ausrauben wollte, und muss sich eine Salbe empfehlen lassen. Doch alles nahm ein gutes Ende, und er lernte eine wichtige Lektion.«

»Und zwar?«

»Dass man eine Hautinfektion nicht ignorieren darf. Gott allein weiß, was passiert, wenn man das missachtet«, gluckste er.

Joel wusste nicht, was er davon halten sollte. Es schien nur eine logische Frage zu geben: »Warum machen Sie das alles?«

»Was alles?«

»Dieses *Führt-Worte*-Dingsda. Die Art, wie Sie mit Leuten reden. Mich sogar nach Hause bringen.«

»Warum denn nicht?«, entgegnete Ivan. Sie bogen in den Edenham Way. »Aber das ist keine befriedigende Antwort, oder? Sagen wir, jeder Mensch sollte in der Gesellschaft, in die er hineingeboren wurde, Spuren hinterlassen. Das hier sind meine.«

Joel hätte gern noch weitere Fragen gestellt, aber sie hatten Kendras Haus erreicht. Vor den Eingangsstufen tippte Ivan wieder an seinen nicht vorhandenen Hut, so wie er es bei The Blade auch getan hatte. »Wir sollten uns bald wieder treffen, ja? Ich würde gern mehr von deinen Gedichten sehen«, sagte er, ehe er zwischen zwei Häusern Richtung Meanwhile Gardens verschwand.

Joel hörte ihn vor sich hin pfeifen.

Nach ihrer Begegnung mit Six und Natasha am Queensway spürte Ness den inneren Druck wieder. Das Hochgefühl, das sich eingestellt hatte, als sie mit dem gestohlenen Lippenstift die Drogerie unbehelligt verlassen hatte, ebbte nicht ab: Es verpuffte geradezu, so als sei der Hohn ihrer einstigen Freundinnen eine Nadel, die eine Seifenblase zerplatzen ließ. Sie fühlte sich schlimmer als zuvor, rastlos, und die Vorahnung eines hereinbrechenden Unheils lastete auf ihr.

Was sie fühlte, wurde verstärkt durch das, was sie hörte. Ihr provisorisches Nachtlager auf dem Wohnzimmersofa im ersten Stock lag direkt unter Kendras Schlafzimmer, schlimmer noch: unmittelbar unter deren Bett, und das allnächtliche rhythmische Knarzen war alles andere als schlaffördernd. Und es war wirklich jede Nacht zu hören, manchmal sogar dreimal pro Nacht, und wenn es Ness einmal gelungen war, in einen unruhigen Schlaf zu fallen, weckte es sie stets wieder auf. Häufig begleiteten Stöhnen, Wimmern und kehliges Lachen das Poltern des Bettes gegen Wand und Fußboden. Das gelegentliche »Oh, Baby« signalisierte den Abschluss der Kopulation, kündete in drei ansteigenden Silben vom erzielten Orgasmus, gefolgt von einem letzten Poltern, welches das befriedigte Zurücksinken der Akteure in die Federn markierte. Dies waren keine Laute, die ein heranwachsendes Mädchen gern hörte, erst recht nicht von Erwachsenen, mit denen es unter einem Dach lebte. Für Ness waren sie akustische Folter: ein unmissverständliches Zeugnis von Liebe, Lust und Akzeptanz, ein Beweis dafür, wie begehrenswert, wie liebenswert ihre Tante war.

Die animalische Natur dessen, was zwischen Kendra und Dix vorging, erkannte Ness nicht. Mann und Frau, von Instinkten zur Paarung getrieben, wann immer sie sich unbekleidet in der Nähe des anderen fanden und über genügend Energie verfügten, um die Erhaltung der Spezies zu gewährleisten ... Ness war einfach nicht in der Lage, das zu begreifen. Sie hörte Sex – und dachte Liebe. Kendra besaß etwas, das Ness nicht hatte.

In ihrem Zustand, nach dem Zusammenstoß mit Six und Natasha, erschien Kendras Lebenssituation ihr himmelschreiend ungerecht. Ness sah in ihrer Tante praktisch eine betagte Dame – eine alternde Frau, die ihre Chance bei Männern gehabt hatte und in dem immerwährenden Konkurrenzkampf um männliche Aufmerksamkeit von Rechts wegen beiseitetreten sollte. Ness fing bald an, Kendras schieren Anblick zu verabscheuen. Wenn ihre Tante morgens erschien, war sie unfähig, ihre gehässigen Kommentare zum Morgengruß zu unterdrücken: »War's gut letzte Nacht?« oder »Biste wieder wund zwischen den Beinen, Kendra?« oder »Wie kannste überhaupt noch laufen, du Schlampe?« und »Hat er's dir so besorgt, wie du's gern hast, Ken?«

Kendras Reaktion darauf lautete lediglich: »Wer's wem wie besorgt, geht dich nichts an, Vanessa.« Aber sie machte sich Sorgen. Sie fühlte sich unentrinnbar gefangen zwischen Lust und Pflicht. Sie wollte die Freiheit, mit Dix zu schlafen, wann immer das Verlangen sie überkam, aber sie wollte gleichzeitig nicht für ungeeignet befunden werden, die Campbell-Kinder zu versorgen.

Als Dix sie eines Abends an sich ziehen wollte, sagte sie zu ihm: »Ich glaube, wir sollten es ein bisschen ruhiger angehen lassen, Baby. Ness kann uns hören, und sie ist … Vielleicht besser nicht jede Nacht, Dix. Was meinst du? Diese Sache … na ja, diese Sache macht ihr zu schaffen.«

»Dann soll sie ihr eben zu schaffen machen«, lautete seine Antwort. »Sie wird sich daran gewöhnen, Ken.« Er drückte die Nase gegen ihren Hals, küsste sie auf den Mund und ließ die Hand abwärtswandern, bis Kendra den Rücken wölbte, keuchte, stöhnte, verlangte – und Ness vollkommen vergaß.

Also stieg der Druck in Ness immer weiter, und nichts konnte ihn mildern. Sie wusste, sie musste irgendetwas tun, um sich Erleichterung zu verschaffen. Und sie glaubte zu wissen, was dieses Etwas war.

Dix schaute gerade seine Raubkopie von *Pumping Iron* an, als sie ihr Spiel eröffnete. Wie immer, wenn er sich in einer Wettkampfvorbereitungsphase befand, schenkte er seiner Umgebung weniger Aufmerksamkeit als üblich. Wenn eines seiner Bodybuilding-Events bevorstand, konzentrierte er sich nur darauf, einen neuen Titel oder eine weitere Trophäe zu erringen.

Wettkampf-Bodybuilding hing nicht nur von der Fähigkeit ab, die eigenen Muskeln zu obszönen Proportionen anwachsen zu lassen, sondern fand ebenso im Kopf statt, und Dix bereitete sich tagelang mental darauf vor.

Er saß auf einem Reiskissen, den Rücken ans Sofa gelehnt und den Blick auf den Bildschirm geheftet, wo Arnold auf ewig seine Kräfte mit Lou Ferrigno maß. Er merkte zwar, dass sich jemand neben ihm aufs Sofa setzte, nahm aber nicht zur Kenntnis, um wen es sich handelte. Er merkte auch nicht, was die Person trug: Frisch aus dem Bad, hatte sie sich Kendras dünnen Sommermorgenrock umgebunden.

Kendra war bei der Arbeit. Joel und Toby waren in Meanwhile Gardens. Joel hatte seinem kleinen Bruder versprochen, dass sie den Skatern und Bikern in der Skate-Bowl zuschauen würden. Ness hätte eigentlich schon in der Kindertagesstätte sein müssen, um weitere Sozialstunden abzuarbeiten, aber Dix und die Tatsache, dass sie allein im Haus waren, die hartnäckige Erinnerung an das polternde Bett und der Umstand, dass sie sich genau dort anziehen musste, wo er saß – ihr vorgeblicher privater Rückzugsort –, all das drängte sie dazu, sich ihm zu nähern.

Dix machte sich Notizen und lachte leise über einen von Arnolds Sprüchen. Er hatte ein Klemmbrett auf den Knien, und seine Beine waren nackt. Er trug lediglich Sportshorts aus einem seidigen Stoff und ein Trikot.

Die Hand, in der er den Kugelschreiber hielt, fiel ihr ins Auge. »Ich wusste gar nich', dass du Linkshänder bist, Mann«, sagte sie.

Er regte sich, nahm sie aber noch immer nicht richtig wahr. »Bin ich«, gab er zurück und schrieb weiter. Wieder lachte er vor sich hin. »Nun guck ihn dir an. Dieser Kerl ... An den kommt keiner ran.«

Ness warf einen Blick auf den Fernseher. Das Fernsehbild war bestenfalls körnig, und es zeigte Männer mit Topfhaarschnitten auf Köpfen, die zu klein für den Rest ihrer Körper waren. Sie standen vor Spiegeln und ließen die Schultern kreisen. Sie verschränkten die Hände ineinander und hoben sie bald zur einen, bald zur anderen Seite, die Beine leicht gegrätscht, was ihre gigantischen Muskeln zur Geltung brachte. Ness schauderte ob der Obszönität, sagte aber: »Du siehs' besser aus als die.«

»Keiner sieht besser aus als Arnold«, widersprach er.

»Du schon, Baby.«

Sie war ihm nahe genug, um die Hitze zu spüren, die sein Körper abstrahlte. Sie rückte noch ein wenig näher. »Ich muss mich anziehen, Dix.«

»Hm«, machte er zerstreut.

Sie betrachtete seine Hand. »Machste alles mit der Linken?«

»Ja«, antwortete er und kritzelte etwas auf sein Blatt.

»Steckste ihn mit der Linken rein?«

Das Schreiben geriet ins Stocken.

»Oder kannste das mit beiden Händen, mein ich. Oder musste ihn vielleicht gar nicht führen? Wahrscheinlich nich', he? Ich wette, das brauchste nich'. Groß und hart genug, um seinen Weg selbst zu finden.« Sie stand auf. »Mann, ich komm mir so fett vor. Was meinste, Dix? Denkste, ich bin zu fett?« Sie stellte sich zwischen ihn und den Fernseher und stemmte die Hände in die Hüften. »Was meinste?« Sie öffnete den Gürtel des Morgenrocks und zeigte sich ihm. »Bin ich zu fett, Dix?«

Dix wandte den Blick ab. »Mach das Ding wieder zu.«

»Nich' bevor du geantwortet hast«, gab sie zurück. »Du musst es mir sagen, denn du bist ein Mann. Was ich hab … meinste, es is' gut genug, um einen Kerl heißzumachen?«

Er stand auf. »Zieh dich an«, sagte er, griff nach der Fernbedienung des Videorekorders und stellte den Film ab. Er wusste, er musste das Zimmer sofort verlassen, aber Ness versperrte ihm den Weg. »Ich muss los«, sagte er.

»Erst musste mir antworten«, verlangte sie. »Scheiße, ich beiß dich doch nich', Dix, und du bist weit und breit der einzige Mann hier, den ich fragen kann. Ich lass dich vorbei, wenn du mir die Wahrheit sagst.«

»Du bist nicht fett«, antwortete er.

»Du hast ja gar nich' hingeguckt«, protestierte sie. »Du brauchst nur mal kurz hinzuguck'n. Das is' doch wohl nich' zu viel verlangt, oder? Ich muss es wissen.«

Er hätte sie beiseitedrängen können, aber er hatte Bedenken, wie sie auf einen körperlichen Kontakt reagieren würde. Also kooperierte er, um ihre Kooperation zu erkaufen. Er streifte sie mit einem Blick und erklärte: »Du siehst gut aus.«

»Das nennste Hingucken? Scheiße, ich hab schon Blinde genauer hinschauen seh'n. Du brauchst wohl Hilfe, was? Also, hier. Wir versuchen's noch mal.« Sie ließ den Morgenrock zu Boden gleiten und stand nackt vor Dix. Sie hob die Brüste mit beiden Händen und fuhr sich mit der Zunge über die Lippen. »Führst du ihn rein, Dix, oder findet er den Weg allein? Du musst es mir sagen oder zeigen. Ich weiß, was mir lieber wär, Mann.«

Dix wäre kein Mann gewesen, hätte ihn all das nicht erregt. Er versuchte, den Blick abzuwenden, aber ihre nackte Haut war zu fordernd. Also betrachtete er sie, und einen furchtbaren Moment lang verharrte sein Blick an den schokoladenbraunen Brustwarzen, dann, schlimmer noch, auf dem Dreieck drahtiger Haare, dem ein sirenenhafter Duft zu entsteigen schien. Sie war noch ein Mädchen, aber sie hatte den Körper einer Frau. Es wäre ein Leichtes gewesen – aber ebenso fatal.

Er packte ihren Arm. Ihre Haut brannte ebenso wie seine, und ihr Gesicht hellte sich auf. Er beugte sich herab und spürte ihre Hand in seinem Nacken, hörte sie aufstöhnen, während sie sein Gesicht suchte, seine Lippen ... Er hob den Morgenrock auf und warf ihn ihr zu, befreite sich mit einem Ruck von ihrem Griff.

»Zieh dir was über«, zischte er. »Was denkste dir eigentlich? Dass es im Leben nur darum geht, dass jeder Kerl, den du triffst, dir sein Ding reinsteckt? Und meinste, das hier is' die Art, wie Männer es mögen? Is' es das, was du glaubst? Du stolzierst hier rum und präsentierst dich wie 'ne billige Nutte? Scheiße, du hast den Körper einer Frau, aber das is' auch schon alles, Ness. Der Rest von dir is' so saudämlich, dass ich mir keinen Mann vorstellen kann, der damit was zu schaffen haben will, egal, wie nötig er's hat. Kapiert? Und jetzt geh mir aus dem Weg!«

Er drängte sich an ihr vorbei und ließ sie allein im Wohnzimmer zurück. Sie zitterte am ganzen Leib. Sie stolperte zum Videorekorder hinüber und ließ die Kassette heraus. Es war ein Leichtes, das Band aus dem Gehäuse zu ziehen und es zu zertrampeln. Aber das war nicht genug.

Fabia Benders Besuch im Edenham Estate zwang Kendra, die Lage neu zu bedenken. Sie wollte nicht, aber sie ertappte sich dabei, dass sie es trotzdem tat, vor allem, als sie die Formulare durchlas, die Joel ihr ausgehändigt hatte.

Kendra war nicht dumm. Sie hatte immer gewusst, dass Tobys Probleme früher oder später angegangen werden mussten. Aber sie hatte sich eingeredet, dass Tobys Schwierigkeiten von einer Lernstörung herrührten. Irgendeine andere Ursache für seine Absonderlichkeit auch nur zu erwägen, hieß, sich geradewegs in einen Albtraum zu manövrieren. Also hatte sie sich gesagt, man müsse sich seiner bloß annehmen, ihm so viel Bildung vermitteln, wie er aufzunehmen in der Lage war, ihm ein paar lebenspraktische Fähigkeiten beibringen und in eine berufliche Richtung lenken, die ihm eines Tages, wenn er erwachsen war, ein Mindestmaß an Unabhängigkeit gewährleisten würde. Wenn die Middle Row School dies in Verbindung mit dem Lernzentrum nicht leisten konnte, musste eben eine andere Einrichtung für ihn gefunden werden. Aber weiter hatte Kendra über ihren kleinen Neffen bislang nicht nachgedacht, was ihr ermöglichte zu ignorieren, wenn Toby einfach völlig abschaltete oder wenn er seine gemurmelten Unterhaltungen mit unsichtbaren Personen führte – und somit eben auch die Implikationen dieser Verhaltensmuster. Tatsächlich war es Kendra in den Monaten, seit die Campbells ihrer Sorge anvertraut waren, gelungen, sich hinter »Toby ist eben Toby« zu verstecken, ganz gleich was der Junge tat. Alles andere war undenkbar. Sie las die Formulare, und dann räumte sie sie weg. Niemand würde

Toby Campbell untersuchen, testen und beurteilen, solange sie ein Wort mitzureden hatte.

Das hieß jedoch, alles zu vermeiden, was die unwillkommene Aufmerksamkeit irgendwelcher Behörden wecken konnte. Sie unterzog Joels und Tobys Zimmer einer kritischen Betrachtung und sah es so, wie Fabia Bender es wahrscheinlich gesehen hatte: Alles wirkte provisorisch, und das war schlecht. Die Campingliegen und Schlafsäcke waren schon schlimm genug. Die beiden Koffer, aus denen die Jungen nun seit einem halben Jahr lebten, waren noch schlimmer. Abgesehen von dem »Es ist ein Junge!«-Banner, das immer noch schief am Fenster klebte, gab es keinerlei Dekoration, nicht einmal Vorhänge, um das Licht der Straßenlampe, die den Pfad zum Park erhellte, auszusperren.

Das würde sich ändern müssen. Sie würde Betten, Schränke, Vorhänge und irgendwelchen Wandschmuck beschaffen. Das bedeutete einen Streifzug durch Secondhandläden – und sie würde um Almosen betteln müssen.

Cordie half ihr. Sie steuerte verwaschene Bettwäsche und Decken bei, fragte in der Nachbarschaft herum und trieb zwei Kommoden in halbwegs brauchbarem Zustand und eine Reihe Poster mit Reisezielen auf, die vermutlich weder Joel noch Toby in ihrem Leben je zu Gesicht bekommen würden.

»Sieht doch super aus, Mädchen«, sagte Cordie aufmunternd, als sie das Zimmer fertig eingerichtet hatten.

»Wie eine beschissene Müllhalde«, befand Ness.

Kendra ignorierte sie. Seit einiger Zeit strahlte Ness eine spürbare Angespanntheit aus, leistete jedoch ihre gemeinnützige Arbeit zuverlässig, und darum war alles, was sie sagte oder tat, einigermaßen erträglich.

»Was is'n hier los?«, war Dix' Reaktion, als er die Verwandlung im Zimmer der Jungen zu Gesicht bekam.

»Es soll zeigen, dass Joel und Toby ein anständiges Zuhause haben.«

»Wer zweifelt denn daran?«

»Die Frau vom Jugendamt.«

»Die mit den Hunden? Meinste, die will Toby und Joel ins Heim stecken?«

»Ich weiß es nicht, aber ich habe nicht vor, tatenlos abzuwarten, bis es so weit ist.«

»Ich dachte, die wär wegen Toby und dem Lernzentrum gekommen.«

»Sie ist gekommen, weil sie überhaupt nichts von Tobys Existenz gewusst hat. Sie ist gekommen, weil sie keine Ahnung hatte, dass noch irgendwer außer Ness bei mir lebt, bis sie den Anruf vom Lernzentrum bekommen hat und … Dix, was spielt das überhaupt für eine Rolle? Ich muss den Kindern eine anständige Umgebung schaffen, falls diese Frau mir irgendwelche Scherereien machen will, weil sie hier leben. Die Behörden interessieren sich schon viel zu sehr für Toby. Kannst du dir vorstellen, was es für Joel und Ness bedeuten würde, wenn sie ihn uns wegnähmen? Wenn sie irgendwie getrennt würden? Oder wenn … verdammt, ich weiß auch nicht.«

Dix dachte darüber nach, während er Kendra beobachtete, wie sie altersschwache Laken und noch betagtere Decken auf zwei Betten glattzog, die sie bei Oxfam entdeckt hatte und deren lange Geschichte an den Furchen und Kratzern an den Kopfteilen ablesbar war. Mit all den Möbeln im Zimmer blieb kaum genug Platz, um sich zu bewegen. Das Haus war winzig – nicht für fünf Bewohner gedacht. Die Lösung schien auf der Hand zu liegen, fand Dix.

»Ken, Baby, haste dich schon mal gefragt, ob das alles so richtig is'?«, fragte er.

»Was?«

»Was hier läuft.«

Sie richtete sich auf. »Was soll das heißen?«

»Ich mein die Tatsache, dass diese Frau hier aufkreuzt. Dass sie vielleicht darüber nachdenkt, den Kids ein anderes Zuhause zu suchen. Die Wahrheit is' doch, dass das hier nich' das Richtige für sie is'. Hier isses einfach zu eng, und jetzt wo diese Frau hier war und einen Bericht schreibt, scheint es mir der richtige Zeitpunkt zu sein …«

»Worauf zum Teufel willst du hinaus?«, verlangte Kendra zu wissen. »Dass ich sie wegschicken soll? Ich soll zulassen, dass sie auseinandergerissen werden? Ich soll zusehen, wie sie mir weggenommen werden, ohne wenigstens zu versuchen, das zu verhindern? Und dann können du und ich *was* tun, Dix? Es wie die Karnickel in jedem Zimmer im Haus treiben?«

Er verschränkte die Arme und lehnte sich an den Türrahmen. Er antwortete nicht sofort, sodass Kendra Gelegenheit hatte, dem Nachhall ihrer eigenen Worte zu lauschen.

Schließlich sagte Dix leise: »Ich denke, es wird Zeit, dass wir heiraten, Kendra. Es wird Zeit, dass ich beweise, dass ich diesen Kindern ein richtiger Vater sein kann. Meine Eltern wollen, dass ich in ihr Geschäft einsteige und ...«

»Und was wird aus Mr. Universe? Willst du deine Träume einfach so aufgeben?«

»Manchmal begegnet man Dingen im Leben, die größer sind als Träume. Wichtiger. Du und ich, wir heiraten, und ich geh arbeiten. Wir könnten in ein größeres Haus ziehen, mit genügend Zimmern für ...«

»Mit gefällt dieses Haus aber.« Kendra war sich bewusst, dass sie schrill und unvernünftig klang, geradezu unheimlich, fast wie Ness, aber das war ihr egal. »Ich hab dafür geschuftet, ich hab eine Hypothek dafür aufgenommen, und ich zahle dafür. Das ist alles nicht leicht, aber es gehört mir.«

»Klar. Aber wenn wir in ein größeres Haus ziehen und heiraten, wird keine Sozialarbeiterin der Welt mehr auf die Idee kommen, dass die Kids irgendwo anders leben sollten als bei uns, verstehste. Wir wär'n eine richtige Familie.«

»Und du gehst jeden Tag zur Arbeit in die Kneipe? Und wenn du nach Hause kommst, riechst du nach Bratfett? Dann schaust du dein Arnold-Video an und zerfrisst dich von innen, weil du alles das aufgegeben hast für ... für *was?* Und *warum?*«

»Weil es das Richtige ist«, antwortete er.

Sie lachte, doch ihr Lachen hatte einen hysterischen Unterton, auf der Vorstufe zur Panik. »Du bist dreiundzwanzig!«, rief sie.

»Ich weiß genau, wie alt ich bin.«

»Dann weißt du vielleicht auch, dass das hier Heranwachsende sind – schwierige Kinder, denen das Leben schon übel mitgespielt hat, und du bist selbst nicht viel mehr als ein Heranwachsender, also wie kommst du nur auf den Gedanken, dass du mit ihnen fertig wirst? Und wie kommst du darauf, dass diese Fabia Bender dich je für fähig halten könnte, mit ihnen fertig zu werden? Kannst du mir das sagen?«

Wieder antwortete Dix nicht sofort. Er zwang Kendra dazu, sich selbst zu lauschen, und das machte sie wahnsinnig. Darüber hinaus wollte er sie mit seinem Schweigen dazu bringen, die Gründe für ihre Worte zu erforschen, und das war das Letzte, was sie wollte. Sie wollte mit ihm streiten.

Schließlich sagte er: »Ich bin jedenfalls bereit, Ken. Und Joel und Toby ... brauchen einen Vater.«

»Und was ist mit Ness?«, entgegnete sie vielsagend. »Was braucht sie?«

Dix erwiderte ihren Blick, ohne zu blinzeln. Was immer sie argwöhnen mochte, Kendra wusste nichts von seinem Zusammenstoß mit Ness, und er hatte auch nicht die Absicht, ihr davon zu erzählen. »Sie braucht das Vorbild eines Mannes und einer Frau, die sich wirklich lieben. Ich dachte, wir könnten das sein. Vielleicht hab ich mich geirrt.« Er löste sich vom Türrahmen und wandte sich um. Kendra schleuderte ihm ein Kissen hinterher.

Dix war kein Mann, der Herausforderungen scheute. Andernfalls hätte er sich niemals in die Welt des professionellen Bodybuildings begeben. Er verglich Kendras Einschätzung seiner Person mit den mentalen Anforderungen dieses Sports: Sie glaubte, er habe in seinem Alter nicht das Zeug dazu, Teenagern ein Vater zu sein. Aber er würde ihr das Gegenteil beweisen.

Er war klug genug, nicht ausgerechnet mit Ness zu beginnen. Obwohl er wusste, dass das zerstörte Video einen Fehdehandschuh darstellen sollte, war ihm doch klar, dass der Ausgang eines solchen Kräftemessens von vornherein feststünde: Wenn er den Handschuh aufhob, machte er sich für jede Anschuldigung angreifbar, die Ness ihm entgegenschleudern mochte – all die Gründe, die sie anführen würde, warum sie sein Video zerstört hatte, zweifellos in Gegenwart ihrer Tante, mit großem Geschrei vorgebracht und ausnahmslos ihrer Fantasie entsprungen. Das wollte er lieber vermeiden. Als er die malträtierte Kassette fand, nahm er sich daher vor, sie zu reparieren. Sollte sich das als unmöglich erweisen, so sei es. Ness wollte ihn aus der Reserve locken. Doch er würde sich von ihr nicht provozieren lassen.

Mit Joel und Toby war es einfacher. Sie waren Jungs – genau wie er. Nach einem Ausflug ins Fitnessstudio, wo die beiden ehrfurchtsvoll und mit offenen Mündern zugeschaut hatten, wie Dix übermenschliche Gewichte stemmte, schien der nächste Schritt auf der Hand zu liegen. Er würde sie mit zu seinem nächsten Wettkampf nehmen, zum YMCA am Barbican, am anderen Ende der Stadt. Es war keiner der großen Wettkämpfe, aber er würde den Jungen einen Eindruck davon vermitteln, wie der arme Lou sich gefühlt haben musste, als er gegen Arnold Schwarzenegger stets chancenlos blieb.

Sie fuhren mit der U-Bahn. Keiner der Jungen war je in diesem Teil der Stadt gewesen, und während sie Dix zum YMCA folgten, bestaunten sie die riesenhaften grauen Betonblöcke, die den Barbican ausmachten, umgeben von einem undurchschaubaren, verkehrsreichen Straßengewirr und einem Wald brauner Schilder, die in jede Richtung auf Sehenswürdigkeiten aufmerksam machten. Es kam ihnen wie ein Labyrinth aus Bauwerken vor: Ausstellungshallen, Konzertsäle, Theater, Kinos, Konferenzzentren, Schauspiel- und Musikhochschulen. Schon nach wenigen Sekunden hatten sie die Orientierung verloren, und sie beeilten sich, zu Dix aufzuschließen, der sich hier zu ihrer Verwunderung ganz zu Hause zu fühlen schien.

Der YMCA war in einer Wohnsiedlung untergebracht, die Teil des Barbican zu sein schien. Dix führte Joel und Toby ins Innere und weiter zu einer Halle, die nach Staub und Schweiß roch. Er suchte ihnen Plätze in der ersten Reihe und durchsuchte die Taschen seines Trainingsanzugs. Dann gab er den Jungen drei Pfund, damit sie sich Süßigkeiten aus dem Automaten im Foyer holen konnten, und wies sie an, das Gebäude nicht zu verlassen. Er selbst werde zwischen dem Trainingsraum und der Umkleide pendeln, um einen Psychokrieg gegen die Konkurrenz zu führen und sich mental auf seinen Auftritt vor den Preisrichtern vorzubereiten.

»Siehst gut aus, Dix«, sagte Joel aufmunternd. »Dich schlägt eh keiner, Mann.«

Dix freute sich über diesen Beweis von Joels Zuneigung. Er tippte dem Jungen mit der Faust an die Stirn und freute sich noch mehr, als er ein breites Grinsen zur Antwort erhielt. »Macht's euch gemütlich hier«, sagte er, und mit einem Blick auf Toby fügte er hinzu: »Kommt er klar?«

»'türlich«, versicherte Joel.

Aber er war alles andere als sicher. Obwohl Toby sich willig von Dix und Joel in diesen Teil der Stadt hatte entführen lassen, wirkte er doch lethargisch. Nicht einmal das seltene Erlebnis der U-Bahn-Fahrt hatte sein Interesse wecken können. Er war lustlos und niedergeschlagen. Sein Gesicht war ausdruckslos. Joel versuchte, sich einzureden, dass es nur daran läge, dass Toby seine Lavalampe hatte zu Hause lassen müssen. Aber er hatte seine Zweifel. Als Dix sie verließ, fragte Joel Toby daher, ob alles in Ordnung sei. Toby antwortete, sein Bauch fühle sich ganz komisch an. Joel hatte vor Beginn des Wettkampfes gerade noch genügend Zeit, ihm mit einer von Dix' Pfundmünzen eine Cola aus dem Automaten zu ziehen. »Davon geht's dir besser«, sagte er, aber mehr als einen Schluck nahm Toby nicht zu sich. Bald vergaß Joel, ihn zu drängen, mehr zu trinken.

Die Preisrichter nahmen ihre Plätze an einem langen Tisch rechts von der Bühne ein. Das Licht im Zuschauerraum wurde gedimmt, und eine körperlose Stimme aus dem Lautsprecher verkündete, der YMCA am Barbican sei stolz, den sechsten Jahreswettbewerb im Bodybuilding der Männer zu präsentieren, gefolgt von einer Darbietung der unter Sechzehnjährigen. Nach der Ansage setzte Musik ein – Beethovens »Ode an die

Freude« –, und in den Scheinwerferkegel auf der Bühne trat ein Mann, der nur aus Muskelmasse zu bestehen schien. In der ersten Wettkampfrunde ging es darum, diese Muskeln zur bestmöglichen Geltung zu bringen.

Joel hatte dergleichen schon gesehen, nicht nur in *Pumping Iron*. Man konnte kaum unter einem Dach mit Dix leben, ohne gelegentlich einen Blick auf seinen geölten Körper vor dem Badezimmerspiegel zu erhaschen, denn er unterbrach seine Übungen nur, wenn Ness das Bad benutzen wollte. Er müsse geschmeidig sein, erklärte er jedem, der gerade auf der Toilette saß. Eine Pose müsse immer fließend in die nächste übergehen. Auch seine Persönlichkeit müsse man einbringen. Das sei der Grund, warum Arnold so viel besser als alle anderen gewesen sei. Man könne merken, dass er liebte, was er tat. Er sei ein Typ ohne alle Selbstzweifel.

Joel erkannte, dass die ersten Wettkämpfer dies noch nicht begriffen hatten. Sie waren zwar muskelbepackt, aber die Bewegungsabläufe stimmten nicht. Ihnen fehlte die mentale Dimension. Gegen Dix hatten sie keine Chance.

Als die ersten Teilnehmer ihre Vorführung absolviert hatten, bemerkte Joel, dass Toby unruhig wurde. Schließlich zupfte der Kleine an Joels Ärmel. »Ich muss mal.« Joel schaute auf sein Programm. Dix würde bald an der Reihe sein, und es blieb nicht genug Zeit, eine Toilette für Toby zu suchen.

»Kannste nich' noch 'n bisschen aushalten, Tobe?«, fragte er.

»Das isses nich'«, erklärte Toby. »Joel, ich muss …«

»Nur noch 'n Moment, okay?«

»Aber …«

»Er ist jetzt sofort dran. Da drüben isser. Siehste ihn da drüben warten?«

»Mir ist aber …«

»Er hat uns mitgenommen, damit wir ihm zugucken. Jetzt müssen wir auch zugucken, Tobe.«

»Dann … Wenn ich …« Aber das war alles, was Toby herausbrachte, ehe er anfing zu würgen.

»Scheiße«, zischte Joel und wandte sich seinem Bruder zu, gerade als der sich zu erbrechen begann. Es war keine normale Übelkeit. Ein entsetzlicher Schwall schoss geradezu aus Tobys Mund – der ultimative Showkiller, wie sich herausstellte.

Der Gestank war fürchterlich. Toby stöhnte, Gemurmel erhob sich um die Jungen herum, und irgendjemand verlangte nach Licht im Zuschauerraum. Kurz darauf wurde die Musik abgeschaltet, und der Bodybuilder auf der Bühne schien in seiner Pose zu erstarren. Dann wurde es hell im Auditorium, und mehrere Preisrichter standen auf und machten lange Hälse, um festzustellen, was diese Störung verursacht hatte.

Joel sagte: »Tut mir leid. Tut mir leid. Tut mir *wirklich* leid«, zu jedem, der gewillt war, es zu hören.

Wie zur Antwort fing Toby erneut an zu würgen. Erbrochenes spritzte auf seine Kleidung – nicht mehr so druckvoll wie zuvor, aber es sickerte in den Stoff seiner Jeans, und das erwies sich als noch schlimmer.

»Schaff ihn hier raus, Mann«, sagte jemand.

»Das macht jetzt doch wohl auch keinen großen Unterschied mehr, oder?«, murmelte ein anderer angewidert.

Und es *war* widerlich, es sei denn, man hatte keinen Geruchssinn. Weitere Kommentare, Fragen und Ratschläge begleiteten Tobys Erbrechen, aber Joel hörte nichts davon, sondern war einzig darauf konzentriert, Toby auf die Füße zu ziehen, damit sie verschwinden konnten.

Toby war indes wie versteinert. Er krallte die Hände in den Bauch und fing an zu weinen.

Joel hörte Dix' Stimme, leise und drängend, ganz nah an seinem Ohr. »Was ist hier los? Was ist passiert, Mann?«

»Ihm is' schlecht, das is' alles«, antwortete Joel. »Ich muss ihn zum Klo schaffen. Und dann nach Hause. Können wir …?« Er sah auf. Dix war eingeölt und wettkampfbereit, unbekleidet bis auf die winzige rote Badehose. Joel wäre nie auf den Gedanken gekommen, Dix zu bitten, mit ihnen nach Hause zu fahren.

Aber Dix erahnte den Wunsch auch unausgesprochen. Er

war hin- und hergerissen. »Noch fünf andere, dann bin ich dran. Dieser Wettkampf zählt für die gesamte ...« Er fuhr sich mit der Hand über den kahlen Schädel. Dann trat er zu Toby. »Alles klar, Bruder?«, fragte er. »Schaffst du's zur Toilette, wenn Joel dir den Weg zeigt?«

Toby weinte. Seine Nase lief. Er bot einen jämmerlichen Anblick.

Das herannahende Rumpeln kleiner Räder kündigte einen der YMCA-Hausmeister mit einem Putzwagen an. Irgendjemand rief: »Da drüben, Kevin.« Und ein anderer: »Um Himmels willen, mach das weg, bevor uns allen schlecht wird!«

Was Joel gerade noch wie ein Meer aus Gesichtern vorgekommen war, löste sich auf. Ein dürrer alter Mann mit wenigen Zähnen und noch weniger Haaren auf dem Kopf fing an, einen Mopp zu schwingen und eine scharf riechende Reinigungslösung auf dem Boden zu verteilen.

»Kann ihn nicht jemand hier raustragen?«, fragte eine Stimme.

»Willst du vielleicht?«, antwortete eine zweite. »Der kleine Scheißer hat sich total vollgekotzt.«

Scham brannte in Joel, und er beeilte sich zu versichern: »Ist schon gut. Ich bring ihn raus. Komm jetzt, Tobe. Du kanns' doch laufen, oder? Lass uns zum Klo geh'n.« Und an Dix gewandt: »Wo is'n das?«

Er zog Toby am Arm in die Höhe. Der Junge kam auf die Füße, auch wenn er den Kopf hängen ließ und weiterhin schluchzte. Joel fand, das konnte man ihm kaum zum Vorwurf machen.

Dix brachte sie zum Ausgang des Saales. Er erklärte Joel, er müsse von der Lobby aus nur die Treppe hinunter und den Gang entlang. »Kannst du ...«, begann er und setzte dann noch einmal neu an: »Ich meine, brauchst du mich?« Er warf einen Blick über die Schulter zur Bühne.

Dieser Blick reichte, um Joel zu sagen, welche Antwort von ihm erwartet wurde. »Quatsch. Wir komm' schon klar. Aber ich muss ihn nach Hause bring'.«

»In Ordnung«, erwiderte Dix. »Schaffste das allein?« Als Joel nickte, hockte Dix sich vor Toby. Er sagte: »Mach dir keine Gedanken, Bruder. So was passiert jedem mal. Du fährst jetzt einfach schön nach Hause. Wenn ich komme, bring ich dir was mit.« Dann richtete er sich wieder auf und fuhr, an Joel gewandt, fort: »Ich muss los. Ich bin in zwei Minuten dran.«

»Kein Problem«, versicherte Joel, und Dix ließ sie am Ausgang des Zuschauerraums zurück.

Joel führte Toby hinaus und die Treppe hinunter. Sie hatten die Herrentoilette für sich allein. Joel versuchte, sich ein Bild vom ganzen Ausmaß des Zwischenfalls zu machen. Rotz und Erbrochenes verklebten Tobys Gesicht, und auch sein T-Shirt war besudelt und roch wie der Fußboden eines wilden Kirmesfahrgeschäfts. Mit der Jeans stand es kaum besser. Er hatte es sogar geschafft, sich auf die Schuhe zu spucken.

Wenn es eine Situation gab, die die tröstende Zuwendung einer Mutter erforderte, dann war es diese. Joel führte Toby zum Waschbecken und drehte den Hahn auf. Er schaute sich nach Papierhandtüchern um, aber alles, was er entdeckte, war ein schmutziges Rollhandtuch aus blauer Baumwolle, das man nicht aus der Halterung ziehen konnte und das in einer müden Schlaufe fast bis zum Boden hing. Er konnte also nichts weiter tun, als Tobys Gesicht und Hände zu waschen. Der Rest musste warten, bis sie daheim waren.

Toby ließ die Prozedur stumm über sich ergehen. Er protestierte nicht gegen die Seife in seinem Gesicht, nicht gegen das Toilettenpapier, mit dem er abgetrocknet wurde, und sagte nichts, bis Joel sich auch mit T-Shirt und Jeans abgemüht hatte, so gut er konnte. Was dann kam, hätte jeden überrascht, der ihn weniger gut kannte als Joel, jeden, der voreilige Schlüsse über die Welt zog, in die Toby sich zurückzog: »Joel, warum kommt Mum nich' nach Hause? Denn das tut sie doch nich', oder?«

»Sag so was nich'. Das weißte doch gar nich', und ich weiß es auch nich'.«

»Sie glaubt, Dad is' noch da.«

»Stimmt.«

»Wieso?«

»Weil sie's nich' aushalten kann, irgendwas anderes zu glauben.«

Toby dachte darüber nach. Seine Nase lief unvermindert. Joel wischte sie mit einem weiteren Stück Toilettenpapier ab und nahm seine Hand. Er führte ihn zurück den Gang entlang und die Treppe hinauf, eingehüllt in seinen scharfen, üblen Geruch. Es werde bestimmt besser, sobald er Toby draußen hatte, redete Joel sich ein. Die Luft, selbst wenn sie mit Abgasen verpestet war, würde den Gestank sicher abschwächen.

Sie verließen das Gebäude und gingen in die Richtung, aus welcher sie nach Joels Erinnerung gekommen waren, als ihm zwei Dinge gleichzeitig klarwurden: Zum einen hatte er keine Ahnung, wo die U-Bahn-Station war, und die braunen Hinweisschilder, die in alle Richtungen zeigten, boten keine Hilfe. Zweitens hatte er kein Geld für die Fahrkarten. Dix hatte Hin- und Rückfahrtickets gezogen, als sie von der Westbourne Park Station losgefahren waren, aber die steckten in seiner Sporttasche in der Umkleidekabine. Dorthin zurückzugehen, Toby noch einmal in diesen Zuschauerraum zu führen und Dix ausfindig zu machen, um die Fahrkarten entgegenzunehmen, stand außer Frage, ebenso wie Toby allein draußen warten zu lassen, während er all das erledigte. Es blieb ihnen also nichts anderes übrig, als mit dem Bus nach North Kensington zurückzufahren. Für zwei Kurzstreckentickets reichten die Münzen in seiner Tasche gerade eben.

Diese Lösung stellte ihn jedoch sogleich vor ein neues Problem: Es gab keine durchgehende Verbindung vom Barbican nach North Kensington. Zweiundzwanzig Minuten lang irrten sie durch das Labyrinth der Gebäude, ehe Joel eine Haltestelle fand, die mehr als nur ein Pfosten im Bürgersteig war. Er studierte den Busplan und fand heraus, dass nicht weniger als drei Linien nötig waren, um sie nach Hause zu bringen. Er wusste, er konnte das schaffen. Die Oxford Street, wo sie zum ersten Mal umsteigen mussten, würde er erkennen. Wer täte das nicht? Und selbst wenn er es irgendwie fertigbrächte, die Ströme von trendigen Einkaufsbummlern auf der Straße zu übersehen: Der Bus vom Barbican endete dort. Sie mussten also nur aussteigen, wenn er nicht mehr weiterfuhr. Das eigentliche Problem war, dass die Kurzstreckentickets damit aufgebraucht sein würden und er kein Geld für die nächsten beiden Busse hatte. Das hieß, er und Toby mussten schwarzfahren und beten, dass sie nicht erwischt würden. Die besten Chancen hätten sie, wenn sie die altmodischen Doppeldeckerbusse wählten, die hinten offen waren – mörderisch gefährlich, aber enorm praktisch und eines der berühmtesten Londoner Wahrzeichen. Die Doppeldecker – mit Fahrer und Schaffner, aber einem Zugang von hinten – waren chronisch überfüllt. Sie boten Joel die besten Chancen, sich unbemerkt hineinzuschleichen und mit der mageren Barschaft, die ihm zur Verfügung stand, nach Hause zu kommen.

Wie sich herausstellte, sollte dieses Unterfangen die Jungen über fünf Stunden kosten. Das lag nicht etwa daran, dass sie sich verirrten, nein, vielmehr zog die Fahrt sich endlos in die Länge, weil sie gleich nach dem ersten Umstieg an der Oxford Street ohne Fahrscheine erwischt und hinausgeworfen wurden. Vier weitere Busse tuckerten im Verkehrschaos der Einkaufsmeile an ihnen vorbei, ehe sich einer näherte, der so überfüllt war, dass der Schaffner vermutlich zu beschäftigt sein würde, um sie zu bemerken. Die Hoffnung trog sie nicht, aber auf der nächsten Etappe standen sie am Queensway wieder vor dem gleichen Problem. Dieses Mal brauchten sie sechs Busse – sie stiegen zu, fuhren ein, zwei Haltestellen und wurden hinausgeworfen; an der Chepstow Road landeten sie erneut auf der Straße. Joel entschied schließlich, den Rest zu Fuß zu gehen, da Toby sich seit dem YMCA nicht mehr übergeben hatte. Er roch zwar immer noch nicht besser, und er war offenkundig erschöpft, aber Joel nahm an, die Luft – so frisch sie in London denn sein konnte – werde ihm guttun.

Es war nach sieben Uhr abends, als sie endlich im Edenham Estate ankamen. Kendra empfing sie an der Tür. Sie war außer sich vor Sorge, denn Dix war schon vor Stunden zurückgekommen – einen Pokal in Händen –, hatte gefragt, wie es Toby gehe, und sich umgehend auf die Suche nach den Jungen gemacht, als er erfuhr, dass sie noch nicht wieder zu Hause waren. Kendra war so aufgeregt, dass sie kaum zusammenhängend sprechen konnte. »Wo wart ihr?«, rief sie. »Wo wart ihr denn nur? Dix is' euch suchen ... Sogar Ness hat sich aufgemacht ... Was is' passiert? Toby, Baby, bist du krank? Dix hat gesagt ... Joel, Gott verflucht. Warum hast du nicht angerufen? Ich wär doch ... Oh, mein Gott!« Sie zog sie beide an sich.

Joel war überrascht zu sehen, dass sie weinte. Er war nicht in der Lage zu begreifen, dass seine Tante so reagierte, weil sie geglaubt hatte, ihr unausgesprochener Wunsch, von der Last der Verantwortung befreit zu werden, habe sich erfüllt. Kendras Lektion hatte gelautet: Bedenke, worum du unbewusst bittest.

Während sie Toby ein Bad einließ und ihm die besudelte Kleidung auszog, redete sie, als stünde sie unter Drogen. Dix sei schon vor Stunden nach Hause gekommen, sagte sie. Mit seinem dämlichen Pokal in der Hand sei er durch die Tür gekommen – »*Natürlich* hat er gewonnen, ist doch klar« –, habe sich umgeschaut und gefragt, ob die Jungen gut heimgekommen seien. »Als hätte er nicht die geringste Sorge, dass ihr zwei den Weg quer durch die ganze verdammte Stadt findet, obwohl ihr noch nie im Leben am Barbican wart! Ich sag zu ihm, wovon redest du da eigentlich, Mann? Die Jungen waren doch bei dir, oder? Da sagt er, Toby hätte sich auf die Klamotten gekotzt, und da hätt er euch nach Hause geschickt.«

Joel, der auf dem Toilettendeckel saß und zusah, wie Kendra Toby mit einem eingeseiften Waschhandschuh und Shampoo bearbeitete, unterbrach sie: »Er hat uns nich' geschickt, Tante Ken. Ich hab ihm gesagt ...«

»Erzähl mir nich', wer wem was gesagt hat«, schimpfte Kendra. »Oh, ich kann mir schon vorstellen, dass er euch nicht gesagt hat, ihr *sollt* abhauen, aber er hat schon deutlich gemacht, was er *wollte,* oder? Lüg mich nicht an, Joel!«

»So war's echt nich'«, protestierte Joel. »Er war schon fast dran, vor den Preisrichtern aufzutreten. Er hätt's sausen lassen müssen. Und dabei hat er doch gewonn', oder? Das isses doch, was wichtig is'.«

Kendra drehte sich zu ihm um. »Gott im Himmel! Denkst du jetzt schon genauso wie er, Joel?« Sie wartete seine Antwort nicht ab, sondern wandte sich wieder Toby zu und fuhr fort, die Seife abzuspülen. Dann wickelte sie ihn in ein Badetuch und half ihm aus der Wanne. Sie föhnte ihm die krausen Haare, rubbelte ihn trocken und puderte ihm sogar die Haut ein. Toby sonnte sich in all der Aufmerksamkeit.

Sie brachte ihn ins Bett und versprach, ihm Ovaltine und Toastecken mit Butter und Zucker zu bringen. »Also, ruh dich einfach schön aus, Baby, bis Tante Kendra wiederkommt.«

Toby schaute blinzelnd zu ihr hoch, sprachlos über diesen unerwarteten Ausbruch mütterlicher Zuwendung. Er kuschelte sich unter die Bettdecke und wartete gespannt. Ovaltine und Zuckertoast waren Leckereien, die er in seinem jungen Leben erst selten hatte genießen dürfen.

Mit einer Kopfbewegung bedeutete Kendra Joel, ihr in die Küche zu folgen. Dort ließ sie sich die Geschichte von Anfang bis Ende erzählen. Dieses Mal gelang es ihr zuzuhören. Als er zum Ende seines Berichts über ihre Fahrt quer durch die Stadt kam, waren Ovaltine und Toastecken fertig. Sie reichte sie Joel und nickte zur Treppe hinüber. Dann schenkte sie sich ein Glas Wein ein, zündete eine Zigarette an und setzte sich an den Küchentisch.

Sie versuchte, sich über ihre Gefühle klarzuwerden. Ihre körperliche Verfassung, ihre Emotionen und ihre Psyche lagen im Widerstreit miteinander, und das war zu viel auf einmal. Sie bemühte sich, einen Fokus zu finden, als Dix durch die Tür trat.

»Ken, ich bin überall rumgefahren. Alles, was ich erfahren hab, is', dass Joel aufgebrochen is', wie er gesagt hat. Ein Straßenmusiker an der Bushaltestelle am Barbican hat mir erzählt ...«

»Er ist hier«, unterbrach Kendra. »Sie sind beide hier. Gott sei Dank.«

»Gott sei Dank« hieß auch: Das haben wir nicht *dir* zu verdanken. Ihr Tonfall und der Blick, den sie ihm zuwarf, waren unmissverständlich. Er geriet ins Stocken. Er wusste, dass Kendra ihm die Schuld für das gab, was passiert war, und das nahm er hin. Was er nicht verstand, war Kendras Stimmung. Dix wäre es natürlicher erschienen, wenn sie Erleichterung verspürt hätte, aber was sie ausstrahlte, war Feindseligkeit.

Er tastete sich behutsam vor: »Das ist gut. Aber was zum Teufel is' passiert? Warum sind sie nicht direkt nach Hause gekommen, wie Joel gesagt hat?«

»Weil sie kein Geld hatten«, entgegnete Kendra. »Was du offenbar vergessen hattest. Du hattest die verdammten Fahrkarten in deiner Sporttasche, Dix. Sie wollten deine *Konzentration* nicht stören, also haben sie versucht, mit dem Bus nach Hause zu kommen. Was sie natürlich nicht konnten.«

Dix' Sporttasche lag immer noch an der Treppe, wo er sie vor Stunden abgestellt hatte. Er musste noch nicht einmal hinschauen, um sie vor seinem geistigen Auge zu sehen: Als er nach dem Wettkampf seine eigene Fahrkarte für den Heimweg daraus hervorgefischt hatte, hatte er auch die zwei Fahrkarten der Jungen vorgefunden. »Mist«, sagte er. »Es tut mir ja so leid, Ken.«

»Es tut dir leid.« Kendra glich einem Geschoss, das ein Ziel suchte. »Du lässt einen Achtjährigen durch London irren ...«

»Er war bei Joel, Ken.«

»... und gibst ihm noch nicht mal Geld, um nach Hause zu kommen. Du lässt ein Kind, das sich von oben bis unten vollgekotzt hat, allein, und es soll sich in einer Stadt zurechtfinden, die es überhaupt nicht kennt.« Kendra hielt inne, um durchzuatmen; nicht weil sie ihren Zorn unter Kontrolle bringen, sondern weil sie ihre Gedanken ordnen wollte, um von einer Machtposition aus fortfahren zu können. »Du willst diesen Kindern ein Vater sein. Aber letzten Endes geht es doch immer nur um dich, nicht um sie. Darum, was *du* willst, nicht, was *sie* brauchen. Und so eine Sichtweise hat nichts damit zu tun, irgendwem ein Vater zu sein, kapiert?«

»Das ist nicht fair«, protestierte er.

»Du wolltest zu deinem Wettkampf, und das war das einzig Wichtige für dich. Nichts darf dich davon ablenken. Du bist genau wie dein dämlicher Arnold, und der würde sich nie von irgendetwas ablenken lassen, nicht mal von einer Atombombe und ganz bestimmt nicht von einem kranken kleinen Jungen. Konzentration ist das A und O. Und Gott weiß, du bist ein Mann, der sich konzentrieren kann.«

»Joel hat gesagt, er käm klar. Ich hab ihm vertraut. Wenn du jemanden fertigmachen willst, nimm dir Joel vor.«

»Du gibst *ihm* die Schuld? Er ist *zwölf,* Dix! Er glaubt, dein Wettkampf ist wichtiger als alles andere. War dir das nicht klar? *Ist* dir das nicht klar?«

»Joel hat gesagt, er würd ihn direkt nach Hause bringen. Wenn ich mich nich' drauf verlassen kann, dass Joel mir die Wahrheit sagt ...«

»Untersteh dich, ihm die Schuld zu geben! *Untersteh* dich!«

»Ich gebe niemandem die Schuld. Mir scheint eher, du bist diejenige, die hier 'nen Schuldigen sucht. Und ich frage mich, warum, Ken. Joel is' wieder da. Und Toby auch. Ich schätze, sie sind beide oben und belauschen uns. Alles is' in Ordnung. Also, die Frage is' doch: Was ist los mit *dir?*«

»Hier geht es nicht um mich.«

»Wirklich nich'? Also, warum suchst du 'n Sündenbock? Statt einfach erleichtert zu sein, dass Joel und Toby ohne Probleme wieder hier sind.«

»Sie sind fünf Stunden wie ausgesetzte Hunde durch London geirrt, verdammt noch mal! Was denkst du dir eigentlich?«

»Ich *wusste* doch nich' ... Ach, Scheiße, das hab ich doch schon gesagt.« Er winkte ab und wandte sich zur Treppe.

»Wo willst du hin?«, fragte sie.

»Unter die Dusche. Was ich nach dem Wettkampf übrigens nicht mehr getan hab, Ken, weil ich so schnell wie möglich herkommen wollte, um nach Toby zu sehen.«

»Und das war schon alles, was deine väterliche Opferbereitschaft hergegeben hat? Auf die Dusche nach dem Wettkampf zu verzichten, den du nicht sausen lassen wolltest, nachdem dein Junge sich vollgekotzt hat? Du willst, dass wir heiraten, um die Kinder vor dem Jugendamt zu bewahren, und das ist alles, was ich von dir als Vaterfigur erwarten kann?«

Er hob die Hand. »Du bist nur wütend. Wir reden später darüber.«

»Wir reden verdammt noch mal *jetzt* darüber«, widersprach sie. »Wag ja nicht, diese Treppe raufzugehen. Wag nicht, diesen Raum zu verlassen.«

»Und wenn doch?«

»Dann pack dein Zeug, und verschwinde!«

Er legte den Kopf schräg, zögerte, nicht weil er unentschlossen, sondern weil er überrascht war. Er verstand nicht, wie sie an diesen Punkt gelangt waren, und erst recht nicht, warum. Kendra spielte ein Spiel, dessen Regeln er nicht begriff. »Ich geh unter die Dusche, Ken«, sagte er. »Wir können über diese Sache reden, wenn du dich wieder beruhigt hast.«

»Dann will ich, dass du verschwindest«, entgegnete sie. »Ich habe in meinem Leben keinen Platz für selbstsüchtige Arschlöcher. Das Vergnügen hatte ich schon mal, und ich hab kein Interesse an einer Wiederholung. Wenn deine blöde Dusche dir wichtiger ist als ...«

»Du stellst mich auf eine Stufe mit ihnen? Mit welchem?«

»Ich schätze, du weißt, mit welchem.«

»Also? Das war's?« Er sah sich kopfschüttelnd um. Dann setzte er sich in Bewegung, aber nicht in Richtung Treppe, sondern zur Haustür. Bedauernd sagte er: »Du hast dich entschieden, Ken. Wie du willst.«

15

Dix' Auszug wirkte sich auf jedes Familienmitglied anders aus. Ness begann, durchs Haus zu stolzieren, als habe sie eine lang ersehnte Veränderung bewirkt. Kendra stürzte sich in ihre Arbeit und erwähnte die Tatsache, dass Dix nicht mehr da war, mit keinem Wort. Toby hielt Dix' Verschwinden für das Werk eines Unsichtbaren, den er Maydarc nannte. Und Joel erlebte zum zweiten Mal in seinem Leben einen kreativen Schub und verfasste Gedichte.

Er hätte nicht zu erklären vermocht, worum es in seinen Gedichten eigentlich ging. Auch hätte er diesen Ausbruch kreativer Energie nie zu seiner Quelle zurückverfolgen können: Dix' Auszug. Alles, was er über seine Verse hätte sagen können, war, dass sie eben waren, was sie waren, und von einem Ort kamen, den er nicht benennen konnte.

Er zeigte sie niemandem – bis auf eine Ausnahme. Nach langem Überlegen und Ringen mit sich wählte er ein Gedicht aus und überreichte es eines Abends bei *Führt Worte statt Waffen* Adam Whitburn. Er hatte an der Kellertür herumgelungert und darauf gewartet, dass der junge Rasta sich auf den Heimweg machte. Joel drückte es ihm stumm in die Hand, und dann stand er da, in angstvoller Erwartung, während Adam las. Schließlich sah dieser auf, warf Joel einen merkwürdigen Blick zu und las noch einmal. Dann gab er ihm das Blatt zurück und fragte: »Haste das Ivan gezeigt?«

Joel schüttelte den Kopf.

»Mann, das musste ihm zeigen«, drängte Adam. »Überhaupt, warum lieste's nich' vor? Du hast was Besonderes, Bruder. Das müssen alle sehen.«

Aber das war für Joel unvorstellbar. Adam Whitburns Würdigung bereitete ihm Freude, und das reichte ihm. Nur Ivans

Würdigung hätte ihm noch mehr bedeutet. Was den Rest anging – das öffentliche Vorlesen, das Analysieren und Kritisieren, die Gelegenheit, bei »Du hast das Wort« Geld, Urkunden oder sonstige Anerkennung zu gewinnen –, all das hatte für Joel an Wichtigkeit verloren, während seine Freude am Schaffensprozess wuchs.

Das Kritzeln, Durchstreichen, blicklos an die Decke Starren und wieder Kritzeln versetzte ihn in einen völlig veränderten Zustand. Er hätte ihn niemals beschreiben können, aber er freute sich immer darauf, wenn es ihm gelang, sich dort hineinzuversetzen. Das Schreiben bot ihm eine Zuflucht, mehr noch: ein Gefühl von Ganzheit, das er nie zuvor gekannt hatte. Er nahm an, was er fühlte, war so ähnlich wie das, was Toby empfand, wenn er sich nach Sosi zurückzog oder seine Lavalampe anstarrte oder sie auch nur durchs Haus trug. Es veränderte die Dinge, machte die Tatsache unbedeutender, dass ihr Vater tot und ihre Mutter in der Psychiatrie eingesperrt war.

So war es nur natürlich, dass er diese Zuflucht so oft wie möglich suchte. Beim Schreiben konnte er die Welt aussperren, und selbst wenn er mit Toby nach Meanwhile Gardens hinüberging, weil sein kleiner Bruder den Skatern zuschauen wollte, konnte Joel sich mit seinem Notizblock auf dem Schoß auf eine Bank am Rande der Skate-Bowl setzen, Wörter aus dem Nichts hervorzaubern und zusammenfügen, so wie er es an dem Abend getan hatte, da man ihn zum Meister von morgen ernannt hatte.

Genau damit war er beschäftigt, und Toby saß auf dem Rand der tiefsten Skate-Bowl, als sich jemand neben ihn setzte und fragte: »Was machste'n da? Wohl kaum Hausaufgaben um diese Jahreszeit. Und wo warste überhaupt, Joel? In Urlaub oder so?«

Joel schaute auf und ertappte Hibah dabei, wie sie versuchte, einen Blick auf sein Werk zu erhaschen. Sie habe ihrem Dad gerade sein Essen ins Busdepot gebracht, erklärte sie. Ihre Mum erwarte sie zu Hause und werde wahrscheinlich ihren Dad auf dem Handy anrufen, wenn Hibah nicht zur erwarteten Zeit heimkam, und das war in etwa einer Viertelstunde.

»Sie sagen, sie hätten mich geseh'n«, vertraute Hibah ihm an. »Und sie sagen, ihnen hat nicht sonderlich gefall'n, *was* sie geseh'n haben. Aber ich weiß es genau, es war nur die blöde Schlampe von der Kensal-Bücherei, die mich geseh'n hat. Denn wenn es wirklich meine Eltern gewesen wären, dann käm ich nich' mehr aus dieser dämlichen Wohnung, bis ich heirate, ganz egal wie hungrig mein Dad is'. Verstehste, die wollen, dass ich *denke*, sie hätten mich geseh'n, aber in Wirklichkeit sind sie sich nich' sicher, was eigentlich gelaufen is'. Und weil die blöde Büchereikuh uns sowieso nich' leiden kann, sind sie nich' sicher, ob es wirklich so war, wie sie gesagt hat.«

Sie war also in unpassender Gesellschaft gesehen worden, folgerte Joel. Er konnte sich gut vorstellen, um wen es sich dabei gehandelt hatte, und er schaute sich nervös um. Er legte keinen Wert auf einen neuerlichen Zusammenstoß mit Neal Wyatt. Doch die Luft schien rein. Es war ein schöner Tag, und es waren viele Leute im Park, aber Neal war nicht darunter.

»Also, was machste'n da?«, fragte Hibah. »Lass ma' seh'n.«

»Nur Gedichte«, antwortete Joel. »Aber ich kann sie noch nich' zeigen. Sie sind noch nich' fertig.«

Hibah lächelte. »Wusste gar nich', dass du 'n Dichter bis', Joel Campbell. Schreibste in Reimen? Raptexte oder so? Komm schon. Lass ma' seh'n! Ich hab noch nie 'n leibhaftiges Gedicht gelesen.« Sie wollte ihm den Notizblock aus der Hand reißen, aber er hielt ihn außerhalb ihrer Reichweite hoch. »*Komm* schon«, verlangte sie lachend. »Nu' sei doch nich' so. Gehste zu diesem Schreibkurs in Oxford Gardens? Ich kenn 'ne Frau, die da hingeht. Dieser Ivan von der Schule hat auch was damit zu tun.«

»Er leitet die Gruppe.«

»Also, warste da? Komm schon, lass seh'n! Ich versteh nich' viel von Gedichten, aber ich kann sagen, ob sie sich reimen.«

»Die hier sollen sich gar nich' reimen«, klärte Joel sie auf. »Das sind nich' solche Gedichte.«

»Was für welche denn dann?« Versonnen sah sie zu einer der jungen Eichen hinüber, die hier und da auf den Hügeln des

Parks wuchsen. Junge Männer und Frauen hatten es sich dort bequem gemacht: Sie dösten, hielten einander in den Armen oder waren sogar regelrecht ineinander verschlungen. Hibah grinste. »Liebesgedichte!«, rief sie. »Joel Campbell. Haste etwa 'ne Freundin? Isse hier irgendwo? Hm. Ich merk schon, du willst es nich' sagen, also woll'n wir doch ma' seh'n, ob ich sie herlocken kann. Ich wette, ich weiß, wie.«

Den Schalk im Nacken, rückte sie näher, bis ihre Oberschenkel einander berührten. Sie legte den Arm um seine Taille und den Kopf an seine Schulter. So verharrte sie einige Minuten lang, während Joel schrieb und Hibah kicherte.

Hibahs zärtliche Geste zeigte Wirkung, allerdings nicht wie erwartet. »Was soll der Scheiß …!«, schrillte es vom Fußweg am Grand Union Canal herüber, und Joel musste nicht erst hinsehen, um zu wissen, wer gerufen hatte. Und schon kam Neal Wyatt über den Rasen gestürmt.

Seine drei Kumpel blieben auf dem Weg zurück. Sie waren in Richtung Great Western Road unterwegs gewesen, und anscheinend waren sie der Auffassung, dass Neal lieber allein regeln sollte, was immer er zu regeln hatte. Als er sich an Hibah wandte statt an Joel, war klar, worum es hier gehen würde.

»Was treibst du hier, verdammte Scheiße«, verlangte er zu wissen. »Ich sag, wir treffen uns hier, und du brings' *den da* mit? Was soll das?«

Hibah nahm den Arm nicht von Joels Taille, wie ein anderes Mädchen es vielleicht getan hätte. Vielmehr sah sie unverwandt zu Neal hoch und zog Joel fester an sich. Sie war zwar nicht eingeschüchtert, allerdings erschrocken und verwirrt. »Was?«, fragte sie. »Wie redest du eigentlich mit mir, Neal? Was is' los?«

»Respektlosigkeit, das is' los«, antwortete er. »Wenn du mit diesem Scheißkerl rumhängs', biste auch nich' besser als er. Und meine Freundin treibt sich nich' mit Scheißkerl'n rum. Kapiert?«

»Hey! Ich frag noch ma': Wie redes' du eigentlich mit mir? Ich bin hergekomm', wie du wolltes', und hab 'nen Freund getroffen. Wir haben uns unterhalten, er und ich. Haste damit ein Problem oder was?«

»Hör zu. *Ich* sag dir, mit wem du dich unterhalten darfs'. Und dieser Gelbarsch hier ...«

»Was is' eigentlich los mit dir, Neal Wyatt?«, unterbrach Hibah. »Biste jetz' durchgeknallt oder so? Das is' Joel, und er is' noch nich' mal ...«

Neal machte einen Schritt auf sie zu. »Ich zeig dir, was los is'.« Er packte sie am Arm und zog sie auf die Füße. Dann zerrte er sie zu seinen Freunden hinüber.

Joel hatte keine Wahl. Er stand auf. »Hey!«, sagte er. »Lass sie in Ruhe! Sie hat nix gemacht, was respektlos ...«

Neal warf ihm einen verächtlichen Blick zu. »Du wills' mir vorschreiben ...«

»Genau. Was für 'n Proll bist du eigentlich, dass du auf ein Mädchen losgehst? Wahrscheinlich derselbe Proll, der sich an 'nem Krüppel auf der Harrow Road vergreift.«

Diese Erinnerung an ihre letzte Begegnung und den darauf folgenden Polizeieinsatz veranlasste Neal dazu, Hibahs Arm freizugeben. Er wandte sich zu Joel um. »Diese Schlampe gehört mir«, erklärte er. »Und du, misch dich gefälls' nich' ein!«

Hibah rief: »Neal, warum machste denn so 'n Aufstand? Du redes' doch sonst nie so. Du und ich ...«

»Halt's Maul!«

»Das werd ich nich'!«

»Du tus', was ich dir sag, und wenn nich', setzt's 'n paar.«

Sie baute sich vor ihm auf. Ihr Kopftuch hatte sich gelockert, und jetzt fiel es ganz zurück und entblößte ihr Haar. Dies war nicht der Neal Wyatt, den sie kannte, und auch nicht der, für den sie alles aufs Spiel setzte, vom Wohlwollen ihrer Eltern bis hin zu ihrem Ruf. »Wenn du weiter so mit mir redes', sorg ich dafür ...«

Er ohrfeigte sie. Vor Überraschung taumelte sie zurück.

»Hibah, geh lieber nach Hause ...«

Der Umstand, dass Joel Hibah – Neals Freundin – sagte, was sie zu tun habe, hätte ausgereicht, den Beobachtern einen kollektiven Schreckenslaut zu entlocken, hätte irgendwer auch nur das geringste Interesse an der Szene gezeigt. Aber niemand der Nachbarn, die den schönen Tag im Park genossen, war geneigt zu verhindern, was als Nächstes geschah.

Neal stürzte sich auf ihn. Er legte Joel die Hände um die Kehle, Joel ging zu Boden, und Neal ließ sich mit einem Triumphschrei auf ihn fallen.

»Du beschissener kleiner ...«, begann Neal, aber mehr sagte er nicht, sondern ließ die Fäuste auf Joels Gesicht niederfahren. Hibah schrie Neals Namen, vergebens. Neal war nicht gewillt, sich von ihr aufhalten zu lassen.

Joel schwang unter ihm die Fäuste und versuchte erfolglos, Neals Gesicht zu treffen. Er trat und wand sich, um sich zu befreien. Er spürte Neals Fausthiebe seitlich am Kopf. Und er spürte Neals Spucke im Gesicht. Zwischen jedem einzelnen Faustschlag hörte er die Skater in der Bowl herumwirbeln – und Hibahs gedämpfte Rufe.

Dann lagen Neals Hände wieder um Joels Hals. »Arschloch«, keuchte er, »ich mach dich ...«, während er immer fester zudrückte. Joel versuchte, ihm das Knie in den Unterleib zu stoßen, doch es gelang ihm nicht. Hibah schrie, und Joel hörte Toby seinen Namen rufen.

Und dann endete die Schlägerei so plötzlich, wie sie begonnen hatte. Nicht Ivan Weatherall machte ihr dieses Mal ein Ende, auch nicht Hibahs Flehen, Tobys angstvolle Tränen oder das Einschreiten der Polizei. Vielmehr war einer von Neals Kumpeln endlich herbeigeeilt und zerrte Neal zurück. »Bruder, du *solls'* doch nich' ...« Dann brach er abrupt ab und erklärte ganz sachlich: »Das reicht fürs Erste, okay?«

Neal ließ von Joel ab, richtete sich auf – und rückte gleichzeitig die Hackordnung in seiner Clique zurecht, die kurzzeitig infrage gestanden hatte. Joel blieb am Boden liegen, eine blutende Platzwunde über dem linken Auge, und rang keuchend um Atem.

Hibah war auf der Bank in sich zusammengesunken und wiegte sich vor und zurück, verängstigt und entsetzt über diesen Neal, den sie nie zuvor so gesehen hatte und den sie nicht kannte, und presste die Faust vor den Mund.

Toby war von der Skate-Bowl herübergerannt. Er hatte seine Lavalampe mit auf den Ausflug genommen, und das Kabel schleifte durchs Gras. Er weinte. Joel rappelte sich auf die Knie, in dem Versuch, seinen Bruder zu beschwichtigen. »Schon gut, Tobe«, murmelte er. »Is' schon gut, Mann.«

Toby stolperte auf ihn zu. »Er hat dich gehau'n«, heulte er. »Du blutest im Gesicht. Er wollte …«

»Is' okay.« Joel kam taumelnd auf die Füße. Für einen Moment drehte Meanwhile Gardens sich um ihn, als säße er auf einem Karussell. Er drückte sich den Arm vors Gesicht. Als er ihn wieder sinken ließ, war Blut darauf. Er schaute zu Neal.

Neal keuchte zwar noch, aber er sah nicht mehr aus, als wolle er über Joel herfallen. Stattdessen machte er einen Schritt auf Hibah zu.

Sie sprang auf. »Du …«

»Hör zu«, sagte er und schaute zu seinen Freunden hinüber. Zwei schüttelten die Köpfe. Eindringlich zischte er: »Wir müssen *reden*, Hibah.«

»Ich sterbe lieber, bevor ich je wieder mit dir rede«, erwiderte sie.

»Du kapiers' nich', was hier läuft.«

»Ich kapier alles, war ich kapieren muss, Neal Wyatt.« Mit diesen Worten marschierte sie davon, und Neal schaute ihr ebenso nach wie alle anderen. Joel sagte nichts, aber das war auch nicht nötig. Für Neal war allein Joels Anwesenheit Ursache und schuld an diesem Debakel, und er nickte finster zu Joel und seinen Bruder hinüber. »Du bis' fertig«, sagte er. »Du und der Schwachkopf. Kapiert?«

»Ich bin nich' …«, begann Joel.

»Ihr seid am Arsch, Gelbgesicht. Alle beide. Beim nächsten Mal krieg ich euch.« Er wies zum Pfad hinüber. Sein Kumpel verstand die Aufforderung und ging voraus, sodass er und Neal sich dem Rest ihrer Clique wieder anschließen konnten.

Anfangs genoss Ness Dix' Abwesenheit. Doch die langfristige Zufriedenheit, die sie sich von seinem Auszug erhofft hatte, wollte sich nicht einstellen. Sie war froh, dass sie nicht mehr Nacht für Nacht dem rhythmischen Quietschen von Kendras Bett lauschen musste, und sie war auch froh, dass sie und ihre Tante, jetzt da er weg war, wieder ungefähr auf Augenhöhe zu sein schienen. Doch darüber hinaus bereitete ihr Dix' Auszug keine anhaltende Freude. Sie hasste ihn für seine Zurückweisung, und doch wollte sie sich noch immer beweisen, dass sie ihm als Frau ein Dutzend Mal so viel zu bieten hatte wie ihre Tante.

Die Vorstellung, wieder in Kendras Schlafzimmer zu ziehen und das Bett mit ihr zu teilen, auch wenn dies die Erlösung von der Wohnzimmercouch bedeutet hätte, reizte sie nicht und gab ihr auch kein Gefühl von Befriedigung oder Macht. Kendra bot es ihr an, doch Ness lehnte ab. Sie konnte sich einfach nicht vorstellen, in dem Bett zu schlafen, das Dix D'Court erst vor so kurzer Zeit geräumt hatte, und selbst wenn das nicht der Fall gewesen wäre – in einem Zimmer mit Kendra zu wohnen, bot Ness nicht gerade die Art von Privatsphäre, die sie wollte. Sie gehörte nicht ins Schlafzimmer ihrer Tante. Sie wusste – auch wenn sie das niemals offen zugegeben hätte –, dass Dix dorthin gehörte. Und sie wusste, dass Kendra sie nicht wirklich dort haben wollte.

So fühlte sie sich schließlich miserabel, obwohl sie eigentlich frohlocken sollte. Sie musste einen Weg finden, sich endlich wieder einmal gut zu fühlen, und sie wusste auch, wie sich das bewerkstelligen ließ.

Dieses Mal wählte sie die Kensington High Street. Sie fuhr mit dem Bus, stieg unweit der Kirche St. Mary Abbots aus und schlenderte hügelabwärts zu dem Blumenstand vor dem Kirchhof. Von dort aus verschaffte sie sich einen Überblick über die Lage, während in ihrem Rücken Tuberosen, Lilien, Farne und Schleierkraut zu kunstvollen Sträußen gebunden wurden.

Die Kensington High Street war seit 1690 ein Einkaufsparadies, denn der Oranierkönig William und seine Gattin Mary waren zu jener Zeit auf der Suche nach weniger verpesteter Luft für den asthmatischen Regenten dorthin gezogen, als Kensington noch eine Parklandschaft zwischen den beiden von Westen kommenden Straßen nach London war. Dort hatten sie ein Landhaus zu einem Palast ausbauen lassen, und der musste mit allem versorgt werden. Vom Bäcker bis zum Eisenwarenhändler hatten sich alle nur denkbaren Geschäftsleute dort angesiedelt. Das Ladenangebot hatte sich im Laufe der über dreihundertjährigen Geschichte ebenso verändert wie sein Aussehen, aber es war immer noch vorhanden und umfangreich. Ness konnte also aus dem Vollen schöpfen: Sie hatte die Wahl zwischen gut sortierten Kaufhäusern bis hin zu verschiedenen Mode-Outlets, die preiswerte, aber trendige Kleidung und Accessoires für unter Zwanzigjährige darboten.

Sie entschied sich zuerst für H&M, wo die schiere Menge potenzieller Käufer und die Ständer voller Textilien indischer Herkunft ihr gute Beute versprachen und wo sie in der Masse ihrer Altersgenossen untertauchen konnte. Sie schlenderte von einem Stockwerk zum nächsten, auf der Suche nach etwas, das sie ebenso herausfordern wie erfreuen konnte, aber sie fand nichts, das ihr nicht bei näherer Betrachtung langweilig erschien. Also ging sie wieder auf die Straße hinaus und weiter zu Accessorize, wo der Reiz der Gefahr viel größer war, denn der Laden war winzig und Ness' Foto hing neben denen anderer unerwünschter Personen an der Kasse. Doch auch hier war es voll, sodass sie mühelos hineinkam – nur um festzustellen, dass die Ware an diesem Tag nicht interessant genug war, um ihr bei einem erfolgreichen Diebstahl das Hochgefühl zu geben, nach dem sie sich sehnte.

Nachdem sie es auch bei Top Shop und Monsoon erfolglos versucht hatte, betrat sie schließlich ein großes Warenhaus und entschied: Hier sollte es sein. Ein klügeres Mädchen mit diebischen Absichten hätte sich vielleicht gegen diesen Tatort entschieden, denn hier gab es keine Menschenmengen, in denen man abtauchen konnte, und als dunkelhäutiger Teenager in freizügiger Kleidung und mit wilder Mähne fiel Ness hier auf wie eine Sonnenblume im Erdbeerfeld. Aber die Ware sah hochklassig aus, und das gefiel Ness. Ein mit Pailletten besetztes Haarband fiel ihr ins Auge. Das wollte sie haben.

Dieses Haarband befand sich an einer für Ness' Zwecke außerordentlich glücklichen Stelle: Auf einem Bord, keine zwei Schritt vom Ausgang entfernt, schrie es förmlich danach, geklaut zu werden. Sie nahm es genauer in Augenschein und befand es ihrer Mühe für würdig. Sie überblickte ihre unmittelbare Umgebung, um sicherzustellen, dass sie, wenn schon nicht gänzlich unbeobachtet, so doch nahe genug am Ausgang war, um sich davonmachen zu können, sobald das Haarband in ihrer Tasche verschwunden war.

Niemand in der Nähe schien ihr besondere Aufmerksamkeit zu widmen. Am Sockenregal stand ein älterer Mann, der zu ihr herübersah, aber sie erkannte an seinem Ausdruck, dass dieser Blick nicht von seiner Sorge rührte, sie könne mit unbezahlter Ware aus dem Laden spazieren, sondern allein auf ihr großzügiges Dekolleté gerichtet war. Verächtlich drehte sie sich weg.

Ness hatte ihr Objekt der Begierde im Auge und spürte die nervöse Energie in ihren Armen kribbeln. Der euphorische Rausch, den sie ersehnte, kündigte sich an. Alles, was Ness tun musste, war, zwei Haarbänder vom Regal zu nehmen, sie fallenzulassen, sich zu bücken und sie aufzuheben, dann aber nur eines wieder zurückzulegen, während das andere in ihre Tasche wanderte. Es war einfach, schnell und sicher, so als nähme man einem Kleinkind seinen Lolli weg, einem Kätzchen das Futter, so als stelle man einem Blinden ein Bein oder irgendetwas in dieser Art.

Mit dem erbeuteten Haarband in der Tasche verließ sie das Kaufhaus. Sie ging so lässig wie beim Eintreten, und sie verspürte eine Mischung aus Wärme und Erregung, als sie sich draußen unter eine Gruppe Einkaufsbummler mischte.

Weit kam sie nicht. Angespornt von ihrem Erfolg, beschloss sie, es als Nächstes bei Tower Records zu versuchen, und sie wollte gerade die Straße dorthin überqueren, als der Alte, den sie im Kaufhaus gesehen hatte, sich ihr in den Weg stellte.

»So nicht, Herzchen«, sagte er und packte sie am Arm.

»Was fällt dir ein, Mann?«, entgegnete sie.

»Ich würde gern den Kassenbeleg für die Ware sehen, die du in der Tasche hast. Komm mal mit.«

Er war viel kräftiger, als er aussah. Tatsächlich erkannte Ness bei genauerem Hinsehen, dass er überhaupt kein Rentner war. Er war nicht so buckelig, wie er im Kaufhaus gewirkt hatte, und sein Gesicht war nicht so faltig, dass es zu seinem schütteren grauen Haar gepasst hätte. Trotzdem war ihr noch nicht klar, welche Rolle er spielte, und sie fuhr fort, lautstark zu protestieren, als er sie zur Kaufhaustür zurückzerrte. Drinnen eskortierte er sie einen Gang entlang zum hinteren Bereich der Verkaufsfläche und dann durch eine Schwingtür in die Eingeweide des Gebäudes. Ehe sie sichs versah, ging es hindurch und eine Treppe hinab.

Hitzig fragte sie: »Wo bringste mich eigentlich hin?«

»Dorthin, wo ich alle Ladendiebe hinbringe, Herzchen.«

Da ging ihr endlich auf, dass der Mann, den sie für einen Rentner gehalten hatte, der Kaufhausdetektiv war. Sie blieb abrupt stehen und wehrte sich, soweit sein Griff um ihren Arm es zuließ. Sie steckte in ziemlichen Schwierigkeiten – sie war bereits auf Bewährung verurteilt und musste gemeinnützige Arbeit leisten, und sie verspürte nicht das geringste Bedürfnis, schon wieder vor dem Richter zu landen, wo sie dieses Mal garantiert Schlimmeres erwartete als nur weitere Stunden in der Kindertagesstätte.

Am Fuß der Treppe gelangten sie in einen schmalen, linoleumgefliesten Flur. Ab hier war es ihr kaum noch möglich zu fliehen. Sie nahm an, er brachte sie in den Raum, wo Ladendiebe verwahrt wurden, bis ein Constable von der Earls Court Road heraufkam, und sie fing an, sich eine Geschichte für den Beamten zurechtzulegen. Sie würde reichlich Zeit haben, sie auszuschmücken, wo immer der Mann sie einzusperren gedachte – bestenfalls in einem fensterlosen Kämmerlein, nahm sie an, schlimmstenfalls in einer richtigen Zelle.

Es war weder das eine noch das andere. Der Kaufhausdetektiv öffnete eine Tür und schob sie in einen Umkleideraum, wo es nach Schweiß roch und nach Desinfektionsmittel. Graue

Spinde reihten sich zu beiden Seiten die Wände entlang, und in der Mitte stand eine schmale, unlackierte Holzbank.

Ness sagte: »Ich hab überhaupt nix gemacht, Mann. Wieso schleppst du mich hierher?«

»Das weißt du genau. Und wir könnten einfach deine Handtasche öffnen und nachsehen.« Der Mann wandte sich um und schloss die Tür ab. Der Riegel rastete mit einem Geräusch ein, das einem Pistolenschuss glich. Der Detektiv streckte die Hand aus. »Her mit der Tasche«, befahl er. »Und denk daran: Für solche wie dich stehen die Dinge besser, wenn ich der Polizei sagen kann, dass du von Anfang an kooperativ warst.«

Ness hasste die Vorstellung, ihm ihre Tasche zu überlassen. Sie tat es trotzdem, denn sie wollte kooperativ erscheinen. Wie jeder Mann es getan hätte, machte er sich ungeschickt an den Verschlüssen zu schaffen. Als er sie aufgebracht hatte, leerte er den Inhalt der Handtasche aus – und da war das Corpus Delicti. Die Pailletten glitzerten im Deckenlicht. Er hob es auf, ließ es von einem Finger baumeln, betrachtete es und sah dann zu Ness. »Und?«, fragte er. »War's das wert?«

»Wovon redeste eigentlich?«

»Ich frage dich, ob ein Ding wie das hier es wert ist, gestohlen zu werden, wenn du dafür eingesperrt werden könntest?«

»Du behauptest, ich hätt's gestohlen. Stimmt aber nich'.«

»Wie kommt es dann in deine Tasche?«

»Keine Ahnung«, entgegnete sie. »Ich hab das Ding noch nie geseh'n.«

»Und wer soll dir das abkaufen? Zumal ich bezeugen kann, dass du zwei in die Hand genommen, sie dann fallen lassen und nur eines zurückgelegt hast. Das eine war dieses hier mit den Silberplättchen, das andere hatte rote und blaue. Wem, denkst du, wird man glauben? Bist du vielleicht vorbestraft?«

»Wovon labers' du eigentlich …«

»Das weißt du ganz genau. Und ich schätze, du *bist* vorbestraft. Du hast schon Ärger mit der Polizei gehabt. Das Allerletzte, was du willst, ist, dass ich sie anrufe. Es steht dir klar und deutlich ins Gesicht geschrieben, also streite es nicht ab.«

»Du weißt gar nix.«

»Wirklich nicht? Dann macht es dir also nichts aus, wenn ich die Polizei hole, ihnen meine Geschichte erzähle und du deine? Was meinst du wohl, wen sie für glaubwürdiger halten, ein vorbestraftes Früchtchen wie dich, das obendrein wie eine Nutte rumläuft, oder einem aufrechten Bürger wie mir, der zufällig in diesem Kaufhaus angestellt ist?«

Ness schwieg. Sie bemühte sich, gleichgültig zu wirken, aber in Wahrheit war sie das ganz und gar nicht. Sie wollte keine neuerliche Begegnung mit der Polizei, und die Tatsache, dass ihr genau das bevorstand, machte sie wütend. Dass sie jemandem ausgeliefert war, der offensichtlich Katz und Maus mit ihr spielen wollte, ehe er sie den Behörden übergab, machte es noch schlimmer. Sie spürte Tränen der Hilflosigkeit und des Zorns aufsteigen.

Der Detektiv sah diese Tränen und richtete seine Strategie danach aus: »Wenn's hart auf hart kommt, bist du gar nicht mehr so taff, wie? Du siehst taff aus, benimmst dich taff, redest taff, aber wenn's brenzlig wird, willst du nach Hause laufen und dich verkriechen wie alle anderen, stimmt's? Möchtest du nach Hause? Die ganze Geschichte hier vergessen?«

Ness sagte immer noch nichts. Sie wartete. Sie ahnte, dass er auf etwas Bestimmtes hinauswollte, und sie irrte sich nicht. Der Mann beobachtete sie, wartete auf eine Reaktion. Schließlich fragte sie misstrauisch: »Was? Soll das heißen, du lässt mich geh'n?«

»Wenn du tust, was ich dir sage«, antwortete er. »Ich bin der Einzige, der über diese Sache hier Bescheid weiß.« Er ließ das Haarband wieder von seinem Finger baumeln. »Ich lass dich laufen und leg es dahin zurück, wo es hingehört. Wir brauchen kein Wort mehr darüber zu verlieren.«

Ness dachte darüber nach und wusste, es gab keine Alternative. »Und was?«, fragte sie.

Er lächelte. »Zieh dein T-Shirt aus. BH auch, falls du einen trägst, was ich bezweifle. Ich kann ja jetzt schon fast alles sehen.«

Ness schluckte. »Wozu? Was willst du ...«

»Möchtest du hier raus? Ohne Scherereien? Dann zieh das T-Shirt aus, und lass sie mich ansehen! Ich will sie sehen. Ich möchte sehen, was du hast.«

»Das is' alles? Dann lässte mich ...«

»Zieh dich aus!«

Es war nicht schlimmer, als vor Dix D'Court den Morgenrock zu öffnen, redete sie sich ein. Und es war todsicher nicht schlimmer als all die anderen Dinge, die sie schon gesehen, getan und erlebt hatte ... Und das Einzige, was zählte, war, dass sie ohne Polizeieskorte aus diesem Laden würde spazieren können.

Sie biss die Zähne zusammen. Es war egal. Alles war egal. In einer einzigen, schnellen Bewegung zog sie sich das T-Shirt über den Kopf und streifte es ab.

»Dreh dich zu mir um«, befahl er. »Versuch nicht, die Arme vor dich zu halten. Das tust du bei all den anderen Kerlen auch nicht, oder? Lass das T-Shirt fallen! Lass die Arme herunterhängen!«

Sie tat es. Sie stand da. Er verschlang sie mit gierigen Blicken, und er atmete schwer. Er schluckte so mühsam, dass sie es deutlich hörte, obwohl sie drei Meter von ihm entfernt stand. Zu weit weg, wie sich herausstellte. »Eins noch«, sagte er.

»Du hast gesagt ...«

»Das war, bevor ich sie gesehen hab. Komm her, na los.«

»Ich werd auf keinen Fall ...«

»Willst du, dass sich die Sache hier erledigt?«, fragte er und hielt das Haarband wieder hoch.

Dann wartete er. Er war sich seiner Sache absolut sicher, wie jemand, der schon oft zuvor hier gestanden und die Gelegenheit beim Schopfe ergriffen hatte.

Ness trat näher. Sie sah keine andere Möglichkeit. Sie wappnete sich für das, was kommen würde, und als er die Hand auf ihre Brust legte, versuchte sie, nicht zu erschaudern, obwohl sie ein Prickeln in der Nase spürte – Vorbote gänzlich nutzloser Tränen. Seine ganze Hand bedeckte ihre Brust, die Spitze lag im weichen Polster seiner Handfläche. Dann griffen seine Finger zu. Er zog sie näher.

Als sie nur noch einen halben Schritt von ihm entfernt stand, sah er ihr ins Gesicht. »Wir können all das hier unter den Teppich kehren«, sagte er. »Du verschwindest und gehst nach Hause zu Mami. Niemand muss erfahren, dass du dies oder jenes hast mitgehen lassen. Ist es das, was du willst?«

Eine Träne rann ihr über die Wange.

»Du musst es sagen«, erklärte er. »Du musst sagen, dass du es willst.«

Mühsam brachte sie hervor: »Ja.«

»Nein, du musst es sagen, Herzchen.«

»Ja, das will ich.«

Er lächelte. »Wusst ich's doch«, sagte er. »Mädchen wie du wollen das immer. Du hältst jetzt schön still, und ich gebe dir, was du willst, Herzchen. Tust du das für mich? Gib Antwort.«

Ness atmete tief durch. »Ja.«

»Aus freien Stücken?«

»Ja. Ich tu's.«

»Wie schön«, sagte er. »Du bist ein gutes Mädchen.« Dann beugte er sich vor und fing an zu saugen.

Sie kam zu spät zur Kindertagesstätte. Sie legte den Rückweg von der Kensington High Street nach Meanwhile Gardens zurück und zwang sich, nicht an den Umkleideraum zu denken, aber die Anstrengung, die das erforderte, machte sie innerlich rasend. Der Zorn brachte neue Tränen mit sich, und die Tränen führten zu noch größerer Wut. Sie würde zurückgehen und am Personaleingang warten – an der Tür, zu der er sie schließlich gebracht hatte, um sie mit einem freundlichen »Jetzt lauf, Herzchen« in eine Seitengasse zu entlassen –, und wenn er am Feierabend herauskam, würde sie ihn umbringen. Sie würde ihm genau zwischen die Augen schießen, und was sie danach mit ihr taten, war gleichgültig, denn er würde tot sein, und das hatte er verdient.

Sie redete sich ein, sie hätte keine Lust, auf den Bus zu warten, der sie die Kensington Church Street hinauf und zur Ladbroke Grove gebracht hätte. In Wahrheit wollte sie einfach nicht gesehen werden. Zu Fuß fühlte sie sich irgendwie unsichtbar. Ein Gefühl der Demütigung – dessen Existenz sie sich nicht eingestand – spülte über sie hinweg. Der einzige Weg, es nicht zu spüren, war, wütend in Richtung Kindertagesstätte zu stapfen. Rücksichtslos drängte sie sich durch die Massen der Einkaufsbummler und suchte nach irgendetwas, das sie zerstören konnte, als die Menge sich lichtete und sie den vergleichsweise leeren Bürgersteig der Holland Park Avenue entlangging, wo niemand in der Nähe war, den sie anrempeln und beschimpfen konnte. Ihr blieb nichts anderes übrig, als einfach nur weiterzugehen und ihren Gedanken auszuweichen.

In Notting Hill bestieg sie schließlich einen Bus, der gerade an der Haltestelle hielt. Doch auch dieser Bus brachte sie nicht pünktlich zur Arbeit. Mit anderthalbstündiger Verspätung trat sie durch das Tor im Zaun auf den Spielplatz, wo drei kleine Kinder unter den wachsamen Blicken ihrer Mütter in einem flachen Teich planschten.

Der Anblick von diesen Kindern und Müttern machte Ness noch wütender. Es war, als blase man Luft in einen übervollen Ballon.

Sie trat mit so viel Schwung ins Gebäude, dass die Tür krachend gegen die Wand flog. Mehrere Kinder waren dabei, mit Holzleim, Spanplatten, Muscheln und Glasperlen ein Gemeinschaftskunstwerk zu schaffen. Majidah war in der Küche. Die Kinder schauten mit großen Augen auf, und Majidah kam in den Hauptraum. Ness machte sich bereit für die Strafpredigt der pakistanischen Frau: Lass sie doch. Sie soll nur loslegen.

Majidah musterte sie mit verengten Augen. Sie mochte Ness nicht, weil sie ihre Einstellung verurteilte, ganz zu schweigen von ihrer Kleidung und dem Grund, warum sie in der Kindertagesstätte arbeitete. Doch Majidah war eine Frau, die in ihren sechsundvierzig Lebensjahren vieles durchgemacht hatte und großes Leid hatte ertragen müssen – sowohl eigenes als auch das Leid anderer Menschen. »Arbeite hart, jammere nicht, und sei unbeirrt«, lautete ihr Motto, und sie empfand Mitgefühl für diejenigen, die noch nicht zu dieser Einsicht gelangt waren.

Mit einem beredten Blick auf die Kater-Felix-Uhr an der Wand über dem Spielzeugregal sagte sie: »Du musst dich um Pünktlichkeit bemühen, Vanessa. Bitte hilf den Kindern beim Basteln. Wir beide unterhalten uns später.«

Joels Zusammenstoß mit Neal Wyatt hatte in mehrfacher Hinsicht Folgen. Einerseits war Joel von Stund an ständig auf der Hut. Andererseits löste der Vorfall einen Schreibschub aus. Immer mehr Wörter fügten sich zu mehr Gedichten, als er je für möglich gehalten hätte, und das Seltsamste war, dass es nicht die Art von Wörtern waren, aus denen man seiner bisherigen Meinung nach Gedichte hätte komponieren können. Es waren gewöhnliche Wörter. Wann immer ihm etwas wie »Brücke« oder »knien«, wie »treiben« oder »Entsetzen« in den Sinn kam, griff er nach seinem Notizlock. Das tat er so oft, dass Kendra irgendwann neugierig wurde und fragte, was er denn immerzu trieb, mit der Nase in seinem Schreibheft. Sie nahm an, dass er Briefe verfasste, und erkundigte sich, ob sie an seine Mutter gerichtet seien. Als Joel ihr erklärte, dass es sich nicht um Briefe, sondern um Gedichte handele, zog Kendra den gleichen Schluss wie Hibah, dass es nämlich Liebesgedichte sein müssten, und fragte ihn neckend, wer denn seine Angebetete sei. Doch ihr Necken war halbherzig, was sogar Joel merkte, obwohl all seine Aufmerksamkeit der Poesie galt. »Haste Dix noch ma' geseh'n, Tante Ken?«, konterte Joel. »*Hast* du«, korrigierte sie seine Sprache, ging aber nicht auf seine Frage ein.

Was Dix anging, redete Kendra sich ein, es sei ohnehin nicht Liebe gewesen. Wie hätte das auch möglich sein sollen, mit zwanzig Jahren Altersunterschied, die wie ein gähnender Abgrund zwischen ihnen klaffte. Sie sagte sich, es sei besser so, und sie beide könnten nun neue Wege beschreiten. Doch ihr Herz glaubte all dies nicht. Also versuchte sie, sich damit zu überzeugen, dass es nur der Sex war. Daran klammerte sie sich, weil es vernünftig klang.

Da Kendra vollauf mit diesen Gedanken und Joel mit seinen Gedichten beschäftigt war, bemerkte nur Toby im Laufe der folgenden Tage eine Veränderung an Ness – ausgerechnet er. Plötzlich tat sie klaglos, was der Richter ihr aufgebrummt hatte, aber was tatsächlich dahintersteckte, ging weit über Tobys Fassungsvermögen hinaus. Er beruhigte sich mit seiner Lavalampe, schaute fern und erwähnte Joels Zusammenstoß mit Neal Wyatt mit keinem Sterbenswort.

Darum hatte Joel ihn gebeten. Seine Blutergüsse und Platzwunden erklärte er seiner Tante damit, dass er sich ein Skateboard ausgeliehen und sein Glück in der Skate-Bowl versucht habe, obwohl er doch keine Ahnung davon hatte. Kendra kaufte ihm die Geschichte ab und sprach von Schutzhelmen.

Schutz ... Er begann ein neues Gedicht. Als es fertig war, legte er es in den Koffer unter seinem Bett. Ehe er den Deckel wieder schloss, zählte er seine Werke. Er war verblüfft festzustellen, dass es schon siebenundzwanzig waren. Was würde er damit anstellen?

Er ging weiterhin zu *Führt Worte statt Waffen,* aber er las nie etwas vor und nahm auch nicht noch einmal an »Du hast das Wort« teil. Stattdessen beobachtete er, und die Kritik, die die anderen für ihre Werke ernteten, saugte er auf wie ein Schwamm.

Ivan Weatherall schenkte ihm während all dieser Zeit keine besondere Beachtung, sagte lediglich Hallo und wie sehr er sich freue, Joel bei *Führt Worte statt Waffen* zu sehen, fragte, ob er schreibe, und hakte nicht nach, wenn Joel den Kopf senkte, weil er zu verlegen war, um direkt zu antworten. Ivan bemerkte nur: »Du hast eine Gabe, mein Freund. Du darfst sie nicht brachliegen lassen.« Darüber hinaus freute Ivan sich einfach nur darüber, dass seiner Schreibgruppe immer größerer Zulauf beschert war. Zusätzlich zu dem Drehbuchkurs bei Paddington Arts bot er dort auch noch einen Lyrikkurs an, aber Joel konnte sich nicht vorstellen, daran teilzunehmen. Er konnte sich nicht vorstellen, ein Gedicht schreiben zu *müssen*. So funktionierte der Schaffensakt bei ihm nicht.

Als er fünfunddreißig Werke verfasst hatte, beschloss er, Ivan einige davon zu zeigen. Er wählte vier aus, die er mochte, und an einem Tag, da er Toby vom Lernzentrum abholen musste, ging er früher als nötig von zu Hause los und machte sich auf den Weg zur Sixth Avenue.

Er traf Ivan wieder einmal in weißen Handschuhen bei der Arbeit an einer Uhr an. Dieses Mal handelte es sich jedoch nicht um einen Zusammenbau, erklärte Ivan, sondern um Reinigungsarbeiten an einer Uhr, die die eigenartige Gewohnheit entwickelt hatte, die halbe Stunde immer dann zu schlagen, wenn die Lust sie überkam. »Für einen Zeitmesser ein vollkommen inakzeptables Verhalten«, sagte er, während er ihn ins Wohnzimmer führte. Dort lagen auf dem Tisch unter dem Fenster die Bestandteile dieser Uhr säuberlich auf einem weißen Tuch aufgereiht, daneben ein kleines Ölkännchen, eine Pinzette und eine Sammlung winziger Schraubenzieher. Ivan wies Joel einen Sessel am Kamin. Früher waren darin einmal Kohlen verfeuert worden, aber heute stand eine elektrische Kaminfeuerimitation auf dem Rost, achtlos hineinbugsiert und nicht eingeschaltet. »Dies ist eine fürchterlich eintönige Arbeit, und du lenkst mich davon ab, wofür ich dir dankbar bin«, gestand Ivan.

Zuerst glaubte Joel, Ivan sähe diese Ablenkung in seinen vier Gedichten, also holte er die Blätter aus der Tasche und faltete sie auseinander, ohne sich zu fragen, woher der Mann den Grund seines Kommens kannte. Doch Ivan steckte sich lediglich ein Minzezweiglein in den Mund und wandte sich wieder seiner Arbeit zu. Dann erzählte er von einer Kunstausstellung am Südufer der Themse, die er besucht hatte. Ein klarer Fall von »Des Kaisers neue was auch immer«, sagte er. Eines der Kunstwerke hatte aus einem Urinal unter Plexiglas bestanden, das der Künstler signiert hatte, ein zweites aus einem Glas Wasser auf einem hoch an der Wand angebrachten Regalbrett, und es hatte den Titel »Eiche« getragen, wie das Schildchen daneben den Betrachter informierte. »Dann gab es einen Raum, der gänzlich von einer zornigen Lesbe gestaltet war, die aus Sofas Skulpturen beim Geschlechtsakt macht. Frag nicht! Ich kann dir nicht sagen, was ihre Botschaft war, aber ihr Zorn war unverkennbar. Magst du Kunst, Joel?«

Ivans Frage kam so plötzlich, dass Joel sie zuerst gar nicht wahrnahm und nicht begriff, dass seine Meinung gefragt war. Doch dann schaute Ivan von seiner Arbeit auf, und seine Miene war so freundlich und erwartungsvoll, dass Joel ausnahmsweise einmal spontan reagierte, ohne seine Antwort zuvor zu zensieren. »Cal kann gut zeichnen«, sagte er. »Ich hab seine Bilder geseh'n.«

Ivan runzelte die Stirn. Dann hob er einen Finger. »Ah! Calvin Hancock. Stanleys rechte Hand. Ja. Er hat etwas Besonderes, nicht wahr? Ungeschult, was eine Schande ist, und unwillig, sich schulen zu lassen, was noch schlimmer ist. Aber ein enormes Talent. Ich merke, du hast ein Auge für dergleichen. Und wie steht es mit dem Rest? Bist du je in einem der vielen großen Museen der Stadt gewesen?«

Joel war noch nie im Museum gewesen, aber das wollte er nicht sagen, darum murmelte er: »Dad war mal mit uns am Trafalgar Square.«

»Ah. Die National Gallery. Wie hat es dir gefallen? Ein bisschen angestaubt, wie? Oder hatten sie eine Sonderausstellung?«

Joel entdeckte einen losen Faden am Saum seines T-Shirts und zupfte daran herum. Er wusste, dass es irgendein Museum am Trafalgar Square gab, aber sie waren nur hingegangen, um sich die großen Taubenschwärme anzusehen. Sie hatten sich auf einen der Brunnen gesetzt und die Vögel beobachtet, und Toby hatte auf den Löwen am Fuß der Säule in der Platzmitte klettern wollen. Ein Straßenmusiker hatte Akkordeon gespielt, und sie hatten eine junge Frau gesehen, die ganz in Gold angemalt war und reglos wie ein Standbild posierte, und die Passanten konnten Geld in den Eimer zu ihren Füßen werfen. Bei einem Verkäufer am Rand des Platzes hatten sie Eis gekauft. Es war viel zu schnell geschmolzen, so heiß war es gewesen. Toby hatte sich von Kopf bis Fuß bekleckert. Ihr Vater hatte sein Taschentuch ins Brunnenwasser getunkt und den kleinen Jungen gesäubert, als sie ihre Hörnchen aufgegessen hatten.

Joel hatte seit Ewigkeiten nicht an diesen Tag gedacht. Die plötzliche Erinnerung trieb ihm Tränen in die Augen.

Ohne irgendeinen Zusammenhang, den Joel hätte erkennen können, sagte Ivan: »Verstehe. Wenn wir im Voraus wüssten, welches Blatt wir bekommen, würden wir einen Plan entwickeln, wie wir unsere Karten ausspielen. Aber das Teuflische am Leben ist, dass wir genau das eben nicht wissen, und darum erwischt das Schicksal uns immer mit heruntergelassener Hose.«

Joel wollte fragen: »Was faseln Sie da eigentlich?«, aber er hielt an sich. Er wusste ganz genau, wovon Ivan sprach: gerade noch da, im nächsten Augenblick weg. Auf dem Weg, Ness von der Tanzschule zu holen, Tobys Hand in der des Vaters, und Joel war vielleicht dreißig Meter hinter ihnen zurückgeblieben, weil ein Korb voller Fußbälle vor einem Billigladen seine Aufmerksamkeit erregt hatte. Sie faszinierten ihn so sehr, dass er zuerst nicht begriff, was die vier lauten Knalle zu bedeuten hatten, die er hörte, bevor das Geschrei losging …

»Die hab ich mitgebracht«, stieß Joel hervor und streckte Ivan hastig seine Gedichte hin.

Ivan nahm sie entgegen und ließ das gute Blatt oder wie man es spielen sollte auf sich beruhen. Stattdessen legte er die Seiten auf das Tuch und beugte sich genauso darüber, wie er sich über eine Uhr beugte. Er las und kaute auf einem Minzeblatt.

Zuerst sagte er nichts. Er nahm sich lediglich ein Gedicht nach dem anderen vor und legte ein jedes beiseite, sobald er es studiert hatte. Joel fühlte, wie seine Fußknöchel zu jucken begannen, und das Ticken der Uhren kam ihm lauter vor als sonst. Es war dumm gewesen, Ivan die Gedichte zu bringen, und innerlich beschimpfte er sich: Blödmann, Blödmann, Vollidiot, Dumpfbacke, wie konntest du nur …

Zu guter Letzt drehte Ivan sich auf seinem Stuhl um und sagte: »Die größte Sünde ist, einen Schatz liegen zu lassen, wenn man ihn gefunden hat. Das Problem ist, dass die meisten Menschen den ihren nie finden. Sie definieren nur das als einen Schatz, was sie sehen können, denn das ist es, was man sie lehrt: den Ausgang der Dinge zu betrachten. Das Ziel. Was sie nicht erkennen, ist, dass der Schatz in dem *Prozess* liegt, im *Weg*. Darin, was man mit dem anfängt, was man hat. Nicht darin, was man anzuhäufen vermag.«

Das war alles ein bisschen zu viel für Joel, also schwieg er. Er fragte sich allerdings, ob Ivan nur irgendetwas daherredete, weil er die Gedichte so dämlich fand, wie sie, so begann Joel zu argwöhnen, tatsächlich waren.

Ehe er jedoch diesen Verdacht äußern konnte, öffnete Ivan ein Holzkästchen auf seinem Tisch und holte einen Bleistift heraus. »Du hast eine natürliche Begabung für Metrum und Sprache«, sagte er, »aber gelegentlich ist das Ergebnis ein wenig zu … naturbelassen. Und an solchen Stellen sind Schattierungen gefragt. Wenn wir uns diesen Vers anschauen … Hier. Ich will dir zeigen, was ich meine.« Er winkte Joel an den Tisch und begann zu erklären. Er benutzte Worte, die Joel nie zuvor gehört hatte, aber er machte Markierungen im Text, um zu verdeutlichen, was er meinte. Er brachte seine Erklärungen langsam vor und mit einer aufrichtigen Freundlichkeit, die es Joel leicht machte, ihnen zu lauschen. In den Worten schwang ein Eifer, der den Gedichten selbst galt, erkannte Joel. So sehr war er in Ivans Kommentare zu seinen Versen vertieft, so fasziniert zu beobachten, wie Ivan jedes einzelne Werk verbessern konnte, dass er regelrecht zusammenfuhr, als er hinter sich die Uhren schlagen hörte: Er war schon seit fast zwei Stunden hier – eine Stunde länger, als er beabsichtigt hatte. Tobys Sommerkurs im Lernzentrum war längst vorbei.

Joel sprang auf. »Verdammter Mist!«

»Was …?«, begann Ivan, aber mehr hörte Joel nicht. Das Einzige, was er von diesem Moment an hörte, waren seine Turnschuhe auf dem Gehweg, als er Richtung Harrow Road rannte.

16

Joel warf sich förmlich gegen die Tür des Lernzentrums. Er war außer Atem, aber als er in den Empfang stürmte, brachte er hervor: »Tobe ... tut mir leid!« Doch die einzigen Anwesenden, die ihn nun verwundert anstarrten, waren eine Mutter, die ein Baby stillte, und ein Kleinkind mit Schnuller im Mund an ihrer Seite.

Joel sah sich suchend um, als glaube er, Toby verstecke sich unter einem der Kunstledersofas oder hinter den beiden künstlichen Schusterpalmen. Dann eilte er zu Luce Chinakas Büro. »Wartet er denn nicht auf dich, Joel?«, fragte sie, schaute auf ihre Armbanduhr und fügte dann hinzu: »Aber solltest du nicht eigentlich schon vor ...« Sie verstummte, als sie den Ausdruck von Panik auf Joels Gesicht sah. Sie stand auf und sagte freundlich: »Komm, wir schauen uns schnell um.«

Aber Toby war nirgendwo im Lernzentrum zu finden: nicht an den niedrigen Tischen, wo Brettspiele aufgebaut standen, nicht vor dem Bildschirm im Computerraum, auch nicht in einem der kleinen Unterrichtsräume in der Obhut eines Lehrers oder in der Spiel- oder Bastelecke. Joel ahnte Fürchterliches: Irgendwie war Toby durch die Maschen im Netz geschlüpft und allein auf die Straße hinausgegangen.

»Komm mit«, sagte Luce Chinaka. »Wir rufen ...«, aber da war Joel schon draußen. Sein Mund war ganz trocken geworden. Er konnte nicht mehr klar denken. Er konnte sich nicht einmal mehr an den Weg erinnern, auf dem er Toby normalerweise nach Hause führte, da er ohnehin selten zweimal denselben Weg nahm. Sobald ihnen jemand entgegenkam, der Joel nicht geheuer erschien, wechselte er die Richtung, ohne Toby einen Grund zu nennen. Letztlich war jede Straße, die in Richtung Edenham Way führte, denkbar.

Er sah den Gehweg auf und ab, weil er wider jede Wahrscheinlichkeit hoffte, Toby irgendwo zu entdecken. Aber weit und breit war niemand zu sehen: niemand, der auf Zehenspitzen einhertrippelte, niemand, der das Kabel einer Lavalampe hinter sich herzog. Joel fand sich in einer Hölle der Unschlüssigkeit. Der Gedanke an Kendra löste schließlich seine Starre. Der Laden der AIDS-Hilfe lag nur ein Stück weiter die Harrow Road entlang.

Entschlossen machte Joel sich auf den Weg. Er ging zügig und schaute unterwegs in jedes Schaufenster. Vor einem Wettbüro saß Drunk Bob, doch auf die Frage, ob Toby zufällig hineingegangen sei, erwiderte er nur sein übliches »Oy, oy!« und rüttelte an den Armlehnen seines Rollstuhls, als wolle er Joel mehr sagen.

Kendra bediente eine Chinesin, als Joel den Laden betrat. Sie hörte das Türglöckchen und schaute gewohnheitsgemäß auf. Als sie Joel erkannte, suchte ihr Blick Toby an seiner Seite. Dann sah sie auf eine alte Uhr, die über einem Regal mit ausgetretenen Schuhen hing, und fragte: »Wo ist dein Bruder?«

Das sagte Joel alles, was er wissen musste. Er machte auf dem Absatz kehrt, ohne den Ruf seiner Tante zu beachten: »Joel, was ist passiert?«

Zurück am Lernzentrum hielt er wieder inne, kaute auf seinem Daumennagel und bemühte sich, die Sache zu durchdenken. Er bezweifelte, dass sein Bruder die Straße überquert hatte und nach West Kilburn gegangen war. Blieben zwei Möglichkeiten: entweder nach rechts in Richtung Great Western Road und in eine der Straßen, die von ihr abzweigten. Oder nach links in Richtung Kensal Town.

Joel wandte sich nach rechts und versuchte, sich in Toby hineinzuversetzen. Er nahm an, sein Bruder war den Bürgersteig entlanggetrippelt und dann irgendwann ziellos in eine Seitengasse abgebogen. Also wollte Joel das Gleiche tun, und wenn er Glück hatte, war Toby unterwegs von irgendetwas abgelenkt worden und stand jetzt vielleicht noch davor, betrachtete es gedankenverloren, sein Geist auf Wanderschaft. Oder vielleicht war er auch müde geworden und hatte sich einfach auf den Bordstein gesetzt und wartete, bis irgendjemand ihn holen kam. Oder – noch wahrscheinlicher – er hatte Hunger bekommen und war in einen Süßwarenladen oder Kiosk gegangen, um die Auslage an Schokoriegeln zu betrachten.

Joel bedachte all dies, weigerte sich, an irgendetwas anderes, vor allem etwas Schreckliches, zu denken, und bog bei erster Gelegenheit nach rechts ab.

Identische Reihenhäuser mit Ziegelfassaden säumten die Straße. Autos standen dicht an dicht geparkt, hin und wieder war ein Fahrrad an einen Laternenpfahl oder Zaun gekettet. Den meisten Fahrrädern fehlte ein Reifen, den der Besitzer offenbar abmontiert und mit ins Haus genommen hatte. Auf mittlerer Höhe knickte die Straße nach links ab, und es war ungefähr an dieser Stelle, da Joel jemanden aus einem Lieferwagen steigen sah, einen Mann in einem blauen Overall, der vermutlich gerade von der Arbeit nach Hause kam, doch statt einfach ins Haus zu gehen, blieb er stehen, verharrte und schaute auf einen Punkt hinter der Kurve, den Joel von seinem Standort aus nicht einsehen konnte. Er rief etwas, steckte dann die Hand in die Tasche, zog ein Handy heraus und tippte eine Nummer. Er wartete kurz, sagte etwas und rief dann wieder die Straße hinab.

Joel eilte näher. Bis er den Lieferwagen erreichte, war der Mann in einem der Häuser verschwunden. Joel schaute die Straße hinab, um zu sehen, was dessen Aufmerksamkeit erregt hatte, und erkannte auf einen Blick, was sich dort abspielte: Zehn, zwölf Häuser weiter hatte eine Schar Jugendlicher wie eine Hundemeute eine Gestalt eingekreist, die sich auf dem Gehweg zusammenkauerte. Sie wirkte winzig vor der Häuserfront – wie ein Igel, der sich einrollt, um seine Weichteile zu schützen.

Joel rannte und brüllte: »Du Arschloch, Wyatt! Lass ihn in Frieden!«

Doch Neal Wyatt hatte keineswegs die Absicht, Toby in Frieden zu lassen, wollte er doch sein Versprechen einlösen. Dieses Mal hatte er seine ganze Clique zur Unterstützung mitgebracht, und bis Joel sie erreichte, hatte Neal schon ganze Arbeit geleistet: Toby weinte, hatte sich eingenässt, und seine geliebte Lavalampe lag zertrümmert auf dem Bürgersteig. Nur zähe Flüssigkeit und Glas- und Plastikscherben waren noch übrig, und dazwischen lag das Stromkabel wie eine tote Schlange.

Joels Blickfeld verfärbte sich erst ins Rötliche, dann ins Schwarze, und wurde wieder klar. Von allen möglichen Optionen wählte er die tollkühnste. Er stürzte sich auf Neal Wyatt. Doch er kam nicht weiter als bis zum ersten Schlag, der nicht einmal ein richtiger Treffer war. Einer von Neals Kumpeln packte seine Arme von hinten, während ein anderer ihm die Faust in den Magen rammte. Neal brüllte: »Der Scheißer gehört mir!«, und danach ging alles ganz schnell. Joel spürte Fausthiebe auf sich niederregnen. Seine Lippe platzte auf. Er schmeckte Blut. Die Luft wich aus seiner Lunge, und er sank auf den Bürgersteig. Schwere Stiefel und Turnschuhe traten ihn in die Rippen.

Schließlich rief irgendwer: »Scheiße! Abhauen!«, und die Angreifer zerstreuten sich in alle Richtungen. Neal war der Letzte. Er beugte sich zu Joel herab, packte ihn bei den Haaren und zischte mit dem übel riechenden Atem allmählich verfaulender Zähne: »Das nächste Mal brech ich ihm den Arm, Wichser.« Dann war auch er verschwunden.

Was die Jungen offenbar von der Harrow Road aus hatten kommen sehen, war der Streifenwagen, der jetzt neben ihnen hielt. Ein Polizeibeamter stieg aus, während sein Kollege bei laufendem Motor im Fahrzeug sitzen blieb. Joel lag auf der Erde und sah die polierten Schuhe des Constables näher kommen.

Ob es hier Schwierigkeiten gebe, wollte er wissen. Was denn los sei? Ob er hier wohne? Verletzt? Angeschossen? Was?

Das Funkgerät im Wagen knisterte. Joel sah von den polierten Schuhen zu dem ausdruckslosen Gesicht auf, das auf ihn herabschaute – ein weißer Mann, dessen Mund sich angewidert verzog, als der Blick der trüben blauen Augen von Joel zu Toby wanderte und den Urin erfasste, der sich unverkennbar auf der Hose des Kindes abzeichnete. Tobys Augen waren so fest zugekniffen, dass sein ganzes Gesicht nur noch aus Furchen zu bestehen schien.

Joel streckte die Hand nach seinem Bruder aus. »Is' okay, Mann«, sagte er. »Lass uns heimgeh'n. Alles klar, Tobe? Hier, guck mal, die sind weg. Polizei is' gekomm'. Alles okay, Tobe?«

Der Fahrer des Streifenwagens bellte herüber: »Bernard, wie sieht's aus? Jemand verletzt?«

Nur das Übliche, gab Bernard zurück, was solle man auch erwarten, diese Typen hätten ja nichts anders im Sinn, als sich gegenseitig umzubringen, und wenn es nach ihm ginge, lieber früher als später.

»Sollen wir sie ein Stück mitnehmen? Lass sie einsteigen. Wir bringen sie nach Hause.«

»Kommt nicht infrage«, widersprach Bernard. »Der eine hat sich in die Hose gepisst, und ich will den Gestank auf keinen Fall im Wagen haben.«

Der Fahrer fluchte. Er trat so heftig auf die Feststellbremse des Wagens, dass es klang, als würden rasselnde Ketten über Beton geschleift. Dann stieg er aus, trat zu Bernard und schaute auf Joel und Toby hinab. Inzwischen hatte Joel sich auf die Knie gehockt und versuchte, Toby zu bewegen, seine zusammengekauerte Schutzposition aufzugeben. »Los, steig ein«, sagte der Fahrer, und es dauerte einen Moment, ehe Joel begriff, dass nicht er, sondern Bernard gemeint war. »Dann guck doch selbst, wenn du so drauf stehst«, blaffte Bernard seinen Kollegen an und ging zurück zum Wagen.

Der zweite Polizist hockte sich neben Joel. »Lass mich mal dein Gesicht sehen, Junge«, sagte er. »Willst du mir erzählen, wer das war?«

Sie wussten beide, was es bedeutete, jemanden anzuschwärzen. Es war ihnen klar: Joel würde keine Namen nennen. »Weiß nich'. Ich hab sie nur erwischt, wie sie meinen Bruder in die Mangel genomm' haben.«

Der Constable wandte sich an Toby: »Weißt *du*, wer das war?«

Aber Joel wusste, er würde aus Toby kein Wort herausholen. Für heute war sein Bruder hinüber. Joel musste ihn nach Hause schaffen. Er versicherte: »Uns geht's gut. Tobe weiß auch nicht, wer das war. Nur 'n paar Typen, denen unsre Nase nich' gefallen hat, das is' alles.«

»Dann lass ihn uns in den Wagen setzen. Wir bringen euch heim.«

Das war das Letzte, was Joel wollte: Aufmerksamkeit auf sich zu lenken, indem sie in einem Streifenwagen am Edenham Way vorfuhren. »Wir komm' schon klar«, sagte er. »Wir müssen nur rüber zur Elkstone Road laufen.« Er kam auf die Füße und zog Toby mit sich hoch.

Der Kopf des kleinen Jungen pendelte nach vorn auf die Brust, als sei er eine Stoffpuppe. »Sie ha'm sie kaputtgemacht«, jammerte er. »Ha'm sie genommen, und sie is' hingefallen, und dann sind sie drauf rumgetrampelt.«

»Wovon redet er?«, wollte der Constable wissen.

»Nur 'n Spielzeug.« Joel zeigte auf die Überreste der Lavalampe. Und zu Toby: »Is' schon okay. Wir besorgen dir 'ne neue.« In Wahrheit hatte Joel jedoch keine Ahnung, wie, wann und wo er sechzehn Pfund zusammenbekommen sollte, um seinem kleinen Bruder den Verlust zu ersetzen. Er kickte die Scherben der Lavalampe zum Bordstein und entsorgte sie in der Gosse.

Im Streifenwagen erwachte das Funkgerät wieder zum Leben. Bernard rief seinem Partner zu: »Hugh, wir werden gebraucht.«

Hugh sagte zu Joel: »Also, macht euch auf den Heimweg, wenn ihr wirklich nicht wollt, dass wir euch fahren. Hier, damit kannst du dir das Gesicht abwischen.« Er holte sein Taschentuch hervor und presste es auf Joels Lippe, bis der Junge selbst die Finger darauf legte. »Na los, Junge«, drängte Hugh. »Bis zum Ende der Straße haben wir euch im Blick.« Und damit stieg er wieder in den Streifenwagen.

Joel nahm Tobys Hand und zerrte ihn in Richtung Great Western Road. Hugh hielt Wort und fuhr im Schritttempo hinter ihnen her. Erst an der Ecke trennten sich ihre Wege, als die Jungen zur Brücke über den Grand Union Canal abbogen. Dann waren sie wieder allein, stiegen die Treppe hinab und kamen nach Meanwhile Gardens.

Joel drängte Toby zur Eile, aber sie kamen nicht so schnell voran, wie ihm lieb gewesen wäre. Toby jammerte über den Verlust seiner Lavalampe. Doch Joel hatte im Moment ganz andere Sorgen. Er wusste, Neal Wyatt würde nur den geeigneten Moment abwarten, um seine Drohung wahr zu machen. Er hatte es auf Toby abgesehen, und er würde keine Ruhe geben, ehe er Joel fertiggemacht hatte, indem er Joels kleinen Bruder fertigmachte.

Dieses Mal war es unmöglich zu behaupten, er sei beim Skateboardfahren hingefallen. Selbst wenn seine Tante nicht gewusst hätte, dass er Toby gesucht hatte, und sich folglich vielleicht hätte weismachen lassen, dass sie die ganze Zeit in Meanwhile Gardens gewesen seien, ließen die Spuren auf seinem Gesicht und Körper sich doch nicht mit einem Sturz erklären. Joel gelang es, Toby auf Vordermann zu bringen, ehe Kendra von der Arbeit nach Hause kam, aber an seiner eigenen Erscheinung war nicht viel zu machen. Er wusch sich das Blut ab, doch die Platzwunden im Gesicht konnte er nicht verbergen, und sein rechtes Auge schwoll an und würde sich bald dunkel verfärben. Außerdem blieb da noch die Sache mit der Lavalampe, über die Toby untröstlich war. Also dauerte es nur Augenblicke, ehe Kendra nach ihrer Heimkehr die Wahrheit erfuhr.

Sie brachte beide Jungen in die Notaufnahme des Krankenhauses. Toby bedurfte keiner Behandlung, doch sie bestand darauf, dass er untersucht wurde, selbst wenn es Joel war, um den sie sich eigentlich sorgte. Sie war fuchsteufelswild, dass ihren Neffen etwas zugestoßen war, und bestand darauf zu erfahren, wer die Verantwortung dafür trug.

Toby wusste die Namen nicht, und Joel weigerte sich, sie preiszugeben. Doch Kendra merkte, dass er die Namen kannte, und die Tatsache, dass er sie für sich behielt, machte sie nur noch zorniger. Es handelte sich bestimmt um dieselben kleinen

Mistkerle, die hinter Joel hergewesen waren, als er durch ihren Laden gestürmt und zur Hintertür hinausgeflohen war. Der Anführer war Neal gerufen worden. Es sollte nicht gar zu schwer sein, sich umzuhören, seinen Nachnamen zu erfahren und sich ihn vorzuknöpfen, entschied sie.

Das einzige Problem an diesem Plan war das Vorknöpfen. Kendra erinnerte sich an den Jungen, und er schien ein abscheulicher Charakter zu sein. Ihm ins Gewissen zu reden, würde keinen Eindruck machen. Er war die Sorte, die nur die Androhung von körperlicher Gewalt verstand.

Das war ein Fall für Dix. Kendra wusste, ihr blieb keine andere Wahl. Sie würde sich erniedrigen und an seinen Großmut appellieren müssen, um seine Hilfe zu erbitten, aber sie war gewillt, das zu tun, als sie merkte, dass Toby sich fürchtete, aus dem Haus zu gehen, und Joel ständig in Alarmbereitschaft war – wie ein Millionär auf einem Spaziergang durch Peckham.

Doch wie sollte Kendra Dix ansprechen, ohne Gefahr zu laufen, dass ihre Absichten missverstanden würden? Sie konnte nicht zum Falcon gehen, wo Dix, wie sie richtigerweise annahm, wieder bei seinen beiden Bodybuilderkollegen untergekrochen war. Sie konnte ihn auch nicht anrufen und bitten, zu ihr zu kommen, denn dann hätte er glauben können, sie wolle, dass er wieder einzog. Eine zufällige Begegnung irgendwo auf der Straße schien das Sicherste, aber darauf konnte sie nicht warten. Damit blieb nur das Fitnessstudio, wo er trainierte.

Sobald sie die Zeit dafür fand, fuhr sie zur Caird Street, wo das Jubilee Sports Centre in einem weitläufigen, niedrigen Ziegelbau gleich südlich des Mozart Estate untergebracht war. Sie hatte sich nicht vergewissern können, ob Dix auch dort war, aber da es um die Mittagszeit war und er jeden Tag an die sechs Stunden trainierte, standen die Chancen gut.

Er war da. In einem schneeweißen Trikot und marineblauen Shorts lag er auf einer Bank und stemmte Gewichte, die Kendra geradezu unmenschlich vorkamen. Ein zweiter Bodybuilder assistierte ihm – wenig konzentriert, wie es schien, denn er fachsimpelte mit einem weiteren Sportler, der in der Nähe stand und sich den Inhalt einer Wasserflasche in den Mund rinnen ließ.

Diese beiden Männer entdeckten Kendra zuerst. Abgesehen davon, dass es eine Frau war, die in ihr Revier eindrang, wirkte sie in ihrem engen Rock, der elfenbeinweißen Bluse und den hochhackigen Schuhen wenig passend für diesen Ort. Darüber hinaus sah sie auch nicht wie eine Bodybuilderin aus oder wie jemand, die Bodybuilderin werden wollte.

Sie wartete, bis Dix seine Übung beendet und sein Assistent die Stange zurück auf die Gabeln dirigiert hatte, und trat näher. »Ist das deine, Mann?«, murmelte Dix' Assistent. Erst da entdeckte er sie. Er griff nach einem weißen Handtuch, wischte sich den Schweiß ab und erhob sich von der Bank.

Sie standen einander gegenüber. Kendra hätte blind sein müssen, um nicht zu sehen, wie gut er aussah. Und sie hätte gefühllos sein müssen, um nicht dieses Sehnen zu spüren, das sie immer überkommen hatte, solange sie zusammen waren. Und sie hätte dement sein müssen, um sich nicht zu erinnern, wie es gewesen war, mit ihm zusammen zu sein. Sie zögerte.

Er ergriff das Wort. »Ken. Siehst gut aus. Wie geht's dir?«

»Kann ich dich kurz sprechen?«

Er sah zu den anderen beiden Männern hinüber. Der eine hob die Schultern, der andere machte eine Handbewegung, als wolle er sagen: Meinetwegen.

Kendra fügte hastig hinzu: »Oder auch später, wenn ich dich gerade bei etwas unterbreche.«

Es war offensichtlich, dass sie ihn unterbrochen hatte, doch er sagte: »Schon gut. Kein Problem.« Er trat zu ihr. »Was ist los?«, fragte er. »Mit den Kids alles okay?«

»Können wir vielleicht irgendwohin … Ich meine nicht, woanders, aber gibt es hier vielleicht einen Raum …« Sie fühlte sich scheu in seiner Gegenwart, unsicher. Es hing mit dem Grund ihres Besuches zusammen, dennoch wünschte sie sich, sie hätte die Situation besser unter Kontrolle.

Er nickte zur Eingangstür. Draußen stand ein Getränkeautomat, an dem man sich Mineralwasser und Energiedrinks ziehen konnte, und daneben reihten sich vier kleine Tische mit Stühlen vor dem Fenster auf.

Kendra sah zum Getränkeautomaten. Sie war am Verdursten. Es war ein warmer Tag, und ihre Nervosität hatte ihren Mund ausgetrocknet. Sie öffnete die Handtasche und fischte ein paar Münzen heraus.

»Ich mach das schon«, sagte er.

Wie ein Echo griff sie seine früheren Worte auf: »Schon gut. Kein Problem. Ich kann mir nicht vorstellen, dass du in den Shorts Geld mit dir herumträgst.« Und dann spürte sie ihr Gesicht heiß werden, weil die Bemerkung ihr zweideutig vorkam.

Er sah darüber hinweg. »Da hast du recht«, räumte er ein.

»Willst du auch was?«

Dix schüttelte den Kopf. Er wartete, bis sie ihr Wasser gezogen hatte. Dann setzten sie sich gegenüber. Wieder sagte er: »Du siehst gut aus, Ken.«

»Danke«, erwiderte sie. »Du auch. Aber das ist ja nichts Neues.«

Er war verwirrt, er fühlte sich kritisiert. Ihre Bemerkung erinnerte ihn an das, was sie Obsession genannt, und all das andere, das in ihrer Beziehung nicht gestimmt hatte.

Kendra beeilte sich hinzuzufügen: »Ich meine, du trainierst immer so hart. Darum überrascht es mich nicht, dass du gut aussiehst. Hast du bald wieder einen Wettkampf?«

Er dachte einen Moment nach, ehe er erwiderte: »Deswegen bist du nicht hier, oder?«

Sie schluckte. »Stimmt.«

Sie hatte keine rechte Vorstellung, wie sie ihr Anliegen vorbringen sollte. Sie kam ohne Vorrede zur Sache. Sie erzählte ihm, was Joel und Toby passiert war. Auch in Bezug auf den angeblichen Sturz beim Skateboardfahren hatte sie inzwischen eins und eins zusammengezählt. Und als sie bei dem Besuch in der Notaufnahme angekommen war und bei Joels Weigerung, seinen Peiniger zu benennen, tat sie es an seiner Stelle und bat Dix um Hilfe in dieser Angelegenheit. »Ein hässlicher kleiner Mischling, die eine Gesichtshälfte gelähmt. Neal heißt er. Wenn du dich umhörst, solltest du ihn ohne große Schwierigkeiten finden können. Er treibt sich mit seinen Kumpeln an der Harrow Road herum. Alles, worum ich dich bitte, Dix, ist, dass du mal mit ihm redest. Ein ernstes Wort mit ihm redest. Mach ihm klar, dass Toby und Joel einen Freund haben, der gewillt ist, ihnen zu helfen, wenn jemand ihnen etwas antut.«

Dix antwortete nicht. Er griff nach Kendras Wasserflasche und trank einen Schluck daraus. Dann hielt er sie fest und rollte sie zwischen den Handflächen hin und her.

Kendra fuhr fort: »Diese Jungen … sie haben Joel schon eine ganze Weile auf dem Kieker, aber von Toby wissen sie offenbar erst neuerdings. Joel fürchtet, dass sie sich wieder an ihm vergreifen … an Toby, meine ich.«

»Hat er das gesagt?«

»Nein. Aber ich merk das doch. Er klebt wie ein Schatten an seinem Bruder. Er … er hat Toby Anweisungen gegeben: Bleib im Lernzentrum, und stell dich nicht draußen auf die Stufen. Geh nicht allein zum AIDS-Laden. Geh nicht zur Skate-Bowl, wenn ich nicht dabei bin. Solche Sachen. Ich weiß, warum er das sagt. Ich würde ja selber mit diesen Jungen reden …«

»Das geht nicht.«

»Ich weiß. Sie würden sich nicht darum scheren, wenn eine Frau …«

»Ken, das isses nicht.«

»… diejenige wär, die ihnen ins Gewissen redet. Aber wenn es ein Mann wäre, ein Mann wie du, bei dem ihnen sofort sonnenklar wäre, dass er sie sich vornehmen würde, wenn er müsste, und sie selbst das spüren ließe, was sie hilflosen kleinen Jungs antun – dann würden sie Joel und Toby in Frieden lassen.«

Dix schaute auf die Flasche in seinen Händen hinab und hielt den Blick gesenkt. »Ken, wenn ich das für die Jungs regle, wird alles nur schlimmer. Joel und Toby werden nur noch mehr Scherereien haben als vorher. Das willst du nicht – und ich ebenso wenig. Du weißt doch, wie die Dinge auf der Straße laufen.«

»Ja, das weiß ich«, entgegnete Kendra barsch. »Menschen sterben – *so* laufen die Dinge auf der Straße.«

Er zuckte zusammen. »Nicht immer«, wandte er ein. »Und wir reden hier nicht über einen Drogenring, Ken. Wir reden nur über ein paar Jungs.«

»Ein paar Jungs, die es auf Toby abgesehen haben. *Toby*. Du müsstest sehen, welche Angst er jetzt hat. Nachts hat er Albträume davon, und seine Tage sind kaum besser.«

»Das geht vorbei. Jungen wie dieser Neal … Der zieht eine Show ab. Der verschafft sich auf der Straße keinen Respekt, indem er sich an einem Achtjährigen vergreift. Diese Drohungen und so, dabei wird es bleiben, du wirst sehen. Er macht das nur, um euch aus der Fassung zu bringen.«

»Tja, das ist ihm gelungen.«

»Geh nicht darauf ein! Dieser Neal lässt nur einen raushängen. Er droht nur, sich Toby zu holen. Er ist ein Schwätzer, sonst nix.«

Kendra wandte den Blick ab, als ihr klarwurde, wie diese Unterhaltung enden würde. »Du willst uns nicht helfen«, sagte sie.

»Das hab ich nich' gesagt.«

»Sondern?«

»Die Kids müssen lernen zu überleben. Sie müssen lernen, wie man klarkommt oder wie man wegkommt.«

»Was darauf hinausläuft, dass du mir nicht helfen willst.«

»Das versuch ich doch grade. Ich erklär dir, wie es is' und wie es sein muss.«

Er nahm noch einen Schluck Wasser, dann gab er ihr die Flasche zurück. Seine Stimme klang nicht unfreundlich. »Ken, du muss' bedenken …« Für einen Augenblick kaute er auf der Unterlippe. Er betrachtete Kendra so eingehend, dass ihr unbehaglich wurde. Schließlich seufzte er. »Vielleicht hast du einfach mehr am Hals, als du schaffen kanns'. Haste darüber schon mal nachgedacht?«

Sie richtete sich kerzengerade auf. »Du meinst also, ich sollte zusehen, dass ich sie loswerde? Meinst du das? Ich soll die fabelhafte Miss Bender anrufen und sie bitten, sie abzuholen?«

»So hab ich's nich' gemeint.«

»Und wie soll ich danach noch in den Spiegel schauen? Vielleicht, indem ich mir einrede, dass sie jetzt in Sicherheit sind? Weg aus dieser Gegend und all ihren Gefahren?«

»Ken. *Ken.* Ich hab mich falsch ausgedrückt.«

»Was also?«

»Ich meinte nur, dass du vielleicht zu viel am Hals has', um allein damit fertig zu werden.«

»Zum Beispiel?«

»Was soll das heißen, zum Beispiel? Du weißt ganz genau, wovon ich rede. Toby, zum Beispiel, was mit ihm nicht stimmt und worüber nie jemand reden will. Ness, zum Beispiel, und …«

»Ness hat sich *super* gemacht.«

»Super? Ken, sie hat mich angemacht! Mehr als einmal, als ich bei dir gewohnt hab. Beim letzten Mal stand sie ohne einen Fetzen am Leib vor mir, und ich sag dir, mit dem Mädchen stimmt was nich'.«

»Sie ist hormonell durcheinander, wie drei Viertel aller Mädchen in ihrem Alter.«

»Klar. Sicher. Das versteh ich. Aber sie wusste doch, dass ich dein Freund bin, und das is'n Unterschied, oder jedenfalls sollte es das sein. Aber nix macht für Ness 'nen Unterschied, und du musst doch einseh'n, dass das ein Anzeichen dafür is', dass irgendwas nich' stimmt.«

Kendra wollte sich nicht auf das Thema Ness einlassen, denn solange es um Joel, Toby und die Schläger von der Straße ging, war sie moralisch im Vorteil. »Wenn du mir nicht helfen willst, dann sag's einfach. Aber untersteh dich, dich hier zu meinem Richter aufzuspielen.«

»Das tu ich doch gar nich' …«

Sie stand auf.

»Verdammt noch mal, Kendra! Ich will alles tun, damit du nich' allein mit alledem dastehs'. Diese Kinder haben Bedürfnisse, aber du musst nich' die Einzige sein, die versucht, diese Bedürfnisse zu erfüll'n.«

»Für mich sieht's aber so aus, als wär ich die Einzige, die ihre

Bedürfnisse im Auge hat«, entgegnete sie. Sie wandte sich zum Ausgang und ließ ihn allein am Tisch zurück.

Als die Sommerferien zu Ende gingen, erkannte Joel, dass es nicht ausreichen würde, Neal und seinen Kumpeln immer nur aus dem Weg zu gehen, zumal sie jetzt genau wussten, wo sie ihn finden konnten. Er versuchte, die Strecke zur Middle Row School zu variieren, die er morgens mit Toby ging, aber die Middle Row School selbst oder auch die Holland Park School – die *Ziele* – blieben dieselben. Er wusste, dass er sich Neal Wyatt irgendwann stellen musste, nicht nur um seiner selbst, sondern auch um Tobys willen.

Zu seiner eigenen Sicherheit nahm er ein Messer mit.

In dem großen Durcheinander nach dem Besuch, den The Blade ihnen am Edenham Way abgestattet hatte, schienen alle außer Joel das Klappmesser vergessen zu haben, das während des Handgemenges durch die Küche geflogen war. Zu viele Dinge waren auf einmal passiert, als dass die Familienmitglieder sich an das Messer hätten erinnern können: Tobys hysterischer Anfall, Ness' blutende Kopfwunde, The Blade, der mit dem Arsch auf der Straße gelandet war, Kendras Bemühungen, Ness' Blutung zu stillen …

Zuerst erinnerte sich nicht einmal Joel an das Messer. Erst als ihm beim Tischdecken eine Gabel zu Boden fiel und unter den Herd schlitterte und er sich danach bückte, erahnte er einen silbrigen Schimmer. Er wusste sofort, was es war. Doch er sagte nichts, sondern wartete, bis die Luft rein war, und angelte das Messer mit einem langstieligen Holzlöffel ans Licht. Als er es in die Hände nahm, entdeckte er ein wenig Blut auf der Klinge, das nur von seiner Schwester stammen konnte. Also wusch er es gründlich ab, und nachdem es getrocknet war, versteckte er es unter seiner Matratze – genau in der Mitte des Bettes, wo es so schnell niemand finden würde. Er hätte nie daran gedacht, es zu benutzen, bis er zufällig ein Gespräch zwischen seiner Tante und ihrer Freundin Cordie mit anhörte, in dessen Verlauf Kendra von ihrem Besuch bei Dix erzählte.

Ihre Empörung war so groß, dass ihr Englisch dabei zum Teufel ging: »Da sagt er, sie müss'n selbs' damit fertig werd'n«, berichtete sie, die Stimme gesenkt, aber das wütende Zischen unmissverständlich. »Also soll ich jetz' warten, bis sie einen von ihn' schlimm genug erwischen, dass er mit 'nem eingeschlagenen Schädel im Krankenhaus landet.«

Joel wusste, was das hieß. Er und Toby waren auf sich alleine gestellt. Er hatte selbst erwogen, sich an Dix zu wenden, wenngleich er wusste, wie unklug das gewesen wäre. Doch als er jetzt die Worte seine Tante hörte, wurde ihm klar, dass er einen anderen Plan entwickeln musste.

Das Messer war der Plan. Er holte es aus dem Versteck unter der Matratze und verstaute es in seinem Schulrucksack. Er würde sich ganz schöne Schwierigkeiten einhandeln, falls man ihn damit erwischte, aber er hatte nicht vor, es herumzuzeigen wie jemand, der nach der Bewunderung seiner Schulkameraden lechzt. Er gedachte, es nur im Notfall herauszuholen – wenn also Neal Wyatt sich ihn schnappen wollte und Joel ihm ein für alle Mal zeigen würde, was ihm blühte, wenn er ihm noch ein Mal in die Quere kam.

Blieb immer noch das Problem, wie Joel Tobys Sicherheit gewährleisten sollte. Er gedachte, seinen Bruder genau im Auge zu behalten, und er gedachte insbesondere, sich nie wieder zu verspäten, wenn er ihn vom Lernzentrum abholen musste. Und wenn er jemals ohne Toby losziehen müsste, wollte Joel ihn bei seiner Schwester in der Kindertagesstätte abliefern. Notfalls würde er um Ness' Hilfe betteln. Doch für den Fall, dass keine dieser sorgsamen Vorsichtsmaßnahmen griff, brauchte Joel einen wohlüberlegten Plan B, einen Plan für den Fall, dass Neal Wyatt auch nur an Tobys Horizont erschien, wenn der kleine Junge doch einmal allein sein sollte.

Joel wusste, Toby wäre nicht in der Lage, sich irgendetwas Kompliziertes zu merken. Und er wusste auch, wenn sein Bruder Angst bekam, konnte es passieren, dass er völlig erstarrte und sich zusammenkauerte, in der Hoffnung, übersehen zu werden. Also bemühte Joel sich, den Plan wie ein Spiel erscheinen zu lassen, ein Spiel von einem Entdecker im Dschungel, der sich versteckt, sobald … was passiert? Die Dinosaurier ihn verfolgen? Die Löwen sich auf ihn stürzen? Gorillas? Nashörner? Pygmäen ihn mit Giftpfeilen beschießen? Kannibalen?

Joel entschied sich für Kopfjäger, was gruselig genug schien, dass Toby es sich merken würde. Joel bastelte einen Schrumpfkopf aus einer ramponierten und unverkäuflichen Trollpuppe aus dem Secondhandladen. Er flocht das grell orangefarbene Haar und ritzte mit einer Nadel Narben ins Gesicht. »Das machen diese Typen mit ihrer Beute«, erklärte er seinem Bruder. »Denk dran, Tobe.« Und er steckte den abgeschnittenen Puppenkopf in Tobys Rucksack. Es seien Kopfjäger da draußen unterwegs, erklärte er, und Toby müsse sich Verstecke suchen, um vor ihnen sicher zu sein.

Nach der Schule, nach dem Lernzentrum, am Wochenende oder wann immer sie Zeit hatten, ging Joel mit Toby hinaus auf die Straße, und zusammen sahen sie sich nach geeigneten Verstecken um. Dorthin sollte Toby rennen, wann immer jemand ihm zu nahe kam. Das Schlimme an Kopfjägern sei nämlich, erklärte Joel, dass sie aussähen wie ganz normale Leute. Sie verkleideten sich. Wie die Typen, die die Lavalampe zerbrochen hatten, zum Beispiel. Hatte Toby das jetzt kapiert? Ja? Wirklich?

Auf dem Gelände der Edenham-Siedlung fanden sie ein Versteck am Müllplatz, wo sich hinter zwei Abfalltonnen auf Rädern eine Lücke befand, gerade groß genug, dass Toby sich dort hineinquetschen konnte, bis er Joel rufen hörte, dass die Luft wieder rein sei. In Meanwhile Gardens sollte Toby – je nach Standort – entweder zum Teich laufen und sich im Schilf verstecken oder aber, was noch besser war, zu dem alten Boot unter der Kanalbrücke rennen und sich unter dem Haufen alter Holzleisten verbergen, der dort vor sich hin moderte. An der Harrow Road konnte er in Kendras Laden flüchten und sich im Hinterzimmer verstecken.

Wieder und wieder brachte Joel seinen Bruder zu jedem dieser Orte. Er sagte: »Ich bin der Kopfjäger. Lauf!«, und schubste

Toby in die entsprechende Richtung. Damit fuhr er fort, bis die schiere Wiederholung der Übung Toby zum richtigen Fluchtpunkt führte.

Während all dieser Zeit blieben Neal Wyatt und seine Gang auf Distanz. Sie machten weder Joel noch Toby irgendwelche Schwierigkeiten, sodass Joel schon anfing zu glauben, sie hätten sich ein neues Opfer gesucht. Doch dann tauchten sie plötzlich wieder auf, wie hungrige Haie, die in ihr Jagdrevier zurückkehren.

Sie beschränkten sich vorerst darauf, sie zu verfolgen. Es fing eines Tages an, als Joel Toby zum Lernzentrum brachte. Sie kamen aus einer Videothek auf der anderen Straßenseite, und sobald Joel sie entdeckte, war er überzeugt, sie würden die Absperrung überspringen und wie schon einmal zuvor die belebte Straße überqueren, um sich auf ihn und Toby zu stürzen. Doch stattdessen blieben sie auf der anderen Seite, stolzierten den Bürgersteig entlang und gaben leise Rufe von sich, als wollten sie einem Komplizen ein Signal geben, aus einem der Geschäfte, die Joel und Toby passierten, hervorzubrechen.

Als Toby sie entdeckte, packte er Joels Hosenbein und rief: »Da sind die Typen, die meine Lavalampe kaputtgemacht ha'm!« Seine Angst war nicht zu überhören.

Joel bemühte sich, ruhig zu bleiben, erinnerte seinen Bruder an die Dschungelexpedition und an die Kopfjäger. »Wo würdest du hinrennen, wenn ich jetzt nich' hier wär, Tobe?«

Zu Tante Kendras Laden, antwortete er, ins Hinterzimmer, rein in den Wäschekorb und nicht anhalten, um der Tante zu erklären, was er vorhatte.

Doch an diesem Tag taten Neal und seine Clique nichts weiter. An den nächsten Tagen folgten sie ihnen wieder. Wenn Joel auch der Meinung war, dass in mancherlei Situationen ein Überraschungsangriff kurz bevorstand, wollten sie doch nur ihre Opfer zermürben, den Feind weichkochen.

Bei Toby gelang es ihnen. Vier Tage lang verfolgte die schweigsame Rotte ihn; dann machte Toby sich wieder in die Hose – auf der Eingangstreppe der Middle Row School, als er auf Joel wartete. Auf dem Weg vom Bus sah Joel Neal und die anderen genau gegenüber der Schule, wo sie vor einem Pub mit Namen »The Chilled Eskimo« herumlungerten, die Blicke starr auf Toby gerichtet.

Dieses Ausmaß an Cleverness verblüffte Joel. Er hatte sie bislang für ein Pack gehalten, das sein Opfer ansprang, zusammenschlug und dann verschwand. Jetzt wurde ihm klar, dass Neal über eine gewisse Schläue verfügte. Es gab also einen Grund, warum er der Anführer dieser Horde war.

Was Joel brauchte, war ein Ratgeber, jemand, der ihm half, diese Situation zu meistern. Mit Kendra konnte er nicht darüber reden. Damit hätte er riskiert, dass sie sich noch mehr sorgte. Ness, die eine wundersame Wandlung durchlaufen hatte, war zu sehr mit der Kindertagesstätte beschäftigt. Dix kam nicht infrage, ebenso wenig Carole Campbell. Somit blieb nur Ivan Weatherall.

Joel kleidete sein Anliegen in Verse, die er Ivan gab, als sie sich das nächste Mal sahen.

»Er lauert dort draußen«, begann sein Gedicht, »Blut und Schmerz beherrschen seinen Sinn.«

Ivan las es während ihrer Förderstunde in der Schule, zu der sie sich immer noch trafen, genau wie vor den Ferien. Nachdem er die Lektüre beendet hatte, sprach er eine Weile über emotive Sprache und künstlerische Intentionen, als befänden er und Joel sich bei einem *Führt-Worte-statt-Waffen*-Treffen oder in Ivans Lyrikkurs, den er bei Paddington Arts anbot. Joel fing schon an zu glauben, Ivan wolle das Thema des Gedichts völlig ignorieren.

Doch dann sagte er schließlich: »Das ist es, nehme ich an.«

»Was?«

»Das ist der Grund, warum du bei *Führt Worte* nicht mehr vorliest. Und warum du auch nicht mehr bei ›Du hast das Wort‹ mitmachst.«

»Aber ich schreib immer noch Gedichte.«

»Hm. Ja. Und das ist gut so.« Ivan las Joels Werk noch einmal, ehe er fragte: »Also, wer ist *er*? Reden wir von Stanley?

Das hier ist eine ziemlich treffende Beschreibung dessen, was seine Gemütsverfassung zu sein scheint.«

»The Blade? Nein.«

»Sondern?«

Joel bückte sich und band seinen Schuh neu, was nicht nötig gewesen wäre. »Neal Wyatt. Sie wissen schon.«

»Ah. Neal. Der Zusammenstoß in Meanwhile Gardens.«

»Sind noch andere Sachen passiert. Er hat's auf Toby abgeseh'n. Ich hab versucht, mir was zu überlegen, wie ich ihn davon abbring' kann.«

Ivan legte das Gedicht auf den Tisch. Er schob das Blatt exakt an die Tischkante. Joel fielen wieder Ivans manikürte Hände auf, die sorgfältig gefeilten und polierten Nägel. In diesem Moment wurde er sich der gewaltigen Unterschiede zwischen ihnen bewusst. Diese Hände kamen Joel vor wie Boten der Welt, aus der sie stammten, einer Welt, in der Ivan Weatherall – ungeachtet seiner guten Absichten – niemals hatte schuften müssen, wie etwa Joels Vater geschuftet hatte. Diese Unterschiede warfen eine Kluft auf, nicht nur zwischen ihnen beiden, sondern zwischen Ivan und all seinen Nachbarn in diesem Teil der Stadt. Keine Literaturveranstaltung konnte diese Kluft überbrücken, ebenso wenig wie die Kurse bei Paddington Arts oder ein Besuch bei Ivan zu Hause. So kam es, dass Joel, noch ehe sein Mentor sprach, schon ziemlich genau wusste, was er sagen würde.

»Neal hat sich von der Kunst abgewandt, Joel. Das Klavierspiel hätte seinen Geist speisen können, aber ihm mangelte es an der nötigen Geduld, um das herauszufinden. Das ist der Unterschied zwischen euch beiden. Du hast jetzt mehr Möglichkeiten, dich auszudrücken; er leider nicht. Also, was hier drin ist, schlägt sich hier nieder.« Er legte die Faust erst auf sein Herz, dann auf das Blatt. »Du hast keinen Grund, gegen andere Menschen loszuschlagen. Und solange du deine Gedichte hast, wirst du diesen Grund niemals haben.«

»Aber Toby«, wandte Joel ein. »Ich muss dafür sorgen, dass sie Toby in Frieden lassen.«

»Wenn du das tust, betrittst du den Teufelskreis«, erwiderte Ivan. »Das ist dir doch bewusst, oder?«

»Was?«

»Wie willst du denn dafür sorgen, dass sie deinen Bruder in Frieden lassen?«

»Irgendwer muss sie sich vornehmen.«

»Wenn du innerhalb dieser Schranken denkst, findet sich immer irgendwer, den sich irgendjemand anderen vornehmen müsste.«

Kreise. Schranken. Nichts davon ergab irgendeinen Sinn. »Was soll das heißen?«, fragte Joel. »Toby kann sich gegen diese Typen nich' wehren. Neals Gang wartet nur auf den richtigen Moment, um sich ihn zu schnappen, und wenn das passiert ...« Joel kniff die Augen zu. Wenn Ivan unfähig war, sich vorzustellen, wie es für Toby wäre, Neal in die Hände zu fallen, gab es für ihn nichts weiter zu sagen.

»Das meinte ich nicht«, antwortete Ivan. Sie saßen Seite an Seite, und er rückte mit seinem Stuhl näher an Joel heran und legte dem Jungen den Arm um die Schultern. Es war das erste Mal, dass er ihn berührte, und Joel war überrascht. Doch die Geste schien tröstend gemeint zu sein, also versuchte er, sich getröstet zu fühlen, doch in Wahrheit gab es nichts, das ihn beruhigen konnte, ehe das Problem mit Neal Wyatt gelöst war. »Die Antwort scheint immer die gleiche zu sein, wenn es darum geht, mit jemandem wie Neal umzugehen: Knöpf ihn dir vor, schlag dich mit ihm, verabreiche ihm eine Dosis seiner eigenen Medizin, tu ihm genau das an, was dir angetan wurde. Aber das perpetuiert das Problem nur, Joel. Immer innerhalb der Schranken zu denken, zu tun, was man immer getan hat, führt zu nichts anderem, als ewig gefangen zu sein. Er schlägt, du schlägst zurück, er schlägt, du schlägst zurück. Nichts wird je gelöst, aber die Angelegenheit eskaliert bis zu dem Punkt, wo es kein Zurück mehr gibt. Und du weißt, was das bedeutet. Ich bin sicher, du weißt das.«

»Er hat's auf Toby abgesehen«, brachte Joel hervor, obwohl sein Hals ganz steif und seine Kehle ganz eng waren von all dem, was aus ihm herausbrechen wollte. »Ich muss meinen Bruder beschützen …«

»Das kannst du nur bis zu einem gewissen Punkt. Darüber hinaus musst du dich selbst beschützen. Denjenigen, der du jetzt bist, und den, der du sein kannst. Genau die Dinge, an die zu denken Neal nicht ertragen kann, weil sie nicht die Bedürfnisse befriedigen, die er im Augenblick hat. Erhebe die Hand gegen Neal, Joel, ganz gleich aus welchem Grund, und du *wirst* Neal. Ich weiß, dass du begreifst, wovon ich rede. Du hast die Worte in dir und das Talent, sie zu nutzen. Das ist es, was zu tun dir bestimmt ist.«

Er nahm das Gedicht wieder zur Hand und las es vor. Als er geendet hatte, sagte er: »Nicht einmal Adam Whitburn hat so geschrieben, als er in deinem Alter war. Glaube mir, das will etwas heißen.«

»Gedichte sind gar nix«, murmelte Joel enttäuscht.

»Gedichte sind das Einzige«, widersprach Ivan.

Joel wollte das gerne glauben, aber jeder Tag auf der Straße bewies ihm das Gegenteil – erst recht die Tatsache, dass Toby sich ständig nach Sosi zurückzog, wo er mit Maydarc kommunizierte, und Angst hatte, das Haus zu verlassen. Joel gelangte schließlich an den Punkt, zu dem er nie hatte kommen wollen: Er wünschte sich, sein kleiner Bruder würde fortgeschickt, auf irgendeine Sonderschule oder in irgendein Heim, wo er wenigstens sicher wäre. Doch als er seine Tante fragte, was aus den Formularen geworden sei, die Luce Chinaka geschickt hatte, und was diese Formulare wohl für Tobys Zukunft bedeuten mochten, erklärte Kendra kategorisch, dass niemand Toby untersuchen werde. »Und ich nehme an, du kannst dir vorstellen, warum nicht.«

Toby würde also nirgendwohin geschickt, und er hatte Angst, selbst irgendwohin zu gehen.

Joel kam zu der Erkenntnis, dass es nur eine Lösung gab, die außerhalb der Schranken existierte, von denen Ivan gesprochen hatte: Er musste Neal Wyatt allein erwischen. Sie mussten reden.

17

Währenddessen nahm Ness' Alltag eine unerwartete Wendung. Es begann mit dem Tag, als der Kaufhausdetektiv sie so erniedrigt hatte. Hätte irgendjemand ihr gesagt, dass das Ergebnis dieser Demütigung eine Freundschaft und dass die Person, mit der sie diese Freundschaft einging, eine pakistanische Frau mittleren Alters sein würde, hätte Ness denjenigen für geistig umnachtet gehalten, wobei sie diese Einschätzung vermutlich weitaus drastischer formuliert hätte. Doch genau das war es, was sich entwickelte, wie eine Blume, die allmählich eine Knospe ausbildet.

Die unerwartete Freundschaft begann an dem Tag, da Ness viel zu spät von der Kensington High Street zur Kindertagesstätte gekommen war und Majidah sie einlud – oder besser gesagt, ihr befahl –, sie nach der Arbeit zu sich nach Hause zu begleiten. Auf dem Weg erledigten sie ein paar Einkäufe an der Golbourne Road.

Ness folgte ihr mit einem unguten Gefühl. Ihr war völlig klar, dass Majidah ihre Zukunft in Händen hielt. Ein Anruf dieser Frau beim Jugendamt würde ausreichen, um Ness endgültig ins Abseits zu befördern. Auf dem Markt hatte Ness das Gefühl, dass Majidah mit ihr spielte, den Moment hinauszögerte, da sie die Axt niederfahren ließ. In Ness brodelte es, doch es gelang ihr, die Wut im Zaum zu halten und zu warten, bis Majidah ihre Einkäufe verrichtet hatte. Es war besser, den Ausbruch hinauszuschieben, bis sie an keinem so öffentlichen Ort mehr waren.

Majidah ging zuerst zu E. Price & Söhne, wo zwei betagte Herren ihr bei der Auswahl von Obst und Gemüse behilflich waren. Sie kannten sie gut und behandelten sie respektvoll. Sie war eine kritische Kundin und ließ sich nichts andrehen, was sie nicht zuvor von allen Seiten begutachtet hatte. Als Nächstes ging sie zum Metzger – nicht zu irgendeinem. Er bot nur Ware feil, die halal war. Dort gab sie ihre Bestellung auf und wandte sich an Ness, während der Metzger abwog und einpackte. »Weißt du, was halal bedeutet, Vanessa?«, fragte sie. Und als Ness darauf erwiderte: »Irgendein Zeug, das Pakis essen«, entgegnete sie erbost: »Und das ist alles, was du weißt? Welch ein ahnungsloses Mädchen du doch bist! Was bringt man euch eigentlich heutzutage in der Schule bei? Ach so, du gehst ja nicht zur Schule, nicht wahr? Manchmal vergesse ich, wie dumm ihr englischen Mädchen seid!«

»Hey, ich mach jetz' 'nen Kurs«, protestierte Ness. »Drüben am College. Und der Richter hat's sogar abgesegnet.«

»Tatsächlich? Und was für ein Kurs ist das? Tattoo-Entwürfe? Wie man sich seine Zigaretten selber dreht?« Sorgsam zählte sie die Münzen aus ihrem Portemonnaie, um das Fleisch zu bezahlen. Als sie den Laden verließen, eiferte Majidah sich noch immer. Das Thema lag ihr offenbar sehr am Herzen. »Weißt du, was ich aus meinem Leben gemacht hätte, wenn ich solche Chancen gehabt hätte wie du, du dummes Huhn? Aeronautik hätte ich studiert. Weißt du, was das ist? Sag lieber nichts! Verschone mich mit deiner erschreckenden Unwissenheit! Ich hätte dafür gesorgt, dass Flugzeuge fliegen. Ich hätte sie entworfen. Das wäre aus mir geworden, hätte ich solche Möglichkeiten gehabt wie du. Aber euch englischen Mädchen wird alles geboten, und darum wisst ihr nichts zu schätzen. Das ist euer Problem. Euer einziger Ehrgeiz besteht darin, shoppen zu gehen und diese lächerlichen spitzen Stiefel mit den hohen Absätzen zu kaufen, die wie Hexenschuhe aussehen. Und silberne Ringe für die Augenbrauen. Was für eine Geldverschwendung!« Sie unterbrach sich – nicht, um Atem zu schöpfen, sondern weil sie an einen Blumenstand gekommen waren, wo Majidah das Angebot inspizierte und dann für drei Pfund Blumen erwarb.

»Und das hier is' keine Geldverschwendung? Und wieso nich'?«

»Weil dies Kleinode der Schönheit sind, die uns unser Schöpfer beschert hat. Hochhackige Stiefel und Augenbrauenringe sind das nicht. Komm weiter, bitte. Hier. Mach dich nützlich. Trag die Blumen.«

Sie führte Ness zur Wornington Road. Sie kamen an dem asphaltierten Fußballplatz vorbei, den Majidah missfällig betrachtete. »Diese Graffiti ... Die werden von Männern gemacht, weißt du. Männer und Jungen, die mit ihrer Zeit Besseres anfangen sollten. Aber sie sind nicht dazu erzogen worden, ein nützliches Leben zu führen. Und warum? Wegen ihrer Mütter. Die sind schuld. Mädchen wie du, die Babys zur Welt bringen, sich aber für nichts anderes interessieren als für hochhackige Stiefel und Augenbrauenringe.«

»Ha'm Sie auch noch 'n anderes Thema?«

»Ich weiß, wovon ich rede. Komm mir ja nicht frech, junge Dame!«

Sie marschierte weiter, Ness im Schlepptau. Sie kamen am Kensington and Chelsea College vorbei und schließlich zum südlichen Ende des Wornington Green Estate, eine der weniger verrufenen Wohnsiedlungen dieser Gegend. Sie sah so ähnlich aus wie alle anderen: Mehrfamilienhäuser, die einen Ausblick auf weitere Reihen Mehrfamilienhäuser boten. Aber es lag weniger Abfall auf dem Gehweg, und das Fehlen von Sperrmüll, rostigen Fahrrädern oder abgefackelten Sesseln auf den Balkonen sprach von der Ordnungsliebe der Hausbewohner. Majidah brachte Ness zum Watt's House, wo ihr verstorbener Gatte während einer der konservativen Regierungsphasen eine Wohnung gekauft hatte. »Das einzig Anständige, was er je getan hat«, eröffnete sie Ness. »Ich gestehe, der Tag, als mein Mann starb, war einer der glücklichsten meines Lebens.«

Sie betraten das Haus und stiegen die Treppe zum zweiten Stock hinauf. Dann ging es zwanzig Schritte einen mit PVC ausgelegten Flur entlang, wo jemand mit Textmarker »Frissmich, frissmich, frissmich, Fucker« an die Wand geschrieben hatte. Majidahs Wohnungstür war – anders als die anderen – stahlverkleidet wie die Safetür in einer Bank und hatte einen Spion in der Mitte.

»Was bewahr'n Sie hier denn auf?«, fragte Ness, während Majidah den ersten von vier Schlüsseln ins Schloss steckte. »Goldbarren oder so?«

»Hier habe ich den Seelenfrieden, der, wie du hoffentlich eines Tages lernen wirst, mehr wert ist als Gold oder Silber.« Sie öffnete die Tür und schob Ness hinein.

Das Innere der Wohnung war wenig überraschend: Sie war ordentlich, und es roch nach Möbelpolitur. Die Dekoration war spärlich, die Einrichtung alt. Die Teppichfliesen wurden von einem abgetretenen Perserteppich verdeckt, und – dies schien ein wenig aus dem Rahmen zu fallen – an den Wänden hingen kolorierte Bleistiftzeichnungen verschiedenster Kopfbedeckungen. Eine Fotosammlung in Holzrahmen stand auf einem Beistelltisch am Sofa. Männer, Frauen und Kinder. Eine beachtliche Anzahl Kinder.

Das zweite Element, das aus dem Rahmen fiel, war eine Sammlung drolliger Tongefäße: Krüge, Blumentöpfe, kleine und größere Blumenvasen, die alle mit comicartigen Waldbewohnern bemalt waren. Hasen und Rehkitze waren in der Überzahl, aber hier und da war auch eine Maus, ein Frosch oder ein Eichhörnchen zu sehen. Die Gefäße standen in zimmerhohen Regalen zu beiden Seiten der Küchentür. Ness schaute von den Tongefäßen zu Majidah und konnte sich keine Frau vorstellen, zu der eine solche Sammlung weniger gepasst hätte.

»Jeder Mensch braucht etwas, das ihn zum Lächeln bringt, Vanessa«, erklärte Majidah. »Kannst du sie ansehen und dir ein Lächeln verkneifen? Nun ja, vielleicht schon. Aber du bist ja auch eine sehr ernsthafte junge Dame mit ernsthaften Problemen. Setz bitte den Kessel auf, wir wollen Tee trinken.«

Die Küche war ebenso aufgeräumt wie das Wohnzimmer. Der Wasserkocher stand auf einer makellosen Arbeitsplatte, und Ness füllte ihn an der auf Hochglanz gewienerten Spüle, während Majidah das Fleisch in den Kühlschrank und Obst und Gemüse in einen Korb auf dem kleinen Küchentisch legte und die Blumen in eine Vase und diese dann neben ein einzelnes Foto auf die Fensterbank stellte. Als das Wasser aufgesetzt war und Majidah Teekanne und Tassen aus dem Schrank holte, trat Ness ans Fenster, um das Foto zu betrachten. Es wirkte deplatziert hier in der Küche. Es zeigte eine sehr junge Majidah Seite an Seite mit einem grauhaarigen Mann, dessen Gesicht auffallend faltig war. Sie sah aus, als wäre sie vielleicht zehn oder zwölf, und war mit einer Unzahl goldener Ketten und Armbänder behängt. Sie trug einen blau-goldenen Shalwar Kamiz, der alte Mann einen weißen.

»Is' das Ihr Großvater?«, fragte Ness und nahm das Foto in die Hand. »Sie seh'n da drauf nich' grad fröhlich aus.«

»Frag bitte um Erlaubnis, ehe du einen Gegenstand von seinem Platz nimmst«, wies Majidah sie zurecht. »Das ist mein erster Mann.«

Ness riss die Augen weit auf. »Wie alt war'n Sie'n da? Scheiße, Sie könn' doch nich' älter ...«

»Vanessa, Schimpfwörter dulde ich hier nicht. Stell die Fotografie weg, und mach dich nützlich! Bring das hier zum Tisch hinüber! Nimmst du Teacake, oder bist du in der Lage, etwas Interessanteres zu probieren als das, was ihr Engländer gewöhnlich um diese Tageszeit zu euch nehmt?«

»Teacake is' okay«, antwortete Ness. Sie hatte nicht die Absicht, irgendetwas anderes zu probieren. Sie stellte das Foto zurück, fuhr aber fort, Majidah anzustarren wie eine unbekannte Spezies. »Wie alt war'n Sie da? Wieso ha'm Sie so 'nen Opa geheiratet?«

»Ich war zwölf, als ich zum ersten Mal geheiratet habe. Rakin war achtundfünfzig.«

»*Zwölf?* Zwölf Jahre alt, und mit so 'nem alten Knacker zusammen? Was zum Geier ha'm Sie sich dabei gedacht? Hat er ... ha'm Sie ... ich mein ... mit *dem*?«

Majidah ließ heißes Wasser aus der Leitung in die Teekanne laufen, um sie vorzuwärmen. Dann holte sie eine braune Papiertüte mit losem Tee aus einem Schrank. Sie nahm Milch aus dem Kühlschrank und schenkte sie in ein weißes Kännchen. Erst als all das getan war, antwortete sie: »Meine Güte, wie unhöflich deine Fragerei ist. Man hat dich doch sicher nicht dazu erzogen, so mit einem Erwachsenen zu sprechen.« Sie hob die Hand, um Ness' Protest zuvorzukommen, und fuhr fort: »Aber ich habe inzwischen begriffen, dass ihr Engländer anderen Kulturen gegenüber nicht so respektlos seid, wie ihr manchmal erscheint. Rakin war der Cousin meines Vaters. Er kam von England zurück nach Pakistan, nachdem seine erste Frau gestorben war, weil er überzeugt war, eine neue zu brauchen. Er hatte zu dem Zeitpunkt bereits vier erwachsene Kinder, also hätte man doch annehmen können, dass er den Rest seiner Tage in ihrer Gesellschaft verbringen würde. Aber das war nicht Rakins Art. Er kam zu uns nach Hause und nahm uns in Augenschein. Ich habe fünf Schwestern, und da ich die jüngste bin, nahmen natürlich alle an, er würde eine der anderen wählen. Aber das tat er nicht. Er wollte mich. Ich wurde ihm vorgestellt, und dann wurden wir verheiratet. Damit war die Angelegenheit erledigt.«

»Scheiße«, sagte Ness. Dann fügte sie hastig hinzu: »'tschuldigung. Tut mir leid. Is' mir rausgerutscht.«

Majidah presste die Lippen zusammen, um ein Lächeln zu unterdrücken. »Wir heirateten in meinem Dorf, und dann hat er mich nach England gebracht – ein kleines Mädchen, das kein Wort Englisch sprach und nicht das Geringste über das Leben wusste, nicht einmal kochen konnte. Aber Rakin war ein sanftmütiger Mann in allen Dingen, und ein sanftmütiger Mann ist ein geduldiger Lehrer. Also lernte ich zu kochen. Und andere Dinge. Ich bekam mein erstes Kind zwei Tage vor meinem dreizehnten Geburtstag.«

»Nich' zu fassen«, rief Ness ungläubig.

»Doch, doch, genau so war es.« Der Wasserkocher schaltete sich aus, und Majidah goss den Tee auf. Sie toastete den Teacake für Ness und stellte ihn zusammen mit einem Eckchen Butter auf den Tisch, doch für sich selbst holte sie Papadams und Chutney – beides, wie sie betonte, selbst gemacht. Als alles bereit war, setzte sie sich hin und fuhr fort: »Mein Rakin starb mit einundsechzig. Ein plötzlicher Herzinfarkt, und es war vorbei. Und da stand ich nun, fünfzehn Jahre alt, mit einem kleinen

Kind und vier Stiefkindern um die dreißig. Ich hätte natürlich bei ihnen leben können, aber sie wollten das nicht: eine halbwüchsige Stiefmutter mit einem Kleinkind, für die sie verantwortlich gewesen wären. Also wurde ein neuer Ehemann für mich gefunden. Das war mein unglücklicher zweiter Mann, der siebenundzwanzig endlose Jahre am Leben blieb, ehe er endlich so viel Verstand aufbrachte, diese Welt aufgrund eines Leberversagens zu verlassen. Von ihm habe ich keine Bilder.«

»Ha'm Sie Kinder von dem?«

»Ach du meine Güte, ja. Fünf. Sie alle sind inzwischen erwachsen und haben eigene Kinder.« Sie lächelte. »Und wie sie es missbilligen, dass ich nicht bei einem von ihnen leben möchte! Leider haben sie die traditionelle Sichtweise ihres Vaters geerbt.«

»Und was is' mit dem Rest Ihrer Familie?«

»Der Rest?«

»Ihre Eltern. Ihre Schwestern.«

»Ah. Sie sind in Pakistan geblieben. Meine Schwestern haben natürlich auch geheiratet und Familien gegründet.«

»Seh'n Sie sie manchmal?«

Majidah brach sich ein Stückchen Papadam ab und bestrich es mit Chutney. Sie antwortete: »Ein Mal. Ich bin zur Beerdigung meines Vaters hingefahren. Du isst ja gar nichts von deinem Teacake, Vanessa! Verschwende nicht mein Essen, oder wir werden kein zweites Mal zusammen Tee trinken.«

Die Drohung schien nicht so besonders fürchterlich, aber Ness war neugierig genug auf Majidahs Geschichte, dass sie Butter auf ihren Teacake strich und zu essen begann. Ihre Gastgeberin beobachtete sie kritisch. Ness' Tischmanieren waren verbesserungswürdig, aber sie sagte nichts – bis das Mädchen die Teetasse hob und anfing zu schlürfen.

»So geht das nicht«, erklärte Majidah. »Hat niemand dich gelehrt, wie man ein heißes Getränk zu sich nimmt? Wo ist deine Mutter? Wer sind die Erwachsenen, die für dich sorgen? Schlürfen sie auch? Dieses geräuschvolle Trinken ist gewöhnlich, Vanessa. Vulgär. Sieh her, und horch! Hörst du ein Schlürfgeräusch von meinen Lippen? Ganz bestimmt nicht. Und warum nicht? Weil ich die richtige Trinkmethode erlernt habe, und diese hat nichts mit Saugen zu tun, sondern ...« Majidah brach ab, weil Ness ihre Tasse so heftig abgestellt hatte, dass Tee auf die Untertasse schwappte – ein noch unverzeihlicherer Fauxpas. »Was ist los mit dir, du törichtes Mädchen? Willst du mein Porzellan zerbrechen?«

Es war das Wort. Saugen. Ness hatte es nicht erwartet, hatte nicht damit gerechnet, welche Abfolge von Bildern es in ihr hervorrufen würde: geistige Erinnerungsfotos, die sie lieber vergessen hätte. »Kann ich jetzt geh'n?«, fragte sie. Es klang störrisch.

»Was soll das heißen, kann ich jetzt gehen? Das hier ist kein Gefängnis, und du bist nicht meine Gefangene. Du kannst gehen, wann immer du es wünschst. Aber ich merke, dass ich dich irgendwie gekränkt habe ...«

»Ich bin nich' gekränkt.«

»... und wenn es mit deinem Teetrinken zu tun hat, möchte ich dir versichern, dass ich es nicht böse gemeint habe. Meine Absicht war lediglich, dir etwas beizubringen. Wenn niemand sich die Mühe macht, dich darauf hinzuweisen, dass deine Manieren zu wünschen übrig lassen, wie sollst du es dann lernen? Sagt deine Mutter dir nie ...«

»Sie is' nich' ... Sie is' im Krankenhaus. Wir wohn' nich' bei ihr. Schon seit ich klein war nich' mehr, okay?«

Majidah lehnte sich auf ihrem Stuhl zurück. Sie wirkte nachdenklich. Sie sagte: »Entschuldigung. Das wusste ich nicht, Vanessa. Deine Mum ist krank?«

»Is' doch egal«, entgegnete Ness. »Also, kann ich jetz' geh'n?«

»Wie ich schon sagte, du bist hier keine Gefangene. Du kannst kommen und gehen, wie es dir gefällt.«

Spätestens bei dieser zweiten Beteuerung, dass es ihr freistehe, hätte Ness aufstehen und sich verabschieden können. Doch sie tat es nicht, und der Grund dafür war dieses Foto auf der Fensterbank. Die kleine Majidah in Blau und Gold am Arm eines Mannes, der ihr Großvater hätte sein können, fesselte Ness an ihren Stuhl. Lange betrachtete sie das Bild, und dann fragte sie: »Angst gehabt?«

»Wovor?«, fragte Majidah. »Vor dir? Ach du meine Güte, du flößt mir nicht die geringste Angst ein.«

»Nich' vor mir. Vor dem da.«

»Vor wem?«

»Dem Typ.« Sie nickte zu dem Foto hinüber. »Rakin. Hat er Ihnen Angst gemacht?«

»Welch seltsame Frage.« Majidah betrachtete das Foto und schaute dann wieder zu Ness. Sie las in ihrem Gesicht und kam zu einer Einschätzung, die auf ihren Erfahrungen aus der Erziehung von sechs Kindern beruhte, von denen drei Mädchen gewesen waren. Leise antwortete sie: »Nun ja. Ich war nicht vorbereitet. In der Hinsicht haben meine Eltern sich an mir versündigt. Meine Mutter insbesondere. Gehorche deinem Mann, hat sie zu mir gesagt, sonst nichts. Natürlich hatte ich Tiere gesehen ... Man kann nicht auf dem Land leben, ohne gelegentlich zu sehen, wie die Tiere auf der Weide sich paaren. Auch die Hunde und Katzen. Aber ich wusste nicht, dass auch Männer und Frauen so seltsame Dinge miteinander machten. Also habe ich zuerst geweint, aber wie ich schon sagte: Rakin war sanftmütig. Er hat mich zu nichts gezwungen, und das heißt, dass ich viel mehr Glück hatte, als mir zu dem Zeitpunkt damals klar war. Als ich zum zweiten Mal heiratete, lagen die Dinge ganz anders.«

Ness lauschte und zupfte an ihrer Oberlippe. Etwas Gewaltiges regte sich in ihr, etwas, das danach verlangte, ausgesprochen zu werden. Sie wusste nicht, ob sie die Worte finden würde, aber sie wusste ebenso wenig, ob sie sie zurückhalten konnte. »Ja. Ich nehm an ...« Mehr brachte sie nicht heraus.

Majidah wagte den Sprung. »Es ist dir auch passiert, nicht wahr?«, fragte sie leise. »Wie alt warst du, Vanessa?«

Ness blinzelte. »So ungefähr ... ich weiß nich' ... zehn vielleicht. Elf.«

»Das ist ... Das tut mir sehr leid. Und es war sicher kein Ehemann, der für dich ausgewählt worden war.«

»'türlich nich'.«

»Das ist furchtbar«, sagte Majidah. »Das ist ein großes Unrecht. Diese schreckliche Sache hätte nie passieren dürfen. Aber sie ist passiert, und das tut mir leid.«

»Tja. Na ja.«

»Dich zu bedauern, wird jedoch nichts ändern. Nur wie du die Vergangenheit betrachtest, kann die Gegenwart und die Zukunft bestimmen.«

»Wie soll ich sie denn betrachten?«, fragte Ness.

»Als etwas Schreckliches, das passiert ist, das aber nicht deine Schuld war. Als Teil eines großen Plans, den du noch nicht begreifen kannst. Ich habe in meinem Leben gelernt, mich nicht gegen Allahs Pläne und Ratschlüsse aufzulehnen. Gegen Gott, Vanessa. Ich habe gelernt, still abzuwarten, was als Nächstes kommt.«

»Nix«, flüsterte Ness. »Das isses, was als Nächstes kommt.«

»Das stimmt nicht. Diese schreckliche Sache, die dir passiert ist, hat dich hierhergeführt, zu diesem Moment, zu dieser Unterhaltung, zu dem Umstand, dass du in meiner Küche sitzt und eine Lektion erhältst, wie eine Dame Tee zu trinken hat.«

Ness verdrehte die Augen. Aber sie lächelte. Es war nur eine schwache Aufwärtsbewegung ihrer Mundwinkel, aber es war das Letzte, womit sie gerechnet hätte, nachdem sie Majidah einen Teil ihres dunkelsten Geheimnisses anvertraut hatte. Doch sie wurde prompt gewahr, dass ihr Schutzpanzer durchbrochen worden war. Also fragte sie brüsk: »Kann ich jetz' geh'n?«

»Nicht bevor du meine Papadams gekostet hast. Und mein Chutney, das, wie du feststellen wirst, weitaus besser ist als alles, was ein Supermarkt zu bieten hat.« Sie brach ein Stück des großen Papadamfladens ab, strich Chutney darauf und reichte es Ness hinüber. »Iss«, befahl sie.

Ness gehorchte.

Joels Gelegenheit, mit Neal Wyatt zu reden, kam schneller als erwartet.

Toby brauchte seine Hilfe bei einem kleinen Schulprojekt. In

London gab es wilde Tiere – Füchse, Katzen, Eichhörnchen, Tauben und andere Vögel. Die Kinder in Tobys Klasse hatten die Aufgabe, eine Begegnung mit einem dieser Tiere zu dokumentieren. Sie sollten ein Bild malen und einen Bericht verfassen, und um zu verhindern, dass sie sich beides aus den Fingern saugten, sollte dies in Begleitung irgendeines Erwachsenen geschehen. Kendras Verpflichtungen hinderten sie, diese Aufgabe wahrzunehmen, und Ness war nicht da, sodass sie sie nicht fragen konnte. Also fiel es Joel zu.

Toby war Feuer und Flamme für Füchse. Es war ein hartes Stück Arbeit für Joel, ihm das auszureden. Füchse, erklärte er, würden sich in der Umgebung von Edenham Estate kaum rudelweise blicken lassen. Sie waren eher Einzelgänger und schlichen nachts herum. Toby musste sich etwas anderes aussuchen.

Doch Joels Bruder weigerte sich, den einfachen Weg einzuschlagen – die Sichtung einer Taube beispielsweise –, sondern beschloss, am Teich in Meanwhile Gardens wenigstens auf einen Schwan zu warten.

Joel wusste, ein Schwan auf dem Teich war etwa so wahrscheinlich wie ein Rudel Füchse, das im Gänsemarsch den Edenham Way heraufkam, also schlug er als Alternative Eichhörnchen vor. Hin und wieder konnte man eines die Betonfassade des Trellick Tower hinaufklettern sehen, wo sie auf den Balkonen nach Nahrung suchten. Es sollte also nicht schwierig sein, auch anderswo eines zu finden. Eichhörnchen und Vögel waren die zahmsten Vertreter der Londoner Tierwelt – setzten sich mitunter sogar auf die Schulter eines Menschen, weil sie Futter erhofften –, also schien dies ein brauchbarer Plan. Welch ein toller Bericht das würde, schwärmte Joel, wenn sie eine Begegnung mit einem Eichhörnchen hätten! Sie könnten den Naturpfad oberhalb des Teichs nehmen. Sie könnten sich abseits des Holzbohlenwegs, der sich durch die Bäume schlängelte, ein Versteck suchen. Und wenn sie sich ganz still verhielten, hatten sie sicher die besten Aussichten, dass ein Eichhörnchen ganz nah an sie herankommen würde.

Die Jahreszeit war günstig. Im Herbst sammelten die Eichhörnchen ihre Wintervorräte. Als Joel und Toby sich unter einer Blaugurke niederließen, die kurz davor stand, ihre Schoten auszubilden, mussten sie nicht einmal zehn Minuten warten, bis ein neugieriges, hoffnungsfrohes Eichhörnchen zu ihnen stieß. Das Tier zu entdecken, war der einfachere Teil an Tobys Aufgabe. Das Tier und den Ort der Sichtung – den Waldboden gleich neben Joels Fuß – zu zeichnen, war weitaus schwieriger. Toby vollbrachte es dank Joels Ermunterungen, aber beinahe scheiterte er daran, den Bericht zu schreiben. »Schreib einfach, wie's war«, fand Toby keinen besonders hilfreichen Ratschlag, und so dauerte es eine Dreiviertelstunde des mühsamen Malens von Druckbuchstaben und wieder Ausradierens, ehe er etwas vorzuweisen hatte, das einem Bericht ähnlich war.

Danach brauchten die Jungen eine Pause, und die Skate-Bowl schien die perfekte Ablenkung zu bieten. Zumindest in einem der drei Ringe war meistens etwas los, und heute zeigten sieben Skater und zwei Biker ihr Können, als Joel und Toby vom Ententeich herauf zurück auf den Pfad kamen. Zuschauer saßen auf den grasbewachsenen Hügeln und den Bänken. Toby wollte so nah wie möglich an das Geschehen heran, und er war schon drauf und dran loszulaufen, als Joel erkannte, dass Hibah und Neal Wyatt unter den Zuschauern waren.

»Kopfjäger, Tobe!«, rief er. »Weißte noch, was du tun musst?«

Weil sie diesen Fall schon so oft geprobt hatten, blieb Toby stehen. »In echt? Ich will doch ...«

»Dieses Mal ist es echt«, unterbrach Joel. »Wir schauen den Skatern später zu. Aber erst mal: Was muss' du tun, wenn ...«

Toby war schon auf dem Weg, ehe Joel die Frage ganz ausgesprochen hatte. Er flitzte den Treidelpfad entlang zu dem alten Kahn unter der Brücke. In null Komma nichts war er an Bord. Das Boot schaukelte ein wenig im Wasser, aber Toby war außer Sicht. Aus Neal Wyatts Sicht. Mit oder ohne Hibah als Zeugin – Joel wollte nicht, dass Neal auch nur in die Nähe seines Bruders kam, ehe sie einen Waffenstillstand vereinbart hatten.

Joel holte tief Luft. Sie waren an einem öffentlichen Ort, um sie herum zahlreiche Menschen. Es war heller Tag. All das hätte ihn beruhigen sollen, aber wenn man es mit Neal zu tun hatte, gab es keine Sicherheit. Er trat auf die Bank zu, wo der Junge mit Hibah saß. Sie hielten sich an den Händen, hatten sich nach ihrem kürzlichen Zusammenstoß offensichtlich wieder versöhnt. Dumm von Hibah, fand Joel. Er war klug genug zu wissen, dass er hier nicht willkommen war – vor allem soweit es Neal betraf –, aber daran war nun mal nichts zu ändern. Außerdem hatte er das Klappmesser dabei, falls es brenzlig würde, und er war überzeugt, nicht einmal Neal werde sich mit einem Klappmesser einlassen.

»Aber es is' nich' so einfach, wie du glaubst«, hörte er Hibah sagen, als er sich ihnen von hinten näherte. »Meine Mutter schließt mich praktisch zu Hause ein. Das is' ganz anders als deine Situation. Ich muss nur einen Fehler machen, und ich hab Hausarrest bis ans Ende aller Tage.«

Als Joel fragte: »Neal, kann ich dich ma' sprechen?«, fuhr Neal herum. Hibah sprang auf. »Is' schon okay. Ich will kein' Ärger machen«, fügte Joel hastig hinzu.

Im Gegensatz zu Hibah stand Neal ganz langsam auf, wie ein Filmgangster aus den Dreißigerjahren. Tatsächlich hatte er sich die Mehrzahl seiner Gesten von uralten Hollywood-Schauspielern mit ramponierten Gesichtern abgeschaut. »Verpiss dich«, befahl er.

»Ich muss mit dir reden.«

»Haste was mit den Ohren? Ich sagte, verpiss dich, bevor ich dich fertigmache.«

»Liegt allein bei dir, ob wir uns schlagen, Bruder«, entgegnete Joel ruhig, obwohl er sich keineswegs so fühlte. Ihm war vielmehr danach, das Klappmesser als eine Art Versicherung zu umklammern. »Ich will nur mit dir reden, aber du kannst auch mehr von mir kriegen, wenn du willst.«

»Neal«, begann Hibah. »Du kannst doch mit ihm reden, oder?« Und mit einem Lächeln fragte sie Joel: »Was geht, Joel? Wo biste 'n gewesen in der Mittagspause? Ich hab am Wachhäuschen nach dir gesucht.«

Neal machte ein finsteres Gesicht, als er das hörte, und sagte zu Joel: »Ich bin nich' dein Bruder. Hau ab, und fick deine Mutter!«

Es war eine wohlüberlegte Provokation, die Joel dazu bewegen sollte, sich auf seinen Gegner zu stürzen. Doch das tat er nicht. Er brauchte nicht einmal zu antworten; das übernahm Hibah für ihn: »Das is' das Ekelhafteste, was ich je gehört hab«, schalt sie Neal. »Er hat doch nur gefragt, ob er ma' mit dir reden kann, sons' nix. Was 'n los mit dir? Echt, Neal, manchmal frag ich mich, ob in deinem Kopf alles in Ordnung is'. Entweder du redest jetz' mit ihm, oder ich hau ab. Warum soll ich so ein Risiko eingeh'n – mich hier verabreden, was genau das is', was meine Mum mir verboten hat – für jemanden, der so gehirnamputiert is'?«

»Dauert nur fünf Minuten«, versicherte Joel. »Vielleicht weniger, wenn wir gleich zur Sache komm'.«

»Ich hab mit dir nix zu reden«, gab Neal zurück. »Wenn du glaubst, ich würd …«

»Neal«, unterbrach Hibah. Es klang wie eine Warnung. Für einen Moment fürchtete Joel, das Mädchen habe den Verstand verloren und sei im Begriff, noch offener Partei für ihn zu ergreifen, aber dann erkannte er, dass sie zur Brücke hinüberschaute. Dort standen zwei uniformierte Constables, und sie blickten über den Park hinweg zu ihnen herüber. Einer der Beamten sprach in das Funkgerät, das an seiner Schulter befestigt war. Der andere wartete einfach – auf den Ärger, den es ihrer Erfahrung gemäß zwangsläufig gab, wenn zwei dunkelhäutige Jungen und ein pakistanisches Mädchen sich unterhielten.

»Fuck«, stieß Neal hervor.

»Ich muss geh'n«, sagte Hibah. »Wenn die hier runterkomm' und unsere Namen wissen woll'n … Das fehlt noch, dass die Cops meine Mum anrufen.«

»Bleib einfach sitzen, und sei cool«, riet Joel. »Die werden nix machen, wenn wir ihnen kein' Grund liefern.«

Neal warf Hibah einen Blick zu. »Bleib cool«, sagte auch er.

Joel wertete das als eine Art Zustimmung, als Entgegenkommen. Also sprach er ganz offen. »Ich hab nachgedacht«, erklärte er Neal. »Warum machen wir uns gegenseitig fertig? Das bringt doch nix außer ...«

»Du machst mich nich' fertig«, fiel Neal ihm ins Wort und setzte sich zu Hibah. »Du bist nur 'n Haufen Scheiße, der in den Müll geschmissen werden muss, und das versuch ich zu tun. Ich verfrachte dich dahin, wo du hingehörst.«

Joel ließ sich von dieser Bemerkung nicht aus der Ruhe bringen. Ihm war klar, wie Neal die Anwesenheit der Polizei zu seinem Vorteil nutzen wollte. Sitzend hatte er sich selbst zum Ziel gemacht. Wenn Joel sich auf ihn stürzte, während die Cops zuschauten, würde er den Preis bezahlen müssen. Joel sagte: »Ich will nich' mit dir kämpfen. Dieser Scheiß geht jetzt schon zu lang. Wenn wir so weitermachen, passiert irgendwas Schlimmes. Willste das? Ich nich'.«

Neal grinste hämisch. »Das sagste doch nur, weil du Schiss hast vor 'nem Krieg zwischen dir und mir. Aber du weißt, dass er kommt. Du kannst es fühl'n, oder? Das is' gut. So bleibste wachsam.«

»Verdammt noch mal, Neal Wyatt«, sagte Hibah.

»Halt's Maul!« Neal wandte sich ihr zu. »Halt ein Mal das Maul, Hibah! Du hast keine Ahnung, wovon du redest, also sag einfach nix mehr, kapiert?«

Verblüfft schwieg sie. Aber irgendetwas an seinen Worten löste eine Art Erkenntnis in ihr aus. Langsam und mit zunehmender Klarheit sagte sie: »Hey, diese Sache hier ... was hier zwischen dir und Joel läuft ... Hey, dabei geht's gar nich' um euch. Denn ...«

»*Halt's Maul,* habe ich gesagt!« Neal warf einen Blick zur Brücke hinüber. Die Polizisten waren fort. Er versetzte Hibah einen Schubs, um anzuzeigen, dass sie verschwinden sollte. »Deine Mutter wartet daheim auf dich«, erinnerte er sie. »Wenn du nich' die Klappe halten kannst, dann geh, und tu, was sie von dir will. Sag deine Gebete auf oder was auch immer.«

»Du kannst mir nich' vorschreiben ...«

»Du tust, was ich sage. Oder muss ich dir helfen, dich zu entscheiden?«

Ihre Augen weiteten sich. Er hatte genug gesagt. Sie schaute zu Joel. »Mach einen Bogen um ihn«, riet sie. »Haste verstanden?« Dann erhob sie sich von der Bank und ging davon, sodass Joel allein mit Neal zurückblieb.

»Jetz' hör mal gut zu, Gelbarsch«, sagte Neal, sobald Hibah außer Hörweite war. »Du bist mir schon wieder unter die Augen gekomm', und genau da will ich dich nich' haben, kapiert? Verpiss dich, und sei froh, dass das, was dir blüht, noch nich' heute kommt. Vielleicht hängst du ja immer noch an Mamas Titte, aber ich nich'. Klar?«

Joel spürte das Gewicht des Klappmessers. Er musste es nur hervorholen, den Knopf drücken und damit auf den anderen Jungen losgehen, und dann würden sie ja sehen, wer an wessen Titte hing. Doch er tat nichts. Um Tobys willen unternahm er einen letzten Versuch: »So kann man kein Problem lösen. Das musst du doch wissen. Wir müssen die Sache zwischen uns ausräumen, alles andere hat doch kein' Sinn.«

Neal erhob sich, und Joel trat einen Schritt zurück.

»*Ich* sag *dir,* was wir lösen«, erwiderte Neal. »Nur so und nich' andersrum läuft das. Ich hab dich ins Visier genomm', und daran ändert sich nix. Wenn du was anderes glaubst, wirste ...«

»Joel! Joel! Joel!« Der Ruf kam von der Brücke. Toby war aus seinem Versteck gekrochen, hatte die Hand vor den Schritt gedrückt und die Knie zusammengepresst. Er hätte sein Problem nicht deutlicher zum Ausdruck bringen können, trotzdem rief er mit der ihm eigenen, erschütternden Aufrichtigkeit: »Ich muss mal! Sind doch keine Kopfjäger mehr hier, oder?«

Joel fühlte einen Stich im Herzen. Er hörte Neal kurzes, hässliches Lachen. »Dämlicher Scheißkopf«, murmelte er. »Was is' eigentlich los mit dem kleinen Wichser?« Er sah zu Joel, der sich ihm wieder zugewandt hatte. »Kopfjäger, ja? Habt ihr euch 'n schönes Versteck gesucht, wohin ihr flüchten könnt? Mann, du hast ja vielleicht mal 'nen beknackten ...«

»Lass ihn in Ruhe!« Seine Stimme klang nicht so wie sonst. »Wenn du meinen Bruder noch ein Mal anrührst, dann schwör ich, du stirbst, und du stirbst blutig. Is' das klar, Mann? Wenn du 'n Problem mit mir hast, trag es mit mir aus. Lass Toby da raus.«

Er ging davon. Er kannte das Risiko, das er einging, indem er Neal den Rücken zuwandte, aber falls der eine Schlägerei anzetteln wollte, blieb Joel ja immer noch das Messer. Er war an dem Punkt angelangt, da er in Versuchung war, es wirklich zu benutzen.

Aber Neal griff nicht an. Stattdessen sagte er: »Nächstes Mal regeln wir die Sache, Mann. Du und ich. Bis dahin solltest deinen Bruder lieber rund um die Uhr bewachen. Denn du bist nich' mehr der Erste auf meiner Liste, Joel. Nich' mehr und nie wieder, kapiert?«

Kendra wurde immer deprimierter. Auch wenn sie jetzt mehr Zeit für den Aufbau ihres Geschäftes hatte und sogar für einen Kurs in Thai-Massage zur Befriedigung schamhafter Kunden, die während der Behandlung lieber zumindest teilweise bekleidet bleiben wollten, war sie sich der Lücke in ihrem Leben doch bewusst.

Sie versuchte, diese Lücke zu füllen, indem sie sich voll und ganz auf die Campbell-Kinder konzentrierte. Darüber blendete sie allerdings alles Unerwartete – Gefahren, die sich von den bisherigen unterschieden – aus. Gefahren waren bislang immer die Sache von Ness gewesen, die jedoch aus unerfindlichen Gründen plötzlich genau das tat, was sie sollte: Sie verrichtete ihre gemeinnützige Arbeit, besuchte ihre Bewährungshelferin und versuchte, den versäumten Schulstoff aufzuholen, indem sie einen Kurs am College belegte. Die Sorge um Toby hatte Kendra erst einmal hintangestellt, zusammen mit den Formularen, die sie ausfüllen sollte, damit irgendwer – und Kendra wollte gar nicht erst wissen, wer das sein würde – den kleinen Jungen eingehend untersuchen konnte. Das, hatte sie sich geschworen, würde niemals geschehen. Und soweit sie es beurteilen konnte, hatte Joel seine Probleme mit den Raufbolden aus der Nachbarschaft selber gelöst. Die Sorge um die Kinder konnte sich endlich wieder auf ein Dach über dem Kopf, Essen und einen gelegentlichen Ausflug an einen Ort beschränken, wo man keinen Eintritt zahlen musste. Diese Fehleinschätzung – dass ansonsten kein Handlungsbedarf bestünde – führte Kendras Gedanken unweigerlich zu Dix D'Court. Es war genau so gekommen, wie Dix gesagt hatte, glaubte sie: Sich selbst überlassen, waren Joel und Neal Wyatt zu einer Einigung gekommen, die ihnen beiden eine friedliche Koexistenz ermöglichte.

So hatte sie also keine Ahnung, was wirklich vorging, dafür aber reichlich Gelegenheit, ihr Leben zu betrachten und für unbefriedigend zu befinden und darüber das Gespräch mit ihrer Freundin Cordie zu suchen. In der Mittagspause ging sie hinüber zum Kosmetikstudio, wo Cordie gerade dabei war, die Nägel – Krallen vielmehr – einer dicken weißen Dame mittleren Alters zu lackieren. Ihr Haar war fuchsienrot, und sie trug eine Sonnenbrille, obwohl sie sich doch innerhalb eines Gebäudes befand. Isis, stellte Cordie vor, ohne zu erkennen zu geben, ob ihr bewusst war, wie absurd ausgerechnet dieser Name für diese Dame war.

Kendra nickte in Isis' Richtung und schaute Cordie ungefähr eine Minute lang beim Lackieren zu. Cordie hatte einen schillernden Ruf an der Harrow Road. Sie war berühmt für ihre Fähigkeit, künstliche Nägel so zu lackieren, dass absolut kein Zweifel an ihrer Unechtheit bestand. In diesem Fall hatte sie passend zur Jahreszeit ein Herbstmotiv gewählt und auf den Acryllack aufgetragen. Die Grundfarbe war purpur, und sie malte goldene Ähren und Weizengarben darauf.

»Sehr hübsch«, lobte Kendra. Und an Isis gewandt, fügte sie hinzu: »Die Farbe passt super zu Ihrer Haut.« Das war zwar nicht ganz richtig, aber alles, was die Aufmerksamkeit von Isis' Haar ablenkte, stellte einen Fortschritt dar.

Isis nickte zu Cordie und sagte freimütig: »Sie ist ein Genie. Ich hab ihr gesagt, sie kann es sich abschminken zu pausieren, sodass ich mir jemand anderen für meine Nägel suchen muss.«

Kendra sah stirnrunzelnd zu ihrer Freundin. »Pausieren?«

Cordie zuckte die Achseln, den Nagellackpinsel noch immer in der Hand. Sie wirkte verlegen.

»Cordie! Bist du *schwanger*? Was ist passiert?«

Isis bemerkte: »Sie sehen verdammt noch mal alt genug aus, um über die Bienchen und Blümchen Bescheid zu wissen, Herzchen.«

Kendra wischte das mit einem Wink beiseite. »Cordie?«

Cordie verzog einen Mundwinkel, was immer ein Zeichen dafür war, dass sie ihren Mut sammelte, ehe sie sprach. Dann sagte sie: »Erst hat er die Pillen gefunden. 'ne Woche lang hat er nur noch von Betrug und Verrat gefaselt. Damit kann ich ja noch umgeh'n, aber dann fing er an, davon zu reden, uns zu verlassen. Und er meinte es ernst.«

»Das ist Erpressung.«

»Meine Rede«, meldete Isis sich zu Wort.

»Was auch immer«, gab Cordie zurück. »Tatsache is' jedenfalls, ich will nich', dass der Mann abhaut oder sich anderswo umguckt. Ich lieb ihn nämlich. Er is' gut zu mir und zu unsern Mädchen. Er is' der beste Vater, den ich kenn, und alles, was er will, is' eine letzte Chance, 'nen Sohn zu haben. Also kriegt er sie. Und das hier is' das Ergebnis.« Obwohl die Schwangerschaft äußerlich noch nicht erkennbar war – das würde sie erst in etlichen Wochen sein –, wies Cordie auf ihren Bauch. »Ich hoffe nur, diesma' hat's 'n Pimmelchen. Nix anderes wird Gerald zufriedenstell'n, das sag ich euch.«

Ausgerechnet Cordies Schwangerschaft verleitete Kendra dazu, ihrer Sehnsucht nach Dix Ausdruck zu verleihen. Cordie lauschte – und das tat ohne das geringste Anzeichen von Scham auch Isis –, und als Kendra die letzte Begegnung mit Dix und ihr Leben seither geschildert hatte, gaben die beiden Frauen ihr ein und denselben Rat, wenn sie ihn auch unterschiedlich formulierten.

»Du musst dringend mal wieder ordentlich durchgevögelt werden. Danach ist wieder alles in Butter«, waren Cordies Worte.

Isis sagte etwas blumiger: »Jemand sollte ziemlich bald Ihr Gärtchen pflügen.«

»Lass uns doch ma' wieder ausgeh'n«, schlug Cordie vor. »Das ha'm wir ewig nich' gemacht, und es wird höchste Zeit. Jetz' hab ich getan, was Gerald wollte, und da wird er bestimmt ma' für 'n Abend die Mädchen hüten. Sag mir nur, wann, und dann lassen wir's krachen. Wir finden schon ein schönes Stück Frischfleisch für dich, Ken. Das lenkt dich ab von Dix D'Court.«

Genau so machten sie es. Sie wählten einen Pub an der Great Western Road, wo die Küche hervorragend war und man am Kanal sitzen konnte – eine Klasse besser als die Lokale, die sie sonst besuchten –, und sie genossen ihr Essen in der lauen Abendluft auf der Terrasse direkt am Wasser in vollen Zügen. Ein Gitarrist kam an ihren Tisch und spielte, und Cordie befand, dass er für den Job, der heute Abend erledigt werden musste, durchaus infrage kam. Aber Kendra erschien er wie ein Student, und sie erklärte kategorisch, sie sei fertig mit jüngeren Männern.

Somit stand der junge Mann für Cordie zur Verfügung, die keine Vorbehalte gegen ihn hatte. Als er eine Pause einlegte, gab sie ihm etwas zu trinken aus. Ihre Finger seinen Arm hinaufwandern zu lassen, war genug, um ihm ihr Interesse zu signalisieren, das alles andere als musikalischer Natur war. Kendra beobachtete sie von der Terrasse aus, wo ihre Freundin den Rest der Flasche Wein trank, die sie bestellt hatten – Cordie änderte ihre Lebensgewohnheiten nie sonderlich während einer Schwangerschaft –, und dann Arm in Arm mit dem Gitarristen aus dem Pub und um die Ecke schlenderte. Irgendwo auf dem Weg in Richtung Paddington Arts und Paddington Hospital würden die beiden ein dunkles Plätzchen zum Knutschen finden.

Sich selbst überlassen, schaute Kendra sich auf der Suche nach lohnenden Objekten um. Wie der Zufall oder das Schicksal es wollte, war ein weißer Mann in den mittleren Jahren, der sich später als »einfach nur Geoff« vorstellte, dabei, genau das Gleiche zu tun. Er gehörte zu der Sorte, die, wie er es ausdrückte, »Fantasien über Sex mit schwarzen Frauen« hegte, da er annahm, sie seien zu einem stärkeren Sexualtrieb veranlagt als weiße Frauen, daher sexuell aktiver und vor allem williger, mit einem völlig Fremden ins Bett zu steigen. Er war durch einige einschlägige Websites, die sich an Männer mit solchen Vorstellungen wandten, in seinen Fantasien bestärkt worden. An diesem Abend hatte er sich einige Stunden lang im Keller seines Hauses mit diesen Websites amüsiert, ehe er beschlossen hatte, die Zeit sei reif, seine Fantasien wahr werden zu lassen.

Es wäre naheliegend gewesen, sich eine Prostituierte zu suchen, aber »einfach nur Geoff« war kein Mann, dem es je eingefallen wäre, für Sex zu bezahlen. Er sah gut aus, er hatte Geld, er verstand, sich zu bewegen und eine angeregte Unterhaltung zu führen. Er glaubte daran, dass beide Parteien sich gegenseitig Freude bereiten sollten. Er war verheiratet, doch das war nebensächlich. Seine Frau war Architektin und viel auf Reisen. Sie waren ein modernes Ehepaar mit einer entsprechenden Abmachung.

All das ließ er Kendra wissen, nachdem er sich zu ihr gesetzt hatte. Sie hielten unverwandt Blickkontakt. Kendra nahm ihr Weinglas in die Hand und berührte den Rand mit der Zungenspitze. Botschaft angekommen. Er verlor keine Zeit und spulte die übrigen Fragen ab: Sie sei eine schöne Frau, also was tat sie hier so allein? (Diese Frage machte es natürlich erforderlich, dass er das zweite Weinglas geflissentlich übersah, aus dem Cordie getrunken hatte, ehe sie mit ihrem Gitarristen verschwunden war.) Kam sie regelmäßig hierher? Er habe sie schon eine ganze Weile beobachtet und sich schließlich, als ihre Blicke sich trafen, gedacht: Warum nicht. Er tat so etwas normalerweise nicht, müsse sie wissen. Aber seine Frau sei nicht in der Stadt, und er habe heute Abend nichts mit sich anzufangen gewusst … Wollte sie vielleicht irgendwohin gehen, wo es ruhiger war, um ein Glas zu trinken?

Diese letzte Frage war nur eine Formalität. Das wussten sie

beide, da die Terrasse des Pubs wunderbar ruhig und romantisch beleuchtet war. Trotzdem willigte sie ein. Ihr gefiel sein Äußeres: sehr gepflegt, gute Zähne, ordentlich geschnittenes Haar und Fingernägel, die aussahen, als wären sie poliert. Er trug einen Siegelring, ein weißes Hemd und Krawatte. Die Füße steckten in Slippern mit kleinen Quasten. Selbst die Socken waren ordentlich hochgezogen. Sie wusste, in puncto Körperbau würde er nicht gegen Dix bestehen können, aber sie brauchte einen Mann. Dieser hier reichte ihr vollkommen.

Draußen machte sie den Vorschlag, von dem sie beide gewusst hatten, dass er kommen würde: Sie wohne in der Nähe, und bei ihr sei es ruhig, sagte sie. Sie habe Kinder dort, aber die seien schon im Bett.

Sie war nicht sicher, ob dies auch auf Ness zutraf, aber sie hoffte das Beste. Selbst wenn Ness noch wach war, mussten sie ihr nicht unbedingt begegnen, wenn sie die Treppe hinaufschlichen. Sie konnten einfach schnell an der Wohnzimmertür vorbeigehen. Kein Problem.

Die Erwähnung von Kindern brachte »einfach nur Geoff« ins Wanken. Kendra sah das Dilemma in seinem Gesichtsausdruck: was er dachte und was er nicht wollte. »Es sind nicht meine Kinder«, erklärte sie, »und ich geh auch nicht auf den Strich. Das hier, heute Abend … Es ist einfach das, was ich will. Normalerweise mache ich so etwas auch nicht.«

Geoff ließ sich davon beschwichtigen. Letzten Endes zählte nur eines für ihn: Sie war schön. Er wollte nicht sie, sondern er wollte diesen herrlichen Körper. Er legte die Hand auf ihren Rücken und sagte lächelnd: »Dann lass uns gehen.«

Der Weg war kurz, aber Geoff wusste um die Bedeutung des Vorspiels, und so brauchten sie eine Weile, um Meanwhile Gardens zu durchqueren. Er verstand sich darauf, eine Frau zu umschmeicheln, und als sie an ihrer Haustür ankamen – sie hatten fünfundzwanzig Minuten für die Strecke gebraucht, die normalerweise sonst höchstens fünf erforderte –, verspürte Kendra ein Pulsieren an genau den richtigen Stellen und dankte dem Schicksal, dass sie ihn ausgesucht hatte.

Sie war froh, dass sie ein figurbetontes Kleid trug, das von einer seitlich gebundenen Schärpe gehalten wurde. Bis auf ein paar Fetzen Unterwäsche und ihre hochhackigen Sandalen hatte sie nichts an. Als sie am oberen Ende der Treppe ankamen, hatte sie überhaupt nichts mehr am Leib.

Sie machte sich an Geoffs Kleidung zu schaffen, während er sich an ihrem Körper zu laben begann – mit Händen, Zunge und Lippen. Sie zog ihn aus und hinterließ mit seinen Kleidungsstücken eine Fährte, die von der obersten Treppenstufe bis zu ihrem Bett führte, auf das sie beide schließlich fielen, um wilden, hemmungslosen Sex zu haben. Geoff befriedigte sie und legte dann ihre Beine über seine Schultern. In dieser Position hatte er die Frauen gern bei seinem eigenen Höhepunkt. Dann zog er sich augenblicklich zurück und ließ sich neben Kendra fallen.

»Mein Gott«, sagte er, »was für eine Nummer. Ich hab tatsächlich Sterne gesehen.« Und er lachte atemlos zur Decke hinauf. Er keuchte, und sein Körper war mit einem Schweißfilm überzogen.

Kendra schwieg. Er hatte ihr Lust bereitet. Um die Wahrheit zu sagen, hatte er ihr mehr Lust bereitet als irgendwer je zuvor, Dix eingeschlossen. Auch sie war außer Atem, Schweiß und Körpersäfte troffen von ihrem Leib, und nach jeder landläufigen Definition hätte sie sich als befriedigte Frau bezeichnen müssen. Doch es war die falsche Maßnahme gegen ihre Unzufriedenheit gewesen. Sie spürte die Leere in ihrem Innern – trotz der anhaltenden, wundervollen Schauer ihres Orgasmus.

Sie wollte, dass er ging, und sie hatte Glück. Geoff hatte keineswegs die Absicht, länger zu bleiben. Er sammelte seine Kleidungsstücke ein, trat ans Bett und strich mit den Fingerspitzen über Kendras Brustwarze. »War's gut für dich?«, fragte er.

»Gut« war eine Frage der Definition, aber sie tat ihm den Gefallen und antwortete: »Oh, mein Gott, ja«, rollte sich auf die Seite und griff nach den Zigaretten.

Sie sah seinen missfälligen Blick nicht – in seinen Fantasien rauchten Frauen nach dem Sex offenbar nicht. Er wandte sich ab, um sich anzuziehen. Sie sah ihm zu, und er fragte, ob sie einen Kamm oder eine Bürste für ihn habe.

»Im Bad«, antwortete sie und beobachtete ihn weiter, als er die Tür öffnete.

Er stieß beinahe mit Ness zusammen.

Es war kein Licht eingeschaltet, aber das war auch nicht nötig, da Kendras Schlafzimmervorhänge geöffnet waren. Die Szene war unmissverständlich: Kendra auf dem Bett, nackt und unbedeckt in der warmen Nacht, eine Zigarette lässig zwischen den Fingern, die zerwühlten Bettlaken um sie herum, und der Mann immer noch nicht komplett angezogen, sondern mit Schuhen und Jackett in der Hand, offenbar im Begriff, sich nach dem erfolgreichen Abschluss seiner Eroberung davonzumachen. Und der Geruch in der Luft, der ihm, ihr und selbst den Wänden anzuhaften schien, war für Ness unverkennbar.

»Ach du Scheiße!« Er taumelte augenblicklich rückwärts ins Schlafzimmer und schlug die Tür hinter sich zu.

»Mist«, schnaubte Kendra und drückte im Aschenbecher auf dem Nachttisch ihre Zigarette aus. Das Risiko, dass eines der Kinder etwas sehen konnte, bestand immer, aber aus Gründen, die sie nicht so recht benennen konnte, hätte sie es vorgezogen, es wäre einer der Jungen gewesen. Überflüssigerweise erklärte sie Geoff: »Das ist meine Nichte. Sie schläft unten im Wohnzimmer.«

»Gleich unter …« Er wies auf das Bett.

»Sie muss uns gehört haben.« Kaum überraschend, wenn man bedachte, wie wild sie übereinander hergefallen waren. Kendra drückte die Finger an die Stirn und seufzte. Sie hatte bekommen, was sie wollte, aber nicht das, wonach sie sich gesehnt hatte. Und jetzt das, dachte sie. Das Leben war nicht gerecht.

Sie hörten das Schließen einer Tür und lauschten nach weiteren Geräuschen. Kurz darauf wurde die Toilettenspülung betätigt. Wasser lief. Die Tür wurde geöffnet, und Schritte gingen die Treppe hinab. Sie warteten vier endlose Minuten lang, ehe Geoff sein Vorhaben in die Tat umsetzte. Auf Kamm und Bürste verzichtete er. Er wollte einfach nur noch verschwinden. Er schlüpfte in die Schuhe, streifte das Jackett über und steckte sich den Schlips in die Tasche. Dann sah er zu Kendra hinüber, die sich mit dem Laken bedeckte hatte, und nickte ihr zu. Er wusste, er musste jetzt irgendetwas sagen, aber es fiel ihm nichts Passendes ein. Er konnte sich wohl kaum mit einem »Bis bald« verabschieden, da er keineswegs die Absicht hatte, Kendra wiederzusehen. »Danke« erschien ihm grässlich, und jede Andeutung auf den Akt selbst kam ihm nach dem Zwischenfall mit Ness unangebracht vor. Also entschied er sich für etwas, das zur Hälfte Resultat seiner Internatserziehung und zur anderen Hälfte aus Historienfilmen abgekupfert war: »Ich finde den Weg schon allein«, und weg war er.

Kendra setzte sich auf und starrte die Wand an. Sie zündete sich eine neue Zigarette an, als hoffte sie, der Qualm würde ihr die Sinne vernebeln. Denn was sie vor sich sah, war Ness' Gesicht. Sie hatte keine Verurteilung in dem Ausdruck erkannt. Auch keinen wissenden Sarkasmus. Vielmehr hatte sie in dieser Miene Überraschung gelesen, die blitzschnell einer desillusionierten Resignation gewichen war, die zu empfinden keine Fünfzehnjährige in der Lage sein sollte. In Kendra stieg ein Gefühl auf, mit dem sie nicht gerechnet hatte, als sie Geoff in ihr Bett einlud: Scham.

Schließlich raffte sie sich auf, ging ins Bad und ließ die Wanne volllaufen. Das Wasser war so heiß, dass sie es gerade noch aushalten konnte. Sie stieg hinein und spürte das Brennen auf der Haut. Dann ließ sie sich zurücksinken und hob das Gesicht zur Decke. Sie weinte.

18

In Bezug auf Ness ging Kendra viel härter mit sich selbst ins Gericht als nötig. Denn Ness war mit ganz anderen Dingen beschäftigt, als sich um die Anwesenheit eines fremden weißen Mannes in Kendras Schlafzimmer zu scheren. Sicher, ihn dort anzutreffen war eine Überraschung gewesen. Ness hatte das übliche Getöse gehört und angenommen, Dix sei zurückgekehrt. Doch zu ihrem Erstaunen hatten das Quietschen und Poltern von Kendras Bett über ihr nicht die gleichen Gefühle in ihr ausgelöst wie früher. Vielmehr war sie aufgewacht, hatte lediglich das Gesicht verzogen und dann gemerkt, dass sie zur Toilette musste. In der Annahme, Dix sei bei ihrer Tante – was bedeutete, dass er die ganze Nacht bleiben würde und sie kaum damit rechnen musste, ihm zu begegnen, wenn sie ins Bad ging –, war sie die Treppe hinaufgestiegen, nur um einen Fremden aus Kendras Schlafzimmer kommen zu sehen.

Es hatte einmal eine Zeit gegeben, da jeder Mann, der aus Kendras Zimmer kam, sie mit Eifersucht erfüllt hätte, die nur unzureichend als Ekel getarnt war. Doch inzwischen hatte sie ein Papadam mit einer pakistanischen Frau geteilt, die sie, so hatte sie geglaubt, nicht einmal leiden konnte. Einige Tage später hatte Majidah ihr eröffnet, sie werde die Kindertagesstätte heute früher schließen. Ness hatte angenommen, dass sie den Rest des Nachmittags frei habe. Doch Majidah hatte sie schnell eines Besseren belehrt und ihr erklärt, dass sie in Covent Garden Bastelmaterial abzuholen hätte. Ness solle mitkommen und ihr helfen.

Ness kam sich ausgenutzt vor. Gemeinnützige Arbeit hieß doch sicher nicht, dass sie wie eine Dienstmagd durch ganz London gondeln musste, oder?

Majidah informierte sie jedoch, dass der Richter nicht Ness

die Entscheidung darüber übertragen habe, worin die gemeinnützige Arbeit bestünde. »Wir brechen um Punkt zwei Uhr auf«, kündigte sie an. »Wir werden die U-Bahn nehmen.«

»Hey, ich hab nix ...«

»Bitte. ›Hab nix‹ – was für eine Sprache ist das denn, Vanessa? Wie willst du hoffen, je etwas aus deinem Leben zu machen, wenn du so sprichst?«

»Hä? Als ob ich je was aus mir machen könnt.«

»Aber selbstverständlich! Wieso denn nicht? Aber glaubst du etwa, dass du ein *Anrecht* darauf hast und nichts dafür tun musst? Und was genau ist es eigentlich, das du willst? Ruhm? Reichtum? Noch mehr von diesen albernen hochhackigen Schuhen? Oder bist du eine dieser dummen jungen Frauen, denen es nur darum geht, prominent zu werden? Eine berühmte Schauspielerin, ein Model, ein Popstar? Ist es das, Vanessa? Berühmtheit als höchstes Ziel, wo du doch tun könntest, was immer du willst. Eine junge Frau wie du, die obendrein keinen Mann hat, der ihr Geschick bestimmt, als sei sie ein Stück Vieh! Du könntest nach den Sternen greifen, aber du bist nicht im Mindesten dankbar für dieses Privileg. Du träumst nur davon, ein Popstar zu sein.«

»Hab ich das gesagt?«, warf Ness grantig ein, als Majidah sich unterbrechen musste, um Atem zu schöpfen. »Hab ich nur einmal irgendwas in der Richtung behauptet? Echt, Majidah, Sie ha'm totale Vorurteile, hat Ihnen das schon mal einer gesagt? Und wie sind wir jetzt eigentlich darauf gekommen? Ich hab nix ...« Sie sah Majidahs sturmumwölkte Miene und lenkte ein: »Ich verfüge nicht über genügend Geld für das U-Bahn-Ticket«, sagte sie artig.

Majidah musste ein Lächeln unterdrücken, als sie Ness' vornehme Formulierung hörte. Sie fragte: »Und das ist alles? Du meine Güte, Vanessa, ich hatte nicht die Absicht, dich selbst für dein Ticket bezahlen zu lassen. Das hier ist Arbeit, und das Geld für deinen Fahrschein lassen wir uns selbstverständlich zurückerstatten.«

Nachdem das klargestellt war, verließen sie die Kindertagesstätte pünktlich um zwei Uhr. Majidah sperrte den Pavillon sorgsam ab und vergewisserte sich dann noch drei Mal, dass die Tür auch wirklich verschlossen war, ehe sie Ness die Hand auf den Arm legte und sie durch das Törchen im Zaun dirigierte. Sie gingen den kurzen Weg zur U-Bahn-Station Westbourne Park, wo Majidah umständlich den ausgehängten Streckenplan studierte, um die beste Route zu finden. Sie murmelte vor sich hin, schnalzte mit der Zunge und zählte die Haltepunkte, während Ness danebenstand und mit dem Fuß auf den Boden tippte. Als die Strecke feststand, stiegen sie in die nächste Bahn und gelangten schließlich nach Covent Garden. Majidah ging jedoch nicht in Richtung Markt, wo sie wie auch immer geartetes Material hätte bekommen können, wenn auch kaum zu günstigen Preisen. Stattdessen wandten sie sich nach Norden in Richtung Shelton Street. Dort stieß sie eine Tür zwischen einem winzigen Buchladen und einem Stehcafé auf. Dahinter führte eine Treppe sie vier Stockwerke hinauf. »Der verdammte Aufzug in diesem jämmerlichen Gebäude hat noch nie funktioniert«, klärte Majidah Ness auf. Außer Atem gelangten sie schließlich zu einem Loft, wo farbenfrohe Ballen Leinen, Seide, Baumwolle, Samt und Filz auf großen Arbeitstischen lagen. Vier Leute waren schweigend bei der Arbeit und lauschten Kiri Te Kanawa, die Mimis Todeskampf zum Besten gab. Der CD-Player stand auf einer Reihe Kästen, die alles nur denkbare Material von Schmuckmünzen bis zu Glasperlen enthielt.

Zwei der Arbeiter waren Frauen in Shalwar Kamiz, eine weitere trug einen Tschador. Die vierte Person war ein Mann in Jeans, Turnschuhen und einem weißen Baumwollhemd. Die Frauen klebten und nähten, während er dabei war, der fünften Person im Raum eine Kopfbedeckung aufzusetzen – einer glutäugigen mediterranen Schönheit, die eine Zeitschrift las und murmelte: »Diese idiotischen, blöden Kriegstreiber«, worauf der Mann erwiderte: »Welch wahres Wort. Aber bitte halten Sie den Kopf gerade, Miss Rivelle. Es sitzt noch nicht richtig.«

Genau wie die Arbeiterinnen war der Mann Pakistani, Miss Rivelle jedoch nicht. Sie hob die Hand, um zu betasten, was er ihr auf den dichten blonden Schopf gesetzt hatte. »Also wirklich, Sayf, das ist unmöglich! Können Sie nicht das Gewicht verringern? Wie, denken Sie, soll ich damit in der Lage sein aufzutreten, eine Arie zu singen und dramatisch hinzuscheiden, ohne dass dieses ... dieses *Ding* zu Boden fällt? Wer in Gottes Namen hat diesen Entwurf abgesegnet?«

»Mr. Peterson-Hayes.«

»Na, der Regisseur muss es ja auch nicht tragen. Nein, nein, so geht das einfach nicht.« Sie nahm den Kopfputz ab, reichte ihn Sayf und entdeckte Majidah und Ness auf der anderen Seite des Lofts. Genau im selben Moment sah auch Sayf die Besucherinnen. »Ma!«, rief er. »Teufel noch mal. Ich hab's vergessen.« Und an Ness gewandt: »Hallo. Du musst die Zwangsarbeiterin sein.«

»Sayf al Din«, sagte Majidah streng. »Was für eine Begrüßung ist das, bitte? Und du, Rand«, zu der Frau im Tschador, »erstickst du nicht unter dieser lächerlichen Bettdecke? Wann wird dein Mann endlich zur Vernunft kommen? Dieses Kleidungsstück, das du da trägst, ist für die Straße gedacht. Man trägt es nicht im Haus.«

»Die Anwesenheit Ihres Sohnes ...«, murmelte Rand.

»Oh ja, meine Liebe. Du meine Güte, er wird sicher gleich über dich herfallen, wenn du dein Gesicht zeigst. Ist es nicht so, Sayf al Din? Hast du nicht schon mindestens zweihundert Frauen geschändet? Zeig uns deine Tanzkarte, mein Sohn!«

»Meine Beischlafkarte«, verbesserte er sie. Er nahm Miss Rivelle die Kopfbedeckung ab und setzte sie behutsam auf einen Holzständer. »Ich werde versuchen, das Gewicht zu verringern«, versprach er der Sängerin. »Aber die Entscheidung liegt bei Peterson-Hayes. Sie müssen mit ihm reden.« Dann trat er zu einem hoffnungslos überfüllten Schreibtisch, der unter einem der Fenster stand, und wühlte aus den Papierbergen einen Kalender hervor. »Donnerstag?«, schlug er vor. »Um vier?«

»Wenn's sein muss«, gab die Frau gelangweilt zurück. Dann sammelte sie ihre Siebensachen ein – Einkaufstüten und eine Handtasche von der Größe eines Picknickkorbs – und trat zu

Sayf al Din, um sich nach italienischem Ritual mit zwei Luft-küssen von ihm zu verabschieden. Dann strich sie ihm über die Wange, er küsste ihr die Hand, und mit einem Wink in die Runde schwebte sie hinaus.

»Diva«, brummte eine der Shalwar-Kamiz-Frauen verächt-lich vor sich hin.

»Damen wie ihr verdanken wir, dass wir unsere Brötchen verdienen«, erinnerte Sayf al Din. »Auch wenn sie sich manch-mal wie ihre eigene Karikatur benehmen.« Er zwinkerte sei-ner Mutter zu. »Darüber hinaus bin ich durchaus an Diven gewöhnt.«

Majidah schnalzte missfällig mit der Zunge, aber Ness merk-te, dass sie nicht gekränkt war. Sie klang eher zufrieden, als sie zu Ness sagte: »Dieser Taugenichts ist mein Sayf al Din, Vanes-sa, das älteste meiner Kinder.« Somit war er also das Kind ihres ersten Mannes, keine dreizehn Jahre jünger als seine Mutter. Er sah ziemlich gut aus, dunkelhäutig und schwarzäugig, und er wirkte, als sei er immer ein wenig amüsiert.

»Und wie geht es deiner Frau, Sayf al Din?«, erkundigte Maji-dah sich. »Bohrt sie immer noch irgendwelchen unglücklichen Menschen in den Zähnen herum, statt Kinder zu kriegen? Mein Sohn hat eine Zahnärztin geheiratet, Vanessa. Sie hat zwei Kinder zur Welt gebracht und wieder angefangen zu ar-beiten, als sie sechs Wochen alt waren. Ich kann diesen Irrsinn nicht verstehen. Wie kann man lieber Fremden in den Mund sehen, statt das Antlitz seines Kindes zu betrachten? Sie sollte sich ein Beispiel nehmen an deinen Schwestern und Schwägerin-nen, Sayf al Din. Die haben zusammen schon neun Kinder, und nicht eines davon wird von einer Fremden versorgt.«

Sayf al Din hatte diesen Vortrag offenbar schon des Öfteren gehört, denn den letzten Satz sprach er mit seiner Mutter im Chor. Und er fuhr fort: »Welch ein Skandal, dass diese Frau tut, worin sie ausgebildet wurde, statt zu Hause zu bleiben und ihrem Mann Hühnchen Tikka zum Abendessen zu kochen.«

Es war eine so perfekte Imitation seiner Mutter, dass Ness lachen musste, genau wie die anderen Frauen.

»Ja, ihr mögt ihn amüsant finden«, sagte Majidah. »Aber das Lachen wird ihm noch vergehen, sollte diese Frau ihn verlassen und mit einem …«

»Kieferorthopäden durchbrennen«, beendete Sayf al Din den Satz. »Ach, welche Tücken einem drohen, wenn man mit einer Zahnärztin verheiratet ist. Da kann man gar nicht vorsichtig genug sein.« Er küsste seiner Mutter geräuschvoll die Wange. »Lass dich ansehen«, sagte er. »Warum bist du in den letzten Wochen kein einziges Mal zum Essen gekommen?«

»Um ihr vertrocknetes Hühnchen Tikka zu genießen? Du bist wohl verrückt, Sayf al Din. Deine Frau müsste erst einmal kochen lernen.«

Er sah zu Ness. »Meine Mum ist wie eine Schallplatte mit nur einem einzigen Lied darauf.«

»Das is' mir auch schon aufgefallen«, stimmte Ness zu. »Nur hat sie für jeden, den sie kennt, 'n anderes Lied.«

»Ja, in der Hinsicht ist sie schlau«, sagte Sayf al Din. »Es verleitet einen zu der Annahme, sie könne tatsächlich eine richtige Unterhaltung führen.« Er legte seiner Mutter den Arm um die Schultern und drückte sie an sich. »Du hast schon wieder abgenommen«, schalt er sie. »Lässt du Mahlzeiten ausfallen, Ma? Wenn du so weitermachst, werde ich dich fesseln und mit Mays Samosas füttern müssen, bis du platzt.«

»Dann könntest du mich auch gleich vergiften«, entgegnete Majidah. »Dies hier ist Vanessa Campbell, wie du schon erraten hast. Sie ist mitgekommen, um mir zu helfen, aber vielleicht könntest du ihr zuerst dein Studio zeigen.«

Sayf al Din kam der Aufforderung seiner Mutter gerne nach, wie es jeder Mann getan hätte, der seine Arbeit liebt. Er führte Ness durch das Loft, wo inmitten eines organisierten Chaos Kopfbedeckungen für die Royal Opera, die Theater im Westend und für Film und Fernsehen entworfen und hergestellt wurden. Er erklärte ihr den Entwicklungsprozess und zeigte ihr Zeichnungen. Ness sah kolorierte Skizzen, die große Ähnlichkeit mit denen an Majidahs Wohnzimmerwand hatten. »Oh ja«, sagte sie. »Solche habe ich schon bei Ihrer Mutter zu Hause gesehen. Ich hab mich schon gefragt, was es damit auf sich hat.«

»In Bezug worauf?«, fragte er.

»Wer sie gemacht hat und so. Und warum sie da rumhäng'. Nich' dass sie nix ...«

»*Nichts*, Vanessa«, verbesserte Majidah geduldig.

»... dass sie *nichts* hermachen. Das tun sie wirklich. Sind nur nich' das, was man erwarten würd ...«

»Ah, verstehe. Na ja, sie ist eben stolz auf mich, stimmt's, Ma? Man sollte das gar nicht glauben, so wie sie immer redet, aber sie will mich gar nicht anders. Ist es nicht so, Ma?«

»Eines sollte dir klar sein«, gab Majidah zurück. »Von all meinen Kindern bist du das schwierigste.«

Er lächelte. »Wie dem auch sei. Rand, die du mit solcher Missbilligung betrachtest, wird dir helfen, die Materialien zusammenzustellen, die du brauchst. Und während ihr das macht, zeige ich deiner Begleiterin, wie aus den Entwürfen fertige Kopfbedeckungen werden.«

Sayf al Din war ein ebenso großer Freund von Worten wie seine Mutter. Er erklärte Ness nicht nur, was er tat, sondern demonstrierte es auch. Und während er ihr seine Arbeit vorführte, redete er munter vor sich hin. Er war so amüsant, wie er aussah, und ein Gutteil seiner Freude an der Arbeit schöpfte er daraus, seine Werke an anderen auszuprobieren. Er lud Ness ein, von Turbanen bis hin zu Tiaren alles nur Denkbare aufzusetzen. Seinen Näherinnen stülpte er Hüte und Kopfschmuck über. Rand setzte er einen münzverzierten Stetson aufs verschleierte Haupt, und für sich selbst wählte er Hut und Feder eines Musketiers.

Sein Enthusiasmus ging Ness geradewegs ins Blut und erfüllte sie mit etwas, das sie zu Beginn dieses Ausflugs mit Majidah am allerwenigsten erwartet hatte: Freude, Interesse und Neugierde.

Tagelang durchlebte sie den Besuch in Sayf al Dins Studio in ihrer Erinnerung wieder und wieder, ehe sie beschloss, etwas zu unternehmen. Sie ging zum Jugendamt. Sie hatte dort keinen Termin, und deshalb hatte Fabia Bender sie auch nicht erwartet, und doch hatte die Frau keine Mühe zu erkennen, wer dieses Mädchen war und dass es sich seit ihrer letzten Begegnung verändert hatte. Sie konnte es nicht benennen, doch Ness ließ sie nicht lange im Ungewissen, sondern teilte ihr den Grund ihres Kommens umgehend mit: Sie habe sich jetzt überlegt, welchen Ausbildungsweg sie einschlagen wolle, sagte sie, und sie brauche die Zustimmung des Richters.

Ness' Schullaufbahn war aus Fabia Benders Perspektive bislang ausgesprochen holprig gewesen. Die Holland Park School hatte sich geweigert, das Mädchen wieder aufzunehmen, und fehlende Plätze im neuen Schuljahr als Ausrede vorgebracht. Jede andere Schule in der Nähe hatte das Gleiche behauptet, und nur am Südufer der Themse hatte die Sozialarbeiterin schließlich eine Schule finden können, die gewillt war, das Mädchen aufzunehmen. Doch ein Besuch vor Ort hatte Fabia verunsichert. Schlimm genug, dass sie in Peckham lag – eine Stunde Busfahrt entfernt. Obendrein war sie auch noch im übelsten Teil von Peckham angesiedelt und stellte eine gefährliche Versuchung für eine labile Heranwachsende wie Vanessa Campbell dar. Sie würde sich womöglich wieder mit den falschen Leuten einlassen. Also hatte Fabia bei Gericht einen Antrag auf Fristverlängerung gestellt. Sie werde schon etwas Geeignetes finden, versprach sie dem Richter, und unterdessen besuche Vanessa Campbell einen Einführungskurs in Musik auf dem College und verrichte ihre gemeinnützige Arbeit, ohne dass auch nur eine einzige Beschwerde von der Kindertagesstätte gekommen sei. Das spreche doch gewiss für sie? Der Richter pflichtete ihr bei und gewährte den Aufschub. Doch vor Beginn des Wintertrimesters müsse eine Dauerlösung gefunden sein.

»Hutmacherei?«, wiederholte Fabia Bender, als Ness ihr berichtete, was sie lernen wollte. Es war nicht so, dass sie Ness' Befähigung zu einer solchen Tätigkeit in Zweifel zog. Nur erschien ihr die Hutmacherei von allen möglichen Zukunftsplänen für dieses Mädchen als der unwahrscheinlichste. »Willst du etwa Hüte für das Pferderennen von Royal Ascot entwerfen?«

Ness hörte die Verwunderung in der Stimme der Sozialarbeiterin und reagierte empfindlich. Sie verlagerte das Gewicht auf ein Bein und schob angriffslustig die Hüfte vor. »Und wenn's so wär?« Diese riesigen und lächerlichen Kopfbedeckungen zu entwerfen, die reiche weiße Frauen bei diesem Event alljährlich zur Schau stellten, war das Letzte, was ihr eingefallen wäre. Tatsächlich war es ihr nicht in den Sinn gekommen; sie wusste kaum, was Royal Ascot eigentlich war, abgesehen von magersüchtigen, Champagner schlürfenden Frauen mit langen Titeln vor Namen, die sie als Aufmacher in der Boulevardpresse gesehen hatte.

Fabia Bender erwiderte hastig: »Entschuldige. Meine Frage war völlig unangemessen. Erzähl mir, was dich auf Hutmacherei gebracht hat, und welche Pläne du diesbezüglich hast.« Sie studierte Ness, um zu ergründen, wie ernst es ihr mit dieser Sache war. »Du hast doch Pläne, richtig? Du wärst sicher nicht ohne einen Plan zu mir gekommen.«

Sie hatte recht, und allein dass sie Ness' Voraussicht erkannt hatte, gefiel dem Mädchen. Mit Majidahs und Sayf al Dins Hilfe hatte Ness ihre Hausaufgaben gemacht. Und auch wenn sie den ersten Teil von Fabias Frage unbeantwortet ließ – ihr Stolz verbot ihr einzugestehen, dass etwas Gutes bei ihrer gemeinnützigen Arbeit herausgekommen sein könnte –, berichtete sie ihr doch von den Kursen, die am Kensington and Chelsea College angeboten wurden. Tatsächlich hatte das College sich als wahre Fundgrube für Ness' neues Interesse erwiesen, und unter anderem wurde dort ein einjähriger, staatlich anerkannter Kurs in Hutmacherei angeboten, auf den sie, wie sie sagte, »total scharf« war.

Fabia Bender war erfreut, aber ebenso vorsichtig. Ness' Verwandlung kam so plötzlich, dass sie ihren Argwohn weckte, und sie wollte den Tag nicht vor dem Abend loben. Doch angesichts des Undanks, der ihr bei der Arbeit so oft entgegenschlug, war Fabia froh über eine Entwicklung wie diese. Eines ihrer Schäfchen unternahm von sich aus Schritte, den eingeschlagenen Weg zur Selbstzerstörung zu verlassen. Es zeigte ihr, dass ihre eigene Berufsentscheidung nicht falsch und unnütz war. Ness brauchte Ansporn. Fabia gedachte, ihn ihr zu geben.

»Das ist wirklich außergewöhnlich, Vanessa«, sagte sie. »Lass uns überlegen, wie du es angehen solltest.«

Nach seiner missglückten Auseinandersetzung mit Neal Wyatt sah Joel sich in einer ausweglosen Lage. Die Bombe tickte, und er musste etwas tun, um sie zu entschärfen.

Das Verrückte an seiner Situation war, dass die Veränderung, die er einst am meisten gefürchtet hatte, jetzt diejenige war, die er am heißesten ersehnte: Wenn Toby fortgeschickt würde, um auf eine Sonderschule zu gehen, wäre er in Sicherheit. Aber da diese Lösung nicht zu erwarten war, würde Toby weiterhin in Neal Wyatts Reichweite bleiben.

Joel war in ständiger Alarmbereitschaft. Er ließ seinen Bruder nicht mehr aus den Augen, es sei denn, jemand anderer passte auf ihn auf. Als die Wochen ins Land gingen – Wochen, in denen Neal und seine Gang sich weiterhin darauf beschränkten, sie zu verfolgen, zu johlen, sie zu verhöhnen und ihnen leise Drohungen zuzuraunen –, forderte die ständige Wachsamkeit ihren Tribut. Joels schulische Leistungen fielen ab, und er hörte auf zu schreiben. Er wusste, die Dinge konnten nicht ewig so weitergehen, ohne dass seine Tante irgendwann dahinterkam und Schritte einleitete, die alles noch schlimmer machen würden.

Also musste er selbst eine Lösung finden, und es schien nur noch einen Weg zu geben, der ihm offenstand. Das Klappmesser, das er immer im Rucksack oder in der Hosentasche mit sich führte, wies ihm den Weg. Neal Wyatt war vernünftigen Argumenten nicht zugänglich, das wusste Joel. Aber auf The Blade würde er hören.

Fortan machte er sich also Tag für Tag, sobald er Toby im Lernzentrum abgeliefert hatte, auf die Suche nach The Blade. Als Erstes fragte er Ness, wo ihr Exfreund wohl zu finden sei, aber ihre Antwort war wenig hilfreich: »Was willste 'n von *dem* Typ?«, fragte sie. »Willste unbedingt Ärger haben?« Und dann schärfer: »Haste etwa angefangen zu kiffen? Oder zu schnüffeln?« Auf seine Beteuerungen, dass es nichts Derartiges sei, erwiderte sie: »Das will ich hoffen.« Aber das war auch schon alles. Sie wollte ihm nicht verraten, wie er The Blade finden könne. Ihr selber hatte es nichts Gutes eingebracht, ihn zu kennen, wie also könne ihr Bruder durch diese Bekanntschaft irgendetwas Positives erfahren?

Joel musste ihn folglich ohne fremde Hilfe finden. Auch Hibah war keine Unterstützung. Sie wusste, wer The Blade war – jeder, der in North Kensington lebte und Augen und Ohren hatte, wusste das –, aber wo er zu finden war … In der Regel war es eher so, dass The Blade dich fand, nicht umgekehrt.

Joel hatte The Blade einmal an der Portnall Road getroffen, wo Arissa wohnte. Er nahm an, dass es nur eine Frage der Zeit war, bis er dort auftauchte, und da Cal Hancock seine Anwesenheit signalisieren würde, müsste Joel nicht einmal an Türen klopfen, sondern einfach nur warten, bis er Cal am Eingang des Gebäudes Wache schieben sah.

Am dritten Tag auf der Lauer hatte Joel Erfolg. Es war ein böiger Nachmittag, der den ersten Herbstregen versprach. Cal hatte die Wollmütze tief ins Gesicht gezogen und zog an einem Joint von der Größe einer kleinen Banane. Er hatte sich auf den schwarz-roten Pflastersteinen ausgestreckt, seine Beine die einzige Barriere, die Ankömmlinge hinderte, das Gebäude zu betreten. Doch bei genauerem Hinsehen erkannte Joel, dass Cal sich durchaus gerüstet hatte: Er trug eine Eisenkette bei sich, ein Ende um sein Handgelenk gewickelt, und ein Pistolengriff ragte aus seinem Hosenbund. Joels Augen weiteten sich. Er konnte nicht glauben, dass die Waffe echt sein sollte.

»Was geht, Mann?«, fragte Joel. Er war nur noch ein paar Schritte entfernt, bis Cal ihn entdeckte. Toller Leibwächter, fuhr es Joel durch den Kopf.

Cal erwachte aus seiner Versonnenheit. Verträumt nickte er Joel zu. »Bruder«, grüßte er und nahm noch einen Zug.

»Meinste, er find's gut, so wie du ihn bewachst? Ich hätte

einfach über dich herfallen können, Mann. Wenn er dich so sieht ...« Joel ließ den Rest vielsagend unausgesprochen.

»Is' alles cool, Mann«, erwiderte Cal. »Solange Calvin aufpasst, rührt niemand The Blade an. Außerdem is' er grad eh nich' in der Stimmung, mir Druck zu machen.«

»Wieso?«

»Kennste Veronica, drüben vom Mozart Estate?« Als Joel den Kopf schüttelte, fügte Cal erklärend hinzu: »Die hat heut früh ein Kind geworfen. Ein Junge. Is' sein Dritter. Er hat ihr vor Monaten gesagt, sie soll's wegmachen lassen, aber sie wollte nich', und jetz' is' er total hin und weg. Drei Söhne – spricht für den Mann, verstehste. Er feiert mit Arissa.«

»Und die weiß Bescheid über Veronica?«

Cal lachte. »Du bis wohl total irre. 'türlich nich'. Die blöde Kuh denkt vermutlich, er freut sich einfach, sie zu seh'n. Tja, ich denke, das tut er auch, denn sie hat ihr's wegmachen lassen, wie er gesagt hat.« Cal zog an seinem Joint und hielt den Rauch in der Lunge. »Also, was willste?«

»Ich muss mit The Blade sprechen. Ich hab was für ihn.«

Calvin schüttelte den Kopf. »Keine gute Idee, Bruder. Er will nich' an dich und deine Familie erinnert werden.«

»Wegen Ness?«

»Lass uns nich' davon anfang'. Je weniger von deiner Schwester gesprochen wird, umso besser. Aber eins sag ich dir.« Cal beugte sich vor, zog die Knie an und stützte die Ellbogen darauf, als wolle er seinen Worten besonderen Nachdruck verleihen. »Niemand legt The Blade aufs Kreuz. Er is' derjenige, der andere aufs Kreuz legt, wenn er meint, die Zeit is' is' gekomm', verstehste? Wenn eine von seinen Frau'n 'nen Alleingang macht, und dann stellt sich auch noch raus, dass da 'n anderer Kerl is' und sie gelogen hat ...« Cal nickte in Joels Richtung, und die Geste schien zu sagen: Den Rest kannst du dir wohl selber denken. »Bleib lieber auf Distanz zu The Blade. Wie gesagt, es is' keine gute Idee, dass du hier bis'.«

»Ness hatte kein' ander'n Kerl«, protestierte Joel. »Hat The Blade das gedacht?«

Cal streifte Asche von seinem Joint. »Keine Ahnung. Will ich auch nich' wissen, und ich werd bestimmt nich' danach fragen. Und du auch nich'.«

»Aber er hat doch Arissa«, wandte Joel ein. »Kann die nich' Ness' Platz einnehm'?«

»Darum geht's nich'. Hier geht's um Respekt.«

»So sieht er das?«

»Wie sonst?« Cal spielte mit der Kette an seinem Handgelenk, wickelte sie um die Fingerknöchel. Er öffnete und schloss die Finger, um zu sehen, wie beweglich sie jetzt noch waren. »Also, jetz' im Moment isses das Beste, die Party nich' zu verderben, klar? Wenn er Arissa vögelt, denkt er nich' an Ness Campbell, und das is' besser so.«

»Aber das is' doch *Monate* her.«

Cal saugte an seinen Zähnen. Er hatte nichts weiter zu sagen.

Joel ließ die Schultern hängen. The Blade war seine einzige echte Hoffnung. Ohne dessen Hilfe sah Joel keinen Weg, Tobys Sicherheit zu garantieren. Wäre Neal nur hinter *ihm* her gewesen, hätte Joel sich damit abgefunden, dass ein ernsthafter Kampf mit dem anderen Jungen einfach unvermeidlich war. Aber Tatsache war, dass Neal Joels größte Schwachstelle kannte, und diese hatte nichts mit Besorgnis um seine eigene Sicherheit zu tun, sondern allein mit Toby.

Joel blieb nur eine Möglichkeit. »Okay«, sagte er. »Aber ich hab was für ihn. Kannst du's ihm von mir geben? Ich bin sicher, er will's haben, und ich will, dass er weiß, es kommt von mir. Versprichste mir das? Dann geb ich es dir und hau ab.«

»Was kannst *du* schon haben, was *er* will?«, fragte Cal mit einem Lächeln. »Haste ihm 'n Gedicht geschrieben? Ja, ja, er weiß, dass du zu diesem Wort-Dingsda gehst, bei Ivan. The Blade weiß alles, was hier passiert. Darum isser The Blade. Und pass auf.« Er zeigte Joel die Pistole in seinem Hosenbund. »Fragste dich nich', wieso ich mit dem Teil hier rumlaufe und nich' befürchten muss, dass die Bullen mich einsammeln? Denk mal drüber nach, Kumpel. Is' nich' so schwierig zu erraten, oder?«

Die Pistole war Joel egal. Er beschloss, nicht weiter darüber nachzudenken – ein weiterer Fehler, wie sich bald herausstellen würde. »Is' kein Gedicht«, sagte er. »So blöd bin ich auch wieder nich'.« Er kramte das Klappmesser aus seinem Rucksack hervor, ließ es aufschnappen und drückte die Klinge auf seinem Oberschenkel wieder hinein.

Cal machte große Augen. »Wo haste das 'n her?«

»Er hat Ness damit am Kopf verletzt. Und gleich danach im Gerangel mit Dix hat er's verloren. Gib es ihm, okay? Und sag ihm, ich brauch bei einer bestimmten Sache seine Hilfe.«

Joel streckte ihm das Messer entgegen, doch statt es entgegenzunehmen, sagte Cal mit einem Seufzer: »Wie soll ich's dir noch klarmachen, Bruder? Halt dich von The Blade fern, Punkt, aus.«

»Hat dir nich' geschadet, dich mit ihm einzulassen.«

Cal lachte leise. »Ich sag dir was. Du hast Ness, okay? Und dein' Bruder. Du hast 'ne Tante, und du hast 'ne Mum. Ich weiß, dass sie in der Klapse is', aber trotzdem is' sie deine Mum. Du brauchst diesen Typen hier doch gar nich'. Glaub mir, du brauchst ihn nich'. Und wenn du ihn trotzdem willst, Mann, dann wird er dir 'nen Preis nennen.«

Joel antwortete: »Gib ihm einfach das Messer von mir, Cal. Sag ihm, ich hab's zurückgegeben, weil ich seine Hilfe brauch. Sag ihm, ich hätt's auch behalten können, und das heißt doch was. Ich hab das Messer nich' verhökert. Ich hab's zurückgegeben. Nimm es, und sag ihm das, Cal, bitte.«

Während Cal sich das Ganze durch den Kopf gehen ließ, erwog Joel noch einen anderen Lösungsansatz für sein Problem, nämlich Cal selbst um Hilfe zu bitten. Doch er verwarf die Idee gleich wieder. Ohne The Blade im Rücken konnte Cal niemanden einschüchtern. Er war ja doch nur ein Adjutant und Graffitikünstler und außerdem permanent stoned. Wenn er kämpfen musste, würde er es vermutlich tun, aber bei der Sache mit Neal Wyatt ging es nicht ums Kämpfen. Es ging darum, eine Linie zu ziehen. Cal konnte das nicht, weder bei Neal Wyatt noch bei sonst irgendjemandem. The Blade hingegen konnte das bei jedem.

Joel hielt Cal das Messer wieder hin. »Nimm es«, sagte er. »Du weißt doch genau, dass er's zurückhaben will.«

Zögernd nahm Cal das Klappmesser entgegen. »Ich kann's nicht versprechen.«

»Red einfach mit ihm! Das is' alles, worum ich dich bitte.«

Cal steckte das Messer in die Tasche. »Er meldet sich, wenn er dir helfen will«, sagte er. Und als Joel sich schon abwenden wollte, um davonzugehen, fügte Cal hinzu: »Du weißt, The Blade tut nix umsonst.«

»Is' mir klar«, antwortete Joel. »Sag ihm, ich bin bereit zu zahlen.«

19

Was ihre berufliche Zukunft betraf, erfuhr Ness allzu bald einen Dämpfer. Ness hatte nicht damit gerechnet, auf Schwierigkeiten zu stoßen. Sie wollte diese Kurse besuchen, also hatten sie gefälligst zu ihrer Verfügung zu stehen. Alles andere war einfach unvorstellbar.

Gleich der erste Stolperstein – die beachtliche Kursgebühr – brachte sie ins Straucheln. Sie kochte vor Wut, und diese Wut ließ sie an den Kindern aus, mit denen sie in der Tagesstätte Schmuck basteln sollte.

»Schmuck basteln« war ein Euphemismus für das sinnlose Auffädeln bunter Holzperlen auf ebenso bunte Plastikkordeln. Und da alle beteiligten Kinder unter vier Jahre alt waren und über eine entsprechend beschränkte Koordination von Auge und Hand verfügten, bedeutete »Schmuck basteln« eben auch, dass mehr Holzperlen verstreut als aufgefädelt wurden und die Frustration über diese Missgeschicke sich im Herumschleudern weiterer Perlen niederschlug. Mit alledem konnte Ness nicht sonderlich gut umgehen. Zuerst murrte sie, als sie am Boden herumkroch und Holzperlen auflas. Dann schlug sie die flache Hand auf die Tischplatte, als der emporgereckte Arm der kleinen Maya anzeigte, dass die nächste Perlenladung fliegen sollte. Schließlich verlegte Ness sich aufs Fluchen. »Schluss mit dem Scheiß!«, blaffte sie. »Wenn ihr die dämlichen Perlen nich' festhalten könnt, wird hier auch nix gebastelt. Das Spiel is' mir zu doof.« Sie begann, Perlenschachteln, Schnüre und Kinderscheren einzusammeln.

Die Kinder protestierten lautstark, was Majidah aus der Küche herbeilockte. Sie verfolgte die Szene einen Moment lang und schnappte einige der derberen Flüche auf, die Ness vor sich hin fauchte. Dann durchschritt sie den Raum und machte dem Schmuckbasteln selber ein Ende, aber nicht so, wie Ness es sich vorgestellt hatte. Majidah verlangte zu wissen, was Miss Vanessa Campbell einfalle, vor den unschuldigen Kindern zu fluchen. Sie wartete keine Antwort ab, sondern schickte Ness nach draußen, wo sie sich gleich um sie kümmern würde.

Ness ergriff die Gelegenheit, sich draußen eine Zigarette anzuzünden. Es war verboten, irgendwo in der Nähe der Kindertagesstätte zu rauchen. Ness hatte schon mehr als ein Mal gegen die Regel protestiert; die Eltern der Kinder rauchten doch auch in deren Gegenwart – ganz zu schweigen davon, was sie sonst noch vor deren Augen taten. Warum also durfte Ness nicht rauchen, wenn ihr danach war? Majidah hatte sich geweigert, darüber zu diskutieren. Regeln waren Regeln. Sie wurden nicht gebeugt, gebrochen, angepasst oder ignoriert.

An diesem Tag und unter diesen Umständen war all das Ness aus tiefster Seele gleichgültig. Sie hasste die Arbeit in der Kindertagesstätte, sie hasste Regeln, sie hasste Majidah, und sie hasste das Leben. Darum war sie entzückt, als Majidah ihr ins Freie folgte, nachdem sie die Kinder, mit größeren Perlen versorgt, wieder an die Arbeit gesetzt hatte. Sie zog einen Mantel über und verengte die Augen, als sie sah, dass Ness sich gerade eine verbotene Benson & Hedges gönnte. Geschieht dir recht, dachte Ness. Da kannste mal sehen, wie Wut sich anfühlt.

Majidah hatte sechs Kinder großgezogen. Sie ließ sich von Ness' Benehmen nicht aus der Fassung bringen. Sie hatte auch nicht die Absicht, sich jetzt dazu zu äußern, zumal Ness eindeutig genau das provozieren wollte. Da das Mädchen heute offenbar nicht in Frieden mit den Kindern arbeiten könne, trug sie Ness auf, stattdessen die Fenster zu putzen, die es allesamt dringend nötig hätten.

Ungläubig wiederholte Ness den Auftrag. Sie solle *Fenster* putzen? Bei diesem Dreckwetter? Erstens war's scheißkalt, und zweitens würd's todsicher anfangen zu pissen, noch bevor der Scheißtag zu Ende sei, also, was dachte Majidah sich eigentlich? Sie denke nicht dran, irgendwelche Scheißfenster zu putzen.

Statt zu antworten, ging Majidah zurück ins Haus und

suchte in aller Seelenruhe die notwendigen Arbeitsmaterialien zusammen. Dann erteilte sie detaillierte Anweisungen, als habe sie kein Wort von dem gehört, was Ness gesagt hatte. Fenster putze man in drei Schritten, erklärte Majidah, und dazu brauche man Wasser, Putzmittel, einen Gartenschlauch, Zeitungspapier und Essigessenz. Ness solle die Scheiben von innen und außen säubern, und anschließend würden sie über ihre Zukunft in der Kindertagesstätte sprechen.

»Ich brauch keine Zukunft in diesem Scheißladen!«, schrie Ness, als Majidah ihr den Rücken zukehrte. »Ha'm Sie sonst *nix* zu sagen?«

Natürlich hatte Majidah eine Menge zu sagen, aber sie gedachte nicht, mit Ness zu debattieren, solange das Mädchen in dieser Verfassung war. »Wir unterhalten uns, wenn die Fenster sauber sind, Vanessa.«

»Ich kann auch einfach von hier abhauen!«, konterte Ness.

Majidah entgegnete ungerührt: »Das steht dir frei.«

Allein diese Nüchternheit war ein Schlag ins Gesicht. Ness beschloss, es Majidah heimzuzahlen. Sie konnte es kaum erwarten. Sie würde der blöden Kuh eine Fensterreinigung bescheren, die sie so bald nicht vergessen sollte, und dabei wollte sie sich überlegen, was sie ihr alles sagen würde.

Sie sprühte die Fenster ab, schrubbte, polierte. Und sie rauchte: nur draußen allerdings; drinnen wagte sie es nicht. Als der Tag sich dem Ende zuneigte, die Fenster blitzten, die Kinder nach Hause gegangen waren und die ersten Tropfen zu fallen begannen, genau wie Ness prophezeit hatte, hatte das Mädchen seit über vier Stunden in Gedanken ein Wortgefecht mit der pakistanischen Frau ausgetragen und konnte es kaum erwarten, all das loszuwerden, was sie sich zurechtgelegt hatte.

Als Majidah die Fenster inspizierte, war es so weit. Sie ließ sich Zeit. Sie nahm jedes einzelne in Augenschein, ohne den Regen zu beachten, der die Scheiben schon sprenkelte. Schließlich verkündete sie: »Gut gemacht, Vanessa. Siehst du, dein Zorn hat sich in etwas Positives verwandelt.«

Ness wollte nicht zugeben, dass sie zornig war. Sie verzog

vielsagend den Mund und erwiderte: »Ja, super. Ich wette, ich hab 'ne klasse Karriere vor mir: als Fensterputzer.«

Majidah warf ihr einen Seitenblick zu. »Es gibt weitaus schlechtere Berufe, wenn man bedenkt, wie viele Fenster es in dieser Stadt gibt, die alle geputzt werden wollen.«

Ness stieß wütend die Luft aus. Ob es irgendetwas auf der Welt gebe, das Majidah nicht zu etwas Positivem verdrehen konnte, fragte sie. Es gehe ihr unendlich auf den Zeiger, Tag für Tag mit so einem fröhlichen Scheißsonnenscheinchen zusammen zu sein.

Majidah überlegte einen Moment. Auch sie hatte auf eine Gelegenheit gewartet, sich mit Ness zu unterhalten, doch gedachte sie nicht, sich auf diese Art Gespräch einzulassen. »Ja, du meine Güte, ist das denn vielleicht keine wichtige Fähigkeit?«, fragte sie. »Ist es nicht die wichtigste Fähigkeit überhaupt, die ein Mensch entwickeln muss, um die Enttäuschungen des Lebens zu verkraften?«

Ness tat ihre Meinung zu dieser Auffassung mit einem Schnauben kund.

Majidah setzte sich an einen der Miniaturtische, wies Ness mit einer Geste den Stuhl gegenüber und fragte nachsichtig: »Willst du mir jetzt vielleicht erzählen, was schiefgegangen ist?«

Ness war schon drauf und dran, »nix« zu sagen. Aber sie brachte es nicht heraus. Der gütige Ausdruck auf Majidahs Gesicht, der allem, was Ness getan hatte, immer noch trotzte, veranlasste das Mädchen vielmehr, die Wahrheit zu sagen, auch wenn sie dies mit unschwer durchschaubarer vermeintlicher Gleichgültigkeit tat. Sie habe sich mit Fabia Bender vom Jugendamt getroffen, berichtete Ness. Sie habe einen Kurs am Kensington and Chelsea College belegen wollen, der ihr eine echte berufliche Perspektive eröffnet hätte, die nichts mit Fensterputzen oder Perlenaufsammeln zu tun hatte. Doch der Kurs kostete über sechshundert Pfund, und woher solle Ness so viel Geld nehmen, ohne dafür auf den Strich zu gehen oder eine Bank zu überfallen?

»Welchen Kurs willst du denn besuchen?«, wollte Majidah wissen.

Ness schwieg. Sie hatte das Gefühl, zu viel preiszugeben, wenn sie eingestand, dass es die Hutmacherei war, die ihr Interesse geweckt hatte. Sie glaubte, damit werde sie alles offenbaren, was sich in ihrem Leben verändert hatte, was jedoch unausgesprochen war und es auch bleiben sollte. »Sollte ich mir nich' 'nen Berufswunsch überlegen?«, fragte sie stattdessen. »Sollte ich nich' versuchen, was aus mir zu machen?«

»Ich höre Enttäuschung«, stellte Majidah fest. »Also musst du mir erklären, was du damit erreichen willst. Du betrachtest das Leben als eine einzige Abfolge von Enttäuschungen. Und weil du es so siehst, bist du unfähig zu erkennen, dass eine neue Tür sich öffnet, wenn eine andere sich schließt.«

»Klar. Sicher doch.« Ness stand auf. »Kann ich geh'n?«

»Hör mich an, ehe du gehst, Vanessa«, bat Majidah, »denn was ich dir sage, sage ich in aller Freundschaft. Zorn und Enttäuschung verstellen dir die Sicht auf die Gelegenheiten, die Gott vor dir ausbreitet. Zorn und Enttäuschung machen uns blind, mein Kind. Zumindest lenken sie uns ab. Wenn wir aber akzeptieren, was das Jetzt uns bietet, wenn wir einfach durch den Augenblick schreiten und jedwede Aufgabe annehmen, die vor uns liegt, dann gewinnen wir die nötige Gelassenheit, um Beobachter zu sein. Und Beobachtung ist unser Instrument, um das zu erkennen, was wir als Nächstes tun sollen.«

»Ah ja?«, fragte Ness, und ihr Tonfall triefte vor Bitterkeit: »Hat das bei Ihnen funktioniert, Majidah? Das Leben sagt Ihnen, Sie können nich' Flugzeugbau studier'n, also halten Sie einfach die Augen offen, gehen weiter von Tag zu Tag und landen *hier*?«

»Ich bin bei *dir* gelandet«, entgegnete Majidah. »Das war in meinen Augen Teil von Gottes Plan.«

»Ich dachte, der heißt bei euch Allah«, höhnte Ness.

»Allah, Gott, der Herr. Schicksal. Karma. Wie auch immer. Das ist ein und dasselbe, Vanessa.« Majidah schwieg einen Moment und beobachtete ihr Gegenüber, wie sie es bereits die ganzen Monate über getan hatte, die Vanessa Campbell bei ihr arbeitete. Sie wollte weitergeben, was ein schwieriges Leben sie gelehrt hatte. Sie wollte Ness klarmachen, dass es nicht die Umstände des Lebens waren, die entschieden, sondern wozu man diese Lebensumstände nutzen konnte – Entscheidungen, Folgen und was man aus diesen Folgen lernte. Doch sie sagte nichts von alledem. In ihrem momentanen Zustand würde Ness ohnehin nicht zuhören. Also erklärte Majidah stattdessen: »Du stehst am Wendepunkt, mein Kind. Ich frage dich, was willst du mit all dieser Verbitterung anfangen?«

Nachdem Joel Cal das Klappmesser übergeben hatte, blieb ihm nichts anderes übrig, als zu warten, bis er von The Blade hörte. So gingen Tage und Wochen ins Land, während er sein Bestes tat, auf sich selbst und auf Toby achtzugeben. Wenn sie draußen waren, versuchten sie, Neal Wyatt nicht über den Weg zu laufen. Sie gingen immer zügig, und auf Joels Drängen hin übten sie auch weiterhin das Verstecken vor den Kopfjägern.

Sie standen gerade auf der Brücke über dem Kanal, um ein bunt bemaltes Hausboot zu beobachten, das in östlicher Richtung zum Regent's Park tuckerte. Toby schwärmte von den Piraten, die vermutlich auf dem Boot hausten, doch Joel hörte nur mit einem Ohr zu, als er von der Harrow Road eine Gestalt auf sie zukommen sah.

Joel erkannte ihn sofort: Es war Greve, Neal Wyatts Helfershelfer. Unwillkürlich schaute Joel sich nach Neal und dem Rest der Gang um. Es schien niemand in der Nähe zu sein. Joels Nackenhaare richteten sich trotzdem auf. Er raunte Toby zu: »Runter zum Boot! Jetzt, Tobe! Und komm nich' raus, ganz gleich, was passiert, bis ich rufe, klar?«

Toby rührte sich nicht. Er glaubte, Joel meine das Hausboot, das sich jetzt genau unter ihnen befand, mit einem bärtigen Mann am Steuer und einer Frau, die am Heck üppige Topfpflanzen wässerte. »Aber wo fährt es denn hin?«, fragte er. »Weil ich will nich' mitfahr'n, wenn du nich' …«

»Ich mein den Kahn«, unterbrach Joel. »Kopfjäger, Tobe! Verstehste? Komm nich' raus, bis ich's dir sage! Kapiert?«

Dieses Mal verstand Toby. Er hastete zur Eisentreppe und stieg eilig hinunter. Als Greve die Brücke erreichte, stieg Toby bereits über das verlassene Boot hinweg. Es schaukelte ein wenig, und dann lief er zu seinem Versteck unter dem alten Holzstoß.

Greve trat zu Joel ans Brückengeländer. Er schaute aufs Wasser hinab und dann mit einem Grinsen zu Joel. Joel befürchtete bereits, er würde ihm Ärger machen, doch Greve hatte lediglich eine Nachricht zu überbringen: Neal Wyatt wolle eine Aussprache. Falls Joel Interesse habe, könne er Neal in zehn Minuten auf dem abgesenkten Fußballplatz treffen. Wenn Joel kein Interesse habe, würden die Dinge so weiterlaufen wie bisher.

»Ihm isses egal«, betonte Greve, und Joel ahnte, dass diese Aussprache nicht Neals Idee gewesen war.

Das sprach Bände. Ob The Blade seiner Bitte zuvorgekommen war? Das wäre keine Überraschung; der Mann hatte mehr als ein Mal bewiesen, dass er wusste, was in dieser Gegend vorging. Darin lag ein Teil seiner Macht begründet.

Joel dachte nach: zehn Minuten, dann das Treffen, das vielleicht noch einmal zehn Minuten dauern würde. Und Toby? Er musste so lange in seinem Versteck bleiben. Joel wollte seinen kleinen Bruder unter keinen Umständen mitnehmen, wenn er mit Neal sprach, aber er wollte auch nicht riskieren, dass Toby sich ihren Feinden zeigte, falls dies eine Falle war. Er schaute sich um, vergewisserte sich, dass niemand in irgendeinem Hauseingang herumlungerte. Doch außer Greve war weit und breit niemand zu sehen.

»Was is' jetz', Mann?«

Ja, erklärte Joel, er wolle Neal treffen. In zehn Minuten. Er werde zum Fußballplatz kommen, und das solle Neal besser auch tun.

Greve grinste wieder. Er machte kehrt und ging in die Richtung zurück, aus der er gekommen war.

Sobald er außer Sichtweite war, eilte Joel die Treppe hinunter zu dem alten Kahn. Gedämpft rief er: »Tobe. Komm nich' raus! Hörste mich?« Er wartete, bis die körperlose Stimme flüsternd antwortete. Dann versprach er: »Ich komm zurück. Komm nich' raus, ehe du mich rufen hörst. Und hab auch keine Angst! Ich muss nur mal eben mit jemandem reden. Okay?«

»Okay«, wisperte es zurück. Joel warf einen letzten Blick über die Schulter, um sich zu vergewissern, dass ihn niemand mit dem Kahn hatte sprechen sehen, und dann machte er sich auf den Weg.

Er durchquerte Meanwhile Gardens und trabte die Elkstone Road zu dem Fußballplatz hinauf. Die Stadtverwaltung hatte erst kürzlich die Graffiti überpinselt. Das tat sie einmal im Jahr – und schuf damit den Künstlern unfreiwillig immer wieder eine frische Leinwand. Ein Schild, das Strafverfolgung bei Verunreinigung öffentlichen Eigentums androhte, war außerdem aufgestellt worden – und war bereits mit dem rot-schwarzen, ballonartigen »Ark« eines Sprayers verziert. Joel umrundete den Zaun, bis er das Törchen an der anderen Seite erreichte, und ging die Stufen hinab. Neal war nicht da.

Ihn an einem Ort wie diesem zu treffen, machte Joel nervös. Das Spielfeld lag zweieinhalb Meter tiefer als der Bürgersteig, und dort unten konnte man von oben aus kaum gesehen wer-den, es sei denn, man stand in der Platzmitte oder ein Passant – von denen es bei diesem regnerischen Herbstwetter ohnehin nur wenige gab – machte sich die Mühe, an den Zaun zu treten und hindurchzuspähen.

Joel fror. Es fühlte sich an, als steige ein feuchter Nebel vom Boden auf und als sammele er sich um seine Beine. Er schlen-derte zur Mitte des Fußballplatzes, stampfte mit den Füßen auf und steckte die Hände unter die Achseln. Um diese Jahreszeit wurde es schon merklich früher dunkel, und das Tageslicht schwand bereits. Die Schatten der umliegenden Mauern kro-chen über das Spielfeld und über das Unkraut, das durch die Risse im Asphalt wuchs.

Die Zeit verstrich. Joel fragte sich schon, ob er wirklich zur richtigen Stelle gekommen war. Es gab hinter dem Trellick

Tower noch einen weiteren Bolzplatz, aber der war nicht abgesenkt, und Greve hatte doch gesagt, am abgesenkten Fußballplatz, oder?

Joel kamen Zweifel. Zwei Mal hörte er jemanden näher kommen, und jedes Mal spannten seine Muskeln sich an. Doch beide Male gingen die Schritte vorüber und hinterließen nur den beißenden Geruch von Zigarettenqualm.

Joel ging auf und ab. Er kaute auf seinem Daumennagel. Er versuchte zu entscheiden, was er tun sollte.

Was er wollte, war Frieden – sowohl Seelenfrieden als auch Frieden mit seinem Feind. Nur deshalb war er auf den Vorschlag einer Unterredung eingegangen und hatte etwas getan, das ihm nun dumm erschien. Schließlich setzte er sich an diesem Ort einer nicht unbeträchtlichen Gefahr aus. Er war allein, unbewaffnet und ungeschützt, und er hätte es allein sich selbst zuzuschreiben, wenn er hierblieb und ihm irgendetwas zustieß.

Alles, was Neal und seine Freunde tun müssten, war, über den Zaun zu kommen und Joel in eine Ecke zu drängen. Von hier gab es keinen Fluchtweg, und er wäre erledigt – genau wie sie es zweifellos wollten.

Joel glaubte, seine Eingeweide verflüssigten sich. Der Klang schwerer herannahender Schritte verschlimmerte seinen Zustand. Das Scheppern einer Mülltonne in einer nahen Gasse hätte ihm um ein Haar den Rest gegeben, und Joel wurde klar, dass Neal ihn genau so würde antreffen wollen: nervös und randvoll mit Zweifel. Je weiter Joels Unbehagen zunahm, umso größer würde Neal sich fühlen – ganz Herr der Lage. Das gäbe Neal die Gelegenheit, um …

Gelegenheit. Der Gedanke daran rüttelte Joel wach. Dieses eine Wort leuchtete in seinem Geist auf und erhellte seine Situation, bis er sie in einem völlig neuen Licht sah. Wie ein Fuchs auf der Flucht vor der Meute preschte er vom Fußballfeld. Er wusste, er war mehr als nur dumm gewesen. Unaufmerksam war er gewesen, und Unaufmerksamkeit konnte ihn das Leben kosten.

Er rannte bis zur Straßenecke und dann weiter in Richtung Bahnlinie. Wie ein Wegweiser ragte der Trellick Tower vor ihm auf, und Joel hastete auf die Edenham-Siedlung zu. Er wusste jetzt genau, was los war, aber er wollte es nicht wahrhaben.

Die ersten Sirenen hörte er schon auf der Elkstone Road, noch ehe er irgendetwas sah. Und was seine Augen als Erstes entdeckten, waren die Lichter, diese blinkenden Warnlichter auf dem Dach der Einsatzfahrzeuge, die anderen Autos von Weitem signalisierten, den Weg freizumachen. Der Feuerwehrwagen stand auf der Brücke über dem Kanal. Ein Schlauch schlängelte sich die Treppe hinab, aber noch schoss keine Fontäne heraus, um die Flammen zu löschen. Fröhlich knisternd, verzehrten sie den alten Kahn. Wer immer ihn angezündet hatte, hatte ihn obendrein auch noch losgebunden, denn jetzt trieb er mitten auf dem Kanal, und dicke, übel riechende Qualmwolken stiegen daraus empor.

Schaulustige standen oben am Brückengeländer und auf dem Fußweg, der hinabführte. Auch von der Skate-Bowl gafften sie herüber, sogar vom Spielplatz der Kindertagesstätte.

Obwohl Joel doch ganz genau wusste, was passiert war, sah er sich überall nach Toby um. Er rief den Namen seines Bruders, zwängte sich durch die Menge. Dann erkannte er, warum die Einsatzkräfte keinen Versuch unternahmen, die Flammen auf dem Boot zu löschen.

Ein Feuerwehrmann stand bis zur Brust im öligen Kanalwasser. Er hatte seine Uniformjacke auf den Weg geworfen und watete zu dem Boot hinaus, eine Seilrolle über der Schulter. Er hielt auf das dem Feuer gegenüberliegende Ende zu. Dort kauerte eine kleine Gestalt.

»Toby!«, brüllte Joel. »Toby! Tobe!«

Aber im allgemeinen Getöse konnte Toby seinen Bruder nicht hören: Die Flammen leckten knisternd am alten, trockenen Holz, die Leute riefen dem Feuerwehrmann Ermunterungen zu, ein lautes Funkgerät im Löschfahrzeug oben spie unverständliche Wortschwalle aus, und überall herrschte Stimmengewirr, in das sich die Sirene eines Streifenwagens mischte, der auf der Brücke hielt.

Joel verfluchte sich dafür, dass er Neal Wyatt die Chance eingeräumt hatte, nach der dieser gesucht hatte: Toby war wie befohlen zu seinem Versteck gerannt. Und Neal und seine Meute hatten es in eine Falle verwandelt. Suchend blickte Joel sich um, obwohl er genau wusste, dass Neal und jeder, der mit Neal in Zusammenhang gebracht werden konnte, längst verschwunden war. Sie hatten ihre Wut nicht auf Joel gerichtet, der sich wenigstens hätte wehren können, sondern auf seinen Bruder, der niemals verstehen würde, was ihn für Typen wie Neal jetzt und für alle Zeiten zum bevorzugten Opfer machte.

Der Feuerwehrmann im Wasser erreichte das Boot und hievte sich an Bord. Toby hob den Kopf und betrachtete diese Erscheinung, die aus der Tiefe kam. Er hätte ihn für einen der gefürchteten Kopfjäger halten können oder sogar für eine Inkarnation von Maydarc, der aus Sosi gekommen war, um ihn zu holen, doch der kleine Junge spürte, dass die wirkliche Gefahr von dem Feuer ausging, nicht von diesem Mann. Er krabbelte auf Knien zu seinem Retter hinüber. Der Feuerwehrmann knotete das Seil ans Boot, um zu verhindern, dass es als schwimmender Feuerball den Kanal hinabtrieb, und dann packte er sich Toby. Kaum hatte er ihn aus der Gefahrenzone getragen, rief er seinen Kameraden oben am Löschfahrzeug irgendetwas zu, und aus der Spritze schoss Wasser. Die Menge begrüßte die Kaskade mit Jubel.

Joel wollte schon aufatmen, als einer der Polizisten Toby am Jackenkragen packte, kaum dass dessen Retter ihn abgesetzt hatte. Joel schob sich rüde nach vorn, um zu verhindern, dass der Beamte Toby einschüchterte.

»… du das Feuer angezündet, Junge?«, fragte er gerade. »Am besten sagst du uns jetzt gleich die Wahrheit.«

Joel rief: »Er war's nicht!« Endlich erreichte er seinen Bruder. »Er hat sich nur versteckt«, erklärte er. »Ich hab ihm gesagt, er soll sich verstecken.«

Toby zitterte und hatte die Augen weit aufgerissen, aber er

war unverkennbar erleichtert, als er erkannte, dass Joel wieder bei ihm war. Er richtete seine Antwort an seinen großen Bruder statt an den Polizisten, was diesen nicht gerade milder stimmte.

»Ich hab's genau so gemacht, wie du gesagt hast«, beteuerte Toby. »Ich hab gewartet, bis du sagst, ich kann rauskomm'.«

»Wie *du* gesagt hast?« Der Constable packte jetzt Joel, sodass er beide Jungen am Schlafittchen hatte. »Also geht das auf dein Konto? Wie heißt du?«

»Ich hab sie gehört, Joel«, fuhr Toby fort. »Die ha'm irgendwas aufs Boot gesprüht. Ich hab's gerochen.«

»Brandbeschleuniger«, meldete sich eine Männerstimme zu Wort. Dann brüllte sie zum Kanal hinüber: »Schaut mal nach, ob die zwei hier einen Anzünder auf dem Boot gelassen haben!«

»Hey!«, rief Joel. »Ich war das nich'! Und mein Bruder auch nich'. Er kann nich' ma'n Streichholz anzünden.«

Der Polizist quittierte das mit einem strengen »Mitkommen!« und schob beide Jungen vor sich her zur Eisentreppe.

Toby fing an zu weinen. Joel sagte wieder: »Hey! Wir ha'm nix ... Ich war nich' ma' hier, und Sie könn' ... Sie könn' die Jungs da drüben von der Skate-Bowl fragen. Die ha'm bestimmt geseh'n ...«

»Spar dir das, bis wir auf dem Revier sind«, entgegnete der Cop.

»Joel, ich hab mich doch versteckt«, jammerte Toby. »Wie du gesagt hast.«

Sie erreichten den Streifenwagen. Die hintere Tür stand offen. Neben dem Fahrzeug stand ein älterer Pakistani und sprach aufgeregt mit einem zweiten Beamten, der sich gerade hinter das Steuer setzte, während Joel und Toby auf die Rückbank verfrachtet wurden. »Dieser Junge hat das Feuer nicht gelegt, hören Sie nicht? Von meinem Fenster dort drüben – sehen Sie, es liegt gleich über dem Kanal – habe ich diese anderen Jungen beobachtet. Es waren fünf, und zuerst haben sie das Boot eingesprüht. Sie haben es angezündet und losgebunden. Ich hab's genau gesehen. Sie müssen mir zuhören, guter Mann! Diese beiden hier haben nichts damit zu tun.«

»Mach deine Aussage auf dem Revier, Gandhi«, antwortete der Fahrer. Er schnitt die Proteste des Zeugen ab, indem er die Wagentür zuschlug, und legte schon mal den Gang ein, während sein Kollege mit der Hand aufs Dach schlug, um anzuzeigen, dass sie abfahren konnten.

Diese beiden Beamten hatten viel zu viele amerikanische Kriserien im Fernsehen gesehen, dachte Joel. Leise sagte er zu seinem schluchzenden Bruder: »Nich' weinen, Tobe. Wir klär'n das alles.« Er sah Dutzende Gesichter, die sie von draußen anstarrten, doch er zwang sich, den Kopf hochzuhalten – nicht um stolz zu wirken, sondern um Ausschau nach dem einzigen Zuschauer zu halten, der von Bedeutung war. Doch selbst hier oben in der Menschenmenge, die die Straße säumte, war von Neal Wyatt keine Spur.

Auf der Polizeiwache an der Harrow Road wurden Joel und Toby in ein überheiztes Verhörzimmer geführt, wo vier Stühle – je zwei auf beiden Seiten eines Tisches – am Boden verschraubt waren. Ein großer Kassettenrekorder und ein Stapel Blätter lagen dort bereit. Die Jungen wurden angewiesen, sich zu setzen, und nahmen folgsam Platz. Die Tür schloss sich, wurde jedoch nicht abgesperrt. Joel entschied, das als hoffnungsvolles Zeichen zu werten.

Toby hatte aufgehört zu weinen, aber es brauchte nicht viel, und er würde wieder loslegen. Seine Augen waren immer noch weit aufgerissen, und seine Finger hatten sich in Joels Hosenbein gekrallt.

»Ich hab mich versteckt«, flüsterte Toby. »Aber die ha'm mich trotzdem gefunden. Joel, was meinste, wie die mich gefunden ha'm? Weil ich doch versteckt war?«

Joel wusste nicht, wie er es seinem Bruder erklären sollte. »Du hast getan, was ich dir gesagt hab, Tobe. Das war echt gut.«

Kurz darauf trat Fabia Bender durch die Tür. Sie kam in Begleitung eines stämmigen schwarzen Mannes in einem dunklen

Anzug. Sie stellte zuerst sich selbst, dann den Mann vor, Detective Sergeant August Starr. Sie würden nun damit beginnen, die Personalien der Jungen aufzunehmen, erklärte sie, weil man ihre Eltern kontaktieren müsse.

Da sie diesen beiden Campbells noch nie begegnet war, zog sie routinemäßig den Block zu sich heran, nachdem sie und Starr Platz genommen hatten. Sie wollte schon den Kugelschreiber aufsetzen, als Joel ihr ihre Namen nannte. »Seid ihr Vanessas Brüder?«, fragte sie, und als Joel nickte: »Ich verstehe.«

Sie starrte auf den Block hinab und tippte nachdenklich mit dem Stift darauf. Sergeant Starr warf ihr einen verwunderten Blick zu. Dies war für gewöhnlich nicht der Moment, da Fabia Bender zögerte. Er fragte die Jungen: »Wie heißen eure Eltern? Und wo sind sie?«

»Mummy ist im Krankenhaus«, tat Toby kund, ermuntert von dem freundlichen Tonfall, den die beiden Erwachsenen angeschlagen hatten. Er war unfähig zu begreifen, dass dieser freundliche Tonfall dazu dienen sollte, ihnen Informationen zu entlocken, nicht Freundschaft anzubieten, ganz gleich wie nötig diese Kinder einen Freund brauchten. »Sie pflanzt manchmal Blumen. Sie spricht mit Joel, aber nich' mit mir. Ich hab mal ihren Schokoriegel aufgegessen.«

»Wir wohnen bei …«

Fabia Bender schaltete sich ein: »Sie leben bei einer Tante, August. Ich arbeite seit einigen Monaten mit der Schwester der Jungen.«

»Probleme?«

»Sozialstunden. Erinnerst du dich, das Mädchen, das gleich hier gegenüber einen Straßenraub versucht hat.«

Starr seufzte. »Habt ihr keinen Vater?«

»Dad is' vor dem Schnapsladen erschossen worden«, teilte Toby ihm mit. »Da war ich noch klein. Wir ha'm dann erst bei unserer Gran gewohnt, aber die is' jetz' in Jamaika.«

»Tobe«, stoppte Joel ihn. Die Überlebensstrategie, die er verinnerlicht hatte, war simpel. Mit den Cops zu reden, gehörte nicht dazu. Sie meinten es nicht gut – sie hatten die Seiten gewechselt, und was sie mitgenommen hatten, war ihr Wissen darüber, wie das Leben wirklich war. Joel musste DS Starr nur ansehen – und das galt auch für Fabia Bender –, um zu erkennen, dass die Geschichte für sie ganz einfach war: Dass Gavin Campbell tot war, war schließlich typisch für einen Schwarzen. Er hatte das getan, was Schwarze nun mal taten: Schießereien, Messerstechereien, Prügeleien oder jede erdenkliche andere Methode, um einander wegen Drogengeschäften den Garaus zu machen.

Auch wenn Joel Toby zum Schweigen gebracht und nicht die Absicht hatte, selbst noch etwas zu sagen, verfügte Fabia Bender doch über alle Informationen, die sie brauchte. Also lehnte sie sich auf ihrem Stuhl zurück, um ihrer Aufgabe nachzukommen: nämlich das Verhör zu überwachen, das August Starr führen würde.

Joel und Toby ahnten nicht, welch großes Glück sie hatten, ausgerechnet an diesen Beamten geraten zu sein. Joel mochte glauben, Detective Sergeant Starr sei ein Überläufer, der Vorurteile gegenüber seinen eigenen Leute pflegte, doch in Wahrheit sah August Starr zwei Jungen vor sich, die seiner Hilfe bedurften. Er wusste, dass ihre äußere Erscheinung – ganz zu schweigen von Tobys Auftreten – ihnen das Leben erschwerte. Und er wusste ebenso, dass dieses schwierige Leben Jungs wie diese beiden mitunter mit dem Gesetz in Konflikt brachte. Er wollte ihnen einen Weg weisen – doch unglücklicherweise weigerte Joel sich, das zu erkennen.

DS Starr schaltete den Kassettenrekorder ein und nannte Datum, Uhrzeit und die Namen der anwesenden Personen. Dann wandte er sich an Joel und fragte ihn, was da draußen vorgefallen sei. »Und schwindel mich nicht an«, fügte er hinzu. »Ich merke es immer, wenn ich angeschwindelt werde.«

Joel gab ihm einen bereinigten Bericht der Ereignisse, der keine Namen enthielt. Er sei zum Fußballplatz an der Wornington Road gegangen, um ein paar Typen zu treffen, aber es habe wohl ein Missverständnis bezüglich der verabredeten Zeit gegeben oder so, denn die Jungen seien nicht aufgetaucht. Also war er nach Meanwhile Gardens zurückgegangen und hatte das Feuer auf dem Boot entdeckt.

Die Frage, was Toby auf dem Boot verloren hatte, beantwortete er wahrheitsgemäß: Er habe Toby aufgetragen, dort auf ihn zu warten. Es komme gelegentlich vor, dass ältere Kids aus der Gegend Toby zusetzen, und Joel habe die Sicherheit seines Bruders gewährleisten wollen. Er fügte hinzu, ein Pakistani habe all das den Cops auf der Brücke berichtet, aber die hätten ihn nicht anhören, sondern Joel und Toby alsbald auf die Polizeiwache verfrachten wollen. Und hier waren sie nun.

Unglücklicherweise konnte Joel nicht vorausahnen, was DS Starr als Nächstes fragen würde: Wie hießen die Jungen, mit denen er am Fußballplatz verabredet gewesen war?

»Warum woll'n Sie das wissen?«, erkundigte sich Joel. »Ich hab Ihnen doch grad gesagt ...«

Fabia Bender fiel ihm ins Wort, um ihm das Verfahren zu erklären: Es werde jemand gesucht, der Joels Behauptung bestätigen könne. Es sei im Übrigen nicht so, dass Sergeant Starr Joel nicht glaube. Dies sei einfach die übliche Vorgehensweise, wenn eine Straftat begangen worden war. Das verstand Joel doch, oder?

Natürlich verstand Joel mehr als nur das. Er kannte genügend Filme und Fernsehserien, in denen die Cops versuchten, Täter zu überführen. Doch er wusste ebenso, dass noch bedeutender, als denjenigen zu fassen, der einen alten Kahn in Brand gesteckt hatte, war, dass er alles nur noch schlimmer machen würde, wenn er Neal Wyatt verpfiff.

Also schwieg Joel. Er wusste, er brauchte sich keine Sorgen zu machen, dass Toby irgendetwas preisgab. Sein Bruder kannte die Namen der Jungen nicht einmal.

»Möchtest du ein Weilchen darüber nachdenken?«, fragte August Starr freundlich. »Du bist dir doch darüber im Klaren, dass hier ein Fall von Sachbeschädigung vorliegt, oder?«

»Das Boot war eh 'n Wrack«, gab Joel zurück. »Das hat doch schon ewig da gelegen.«

»Das spielt keine Rolle. Es gibt trotzdem einen Besitzer, und wir können nicht zulassen, dass irgendjemand anderer Leute Eigentum in Brand steckt, ganz gleich in welchem Zustand es sich befindet.«

Joel sah auf seine Hände hinab. »Ich war nich' da. Ich hab nix geseh'n.«

»So kommen wir nicht weiter, Joel«, entgegnete Sergeant Starr, nannte die Uhrzeit und schaltete den Rekorder ab. Dann eröffnete er Joel, er werde ihn ein Weilchen hierlassen, damit er über die Sache nachdenken könne, und bat Fabia Bender, bei den Jungen zu bleiben, während er draußen einige Anrufe erledigte. Vielleicht habe Joel ihm ja noch etwas zu sagen, wenn er zurückkäme, schloss er.

Toby wimmerte, als der Detective Sergeant den Raum verließ. Joel sagte: »Keine Panik, Mann. Er kann uns nich' hierbehalten. Und das will er auch nich'.«

»Aber er kann euch an mich weiterreichen, Joel«, bemerkte Fabia. Sie ließ ihren Kommentar nachwirken. »Willst du *mir* vielleicht noch irgendetwas erzählen, Joel? Es bleibt wirklich unter uns. Du kannst mir trauen, und wie du siehst, ist der Kassettenrekorder ausgeschaltet.«

Die typische Masche, erkannte Joel: guter Cop, böser Cop. Sergeant Starr war der böse und Fabia Bender machte einen auf liebe Tante. Gemeinsam wollten sie ihn einschüchtern und weichkochen. Das mochte bei anderen Jugendlichen vielleicht funktionieren, aber Joel war entschlossen, nicht darauf hereinzufallen.

»Ich hab Ihnen doch gesagt, was passiert is'«, antwortete er.

»Joel, wenn irgendjemand euch unter Druck setzt ...«

»Was dann?«, fragte er. »Was würden Sie denn machen, wenn's so wär? Sich denjenigen vorknöpfen? Mit ihm *reden*? – Is' ja auch egal. Niemand setzt uns unter Druck. Ich hab Ihnen doch gesagt, was passiert is'. Und der Pakistani hat das Gleiche gesagt. Geh'n Sie doch und fragen ihn, wenn Sie mir nich' glauben.«

Fabia Bender sah ihn an. Sie war sich nur zu bewusst, dass er recht hatte: Es gab so wenige Möglichkeiten. Und so viele

Menschen, die ihrer bedurften. Was konnte sie denn schon tun? »Ich würde diese Sache hier lieber gleich aus der Welt schaffen. Hier und jetzt.«

Joel zuckte die Achseln. Er wusste, es gab nur einen Weg, diese Sache »aus der Welt zu schaffen«, und der hatte nichts mit einer weißen Lady in einem Polizeirevier zu tun.

Fabia Bender stand auf. »Tja, ich muss auch ein paar Anrufe machen. Ihr wartet bitte hier. Möchtet ihr vielleicht irgendetwas? Ein Sandwich? Eine Cola?«

»Kann ich …«, begann Toby.

Joel ging dazwischen. »Wir brauchen nix.«

Fabia Bender ging hinaus, doch ihre Androhung irgendwelcher ominösen Anrufe hing weiter im Raum. Anrufe im Plural deuteten auf Pläne und Arrangements hin. Joel scheute davor zurück, auch nur darüber nachzudenken. Es würde schon alles glattgehen, sagte er sich. Er musste nur standhaft bleiben.

Die Tür öffnete sich wieder, und Sergeant Starr kam herein. Sie dürften gehen, verkündete er den Jungen. Mrs. Bender werde sie zu ihrer Tante bringen. Ein Mann namens Ubayy Mochi sei auf dem Revier erschienen. Er hatte den Vorfall von seiner Wohnung am Kanal aus beobachtet. Und er hatte die gleiche Geschichte erzählt wie Toby. »Ich will euch hier nicht wiedersehen«, sagte Sergeant Starr zu Joel.

Mir doch egal, dachte Joel, aber er sagte nur: »Komm, Tobe. Wir könn' geh'n.«

Fabia Bender wartete am Empfang auf sie, eingemummt in Tweedjacke und Schal und mit einem Barett auf dem Kopf. Sie schenkte den Jungen ein gnädiges Lächeln, ehe sie sie hinausführte, wo ihre Hunde am Fuß der Eingangstreppe warteten. »Castor, Pollux«, sagte sie. »Kommt!«

Die Hunde gehorchten.

Toby wich zurück. Nie zuvor hatte er so große Hunde gesehen. Fabia versicherte ihm: »Du kannst ganz beruhigt sein, mein Junge. Sie sind sanft wie Lämmer. Lass sie an deinen Händen schnüffeln. Du auch, Joel. Seht ihr? Sind sie nicht reizend?«

»Sind das Ihre Beschützer?«, fragte Toby.

»Ich nehm sie überall mit hin, weil sie den Garten umgraben würden, wenn ich sie allein zu Hause ließe. Sie sind schrecklich verzogen.«

Ihr Plauderton zeigte Joel, dass sie nicht wütend darüber war, wie die Dinge auf dem Polizeirevier gelaufen waren.

In dieser Hinsicht war Fabia Bender gerissen. Sie wusste, wann sie einen Rückzieher machen musste. Tatsächlich war sie froh gewesen, als Ubayy Mochi aufgekreuzt war und ihr Gelegenheit dazu gegeben hatte. Sie kannte die beiden Campbell-Jungen nun, und sie nahm an, heute war nicht das letzte Mal, dass sie einander begegneten.

Obwohl Joel ihr versicherte, sie fänden den Weg zum Laden der AIDS-Stiftung auch allein, wollte Fabia davon nichts hören. Ganz gleich welche Erklärung sie für die Ereignisse am Kanal vorgebracht hatten: Was Fabia sah, waren zwei Jungen in Gefahr. Ihre Tante musste davon in Kenntnis gesetzt werden, und genau das tat Fabia, als sie den Laden erreichten.

Als Fabia Bender sich verabschiedete, musste Kendra eine Wahl treffen, und diese Wahl fiel auf Joel. Weil sie und Joel verwandt waren, sagte sie sich, doch in Wahrheit war diese Lösung schlichtweg die einfachste. Sich für die Sozialarbeiterin zu entscheiden, hätte bedeutet, dass Kendra früher oder später irgendetwas hätte unternehmen müssen, und auch wenn sie weder unwillig noch unfähig oder gleichgültig war, so war sie doch ratlos.

Joel erzählte seine Version der Ereignisse. Im Vertrauen und mit gesenkter Stimme, während die Jungen die Hunde streichelten, erzählte Fabia Bender eine ganz andere Version. Und auch wenn ein Pakistani namens Ubayy Mochi das meiste dessen, was Joel und Toby ausgesagt hatten, bestätigte, hatte Fabia doch den Verdacht, dass mehr dahintersteckte.

Inwieweit mehr, hatte Kendra wissen wollen.

Joel habe doch nicht mit irgendeiner Gang zu tun?, hatte Fabia Bender sich behutsam erkundigt und hastig hinzugefügt, sie meine, ob er von einer Gang drangsaliert oder bedroht worden sei? Hatte es irgendwelche anderen Anzeichen gegeben, dass er Ärger hatte? Irgendwelche Probleme? Gab es irgendetwas, das Mrs. Osborne aufgefallen war?

Kendra kannte die Gesetze der Straße ebenso gut wie Joel. Trotzdem hatte sie ihn zu sich gerufen und befohlen, ihr zu sagen, was passiert war, und zwar diesmal die ganze Wahrheit. Sie fragte, ob diese Geschichte irgendetwas mit den Jungen zu tun habe, die ihm Ärger gemacht hatten.

Joel log, zumal er wusste, welche Antwort seine Tante von ihm erwartete: Das sei längst geklärt, versicherte er.

Kendra beschloss, ihm zu glauben, sodass Fabia Bender nichts weiter tun konnte, jedenfalls für den Moment. Sie verabschiedete sich und ließ Kendra allein mit ihren Neffen – und mit ihren Gedanken. Erst Ness, und jetzt dies. Sie war nicht dumm. Genau wie Fabia Bender wusste auch Kendra: Es bestand durchaus die Gefahr, dass alles noch schlimmer würde.

Sie seufzte, dann fluchte sie. Sie verfluchte Gloria Campbell für ihre Flucht nach Jamaika. Sie verfluchte Dix D'Court dafür, dass er aus ihrer aller Leben verschwunden war. Sie verfluchte das Alleinsein, das sie ersehnte, und die Komplikationen, die sie nicht wollte. Sie befahl Joel, die ganze Wahrheit zu sagen, jetzt da sie unter sich waren. Er log wieder, und wiederum klammerte sie sich an diese Lüge.

Aber sie spürte es genau, und sie fühlte sich deprimiert. Um dem etwas entgegenzusetzen, durchsuchte sie den Laden. Unter den neuesten Sachspenden war auch ein Skateboard mit einem wackligen Rad gewesen. Sie schenkte es Toby – ihre Art, sich für die immer längere Liste der Schwierigkeiten, Ängste und Enttäuschungen in seinem Leben zu entschuldigen.

Für Toby war das Skateboard ein Geschenk des Himmels. Er wollte auf der Stelle damit losfahren. Doch dazu musste es erst repariert werden, und das beschäftigte Joel und Kendra so lange, dass sie sich immer weiter von den drängenden Problemen entfernten, derer sie sich unbedingt hätten annehmen müssen. Aber genau so wollten sie es haben; deswegen hatte Joel gelogen und Kendra beschlossen, ihm zu glauben.

Als sie Cordie das nächste Mal traf, erzählte sie ihr ihre Version der Ereignisse. Sie hatte sich in einen Konflikt aus Emotionen, Bedürfnissen und Verpflichtungen verstrickt und brauchte jemanden, der die Entscheidungen guthieß, die sie traf. Als Gegenleistung für eine Schwangerenmassage, die in Cordies winzigem Wohnzimmer stattfand, lauschte Cordie der Geschichte von dem alten Boot und was dem Feuer nachgefolgt war, während ihre Töchter mit Wachsmalstiften in einem Malbuch zugange waren. Doch was Cordie schließlich sagte, war überhaupt nicht das, was Kendra zu hören erwartet hatte.

Sie bat Kendra, die Massage zu unterbrechen, setzte sich auf und wickelte das Laken um sich. Dann sah sie ihre Freundin scharf, aber nicht unfreundlich an. »Ken, ich muss dich mal was fragen«, sagte sie schließlich. »Haste schon ma' drüber nachgedacht, ob du dir da vielleicht zu viel aufgebrummt hast?«

»Was meinste 'n damit?«

»Das liegt doch auf der Hand, oder? Erst Ness, jetz' Joel. Ken, es is' schon schwer genug, Kinder großzuziehen, wenn's die eigenen sind. Es muss noch viel schwerer sein mit Kindern, die … Ihre Gran hat sie vor deiner Tür abgeladen, verdammt noch mal. Was ich sagen will …« Cordie geriet ins Stocken. Sie glitt vom Massagetisch und holte ihre Zigaretten, steckte sich eine an und befahl ihrer älteren Tochter, die Klappe zu halten: »Wehe, du erzählst es deinem Dad! Is' ja nur die eine Kippe, und die tut keinem weh, auch nicht dem Baby.« Sie wandte sich wieder Kendra zu, gestärkt, um deren Probleme in Angriff zu nehmen. »Die Jungs brauchen kein Skateboard«, begann sie. »Nett von dir, ihnen eins zu schenken, aber so nett es auch is', es is' nich' das, was sie brauchen, und wahrscheinlich weißte das auch.«

Kendra errötete. Sie lenkte davon ab, indem sie ihre Massageöle zuschraubte, die Duftkerzen ausblies und ihnen Luft zufächerte, damit sie schneller abkühlten und sie sie verpacken konnte.

»Du willst was gutmachen, und das is' lieb von dir. Aber das is' es nich', was sie brauchen.«

Kendra fühlte sich mutlos. Cordie, die immer so leichtfertig schien mit ihrer Vorliebe für Discos und wildes Geknutsche mit zwanzigjährigen Jünglingen in dunklen Fluren und Gassen, war doch zielsicher zum Kern der Sache vorgestoßen. Und dieser Kern ging weit über Ness' versuchten Raubüberfall und die Verurteilung, über Joels Verstrickung mit der ortsansässigen Gang und nun auch mit der Polizei hinaus.

»Diese Kinder brauchen Mutter oder Vater«, fuhr Cordie fort. »In einer idealen Welt, die's heutzutage aber so gut wie nich' mehr gibt, sollten Kinder *beide* Elternteile haben ...«

»Ich versuch ...«

»Weißte, Ken, das Wichtigste is': Nichts zwingt dich, es zu versuchen. Es is' keine Schande, dir einzugestehen, dass es einfach zu viel für dich is', verstehste? Es is' nich' jedem gegeben, Kinder großzuziehen, und es is' kein Verbrechen, sich das einzugesteh'n. Ich finde, nur weil eine Frau die nötigen Organe hat, is sie ja nich' gezwungen, sie auch zu benutzen.«

Das schmerzte aus Gründen, die nichts mit den Campbell-Kindern zu tun hatten. Kendra erinnerte ihre Freundin: »Ich hab die Organe noch nicht einmal.«

»Womöglich gibt's dafür 'nen Grund, Ken.«

Kendra musste zugeben, dass sie darüber schon mehrfach nachgedacht hatte, seit ihr die Campbell-Kinder aufgezwungen worden waren. Doch sie hatte es noch nie ausgesprochen. Hätte sie das getan, glaubte sie, wäre das ein so schrecklicher Verrat gewesen, dass sie es nie wieder hätte gutmachen können. Es hieße, für die Kinder eine zweite Glory zu werden. Eigentlich noch schlimmer als Glory.

»Ich muss das durchziehen, Cordie«, sagte sie. »Ich muss einen Weg finden. Ich könnte diese Kinder niemals abschieben ...«

Cordie unterbrach sie: »Das verlangt ja auch niemand. Aber du musst was unternehm', und das hat nix mit 'nem Skateboard zu tun.«

Kendras Möglichkeiten waren nicht übermäßig zahlreich. Tatsächlich schien sie eigentlich überhaupt keine zu haben. Also ging sie zum Falcon. Sie entschied sich ganz bewusst für diesen Treffpunkt, nicht für den Sportclub, denn dieses Mal wollte sie mehr Privatsphäre. Sie wusste, sie war berechnend, aber sie sagte sich, dass es Dinge zu bereden gäbe und sie einen ruhigen Ort dafür brauchte. Und ruhig war der Sportclub nun wirklich nicht. Der Falcon – oder vielmehr das Apartment darüber – hingegen schon.

Dix war nicht da. Doch einer seiner Mitbewohner war zu Hause und schickte Kendra zum Rainbow Café. Dix helfe dort seiner Mutter aus. Schon seit drei Wochen. Er habe beim Bodybuilding eine Pause einlegen müssen.

Kendra nahm an, Dix habe sich beim Training verletzt und müsse sich auskurieren. Doch als sie zum Rainbow Café kam, erfuhr sie, dass die Dinge ein wenig anders lagen. Sein Vater hatte dort, im Restaurant, einen Herzinfarkt erlitten, schlimm genug, um seiner Frau und seinen Kindern Angst einzujagen. Deswegen hatten sie darauf bestanden, dass er dem ärztlichen Rat folgte: fünf Monate Ruhe und keinen Tag weniger, Mr. D'Court. Der Patient, der erst zweiundfünfzig war, hatte selber einen ausreichend großen Schreck bekommen, um zu gehorchen. Doch das bedeutete, dass irgendjemand seinen Platz am Herd einnehmen musste.

Das Rainbow Café bestand aus einem L-förmigen Bereich mit Tischen und Stühlen entlang der Wand und der Fensterfront sowie einer Theke mit altmodischen Drehhockern. Als Kendra eintrat, schritt sie auf diese Theke zu. Es war keine Essenszeit, und Dix war damit beschäftigt, den Kochbereich hinter dem Tresen mit einem Metallkratzer zu reinigen, während seine Mutter Papierservietten in die Spender steckte, die sie von den Tischen eingesammelt hatte. Salz- und Pfefferstreuer standen auf einem Tablett vor ihr aufgereiht.

Der einzige Gast war eine ältere Frau, der einzelne graue Haare am Kinn wuchsen. Obwohl es im Café warm war, trug sie einen Tweedmantel. Ihre Strümpfe waren auf die Knöchel hinabgerutscht, und ihre Füße steckten in klobigen Halbschuhen. Sie döste über einer Tasse Tee und einem Teller weißer Bohnen auf Toast. Kendra kam sie vor wie eine Vision dessen, was aus einem werden konnte – ein erschütternder Anblick.

Als Dix' Mutter Kendra entdeckte, erkannte sie sie sofort wieder, obwohl sie sich erst ein Mal begegnet waren. Sie vergegenwärtigte sich die Situation, wie jede kluge Mutter es getan hätte, und was sie sah, gefiel ihr nicht.

»Dix«, sagte sie und nickte in Kendras Richtung. Dix nahm an, er solle eine Bestellung aufnehmen, und wandte sich um, doch als er sah, wer ihn besuchte, stieß er hörbar die Luft aus.

Die Trennung von Kendra war nicht leicht für ihn gewesen. Zu tief waren seine Gefühle für sie. Er verabscheute diesen Umstand, aber er hatte gelernt, ihn zu akzeptieren. Er wusste nicht, wie er es nennen sollte. Liebe, Lust oder irgendetwas dazwischen. Auf jeden Fall konnte er sie sich nicht einfach aus dem Kopf schlagen.

In Kendras Augen sah Dix unverändert gut aus. Sie hatte gewusst, dass sie ihn vermisste, aber nicht, wie sehr.

Dix war kein Mann, der aus seinem Herzen eine Mördergrube machte. »Siehs' super aus, Ken.«

»Du auch«, erwiderte sie das Kompliment. Ihr Blick glitt zu seiner Mutter hinüber, und sie nickte ihr höflich zu. Mrs. D'Court erwiderte den Gruß aus reiner Förmlichkeit. Doch ihr Gesichtsausdruck verriet ihre wahren Gefühle.

Dix schaute zu seiner Mutter. Ohne dass ein Wort gefallen wäre, verschwand sie mit dem Tablett voller Salz- und Pfefferstreuer im Lager. Die Serviettenspender ließ sie zurück.

Als Kendra fragte, seit wann Dix im Café arbeite, setzte er sie über seinen Vater ins Bild. Und als sie fragte, wie es denn nun mit dem Gewichtheben stünde, erwiderte er, einige Dinge müssten eben warten. Im Moment komme er auf zwei Stunden Training am Tag. Das müsse reichen, bis sein Dad wieder gesund sei. Kendra wollte wissen, wie er damit fertig werde, dass Wettkämpfe anstünden, für deren Vorbereitung er nicht genug

Zeit hatte. Er erklärte, es gebe Wichtigeres als Wettkämpfe. Außerdem komme seine Schwester jeden Tag her und helfe ebenfalls.

Plötzlich schämte sich Kendra. Sie hatte nicht einmal gewusst, dass Dix D'Court eine Schwester hatte. Sie war so verlegen, dass sie keine einzige Frage herausbrachte, etwa ob die Schwester jünger oder älter, verheiratet oder ledig war. Sie nickte nur und wartete, bis Dix sie fragte, wie die Dinge im Edenham Estate standen.

Er erkundigte sich nach den Kindern. Wie es ihnen gehe, fragte er und wandte sich wieder dem Herd zu. Er schien der Aufgabe seine gesamte Aufmerksamkeit zu schenken.

Gut, antwortete sie, den Kindern gehe es gut. Ness verrichte ihre gemeinnützige Arbeit ohne Widerworte, und Toby besuche nach wie vor das Lernzentrum. Sie habe übrigens beschlossen, dass Toby keine weiteren Untersuchungen brauche, fügte sie hinzu, so gut mache er seine Sache.

»Und Joel?«, wollte Dix wissen.

Kendra antwortete nicht, bis Dix sich ihr wieder zuwandte. »Stört es dich, wenn ich rauche?«, fragte sie. »Ich erinnere mich, dass du das nicht sonderlich magst.«

»Mach ruhig«, erwiderte er.

»Vermiss dich«, sagte sie, als sie sich die Zigarette angezündet hatte.

»Wer? Joel?«

Sie lächelte. »Bestimmt. Aber ich meinte mich. Ich seh dich hier stehen, und alles ist vergessen, weißt du.«

»Was is' vergessen?«

»Was immer dazu geführt hat, dass wir uns getrennt haben. Ich kann mich nicht erinnern, was es war, aber daran, was wir hatten. Hast du eine Freundin?«

Dix lachte leise. »Meinste, für so was hätt ich Zeit?«

»Hättest du denn gerne Zeit für jemanden? Du weißt schon, was ich meine.«

»So läuft das bei mir nich', Ken.«

»Du bist ein guter Mann.«

»Hmh.«

»Okay. Also sag ich's geradeheraus: Ich hab mich geirrt, und ich will dich zurück. Ich brauch dich. Ohne dich gefällt mir das Leben nicht.«

»Die Dinge haben sich verändert.«

»Weil du jetzt hier arbeitest? Weil dein Dad krank ist? Oder was? Du hast gesagt, es gibt niemanden ...«

»Du hast mir nicht geantwortet, als ich nach Joel gefragt hab.«

Und das hatte sie auch nicht vor. Jedenfalls noch nicht gleich. Stattdessen sagte sie: »Du und ich, wir sind uns sehr ähnlich. Wir haben Träume, und wir kämpfen dafür, unsere Träume wahr werden zu lassen. Zusammen kann man besser kämpfen als allein. Das ist das eine, und hinzu kommt alles, was wir füreinander fühlen. Oder irre ich mich? Fühlst du für mich nich', was ich für dich fühle? Willst du nicht jetzt sofort aus diesem Restaurant spazieren, um mit mir zusammen zu sein, wie nur du und ich das können?«

»Das hab ich nich' gesagt, Ken.«

»Dann lass uns darüber reden. Lass es uns versuchen. Ich hatte mit allem unrecht, Dix.«

»Na ja. Tja. Ich kann dir nich' geben, was du willst.«

»Aber du hast mir doch schon mal gegeben, was ich wollte.«

»Jetzt«, sagte er. »*Jetzt* kann ich dir nich' geben, was du willst. Ich bin kein Sicherheitsdienst, Kendra. Ich weiß, was du willst, und ich kann's dir nich' geben.«

»Was ich ...?«

»Du sagst kein Wort über Joel. Die Cops. Das brennende Boot. Meinste vielleicht, ich weiß nich', was bei euch los is'? Die Dinge liegen nich' anders als beim letzten Mal, als wir geredet haben. Nur dass du jetz' noch mehr Grund zur Sorge hast, weil die Cops gleich zwei der Kids auf dem Kieker haben und nicht mehr nur eins. Und an alledem kann ich nix ändern. Ich kann das Problem nich' aus der Welt schaffen, so wie du's gern hättest. Oder den Grund für dieses Problem. Wie gesagt, ich bin kein Sicherheitsdienst.«

Kendra wollte sich einreden, dass er absichtlich grausam zu ihr war statt einfach nur aufrichtig. Und sie wollte ihm vorlügen, dass ihre Bitte nichts mit Joel zu tun hatte, sondern nur mit Liebe und der Zukunft, die sie zusammen haben könnten. Doch sie war viel zu verblüfft darüber, wie gut er sie kannte – viel besser als sie ihn. Und ebenso war sie erschüttert darüber, dass seine Mutter das Gespräch belauscht hatte, was ihr zufriedener Gesichtsausdruck bewies, als sie aus dem Lagerraum zurückkam, die Salz- und Pfefferstreuer aufgefüllt und einsatzbereit.

»Ich habe gehofft, wir könnten eine Familie sein«, murmelte Kendra.

»Zu einer Familie gehört mehr als das.«

20

Kendra redete sich ein, die Dinge seien gar nicht so schlimm, wie sie aussahen. Da sie wusste, dass Teile von Joels Geschichte der Wahrheit entsprachen, wie die Aussage dieses Ubayy Mochi es immerhin bestätigte, bestand doch die geringe Chance, dass das Feuer auf dem Boot ein Zufallsereignis war, das gar nichts mit den Jungen zu tun hatte, die Joel und Toby drangsaliert hatten. Um das zu glauben, war es notwendig, dass sie andere Aspekte an diesem Vorfall ignorierte – wie etwa die Tatsache, dass Joel mit dem Jungen verabredet gewesen war, mit dem er zuvor mehrere hässliche Zusammenstöße gehabt hatte. Doch sie war gewillt, das zu tun – zu ignorieren. Im Grunde blieb ihr nichts anderes übrig. Joel weigerte sich schließlich, mehr zu sagen.

Kendra dachte, das Leben werde nun vielleicht in etwas ruhigere Fahrwasser geraten. Doch Fabia Benders neuerlicher Besuch im Laden belehrte sie eines Besseren. Die Sozialarbeiterin kam zu Fuß, wie üblich in Begleitung ihrer beiden riesigen Hunde, die sich brav zu Boden fallen ließen, sobald sie ihren Befehl »Platz« hörten. Sie lagen wie Wächter auf beiden Seiten der Tür, was Kendra als höchst unangenehm empfand.

»Sie werden die Kunden vergraulen«, sagte sie, als Fabia Bender die Tür schloss. Es regnete, und die Sozialarbeiterin trug einen knallgelben Regenmantel mit einem passenden Hut von der Sorte, wie Fischer sie bei einem heftigen Sturm tragen. Für die Londoner Innenstadt schien es eine seltsame Aufmachung – nicht aber für Fabia Bender. Sie nahm den Hut ab, den Mantel behielt sie an, und dann zog sie ein Faltblatt aus der Tasche.

»Dauert nur eine Sekunde«, versicherte sie Kendra. »Erwarten Sie einen großen Ansturm? Gibt es einen Sonderverkauf oder Ähnliches?«

Sie sagte es ohne Ironie und sah sich im Laden um, als suche sie nach Anzeichen, dass Kendra im nächsten Moment mit zwei Dutzend Kunden zu kämpfen haben würde, die um gebrauchte Schuhe und Jeans aus dritter Hand rangelten. Sie wartete jedoch keine Antwort ab, sondern trat an den Ladentisch, wo Kendra an der Kasse stand und in einer alten Ausgabe von *Vogue* geblättert hatte. Sie habe über Joel nachgedacht, sagte Fabia. Auch über Ness, aber vor allem über Joel.

Kendra stürzte sich dankbar auf das Thema Ness. »Sie hat doch nicht etwa ihren Dienst geschwänzt?«

»Nein, nein«, versicherte Fabia eilig. »Sie scheint sich dort wirklich ganz gut zu machen.« Sie erzählte Kendra nichts von ihren Bemühungen, Ness bei ihrem unlängst entdeckten, aber etwas überraschenden Wunsch behilflich zu sein, eine Hutmacherlehre zu absolvieren. Damit stand es nicht so gut, wie sie gehofft hatte. Es gab so viele junge bedürftige Menschen und zu wenig Geld, um sie alle zu unterstützen. Sie legte das Faltblatt auf die Theke und sagte: »Es gibt da ... Mrs. Osborne, es gibt vielleicht eine Möglichkeit für Joel. Mir ist zufällig dieses Infoblatt ... na ja, eigentlich nicht *zufällig*. Ich habe es schon eine ganze Weile, aber wegen der Entfernung habe ich gezögert. Weil es hier, nördlich der Themse, nichts Vergleichbares gibt ... Es ist ein Förder- und Freizeitprogramm für Jugendliche. Hier, sehen Sie selbst.«

Wie sich herausstellte, war Fabia Bender gekommen, um Kendra ein Programm für potenziell gefährdete Jugendliche vorzustellen. Es nannte sich »Colossus« und wurde von einer Gruppe privater Initiatoren in Südlondon betrieben. Das bedeute natürlich eine sehr weite Fahrt für einen Jungen, der so weit nördlich des Flusses lebte, räumte Fabia ein, aber da es hier in North Kensington eine solche Einrichtung nicht gebe, sei es vielleicht eine Überlegung wert, Joel einmal hinzuschicken. Colossus habe offensichtlich eine hohe Erfolgsquote mit Jungen wie ihm.

Kendra reagierte nur auf diesen letzten Satz: »Jungen wie ihn? Wie meinen Sie das?«

Fabia hatte sie nicht kränken wollen. Sie wusste, die Frau auf der anderen Seite des Ladentischs tat ihr Bestes für die drei Kinder, die sie in ihr Heim aufgenommen hatte. Aber die Ausgangslage war von vornherein problematisch gewesen: Sie hatte keinerlei Erfahrung mit Kindern, und ausgerechnet diese drei hatten weitaus anspruchsvollere Bedürfnisse, als eine alleinstehende, unerfahrene Ersatzmutter befriedigen konnte. Genau aus diesem Grund gerieten so viele Kinder in Konflikt mit dem Gesetz. Nicht etwa weil ein böser Samen tief in ihrem Innern schlummerte, bis der richtige Moment kam, um aufzukeimen. Wenn Fabia eine Chance sah, ein Kind von seinem unheilvollen Weg abzubringen, ergriff sie sie gern.

»Ich habe das Gefühl, dass Joel größere Probleme hat, als wir sehen können, Mrs. Osborne.« Sie tippte mit dem Finger auf das Faltblatt, das Kendra auf der Theke hatte liegen lassen. »Diese Gruppe hier bietet Freizeitaktivitäten, Beratung und Ausbildungen ... Ich möchte, dass Sie darüber nachdenken. Ich bin gerne bereit, mit Ihnen – und natürlich auch mit Joel – dort hinzufahren und mit den Leuten zu sprechen.«

Kendra betrachtete das Infoblatt genauer. Sie las die Adresse. »Elephant and Castle?«, fragte sie. »Er kann unmöglich jeden Tag dort hinfahren. Er hat doch Schule. Und er muss mir mit Toby helfen. Er muss ...« Sie schüttelte den Kopf und schob die Broschüre der Sozialarbeiterin wieder hin.

Fabia hatte mit dieser Reaktion gerechnet, also ging sie zu ihrem zweiten Vorschlag über: Joel brauche ein männliches Vorbild, einen Mentor, einen Freund. Jemand, der älter war als er und gefestigt, der Interessen in dem Jungen wecken konnte, die über das hinausgingen, was die Straße zu bieten hatte.

Augenblicklich dachte Kendra an Dix: Gewichtheben, das Fitnessstudio, Bodybuilding. Aber sie konnte nicht schon wieder zu Dix gehen, nachdem sie sich mit ihrem indirekten und alles andere als aufrichtigen Versuch, ihn in ihr Leben zurückzuholen, schon einmal erniedrigt hatte. So blieb nur noch einer, der Kendra in den Sinn kam – jemand, der immer wieder an der Peripherie von Joels Leben aufgetaucht war, seit der Junge die Holland Park School besuchte. »Er hat sich immer mit so einem weißen Mann in der Schule getroffen.«

»Ach. Im Rahmen dieses Mentorenprogramms? Ich habe davon gehört. Wer war dieser Mann?«

»Er heißt Ivan ...«

»Mr. Weatherall? Joel kennt ihn?«

»Er ist eine Zeit lang zu seinen Literaturabenden gegangen. Joel hat auch eigene Gedichte geschrieben. Immerzu hat er irgendwas in seinen Notizblock gekritzelt. Gedichte für Ivan, hat er mir erklärt. Ich glaube, es hat ihm Spaß gemacht.«

Das könnte die Lösung sein, dachte Fabia. Sie hatte von Ivan Weatherall gehört: ein Exzentriker in den Fünfzigern, mit einem hochentwickelten sozialen Gewissen, das bei Menschen seiner Herkunft selten war. Er stammte aus einer begüterten Familie in Shropshire, deren Wohlstand in Ivan die Überzeugung hätte wecken können, ein Anrecht auf ein Leben in Luxus zu haben, wie man es bei so vielen Leuten sah, deren Reichtum ihnen ein mehr oder minder sinnloses Leben zu führen gestattete. Doch die Weatheralls waren im neunzehnten Jahrhundert mit der Fertigung von Handschuhen zu Wohlstand gekommen, und vielleicht war das der Grund, warum Ivan eine andere Einstellung zu Geld und seiner Verwendung hatte. Wenn man Joel ermuntern könnte, die Beziehung mit Ivan Weatherall zu intensivieren ...

»Ich rufe in der Schule an und erkundige mich, ob Ivan Weatherall immer noch Joels Mentor ist«, versprach Fabia. »Und würden Sie ihn Ihrerseits ermuntern, weiterhin zu schreiben? Ich will ganz offen zu Ihnen sein: Es ist nicht viel, dieses Gedichteschreiben, aber vielleicht hilft es ihm. Und er braucht irgendetwas, Mrs. Osborne. Das tun alle Kinder.«

Die Bedürfnisse der Kinder waren ein Reizthema für Kendra. Sie wollte Fabia Bender loswerden, also versprach sie zu tun, was in ihrer Macht stand, um Joel zu bewegen, wieder Ivan Weatheralls Schreibklasse zu besuchen. Doch als die Sozialarbeiterin sich den gelben Hut auf den Kopf stülpte, zu ihren Hunden sagte: »Kommt, Jungs«, und den Laden verließ, fand

Kendra sich um eine weitere Sorge reicher: Wenn Joel wieder zu diesen Dichterabenden ging, wäre er nach Einbruch der Dunkelheit draußen unterwegs. Und bei Nacht draußen auf der Straße zu sein, brachte ihn in Gefahr. Irgendwie musste man dieser Gefahr begegnen. Und es gab dafür nur einen Weg. Wenn Dix ihr nicht helfen wollte, die Jungen zur Räson zu bringen, die es auf Joel und Toby abgesehen hatten, musste sie es eben selbst tun.

Als Kendra Joel nach dem kompletten Namen des Jungen fragte, der ihm Ärger machte, wusste Joel sofort, was sie im Schilde führte, doch er brachte dies nicht mit *Führt Worte statt Waffen* in Zusammenhang. Sie glaubte ihm kein Wort, als er behauptete, den Namen des Jungen nicht zu kennen, mit dem er doch nach eigener Aussage auf dem Fußballplatz verabredet gewesen war. Darum war er schließlich gezwungen, ihr zu sagen, sein Name sei Neal Wyatt. Er bat sie jedoch, ihn nicht zu behelligen. »Wenn du mit Neal redest, machst du die Dinge nur noch schlimmer für mich und Tobe«, erklärte er. Im Moment sei sowieso alles in Butter. Neal habe mit dem Abfackeln des alten Kahns seinen Spaß gehabt. Seither habe Joel ihn nicht mehr zu Gesicht bekommen. Letzteres war eine Lüge, aber das wusste seine Tante ja nicht. Neal war auf Distanz geblieben, aber er hatte sichergestellt, dass Joel wusste: Er war immer in der Nähe.

Kendra fragte, ob Joel sie anlüge, und Joel gelang es, empört auf die Frage zu reagieren. Er lüge nicht, wenn es um Tobys Sicherheit gehe, erklärte er. So gut sollte sie ihn doch wenigstens kennen, wenn sie schon nicht glauben wolle, was er sagte. Das erwies sich als exzellente Strategie. Kendra war fürs Erste beruhigt. Doch Joel wusste, er konnte es nicht dabei belassen. Er hatte lediglich eine Atempause errungen. Er musste seine Tante ein für alle Mal von ihrem Plan abbringen. Und Neal loswerden.

Offenbar war die Rückgabe des Klappmessers nicht ausreichend gewesen, um The Blade davon zu überzeugen, dass Joel seiner Aufmerksamkeit würdig sei. Joel musste persönlich mit ihm reden.

Er nahm Abstand davon, Ness noch einmal nach seinem Aufenthalt zu fragen, denn er fürchtete, sie würde ein Theater machen, das seiner Tante womöglich nicht verborgen blieb. Stattdessen bediente er sich einer anderen Informationsquelle.

Er machte Hibah in der Schule ausfindig. Sie saß zusammen mit Mitschülerinnen in einem der Flure im Kreis und nahm vor dem Regen geschützt ihr Mittagessen ein. Sie unterhielten sich gerade über »diese blöde Zicke Mrs. Jackson«, ihre Mathelehrerin, als Joel Hibahs Blick auffing und ihr bedeutete, dass er sie sprechen müsse. Sie kam auf die Füße und ignorierte das Gekicher der anderen Mädchen, weil sie sich mit einem Jungen unterhielt.

Joel kam gleich zur Sache. Er müsse The Blade treffen, eröffnete er ihr und fragte, ob sie wisse, wo er zu finden sei.

Genau wie seine Schwester fragte auch Hibah, was zum Teufel er ausgerechnet von The Blade wolle. Doch sie wartete keine Antwort ab, sondern sagte, sie habe keine Ahnung. Das wisse niemand, den The Blade nicht persönlich auserwählt habe. Und dazu gehöre kein Mensch, den sie kenne.

Dann fragte sie erneut, warum er ihn unbedingt ausfindig machen wolle, beantwortete die Frage aber sogleich selbst. »Neal.« Es war eine Feststellung. »Er macht dir Ärger. Das Boot und so. Stimmt's?«

Statt einer Antwort stellte Joel ihr die Frage, die er schon lange mit sich herumtrug: Was hatte sie eigentlich davon, mit einem Mistkerl wie Neal Wyatt rumzuhängen?

»Er is' nich' immer so.«

Was sie nicht sagte und nie hätte in Worte kleiden können, war, was Neal Wyatt in ihren Augen darstellte: einen Heathcliff der Gegenwart, einen Rochester oder hundert andere dunkle Heldengestalten der Literatur, auch wenn er in Hibahs Vorstellung eher den geheimnisvollen, unauslotbaren und unverstandenen Helden darstellte, der in modernen Liebesromanen zu finden war, im Fernsehen oder in Kinofilmen. Sie war, mit anderen Worten, ein Opfer des Mythos, der Frauen seit der Zeit der Troubadoure aufgezwungen wurde: Liebe überwindet alles, die Liebe errettet, und sie erduldet alles.

»Ich weiß, dass ihr beide Schwierigkeiten habt, Joel, aber das is' eine Sache, bei der's um Respekt geht.«

Joel schnaubte verächtlich.

Hibah war nicht beleidigt, aber sie nahm es als Aufforderung fortzufahren. »Neal is' clever, weißte. Er könnt's hier zu was bringen, wenn er wollte«, sagte sie mit einer Geste auf den Schulkorridor. »Er könnte alles erreichen: zur Universität gehen, Wissenschaftler werden, Doktor oder Anwalt. Alles, was er will. Aber du kannst das nich' seh'n, oder? Und das weiß er.«

»Alles, was er will, is', 'ne Straßengang zu führen«, widersprach Joel.

»Das stimmt nich'. Er hängt nur mit den andern Jungs rum, weil er Respekt will. Und das will er auch von dir.«

»Wenn jemand Respekt will, muss er ihn sich verdien'.«

»Ja, genau das versucht er ja ...«

»Dann versucht er's auf die falsche Art«, eröffnete Joel ihr. »Und das kannste ihm gern ausrichten. Und überhaupt, ich wollte nich' über Neal mit dir reden, sondern über The Blade.«

Er wandte sich ab, um sie ihren Freundinnen zu überlassen, aber Hibah hatte es nicht gern, wenn Leute im Streit auseinandergingen. »Ich kann dir nich' sagen, wo der Typ is'«, wiederholte sie. »Aber da is'n Mädchen, die heißt Six. Die weiß es wahrscheinlich, denn die hat was mit 'nem Typen namens Greve, und der kennt The Blade.«

Joel drehte sich wieder zu ihr um. Von Six hatte er schon gehört. Doch er wusste nicht, wo sie wohnte oder wo er sie finden könnte. Mozart Estate, sagte sie. Hör dich da einfach um. Irgendwer wird sie kennen. Six habe einen ziemlichen Ruf.

Das erwies sich als zutreffend. Als Joel zum Mozart Estate kam, musste er nur einige Passanten fragen, ehe ihm jemand den Weg zu der Wohnung wies, wo Six mit ihrer Mutter und einigen ihrer Geschwister lebte. Six erinnerte sich an Joels Namen, musterte ihn, überlegte, inwieweit er ihr nützen oder schaden konnte, und gab ihm schließlich die Information, die er wollte. Sie erzählte ihm von einem Abrisshaus am Rande des Mozart Estate in einer Biegung der Lancefield Road kurz vor der Kreuzung Kilburn Lane.

Joel entschied, bei Dunkelheit dorthin zu gehen, nicht weil er den fragwürdigen Schutz der Schatten suchte, sondern weil er es für wahrscheinlicher hielt, dass The Blade abends dort anzutreffen sei und nicht tagsüber, da er vermutlich auf den Straßen unterwegs war und tat, was immer man tun musste, um seine Stellung unter den kleineren Gaunern der Gegend zu sichern.

Joel erkannte, dass er richtiggelegen hatte, als er Cal Hancock entdeckte. Der Graffitikünstler hockte am Fuß einer Treppe hinter einem Maschendrahtzaun, dessen Tor weit genug offen stand, dass Besucher mühelos ein- und ausgehen konnten. Und nicht wenige Besucher waren zugegen. Flackerndes Licht wie von Kerzen oder Laternen schimmerte aus den Fenstern dreier heruntergekommener Wohnungen, von denen zwei im Obergeschoss des dreistöckigen Hauses lagen, so weit entfernt wie möglich von der Erdgeschosswohnung, wo The Blade irgendeine Art von Geschäft abwickelte. Die Stufen, die zu dem Apartment führten, waren aus Beton, wie auch das gesamte Gebäude.

Cal war dieses Mal eindeutig im Dienst. Er saß auf der vierten Stufe von unten und schaute sich wachsam um. Als Joel durch das Törchen im Zaun trat, erhob er sich lässig, aber doch einschüchternd für jemanden, der ihn nicht kannte – die Beine leicht gespreizt, die Arme vor der Brust verschränkt.

»Was geht?«, fragte er, als Joel näher kam, und nickte ihm zu. Er klang geschäftsmäßig. Also war hinter ihm in The Blades Wohnung irgendetwas im Gange.

»Ich muss ihn sprechen.« Joel versuchte, ebenso geschäftsmäßig wie Cal und gleichzeitig bestimmt zu klingen. Dieses Mal wollte er sich nicht abwimmeln lassen. »Haste ihm das Messer gegeben?«

»Ja.«

»Hat er's weggeschmissen oder behalten?«

»Er steht auf das Messer, Mann. Er hat's immer bei sich.«

»Und weiß er, woher's kommt?«

»Ich hab's ihm gesagt.«

»Gut. Jetz' sag ihm, ich muss mit ihm sprechen. Und erzähl mir kein' Scheiß, Cal. Es is' was Geschäftliches.«

Cal kam die Stufen herab und sah auf Joel hinunter. »Wie kommt's, dass du Geschäfte mit The Blade machen willst?«

»Sag ihm einfach nur, ich muss mit ihm reden.«

»Hat's was mit deiner Schwester zu tun? Hat sie 'n Wichser als Freund oder so? Oder haste 'ne Nachricht von ihr?«

Joel runzelte die Stirn. »Ich hab's dir schon mal gesagt. Ness hat jetz' andere Sachen im Kopf.«

»Das wird The Blade nich' grad gefallen, Mann.«

»Hör mal, ich kann nix dafür, was Ness macht. Sag The Blade einfach, ich muss reden. Ich halt so lang hier Wache und ruf, wenn jemand raufgeh'n will. Es is' wichtig, Cal. Diesma' geh ich hier nich' weg, bevor ich ihn gesprochen hab.«

Cal atmete tief durch und schaute zu der dämmrig erleuchteten Wohnung hinauf. Er öffnete den Mund, um etwas zu sagen, aber dann änderte er seine Meinung und ging die Treppe hinauf.

Während er wartete, lauschte Joel nach Stimmen, Musik, was auch immer. Doch die einzigen Geräusche kamen von der Kilburn Lane, wo gelegentlich ein Auto vorüberfuhr.

Auf leisen Sohlen trat Cal wieder zu ihm. Joel solle hinaufgehen. The Blade sei gewillt, sich mit ihm zu unterhalten. Es seien Leute da, fügte er hinzu, aber Joel dürfe sie nicht ansehen.

»Cool, Mann«, versicherte Joel, obwohl er sich keineswegs so fühlte.

Da die Stufen unbeleuchtet waren, tastete Joel sich am Geländer entlang nach oben. Er kam zu einem Treppenabsatz. Eine Tür führte auf den Außenflur. Dort war es heller. Der Schein einer Straßenlaterne am Lancefield Court fiel bis hierher. Er erreichte eine halb geöffnete Tür, durch die weiteres Licht flackerte. Als er näher trat, roch er brennendes Marihuana.

Er schob die Tür weiter auf. Sie führte in eine Diele, an deren Ende eine Batterielampe klemmte. Sie beleuchtete stockfleckige Wände und vereinzelte Linoleumfetzen auf dem Estrich, und ihr Schein fiel in einen angrenzenden Raum, wo alte Matratzen und aufgeschlitzte Futons herumlagen und schattenhafte Gestalten irgendwelche Transaktionen mit The Blade abwickelten.

Zuerst glaubte Joel, er sei in einem Crackhaus gelandet, und er verstand, warum Cal Hancock gezögert hatte, ihn einzulassen. Doch bald begriff er, dass das, was er beobachtete, andersartige Geschäfte waren. Auf den Futons dösten keine berauschten Männer und Frauen vor sich hin, sondern dort hockten Jungen, denen Plastikbeutel mit Crack, Heroin oder Gras ausgehändigt wurden und Zettel mit Lieferadressen. The Blade saß an einem Klapptisch und nahm die Portionierung der Drogen vor, während er gelegentlich Anrufe auf dem Handy entgegennahm.

Der Marihuanageruch kam aus einer entlegenen Ecke des Raums. Dort saß Arissa mit halb geschlossenen Augen und einem stumpfsinnigen Grinsen im Gesicht. Sie hielt einen Joint zwischen den Fingern, war aber offenbar schon high von irgendetwas Stärkerem.

The Blade ignorierte Joel, bis alle seine jungen Lieferanten ihre Zuteilung bekommen hatten und aus dem Abrisshaus getrottet waren. Joel hatte Cals Instruktionen befolgt und keinen von ihnen genauer angesehen. Er war klug genug zu wissen, dass das nur zu seinem Besten war. The Blade machte seinen Laden dicht – was hieß, dass er seine Waren in einer großen Aktentasche verstaute, die er sorgsam verschloss –, und dann warf er Joel einen Blick zu. Er sprach noch immer nicht. Stattdessen ging er zu Arissa hinüber, beugte sich zu ihr hinunter und küsste sie leidenschaftlich. Er ließ die Hand über ihren Pulli abwärtsgleiten und liebkoste ihre Brüste.

Sie stöhnte und versuchte, den Reißverschluss seiner Jeans zu öffnen, doch es mangelte ihr an der nötigen Koordination. Sie fragte: »Willst du, Babe? Wenn du wills', mach ich's dir vor der Queen und dem House of Commons, kein Scheiß.«

An diesem Punkt warf The Blade Joel einen Blick über die

Schulter zu, und Joel erkannte, dass dies eine Art Vorstellung war, aus der er eine Botschaft ableiten sollte. Aber was immer diese Botschaft war – sie kam nicht an.

Ivan Weatherall hatte erzählt, Stanley Hynds sei intelligent und habe sich selbst eine beträchtliche Bildung angeeignet. Er habe Latein und Griechisch und Naturwissenschaften gelernt. Es gab eine Seite an ihm, die die Menschen, die normalerweise mit ihm in Berührung kamen, nicht sahen. Doch was all das bedeutete – angesichts des Mannes, der ihn vom gegenüberliegenden Ende des Raums ansah, während ein zugedröhntes Mädchen versuchte, sein Glied zu massieren ... Das war etwas, was Joel nicht verstand, und er bemühte sich auch gar nicht, es zu verstehen. Aber er brauchte The Blades Hilfe, und er gedachte, sich dieser Hilfe zu versichern, ehe er das Abrisshaus wieder verließ.

Also wartete er einfach ab, ob The Blade Arissa erlauben würde, ihm vor seinen Augen zu Diensten zu sein, und bemühte sich, so auszusehen, als sei es ihm völlig gleichgültig. Er verschränkte die Arme, wie er es Cal hatte tun sehen, und lehnte sich gegen die Wand. Er sagte nichts und hielt sein Gesicht völlig ausdruckslos, in der Hoffnung, dass er The Blade damit bewies, was immer es hier zu beweisen galt.

The Blade lachte dröhnend und befreite sich von Arissas ungeschickten Fingern. Er kam zu Joel herüber, holte einen Joint aus der Brusttasche seines Jacketts und zündete ihn mit einem silbernen Feuerzeug an. Er nahm einen Zug und reichte Joel den Joint.

Joel schüttelte den Kopf. »Hat Cal dir das Messer gegeben?«, fragte er.

The Blade schaute ihn lange genug an, um Joel zu verdeutlichen, dass er nicht zu sprechen hatte, ehe The Blade ihm das Wort erteilte. Dann antwortete er. »Das hat er. Ich nehm an, du willst irgend'ne Gegenleistung dafür. Geht's darum?«

»Ich will dir nix vormachen«, erwiderte Joel.

»Was willste von mir, Joel?« Er zog scheinbar endlos lange den Rauch ein und hielt ihn in der Lunge. Arissa krabbelte in der Ecke träge auf dem Futon herum; anscheinend suchte sie irgendetwas. Er fuhr sie an: »Du hast genug, Riss.«

Sie protestierte: »Aber ich komm runter, Baby.«

»So will ich's haben«, entgegnete er. Er wandte sich zurück zu Joel: »Also, was brauchs' du?«

Joel erklärte es ihm so knapp wie möglich. Was er brauchte, war Sicherheit. Nicht für sich, sondern für seinen Bruder. Ein Wort auf der Straße, dass Toby The Blades Schutz genoss, und niemand würde ihm je wieder ein Haar krümmen.

»Warum holste dir das nich' von jemand anderem?«, fragte The Blade.

Joel war alles andere als ein Dummkopf. Er wusste genau, dass The Blade von Joel hören wollte, was jener selbst über sich glaubte: Es gab niemanden sonst in North Kensington, der so viel Macht hatte. Er konnte die Leute mit einem einzigen Wort zur Räson bringen, und wenn das nichts half, konnte er ihnen einen kleinen Besuch abstatten.

Joel gab die gewünschte Antwort und sah das erfreute Aufleuchten in den Augen seines Gegenübers. Nachdem Joel ihm gehuldigt hatte, äußerte er seine Bitte erneut.

Er erzählte von den Begegnungen mit Neal Wyatt, angefangen von ihrem ersten Zusammenstoß bis zu dem Feuer auf dem Kahn. Joel überschritt eine letzte Grenze, als er Neals Namen nannte. Das war ihm bewusst. Doch ihm fiel kein besserer Weg ein, um zu beweisen, wie weit er ihm zu trauen bereit war.

Was er nicht bedacht hatte, war, dass The Blade dieses Vertrauen vielleicht nicht erwiderte. Joel hatte sich nicht vorstellen können, dass die Rückgabe eines Klappmessers eventuell kein ausreichender Beweis seiner guten Absichten war. Deshalb wartete er zuversichtlich auf The Blades Antwort, überzeugt, dass jetzt alles in Ordnung kommen werde, und war auf die Antwort alles andere als vorbereitet.

»Du gehörs' nich' zu meinen Männern, Joel«, erklärte The Blade und schnipste Asche auf den Boden. »Angeranzt haste mich. Vor Arissas Haus, weißte noch?«

Das hätte Joel schwerlich vergessen können. Aber The Blade

hatte ihn dazu getrieben. Er hatte schlecht von Joels Familie gesprochen, und das war inakzeptabel. Er versuchte, sich zu rechtfertigen, indem er sagte: »Meine Familie, Mann. Du kanns' nich' über sie herzieh'n und erwarten, dass ich stillhalt. Das is' nich' richtig. Ich schätze, du hättes' das Gleiche getan wie ich.«

»Hab ich gelegentlich schon«, räumte The Blade mit einem Lächeln ein. »Heißt das, du wills' eines Tages mein Revier überneh'm, Bruder?«

»Was?«

»Du legs' dich mit The Blade an, weil du irgendwann seine Geschäfte übernehmen wills'?«

In der Ecke lachte Arissa über diese Vorstellung. The Blade brachte sie mit einem einzigen Blick zum Schweigen.

Joel blinzelte. Diese Idee lag so weit jenseits seiner Vorstellungskraft, dass sie nie auf seinem Radarschirm aufgetaucht war. Er versicherte The Blade, dass alles, was er wollte, Hilfe für seinen Bruder war. Er wolle nicht, dass Toby weiterhin tyrannisiert werde. Neal Wyatt und seine Freunde konnten sich mit ihm, Joel, anlegen, sooft sie wollten, aber sie sollten Toby in Frieden lassen. »Mein Bruder kann sich nicht verteidigen«, erklärte Joel. »Es is', als würd man mit einem Hammer auf ein Katzenbaby losgeh'n.«

The Blade lauschte und wirkte versonnen. Schließlich fragte er: »Wills' du wirklich in meiner Schuld steh'n?«

Darüber hatte Joel gründlich nachgedacht. Er wusste, The Blade würde irgendeine Art von Gegenleistung von ihm fordern – undenkbar, dass der Platzhirsch von North Kensington irgendetwas aus purer Menschlichkeit tat. Falls er zu solch einer Regung je fähig gewesen sein sollte, hatte er sie sich inzwischen längst ausgetrieben. Nach dem, was Joel hier heute Abend gesehen hatte, nahm er an, dass eine Gegenleistung etwas mit dem Drogengeschäft zu tun haben würde: Vermutlich müsste er als Drogenkurier für The Blade arbeiten. Er wollte das nicht; das Risiko, erwischt zu werden, war gewaltig. Aber es war seine letzte Hoffnung.

The Blade wusste das. Sein Ausdruck besagte, dass Joel hier gezwungen war, ein schlechtes Geschäft abzuschließen: Er konnte verschwinden und hoffen, dass Neal Wyatt Toby nichts Schlimmeres antun wollte, als was er schon getan hatte. Oder Joel musste sich auf einen Handel einlassen, wohl wissend, dass er draufzahlte.

Joel hatte keine Wahl. Er konnte sich nicht an Cal wenden, der nichts ohne The Blades Genehmigung tun würde. Er konnte auch nicht zu Dix gehen, der aus ihrem Leben verschwunden war. Wenn er Ivan um Hilfe bäte, würde wahrscheinlich ein Reimduell zwischen den Konfliktparteien dabei herauskommen. Und wenn er wartete, bis seine Tante Neal ausfindig machte und zur Rede stellte, dann würde sein Leben danach unerträglich sein.

Es gab einfach keine Alternative. Es gab nur diesen Moment, und als er ihn durchlebte, verspürte Joel einen Stich, der, wie er wusste, Bedauern war. Dennoch antwortete er: »Ja. Ich schulde dir was. Wenn du das hier wirklich für mich tust, schuld ich dir was.«

The Blade zog an seinem Joint, und sein Gesichtsausdruck zeugte von der Befriedigung und der Art von Vergnügen, die ihm wohl sonst eher der Anblick einer Frau bereitete, die vor ihm auf den Knien kroch. Joel sagte sich, das spiele keine Rolle. Er fragte: »Also sind wir im Geschäft oder was?«, und er bemühte sich, so schroff zu klingen, wie er nur konnte. »Denn wenn nich', hab ich noch andere Sachen zu tun.«

The Blade zog eine Braue in die Höhe. »Willste mich verarschen? Das gewöhn dir ma' ganz schnell ab, Bruder. Sonst kriegste Schwierigkeiten.«

Joel antwortete nicht. In ihrer Ecke regte sich Arissa. Sie rollte sich auf dem schmutzigen Futon zusammen und jammerte: »Komm schon, Baby.« Bettelnd streckte sie die Hand aus.

The Blade ignorierte sie. Er nickte Joel zu, was so viel hieß wie: Ich weiß, wer du bist, und das solltest du nicht vergessen. Er drückte den Joint an der Wand aus und winkte Joel näher. Als der Junge vor ihn trat, legte The Blade ihm schwer die Hand auf die Schulter und sah ihm in die Augen. »Deine Familie hat mir Ärger gemacht. Hat mich blöd angemacht. Erinnerste dich, Mann? Ich glaub, du wills' mich hier nur in 'ne Falle locken, um mir noch mehr Ärger aufzuhalsen, und wenn das so is' ...«

»Das is' keine Falle!«, protestierte Joel. »Wenn du mir nich' glaubst, frag die Cops. Die werden dir erzähl'n, was gelaufen is'. Die werden dir sagen ...«

The Blades Hand schloss sich schmerzhaft um Joels Schulter. So hart und fest war der Griff, dass er Joel das Wort abschnitt. »Unterbrich mich nich', Bruder. Und jetz' hör mir genau zu. Wenn du meine Hilfe wills', musst du dich mir erst beweisen. Du muss' mir beweisen, dass du nich' hier bis', um mich wieder blöd anzumachen, kapiert? Du machs' den Job, den ich dir geb – und zwar zuerst, klar? –, und dann mach ich den Job, den du erledigt haben wills'. Und danach schuldeste mir was. *Das* is' der Deal, wenn du ihn wills'. Wir verhandeln hier nich'.«

»Wie muss ich mich denn beweisen?«, fragte Joel.

»Das is' der Deal«, wiederholte The Blade. »Über die Details brauchste dir nich' den Kopf zu zerbrechen. Die erfährste früh genug.« Er ging zurück zu Arissa, die leise zu schnarchen begonnen hatte, die Lippen leicht geöffnet, die Zungenspitze sichtbar. Er schaute auf sie hinab und schüttelte den Kopf. »Scheiße, ich hasse es, wenn die Weiber auf Droge sind. Das is' so armselig. Biste noch Jungfrau, Joel?« Er sah über die Schulter. »Ja? Da müssen wir was tun.«

Wir. Joel klammerte sich an das Wort. Was es bedeutete, was es versprach, welche Antwort es enthielt. »Deal«, sagte er. »Was soll ich tun, Stanley?«

Als Joel die Nachricht bekam, er solle sich in dem kleinen Besprechungszimmer der Schule melden, wusste er, dass Ivan Weatherall ihn dort erwartete. Er wurde vom Religionsunterricht entschuldigt – eine wahrhaftige Erlösung, denn der Lehrer sprach nie anders als in monotonem Geleier von seinem Thema, so als fürchte er, Gott zu beleidigen, wenn er zu viel

Enthusiasmus an den Tag legte. Joel trottete davon, aber ihm graute vor dem, was kommen würde. Fieberhaft suchte er nach einer Ausrede. Sein Mentor würde zweifellos wissen wollen, wieso Joel nicht mehr an *Führt Worte statt Waffen* teilnahm. Er beschloss, Ivan zu erklären, dass die Schule ihn jetzt viel mehr in Anspruch nehme als letztes Schuljahr. Er müsse den Hausaufgaben mehr Zeit widmen, würde er behaupten. Er müsse für seine Zukunftspläne an seinen Notendurchschnitt denken. Zukunftspläne waren eine Ausrede, die Ivan gefallen würde, glaubte er.

Unglücklicherweise hatte Ivan genau das gemacht, was Joel nicht gemacht hatte, nämlich seine Hausaufgaben. Das sah Joel auf den ersten Blick, als er ins Besprechungszimmer kam. Der Mentor hatte einen aufgeschlagenen Aktenordner vor sich liegen, der, wie Joel völlig richtig vermutete, nichts Gutes verhieß. In dieser Akte standen sämtliche aktuellen Schulnoten, die er erzielt hatte.

»Hey, Mann«, sagte Joel gekünstelt freundlich. »Lange nich' geseh'n.«

»Wir haben dich bei *Führt Worte* vermisst«, erwiderte Ivan freundschaftlich und schaute von der Akte auf. »Zuerst dachte ich, du hättest dich in den Schulbüchern vergraben, aber das scheint nicht der Fall zu sein. Du bist ganz schön abgerutscht. Wie kommt's?« Einladend zog er einen Stuhl für Joel unter dem Tisch hervor. Er hatte sich einen Kaffee im Pappbecher mitgebracht, von dem er nun trank, aber er behielt Joel über den Rand hinweg die ganze Zeit im Blick.

Joel wollte Ivan nichts erzählen. Eigentlich wollte er überhaupt nicht reden, mit niemandem. Schon gar nicht über seine Schulnoten. Und da er seit dem Feuer auf dem Kahn kein Gedicht mehr verfasst hatte, konnte er mit Ivan auch nicht über die Dichtkunst sprechen. Er tippte mit der Fußspitze auf den glänzenden blauen PVC-Boden. Schließlich sagte er: »Der Stoff is' schwierig dieses Jahr. Und es gibt andere Sachen, die mich beschäftigen. Ich musste mich um Toby und so kümmern.«

»Was mag ›und so‹ sein?«, erkundigte sich Ivan.

Joel betrachtete ihn, und sein Gefühl sagte ihm: Falle.

Ivan betrachtete Joel, und sein Gefühl sagte ihm: Lüge. Er hatte durch Nachbarschaftsklatsch von dem Feuer auf dem Boot erfahren, und seine Kenntnis der Ereignisse hatte sich konkretisiert, als er einen Anruf von Fabia Bender erhalten hatte. Sie hatte wissen wollen, ob er sich immer noch mit Joel Campbell treffe. Der Junge liefe Gefahr, in ernstliche Schwierigkeiten zu geraten, und brauche unbedingt ein männliches Vorbild. Die Tante sei überfordert und habe alle Hände voll zu tun, aber wenn Mr. Weatherall seinen Kontakt zu Joel wieder aktivieren würde, könnten er und Fabia ihn vielleicht von dem Kurs abbringen, den er eingeschlagen zu haben schien. Ob Mr. Weatherall von dem Vorfall mit dem Boot gehört habe ...?

Ivan hatte die Dinge in Bezug auf Joel ein wenig schleifen lassen. Er hatte so furchtbar viel um die Ohren mit dem Lyrikkurs, dem Drehbuchkurs, dem Filmprojekt, das er auf die Beine zu stellen hoffte, und einem kranken Bruder in Shropshire, der soeben die Quittung für achtundvierzig Jahre Kettenrauchen erhalten hatte. Aber Ivan war kein Mann, der Ausreden erfand. Er gestand Fabia Bender, dass er nachlässig gewesen sei, wofür er sich entschuldigte, denn normalerweise hielt er einmal eingegangene Verpflichtungen. Es lag nicht etwa daran, dass es ihm an Interesse an Joel mangelte, sondern vielmehr an Zeit. Doch er werde dieser Situation sofort abhelfen.

Joel zuckte die Achseln – das gestische Äquivalent zu dem ewigen »Mir doch egal«, das Teenager in Hunderten verschiedener Sprachen auf wenigstens drei Kontinenten und zahllosen im Pazifik verstreuten Inseln zum Ausdruck brachten. Hauptsächlich liege es an Toby, erklärte Joel. Der Kleine habe jetzt ein Skateboard, und Joel bringe ihm bei, damit umzugehen, sodass er in der Skate-Bowl in Meanwhile Gardens damit fahren könne.

»Du bist ihm ein guter Bruder«, bemerkte Ivan. »Er bedeutet dir viel, nicht wahr?«

Joel antwortete nicht, tippte lediglich wieder mit dem Fuß auf die Erde.

Ivan versuchte es anders. »Ich tue so etwas normalerweise nicht, Joel«, sagte er. »Aber vielleicht ist es etwas, das einfach getan werden muss.«

»Was?« Joel schaute auf. Ivans Ton gefiel ihm ganz und gar nicht. Er klang halb bedauernd, halb unentschlossen.

»Das Feuer auf dem Boot und dein Verhör auf der Polizeiwache … Möchtest du vielleicht, dass ich mit der Polizei über Neal Wyatt spreche? Ich habe so eine Ahnung, was Neal betrifft. Ich könnte mir vorstellen, eine Vorladung aufs Revier und ein paar Stunden Verhör in Anwesenheit einer Sozialarbeiterin könnten vielleicht genau das Richtige sein, um Neal zur Vernunft zu bringen. Womöglich muss er einfach mal mit der Polizei in Berührung kommen, verstehst du?«

Dann könnte ich mich auch gleich vor den nächsten Zug werfen, wollte Joel erwidern. Er verfluchte sich dafür, dass er Neal Wyatts Namen je einem Erwachsenen gegenüber erwähnt hatte. Hitzig fragte er: »Wieso glauben eigentlich alle, Neal hätte das Boot angezündet? Ich hab keine Ahnung, wer's getan hat. Ich hab's nich' geseh'n. Und Tobe auch nich'. Neal bei den Bullen zu verpfeifen, würde überhaupt nix bringen außer …«

»Ich bin kein Schwachkopf, Joel. Ich merke, dass du wütend bist. Und ich vermute, du bist wütend, weil du besorgt bist. Von Sorge getrieben. Und du hast Angst. Ich kenne deine Geschichte mit Neal – mein Gott, *ich* war es doch, der eure erste Prügelei unterbrochen hat. Und ich schlage vor, wir ändern den Lauf dieser Geschichte, bevor jemand ernstlich verletzt wird.«

»Ich hab höchstens Schiss, weil jeder versucht, Neal was anzuhäng'«, entgegnete Joel. »Ich hab kein' Beweis, dass er den Kahn abgefackelt hat, und solang ich kein' Beweis hab, behaupt ich auch nich', dass er's war. Wenn Sie ihn bei den Bull'n verpfeifen und die ihn sich hol'n, was dann, Ivan? Er wird kein' Ton sagen, und nach zwei Stunden isser zurück auf der Straße und macht sich auf die Suche nach dem, der ihn angepisst hat.«

Joel hörte selbst, auf welches Niveau seine Sprache herabgesunken war, und er wusste, was er damit über seinen Zustand offenbarte. Aber er sah auch, wie er seine Sprache und seinen Zustand nutzen konnte, um diese Situation in seinem Sinne zu lenken. Er raufte sich die Haare mit einer Geste, die Frustration darstellen sollte. »Scheiße. Sie ha'm recht. Ich hab 'nen ganzen Sack voll Sorgen. Ich und Tobe bei den Bullen. Und Tante Ken glaubt, sie kann Neal zur Vernunft bringen, wenn sie ihn nur erwischt. Und ich guck auf der Straße nur noch hinter mich und wart drauf, dass sie über mich herfall'n. Ja, klar, Mann, ich hab Schiss. Ich schreib keine Gedichte mehr, weil ich im Moment nich' mal an so was denken kann.«

Ivan nickte. Das war eine Sache, die er verstehen konnte und die ihm am Herzen lag, auf die seine Gedanken sich automatisch richteten, sodass alles andere in den Hintergrund trat. »Das nennt man Schreibblockade«, erklärte er. »Angst ist eine Hürde für jedwede Kreativität. Es ist wirklich kein Wunder, dass du nichts mehr geschrieben hast. Wie könnte man das erwarten?«

»Tja. Also, es hat mir echt gefall'n, Gedichte zu schreiben.«

»Es gibt eine Lösung dafür.«

»Und zwar?«

Ivan klappte Joels Schulakte zu. Joel verspürte einen Hauch von Erleichterung, die noch zunahm, als Ivan sich für ihr Thema zu erwärmen begann: »Du musst aus der Angst heraus schreiben, um ebendiese Angst zu überwinden, Joel. Du steckst in einer Zwickmühle. Weißt du, was das ist? Nein? Ein Widerspruch in sich, ein Dilemma. Die Angst verhindert dein Schaffen, aber der einzige Weg, die Angst zu überwinden, ist, genau das zu tun, woran sie dich hindert: nämlich etwas schaffen. In deinem Fall: schreiben. So gesehen, ist die Angst immer ein Signal, das einem Menschen sagt, er muss kreativ werden. Kluge Menschen erkennen dieses Signal und nutzen es, um zu ihrer kreativen Arbeit zurückzukehren. Andere weichen dem Signal aus und suchen ein Ventil für ihre Furcht, das meistens nur vorübergehend Abhilfe schafft. Alkohol zum Beispiel, oder Drogen. Etwas, das sie ihre Angst vergessen lässt.«

Joel verstand kein Wort davon, nickte aber stumm, um Zustimmung vorzutäuschen. Ivan, der von seiner eigenen Leidenschaft für das Thema mitgerissen wurde, erkannte die Wahrheit nicht. »Du hast ein echtes Talent, Joel«, fuhr er fort. »Dich von diesem Talent abzuwenden, wäre wie dich von Gott abzuwenden. Das ist im Grunde genau das, was Neal passiert ist, als er aufgehört hat, Klavier zu spielen. Um ehrlich zu sein, ich will nicht, dass dir das auch passiert, aber ich fürchte, das wird es, wenn du nicht zu deinem schöpferischen Quell zurückkehrst.«

Obwohl all das in Joels Ohren – um es freundlich auszudrücken – vollkommen hirnrissig klang, nickte er wieder und gab sich Mühe, nachdenklich zu wirken. Wenn er Angst hatte – und er gab zu, dass das der Fall war –, hatte es sehr wenig damit zu tun, Wörter auf Papier zu schreiben. Nein, er fürchtete sich vor The Blade und davor, was The Blade von ihm verlangen würde, um seinen Respekt zu beweisen. Joel hatte noch nichts von ihm gehört, und das Warten war eine Qual, denn unterdessen lauerte dort draußen immer noch Neal Wyatt auf seine Gelegenheit.

Ivan – wohlmeinend, aber ahnungslos – glaubte, die Lösung für Joels Probleme zu kennen, und schlug vor: »Willst du nicht wieder zu *Führt Worte statt Waffen* kommen, Joel? Wir vermissen dich dort, und ich bin überzeugt, es würde dir guttun.«

»Keine Ahnung, ob Tante Ken mich noch vor die Tür lässt, wenn sie meine Noten sieht.«

»Es wäre ein Leichtes für mich, mit ihr zu sprechen.«

Joel dachte darüber nach. Er sah eine Möglichkeit, wie seine Rückkehr zu *Führt Worte statt Waffen* letztlich zu seinem Vorteil sein könnte. »Ich würd gern wieder kommen«, sagte er schließlich.

Ivan lächelte. »Großartig. Und vielleicht schreibst du vor unserem nächsten Treffen ein paar Verse, an denen du uns teilhaben lässt? Um deine Furcht zu überwinden, verstehst du. Wirst du's versuchen?«

Das werde er, versicherte Joel.

Also benutzte er *Führt Worte statt Waffen* als Vorwand, als eine Art Finte, um sein Leben möglichst normal erscheinen zu lassen, während er auf The Blades Befehl wartete. Das Schreiben fiel ihm unendlich schwer, weil seine Gedanken vornehmlich mit völlig anderen Dingen beschäftigt waren, und ihm fehlte die nötige Disziplin, um sich auf den kreativen Akt zu konzentrieren, während ihm die schiere Angst im Nacken saß. Doch allein schon, ihn mit Notizblock und Stift am Küchentisch sitzen zu sehen, reichte aus, um seine Tante von dem Vorhaben abzubringen, Neal Wyatt zur Rede zu stellen. Solange das funktionierte, war Joel gewillt weiterzumachen. Und tatsächlich erlaubte Kendra ihm, am nächsten Treffen von *Führt Worte statt Waffen* teilzunehmen.

Joel sah die Leute dieses Mal mit anderen Augen. Und er betrachtete auch die Lokalität mit anderen Augen. Das Basement Activities Centre in Oxford Gardens kam ihm überheizt, schlecht beleuchtet und muffig vor. Die Teilnehmer des Lyrikkurses erschienen ihm machtlos. Männer und Frauen jeden Alters, die unfähig waren, in ihrem Leben etwas zu verändern. Sie waren, was Joel sich niemals zu werden geschworen hatte: Opfer der Umstände, in die sie hineingeboren waren. Sie saßen wie passive Zuschauer auf dem Abstellgleis ihres eigenen Daseins. Passiven Zuschauern stieß alles Mögliche zu, und Joel war fest entschlossen, nie einer von ihnen zu werden.

Joel hatte drei Gedichte mitgebracht, und er wusste, alle drei reflektierten die finsteren Abgründe, in welche die Angst vor dem, was The Blade mit ihm vorhatte, ihn gestürzt hatte. Er wagte nicht, ans Mikrofon zu treten und sie den Zuhörern vorzulesen, zumal er einmal als »Meister von morgen« prämiert worden war. Also blieb er sitzen und sah zu, während andere ihre Werke darboten: Adam Whitburn – der vom Publikum wie immer enthusiastisch gefeiert wurde –, eine junge Chinesin mit blonden Strähnchen und knallrotem Brillengestell und ein pickliges junges Mädchen, das über seine Schwärmerei für einen Popstar geschrieben hatte.

In seinem momentanen seelischen und nervlichen Zustand

war dieser erste Teil des Abends für Joel fast eine Art Folter. Er konnte den Dichtern keine konstruktive Kritik bieten, und die Tatsache, dass er sich einfach nicht in den Rhythmus des Abends fand, machte die Dinge umso schlimmer. Er befürchtete, seine innere Unruhe würde sein Herz bis zum völligen Stillstand zusammenquetschen, wenn er nichts dagegen unternahm.

Als Ivan ans Mikrofon trat und »Du hast das Wort« ankündigte, borgte Joel sich von einem zahnlosen alten Mann einen Bleistift. Scheiß drauf, dachte er sich und notierte die Wörter, die Ivan vorlas: »Soldat«, »Findling«, »Anarchie«, »Purpur«, »Peitsche« und »Asche«.

Er fragte den Alten, was ein Findling sei, und auch wenn ihm klar war, dass seine Unwissenheit nicht gerade für seinen Erfolg beim Wettbewerb sprach, entschied er trotzdem, es zu versuchen, und zwar so, wie Ivan es ihm beigebracht hatte: Er ließ die Worte aus diesem geheimnisvollen Quell in seinem Innern sprudeln, ohne sich darum zu scheren, wie andere sie verstehen würden.

Schnell lernt der Findling das purpurne
Gesetz der Straße.
Anarchie ist die Peitsche
In der Hand des Soldaten,
Wo die Gewehre
Alles in Asche verwandeln.

Dann starrte er auf sein Werk hinab und staunte über die Botschaft, die seine Worte enthielten. Kindermund tut Wahrheit kund, hatte Ivan bei früherer Gelegenheit einmal bemerkt, als er mit einem seiner grünen Stifte über eines von Joels Gedichten gebeugt dagesessen hatte. Du bist sehr weise für dein Alter, mein Freund. Doch als Joel nun mit einem mühsamen Schlucken sein jüngstes Werk vor sich sah, wusste er, dass all das nichts mit Weisheit zu tun hatte. Es war seine Vergangenheit, es war seine Gegenwart, es war The Blade.

Als die Gedichte eingesammelt wurden, legte er sein Blatt auf den Stapel und ging hinüber zum hinteren Ende des Raums, wo der Tisch mit den Getränken und Süßigkeiten aufgebaut war. Joel nahm sich zwei Ingwerplätzchen und eine Tasse Kaffee. Noch nie zuvor hatte er Kaffee getrunken. Nach einem Schluck fügte er reichlich Milch und Zucker hinzu. Er trat beiseite, und als Ivan zu ihm kam, nickte er.

»Ich habe gesehen, dass du etwas für ›Du hast das Wort‹ verfasst hast«, bemerkte Ivan und legte ihm freundschaftlich die Hand auf die Schulter. »Wie hast du dich dabei gefühlt? Bist du beim Schreiben schon wieder etwas gelassener geworden?«

»Bisschen«, antwortete Joel, obwohl er nicht ganz sicher war, ob es die Wahrheit war. Mit den Gedichten, die er zu Hause geschrieben hatte, konnte man bestenfalls den Mülleimer auslegen, und hier und heute war es ihm erstmals seit einer Ewigkeit gelungen, wieder so etwas wie Spontaneität im Umgang mit Worten zu finden.

»Großartig«, sagte Ivan. »Ich drück dir die Daumen. Und ich bin froh, dass du wieder bei uns bist. Vielleicht entschließt du dich ja nächstes Mal, ans Mikro zu gehen? Du könntest Adam ein bisschen Konkurrenz machen, ehe sein Erfolg ihm gar zu sehr zu Kopf steigt.«

Joel antwortete mit dem kleinen Lachen, das Ivan zweifellos erwartete. »Nich' sehr wahrscheinlich, dass ich besser sein könnte als er«, bemerkte er.

»Da bin ich nicht so sicher«, entgegnete Ivan. Er entschuldigte sich mit einem Lächeln, ging zu der jungen Chinesin hinüber und verwickelte sie in ein Gespräch.

Joel blieb neben dem Tisch mit den Erfrischungen stehen, auch als die Juroren mit den eingereichten Texten zurückkamen. Er nahm an, die Chinesin hätte gewonnen, denn sie war mit einem Thesaurus bewaffnet gekommen und hatte angefangen, wie verrückt in ihr Notizbuch zu kritzeln, sobald Ivan das erste Wort vorgelesen hatte. Doch als einer der Juroren Ivan das Blatt mit dem prämierten Werk überreichte, erkannte Joel einen diagonalen Riss, der entstanden war, als er es von seinem

Spiralblock abgerissen hatte. Sein Herz fing an zu pochen, noch ehe Ivan die erste Zeile vorgelesen hatte.

Joel hatte Adam Whitburn geschlagen. Er hatte sämtliche Teilnehmer von »Du hast das Wort« geschlagen. Er hatte bewiesen, dass er nicht nur ein »Meister von morgen« war, sondern bereits jetzt ein Dichter.

Nach dem Vortrag folgte eine kurze Stille, ehe die Zuhörer zu klatschen begannen. Als hätten sie innehalten und die Leidenschaft der Worte in sich aufnehmen müssen, um diese Leidenschaft selbst zu spüren, ehe sie darauf reagieren konnten. Und Joel musste gestehen, dass auch für ihn die Worte dieses Mal Leidenschaft waren. Sie spiegelten authentisch wider, was er fühlte, sie waren wie Splitter von dem Holz, aus dem er geschnitzt war.

Als der Applaus verebbte, bat Ivan: »Würde der Verfasser bitte aufstehen, damit wir ihn oder sie feiern können?«

Joel trat einen Schritt vor. Wieder hörte er Beifall aufbranden. Das Einzige, was er in diesem Moment denken konnte, war, dass er sie alle bei diesem Spiel geschlagen hatte, das doch *ihr* Spiel war. Und das hatte er erreicht, indem er die Lehre, die man ihm bei seinem ersten Besuch erteilt hatte, beherzigt hatte: frei von der Seele weg und ohne seine Gefühle zu zensieren. Für einen kurzen Moment war er tatsächlich ein Dichter gewesen.

Als er auf das Podest trat und Ivan ihm die Hand schüttelte, schien sein Gesichtsausdruck zu sagen: Siehst du?, und Joel las darin genau das, was es war: Freundschaft, Kameradschaft und Anerkennung seines Talents. Dann wurden ihm die Preise überreicht: ein ledergebundenes Notizbuch für zukünftige Werke, eine Urkunde und fünfzig Pfund.

Joel starrte auf den Geldschein in seiner Hand. Er drehte ihn um und studierte Vorder- und Rückseite, fassungslos über seinen unerwarteten Reichtum. Plötzlich schien es, als habe seine Welt sich radikal verändert.

Adam Whitburn hatte anscheinend keine Probleme damit, diesmal unterlegen zu sein. Er war der Erste, der Joel gratulierte, als der Abend zu Ende ging. Joel bekam auch von anderen Teilnehmern Glückwünsche, aber Adams bedeuteten ihm am meisten – ebenso wie die Einladung, die Adam aussprach, sobald der Kellerraum aufgeräumt und ausgefegt war.

»Wir geh'n noch 'n Kaffee trinken, Bruder«, sagte er. »Ivan kommt auch mit. Haste Lust?«

»Hat Ivan gesagt ...«

»Ivan hat mich nich' drum gebeten, dich einzuladen«, unterbrach Adam. »Ich frag, weil ich dich fragen will.«

»Cool«, war alles, was Joel daraufhin einfiel. Sofort kam er sich dumm vor. Aber falls Adam Whitburn es für uncool hielt, irgendetwas als cool zu bezeichnen, so ließ er sich nichts anmerken. Er sagte lediglich: »Dann lass uns geh'n. Ist nicht weit. Drüben an der Portobello Road.«

Das Café nannte sich »Caffeine Messiah« und lag keine zehn Minuten von Oxford Gardens entfernt. Als Dekoration dienten Christusstatuen und Rosenkränze, die von Leuchtern herabhingen. Ein paar Tische waren an einem Ende des Raums zusammengeschoben worden, wo die Wände mit Heiligenbildern in Postergröße bepflastert waren, von denen die ernsten Gesichter verschiedener Märtyrer auf die Gäste herabblickten. Zehn *Führt-Worte-statt-Waffen*-Teilnehmer saßen dort mit Ivan zusammen auf verschrammten Stühlen. Sie hatten die Stimmen erhoben, um sich über die Musik hinweg verständlich zu machen: Gregorianische Gesänge drangen in ziemlich unchristlicher Lautstärke aus den Boxen.

Eine Nonne servierte die Getränke, oder zumindest glaubte Joel das, bis sie auch seine Bestellung aufnahm und er sah, dass sie eine gepiercte Augenbraue hatte, einen Lippenring und eintätowierte Tränen auf der Wange. Ihr Name war Map, und alle schienen sie zu kennen, genau wie umgekehrt, denn sie fragte die meisten: »Was darf's sein? Das Übliche oder heut' mal was anderes?« Münzen wurden auf den Tisch geworfen, um für die Getränke zu bezahlen. Joel zögerte, seinen Fünfzig-Pfund-Schein dazuzulegen; er hatte ansonsten kein Geld. Doch als er die Hand in die Tasche steckte, um den Schein herauszuholen, hielt Adam Whitburn ihn zurück. »Der Gewinner zahlt nichts, Bruder«, erklärte er. Und mit einem Augenzwinkern fügte er hinzu: »Aber mach keine Gewohnheit draus, kapiert? Das nächste Mal mach ich dich fertig.«

Nachdem Map ihnen die Getränke gebracht hatte, bat ein dunkelhäutiger Junge namens Damon die Versammelten um ihre Aufmerksamkeit. Es stellte sich heraus, dass dies nicht einfach ein gemütliches Kaffeeründchen nach dem Dichtertreffen war. Schnell war Joel klar, dass die Gruppe nicht nur aus Teilnehmern von *Führt Worte statt Waffen* bestand, sondern ebenso aus Schülern aus Ivans Drehbuchkurs. Sie redeten über das gemeinsame Filmprojekt, und Joel erfuhr, wie sie die verschiedenen Aufgaben verteilt hatten: Adam und zwei weitere – Charlie und Daph – hatten die fünfte Überarbeitung des Drehbuchs abgeschlossen. Mark und Vincent hatten wochenlang damit zugebracht, geeignete Drehorte ausfindig zu machen. Penny, Astarte und Tam hatten die günstigsten Verleiher von Filmausrüstung aufgestöbert. Kayla hatte die Nachwuchsagenturen kontaktiert. Schließlich berichtete Ivan über die Finanzlage, und alle lauschten mit ernsten Gesichtern, als er von den potenziellen Sponsoren sprach, die er aufgetrieben hatte. Die Produktion dieses Films war für diese Leute mehr als ein Traum, stellte Joel fest. Unter Ivans organisatorischer Leitung würden sie dieses Projekt tatsächlich realisieren, und keiner von ihnen kam auf den Gedanken, sich zu fragen, warum ein weißer Mann, der offenbar nicht unter Langeweile litt, seine Zeit damit vertat, ihnen Möglichkeiten zu eröffnen, die so ganz anders waren als jene, die ihnen ihre Herkunft beschert hatte. Joel nippte an seiner heißen Schokolade und lauschte gespannt. Er kannte bislang nur Menschen wie die im Edenham Estate und anderen großen Wohnsiedlungen. Menschen wie seine Großmutter, mit ihrer hoffnungslosen Beziehung zu George Gilbert. Diese Leute redeten immer nur davon, was sie irgendwann einmal tun *wollten*: fantastische Urlaubsreisen zu Luxusherbergen auf den Bermudas oder in Südfrankreich. Mit der Yacht eines reichen Typen durchs Mittelmeer schippern. Ein Haus in einem vornehmen Neubaugebiet kaufen, wo alles funktionierte und die Fenster doppelt verglast waren. Mit einem schnellen Auto durch die Gegend brausen. Schon die Kleinsten hatten die aberwitzigsten Träume. Sie wollten Rapper werden und üppige Bankkonten haben oder eine Rolle in einer Fernsehserie ergattern. Doch so oft sie von diesen Dingen schwärmten, erwartete doch keiner, sie je wirklich zu erreichen. Keiner hätte auch nur gewusst, wie man den Anfang machen sollte.

Aber hier war es anders. Joel merkte genau, dass diese Menschen ihre Pläne in die Tat umsetzen wollten, und er fand es unerträglich, dabeizusitzen und nicht daran teilzuhaben.

Sie fragten ihn nicht. Vielmehr vergaßen sie seine Anwesenheit, sobald ihr Meeting begonnen hatte. Doch das machte ihm nichts aus, bewies es doch nur, wie enthusiastisch sie sich ihrem Ziel verschrieben hatten. Diese Zielstrebigkeit zu erleben, weckte in Joel eine gewisse Zielstrebigkeit in eigener Sache: Er würde sich dieser Gruppe anschließen und helfen, den Traum zu verwirklichen.

Er war entschlossen, bei nächster Gelegenheit mit Ivan darüber zu sprechen. Allerdings müsste er dann mehr Zeit weg von zu Hause und von Toby verbringen. Er müsste Ness dazu bewegen, ihn bei der Sorge um ihren kleinen Bruder zu unterstützen. Aber Joel war zuversichtlich, dass er sie überreden konnte. An diesem Abend füllte sich sein Leben mit Träumen.

21

Joel war nicht das einzige Mitglied der Campbell-Familie, das von plötzlicher Hoffnung erfüllt war. Auch mit Ness passierte etwas, auch wenn sie es zuerst selbst nicht erkannte. Fabia Bender bescherte ihr diese Hoffnung, als sie, wie üblich begleitet von Castor und Pollux, durch das Törchen im Zaun kam. Sie rief bei Ness und Majidah zunächst höchst unterschiedliche Reaktionen hervor. Erstere fühlte, wie ihre Nackenhaare sich sträubten. Sie nahm an, Fabia wolle sie kontrollieren. Letztere, die die Sozialarbeiterin bislang nur vom Telefon kannte, aber noch nie persönlich getroffen hatte, warf einen Blick auf die Hunde und stürmte ungeachtet des feuchtkalten Wetters ohne Mantel hinaus auf den Spielplatz.

»Nein, nein, nein!«, rief sie. »Diese Bestien haben hier nichts zu suchen, Madam. Abgesehen davon, dass sie eine Gefahr für die Kinder darstellen, kann ich nicht tolerieren, dass sie mit ihren Fäkalien den Spielplatz verunreinigen. Nein, nein, nein, nein!«

Die Heftigkeit und Lautstärke dieses Protestes überraschten Fabia. »Platz«, befahl sie den Hunden und wandte sich dann an die pakistanische Frau. »Castor und Pollux machen ihr Geschäft nur auf Befehl«, versicherte sie. »Und keiner von beiden wird sich von diesem Fleck rühren, ehe ich es sage. Sie müssen Majidah sein, wenn ich Sie beim Vornamen nennen darf? Mein Name ist Fabia Bender.«

»*Sie?*« Majidah schnalzte missbilligend mit der Zunge. Sie hatte sich ein völlig anderes Bild von der Sozialarbeiterin gemacht, hatte sie sich in Twinset, mit Perlenkette, Tweedrock, derben Halbschuhen und blickdichten Strümpfen vorgestellt – aufgekrempelte Jeans und makellos weiße Sportschuhe gewiss nicht, ganz zu schweigen von dem Barett, dem Rollkragenpullover, der Steppjacke und Wangen, die vor Kälte gerötet waren.

»Ja«, antwortete Fabia. »Ich bin gekommen, um mit Ness zu sprechen. Sie ist doch hier, oder?«

»Wo sonst sollte das Mädchen sein? Bitte, treten Sie ein. Aber wenn diese Kreaturen sich auch nur einen Millimeter vom Fleck rühren, muss ich Sie bitten, sie am Zaun anzuleinen. Viel zu gefährlich, solche Hunde wie Wölfe frei auf der Straße herumlaufen zu lassen!«

»Ich fürchte, sie sind viel zu faul, um herumzulaufen«, erwiderte Fabia. Und zu den Hunden: »Bleibt liegen, Jungs, oder die Dame hier wird euch zum Abendessen verspeisen. Zufrieden, Majidah?«

Diese überhörte die Ironie. »Ich esse kein Fleisch, das nicht halal ist«, erklärte sie.

Vom Fenster aus hatte Ness die Begegnung beobachtet. In ihrem Rücken spielten eine Gruppe Dreijähriger und ihre Mütter Nachlaufen und lachten und kreischten ausgelassen. Ein Stück weiter baute eine Schar Fünfjähriger eine Burg aus Pappkartons, die grau angepinselt waren, sodass sie wie Steinquader aussahen. Ness beaufsichtigte die Aktivitäten und schaffte aus dem Lager herbei, was immer die Spielenden benötigten: weitere Bälle, mehr Pappkartons oder Gummimatten, um zu verhindern, dass die Kleinen sich auf dem PVC-Boden am Kopf verletzten. Bald würde es Zeit für eine Pause, und als Fabia Bender das Gebäude betrat, ging Ness zur Küche und stellte Milch und Kekse auf großen Blechtabletts bereit.

Fabia schloss sich ihr an. Sie wirkte zufrieden, eine auf Bewährung verurteilte Sünderin bei der getreuen Erledigung ihrer Bewährungsauflagen anzutreffen, so nahm Ness an, doch als Fabia das Wort ergriff, schnitt sie ein ganz anderes Thema an: »Hallo, Ness. Ich habe gute Neuigkeiten. Sehr gute sogar. Ich glaube, wir haben eine Lösung gefunden, wie du diesen Kurs am College machen kannst.«

Ness hatte sich diesbezüglich schon keinerlei Hoffnung mehr gemacht. Alles bis auf diesen dämlichen Einführungskurs Musik im Herbsttrimester hatte sie längst abgeschrieben und ihre Hutmacherpläne begraben. Verbittert war sie zu der Erkenntnis gekommen, dass Fabia Bender sie mit dem Versprechen, sich um die Finanzierung ihrer Träume zu kümmern, nur hatte ruhigstellen wollen.

Doch nun war Fabia gekommen, um ihr zu beweisen, dass sie sich getäuscht hatte. »Wir haben das Geld«, verkündete sie. »Es war nicht ganz einfach. Die meisten Fördermittel für dieses Jahr waren schon vergeben. Aber ich habe ein etwas obskures Projekt in Lambeth ausfindig gemacht, das ...« Fabia fegte den Rest ihrer Ausführungen mit einer Geste beiseite. »Ach, die Details sind ja auch unerheblich. Wichtig ist der Kurs selbst und dass wir dich rechtzeitig fürs Wintertrimester anmelden.«

Ness konnte kaum glauben, dass die Dinge sich einfach so zum Guten gefügt hatten. Ihr bisheriges Leben hatte ihr nie Anlass gegeben zu glauben, dass so etwas passieren könnte. Doch nun ... Ein staatlich anerkannter Kurs war für sie *die* Chance auf einen richtigen Beruf, nicht nur auf einen Job, den sie tagein, tagaus erledigte und ewig darauf wartete, dass ihr Leben sich änderte.

Dennoch hatte das Leben sie gelehrt, nicht allzu leicht Zuversicht zu fassen. »Und werden die mich überhaupt nehmen? Der Kurs hat doch schon im September angefangen. Wie soll ich die anderen Teilnehmer einholen, wenn ich den Anfang verpasst hab? Geben die den gleichen Kurs noch mal im Winter? Die nehmen mich doch bestimmt nich' auf, wenn ich den ersten Teil verpasst hab, oder?«

Fabia zog die Brauen zusammen. Es dauerte einen Moment, ehe sie entwirrt hatte, wovon Ness sprach. Dann ging ihr ein Licht auf. Sie redeten über zwei verschiedene Dinge. »Oh. Nein, nein. Ich habe nicht von dem Ausbildungsprogramm gesprochen, Ness. Dafür habe ich leider keine Fördermittel auftun können. Was ich aber habe, sind einhundert Pfund für einen Einzelkurs. Ich habe mir das College-Verzeichnis angeschaut, und es gibt solche Kurse.«

»Nur 'n Einzelkurs? Oh. Klar. Was sonst.« Ness gab sich keine Mühe, ihre Enttäuschung zu verbergen.

Fabia war diese Art Reaktion gewöhnt. »Augenblick, Ness«, sagte sie. »Du kannst ohnehin nur einen Kurs nach dem anderen belegen. Du hast ja immer noch deine Arbeit hier, und ich kann dir versichern, dass der Richter dir schon so weit entgegengekommen ist, wie er konnte. Er wird dir die gemeinnützige Arbeit nicht erlassen. Daran dürfen wir nicht einmal denken, mein Kind.«

Nicht gerade liebenswürdig fragte Ness: »Was für'n Kurs isses denn?«

»Es gibt drei, die dir zur Auswahl stehen. Es besteht wohl ein kleines Problem, doch es ist nicht unüberwindlich. Keiner der Kurse – und das gilt übrigens auch für die stattlich anerkannte Ausbildung – wird hier in der Niederlassung des Colleges an der Wornington Road angeboten.«

»Wo zum Teufel dann?«

»Im Hortensia Centre. Nicht weit vom Fulham Broadway.«

»Fulham Broadway?« Es hätte ebenso gut auf dem Mond sein können. »Wie soll ich denn da ohne Fahrgeld hinkommen? Wie Sie schon sagten, ich muss hier arbeiten. Das kann ich nich' und gleichzeitig noch 'n Job annehm', um Geld für die U-Bahn zu verdien'. Wenn's denn überhaupt Jobs gäbe. Aber die gibt's ja auch nich'. Und außerdem, was hab ich von diesem dämlichen Kurs im Hortensia Centre? Nix, so wie ich das seh.«

»Ich dachte, vielleicht könnte deine Tante ...«

»Sie arbeitet in einem *Wohlfahrts*laden! Was, glauben Sie, verdient sie da? Ich werd sie nich' um Geld bitten. Den Scheiß könn' Sie vergessen.«

Majidah kam an die Küchentür. Sie hatte die Erregung in Ness' Stimme gehört, die Lautstärke, Grammatik und Wortwahl. »Was hat das zu bedeuten, Vanessa? Hast du vergessen, dass sich gleich nebenan kleine Kinder befinden, die scharfe Öhrchen haben und alles, was du hier von dir gibst, in sich aufsaugen wie Schwämme? Ich habe dir schon mehrfach gesagt: Kraftausdrücke sind in diesem Haus verboten. Wenn du dich nicht anders ausdrücken kannst, musst du gehen, egal wie sehr dir das missfällt.«

Ness feuerte die Keksdosen zurück in den Schrank. Um ihrer Unterhaltung mit Fabia Bender ein Ende zu setzen, trug sie die Tabletts ins Spielzimmer hinüber. Das gab Majidah Gelegenheit herauszufinden, was Ness' Ärger ausgelöst hatte. Als das Mädchen in die Küche zurückkam, wusste die Pakistani über alles Bescheid. Sie wusste, dass Ness' Interesse am Hutmacherhandwerk von ihrem Besuch in Sayf al Dins Werkstatt in Covent Garden herrührte. Insgeheim war Majidah stolz darauf. Ness hingegen war unverkennbar verlegen. Sie hasste es, jemandes Erwartungen zu erfüllen, und selbst wenn sie nicht wusste, was genau Majidahs Erwartungen gewesen waren, so war doch die Tatsache, dass ihr Besuch in der Werkstatt in Soho sie überhaupt erst auf die Hutmacherei gebracht hatte, Beweis genug, dass Majidah hier die Strippen zog. Das verlieh ihr in Ness' Augen Macht, und Macht war das Letzte, was Ness ihr zugestehen wollte.

»Das also«, sagte Majidah, als Ness die Tabletts auf die Arbeitsplatte stellte, »ist deine Reaktion auf einen kleinen Rückschlag, ja? Miss Bender bringt dir Neuigkeiten, die jeder andere, durchschnittlich begabte Mensch als gute Neuigkeiten bezeichnen würde. Und nur weil es nicht exakt die Neuigkeiten sind, die du erwartet hast zu hören, willst du gleich das Handtuch werfen?«

»Wovon reden Sie eigentlich?«, fragte Ness missmutig.

»Du weißt ganz genau, wovon ich rede. Mädchen wie du sind alle gleich. Was sie wollen, wollen sie besser gestern als heute, und zwar ohne den nötigen Weg zum Ziel zu beschreiten. Sie wollen ... was weiß ich ... dürre, kränkliche Mannequins werden, Astronautin oder Erzbischof von Canterbury. Was auch immer. Und sie gehen immer auf die gleiche Weise heran: ohne jegliche Strategie. Und selbst wenn sie eine hätten, was würde das nützen, wenn sie das, was sie erreichen wollen, nicht bis zum Abendessen kriegen können? Das ist das Problem mit Mädchen wie dir. Und mit den Jungen ebenso. Alles muss sofort passieren. Ihr habt eine Idee, und ihr wollt ein Ergebnis. Jetzt, auf der Stelle. Was für ein Unsinn.«

»War's das?«, fragte Ness. »Denn ich muss hier nich' rumsteh'n und mir Ihr Gezeter anhör'n, Majidah.«

»Oh doch, genau das musst du, Miss Vanessa Campbell. Fabia Bender hat eine Chance für dich aufgetan, und du wirst sie verdammt noch mal wahrnehmen. Und wenn du das nicht tust, werde ich sie bitten müssen, dir eine andere Stelle zur Verrichtung deiner gemeinnützigen Arbeit zu suchen. Man kann wohl kaum von mir erwarten, dass ich mich hier mit einem vollkommen hirnlosen Mädchen herumplage. Und genau als solches würdest du dich erweisen, wenn du diesen Kurs nicht antrittst.«

Ness war sprachlos, dass Majidah das Wort »verdammt« in den Mund genommen hatte, darum antwortete sie nicht sofort.

Fabia Bender war nicht so unnachsichtig wie Majidah. Sie bat Ness, über das Angebot nachzudenken. Einhundert Pfund sei alles, was sie habe auftreiben können. Möglicherweise würde es im Frühling und Sommer aber mehr Geld geben, um Studenten im nächsten Herbsttrimester zu fördern. Doch im Augenblick hieß es: zugreifen oder bleiben lassen. Ness könne in Ruhe darüber nachdenken, aber die Einschreibefrist rücke näher, also sollte sie sich mit dem Nachdenken vielleicht nicht allzu viel Zeit lassen …

Wenn *sie* hier ein Wörtchen mitzureden hätte, wäre eine Bedenkzeit völlig unnötig, versicherte Majidah. Ness werde das Angebot annehmen, sie werde regelmäßig teilnehmen und dankbar und fleißig sein.

Das sei gut und schön, antwortete Fabia nachsichtig, aber diejenige, die antworten müsse, sei Ness …

Für Majidah stand fest, wie Ness' Antwort zu lauten habe, und darum lud sie das Mädchen am nächsten Nachmittag zu sich nach Hause zum Tee ein, sobald sie die Kindertagesstätte verriegelt und verrammelt und die Nachtbeleuchtung eingeschaltet hatten. An der Golbourne Road machte sie ihre üblichen Einkäufe: Zucchini, Schellfisch, einen Laib Brot und einen Karton Milch. Dann führte sie ihren Schützling zum Wornington Green Estate und in ihre Wohnung hinauf, wo sie den Kessel aufsetzte. Sie hieß Ness, den Tisch für drei zu decken, ohne preiszugeben, wen sie noch erwartete.

Doch das Geheimnis lüftete sich bald. Kaum kochte das Wasser, kündigte das Geräusch eines Schlüssels in der Wohnungstür die Ankunft von Sayf al Din an. Er trat jedoch nicht sofort ein. Vielmehr rief er durch den Türspalt: »Ma? Bist du präsentabel?«

»Was sollte ich denn sonst sein, du dummer Junge?«

»Verschlungen in leidenschaftlicher Umarmung mit einem Rugbyspieler? Mitten in einer Nackttanzdarbietung wie Isadora Duncan?«

»Wer ist das denn schon wieder? Irgendein verkommenes englisches Mädchen, das du kennengelernt hast? Ein Ersatz für deine Zahnärztin? Und warum muss sie wohl ersetzt werden, frage ich dich? Ist sie endlich mit dem Kieferorthopäden durchgebrannt? Das kommt davon, wenn man eine Frau heiratet, die anderen Leuten in den Mund schaut, Sayf al Din. Du solltest nicht überrascht sein. Ich habe dir von Anfang an gesagt, dass es so kommt.«

Sayf al Din kam in die Küche, lehnte sich an den Türrahmen und lauschte gutmütig den Ausführungen seiner Mutter über deren Lieblingsthema. In der Hand hielt er eine abgedeckte Schüssel, die er ihr hinhielt, nachdem sie verstummt war. »May hat Rogan-Josh-Lamm für dich gemacht«, sagte er. »Anscheinend hat sie zwischen ihren heimlichen Treffen mit dem Kieferorthopäden noch Zeit gefunden, sich in die Küche zu stellen.«

»Meinst du, ich sei nicht in der Lage, mir mein Essen selbst zu kochen, Sayf al Din? Was denkt sie sich eigentlich? Dass ihre Schwiegermutter den Verstand verloren hat?«

»Ich glaube, sie versucht, dich für sich einzunehmen, obwohl ich nicht weiß, warum. Wenn man's genau betrachtet, bist du ein richtiger Drachen, und sie sollte sich die Mühe sparen.« Er trat zu ihr, küsste sie und stellte die Schüssel auf die Arbeitsplatte.

»Pah«, machte seine Mutter, doch ihr Ausdruck verriet Freude, und sie warf einen Blick unter die Alufolie und schnupperte neugierig.

Sayf al Din begrüßte Ness, schenkte kochendes Wasser in die Teekanne und ließ es ein wenig umherschwappen, um das Porzellan anzuwärmen. Er und seine Mutter bereiteten den Tee wie ein eingespieltes Team und sprachen dabei über Familienangelegenheiten, als wäre Ness gar nicht anwesend: seine Brüder und ihre Frauen, seine Schwestern und ihre Männer, die Kinder, die Jobs, ein Autokauf, ein baldiges Familienessen, um einen ersten Geburtstag zu feiern, jemandes Schwangerschaft, jemandes anderen Hausumbau in Eigenregie. Sie brachten den Tee zusammen mit Majidahs Papadams zum Tisch, schnitten ein Früchtebrot an und toasteten Brot, nahmen Platz, schenkten Tee ein, nahmen sich Milch und Zucker.

Ness fragte sich, was sie von alldem halten sollte: Mutter und Sohn harmonisch beisammen. Es berührte einen wunden Punkt in ihrem Innern. Sie wollte verschwinden, aber sie wusste, Majidah würde es nicht zulassen. Inzwischen kannte sie deren Art und hatte gelernt, dass Majidah niemals etwas tat, ohne dass sie damit eine bestimmte Absicht verfolgte. Also blieb Ness nichts anderes übrig als abzuwarten und zu sehen, was es denn diesmal sein würde.

Schließlich nahm Majidah einen Umschlag von der Fensterbank. Er hatte neben dem Foto von ihr und ihrem ersten Mann – Sayf al Dins Vater – gestanden. Sie schob Ness den Umschlag über den Tisch zu und forderte sie auf, ihn zu öffnen. Danach würden sie ein Thema erörtern, das für sie alle von höchster Wichtigkeit sei, erklärte sie.

In dem Umschlag fand Ness sechzig Pfund in Zehn-Pfund-Noten. Dies sei das Geld, das sie für die Fahrtkosten brauche, erklärte Majidah. Es sei kein Geschenk; Majidah hielt nichts von Geldgeschenken an junge Mädchen, die nicht nur keine Familienmitglieder waren, sondern obendrein auch noch kriminell, und die gerade die ihnen aufgebrummte gemeinnützige Arbeit ableisteten. Es sei ein Kredit, der mit Zinsen zurückgezahlt werden müsse, und wenn Ness wisse, was gut für sie sei, werde sie ihn zurückzahlen.

Ness ahnte, wofür dieses Geld gedacht war. Sie fragte: »Wie soll ich das zurückzahl'n, wenn ich den Kurs mach' und in der Kindertagesstätte arbeite und sonst kein' Job hab?«

»Oh, dieses Geld ist nicht für deine Fahrten nach Fulham gedacht, Vanessa«, teilte Majidah ihr mit. »Mit diesem Geld sollst du nach Covent Garden fahren, wo du das Geld *verdienen* wirst, um die Fahrtkosten nach Fulham zu bestreiten und das Darlehen zurückzuzahlen.« Und an Sayf al Din gewandt, fügte sie hinzu: »Sag es ihr, mein Sohn.«

Rand, berichtete er, arbeitete nicht mehr für ihn. Ihr Mann hatte nicht länger tolerieren wollen, dass sie mit einem anderen Mann im selben Raum zusammenarbeitete, selbst wenn sie vom Scheitel bis zur Sohle in ihrem klaustrophobischen Tschador eingehüllt war.

»Was für ein Schwachkopf«, warf Majidah überflüssigerweise ein.

Darum musste Sayf al Din eine neue Näherin einstellen. Seine Mutter hatte ihm erzählt, dass Ness sich für die Hutmacherei interessierte, also: Sollte sie eine Anstellung suchen, wäre er gern bereit, sie zu nehmen. Sie würde kein Vermögen verdienen, aber genug, um die Fahrtkosten zum Fulham Broadway zu bestreiten. Selbst nachdem sie Majidah ihr Geld zurückgezahlt habe, warf diese ein.

Aber hatte Rand nicht Vollzeit gearbeitet?, wollte Ness wissen. Und wie solle sie Rands Arbeit erledigen – oder auch nur einen Teil davon –, wenn sie gleichzeitig noch ihre Sozialstunden ableisten musste?

Das sei kein Problem, antwortete Majidah. Zum einen sei Rand bei der Arbeit so langsam gewesen wie eine betäubte Schildkröte, da ihre Sicht völlig eingeschränkt war durch dieses schwarze Bettlaken, das abzulegen sie sich aber weigerte, als werde Sayf al Din über sie herfallen, sobald er auch nur einen

Blick auf sie erhaschte. Eine Vollzeitkraft werde kaum nötig sein, um Rand zu ersetzen. Tatsächlich würde vermutlich ein einarmiger Affe ausreichen, um ihre Arbeit zu erledigen. Zweitens werde Ness ihre Tage zukünftig in zwei gleiche Abschnitte unterteilen und die Hälfte ihrer Zeit auf die gemeinnützige Arbeit verwenden, die andere Hälfte in Sayf al Dins Studio verbringen. Das sei übrigens alles schon mit Fabia Bender geklärt und von ihr abgesegnet.

Aber wann sollte sie noch den Hutmacherkurs besuchen, fragte Ness. Wie sollte sie alles drei bewältigen: die Arbeit für Sayf al Din, die Kindertagesstätte und den Kurs? Das konnte sie unmöglich schaffen.

Natürlich nicht, stimmte Majidah zu. Jedenfalls nicht gleich von Anfang an. Aber wenn sie sich erst einmal daran gewöhnt habe zu arbeiten, statt herumzulungern wie die meisten jungen Mädchen, werde sie feststellen, dass sie für weit mehr Dinge Zeit hätte, als sie dachte. Zuerst einmal werde sie nur für Sayf al Din und in der Kindertagesstätte arbeiten. Bis sie sich in den Rhythmus eingefunden und die nötige Ausdauer entwickelt habe, würde ein neues Trimester beginnen, und sie könne ihren Hutmacherkurs besuchen.

»Ich soll wirklich alles drei machen?«, fragte Ness ungläubig. »Den Kurs besuchen, in der Hutmacherei arbeiten *und* die gemeinnützige Arbeit. Und wann soll ich schlafen und essen?«

»Es ist nicht perfekt, du törichtes Mädchen«, entgegnete Majidah. »Aber man kann es sich nicht zurechtzaubern. Oder hast du es etwa durch Zauberei zum Erfolg gebracht, mein Sohn?«

Sayf al Din versicherte seiner Mutter, das sei nicht der Fall gewesen.

»Harte Arbeit, Vanessa«, betete Majidah ihr vor. »Harte Arbeit ist es, was folgen muss, wenn eine Gelegenheit sich bietet. Es wird höchste Zeit, dass du das lernst. Also entscheide dich.«

Ihre Ungeduld machte Ness nicht so blind, dass sie unfähig gewesen wäre, die Tür zu sehen, die sich ihr hier auftat. Doch weil es nicht exakt die Tür war, die sie durchschreiten wollte, stürzte sie sich nicht gerade mit übermäßiger Dankbarkeit auf den Vorschlag. Dennoch stimmte sie dem Plan zu, woraufhin Majidah – vorausschauend wie immer – einen absolut wasserdichten Vertrag zutage förderte, den Ness unterschreiben sollte. Der Vertrag gab die genauen Zeiträume für die Arbeitsstunden bei Sayf al Din und in der Kindertagesstätte vor, ebenso wie einen Rückzahlplan für die sechzig Pfund inklusive Zinsen. Ness unterschrieb, Majidah ebenso, und Sayf al Din bezeugte die Unterschriften. Damit war das Geschäft besiegelt. Majidah hob die Teetasse und brachte einen Trinkspruch aus: »Streng dich an, du nichtsnutziges Mädchen!«

Ness nahm ihre Arbeit bei Sayf al Din umgehend auf. Nachdem sie die Morgenstunden in der Kindertagesstätte gearbeitet hatte, fuhr sie nachmittags in sein Studio. Anfangs gab er ihr nur einfache Aufgaben, doch wann immer er mit etwas beschäftigt war, von dem er glaubte, es könne ihrer Ausbildung dienlich sein, rief er sie zu sich und wies sie an, ihm zuzuschauen. Er erklärte ihr, was er tat, und das mit der Leidenschaft eines Mannes, der die Arbeit verrichtete, zu der Gott ihn bestimmt hatte.

Es dauerte nicht lange, bis Ness' Schutzpanzer rissig zu werden begann. Sie wusste nicht, was sie davon halten sollte; jemand mit ein bisschen mehr Weitsicht hätte es vermutlich die überfällige Wiederaufnahme sozialer Kontakte genannt.

Kendra war so erleichtert über die Veränderung, die sie an Ness beobachtete, dass sie sträflich unachtsam wurde, was Joel betraf. Als er so voller Begeisterung von Ivan Weatheralls Drehbuchkurs sprach und insbesondere von dem Filmprojekt, das Ivan verwirklichen wollte, gab sie ihm ihren Segen – vorausgesetzt, seine Schulnoten besserten sich. Er dürfe hin und wieder für einen Abend aus dem Haus, versprach sie ihm, und wenn sie selbst nicht auf Toby aufpassen könne, werde Ness das übernehmen. Wenn auch nicht freudestrahlend, stimmte Ness diesem Plan doch zu, und das war immerhin schon mehr, als ihr Bruder und ihre Tante erhoffen konnten.

Wäre Joel auf der Straße nicht ein Gejagter gewesen, hätte jetzt alles gut werden können. Doch an der Peripherie ihres Lebens existierte nach wie vor Neal Wyatt, und auch wenn einige Umstände sich für die Campbells zum Positiven gewendet hatten, galt das nicht für die Sache mit Neal. Er war und blieb eine Bedrohung. Er hatte eine Rechnung zu begleichen.

Respekt war nach wie vor der Schlüssel, um das wallende Blut zwischen den beiden Kontrahenten zu besänftigen. Joel für seinen Teil war fest entschlossen, diesen Respekt auf die eine oder andere Weise zu entwickeln. Nur eben nicht auf die, die Hibah ihm nahegelegt hatte: sich zu unterwerfen wie ein Hund. Joel wusste, was Hibah über das Leben in North Kensington offenbar noch nicht begriffen hatte. Es gab nur zwei Wege, um seine persönliche Sicherheit zu gewährleisten: unsichtbar zu sein beziehungsweise niemandes Interesse zu wecken. Oder aber jedermanns Respekt zu erlangen. Respekt nicht zu verschenken wie abgelegte Kleider, sondern ihn zu wecken. Ihn zu verschenken, wie Hibah vorgeschlagen hatte, bedeutete, dass man sein Schicksal besiegelte, sich zum Lakaien machte, zum Prügelknaben und zum Idioten. Doch Respekt zu wecken, hieß das Überleben seiner selbst und seiner Familie zu sichern.

Joel zählte nach wie vor auf The Blade. Seine Sicherheit und die Sicherheit seines Bruders hingen von ihm ab. Er konnte seine Schulnoten verbessern; er konnte Gedichte schreiben, die jeden bei *Führt Worte statt Waffen* zu Tränen rührten; er konnte sich an einem Filmprojekt beteiligen, das seinen Namen in Großbuchstaben auf die Leinwand brachte. Aber keine dieser Leistungen brachte ihm irgendeinen Vorteil in der Welt, durch die er Tag für Tag gehen musste, denn keine war geeignet, irgendjemandem Angst einzujagen. Und Angst war The Blades Geschäft. Joel wusste, um eine Allianz mit ihm zu schmieden, musste er sich auf ebendie Art beweisen, die The Blade ihm befahl.

Einige Wochen später erhielt er diesen Befehl. Joel war auf dem Weg zur Middle Row School, als er Cal Hancock am Fenster eines Waschsalons lehnen sah. Cal drehte sich einen Joint und sagte nur zwei Worte: »Zeit, Mann.«

»Wofür?«, fragte Joel.

»Das, was du wolltest. Falls du's immer noch wills'.« Cal wandte den Blick ab und schaute die Straße hinab auf zwei alte Damen, die Arm in Arm gingen und sich gegenseitig stützten. Cals Atem dampfte in der eisigen Luft. Als Joel nicht antwortete, wandte er sich ihm wieder zu. »Also? Ja oder nein?«

Joel zögerte. Nicht weil er fürchtete, was The Blade von ihm verlangen mochte, sondern wegen Toby. Er musste seinen Bruder von der Schule abholen und zum Lernzentrum bringen, und das würde eine Stunde dauern. Er erklärte Cal die Situation.

Doch der schüttelte nur den Kopf. Diese Antwort könne er The Blade unmöglich überbringen. Sie sei respektlos, denn sie besagte, dass irgendetwas wichtiger sei als The Blades Wünsche.

»Ich will ihm gegenüber nich' respektlos sein«, erklärte Joel. »Es is' nur, dass Toby ... Cal, er weiß doch, dass Toby nich' richtig im Kopf is'.«

»The Blade will dich heute Abend.«

»Ich werd tun, was er will. Aber ich kann Toby nich' allein von der Schule nach Haus geh'n lassen. Es wird schon dunkel, und das einzige Mal, als er's allein versucht hat, ha'm sie ihn sich geschnappt.«

Er müsse selbst eine Lösung für dieses Problem finden, sagte Cal. Wenn er das nicht könne, sei er auch nicht in der Lage, irgendwelche anderen Probleme zu lösen. Und in dem Fall müssten The Blade und er getrennte Wege gehen. Vielleicht wäre es ja besser so.

Joel überlegte fieberhaft, was er tun konnte. Die einzige Lösung schien ihm die uralte Ausrede zu sein, derer sich jedes Kind früher oder später bediente: Er beschloss, Krankheit vorzutäuschen. Er würde seine Tante anrufen und ihr erzählen, dass er sich in der Schule habe übergeben müssen, und fragen, ob sie meinte, er solle Toby trotzdem abholen. Natürlich würde sie »Nein« sagen und ihm auftragen, sofort nach Hause zu gehen. Sie würde den Laden kurz abschließen und selbst loslaufen, um Toby von der Schule zum Lernzentrum zu bringen. Toby konnte anschließend bei ihr bleiben, bis es für sie beide Zeit wurde heimzugehen. Vorausgesetzt dass alles glattlief, würde Joel längst zu Hause sein, wenn sie nach Hause kamen, und in der Zwischenzeit The Blade seine Loyalität und seinen Respekt bewiesen haben.

Er bat Cal zu warten und betrat die nächste Telefonzelle. Nach wenigen Minuten hatte er alles arrangiert. Was er indessen nicht berücksichtigt hatte, war die Aufgabe, die The Blade ihm stellen wollte. Cal machte ihm das bald darauf klar, jedoch nicht, ohne zuvor eine versteckte Warnung auszusprechen. Als Joel von der Telefonzelle zurückkam, fragte Cal ihn, ob er sich die Sache auch gründlich überlegt habe.

»Ich bin nich' blöd«, lautete Joels Antwort. »Ich weiß, wie's läuft. The Blade tut was für mich, und dann bin ich ihm was schuldig. Ich hab's kapiert, Cal, und ich bin bereit.« Er zog seinen Hosenbund hoch, um dieser Behauptung Nachdruck zu verleihen. Lass uns gehen, schien die Geste zu sagen. Er war zu allem entschlossen. Er brannte geradezu darauf, The Blade seinen Eifer und seine Ergebenheit zu beweisen.

Cal musterte ihn ernst, ehe er sagte: »Dann komm.« Er schlug den Weg nach Westen in Richtung Kensal Green ein.

Unterwegs sagte er kein Wort, und er wandte sich auch nicht um, um sicherzugehen, ob Joel ihm auch folgte. Er hielt nicht an, bis sie zu der hohen Mauer des verfallenen, überwucherten Friedhofs von Kensal Green kamen. Vor dem hohen Tor sah er Joel schließlich an. Der Junge konnte sich überhaupt nicht vorstellen, was er hier tun sollte. Der Gedanke an Grabraub drängte sich ihm auf, und der war nicht besonders attraktiv.

Der Friedhofseingang wurde von einem Bogen überspannt. Dahinter an einem rechteckigen, asphaltierten Vorplatz lag ein Pförtnerhäuschen, hinter dessen Vorhängen Licht schimmerte. Von diesem Vorplatz aus verlief der Hauptweg des Friedhofs in einem Bogen in westlicher Richtung. Er war übersät mit dem Laub zahlloser Bäume, die hier wild und unbeschnitten wuchsen.

Diesen Pfad schlug Cal ein. Joel versuchte, dies alles als ein herrliches Abenteuer zu betrachten. Er redete sich ein, dass es ein Mordsspaß sein würde, an einem gruseligen Ort wie diesem einen Auftrag auszuführen. Er und Cal würden in der rasch hereinbrechenden Dunkelheit irgendein Grab leer räumen und sich hinter einem der windschiefen Grabsteine verstecken, sollte ein Friedhofswärter vorbeikommen. Sie würden aufpassen müssen, damit sie nicht in eines der einsackenden Gräber fielen, vor denen Schilder entlang des Weges warnten. Und wenn sie fertig waren, würden sie über die Mauer klettern und sich mit der Beute davonmachen. Es war fast so etwas wie eine Schnitzeljagd, entschied er.

Doch in der frühen Abenddämmerung war der Friedhof ein schauriger Ort und wenig förderlich für die Abenteuerlust, die Joel sich einreden wollte. Riesige, efeuverschleierte Engel mit ausgebreiteten Flügeln beteten auf Monumenten und Mausoleen, alles war mit Gesträuch und Unkraut überwuchert, und der Friedhof wirkte eher wie eine Geisterstadt als wie ein Ort, an dem die Seele Frieden finden konnte. Beinah rechnete Joel damit, dass Nebelgestalten aus den Grabmälern gekrochen kamen oder kopflose Gespenster durchs Unterholz schwebten.

Im schwindenden Licht schlug Cal einen der Trampelpfade ein, die vom Hauptweg abzweigten. Nach vielleicht fünfzig Schritten verschwand er durch eine dichte Thujahecke, und als Joel sich wenig später hindurchzwängte, fand er sich vor einem riesigen, moosbewachsenen Grabmal wieder, eine Art Kapelle, doch dort, wo einmal die drei Kirchenfenster gewesen waren, waren die Öffnungen zugemauert worden, und die Tür war so dicht mit Wacholder zugewachsen, dass man eine Machete gebraucht hätte, um sich einen Zugang zu schlagen.

Cal war nirgendwo zu sehen, und plötzlich überkam Joel die Furcht vor einem Hinterhalt. Seine anfängliche Beunruhigung nahm in dem Maße zu, wie ihm klarwurde, dass niemand wusste, wo er war. Er dachte an Cals Warnung und seine eigene vorgetäuschte Verwegenheit. »Scheiße«, murmelte er vor sich hin und lauschte angestrengt in die Dunkelheit. So würde er zumindest ausloten können, woher ein Angreifer kam, wenn sich hier jemand auf ihn stürzen wollte.

Dann hörte Joel ein Rascheln, das von der Thuja herzukommen schien, und wich zurück. Eine hölzerne Bank stand ungefähr drei Meter von dem Mausoleum entfernt, und Joel kletterte darauf. Von seiner erhöhten Position aus entdeckte er, was er vom Boden aus nicht hatte sehen können: Das Spitzdach des Bauwerks war einst mit rechteckigen Schieferplatten gedeckt worden, von denen jetzt einige fehlten, sodass ein großes Loch entstanden war. Das Innere des Grabmals war den Elementen ausgesetzt.

Die Laute, die Joel hörte, kamen von dort, von oben, und während er noch hinschaute, erhob sich daraus eine schattenhafte Gestalt. Kopf und Schultern schoben sich vor, dann folgte ein Bein. Die ganze Erscheinung war schwarz, bis auf die Füße, die in schmutzig weiß schimmernden Turnschuhen steckten.

»Was zum Geier soll das, Bruder?«, fragte Joel.

Cal hievte sich aus dem Loch im Dach und sprang behände zu Boden, eine Distanz von vielleicht drei Metern. »Biste bereit, Mann?«

»Klar, aber was tuste da drin?«

»Gucken.«

»Was?«

»Dass alles klar is'. Also komm her! Kletter rein!« Cal wies mit dem Daumen auf das Mausoleum.

Joel schaute von ihm zu der Öffnung im Dach. »Was soll ich da drin?«

»Warten.«

»Worauf? Wie lang?«

»Na ja, das isses ja grade. Das weißt du nich'. The Blade will wissen, ob du ihm traus', Kleiner. Wenn du ihm nich' traus', traut er dir auch nich'. Du bleibs' hier, bis ich dich hol, Bruder. Wenn du nich' mehr hier bis', wenn ich komm, weiß The Blade, was er von dir zu halten hat.«

Trotz seiner Jugend erkannte Joel die Genialität dieser Prüfung. Sie lag in der schlichten Ungewissheit. Eine Stunde, eine Nacht, ein Tag, eine Woche. Und nur die eine Regel: Begib dich vollkommen in die Hand eines anderen. Beweise dich The Blade, dann ist The Blade auch willig, sich dir zu beweisen.

Joels Mund war trockener, als ihm lieb war. »Was, wenn ich erwischt werde?«, fragte er. »Wär nicht meine Schuld, wenn ein Wächter vorbeikommt und mich rausschmeißt, oder?«

»Welcher Wächter steckt den Kopf in 'n Grabmal, wenn er nich' muss? Wenn du schön still bis', Bruder, kommt auch keiner gucken. Biste dabei oder nich'?«

Welche Wahl blieb ihm schon? »Bin dabei«, antwortete Joel.

Cal half Joel, aufs Dach zu kommen. Er fühlte, wie er mit einem Schwung nach oben befördert wurde, dann saß er rittlings auf der Mauerkrone und sah hinunter in die Dunkelheit. Er konnte nur schemenhafte Formen erkennen, von denen eine aussah wie ein Toter unter einem Leichentuch aus verfallendem Laub. Bei dem Anblick schauderte er, und er sah zurück zu Cal, der ihn schweigend beobachtete. Joel atmete tief durch, schloss die Augen und sprang ins Innere des Grabmals.

Er landete auf Blättern. Sein Schuh sank in eine modrige, feuchte Vertiefung, und er spürte die nasse Kälte um sich herum aufsteigen. Er schrie auf und sprang zurück. Halb rechnete er damit, dass sich ihm die Hand eines Gerippes entgegenstrecken würde, das die Erlösung aus dem feuchten Grab suchte. Er konnte praktisch nichts sehen, und er hoffte, dass seine Augen sich schnell von der Dämmerung auf dem Friedhof auf die Finsternis hier im Innern der Kammer einstellen würden, damit er erkennen konnte, mit wem – oder mit was – er seine Zeit verbringen würde.

Cals Stimme kam wie ein Flüstern aus der Ferne: »Alles klar, Mann? Biste drin?«

»Ich bin okay«, antwortete Joel wider besseres Wissen.

»Halt durch, bis ich wiederkomm!« Dann verschwand Cal mit einem Rascheln durch die Hecke.

Joel unterdrückte einen Protestlaut. Das war doch ein Klacks, sagte er sich. Es diente doch nur dazu, The Blade zu beweisen, dass er das Zeug dazu hatte, etwas durchzustehen.

Seine Hände fühlten sich klamm an, also rieb er sie an den Seitennähten seiner Hose. Er erinnerte sich, was er von dem Gemäuer gesehen hatte, bevor er hineingesprungen war. Er wappnete sich für den Anblick einer Leiche und betete sich vor, dass sie doch schon lange tot und nur nicht anständig beerdigt wäre. Er hatte noch nie einen Toten gesehen, der lange im Freien gelegen hatte, der Witterung ausgesetzt, verwesend und mit fauligem Fleisch, grinsenden Zähnen und Würmern, die die Augen auffraßen … Die Vorstellung, dass so eine Leiche irgendwo gleich hinter ihm lag, ließ Joels Lippen erbeben. Er zitterte am ganzen Leib, und er erkannte, dass die Nachtkälte hier drinnen durch das feuchte Mauerwerk noch verschlimmert würde. Er dachte an zu Hause. An seine Tante, seinen Bruder, seine Schwester, sein Bett, Abendessen am Küchentisch und anschließend ein Zeichentrickvideo zusammen mit Toby vor dem Fernseher. Doch dann verbat er sich solche Gedanken. Sie trieben ihm Tränen in die Augen. Er benahm sich wie jemand, der nicht einmal mit der kleinsten Krise klarkam, hielt er sich vor. Er führte sich vor Augen, wie mühelos Cal aus diesem Grabmal geklettert war. Er war hier nicht gefangen. Und er musste auch nichts tun, was ihn mit dem Gesetz in Konflikt brachte. Er musste bloß warten, und den Mut dafür würde er doch wohl aufbringen können.

Ein wenig beruhigt, zwang er sich zu handeln: Er konnte schließlich nicht ewig hier mit dem Gesicht zur Wand stehen, nur weil er den Raum mit einem Toten teilte. Mit fest zugekniffenen Augen machte er eine halbe Drehung. Er ballte die Fäuste und öffnete langsam die Lider.

Jetzt, da sein Blick sich auf die Dunkelheit eingestellt hatte, erkannte er, was er zuvor nicht hatte ausmachen können: eine Gestalt. Ihr fehlte die Nase. Die Wange war teilweise eingedellt. Der Rest war in ein Gewand gehüllt, dessen Falten durch das gefallene Laub schimmerten. Alles war weiß: der Körper, die Haare, die auf dem Bauch gefalteten Hände und das Gewand. Alles aus Stein, erkannte Joel – eine Statue, die den Sarg schmückte.

Über den Füßen der Statue lag eine zusammengefaltete karierte Wolldecke. Sie war nicht mit Laub bedeckt, was bedeutete, dass sie erst kürzlich hierhergebracht worden war – wahrscheinlich für ihn. Er hob sie hoch, und darunter entdeckte er zwei Flaschen Wasser und zwei eingeschweißte Sandwichs. Er würde es also ein Weilchen hier aushalten müssen.

Er entfaltete die Decke und legte sie sich um die Schultern. Dann stemmte er sich am Fußende auf den Sarg und richtete sich auf eine lange Wartezeit ein.

An diesem Abend kam Cal Joel nicht mehr holen. Auch nicht am nächsten Tag. Die Stunden krochen dahin, und die fahle Wintersonne schickte keinen einzigen wärmenden Strahl in Joels Versteck. Trotzdem blieb er dort. Dies hier war eine Investition in die Zukunft. Und auch wenn ihm kalt war und er trotz der Sandwichs von Minute zu Minute hungriger wurde, er sich mehr als einmal in einer Ecke des Raums erleichtern musste, die er anschließend mit Laub bedeckte, auch wenn er kaum ein Auge zutat in dieser Nacht und jedes Geräusch ihn aufschrecken ließ, so sagte er sich doch, dass er eine Belohnung dafür bekommen würde, die all das wert war.

In der zweiten Nacht kamen ihm allerdings Zweifel. Er fing an zu glauben, dass The Blade ihn hier auf dem Friedhof von Kensal Green sterben lassen wollte. Ihm war klar, wie leicht das passieren könnte: Er war ja schon in einem Grab, das seit Jahren nicht geöffnet worden war und vermutlich nie wieder geöffnet würde. Er und Cal waren bei einsetzender Dunkelheit hergekommen, und selbst wenn sie jemand auf den Friedhofseingang hatte zugehen sehen, hatte der Beobachter sich bestimmt nichts dabei gedacht, führte doch derselbe Weg zu vielen Zielen: zur U-Bahn, zum Superstore auf der anderen Seite des Kanals und nach Wormwood Scrubs.

Als ihm diese Dinge durch den Kopf gingen, erwog er hinauszuklettern. Er untersuchte die Innenwände und stellte erleichtert fest, dass es kein Problem wäre, die drei Meter hohe Mauer zu erklimmen. Doch die Liste der möglichen Konsequenzen, die sein Ausbruch nach sich ziehen würde, hielt ihn zurück. Was, wenn er genau in dem Moment nach draußen kletterte, da Cal zurückkam? Was, wenn The Blade in der Nähe war, die Stelle observierte und Zeuge seiner Schande würde? Was, wenn ein Friedhofsgärtner oder ein Wächter ihn sah? Was, wenn er geschnappt und schon wieder zur Polizei geschleppt würde?

Was seine Familie betraf und all die Fragen, die sich in diesem Zusammenhang aufdrängten, so mied Joel sie in der zweiten Nacht. Seine Tante, sein Bruder und seine Schwester waren nur schwache, flackernde Lichtpunkte auf dem Radarschirm seines Bewusstseins.

Die zweite Nacht verging langsam. Es war schrecklich kalt, und ein leiser Niesel steigerte sich langsam zu einem anhaltenden, windgepeitschten Regen, der Joels Decke durchnässte und schließlich die Hose seiner Schuluniform. Sein einziger Schutz gegen das Wetter war sein Anorak, aber auch der würde spätestens bei Tagesanbruch nutzlos sein, wenn der Regen nicht nachließ.

Der Himmel verblasste, als er endlich die Geräusche hörte, auf die er gewartet hatte: das Rascheln von Zweigen und das Schmatzen von Turnschuhen auf nassem Untergrund. Dann Cals leise Stimme: »Biste noch da, Bruder?«

Joel, der im unzureichenden Schutz des löchrigen Schieferdaches hockte, kam mit einem Stöhnen auf die Füße. »Hier, Bruder«, antwortete er.

»Hast ja super durchgehalten. Schaffste's allein raus?«

Joel war nicht sicher, sagte aber: »Kein Problem.« Ihm war schwindlig vor Hunger, und die Kälte hatte seine Glieder steif werden lassen. Das wär jetzt echt das Allerletzte, dachte er, wenn er sich bei dem Versuch, hier rauszuklettern, den Hals bräche.

Er brauchte mehrere Anläufe. Beim vierten Mal klappte es.

Inzwischen war Cal an der Fassade hochgeklettert, saß rittlings auf der Mauer und streckte eine Hand aus. Doch Joel ergriff sie nicht. Jetzt hatte er es fast geschafft; die Probe, auf die The Blade ihn gestellt hatte, war bestanden. Er wollte, dass Cal Hancock Mr. Stanley Hynds eine Nachricht übermittelte: Der Junge hat es geschafft, und zwar ganz allein.

Er schwang ein Bein über die Mauer und imitierte Cals Pose, doch im Gegensatz zu Cal musste er sich festklammern wie ein Schiffbrüchiger. »Erzähl's ihm, Mann«, sagte er, ehe seine Kräfte schwanden. Er fiel von der Mauerkrone auf die Erde.

Cal sprang herunter und half ihm auf die Füße. »Okay?«, fragte er besorgt. »Paar Leute ha'm sich gefragt, wo du bis'.«

Joel sah blinzelnd zu Cal auf. Das Denken fiel ihm schwer. »Willste mich verarschen, Mann?«

»Quatsch. Ich war an eurem Haus, und da waren Cops bei deiner Tante. Ich schätze, du bis' fällig, wenn du nach Hause komms'.«

»Scheiße.« Das hatte Joel sich nicht ausgemalt. Wie die meisten Leute war seine Tante kein großer Fan der Polizei, und es war schwer zu glauben, dass sie dort angerufen haben sollte. »Ich muss schleunigst heim«, sagte er. »Wann kann ich denn mit The Blade sprechen?«

»Mit den Bullen wird er dir nich' helfen. Damit biste allein, Bruder.«

»Das hab ich nich' gemeint. Ich muss mit ihm über diesen Typen reden, den er mir vom Hals schaffen soll.«

»Er schafft ihn dir vom Hals, wenn er's für richtig hält.«

»Hey!«, protestierte Joel. »Hab ich denn nich' grad …«

»So läuft das nich'.« Cal ging voraus durch die Hecke und zurück zum Hauptweg des Friedhofs. Dort hielt er einen Moment inne, um auf einem Stück Asphalt, das der Wind freigefegt hatte, seine Schuhsohlen zu säubern. Er sah sich um wie jemand, der fürchtet, belauscht zu werden, und sagte dann leise, ohne den Kopf zu heben: »Du kanns' immer noch aussteigen, Bruder. Die Möglichkeit bleibt dir.«

»Wie, aussteigen?«, fragte Joel.

»Junge, er meint's nich' gut mit dir. Verstehste? Das hier war erst der Anfang.«

»Von wem redest du? The Blade? Cal, ich hab ihm doch das Messer zurückgegeben. Und du wars' nich' dabei, als wir geredet ha'm. Wir ha'm alles geklärt. Wir sind cool.«

»Mit Reden klärt der gar nix, Kleiner. So ist der nich'.«

»Er war ehrlich zu mir. Wie gesagt, du wars' nich' dabei. Und außerdem, ich hab getan, was er wollte. Er kann seh'n, dass ich genauso ehrlich zu ihm bin. Jetz' könn' wir den nächsten Schritt machen.«

Cal, der den Blick die ganze Zeit auf seine Schuhe gerichtet hatte, sah nun auf. Er fragte: »Was meinste eigentlich, wohin das führ'n soll? Wenn The Blade sich diesen Typen vornimmt, biste ihm was schuldig, kapiert? Du has' Familie, Bruder. Wieso denkste nich' mal an die?«

»Das *tu* ich doch grade«, wandte Joel ein. »Was glaubste denn, für wen ich das hier mache?«

»Das sollteste dich schleunigst selber fragen«, erwiderte Cal. »Und was glaubste, warum *er* das tut?«

22

Als Joel in den Edenham Way einbog, sah er Dix D'Courts Auto vor dem Haus seiner Tante. Er war durchgefroren, nass, hungrig und hundemüde. Er war also nicht gerade in Topform, um sich aus der Konfrontation, die ihn erwartete, schnell herauszureden. Er hielt inne, versteckte sich hinter einem Müllcontainer, verharrte dort ein paar Minuten und überlegte, was er seiner Tante sagen sollte. Die Wahrheit wohl besser nicht.

Zuerst erwog er, in seinem Versteck zu bleiben, bis Kendra zur Arbeit ging, was eher früher als später der Fall sein würde. Sie musste Toby schließlich noch zur Schule bringen. Auch Ness würde sich bald auf den Weg machen. Dann würde das Haus leer sein, denn Dix würde kaum dort bleiben wollen, wenn Kendra weg war. Somit hätte Joel den ganzen Tag Zeit, sich etwas zurechtzulegen. Er musste nur warten.

Aber er konnte nicht mehr warten. Sieben Minuten hinter dem Müllcontainer, und ihm war klar, dass er nicht länger draußen in der Kälte bleiben konnte. Er schlängelte sich aus seinem Versteck und trottete zum Haus hinüber. Wie ein Zombie schleppte er sich die vier Eingangsstufen hinauf.

Statt zu klingeln, nahm er seinen Schlüssel, aber das Kratzen am Türschloss reichte schon, um seine Familie zu alarmieren. Die Tür wurde aufgerissen. Er rechnete damit, seine Tante zu sehen, wütend und bereit, sich auf ihn zu stürzen, aber es war Ness, die die Hand an der Klinke hatte und ihm den Weg versperrte. Sie musterte ihn kurz und rief dann über die Schulter: »Tante Ken, der kleine Drecksack ist wieder da.« Und dann, an Joel gewandt: »Du kannst was erleben, Mann. Wir hatten die Bullen hier, die Schule hat angerufen, und das Jugendamt weiß auch Bescheid. Wo hast du gesteckt?« Und dann leiser: »Joel, biste auf Drogen oder so?«

Er antwortete nicht, und das war auch nicht nötig, denn in diesem Moment wurde die Tür weiter aufgerissen. Kendra. Sie trug immer noch dieselben Sachen wie vor zwei Tagen. Ihre Augen waren rot gerändert, und dunkle Ringe hingen wie Blutergüsse darunter. »Wo warst du? Was hast du … Wer hat dich …« Und dann fing sie an zu weinen. Es war der Stress, der plötzlich nachließ, aber da Joel seine Tante überhaupt erst ein Mal hatte weinen sehen, wusste er nicht, wie er sich verhalten sollte. Sie packte und umarmte ihn fest, doch die Umarmung wurde zu Fäusten, die auf seinen Rücken trommelten, selbst wenn die Fäuste nicht mehr Kraft hatten als der Herzschlag eines Vögelchens.

Über ihre Schulter sah Joel Toby im Schlafanzug aus der Küche kommen. In Cowboystiefeln stapfte er über den PVC-Boden. Hinter ihm stand Dix D'Court in der Mitte der Küche, sein Gesicht ausdruckslos. Er betrachtete die Szene einen Moment, dann kam er herüber und löste Kendra behutsam von Joel. Er drehte sie zu sich um und umarmte sie und bedachte Joel mit einem missbilligenden Kopfschütteln, ehe er sie zur Treppe führte. Bevor er hinaufstieg, sagte er zu Ness: »Besser, du rufst die Cops an und sagst ihnen, dass er wieder da ist.«

Ness knallte die Haustür zu und ging zum Telefon, um seiner Bitte Folge zu leisten. Sie ließ Joel stehen, und er fand sich in einer Art von Einzelhaft, mit der er nicht gerechnet hatte und die er als weit schlimmer empfand, als zwei Nächte in einem Mausoleum eingesperrt zu sein. Es erschien ihm ungerecht, dass er wie ein Aussätziger behandelt wurde, statt mit Schulterklopfen und Erleichterung zu Hause willkommen geheißen zu werden. Er wollte fragen: Wisst ihr eigentlich, was ich für euch auf mich genommen habe?

Unabsichtlich steigerte Toby Joels Empörung. »Dix is' zurückgekommen«, sagte er zu Joel. »Tante Ken hat ihn angerufen, als du nich' heimgekommen bist, weil sie dachte, du warst vielleicht mit ihm im Fitnessstudio oder so. Und Ivan hat gesagt, er wüsste auch nich', wo du bist …«

»Was? Sie hat Ivan angerufen?«

»Sie hat jeden angerufen. War schon spät, als sie bei Ivan angerufen hat. Sie dachte, er wär vielleicht mit dir ins Kino oder so, aber er hat Nein gesagt. Dann hat sie gedacht, du hättest Ärger mit den Cops, und drum hat sie die angerufen. Dann hat sie geglaubt, dieser Neal hätt dich vielleicht überfall'n und ...«

»Okay. Halt die Klappe«, sagte Joel.

»Aber ich wollte ...«

»Hey. Ich hab gesagt, halt die Klappe! Mir doch egal. Halt die Klappe.«

Toby traten Tränen in die Augen. Dieser Joel war ihm fremd. Er kam näher und zupfte ihn am Anorakärmel. »Du bist ja ganz nass«, sagte er. »Du musst dich umzieh'n. Tante Ken hat mir einen Pulli aus ihrem Laden geschenkt, als sie mich von der Schule geholt hat, und du kannst ...«

»Halt die Klappe! Halt die Klappe! *Halt die Klappe!*« Joel stieß Toby beiseite und ging in die Küche. Toby rannte schluchzend zur Treppe. Joel verabscheute sich dafür, dass er seinen kleinen Bruder gekränkt hatte, aber ebenso verabscheute er Toby, weil er so dämlich war, nicht zu tun, was man ihm sagte, ohne dass man ihn anbrüllen musste.

Ness beendete ihr Telefonat, als Joel an den Küchentisch trat und sich auf einen Stuhl fallen ließ. Er verschränkte die Arme auf einem dicken Stapel Zeitungen und bettete den Kopf darauf. Er wollte nur seine Ruhe. Er verstand nicht, warum alle so einen Aufstand machten, als hätte er das Verbrechen des Jahrhunderts begangen, wo Ness doch öfter als einmal die ganze Nacht weggeblieben war. Ihr hatte keiner beim Nachhausekommen so eine Szene gemacht. Sie taten alle gerade so, als hätte er einen Selbstmord vorgetäuscht oder Ähnliches.

»Das haste echt super hingekriegt, Mann«, sagte Ness und zündete sich eine Zigarette an. Der Schwefeldunst des Streichholzes und der Geruch des brennenden Tabaks wehten zu Joel herüber, und sein Magen krampfte sich zusammen. »Fabia Bender war hier und hat davon geredet, dass es Zeit wird, dich irgendwohin zu schicken, wo sie dir Verstand eintrichtern, eh du richtig in Schwierigkeiten gerätst. Die Cops haben hier jeden Zentimeter abgesucht, als hätten wir dich umgebracht. Irgendso'n Detective is' sogar in die Klinik gefahr'n und hat versucht, aus Mum was Vernünftiges rauszuhol'n. Eins muss man dir lassen: Wenn du Scheiße baust, dann richtig. Also, wo bist du gewesen?«

Joel schüttelte den Kopf, ohne ihn anzuheben. »Wieso macht sie so'n Theater?«

»Haste nix davon *gehört?*«

Joel hob müde den Kopf. Ness kam an den Tisch, die Zigarette im Mundwinkel, und bedeutete ihm, die Arme von den Zeitungen zu nehmen. Sie drehte sie so, dass die Titelseite vor ihm lag. »Guck dir das hier ma' an«, sagte Ness. »Tante Ken hat gedacht … Na ja, ich schätze, du bist schlau genug, dir das selbst zusammenzureimen.«

Joel starrte auf die Zeitung. »Wieder ein Toter!«, stand in Riesenlettern auf der Titelseite. Drei Fotos darunter zeigten eine Eisenbahnunterführung, die mit Polizeiband abgesperrt war, eine Gruppe Menschen, die sich ernst unterhielten, und einen abseitsstehenden blonden Mann in einem eleganten Mantel, der ein Handy am Ohr hielt und den die Bildunterschrift als Detective Superintendent von Scotland Yard bezeichnete. Joel sah wieder zu seiner Schwester auf. »Ich kapier's nich'. Hat Tante Ken gedacht …«

»*Natürlich* hat sie das gedacht«, erwiderte Ness. »Was denn sonst? Du hast gesagt, du bist krank und gehst nach Haus, und dann warste nich' hier. Dann hat sie diesen Ivan angerufen, und er sagt, er hat dich nich' geseh'n, aber da hatte sie schon stundenlang versucht, ihn zu erreichen, und sie hat geglaubt, er hat dir was getan, wegen dieser Sache, die in den Zeitungen steht. Also ruft sie die Cops an, und die holen sich diesen Ivan aufs Revier und quetschen ihn aus.«

»*Ivan?*«, stöhnte Joel. »Die Cops haben Ivan verhört?«

»Aber hallo. Was hast du denn gedacht? Die ha'm ihn also in die Mangel genommen, und die ganze Zeit warst du … wo?«

Joel stierte auf die Zeitung. Er konnte nicht fassen, was alles passiert war, nur weil er für zwei Nächte verschwunden gewesen war. Und es hätte kaum schlimmer kommen können: Die Polizei war eingeschaltet worden, Ivan belästigt und das Jugendamt in Gestalt von Fabia Bender aufgeschreckt, auf deren Radarschirm er ohnehin schon rot markiert war. Ihm wurde ganz schwindlig von all diesen Hiobsbotschaften.

»In ganz London sind Jungen ermordet worden«, sagte Ness. »Der da in dem Artikel ist irgendwie der fünfte oder sechste oder so. Alle in deinem Alter. Also, du kommst nich' nach Hause, und Tante Ken sieht das hier in der Zeitung. Cordie hat sie ihr gebracht. Und da denkt sie natürlich, diese Leiche da bist du. Du hast so richtig Scheiße gebaut. Du kannst dich auf was gefasst machen. Ich möcht echt nich' mit dir tauschen.«

»Da hat sie recht.« Dix war wieder nach unten gekommen. Er betrachtete den Jungen mit derselben Missbilligung wie zuvor schon. Er hielt ein Glas in der Hand, trug es zur Spüle und wusch es aus. »Wo bist du gewesen, Joel? Was hast du gemacht?«

»Wieso habt ihr sie nich' davon abgehalten, die Bullen zu rufen?«, fragte Joel verzweifelt. Seine Tante hatte alles in schlimmerem Maße verkompliziert, als er es sich je hätte vorstellen können, und das ausgerechnet in dem Moment, da er kurz davor war, alles wieder in Ordnung zu bringen. Sie hatte all seine Bemühungen zunichtegemacht. Er war verzweifelt.

»Ich hab dich was gefragt, Mann. Ich will eine Antwort«, forderte Dix.

Das brachte Joel auf die Barrikaden. Der Tonfall. Dieser väterliche Tonfall. Was immer Dix in ihrem Leben für eine Rolle spielen mochte, es war ganz sicher nicht die des Vaters. »Hey«, gab Joel zurück. »Verpiss dich. Ich muss dir gar nix sagen ...«

»Pass lieber auf, wie du mit mir redest«, unterbrach Dix.

»Ich kann sagen, was ich will. Du has' nich' über mein Leben zu bestimm'.«

»Joel«, sagte Ness in einem Ton, der halb warnend und halb bittend war, und das allein war schon ungewöhnlich. Joel war augenblicklich klar, dass seine Schwester ins feindliche

Lager übergelaufen war. Er erhob sich und wandte sich zur Treppe.

»Denk ja nich', wir wär'n schon fertig. Wir sprechen uns später«, drohte Dix.

»Mir doch egal«, gab Joel zurück und ging nach oben.

Er hörte Dix hinter sich und dachte schon, der Bodybuilder wolle ihm zu Leibe rücken. Doch statt Joel in sein Zimmer zu folgen, ging er zurück zu Kendra und schloss die Tür hinter sich.

Kendra lag auf dem Bett und hatte einen Arm über die Augen gedeckt, als Dix sich auf die Bettkante setzte und die Hand auf ihr Bein legte. »Hat er irgendwas gesagt?«

Dix schüttelte den Kopf. »Das is' nich' gut«, erklärte er. »So fängt's an, wenn sie abrutschen, Ken.«

»Ich weiß«, sagte sie erschöpft. »Ich weiß. Ich habe einen Exmann in Wandsworth im Gefängnis, wie du vielleicht noch weißt, und auf einmal erkenne ich ihn andauernd in Joel wieder. Er ist in irgendwas verstrickt. Drogen? Einbrüche? Autoklau? Raubüberfälle auf Rentner? Ja, so fängt es immer an. Glaub nicht, ich wüsste das nicht, Dix. Ich weiß es.«

»Du muss' ihm 'n Riegel vorschieben.«

»Meinst du, das wäre mir nicht klar? Ich hatte in der Schule schon einen Mentor für ihn, nur jetzt hab ich dem Mann die Cops auf den Hals gehetzt, also kann ich kaum erwarten, dass er Joel weiterhin betreuen will, oder? Dann hat diese Frau vom Jugendamt mir von dieser Einrichtung erzählt, wo Jungen wie Joel auf den rechten Pfad zurückgebracht werden, nur das ist weit weg, in Elephant and Castle, und ich kann Joel nicht jeden Tag nach der Schule dahin fahren lassen, weil ich seine Hilfe mit Toby brauche ...« Sie zupfte an der Tagesdecke. Ihr Kopf tat weh, und sie hatte zwei Nächte nicht geschlafen. Sie konnte nicht mehr.

»Er braucht 'nen Vater«, sagte Dix.

»Tja, er hat aber keinen.«

»Dann braucht er jemand', der die Rolle eines Vaters für ihn übernimmt.«

»Ich dachte, dieser Ivan ...«

»Komm schon, Ken. Ein Weißer? Vor allem *so* einer? Kannste dir vorstellen, dass der jemand is', dem Joel nacheifern will? Denn das isses, was er braucht: Jemand, der wie ein Vater vor ihm steht, und dieser jemand muss einer sein, dem er nacheifern will.«

»Joel ist doch selbst zum Teil weiß.«

»Genau wie du. Aber das hier hat nix mit schwarz oder weiß zu tun. Hier geht's um 'ne praktische Lösung und darum zu überlegen, wen oder was der Junge bewundern könnte.«

»Also, was schlägst du vor?«

Für Dix war der Fall sonnenklar: Er werde wieder bei ihnen einziehen, erklärte er. Er vermisse sie, und er wisse, dass es ihr ebenso ging. Dieses Mal werde es klappen. Das einzige Problem beim letzten Mal sei gewesen, dass er zu sehr mit seinem Bodybuilding beschäftigt gewesen sei, um ihr und den Kids die nötige Aufmerksamkeit zu widmen. Aber das müsse ja nicht wieder passieren. Er werde sich ändern. Das musste er, richtig?

Kendra wandte ein, dass die Dinge jetzt noch viel schwieriger seien als beim letzten Mal, da sein eigener Vater sich doch immer noch nicht vollständig von seinem Herzinfarkt erholt hatte und Dix daher an mehr Fronten kämpfen musste als je zuvor. Doch Dix hielt dagegen, dass die Situation sich gebessert habe und ihnen Möglichkeiten bot, über die sie noch gar nicht gesprochen hatten.

Was für Möglichkeiten, wollte Kendra wissen.

Dix erklärte, Joel könne im Rainbow Café arbeiten, sich ein bisschen ehrliches Geld verdienen und sich so gleichzeitig Ärger vom Hals halten. Und er könne mit Dix zusammen im Fitnessstudio trainieren. Außerdem konnte er weiter zur Schule gehen, bei der Betreuung von Toby helfen und weiterhin seinen Lyrikkurs besuchen. So hätte er keine Zeit mehr für krumme Dinger. Und er hätte außerdem einen Mann seiner Hautfarbe als Vorbild, das er dringend brauchte.

»Und du willst nichts als Gegenleistung?«, fragte Kendra. »Du willst all das aus purer Freundlichkeit tun? Wie kommt es nur, dass ich das nicht glauben kann?«

»Ich werd dir nix vorlügen. Ich will dich. Ich hab dich immer gewollt, Ken.«

»Das sagst du heute. Aber in fünf Jahren ...« Kendra seufzte. »Dix. Ich kann dir nicht geben, was du willst, Baby. Irgendwie musst du das doch wissen.«

»Wie kannst du das sagen?«, fragte er und legte ihr liebevoll die Hand an die Wange. »Du gibs' mir das Einzige, was ich im Moment will.«

Also kehrte Dix zu ihnen zurück, und von außen betrachtet sahen sie aus wie eine Familie. Dix ging behutsam vor, doch mit dreiundzwanzig – wenn auch schon fast vierundzwanzig – war er mit der Aufgabe, die er sich selbst gestellt hatte, hoffnungslos überfordert: ein heranwachsendes Mädchen in der Pubertät, ein Junge an der Schwelle zum schwierigen Teenageralter und ein Achtjähriger mit Bedürfnissen, die weit über Dix D'Courts Fähigkeiten hinausgingen. Wären dies normale Kinder in normalen Lebensumständen gewesen, hätte er vielleicht trotz seiner Jugend eine Chance bei ihnen gehabt, denn sogar sie merkten, dass er es gut meinte. Aber Ness wollte nichts von einer Vaterfigur wissen, die nur acht Jahre älter war als sie selbst, und Joel hatte ebenfalls kein Interesse. Er vertraute vielmehr darauf, dass die Sache mit Neal Wyatt jetzt, da er The Blade seine Zuverlässigkeit bewiesen hatte, in Kürze geregelt würde. Und sobald das der Fall war, konnte das Leben weitergehen, und sie alle wären wieder einigermaßen sicher. Also wies Joel Dix' gut gemeinte Versuche, so etwas wie eine Männerfreundschaft aufzubauen, brüsk zurück. Dix' Angebote, mit ihm zu trainieren und nach der Schule im Rainbow Café zu arbeiten, schlug er aus. Er hörte Nacht für Nacht, dass Dix und seine Tante ihre sexuelle Beziehung mit großem Enthusiasmus wieder aufgenommen hatten. Das, glaubte Joel, war der wahre Grund für Dix' Rückkehr in den Edenham Way. Es hatte nichts mit den Campbells zu tun oder Dix' angeblichem Interesse, seine Vaterqualitäten an ihnen auszuprobieren.

Dix reagierte geduldig auf Joels Zurückweisung – im Gegensatz zu Kendra. Sie beobachtete Joels Desinteresse an Dix' Vorschlägen nur ein paar Tage lang, ehe sie beschloss zu intervenieren – an einem Abend, als der Junge bereits ins Bett gegangen und Dix zum Training ins Studio gefahren war. Sie betrat das Schlafzimmer der Jungen und fand sie beide in Pyjamas, Joel mit geschlossenen Augen auf seiner Seite und Toby an das verschrammte Kopfteil gelehnt, das Skateboard auf dem Schoß, an dessen Rädern er niedergeschlagen herumspielte.

»Schläft er?«, fragte sie Toby.

Toby schüttelte den Kopf. »Er atmet ganz komisch, wenn er schläft.«

Kendra setzte sich auf Joels Bettkante. Sie berührte seinen Kopf, und das drahtige Haar fühlte sich an wie Zuckerwatte. »Setz dich mal hin, Joel«, sagte sie. »Wir müssen reden.«

Joel gab weiterhin vor zu schlafen. Worüber sie auch reden wollte, er war sicher, es konnte nichts Gutes sein. Bislang war es ihm gelungen, sie darüber im Unklaren zu lassen, wo er während seiner Abwesenheit gewesen war, und genau so sollte es bleiben. Sie legte die Hand auf seine Hüfte und versetzte ihm einen Klaps. »Jetzt komm schon«, forderte sie ihn auf. »Ich weiß, dass du wach bist. Es wird Zeit, dass wir reden.«

Aber sie wollte genau über das reden, was Joel unausgesprochen lassen wollte, zumal sie, so redete er sich ein, ihn ohnehin nicht verstehen würde. Ungeachtet der Tatsache, dass sie Verwandte waren, unterschied ihr Leben sich grundlegend. Sie hatte immer jemanden gehabt, auf den sie sich verlassen konnte, also würde sie nie begreifen, wie es war, wenn man vollkommen auf sich allein gestellt war: selbst ein Fels für andere, aber weit und breit niemand in Sicht, auf den man selber bauen konnte. Sie hatte keine Ahnung, wie sich das anfühlte.

Er nuschelte: »Will schlafen, Tante Ken.«

»Später. Jetzt wird erst mal geredet.«

Er rollte sich zusammen und umklammerte die Decke, damit sie sie nicht wegziehen konnte.

Kendra seufzte. »Na schön«, sagte sie, und dann klang ihre Stimme so entschlossen, dass Joel hellhörig wurde. »Du triffst eine Entscheidung, Joel, und das ist in Ordnung und erwachsen, solange du bereit bist, mit den Konsequenzen zu leben. Möchtest du darüber vielleicht mal nachdenken? Möchtest du an deiner Entscheidung festhalten oder sie ändern?«

Joel schwieg.

Sie sagte seinen Namen, und jetzt klang sie ungeduldiger, weniger wie eine einfühlsame Tante, die einen vernünftigen Vorschlag machte. »Wir versuchen, dir zu helfen, aber du kommst uns keinen Schritt entgegen. Weder mir noch Dix. Du willst dir nicht in die Karten gucken lassen, und ich nehme an, das ist dein gutes Recht. Aber weil ich nicht weiß, was mit dir los ist, muss ich meine Pflicht tun, um deine Sicherheit zu gewährleisten. Also zur Schule und wieder zurück, und du holst Toby ab. Das ist alles. Mehr ist nicht drin. Das ist von jetzt an dein Leben.«

Joel öffnete die Augen. »Das ist nicht fair.«

»Kein Schreibkurs, keine Besuche bei Ivan. Keine Besuche bei deiner Mutter, es sei denn, ich begleite dich. Wir sehen uns die nächsten zwei Monate an, wie du zurechtkommst, und dann verhandeln wir neu.«

»Aber ich hab doch gar nix …«

»Glaub ja nicht, ich wäre ein Idiot«, unterbrach sie. »Ich weiß genau, dass diese ganze Sache auf diesen kleinen Mistkerl zurückgeht, mit dem du aneinandergeraten bist. Also werde ich mich auch darum kümmern.«

Joel warf sich zu ihr herum und setzte sich auf. Ihr Ton deutete schon an, was als Nächstes kommen würde. Er suchte nach einem Weg, um sie davon abzubringen. »Da is' nix«, versicherte er ihr. »Er is' kein Problem. Das hier war einfach was, was ich tun musste, okay? Ich hab nix Illegales gemacht. Niemand' is' was passiert.«

»Und wir werden an deiner Sprache arbeiten«, sagte sie. »Ich will diesen Straßenslang nicht mehr hören.«

»Aber Dix redet …«

»Womit wir bei Dix wären. Er tut sein Bestes für euch. Ihr müsst ihm aber auch entgegenkommen.« Sie stand auf. »Ich habe mich bisher rausgehalten, aber damit ist jetzt Schluss. Es wird Zeit, dass die Polizei ...«

»Muss' du ...«

»Deine Sprache!«

»Musst du dich da unbedingt einmischen, Tante Ken? Bitte. Tu das nicht!«

»Dafür ist es zu spät. Du bleibst zwei Nächte einfach weg und willst nichts darüber sagen, Joel. Darum ist es zu spät.«

»Tu das nicht! *Bitte*«, flehte Joel.

Die Heftigkeit seines Protestes verriet Kendra, dass Neal Wyatt tatsächlich die Ursache dessen war, was in Joels Leben schiefging. Er hatte das Boot angezündet, Toby auf der Straße überfallen, sie im Laden bedroht. Sie war fest entschlossen, die Polizei anzurufen. Irgendetwas musste gegen diesen Jungen unternommen werden. Selbst wenn keine Anzeige dabei herauskam, wäre er wenigstens gewarnt.

Hibah war diejenige, die Joel die Nachricht überbrachte. Sie fand ihn nach der Schule an der Bushaltestelle, sagte aber nichts, bis sie beide eingestiegen waren. Der Bus war so überfüllt, dass sie gezwungen waren, zu stehen und sich an die Haltestangen zu klammern. Gedämpft zischte sie: »Wieso hast du ihn verpfiffen, Joel? Weißt du denn nicht, wie verdammt dumm das war? Weißt du, was er jetzt mit dir machen wird?«

Joel sah, dass ihr Gesicht unter dem Kopftuch ganz verkniffen war. Er merkte, dass sie wütend war, aber er begriff nicht, warum. »Ich hab niemand verpfiffen«, entgegnete er. »Wovon redeste eigentlich?«

»Ach, du has' also niemand' verpfiffen, ja?«, höhnte sie. »Wieso interessieren die Cops sich dann plötzlich für Neal, wenn du nich' gesungen has', Joel? Sie haben ihn aufs Revier bestellt wegen dem blöden Boot. Und von wegen Leute auf der Straße anmachen, zum Beispiel dein' Bruder. Wenn du's nich' wars', wer dann?«

Joel fühlte, wie die Luft aus seiner Lunge gepresst wurde. »Meine Tante. Die hatte so was schon angedroht.«

»Deine Tante. Klar doch«, spottete Hibah. »Und sie kennt Neals Namen, ohne dass du 'n ihr gesagt has'? Du bis' so ein verdammt dämlicher Vollidiot, Joel Campbell. Ich sag dir, wie du mit Neal umgeh'n solls', und du tus' das hier stattdessen. Du has' ihn wütend gemacht, und jetz' hat er's auf dich abgeseh'n. Und denk lieber nich', ich könnt dir helfen, denn das kann ich nich'. Verstehste, Mann? Du has' einfach nix in der Birne.«

Joel hatte Hibah nie mit solcher Leidenschaft sprechen hören und erkannte das Ausmaß der Gefahr, in der er schwebte – und nicht nur er selbst. Neal Wyatt war clever und entschlossen genug, über seine Familie an Joel heranzukommen, wie er es in Tobys Fall ja schon bewiesen hatte. Er verfluchte seine Tante für ihre Unfähigkeit zu erkennen, was sie mit ihrer Einmischung möglicherweise in Gang gesetzt hatte.

Irgendetwas musste geschehen. Selbst wenn The Blade sein Versprechen eingelöst und sich Neal vorgenommen hatte – die Tatsache, dass sein Name der Polizei zugespielt worden war, machte all das zwecklos und hatte Neals Feindseligkeit nur aufs Neue angefacht. Genau genommen hätte Kendra kaum einen besseren Weg finden können, um die Lage zu verschlimmern.

Nachdem er seine Möglichkeiten abgewogen hatte, kam Joel zu dem Schluss, dass Ivan Weatherall die Lösung für wenigstens einen Teil seiner Probleme sein könnte. Ivan, die Lyrik und *Führt Worte statt Waffen* sollten die Tür sein, die er durchschritt, um alles wieder in Ordnung zu bringen.

Joel hatte Ivan seit der Woche vor dem Friedhofsfiasko und allem, was dem gefolgt war, als Kendra der Polizei Ivans Namen genannt hatte, nicht mehr gesehen. Aber Joel wusste, an welchen Tagen Ivan zur Holland Park School kam. Er meldete im Sekretariat an, dass er ihn sprechen wolle, und wartete, bis er hereingerufen wurde. Trotz allem, was passiert war, glaubte er, dass Ivan mit ihm reden würde, denn Ivan war schließlich Ivan: optimistisch bis an die Grenze der Unvernunft, wenn es um junge Leute ging. Also bereitete Joel sich vor, indem er fünf

Gedichte schrieb – nicht viel mehr als holprige Knittelverse. Aber sie mussten eben reichen. Dann wartete er.

Ihm fiel ein Stein vom Herzen, als er hineingerufen wurde. Er nahm seine Gedichte und redete sich ein, einen Freund zu missbrauchen, sei nicht so schlimm, wenn das Ziel ein hehres war.

Ivan saß nicht wie sonst am Tisch, sondern stand an einem der Fenster und schaute hinaus in den grauen Januartag: kahle Bäume, nasse Erde, nackte Büsche, trüber Himmel. Als Joel eintrat, wandte er sich um.

Joel wusste, er musste irgendetwas tun, um eine Brücke zu schlagen zwischen Kendras Anruf bei der Polizei und diesem Moment hier. Er entschuldigte sich bei Ivan, sagte, es tue ihm leid, was passiert sei, und Ivan nahm die Entschuldigung an, wie es seine Art war. Es sei vor allem peinlich gewesen, gestand er. Am ersten Abend von Joels Abwesenheit habe er den Drehbuchkurs gehabt, am zweiten sei er mit seinem Bruder zum Essen verabredet gewesen, sodass er also »mit einem Überfluss an Alibis gesegnet« gewesen sei, wie er es sarkastisch ausdrückte. Aber er wolle Joel nichts vorlügen: Es sei höchst beschämend und erschütternd gewesen, über seinen Tagesablauf Rechenschaft ablegen zu müssen und die Polizei zu einer Hausdurchsuchung bei sich daheim zu haben, weil sie auf Hinweise hofften, dass Joel dort gefangen gehalten worden sei oder Schlimmeres. »Meine Nachbarn waren davon nicht gerade angetan«, erklärte Ivan. »Obwohl ich es wahrscheinlich als Auszeichnung auffassen sollte, für einen Serienmörder gehalten worden zu sein.«

Joel zuckte zusammen. »Tut mir leid. Ich wäre … Ich hätt nie geglaubt, dass sie das tut … Tante Ken is' einfach ausgerastet, Ivan. Sie hat in der Zeitung über diese ermordeten Kids gelesen, diese Jungs, die so alt war'n wie ich, und da dachte sie …«

»… an mich. Logisch, nehme ich an, wenn man es nüchtern betrachtet.«

»Das war kein bisschen logisch. Mann, es tut mir echt leid, dass das passiert is', okay?«

»Ich habe das vollständig verarbeitet«, versicherte Ivan.

»Möchtest du mir sagen, wo du diese beiden Nächte verbracht hast?«

Das wollte Joel definitiv nicht. Es sei nichts gewesen, versicherte er. Ivan könne ihm ruhig glauben. Es habe nichts mit irgendwelchen kriminellen Machenschaften zu tun gehabt, mit Drogen, Waffen oder Überfällen. Während er sprach, holte er seine Gedichte hervor. Er sagte, er habe geschrieben. Er wusste, das würde Ivan von den beiden Nächten, die Joel verschwunden gewesen war, ablenken. Er wisse selbst, dass die Gedichte nicht besonders gut seien, bekannte er, und er habe sich gefragt, ob Ivan sie sich wohl einmal ansehen würde ...

Ivan stürzte sich darauf wie ein hungriger Löwe auf rohes Fleisch. Die Tatsache, dass Joel geschrieben hatte, hielt Ivan fälschlicherweise für den Beweis, dass es für seinen jungen Freund noch nicht zu spät war.

Er setzte sich an den Tisch, zog die Blätter zu sich heran und begann zu lesen. Die Stille im Raum schien so erwartungsvoll, wie Joel sich fühlte.

Er hatte sich eine Ausrede zurechtgelegt, warum seine Gedichte so schlecht waren: Er habe kein stilles Plätzchen zum Schreiben, wollte er vorbringen, falls Ivan den Qualitätsverfall seiner Arbeit zur Sprache brachte. Toby hockte ewig vor der Glotze, Ness telefonierte, das Radio lief und oben trieben Tante Ken und Dix es wie die Karnickel ... Nicht gerade die Ruhe, die nötig war, damit Inspiration sich in Worte verwandeln konnte. Aber bis die Dinge zu Hause sich änderten – was bedeutete, bis sein Hausarrest zumindest gelockert wurde –, war dies wohl das Beste, was er zustande bringen würde.

Ivan schaute auf. »Diese Gedichte sind miserabel, mein Freund.«

Joel ließ niedergeschlagen die Schultern sinken. »Ich hab versucht, sie irgendwie zu verbessern, aber wahrscheinlich gehör'n sie einfach nur in die Tonne.«

»Nun, lass uns nicht gleich das Kind mit dem Bade ausschütten«, wandte Ivan ein und las sie noch einmal. Doch am Ende der Lektüre sah er noch skeptischer aus. Er stellte die Frage, auf die Joel gewartet hatte: Was, glaubte Joel, habe sein Werk so radikal verändert?

Joel arbeitete die Liste seine vorbereiteten Ausreden ab. Er machte keinerlei Vorschläge, wie man die Situation ändern könne, und das musste er auch nicht, war Ivan aufgrund seiner Erziehung und Persönlichkeit doch geradezu darauf programmiert, diese Vorschläge selbst zu unterbreiten: Ob Joels Tante sich wohl bereitfinden werde, Joels Hausarrest teilweise aufzuheben, damit er wieder zu *Führt Worte statt Waffen* kommen könne?

Joel schüttelte den Kopf. »Keine Chance, das kann ich sie nich' fragen. Sie is' so was von sauer auf mich.«

»Und was, wenn ich sie anriefe? Oder im AIDS-Laden auf einen Plausch vorbeischaute?«

Das war genau das, worauf Joel gehofft hatte, aber er wollte nicht übermäßig enthusiastisch erscheinen. Ivan könne es ja mal versuchen, erwiderte er. Tante Kendra habe ein schlechtes Gewissen, weil sie Ivan die Cops auf den Hals gehetzt hatte. Vielleicht wollte sie es wiedergutmachen.

Dann galt es nur noch abzuwarten. Es dauerte nicht einmal lange. Noch am selben Nachmittag stattete Ivan Joels Tante einen Besuch ab und nahm die fünf Gedichte des Jungen mit. Sie waren sich nie zuvor persönlich begegnet, und als Ivan sich vorstellte, wurde Kendra schlagartig verlegen. Sie riss sich zusammen, sagte sich, sie habe nur getan, was getan werden musste, als Joel plötzlich verschwunden war. Sie fand, wenn ein weißer Mann sich mit schwarzen Jugendlichen abgab, hatte er es sich selbst zuzuschreiben, dass er unter Verdacht geriet, wenn ihnen etwas zustieß.

Die Tatsache, dass Ivan so willig war, den Vorfall beiseitezuschieben, zerstreute von vornherein Kendras Bedenken, die sie gegen seinen Vorschlag hätte vorbringen können. Ivan erklärte, dass Joels Schreiben, das gewiss seine beste Zukunftschance repräsentiere, unter den Einschränkungen litt, die Kendra ihm auferlegt hatte. Und auch wenn er, Ivan, überzeugt sei, dass diese Einschränkungen durchaus verdient seien, frage er sich doch, ob Mrs. Osborne vielleicht bereit wäre, sie nur gerade so weit aufzuheben, dass Joel wieder an *Führt Worte statt Waffen* teilnehmen könne. Dort käme er mit anderen Dichtern zusammen, deren Kritik und Ermutigung nicht nur zu einer Verbesserung seines Werks führen würde, sondern wo er auch Gelegenheit habe, mit Menschen jeder Altersgruppe zusammenzukommen – eben auch jungen Menschen, die sich auf kreative Weise engagierten, sodass sie nicht auf der Straße herumlungerten und in Schwierigkeiten gerieten.

Er zeigte Kendra die Gedichte, die Joel geschrieben hatte. Obwohl sie kein geschultes Auge hatte für Metaphern, Metrum und all diese Dinge, die mit Dichtkunst zu tun hatten, war sie doch in der Lage zu erkennen, dass dieses Geschreibsel sich mit Joels früheren Arbeiten nicht vergleichen ließ. Da Dix' Bemühungen keine Früchte trugen – er hatte Joel Tag für Tag mit ins Rainbow Café genommen; da Fabia Bender immer noch auf einem positiven äußeren Einfluss beharrte, um Joel auf dem rechten Pfad zu halten; da *Führt Worte statt Waffen* wenigstens in der Nähe stattfand und keine ewig lange Busfahrt zu einer Einrichtung auf der anderen Seite der Themse erforderte, über die Kendra nichts wusste; und da sie Joel sein Ehrenwort abnehmen konnte, dass er nach dem Schreibkurs auf direktem Weg heimkommen werde, willigte Kendra schließlich ein. Aber sollte sie herausfinden, dass er noch irgendwo anders hingegangen sei außer zu *Führt Worte statt Waffen,* dann könne er sich auf etwas gefasst machen, das jenseits seiner Vorstellungskraft lag.

»Ist das klar?«, fragte sie ihren Neffen.

»Ja, Ma'am«, erklärte er feierlich.

In Joels Kopf arbeitete es ununterbrochen, und er machte Pläne. Neal war wieder aufgetaucht, was kaum überraschend war. Er blieb auf Distanz, aber er observierte Joel, der nie wusste, wo er ihn als Nächstes sehen würde. Neal schien die Fähigkeit zu besitzen, einfach plötzlich irgendwo aufzutauchen, als sei er dorthin gebeamt worden. Auch schien er überall Kontakte zu haben, und Jungen, die Joel bislang nie mit Neal in Verbindung gebracht hatte, rempelten ihn plötzlich an, flüsterten ihm an der Bushaltestelle oder in Meanwhile Gardens Neals Namen zu, riefen vor Tobys Schule einem unsichtbaren Neal einen Gruß zu. Neal Wyatt wurde zu einer allgegenwärtigen, aber unsichtbaren Präsenz, und Joel wusste, er wartete nur auf die Gelegenheit, um die Rechnung zu begleichen, die Kendra aufgemacht hatte.

All das signalisierte Joel, dass er noch einmal zu The Blade gehen musste, und *Führt Worte statt Waffen* gab ihm die Möglichkeit dazu. Als der Abend des Schreibkurses kam, machte er sich auf den Weg, die Warnung seiner Tante noch im Ohr: Sie werde Ivan anrufen, um sicherzugehen, dass Joel wirklich zu dem Kurs und nirgendwo anders hingehe. Ob das klar sei? Er versicherte ihr, er habe sie verstanden.

Er hatte nicht direkt einen Plan, aber er kannte den Ablauf, und den beabsichtigte er sich zunutze zu machen. Er war oft genug bei *Führt Worte statt Waffen* gewesen, um zu wissen, wie Ivan die Abende organisierte. Kam die Zeit für »Du hast das Wort«, genehmigten sich diejenigen, die sich dieser Herausforderung nicht stellen wollten, einen Imbiss, standen zusammen und redeten über Lyrik, machten Ivan oder einen anderen Teilnehmer ausfindig, um Probleme mit ihrer Arbeit zu erörtern. Sie würden jedoch nicht darauf achten, was ein zwölfjähriger Junge ausheckte. Das, entschied Joel, war der Moment, den er nutzen musste, aber er brauchte ein schlechtes Gedicht, damit es funktionieren konnte.

Er stellte sicher, dass alle von seiner Anwesenheit im Basement Activities Centre Kenntnis nahmen: Er ging aufs Podium und las eines seiner schauderhaftesten Werke vor. Tapfer ertrug er die Stille am Ende seines Vortrags, bis sich in der letzten Reihe schließlich jemand räusperte und konstruktive Kritik zu äußern versuchte. Weitere behutsam kritische Kommentare folgten, und eine Diskussion kam auf. Die ganze Zeit war Joel bemüht, sich wie der ambitionierte angehende Literat zu benehmen, für den sie alle ihn hielten. Er machte sich Notizen, nickte und sagte zerknirscht: »Oh. Autsch. Ich wusste, es war

Schrott, aber allmählich macht ihr mich fertig, Leute.« Auch den Rest ließ er über sich ergehen, unter anderem ein Gespräch mit Adam Whitburn, der ihm Ratschläge bezüglich des kreativen Aktes zu geben hoffte, die jedoch keinerlei Bedeutung mehr für ihn hatten.

Schließlich klopfte Adam ihm auf die Schulter. »War echt mutig von dir, es vorzulesen, Mann.«

Dann endlich wurde es Zeit für »Du hast das Wort«, und Joel driftete zur Tür. Er nahm an, jeder, der ihn sah, würde genau das glauben, was er vorzutäuschen beabsichtigte: dass er sich verschämt davonschleichen wolle.

Er lief von Oxford Gardens zum Mozart Estate, durch die schmalen Gassen hin zu dem Abrisshaus am Lancefield Court. Doch es lag in völliger Finsternis, und kein Cal Hancock stand am Fuß der Treppe, um The Blade vor Eindringlingen, die ihn bei seinen Geschäften stören wollten, zu beschützen.

»Mist«, murmelte Joel und überlegte fieberhaft, was er als Nächstes tun sollte. Er hastete zurück durch die Gassen des Mozart Estate und studierte im dämmrigen Licht den Lageplan: ein großes Metallschild, das an der Lancefield Street aufgestellt war. Aber auch das brachte keinerlei Erkenntnisse. Die Siedlung erstreckte sich weit verzweigt, und auch wenn er wusste, dass dort irgendwo ein Mädchen namens Veronica wohnte – Mutter des jüngst geborenen Sprösslings von The Blade –, musste er sich doch fragen, wie wahrscheinlich es war, dass er sie finden konnte, und selbst wenn er sie fand, wie wahrscheinlich es war, dass er The Blade dort antreffen würde. Das Mietshaus an der Portnall Road, wo Arissa wohnte, schien ihm aussichtsreicher.

Als Joel dorthin kam, war er außer Atem. Aber auch hier hockte kein Cal Hancock vor der Tür. Also war auch The Blade nicht dort.

Joel hatte das Gefühl, das Schicksal habe sich gegen ihn verschworen. Die Zeit lief ihm davon. Er musste nach Hause, wenn *Führt Worte statt Waffen* zu Ende ging, und wenn er nicht rechtzeitig kam, würde seine Tante ihm die Hölle heißmachen. Er fühlte sich besiegt, und am liebsten hätte er mit der Faust auf eine der verdreckten Ziegelmauern eingedroschen. Ihm blieb nichts anderes übrig, als sich auf den Heimweg zu machen.

Er nahm den Weg, der ihn die Great Western Road entlangführte. Er sann auf einen neuen Plan, um The Blade aufzustöbern, und war so tief in Gedanken versunken, dass er das Auto, das im Schritttempo neben ihm herschlich, zunächst gar nicht bemerkte. Er nahm es erst wahr, als ihm ein unverkennbarer Haschischgeruch in die Nase stieg. Er schaute auf und entdeckte The Blade am Steuer, Cal Hancock auf dem Beifahrersitz und Arissa auf der Rückbank, leicht vorgebeugt, um den tätowierten Nacken ihres Gebieters zu kraulen.

»Bruder«, sagte The Blade. Er brachte den Wagen zum Stehen und gab Cal ein Zeichen auszusteigen. Er zog an seinem Joint und nickte Joel zu. »Was geht, Mann«, grüßte er. Joel antwortete nicht. Stattdessen sagte er zu The Blade: »Neal Wyatt benimmt sich nicht so, als hätt er schon von dir gehört, Mann.«

The Blade lächelte – ohne jedes Anzeichen von Heiterkeit. »Hör sich das einer an«, höhnte er. »Markierst hier den dicken Macker. Also? Biste bereit für Arissa? Sie hat sie gern jung.«

Arissas Zunge kam zum Vorschein und fuhr über The Blades Ohr.

»Haste mit dem Typ geredet?«, wollte Joel wissen. »Wir hatten 'nen Deal, du und ich.«

The Blade verengte die Augen. Die Innenbeleuchtung des Wagens beschien die Schlange auf seiner Wange, die sich zu bewegen schien, als seine Kiefermuskeln sich anspannten. »Steig ein, Mann«, befahl er und drehte den Kopf Richtung Rückbank. »Wir müssen Pläne machen, jetz' wo du so 'n dicker Macker bis'.«

Cal klappte den Sitz nach vorn. Joel sah ihn an, um zu ergründen, ob er in Cals Ausdruck irgendeinen Hinweis darauf lesen konnte, was als Nächstes passieren würde. Aber Cals Gesicht gab nichts preis, und auch das Haschisch löste seine Züge nicht.

Joel stieg ein. Ein eselsohriges Londoner Adressverzeichnis lag mit den Seiten nach unten auf dem Sitz. Als Joel es wegschob, sah er, dass es ein Brandloch im Polster verdeckt hatte. Jemand hatte daran herumgezupft, und die Füllung quoll heraus.

Als Cal wieder eingestiegen war, fuhr The Blade an, noch ehe die Tür sich ganz geschlossen hatte. Die Reifen quietschten wie in einem schlechten Gangsterfilm, und Joel wurde gegen die Rückenlehne gepresst. Arissa schrie: »Baby, jetz' geht die Post ab!« Sie schlang die Arme um The Blades Brust und schleckte ihm den Nacken ab.

Joel hielt den Blick von ihr abgewandt. Er kam nicht umhin, an seine Schwester zu denken. Auch sie hatte The Blade gehört, war Arissas Vorgängerin gewesen. Er konnte sich Ness einfach nicht in der Rolle dieses Mädchens vorstellen.

»Wie alt biste eigentlich, Bruder?«

Joel sah The Blade im Rückspiegel in die Augen. Sie nahmen eine Kurve zu schnell, und Arissa wurde zur Seite geschleudert. Sie kicherte, richtete sich auf und ließ die Hände über The Blades schwarzen Pullover hinabwandern.

Cal sah über die Schulter zu Joel und bot ihm seinen Joint an. Joel schüttelte den Kopf. Cal streckte ihm den Joint erneut und mit mehr Nachdruck entgegen. Etwas stand in seinen Augen, eine Botschaft, die Joel verstehen musste.

Joel nahm den Joint. Er hatte noch nie Gras geraucht, aber er hatte anderen dabei zugeschaut. Er nahm einen flachen Zug und schaffte es, nicht zu husten. Cal nickte.

»Zwölf«, antwortete Joel auf The Blades Frage.

»Zwölf. Za-wölf. Bis'n taffer kleiner Scheißer. Du hast nich' geantwortet, als ich dich neulich gefragt hab: Biste noch Jungfrau?«

Joel erwiderte: »Neal Wyatt benimmt sich nich', als hättste ihn dir vorgeknöpft, Stanley. Ich hab getan, was du gesagt has'. Wann erfülls' du dein' Teil?«

The Blade sagte zu Cal: »Er is' noch Jungfrau. Cool, he?« Mit einem Blick in den Rückspiegel zu Joel fuhr er fort: »Arissa steht drauf, Bengel wie dich zu entjungfern, Mann. Stimmt's nich', Riss? Willste Joel haben?«

Arissa ließ The Blade los und nahm Joel in Augenschein. Dann sagte sie: »Der würd nich' ma' so lang durchhalten, bis ich mein' Slip runtergezogen hab. Soll ich ihm ein' blasen?« Sie streckte die Hand nach Joels Schritt aus.

Joel stieß sie weg, ehe sie ihn berührte. »Halt mir deine Schlampe vom Hals, Mann. Wir hatten 'ne Abmachung, du und ich.«

Unvermittelt hielt The Blade am Bordstein. Joel sah aus dem Fenster. Er wusste nicht, wo sie waren. Eine Straße – irgendwo, mit hohen, nackten Bäumen, schicken Häusern und sauberen Bürgersteigen. Kein Stadtteil, den er kannte. The Blade befahl Cal: »Bring sie heim. Ich und der *Macker* hier ha'm was zu bereden.« Er drehte sich auf dem Sitz um und packte Arissa unter einem Arm, riss sie zu sich herüber, wobei ihr Rock sich hochschob und ihr Slip zu sehen war, und küsste sie roh. Sein Mund traf wie ein Fausthieb auf ihren. Dann übergab er sie Cal und sagte: »Gib ihr heut Abend nix mehr.«

Cal nahm Arissas Arm. Sie protestierte und rieb sich den malträtierten Mund. »Mann, ich hab kein' Bock zu laufen«, quengelte sie.

»Davon kriegste 'nen klaren Kopf«, gab The Blade zurück, und als Cal die Tür zuschlug, fädelte er sich wieder in den Verkehr ein.

Er fuhr schnell und bog oft ab. Joel versuchte, sich die Strecke zu merken, aber ihm ging bald auf, dass das wenig Sinn hatte. Er hatte ja keine Ahnung, was der Ausgangspunkt dieser Fahrt gewesen war, also war es wenig hilfreich, die Route zu kennen.

The Blade sprach nicht, bis er den Wagen abstellte. Dann sagte er lediglich: »Steig aus«, und als Joel Folge leistete, fand er sich an einer Straßenecke vor einem heruntergekommenen Haus mit einer Ziegelfassade, die selbst in der nächtlichen Straßenbeleuchtung schmuddelig wirkte. Grüne Farbe blätterte von den hölzernen Fensterrahmen, und über dem Eingangstor hing ein verbeultes, verblasstes Schild. »A. Q. W. Motors«, war gerade noch darauf zu lesen, aber der Betrieb, den dieses Gebäude einmal beherbergt haben mochte, war längst verschwunden. Bretter und Bleche verdeckten die Fenster im Erdgeschoss, während zerschlissene Vorhänge im ersten Stock darauf hinwiesen, dass dort einmal jemand gewohnt hatte.

Joel rechnete damit, dass The Blade ihn zu dieser Wohnung führen würde. Ein Ausweichquartier, von wo aus er dealen konnte, falls das Abrisshaus am Lancefield Court einmal zu heiß wurde. Doch stattdessen bog The Blade um die Ecke und brachte Joel auf die Rückseite des Hauses. Dort lag ein Gässchen, und nur eine einzige Glühbirne ein paar Häuser weiter hellte die tiefen Schatten auf.

Auf der Rückseite von A. Q. W. Motors begrenzte eine Ziegelmauer einen Hof. Ein Metalltor führte hinein, und obwohl das Schloss hochoffiziell und unüberwindlich wirkte, war es das keineswegs. The Blade holte einen Schlüssel aus der Tasche und sperrte auf. Lautlos schwang das Tor auf, und The Blade bedeutete Joel mit dem Daumen einzutreten.

Joel rührte sich nicht. Es hatte nicht viel Sinn, denn wenn The Blade die Absicht hatte, ihn umzubringen, würde er es so oder so tun, ganz gleich wie Joel auf die Situation reagierte. »Reden wir über Neal Wyatt oder was?«, fragte er.

»Wie viel Mann is' 'n Mann?«, erwiderte The Blade.

»Ich hab kein' Bock, mit dir Rätsel zu raten. Scheiße, Mann. Es is' scheißkalt, und ich muss heim. Wenn das hier nur 'n blödes Spielchen is' ...«

»Meinste, jeder is' blöd, nur weil du's bis'?«

»Ich bin nich' ...«

»Geh rein. Wir reden, wenn wir reden. Wenn dir das nich' passt, sieh zu, dass du wegkomms'. Zu deinem warmen Bettchen, 'ner Tasse Karo und 'ner Gutenachtgeschichte. Oder was auch immer.«

Joel fluchte, um sein Gesicht zu wahren, und trat durch das Tor. The Blade folgte.

Es war stockdunkel auf dem Hof, ein Ort der Silhouetten.

Erst als seine Augen sich darauf eingestellt hatten, konnte Joel die alten Müllcontainer, Kisten, eine Kommode, eine Leiter und das Unkraut erkennen, das aus den Silhouetten erwuchs. Tore hatten einmal von der Rückseite des Betriebs auf eine zementierte Rampe geführt, die sich in einem guten Meter Höhe über die ganze Gebäudelänge zog. Die Tore waren inzwischen vermauert. Sie befanden sich auf der Rückseite eines stillgelegten U-Bahnhofs, erkannte Joel, eines der zahllosen in London, die mit der Bevölkerungsentwicklung und den Streckenverlegungen im ganzen Stadtgebiet gekommen und wieder gegangen waren.

The Blade überquerte den Hof und die Überreste zweier Bahnlinien. Er sprang auf den Bahnsteig und ging zu einer weiteren Metalltür. Um Obdachlose fernzuhalten, war sie verriegelt, doch The Blade zückte einen weiteren Schlüssel, sperrte das Vorhängeschloss auf und trat ein. Joel folgte ihm.

Die alte U-Bahn-Station war zweckentfremdet worden: vom Bahnhof zur Autowerkstatt. Die eisige Luft roch nach Benzin und Öl, und als The Blade eine Laterne einschaltete, die er vom Boden aufhob, zeigte sich in ihrem Schein der Fahrkartenschalter und eine verstaubte Anzeigetafel mit achtzig Jahre alten Bahnverbindungen. Ansonsten offenbarte der Raum Zeugnisse seiner späteren Verwendung: Werkzeugregale, eine hydraulische Hebebühne. Schläuche baumelten von der Decke. Am Boden waren Kisten aufgestapelt, die jüngeren Datums zu sein schienen. The Blade ging zu einer davon hinüber und öffnete den Deckel mit einem Schraubenzieher.

Nach allem, was Joel über The Blade wusste, nahm er an, dass es sich bei dem Inhalt der Kiste um Drogen handeln und nun von ihm erwartet würde, dass er sich als Fahrradkurier verdingte wie so viele andere Jungen seines Alters in North Kensington. Diese Vorahnung machte ihm zu schaffen, aber gleichzeitig brachte sie Verwegenheit in seine Stimme: »Hör mal, reden wir jetzt oder was, Mann? Denn wenn nich', hau ich wieder ab. Ich hab was Bess'res zu tun, als hier rumzuhäng' und zuzugucken, wie du deine Vorräte tätschelst.«

The Blade würdigte ihn nicht eines Blickes. Er schüttelte nur den Kopf. »Du bis'n richtiger Kerl, Kleiner, he? Mann, ich muss mich echt in Acht nehm' in deiner Nähe.«

»Das kannste halten, wie du wills'«, sagte Joel. »Hilfste mir oder nich?«

»Hab ich gesagt, dass ich's nich' tu?«, fragte The Blade leise. »Du wills', dass er auf Linie gebracht wird, also wird er das auch. Aber nach allem, was in letzter Zeit passiert is', vielleicht nich' ganz auf die Art, wie du dir das gedacht has'.«

The Blade richtete sich auf und wandte sich zu Joel um. Er hielt etwas in der ausgestreckten Hand, doch es war kein Kokainbeutel. Es war eine Pistole.

»Wie viel Mann is' 'n Mann?«, fragte er.

23

The Blade fuhr ihn zurück zum Edenham Estate, und unterwegs lag die Waffe wie eine zusammengerollte Schlange in Joels
Schoß. Er hatte nicht die Absicht, sie zu benutzen. Sie zu berühren, war schon furchteinflößend genug gewesen. The Blade
hatte sie ihm mit dem Griff voraus in die Finger gedrückt und
ihm befohlen, sich damit vertraut zu machen, mit dem Gewicht
und Gefühl – kaltes Metall und Macht. Jeder, der ihn fortan
auf der Straße ansah, würde einen richtigen Mann sehen. Denn
ein richtiger Mann war fähig zu Gewalt, und darum legte sich
auch niemand mit einem richtigen Mann an. Es rief Respekt
hervor, wenn jemand eine anständige Waffe bei sich trug.

Die Pistole enthielt keine Kugeln, und darüber war Joel froh.
Er wollte sich gar nicht vorstellen, was die Zukunft hätte bringen mögen, wäre sie geladen gewesen: Toby könnte sie finden,
ganz gleich, wie gut Joel sie versteckte. Er würde sie für ein
Spielzeug halten und abfeuern, ohne zu ahnen, dass sie töten
konnte. Toby könnte aus Versehen Joel erschießen, Ness, Kendra oder Dix.

The Blade streckte den Arm vor ihm aus und öffnete die
Beifahrertür. »Sind wir uns einig, Mann?«, fragte er. »Haste
kapiert, wie's laufen soll?«

Joel schaute ihn an. »Und das is' alles? Danach nimmste dir
Neal vor? Ich will nich' …«

»Willste damit sagen, The Blade is'n Lügner?« Seine Stimme
klang hart. »Ich würd sagen, *du* tus', was *The Blade* will, und
nich' andersrum.«

»Ich hab doch auf dem Friedhof schon getan, was du wolltest«, entgegnete Joel. »Woher soll ich wissen, ob du mir nich'
einfach wieder was anderes sags', was ich machen soll, wenn
das hier erledigt is'?«

»Das kannste nich' wissen, Mann«, antwortete The Blade. »Du muss' mir einfach zeigen, dass du mir traus'. Traus' und gehorchs'. So läuft das. Wenn du The Blade nich' traus', hat The Blade auch keinen Grund, dir zu trau'n.«

»Okay. Aber wenn ich erwischt werd ...«

»Tja, das is' ja der Punkt, Joel. Was tuste, wenn du erwischt wirs'? Verpfeifste The Blade oder bleibste stumm? Was wird's sein? Sorg einfach dafür, dass sie dich nich' schnappen. Du kanns' doch rennen, oder? Du has' die Knarre. Was soll denn schon schiefgeh'n, wenn du 'n bisschen aufpasst?« Er lächelte, holte einen Joint aus der Tasche und zündete ihn an. Er betrachtete Joel über die Flamme hinweg, die sich funkelnd in seinen Augen spiegelte. »Du bis' doch 'n cleverer kleiner Scheißer, Joel. Das seid ihr alle in eurer Familie. Höllisch clever. Also weiß ich nich', was du für 'n Problem mit diesem Job has'. Sieh's einfach als weiteren Schritt an, Bruder. Es macht dich ein Stück mehr zu dem, der du eigentlich sein solls'. Jetz' nimm die Knarre, und hau ab! Cal gibt dir Bescheid, wenn's so weit is'.«

Joel schaute von The Blade hinüber zum Edenham Estate. Er konnte das Haus seiner Tante von hier aus nicht sehen, aber er wusste, was ihn erwartete, wenn er die Stufen zur Eingangstür hinaufstieg: das, was in seiner Welt als Familie herhalten musste, und seine Verantwortung für sie.

Er hatte seinen Rucksack mit zu *Führt Worte statt Waffen* genommen, und jetzt öffnete er ihn und stopfte die Pistole so weit nach unten wie möglich. Er stieg aus dem Wagen und beugte sich noch einmal vor. »Bis dann, Mann«, sagte er und nickte.

The Blade offerierte ein träges Kifferlächeln. »Bis dann, Bruder«, antwortete er. »Schön' Gruß an deine Schwester, die Fotze.«

Joel schlug die Tür zu und schnitt The Blades Gelächter ab. Und während das Auto in Richtung Meanwhile Gardens davonraste, flüsterte er vor sich hin: »Klar doch, mach ich, Stanley. *Fick dich.*«

Joel schlurfte zum Haus seiner Tante. Er war tief in Gedanken versunken, und die meisten dieser Gedanken drehten sich darum, dass er absolut in der Lage war zu tun, was The Blade ihm aufgetragen hatte. Das Risiko war minimal. Wenn Cal dabei war und ihm half, das Opfer auszusuchen – und er wusste, Cal würde nicht einfach dabeistehen und ihn seine Wahl treffen lassen, ohne ihm einen Rat zu geben –, wie viel Zeit, Mühe und Risiko bedeutete es dann schon, einen stinknormalen Straßenraub durchzuziehen? Er konnte es sich sogar ganz leicht machen und sich einfach eine Handtasche schnappen. The Blade hatte nichts davon gesagt, dass Joel dastehen und warten müsse, während irgendeine Tante aus dem Mittleren Osten mit zitternden Händen ihre Habseligkeiten auf der Suche nach dem Portemonnaie durchstöberte. Er hatte nur gesagt, er wolle, dass Joel einer Frau auf der Straße Kohle abknöpfte. Mehr Instruktionen hatte The Blade nicht gegeben. Joel nahm an, dass er sie doch bestimmt so interpretieren konnte, wie er wollte.

Alles an diesem Abend schien dafür zu sprechen, dass Joel die Aufgabe, die The Blade ihm gestellt hatte, mühelos erfüllen würde. Er hatte sich auf die Suche nach dem Mann gemacht, doch stattdessen hatte The Blade *ihn* gefunden. Ihre Unterredung hatte ungefähr zu der Zeit geendet, da auch *Führt Worte statt Waffen* zu Ende ging. Er kam pünktlich und unbehelligt nach Hause und hatte sogar Notizen über die Kritiken zu seinem erbärmlichen Gedicht vorzuweisen. All dies würde seine Position in den Augen seiner Tante verbessern. Und wenn das alles kein Zeichen sein sollte, was ihm als Nächstes zu tun bestimmt war, was dann?

Joel rechnete damit, seine Tante am Küchentisch vorzufinden, den Blick auf die Wanduhr fixiert, um zu überwachen, dass der zeitliche Ablauf des Abends eingehalten wurde. Doch als er das Haus betrat, fand er das Erdgeschoss verlassen und dunkel vor. Doch von oben hörte er Geräusche, und er stieg die Treppe hinauf. Im Wohnzimmer lief ein Videofilm: Eine Gangsterbande galoppierte von einem explodierten Güterwagon weg, verfolgt von den Männern des Sheriffs, und Geldscheine flogen durch die Luft. Doch es war niemand im Raum. Joel zögerte, lauschte besorgt, und der Rucksack in seiner Hand wog schwerer, als er sollte. Er ging weiter nach oben und sah einen Lichtstreifen unter der Tür zu seinem Zimmer, während er aus dem Zimmer seiner Tante die Bettfedern rhythmisch quietschen hörte. Letzteres erklärte, warum Kendra nicht auf ihn gewartet hatte. Er öffnete seine Zimmertür. Toby war noch wach. Er saß auf dem Bett und bemalte sein Skateboard mit dicken Filzstiften.

»Hat Dix mir geschenkt«, teilte Toby Joel grußlos mit. Er meinte die Stifte. »Hat sie aus dem Café mitgebracht, zusamm' mit 'nem Malbuch. Malbücher sind was für Babys, aber die Stifte sind gut. Er hat auch noch 'n Video mitgebracht, das ich gucken sollte, weil er's mit Tante Ken treiben wollte.«

»Warum guckste's dann nich'?«, fragte Joel.

Toby begutachtete sein Werk, betrachtete es blinzelnd und konzentriert, als könne das den Wert irgendwie steigern. »Hatte keine Lust allein«, antwortete er.

»Wo is' Ness?«

»Bei dieser Frau und ihr'm Sohn.«

»Welche Frau und welcher Sohn?«

»Von der Kindertagesstätte. Sie sind irgendwo essen gegangen. Ness hat sogar angerufen und Tante Ken gefragt, ob sie darf.«

Diese Entwicklung versetzte Joel in Erstaunen. Sie deutete auf eine Veränderung an Ness hin, und auch wenn ein Höflichkeitsanruf bei ihrer Tante kein weltbewegendes Ereignis war, machte es Joel doch nachdenklich.

Toby hielt ihm das Skateboard hin. Joel sah, dass sein Bruder einen Blitz gemalt hatte, vielfarbig ausgestaltet und großteils innerhalb der Umrisslinie, die er zuerst gezogen hatte. »Super, Tobe«, lobte Joel und stellte seinen Rucksack aufs Bett. Er war sich nur zu bewusst, was dieser enthielt, und entschlossen, die Waffe an einem sicheren Ort zu verstecken, sobald Toby eingeschlafen war. Vielleicht in seinem alten Koffer unter den Sommerklamotten.

»Ich hab nachgedacht, Joel.«

»Worüber?«

»Das Skateboard. Wenn ich es ganz toll anmale, und wir

bringen es Mum, meinste nich', es kann sie gesund machen? Ich find's selber cool und würd's gern behalten, aber wenn Mum es von mir bekäm, und du würdes' ihr sagen, was es is' und so ...«

Tobys Blick war so voller Hoffnung, dass Joel nicht wusste, was er sagen sollte. Er konnte den Gedankengang seines Bruders genau nachvollziehen: Wenn er das ultimative Opfer brachte, musste das nicht irgendeine Bedeutung haben für Gott oder wen auch immer, der darüber bestimmte, welcher Mensch krank wurde, krank blieb und welcher gesund wurde? Carole Campbell sein Skateboard zu schenken, wäre für Toby fast so, als schenkte er ihr seine Lavalampe. Es bedeutete, ihr etwas zu geben, das er mehr als alles andere liebte, und wenn die Empfängerin verstand, dass sie eine so große Bedeutung für sein Leben hatte, dann würde sie doch sicher daran teilhaben wollen.

Joel bezweifelte, dass es funktionieren würde, aber er war gewillt, es zu versuchen. »Wenn wir sie das nächste Mal besuchen, nehmen wir das Skateboard mit, Tobe«, versprach er. »Aber du muss' erst lernen, damit zu fahr'n. Wenn du richtig gut wirs', kannst du's Mum vorführ'n. Das lenkt sie von dem ab, was ihr so zu schaffen macht. Dann kann sie vielleicht nach Hause komm'.«

»Meinste echt?«, fragte Toby mit leuchtenden Augen.

»Ja. Glaub schon«, log Joel.

Die Hoffnung auf Carole Campbells Genesung hatte bei jedem ihrer Kinder eine andere Ausprägung. Die größte hegte Toby, dessen begrenzte Erfahrungen ihn noch nicht gelehrt hatten, seine Erwartungen nicht zu hoch zu stecken. Für Joel war sie ein flüchtiger Gedanke, wann immer er eine Entscheidung treffen musste, die die Sorge um seine Familie und ihren Schutz betraf. Ness hingegen scheute vor dem Gedanken an Carole zurück und wies ihn weit von sich. Um sich mit Träumereien von einem Leben abzugeben, in das ihre Mutter als die intakte und funktionierende Person zurückkehrte, die sie nie gewesen war, dazu fehlte Ness die Ruhe.

Das lag vornehmlich an Majidah und Sayf al Din. So wie sie auch dafür verantwortlich waren, dass Ness auf einmal Ambitionen für die Zukunft hatte und einen Plan, wie sie diese Ambitionen verwirklichen wollte.

Zuerst stattete Ness Fabia Bender beim Jugendamt in Oxford Gardens einen Besuch ab. Dort erklärte sie, sie wäre überglücklich und *extrem* dankbar – diese beiden Wörter inklusive Betonung hatte Majidah ihr ausdrücklich aufgetragen –, das Stipendium, den Zuschuss oder das Almosen oder was immer es war anzunehmen, was ihr ermöglichen würde, im nächsten Trimester am College einen Einführungskurs Hutmacherei zu belegen. Fabia erklärte, sie sei entzückt über diese Neuigkeit, wenngleich sie in Wahrheit von Majidah über jeden Schritt der Entwicklung hin zu diesem Punkt auf dem Laufenden gehalten worden war. Sie gab Ness Gelegenheit, den ganzen Plan vor ihr auszubreiten, und Fabia brachte Interesse, Ermutigung und Freude zum Ausdruck, als Sayf al Dins Jobangebot zur Sprache kam, ebenso wie Majidahs Darlehen, die Rückzahlungsmodalitäten, die vorgesehenen Arbeitsstunden bei gleichzeitiger Reduktion der Dienstzeiten in der Kindertagesstätte und alles Weitere, was auch nur entfernt mit Ness' Umständen zu tun hatte. Der Richter, versicherte Fabia, werde all dem zustimmen.

Die Sozialarbeiterin nutzte Ness' Besuch auch, um sich nach Joel zu erkundigen. Hier war Ness eher zugeknöpft. So weit traute sie Fabia Bender nun auch wieder nicht. Davon abgesehen, wusste sie selbst nicht so genau, was mit ihrem Bruder los war. Joel war vorsichtig und verschlossen geworden.

Natürlich entwickelte die Arbeit für Sayf al Din sich nicht so, wie Ness es sich gewünscht hätte. In ihrer Fantasie eroberte sie seine Werkstatt mit einem Feuerwerk von Ideen, die er allesamt überzeugend fand, sodass er ihr Zugang zu all seinen Materialien und der Ausrüstung gewährte. In diesem Wunschtraum zog er einen Auftrag der Royal Opera oder gar eines Filmproduzenten für ein opulentes Historiendrama an Land, und dieser Auftrag erwies sich als viel zu umfangreich, als dass ein Designer allein alle Entwürfe hätte machen können. Auf der Suche nach einem Partner wählte er Ness, so wie der Märchenprinz das Aschenputtel. Ness reagierte mit den angemessenen Zweifeln an ihren Fähigkeiten, die er jedoch beiseitefegte. Und dann wuchs sie über sich hinaus, kreierte ein Meisterwerk nach dem anderen in rasanter Folge und errang so einen hervorragenden Ruf, Sayf al Dins Dankbarkeit und eine geschäftliche Partnerschaft mit ihm.

In der Realität begann Ness' Tätigkeit im Hutmacherstudio mit dem Besen in der Hand und hatte wesentlich mehr Ähnlichkeit mit Aschenputtels Dasein vor dem Besuch der guten Fee. Sie war die Ein-Mann-Putzkolonne, die das Loft mit Handfeger, Kehrblech, Putzlappen und Mopp sauber halten musste. Die Aufgabe missfiel ihr, aber sie biss die Zähne zusammen.

Der Tag, da Sayf al Din ihr zum ersten Mal erlaubte, eine Heißklebepistole zu benutzen, war darum ein Glückstag. Ihre Aufgabe war simpel: Sie musste Perlen auf ein Band kleben, das einen winzigen Bestandteil des gesamten Kopfschmucks ausmachte. Doch selbst wenn ihr Beitrag noch so unbedeutend war, war er doch ein Schritt in die richtige Richtung. So entschlossen war Ness, diese Aufgabe mit Perfektion zu erfüllen und somit ihre Überlegenheit gegenüber den anderen Näherinnen unter Beweis zu stellen, dass sie viel mehr Zeit brauchte, als eigentlich nötig gewesen wäre, und daher länger als sonst im Studio war. Ihr sicherer Heimweg war trotzdem gewährleistet, denn auch Sayf al Din arbeitete noch, und als sie endlich fertig war, eskortierte er sie zur U-Bahn. Unterwegs plauderten sie. Er versprach ihr anspruchsvollere Aufgaben. Sie mache ihre Sache gut, sie habe den Dreh raus, sie sei verantwortungsbewusst und genau die Art Persönlichkeit, mit der er gern zusammenarbeitete. *Mit* ihm arbeiten, nicht *für* ihn, betonte er, und Ness glühte innerlich vor Freude beim Gedanken an die Partnerschaft, die dieses »Mit« implizierte.

Nachdem er sie bis zum Drehkreuz der U-Bahn-Station Covent Garden gebracht hatte, kehrte Sayf al Din zum Studio zurück, um seine Arbeit zu beenden. Er war unbesorgt, was Ness' weiteren Heimweg anging, denn sie musste nur ein Mal in King's Cross umsteigen und konnte durch die beleuchteten Tunnel von einem Bahnsteig zum anderen gelangen, und der Fußweg von Westbourne Park nach Hause betrug höchstens zehn Minuten, eher fünf, wenn sie zügig ging. Sayf al Din hatte seine Pflicht getan, wie seine Mutter es ihm aufgetragen hatte, deren Interesse an dem schwierigen Mädchen ihm nach wie vor ein Rätsel war.

Da dieser Tag so voller positiver Erfahrungen gewesen war, gab Ness sich auf dem Heimweg von der U-Bahn weiteren Zukunftsträumen hin. Ihr Erfolg vernebelte ihre Gedanken, als sie die Elkstone Road überquerte. Sie ging durch Meanwhile Gardens ohne die Aufmerksamkeit, die ein Spaziergang an einem Winterabend in einem schlecht beleuchteten Park und einer übel beleumundeten Gegend erfordert hätte.

Sie sah nichts. Aber sie wurde gesehen. Auf halber Höhe der Wendeltreppe und somit allen Blicken entzogen, lauerte eine Schar, die schon lange auf einen Moment wie diesen gewartet hatte. Sie sahen Ness die Elkstone Road überqueren, und ein Nicken war alles, was sie brauchten, um zu wissen, dass dies das Mädchen war, auf das sie gewartet hatten. Mit der Lautlosigkeit und Grazie von Katzen bewegten sie sich die Treppe hinab und den Pfad entlang. Sie hasteten über einen der grasbewachsenen Hügel, und als Ness zum Parkausgang kam, der nie verschlossen wurde, weil es kein Tor gab, waren sie schon da.

»Na, du gelbhäutige Schlampe, gibste uns was?«, hörte Ness plötzlich von hinten. Weil sie sich gut fühlte, stark und allem gewachsen, brach sie die Regel, die vielleicht ihre Sicherheit hätte gewährleisten können. Statt um Hilfe zu rufen, wegzurennen, in eine Trillerpfeife zu blasen, zu schreien oder sonst irgendwie die Aufmerksamkeit der Passanten auf sich zu lenken – selbst wenn solche Mittel zugegebenermaßen nur beschränkte Erfolgsaussichten hatten –, drehte sie sich um. Es war eine junge Stimme, und sie glaubte, damit werde sie fertig.

Womit sie nicht gerechnet hatte, war ihre Überzahl. Und was sie nicht wusste, war, dass es sich hier nicht um eine Zufallsbegegnung handelte. Acht Jungen standen vor ihr, und als sie erkannte, dass es zu viele waren, fielen sie auch schon über sie her. Ein Gesicht stach aus der Meute hervor – von Natur aus verzerrt, was den Ausdruck von Abscheu noch verschlimmerte. Ehe sie dem Gesicht noch einen Namen zuordnen konnte, traf sie ein Schlag in den Rücken, und sie fiel vornüber. Ihre Arme wurden gepackt. Sie wurde vom Gehweg in den Schatten der Bäume gezerrt. Sie schrie. Eine Hand legte sich über ihren Mund.

»Dir wird schon gefall'n, was wir mit dir vorha'm, Schlampe«, versprach Neal Wyatt.

Weder Kendra noch Dix waren zu Hause, als ein dreimaliges Klopfen an der Tür erschallte, gefolgt von einer Männerstimme mit einem starken pakistanischen Akzent. Wäre diese Stimme nicht gewesen, hätte Joel nicht geöffnet. Selbst jetzt zögerte er, bis er den Mann sagen hörte: »Sie müssen bitte die Tür öffnen, sofort, denn ich fürchte, die junge Dame hier ist schwer verletzt.«

Joel kämpfte einen Moment mit dem Schloss, dann öffnete er. Ein älterer Mann, der ihm vage vertraut schien, mit dicken Brillengläsern, angetan mit einem Shalwar Kamiz und einem Mantel darüber, hatte beide Arme um Ness gelegt. Sie stand kraftlos an ihn gelehnt und klammerte sich an die Mantelaufschläge. Ihre Jacke und der Schal waren verschwunden, ihr Pullover war an der rechten Schulter zerrissen und mit Dreck und Blut besudelt. Ihr Haar war plattgedrückt. An ihrem Kiefer prangten hässliche Blutergüsse, wie sie entstehen, wenn einem der Mund entweder zu oder weit offen gehalten wird.

»Wo sind deine Eltern, junger Mann?«, fragte der Pakistani. Er stellte sich als Ubayy Mochi vor. »Ich fürchte, dieses arme Mädchen ist im Park überfallen worden.«

»Ness?«, war alles, was Joel herausbrachte. »Nessa? Ness?« Er hatte Angst, sie zu berühren. Er trat von der Tür zurück und hörte Toby die Treppe herunterkommen. Über die Schulter rief er: »Toby, bleib oben, okay? Mach dir die Glotze an! Is' nur Ness, okay?«

Das war so gut wie eine Einladung. Toby kam die restlichen Stufen herab und in die Küche. Er blieb wie angewurzelt stehen und drückte sein Skateboard an die Brust. Er sah erst zu Ness, dann zu Joel, und fing an zu weinen, gefangen zwischen Angst und Verwirrung.

»Scheiße«, murmelte Joel, hin- und hergerissen zwischen den Notwendigkeiten, Toby zu trösten und etwas für ihre Schwester zu tun. Aber er wusste weder, wie er das eine noch das andere bewerkstelligen sollte. Er stand stocksteif da und wartete, was als Nächstes passieren würde.

»Wo sind eure Eltern?«, wiederholte Ubayy Mochi, dieses Mal drängender. Er schob Ness über die Schwelle. »Irgendetwas muss mit diesem Mädchen geschehen.«

»Wir ha'm keine Eltern«, erklärte Joel, was Toby ein neuerliches Heulen entlockte.

»Aber ihr wohnt hier doch sicher nicht allein?«

»Bei unserer Tante.«

»Dann musst du sie holen, Junge.«

Das war unmöglich. Kendra war mit Cordie ausgegangen. Doch sie hatte ihr Handy bei sich, und Joel lief auf wackligen Beinen in die Küche, um sie anzurufen. Mochi folgte mit Ness, vorbei an Toby, der die Hand ausstreckte und das Bein seiner Schwester berührte. Er schluchzte nur noch lauter, als Ness zurückzuckte.

Ubayy Mochi setzte Ness auf einen der Küchenstühle. Jetzt erkannte Joel, was ihr passiert war. Der kurze Rock war bis zum Bund zerfetzt. Ihre Nylons waren verschwunden. Genau wie ihr Slip.

»Ness. Nessa. Was ist passiert? Wer war das? Wer hat ...?« Aber in Wahrheit wollte er gar keine Antwort. Er wusste, wer das getan hatte, er wusste, warum und was es bedeutete. Als seine Tante sich meldete, sagte er ihr nur, sie müsse sofort nach Hause kommen. »Es is' Ness«, erklärte er.

»Was hat sie angestellt?«, fragte Kendra.

Die Frage traf Joel wie ein unerwarteter Schlag, und er holte mühsam tief Luft. Er legte auf. Er blieb am hinteren Ende der

Küche am Telefon stehen. Toby kam zu ihm, suchte Trost. Joel konnte ihm keinen geben.

Ubayy Mochi füllte den Wasserkocher; ihm war nichts eingefallen, was er sonst hätte tun sollen. Joel erklärte, ihre Tante sei auf dem Heimweg – obwohl er das nicht genau wusste –, und wartete, dass der Pakistani sich verabschieden möge. Doch Mochi hatte keineswegs die Absicht zu gehen. Er sagte: »Hol den Tee, junger Mann. Und Milch und Zucker. Und kannst du denn nicht diesen armen kleinen Jungen beruhigen?«

»Toby, halt jetzt die Klappe«, befahl Joel.

Toby schluchzte: »Jemand hat Ness verhauen. Und sie sagt gar nix. Warum nich'?«

Ness' Schweigen ängstigte auch Joel. Mit einem Wutanfall seiner Schwester konnte er fertig werden, aber das hier überforderte ihn. »Toby. Sei still, okay?«, sagte er.

»Aber Ness …«

»Ich hab gesagt, du sollst das Maul halten!«, blaffte Joel. »Und jetzt hau ab! Geh nach oben! Raus hier! Du bis' doch nich' blöd, also geh, bevor ich dir in den Arsch trete!«

Toby floh aus der Küche wie ein aufgeschrecktes Tier. Sein verzweifeltes Heulen schallte die Treppe herab. Er lief bis ganz oben, und das Zuschlagen einer Tür sagte Joel, dass sein Bruder sich in ihrem Zimmer versteckt hatte. Damit blieben Ness, Ubayy Mochi und der Tee. Joel widmete sich dessen Zubereitung, doch letztlich trank niemand auch nur einen Schluck davon, und am nächsten Morgen zog der Tee immer noch – ein kaltes, übel riechendes Gebräu, das in den Ausguss geschüttet wurde.

Bei ihrer Heimkehr fand Kendra einen vollkommen Fremden, Ness und Joel in der Küche vor, die beiden Ersten an dem alten Kieferntisch, Letzterer an der Spüle. Beim Eintreten rief sie Joels Namen, und: »Was ist los?« Dann entdeckte sie sie. Sie wusste die Antwort, ohne dass irgendwer ihr etwas erklären musste. Sie ging zum Telefon, wählte den Notruf und sprach barsch und in dem perfekten Englisch, das man sie für genau solche Momente gelehrt hatte – ein Englisch, das augenblicklich für Ergebnisse sorgte.

Als sie das Telefonat beendet hatte, ging sie zu Ness. »Die Polizei wartet im Krankenhaus auf uns«, sagte sie. »Kannst du gehen, Ness?« Und den Pakistani fragte sie: »Wo ist es passiert? Wer war es? Was haben Sie gesehen?«

Ubayy Mochi antwortete mit gesenkter Stimme und einem kurzen Blick in Joels Richtung. Er wollte ihn davor schützen, die erschütternden Tatsachen zu erfahren, aber Joel hörte ihn trotzdem – nicht, dass es nötig gewesen wäre.

Eine Rotte Jugendlicher hatte die junge Dame überfallen. Ubayy Mochi konnte nicht sagen, wo sie sie gefunden hatten, aber er hielt es für undenkbar, dass ein junges Mädchen nach Einbruch der Dunkelheit allein durch Meanwhile Gardens lief. Also mussten sie ihr irgendwo anders aufgelauert und sie in den Park verschleppt haben. Sie hatten sie zu der Stelle gebracht, wo der Pfad entlang des Grand Union Canal in den Tunnel der Unterführung eintauchte. Dort hatten sie sich wohl vor allen Blicken sicher gefühlt und die junge Dame angegriffen, hätten vermutlich noch weit Schlimmeres getan, als sie ohnehin schon angerichtet hatten, doch ein einzelner Schrei hatte Mochi aus seiner Abendmeditation gerissen, und er war ans Fenster seiner kleinen Wohnung getreten, um nachzusehen.

»Ich besitze eine starke Taschenlampe«, erklärte er, »die ich für genau solche Momente höchst nützlich finde. Ich habe den Strahl auf sie gerichtet. Ich habe gerufen, dass ich sie erkenne – obwohl ich fürchte, dass das nicht der Fall war –, und gedroht, dass ich der Polizei ihre Namen nenne. Da sind sie weggerannt. Und ich bin der jungen Dame zu Hilfe geeilt.«

»Haben Sie die Polizei angerufen?«

»Mir blieb keine Zeit. Hätte ich das getan ... Bedenkt man, wie viel Zeit zwischen einem Anruf auf der Wache und dem Erscheinen eines Streifenwagens am Ort des Geschehens vergeht ...« Der Mann schaute von Kendra zu Ness. Verlegen sagte er: »Ich glaube, diese Jungen hatten sie noch nicht ... Es schien mir das Wichtigste, als Erstes ihre Sicherheit zu gewährleisten.«

»Gott sei Dank«, sagte Kendra. »Sie haben dich also nicht

vergewaltigt, Ness? Diese Jungen haben dich nicht vergewaltigt?«

Ness regte sich, als sie das hörte, und zum ersten Mal wurde
ihr Blick klar. »Was?«, murmelte sie.

»Haben diese Jungen dich vergewaltigt?«

»Meinste, das is’ das Schlimmste, was passieren kann?«

»Ness, ich frage, weil wir den Cops sagen müssen …«

»Nein. Nur damit du Bescheid weiß’: Vergewaltigung is’
nich’ das Schlimmste. Nur das *Ende* vom Schlimmsten. Kapiert? Nur das Ende, okay … Nur das Ende …« Sie fing an zu
weinen. Aber auf die Frage, was genau ihr passiert war, wollte
sie nichts weiter sagen.

So war es auch in der Notaufnahme des Krankenhauses,
wo ihre Verletzungen versorgt wurden – sie waren, zumindest
physisch, nur oberflächlich und mit Salben und Pflaster schnell
verarztet. In anderer Hinsicht gingen sie tief. Als ein junger
weißer Constable mit einem Schweißfilm auf der Oberlippe sie
befragte, erklärte sie, sie könne sich nach dem Verlassen der
U-Bahn-Station und bis zu dem Moment, da sie sich am Küchentisch wiedergefunden hatte, an nichts erinnern. Sie wisse
nicht, wer sie überfallen habe. Oder wie viele. Der Constable
stellte keine Fragen nach den Hintergründen oder warum ausgerechnet sie als Opfer ausgesucht worden war. Andauernd
wurden irgendwelche Menschen zu Opfern, nur weil sie un-
vorsichtig genug waren, nach Einbruch der Dunkelheit allein
unterwegs zu sein. Er riet ihr, in Zukunft vorsichtiger zu sein,
und reichte ihr ein Merkblatt mit dem Titel »Wachsamkeit und
Verteidigung«. Sie solle es lesen, trug er ihr auf. Im Kampf
gegen solches Gesindel sei es schon die halbe Miete zu wissen, was sie voraussichtlich tun würden und wann. Er klappte
sein Notizbuch zu und wies sie an, in den nächsten Tagen in
der Polizeidienststelle an der Harrow Road vorbeizuschauen,
sobald sie dazu in der Lage sei. Sie müsse eine Aussage unterschreiben, und wenn sie wollte, könne sie die Fotos ihrer
Verbrecherkartei und Phantombilder anschauen – was immer
das nützen mochte, fügte er überflüssigerweise hinzu –, um zu

sehen, ob sie vielleicht einen oder mehrere ihrer Angreifer erkannte.

»Ja. Klar. Mach ich«, lautete Ness' Antwort.

Sie kannte das Ritual. Jeder kannte es. Nichts würde geschehen, weil es nichts gab, das man hätte tun können. Aber das war Ness nur recht.

Sie sagte kein Wort mehr über den Vorfall. Sie tat, als sei dieser Überfall Schnee von gestern. Doch der Panzer aus Gleichgültigkeit, den sie so lange getragen hatte, ehe sie Majidah und Sayf al Din begegnet war, umhüllte sie wieder – eine gefühllose Isolationsschicht, die die Welt auf Abstand hielt.

Sie reagierten alle unterschiedlich auf Ness' unnatürliche Ruhe – je nach ihrem Verständnis der menschlichen Natur und dem Maß an Energie, das sie besaßen. Kendra belog sich selbst, indem sie sich einredete, sie gebe ihrer Nichte Zeit, das Erlebnis zu verarbeiten, während sie sich doch in Wahrheit vorzumachen versuchte, dass das Leben zur Normalität zurückkehre. Dix ging auf Sicherheitsabstand zu Ness. Er sah sich außerstande, ihr unter diesen Umständen ein Vater zu sein. Toby entwickelte eine Bedürftigkeit, sich an jeden zu klammern, der es zuließ. Joel beobachtete, wartete und wusste nicht nur, was geschehen, sondern auch, was nun zu tun war. Nur Majidah ging Ness frontal an: »Du darfst nicht zulassen, dass diese Sache deine Zukunftspläne verdüstert«, sagte sie ihr. »Was dir passiert ist, war schrecklich. Denk nicht, ich wüsste das nicht. Aber dich selbst und deine Pläne aufzugeben ... Damit schenkst du dem Bösen einen Triumph, und das ist etwas, das du niemals tun darfst, Vanessa!«

»Mir doch egal«, gab Ness zurück. Zumindest dem äußeren Anschein nach setzte sie die Dinge fort, die sie begonnen hatte, um niemandes Verdacht zu erregen. Aber auch sie beobachtete und wartete.

Joel brachte Toby zur Middle Row School und schwänzte selbst die Schule. Er machte sich auf die Suche nach Cal Hancock und fand den Graffitikünstler in Meanwhile Gardens, wo er gerade einen Joint an drei Schulmädchen weiterreichte. Sie hatten die Röcke ihrer Schuluniformen hochgerollt, damit sie kürzer und ihre Trägerinnen sexier erschienen – ein fragwürdiges Unterfangen, betrachtete man den Rest ihrer Aufmachung. Sie standen auf der Wendeltreppe, und Cal saß ein Stück unterhalb von ihnen. Als er Joel entdeckte, fragte er: »Was geht, Mann?« Und zu den Mädchen sagte er: »Raucht ihn, wenn ihr wollt«, und wies auf den Joint. Sie verstanden die Botschaft und verschwanden die Treppe hinauf, während sie ihre Beute herumwandern ließen.

»Früh zum Kiffen«, bemerkte Joel.

Cal offerierte einen trägen Salut. »Dafür isses nie zu früh, Mann. Suchste mich oder ihn?«

»Ich bin hier, um zu tun, was The Blade getan ha'm will«, erklärte Joel. »Neal Wyatt hat sich an meiner Schwester vergriffen, Mann. Ich will, dass er jetz' endlich auf Linie gebracht wird.«

»Ja? Du has' das Teil, wie ich höre? Also, warum nimmste ihn dir nich' selbs' vor?«

»Ich will ihn nich' kaltmachen, Cal«, entgegnete Joel. »Außerdem hab ich keine Kugeln für das Ding.«

»Dann benutz es nur, um ihm 'ne Scheißangst zu machen.«

»Dann trumpft er beim nächsten Mal wieder auf. Er und seine Meute. Geh'n auf Toby los oder auf meine Tante. Verstehste, ich will, dass The Blade diesen Typ fertigmacht. Also, wer is' die Alte, die ich überfall'n soll?«

Cal studierte Joels Gesicht, dann kam er auf die Füße. »Haste das Ding dabei?«, fragte er.

»In mei'm Rucksack.«

»Okay. Dann lass uns geh'n.«

Cal führte ihn aus dem Park und unter der Westway-Überführung hindurch. Sie passierten die U-Bahn-Station und folgten einem Zickzackkurs durch Straßen und Gassen, bis sie zum nördlichen Teil der Portobello Road gelangten, gar nicht weit von der Stelle entfernt, wo Joel die Lavalampe für Toby gekauft hatte. Doch das schien in einer fernen Vergangenheit zu liegen.

Cal wies mit dem Finger auf einen Zeitungsladen. Er sagte: »Das is' perfektes Timing, Mann. Sie kommt jeden Tag zur gleichen Zeit her. Warte, bis ich dir sag, wer's is'.«

Joel wusste nicht, ob das eine Lüge oder die Wahrheit war, aber es spielte auch gar keine Rolle. Er wollte nur diesen Job erledigen. Also stellte er sich zu Cal in einen Hauseingang – eine verlassene Bäckerei, deren Fenster mit Spanplatten verbrettert waren. Cal zündete sich schon wieder einen Joint an – sein Vorrat schien unerschöpflich – und reichte ihn Joel herüber. Joel nahm dieses Mal einen tieferen Zug. Dann noch einen und einen dritten. Und er hätte weitergeraucht, hätte Cal ihm den Joint nicht mit einem leisen Lachen abgeknöpft. »Mach ma' halblang, Mann. Du wills' doch noch steh'n könn'«, warnte er.

Joel kam es vor, als habe sein Hirn sich ausgedehnt. Er fühlte sich entspannter, fähiger, weit weniger ängstlich und sogar ein wenig amüsiert über das, was in den nächsten paar Minuten irgendeiner armen, blöden Alten passieren würde. »Meinetwegen«, sagte er und durchwühlte seinen Rucksack, bis er die Pistole fand. Er steckte sie in die Anoraktasche, wo sie schwer auf seinem Oberschenkel ruhte und ihm ein Gefühl von Sicherheit gab.

»Da is' sie, Bruder«, murmelte Cal.

Joel spähte um die Ecke des Bäckereieingangs. Er sah, wie eine pakistanische Frau aus dem Zeitungsladen trat. Sie trug einen Herrenmantel und ging am Stock. Eine Ledertasche baumelte von ihrer Schulter. Wollte man Cal glauben, war sie »leicht verdientes Geld«. Er fügte hinzu: »Die guckt sich nich' ma' um, ob die Luft rein is'. Die wartet nur drauf, überfall'n zu werden. Also los. Du brauchs' nich' ma' 'ne Minute.«

Die Frau hatte keine Chance, aber mit einem Mal war Joel nicht ganz sicher, wie er es bewerkstelligen sollte. »Kann ich ihr nich' einfach die Tasche aus der Hand reißen, statt sie zu zwingen, ihre Kohle rauszurücken?«

»Kommt nich' infrage, Mann. The Blade will, dass du der Alten Auge in Auge gegenübertritts'.«

»Dann warten wir und tun's, wenn es dunkel is. Wir nehm'

uns irgend'ne andere Frau vor. Wenn ich an ihr vorbeirenne und mir die Tasche schnapp, sieht sie mich nich'. Aber wenn ich mich am helllichten Tag vor sie stell ...«

»Scheiße, für die seh'n wir doch sowieso alle gleich aus, Mann. Also, jetz' mach schon! Wenn du's tun wills', dann jetz'.«

»Aber ich seh anders aus. Ich hol mir einfach ihre Tasche, Cal. Wir könnt'n The Blade doch sagen, ich hätt ihr die Waffe vorgehalten. Woher soll er wissen ...«

»Ich lüg The Blade nich' an. Wenn der die Wahrheit erfährt, würd's ganz düster für dich, das kannste mir glauben. Also, los jetz'. Halt ihr das Ding unter die Nase! Die Zeit läuft uns weg.«

Das stimmte. Auf der anderen Straßenseite humpelte die Zielperson in stetigem Tempo davon und hatte die Ecke fast erreicht. Wenn sie dort abbog und aus ihrem Blickfeld verschwand, konnte es gut sein, dass Joels Chance vertan war.

Er trat aus dem Bäckereieingang und überquerte die Straße im Laufschritt, um die hinkende Frau einzuholen. Seine Hand lag um die Waffe in seiner Tasche, und er hoffte inständig, dass er sie nicht würde hervorziehen müssen. Die Waffe machte ihm genau solche Angst, wie sie vermutlich der Frau machen würde, auf deren Geld er es abgesehen hatte.

Er erreichte sie und packte ihren Arm. »Entschuldigung«, sagte er – jahrelange Erziehung ließ sich eben nicht von jetzt auf gleich verleugnen. Dann änderte er seinen Tonfall, machte ihn härter, als die Frau sich zu ihm umwandte. »Her mit der Kohle«, befahl er. »Los, her damit. Kreditkarten auch.«

Das Gesicht der Frau war zerfurcht und traurig. Sie wirkte ein wenig abwesend. Sie erinnerte Joel an seine Mutter.

»Haste nich' gehört?«, fuhr Joel sie barsch an. »Her mit der Kohle! *Kohle* her, Schlampe!«

Sie tat gar nichts.

Es blieb keine Alternative. Joel zog die Pistole heraus. »*Kohle!*«, sagte er. »Haste's jetz' kapiert?«

Da fing sie an zu schreien. Zweimal, dreimal. Joel packte

ihre Tasche, zerrte daran. Die Frau sackte auf die Knie. Auch im Fallen schrie sie weiter.

Joel stopfte die Waffe zurück in die Tasche und rannte los. Er dachte nicht an die Pakistani, die Verkäufer in den Geschäften, die Passanten oder an Cal Hancock. Er wusste, er musste aus der Gegend verschwinden. Er floh die Portobello Road hinab und bog um die erste Ecke, die er erreichte. Das tat er wieder und wieder, links herum und rechts herum, bis er sich schließlich auf der Westbourne Park Road wiederfand, wo der Verkehr dichter war, ein Bus gerade eine Haltestelle anfuhr und ein Streifenwagen genau auf Joel zukam.

Joel erstarrte. Panisch sah er sich nach einem Fluchtweg um. Er übersprang die niedrige Mauer zu einer Wohnsiedlung und durchquerte einen Garten mit winterlich beschnittenen Rosen. Hinter sich hörte er jemanden brüllen: »Halt!« Zwei Autotüren wurden im kurzen Abstand zugeschlagen. Joel lief weiter. Er rannte um sein Leben, um das Leben seiner Geschwister und um seine ganze Zukunft. Aber er war nicht schnell genug.

Er hatte das zweite Gebäude der Siedlung fast erreicht, als eine Hand sich von hinten in seinen Anorak krallte. Ein Arm schlang sich um seine Taille, warf ihn zu Boden, und dann stellte sich ein Fuß auf seinen unteren Rücken. Eine Stimme fragte: »Und was haben wir hier?«

Die Frage sagte alles. Die Cops waren gar nicht hinter ihm her gewesen. Mit der schreienden pakistanischen Frau auf der Portobello Road hatten sie nichts zu tun. Wie denn auch? Die Polizei kümmerte sich nur um Straßenkriminalität, wenn sie die Zeit dazu fand. Wie lange hatte es gedauert, bis sie am Tatort eintrafen, als Joels Vater erschossen worden war? Eine Viertelstunde? Länger? Und das war eine Schießerei gewesen, nicht nur eine schreiende alte Frau. So etwas lockte die Bullen normalerweise nicht im Eiltempo an.

Joel fluchte und wand sich, um freizukommen. Er wurde auf die Füße gezerrt, bis er sich Auge in Auge mit einem uniformierten Constable fand, der ein Gesicht wie die Unterseite eines Pilzes hatte. Der Beamte führte Joel zur Straße zurück, wo er ihn gegen den Streifenwagen stieß. Die Waffe, die Joel bei sich trug, schlug scheppernd gegen die Karosserie. »Pat, der Scheißer ist bewaffnet!«

Eine Gaffermenge begann sich zu versammeln, und Joel sah sich verzweifelt nach Cal um. Er war nicht geistesgegenwärtig genug gewesen, die Handtasche seines Opfers wegzuwerfen, also hatten sie ihn am Wickel. Er war erledigt. Er hatte keine Ahnung, was sie mit Straßenräubern taten. Er hatte erst recht keine Ahnung, was aus Jugendlichen wurde, die sie mit einer Pistole erwischten – geladen oder nicht. Gut sah es bestimmt nicht aus. So viel war ihm klar.

Einer der Constables zog die Waffe aus Joels Tasche, während der zweite dem Jungen die Hand auf den Kopf legte und ihn auf die Rückbank des Streifenwagens drückte. Die Handtasche wurde auf den Vordersitz geworfen, dann stiegen die beiden Polizisten ein. Der Fahrer schaltete das Signallicht auf dem Wagendach ein, um die Gaffer auseinanderzutreiben. Joel sah lauter fremde Gesichter, als das Auto anrollte. Kein einziges sah ihn freundlich an. Köpfe wurden geschüttelt, Fäuste geballt, und in den Augen stand Bekümmerung. Joel war sich nicht sicher, ob all das ihm oder den Cops galt. Was er hingegen sicher wusste, war, dass Cal Hancock nicht unter den Schaulustigen gestanden hatte.

Auf der Polizeiwache an der Harrow Road fand Joel sich schließlich in demselben Verhörzimmer wieder wie beim letzten Mal. Und auch dieselben Menschen waren wieder dort: Fabia Bender saß ihm gegenüber auf einem der unbeweglichen Stühle an dem unbeweglichen Tisch. An ihrer Seite: DS Starr, dessen schwarze Haut wie Satin im kalten Licht der Deckenlampe schimmerte. Auf Joels Seite saß eine Pflichtverteidigerin, und das war eine Neuerung. Die Anwesenheit dieser Anwältin – einer jungen Frau mit dünnem blonden Haar, Schuhen mit lächerlich langen Spitzen und einem verknitterten schwarzen Hosenanzug – signalisierte Joel, wie ernst seine Lage war.

August Starr wollte alles über die Pistole wissen. Die Pakistani war in seinen Augen abgehandelt. Sie hatte die Knie aufgeschürft, war ansonsten aber unverletzt, wenn man davon absah, dass dieses Erlebnis, der Schrecken und die Angst sie ein paar Jahre ihres Lebens kosten würden. Sie hatte ihre Handtasche zurückbekommen, komplett mit Geld und Kreditkarten, also war ihr Fall erledigt, sobald sie Joel als den Täter identifiziert hatte. Mit der Pistole verhielt es sich jedoch völlig anders.

Waren Schusswaffen bis vor einiger Zeit eine große Seltenheit in der britischen Gesellschaft gewesen, selbst in ihren raubenden und mordenden Schichten, waren sie neuerdings in beunruhigendem Maße weit verbreitet. Ob das eine Folge des erleichterten Grenzverkehrs im Zuge der europäischen Einigung war – die in den Augen mancher Leute nichts anderes als eine Einladung an Gesindel war, die alles von Zigaretten bis Sprengstoff ins Land schmuggeln wollten –, darüber konnte man ewig streiten. Doch für solch fruchtlose Debatten hatte Detective Sergeant Starr keine Zeit. Tatsache war: Die Waffen waren hier, in seinem Bezirk. Und alles, was ihn im Augenblick interessierte, war, wie ein zwölfjähriger Junge eine in die Finger bekommen hatte.

Joel erzählte Starr, er habe die Pistole gefunden. Hinter dem Laden der AIDS-Stiftung, wo seine Tante arbeitete. Da sei eine Gasse, wo überall Müllsäcke und Abfallcontainer herumstanden. In einem davon habe er die Pistole gefunden, als er eines Nachmittags den Müll nach Schätzen durchforstet habe. Er wisse aber nicht mehr, in welchem.

Dann solle er mal scharf nachdenken, forderte Starr ihn auf. Trotz des laufenden Kassettenrekorders machte er sich zusätzlich Notizen.

In irgendeinem der Container, wiederholte Joel. Wie gesagt, er wisse nicht, in welchem. Sie sei in einer Plastiktüte voller Müll versteckt gewesen.

Was für eine Plastiktüte, fragte Starr, und schrieb dieses Wort – *Plastiktüte* – in einer säuberlichen Handschrift auf eine neue Seite seines Notizbuches, als erwarte er, dass er sogleich konkretere Hinweise erhalten würde, was Joel indes nur noch entschlossener machte, nicht das Geringste preiszugeben.

Er wisse nicht mehr, in was für einer Plastiktüte die Waffe gesteckt habe, erklärte er. Vielleicht eine von Sainsbury. Oder von Boots.

Was denn nun, Boots oder Sainsbury? August Starr hörte sich an, als sei das ein hervorstechendes Detail. Er schrieb sogar die Namen Boots und Sainsbury in sein Notizbuch. Bemerkenswert, brummte er, da die beiden genannten Plastiktüten doch so unterschiedlich seien. Sie hatten nicht einmal die gleiche Farbe, und selbst wenn, man rechne irgendwie nicht damit, Abfall in einer Boots-Tüte zu finden, oder?

Joel spürte, dass er drohte, ihm auf den Leim zu gehen. Er sah zu seiner Pflichtverteidigerin, in der Hoffnung, sie werde irgendwie intervenieren, so wie sie es im Fernsehen immer taten, wo Anwälte vehement für die Rechte ihrer Mandanten und das Gesetz eintraten. Doch seine Anwältin sagte nichts. Ihre Gedanken drehten sich – auch wenn Joel das nie erfahren würde – um den Schwangerschaftstest, den sie heute Morgen hier auf der Damentoilette der Polizeiwache gemacht hatte.

Schließlich ergriff Fabia Bender das Wort. Boots-Plastiktüten seien zu dünn, um sie als Müllbeutel zu verwenden, erklärte sie Joel. Eine Pistole würde vermutlich sofort einen Riss in dem schwachen Material verursachen. Ob Joel Sergeant Starr nicht vielleicht lieber die Wahrheit sagen wollte? Das würde alles leichter machen.

Joel schwieg. Er würde einfach hart bleiben und es aussitzen. Das Beste, was er tun konnte, war, einfach den Mund zu halten. Immerhin war er erst zwölf. Was konnten sie ihm schon tun?

In die anhaltende Stille fragte Fabia Bender, ob sie ihn wohl einen Moment allein sprechen könne. Endlich machte seine Anwältin den Mund auf: Niemand werde mit ihrem Mandanten sprechen – Joel war froh, das Wort zu hören –, ohne dass sie zugegen sei. Starr wies darauf hin, es bestehe keine Veranlassung für irgendwen, sich unnachgiebig zu zeigen, da sie im Moment doch nur versuchten, die Wahrheit herauszufinden.

»Nichtsdestoweniger ...«, begann die Anwältin.

Doch sie wurde von Fabia Bender unterbrochen. »Wir alle wollen doch nur das Beste für den Jungen.«

Sergeant Starr wollte schließlich eingreifen, doch ehe er mehr herausgebracht hatte als: »Lassen Sie uns doch erst einmal überlegen ...«, öffnete sich die Tür zum Verhörzimmer.

»Kann ich Sie kurz sprechen, Sergeant?«, fragte eine Beamtin, und Starr verließ den Raum.

Während der zwei Minuten, die er verschwunden blieb, hielt die Anwältin Fabia Bender einen kurzen Vortrag über die Rechte jugendlicher Verdächtiger im britischen Strafrecht. Sie hätte angenommen, dass Miss Bender all das wisse, bedenke man, welchem Beruf sie nachging. Diese Bemerkung brachte Fabia Bender auf die Palme, doch gerade als sie dazu anheben wollte, die Anwältin in die Schranken zu verweisen, kam Sergeant Starr zurück. Er feuerte sein Notizbuch auf den Tisch, sah Joel direkt ins Gesicht und sagte: »Du kannst gehen.«

Alle drei starrten den Polizisten in unterschiedlichen Abstufungen der Verblüffung an. Dann erhob sich die Anwältin. Sie lächelte triumphierend, als habe sie diese Entwicklung irgendwie herbeigeführt. »Komm, Joel.«

Als die Tür sich schloss, hörte Joel Fabia Bender fragen: »Was ist denn passiert, August?«

Auch Starrs unwirsche Antwort drang auf den Korridor hinaus: »Ich habe nicht den Schimmer einer Ahnung.«

Nach einem hastigen Abschiedsgruß der Anwältin und einem bösen Blick des Constables hinter dem Empfang wurde Joel auf freien Fuß gesetzt. Er fand sich draußen auf dem Gehweg vor der Polizeiwache wieder. Kein Anruf bei seiner Tante oder sonst irgendwem hatte stattgefunden, niemand war herbeizitiert worden, um den straffälligen Jugendlichen nach Hause, zur Schule oder in ein Jugendgefängnis zu chauffieren.

Joel hatte nicht die geringste Ahnung, was passiert war. Eben noch hatte er seine Freiheit und sein Leben in Rauch aufgehen sehen. Jetzt schien all das nur ein Traum gewesen zu sein. Ohne auch nur einen Klaps auf die Finger. Ohne Predigt. Ohne ein Wort. Das alles ergab keinen Sinn.

Er ging die Straße entlang in Richtung des »Prince of Wales«, einem Pub an der Ecke. Er schaute sich argwöhnisch um. Bei jedem Schritt rechnete er damit, dass ein Cop plötzlich aus einem Hauseingang gesprungen kam und sich darüber amüsierte, dass dieser dumme Junge auf ihren Trick hereingefallen war. Aber auch diese Befürchtung bewahrheitete sich nicht. Vielmehr kam Joel unbehelligt bis zur Straßenecke, bis ein Auto neben ihm anhielt. Die Beifahrertür schwang auf, und Cal Hancock stieg aus.

Joel musste nicht nachsehen, um zu wissen, wer am Steuer saß. Als Cal ihm zunickte, stieg er hinten ein, ohne Fragen zu stellen. Der Wagen schoss auf die Straße. Joel war nicht so einfältig zu glauben, The Blade werde ihn nach Hause fahren.

Niemand sprach, und dieser Umstand machte Joel weit mehr zu schaffen, als wenn The Blade ihn angebrüllt hätte. Er hatte bei seiner Mission, die alte Dame zu überfallen, versagt, und das war schlimm genug. Noch schlimmer war allerdings, dass er die Pistole verloren hatte. Doch das Allerschlimmste war, dass er die Waffe an die Bullen verloren hatte. Sie würden versuchen, sie zurückzuverfolgen. Wahrscheinlich waren The Blades Fingerabdrücke darauf. Und wenn die Cops seine Fingerabdrücke aus irgendeinem Grund in den Akten hatten, dann steckte The Blade in Schwierigkeiten. Hinzu kam der finanzielle Verlust, jetzt da die Pistole nicht mehr auf dem Schwarzmarkt verkauft werden konnte.

Die angespannte Atmosphäre im Wagen kam Joel vor wie ein windstiller, tropischer Tag. Das setzte seinem Bauch mehr zu, als er aushalten konnte, also fragte er schließlich: »Wieso bin ich draußen, Mann?« Er richtete die Frage an beide Männer auf den Vordersitzen.

Keiner antwortete.

The Blade bog viel zu schnell um eine Kurve und musste einen Schlenker machen, um einer farbenfroh gekleideten afrikanischen Frau auf einem Zebrastreifen auszuweichen. Er fluchte. »Scheißmissgeburt.«

»Danke jedenfalls«, sagte Joel, für was auch immer The Blade getan haben mochte, um ihn rauszuholen. Es musste The Blade gewesen sein, der ihm geholfen hatte. Andernfalls wäre er niemals so ohne Weiteres auf freien Fuß gesetzt worden. Es war eine Sache, sich bei einem versuchten Handtaschendiebstahl oder Straßenraub schnappen zu lassen. Für so etwas landete man vor dem Richter, musste Beratungen mit jemandem wie Fabia Bender über sich ergehen lassen und vielleicht Sozialstunden in einer Einrichtung wie der Kindertagesstätte in Meanwhile Gardens ableisten. Aber sich mit einer Schusswaffe schnappen zu lassen war etwas völlig anderes. Ein Messer war schlimm genug, aber eine Pistole ... Eine Pistole bedeutete mehr als eine Gardinenpredigt von einem wohlmeinenden, aber im Grunde ratlosen Erwachsenen.

Also konnte Joel sich beim besten Willen nicht vorstellen, was The Blade getan hatte, um ihn aus den Klauen der Polizei zu befreien. Noch weniger wusste er, warum – es sei denn, The Blade befürchtete, Joel sei im Begriff gewesen, ihn zu verpfeifen. In dem Fall wäre Joel derjenige, der einer Lektion bedurfte, wie The Blade sie doch eigentlich Neal Wyatt hatte verabreichen sollen.

Sie fuhren nicht Richtung Edenham Estate. Joels Verdacht, dass ihm tatsächlich etwas blühte, erhärtete sich. Sie hielten auf Wormwood Scrubs zu, einem Stück Wildnis, und dort, fiel Joel wie Schuppen von den Augen, würde es ein Leichtes für The Blade sein – helllichter Tag oder nicht –, ihm eine Kugel in den Kopf zu jagen und ihn einfach liegen zu lassen, sodass irgendwer ihn ein paar Stunden, Tage oder gar Wochen später finden mochte. The Blade würde wissen, wo man eine Leiche ablegen musste, damit sie erst zu dem Zeitpunkt gefunden wurde, der ihm genehm war. Und wenn er überhaupt nicht wollte, dass sie gefunden wurde, würde The Blade auch das arrangieren.

Joel beteuerte: »Ich hab nix gesagt, Mann. Kein' Ton.«

Cal warf ihm vom Beifahrersitz aus einen Blick zu, in dem

nichts auch nur annähernd Beschwichtigendes lag. Dies war ein vollkommen anderer Cal, ein Mann, der eine Miene aufgesetzt hatte, die Joel bedeutete, dass er den Mund halten sollte. Doch Joel, der sein Leben in Gefahr wusste, hatte keine Ahnung, wie er das fertigbringen sollte.

The Blade schaltete zurück, und sie bogen wieder um eine Straßenecke. Sie kamen an einem Zeitungskiosk vorbei, wo eine Reklametafel des *Evening Standard* in fetten blauen Buchstaben verkündete: »Serienmörder schlägt wieder zu!« Das schien Joel wie eine Ankündigung dessen, was ihm selbst bevorstand. Er spürte, wie sich eine Last auf seine Brust legte. Mühsam würgte er seine Tränen hinunter.

Er senkte den Blick und stierte in seinen Schoß. Er wusste genau, wie gründlich er alles vermasselt hatte. Er hatte The Blade gezwungen, einen Gefallen einzufordern oder jemanden zu schmieren, und man konnte nicht einfach mit einem »Danke, Mann« davonspazieren, wenn The Blade einem einen derartigen Dienst erwies. Es war ja nicht einmal nur ein Dienst, sondern eine Unannehmlichkeit. Und wenn einer The Blade Unannehmlichkeiten bereitete, musste er damit rechnen, dass ihm selbst ziemliche Unannehmlichkeiten ins Haus standen.

Cal hatte ja versucht, ihn zu warnen. Aber Joel hatte geglaubt, er habe von The Blade nichts zu befürchten, solange er ihm keinen Ärger machte. Und er hätte nie damit gerechnet, ihm Ärger zu machen, erst recht nicht bei der Erfüllung der Aufgabe, die The Blade ihm gestellt hatte.

Der Wagen kam abrupt zum Stehen. Joel hob den Blick und erkannte das »A. Q. W. Motors«-Schild wieder. Obwohl es Tag war – wenn auch ein grauer, regnerischer Tag –, waren sie zu The Blades geheimem Lagerplatz gekommen. Sie stiegen aus und gingen schweigend um die Front herum zu der verlassenen Gasse.

The Blade ging voraus, dann Cal, und Joel bildete das Schlusslicht. Er fragte Cal leise, was als Nächstes passieren würde, doch der Graffitikünstler ignorierte ihn, während The Blade das Tor in der alten Ziegelmauer aufsperrte und ihnen mit einem Kopfnicken bedeutete, den Hof der alten U-Bahn-Station zu betreten. Dort schloss er die Tür zu der einstigen Werkstatt auf. Als ahnte er, dass Joel erwog, einen Fluchtversuch zu unternehmen, nickte The Blade in Cals Richtung. Cal packte Joel fest am Arm. Der Griff war alles andere als freundschaftlich.

Es war stockdunkel in der verlassenen Werkstatt, nachdem The Blade das Tor geschlossen hatte. Joel hörte ein Schloss zuschnappen und sagte hastig in die Finsternis: »Ich hab nich' damit gerechnet, dass sie schreit, Mann. Wer denkt denn an so was? Die ging am Stock und sah so aus, als wüsste sie nich' ma', wo sie eigentlich hinläuft. Frag Cal! Er hat sie ausgesucht!«

»Willste Cal die Schuld geben?« The Blades Stimme klang ganz nah. Joel fuhr zusammen. Der Mann hatte sich vollkommen lautlos bewegt, wie die zubeißende Schlange, die auf seine Wange tätowiert war.

»Das hab ich nich' gesagt«, protestierte Joel. »Ich mein nur, das hätt jedem passier'n könn'. Als sie anfing zu schreien, musste ich doch abhau'n, oder?«

The Blade sagte nichts. Die Stille hielt einen Moment an. Joel hörte seinen eigenen Atem pfeifen und konnte es nicht abstellen. Er spitzte die Ohren, um irgendetwas anderes als nur sich selbst zu hören, aber keine Geräusche schienen bis hierher zu dringen. Es war, als wären sie in ein großes, dunkles Loch gefallen.

Dann ein Klicken, gefolgt von einem Lichtklecks auf einer der Holzkisten, aus welcher The Blade die Pistole geholt hatte, als sie das letzte Mal an diesem Ort gewesen waren. The Blade hatte sich lautlos von ihm entfernt und eine batteriebetriebene Lampe eingeschaltet. Sie warf lange Schatten auf die Wände.

Hinter Joel entzündete Cal auf irgendeiner Oberfläche ein Streichholz. Rauch vermischte sich mit den anderen Gerüchen – Motoröl, Schimmel, Staub und Holzfäule. Es war eisig.

»Hör zu, Mann …«, begann Joel.

»Halt's Maul.« The Blade wandte sich einer zweiten Kiste zu. Er hebelte den Deckel auf und förderte zerdrückte Zeitungen,

Stroh und Styroporchips zutage, die er achtlos auf den Boden warf.

Joel sah wesentlich mehr Kisten als beim letzten Mal. Er gönnte sich einen Augenblick der Hoffnung, dass die Anzahl der Kisten und der Umstand, dass sie erst kürzlich angekommen waren, auf einen anderen Inhalt hindeuteten, doch er wurde enttäuscht. The Blade holte einen Gegenstand hervor, der dick in Luftpolsterfolie eingewickelt war. Seine Größe allein verriet Joel, worum es sich handelte.

Nach seinem kläglichen Versagen auf der Portobello Road war es unwahrscheinlich, dass The Blade ihm noch einmal eine Waffe anvertraute, nur damit die Cops sie ihm wieder abknöpften. Das hieß, The Blade hatte etwas anderes damit vor, und Joel wollte nicht darüber nachdenken, was das sein mochte.

In seiner Angst drohte er die Kontrolle über seinen Darm zu verlieren. In den ruppigsten Worten, die ihm in den Sinn kamen, schärfte er sich ein, nicht in die Hose zu machen. Wenn er für seinen dilettantischen Auftritt mit dem Leben bezahlen sollte, dann würde er eben zahlen. Aber nicht wie ein jammerndes, kleines Arschloch. Diese Genugtuung wollte er The Blade nicht geben.

»Cal?«, fragte The Blade. »Hast du Kugeln dabei?«

»Klar.« Cal holte eine kleine Schachtel aus der Tasche und reichte sie ihm. The Blade lud die Pistole mit sicheren Handgriffen, die von langer Praxis sprachen.

Joel, der zu wissen glaubte, wie seine sehr kurze Zukunft sich gestalten würde, sagte: »Hey, Mann, warte mal!«

»Halt's Maul«, wiederholte The Blade. »Kannste nich' hören?«

»Ich will nur, dass du verstehs' ...«

The Blade schlug den Deckel der Kiste mit solcher Kraft zu, dass Staub aufwirbelte. »Du bis' ein sturer schwanzlutschender Wichser!« Mit der Waffe in der Hand schoss er auf Joel zu und setzte ihm die Mündung unters Kinn. »Reicht das, damit du kapiers', dass du's Maul halten solls'?«

Joel kniff die Augen zu. Er versuchte, sich einzureden, dass

Cal Hancock genug Menschlichkeit besaß, um nicht tatenlos zuzusehen, wie Joel ins Jenseits gepustet wurde. Doch Cal sagte nichts. Joel hörte nicht die geringste Regung aus seiner Richtung. Dafür roch er The Blades beizenden Schweiß und spürte das kalte und gleichzeitig flammende Metall, das eine Münze in die Haut unterhalb seines Kinns zu prägen schien.

»Weißte, was sie normalerweise mit Wichsern in deinem Alter tun, die sie mit einer Waffe schnappen?«, fragte The Blade in Joels Ohr. »Sie sperr'n sie ein. Zwei Jahre Jugendknast is' das Mindeste. Wie würd dir das gefallen? Erst musste dir vor den Sechzehnjährigen ein' runterhol'n, und wenn du dein' Spaß gehabt has', bückst du dich, und dann sind sie an der Reihe. Meinste, das würd dir gefall'n, Mann?«

Joel konnte nicht antworten. Er versuchte, nicht zu weinen, sich nicht in die Hose zu machen – und nicht in Ohnmacht zu fallen. Er bekam nicht genug Luft, um seine Lunge zu füllen.

»Sag schon, du Scheißer! Und du sags' besser, was ich hör'n will!«

»Nein.« Joel zwang seine Lippen, das Wort zu formen, aber seine Stimme klang hohl und leer. »Das würd mir nich' gefall'n.«

»Aber genau das wär passiert, wenn ich dich bei den Cops gelassen hätte.«

»Danke, Mann«, flüsterte Joel. »Echt.«

»Echt, ja? Scheiße! Ich sollte dir die Fresse wegpusten …«

»Bitte.« Joel verachtete sich dafür, dass er das Wort ausgesprochen hatte. Doch es war heraus, ehe er es verhindern konnte.

»Weißte, was ich tun musste, um dich da rauszuhol'n, du Scheißer?« Die Mündung grub sich noch tiefer in Joels Hals. »Meinste vielleicht, The Blade kann einfach bei Mr. Chief Constable anrufen oder so? Haste eigentlich 'ne Ahnung, was mich das gekostet hat?«

»Ich zahl's dir zurück«, versprach Joel. »Ich hab fünfzig Pfund, und ich kann …«

»Oh ja, du wirst zahlen. Da kannste sicher sein.« Mit jedem Wort drückte The Blade die Waffe fester nach oben.

Instinktiv stellte Joel sich auf die Zehenspitzen. »Ich mach's. Sag mir nur, was ich tun soll.«

»Verlass dich drauf, Scheißer. Ich werd's dir sagen.«

The Blade ließ die Pistole so schnell sinken, wie er sie angesetzt hatte. Um ein Haar wäre Joel in die Knie gegangen. Cal trat hinter ihn. Er führte Joel zu einer Kiste und drückte ihn darauf hinab. Dann legte er ihm die Hände auf die Schultern und hielt ihn fest. Es war kein grausamer Griff, aber alles andere als sanft.

»Du wirst genau das tun, was ich dir sage«, erklärte The Blade. »Und wenn nich', Joel, dann find ich dich und mach dich fertig. Bevor die Cops dich schnappen oder danach, das is' mir egal, aber ich mach dich fertig. Haste das kapiert, Mann?«

Joel nickte. »Hab ich.«

»Und nach dir kommt deine Familie dran. Haste das auch kapiert?«

Joel schluckte. »Ja.«

Er sah zu, während The Blade seine Fingerabdrücke gründlich von der Pistole wischte, ehe er sie Joel hinstreckte. »Nimm sie, und hör genau zu. Wenn du's diesma' vermassels', biste endgültig dran.«

24

Ness zog sich weiterhin zurück, blieb schweigsam und verschlossen. Sie verrichtete immer noch ihre Sozialstunden, aber sie fuhr nicht mehr nach Covent Garden.

Das schien auf den ersten Blick verständlich, immerhin war sie auf dem Heimweg von dort überfallen worden. Es war nachvollziehbar, wenn sie auf der Fahrt dorthin oder zurück von Ängsten geplagt war. Doch als sie sich weigerte, Sayf al Din und seinen Angestellten selbst während der belebtesten Stunden des Arbeitstages zu Hilfe zu kommen, da jede U-Bahn-Fahrt in Gesellschaft von Tausenden anderer Pendler stattfände und selbst der Heimweg von der U-Bahn kein einsamer gewesen wäre, befand Majidah, es sei an der Zeit, diesen Ängsten zu Leibe zu rücken.

»Siehst du denn nicht, dass du sie gewinnen lässt, Vanessa, wenn du einfach so aufgibst?«

»Vergessen Sie's, okay? Ich mach meine Stunden. Außerdem hab ich noch diesen dämlichen Kurs am College, und mehr muss ich überhaupt nich' machen.«

Das war richtig, und diese Tatsache band allen die Hände. Aber ebenso war es eine Tatsache, dass Ness laut richterlicher Anordnung verpflichtet war, ganztägig die Schule zu besuchen. Wenn sie sich also nicht für dieses oder jenes Kursprogramm am College anmeldete, worauf die Arbeit bei Sayf al Din eine Vorbereitung sein sollte, würde sie sich bald erneut vor dem Richter finden und hätte dann auf keinerlei Milde zu hoffen. Es waren schon genug Ausnahmen für sie gemacht worden.

Fabia Bender war diejenige, die in dieser Angelegenheit Druck ausübte. Als sie Kendra aufsuchte, kam sie gut vorbereitet. Für jedes der Kinder hatte sie eine eigene Akte angelegt. Das Vorhandensein dieser Akten und die Art und Weise, wie sie sie auf dem Küchentisch ausbreitete, sollten der Tante der Kinder den Ernst der Lage verdeutlichen.

Doch Kendra brauchte dafür keine Metaphern. Sowohl die Sozialarbeiterin als auch Sergeant Starr hatten sie darüber ins Bild gesetzt, dass Joel versucht hatte, auf der Portobello Road eine Frau zu überfallen, ebenso über seinen Waffenbesitz und seine mysteriöse Freilassung nach der Festnahme. Und obwohl sie sich sagte, dass es sich bei der Sache doch wohl nur um eine Verwechslung handeln könne – denn warum sonst sollte er so zügig freigelassen worden sein –, war sie im tiefsten Innern nicht mehr sicher.

»Diese Sozialarbeiterin will vorbeikommen und mit mir reden«, erzählte sie Cordie nach Fabia Benders Anruf im Laden. »Nur wir beide, hat sie gesagt, aber Dix kann dabei sein, falls er zufällig gerade zu Hause ist.«

Cordie nickte mitfühlend und lauschte den Geräuschen aus dem Wohnzimmer, wo ihre beiden Töchter einträchtig mit Anziehpuppen spielten, während der Regen draußen ans Fenster trommelte. Sie dankte Gott für die Unverdorbenheit ihrer Töchter, für die zuverlässige Präsenz ihres Mannes – auch wenn er ihr mit seiner Besessenheit, einen Sohn zu bekommen, auf die Nerven ging – und dafür, dass er in Lohn und Brot stand, für eine intakte Familie und einen Job, der ihr Spaß machte, mit Kolleginnen, die ihre Leidenschaft teilten.

»Hab ich einen Fehler gemacht, als ich den Cops den Namen von diesem Neal Wyatt gegeben habe?«, fragte Kendra.

Das konnte Cordie nicht sagen. Es kam niemals etwas Gutes dabei heraus, wenn man die Polizei in sein Leben ließ, aber sie war gewillt zu glauben, dass es Ausnahmen von dieser Regel gab. Also antwortete sie: »Das wird schon alles, Ken.« Das war zweifellos richtig, aber ob alles gut oder nur noch schlimmer werden würde, konnte sie nicht vorhersagen. Nach Cordies Dafürhalten war es besser, man lebte sein Leben außerhalb der Radarschirme der Regierungsbehörden. Da Kendra und ihre Familie sich aber nun einmal mitten auf diesen Radarschirmen platziert hatten, war es unwahrscheinlich, dass sie irgendwann glücklich und zufrieden bis ans Ende ihrer Tage leben würden.

»Haste schon ma' über Alternativen nachgedacht, Ken?«

»Was für Alternativen?«

»Was immer du dir vorstellen kanns'. Diese Sozialarbeiterin wird mit eigenen Ideen komm', die dir bestimmt nich' gefall'n.«

Aber wenn Kendra die Dinge überdachte, schien es doch nur drei Möglichkeiten zu geben: so weiterzumachen wie während des letzten Jahres. Einen radikalen Einschnitt vorzunehmen, der eine sofortige Veränderung herbeiführte, die Ness und Joel aufweckte und zu Verstand brachte – vorausgesetzt, dass Joel so etwas überhaupt brauchte, was sie sich immer noch nicht eingestehen konnte. Oder auf ein Wunder zu hoffen, etwa in Gestalt von Carole Campbells plötzlicher, vollständiger und dauerhafter Genesung. Die erste Alternative schien ihr nicht infrage zu kommen. Die zweite hieße, sich dem Jugendamt auszuliefern, und war ebenso wenig denkbar. Und die dritte war höchst unwahrscheinlich. Eine allerletzte und möglicherweise einzig wirksame Option war eine Heirat mit Dix und der Anschein von Beständigkeit und intakter Familie, die solch ein Schritt bieten mochte. Aber eine Heirat mit Dix wollte Kendra nicht. Sie wollte überhaupt niemanden heiraten. Eine Ehe bedeutete nachzugeben und aufzugeben, und dem konnte sie nicht ins Auge sehen, selbst wenn sie wusste, dass es vielleicht die einzige Lösung war, die ihr offenstand.

Fabia Bender hatte nicht die Absicht, es der Tante der Kinder leicht zu machen. Die Situation glich einem rasenden, außer Kontrolle geratenen Zug, und sie war entschlossen, alle verfügbaren Hebel in Bewegung zu setzen, um ihn zu bremsen. Sie wusste, dass Kendra Osborne kein schlechter Mensch war und dass sie das Beste für sie alle wollte. Doch dass Joel in den Besitz einer Waffe gekommen war – ganz zu schweigen davon, dass er als Straßenräuber identifiziert worden und trotzdem irgendwie der Strafverfolgung entgangen war – und der Angriff auf Ness und dessen Folgen drohten die Situation ins Unermessliche zu verschärfen. Eine Explosion stand unmittelbar bevor. Das wusste die Sozialarbeiterin aus jahrelanger Erfahrung.

Sie begann mit Ness. Sie schlug die Akte auf und überflog sie, als müsse sie ihr Gedächtnis auffrischen. In Wahrheit war sie mit den Details nur allzu gut vertraut, und die Geste diente nur dazu, den Druck auf Kendra zu erhöhen. Kendra saß ihr gegenüber, Dix an ihrer Seite. Eingehüllt in ein Aroma aus Frittierfett und gebratenem Fisch, war er aus dem Restaurant seiner Eltern gekommen und brannte darauf, zu seinem Training ins Fitnessstudio zu kommen. Er wollte aber ebenso Kendra beistehen. Er war ein Bündel widerstreitender Impulse.

Ness leiste ihre Sozialstunden, und das sei gut, eröffnete Fabia ihnen. Doch sie ging nicht mehr zur Arbeit bei Sayf al Din, die als Ersatzleistung für den Schulbesuch vereinbart gewesen sei. Gegenwärtig stehe Fabia in Verhandlung mit dem Richter darüber, inwieweit Vanessa Campbell ihre Bewährungsauflagen noch erfüllte. Doch wenn nicht bald etwas passiere, werde Ness sich vor dem Richter wiederfinden, und dieses Mal würden die Dinge nicht so glattlaufen.

»Er weiß von dem Überfall und würde eine Therapie anstelle des ganztägigen Schulbesuchs akzeptieren«, sagte Fabia. »Es gibt da eine geeignete Therapeutin in Oxford Gardens, zu der sie gehen könnte, wenn Sie garantieren, dass sie hinkommt. Nun zu Joel …«

»Joel hab ich zur Vernunft gebracht«, warf Kendra hastig ein, nicht weil dies die Wahrheit war, sondern weil sie Dix nichts von dem Raubüberfall und der Waffe erzählt hatte. Warum sollte ich?, hatte sie sich gefragt. Es war doch ohnehin nur eine Verwechslung. »Er hat seither nicht mehr die Schule geschwänzt …«

Dix sah sie scharf an und runzelte die Stirn.

»… und er weiß, dass er sich glücklich schätzen kann, wie die Sache ausgegangen ist.«

»Aber an dieser Geschichte ist mehr, als man auf den ersten Blick sieht«, wandte Fabia Bender ein. »Dass er so schnell auf freien Fuß gesetzt wurde …«

»Auf freien Fuß gesetzt? Was is' denn passiert?«, unterbrach Dix. »Steckt Joel in Schwierigkeiten? Ken, verdammt noch mal ...« Er fuhr sich mit der Hand über den kahl geschorenen Schädel. Die Geste drückte Frustration ebenso wie Enttäuschung aus. Dix ahnte nicht, was seine Unwissenheit in dieser Angelegenheit der Sozialarbeiterin offenbarte, die von der Frau ihr gegenüber zu deren Freund blickte und eine Neubewertung der Beziehung der beiden vornahm, die Kendra alles andere als gelegen kam.

»Die Cops hatten ihn auf dem Revier an der Harrow Road«, erklärte Kendra knapp. »Ich wollte dich nicht damit behelligen, du hattest so viel um die Ohren, und die Sache hat sich ja aufgeklärt. Es schien nicht ...«

»Wie soll das hier funktionieren, wenn du Geheimnisse vor mir hast, Ken?« Er stellte die Frage in einem wütenden Flüsterton.

Kendra erwiderte: »Können wir später darüber reden?«

»Scheiße.« Er verschränkte die Arme und lehnte sich auf seinem Stuhl zurück. Fabia Bender deutete seine Körpersprache völlig korrekt: Keine Vaterfigur, notierte sie in ihrem geistigen Notizbuch. Ein weiteres Gewicht in der Waagschale voller Argumente dafür, die Kinder aus diesem Haushalt zu entfernen.

»Unter anderen Umständen würde ich darauf bestehen, dass Joel in dieser Einrichtung angemeldet wird, von der ich Ihnen erzählt habe. Drüben in Elephant and Castle. Auch für Ness würde ich das empfehlen. Aber ich bin Ihrer Meinung, Mrs. Osborne: Es ist sehr weit weg, und es gibt niemanden, der ihre Teilnahme oder ihre Sicherheit auf der Fahrt dorthin und zurück gewährleisten könnte ...« Sie hob die Hand und ließ sie wieder auf Joels Akte sinken. »Auch Joel braucht psychologische Betreuung, genau wie Ness, aber er braucht noch etwas anderes. Er braucht Beaufsichtigung, eine Richtung in seinem Leben, ein Interesse, auf das er sich konzentrieren kann, ein Ventil für seine Probleme und ein männliches Vorbild, zu dem er eine Beziehung entwickeln kann.«

»Ich bin schuld«, warf Dix ein, denn er glaubte, dass er zumindest einen Teil der Verantwortung dafür trug, was mit Joel passiert war, selbst wenn er immer noch nicht wusste, was genau eigentlich vorgefallen war. »Ich könnte mehr mit Joel machen als bisher. Ich hab mich nich' genug bemüht, weil ...« Er stieß die Luft aus und dachte an all die Gründe, warum er nicht die Vaterfigur war, für die er sich gehalten hatte: die Verpflichtungen seiner eigenen Familie gegenüber, sein Ehrgeiz als Bodybuilder, seine unstillbare Gier nach Kendras Körper, seine Hilflosigkeit angesichts der Probleme der Kinder, sein Mangel an Erfahrung und gemeinsamer Vergangenheit mit ihnen, das Idealbild dessen, was eine Familie seiner Meinung nach sein sollte. Einige dieser Gründe für sein Versagen konnte er benennen, die anderen erahnte er eher intuitiv. Auf jeden Fall fühlte er sich schuldig, und all das brachte er schließlich zum Ausdruck: »... weil das Leben eben so ist, wie es ist. Ich wollte mehr für die Kids tun, und von jetz' an werd' ich das auch.«

Fabia Bender sah es nicht als ihre Aufgabe an, Familien auseinanderzureißen, und sie wollte gerne glauben, dass das Engagement dieser beiden Menschen, die hier mit ihr an dem viel zu kleinen Küchentisch saßen, eine Chance darstellte. Eine Chance, dass Joels Probleme für sie alle als eine Art Weckruf fungieren könnten. Dennoch war sie verpflichtet, auch den Rest dessen zu sagen, wozu sie gekommen war. »Wir müssen uns Gedanken über die Zukunft der Kinder machen. Manchmal ist ein neues Umfeld – vielleicht nur für kurze Zeit – notwendig, um eine Veränderung zu bewirken. Ich möchte, dass Sie darüber nachdenken. Eine Alternative wäre, sie in Pflege zu geben. Oder in eine Schulform mit Internatsunterbringung: eine Sonderschule, die auf Tobys Bedürfnisse zugeschnitten wäre ...«

»Toby kommt wunderbar zurecht dort, wo er ist«, warf Kendra ein. Sie sagte es mit fester Stimme, ließ sich die aufsteigende Panik nicht anmerken.

»... und auch Joel könnte ein solcher Schulwechsel eine neue Richtung geben«, fuhr Fabia unbeirrt fort. »Dann wüssten wir sie gut versorgt und könnten uns ganz auf Ness konzentrieren ...«

»Darüber muss ich nicht nachdenken«, beschied Kendra. »Ich kann sie nicht in Pflege geben. Oder wegschicken. Sie würden das niemals verstehen. Sie haben schon zu viel durchgemacht. Sie haben …« Sie hob die Hände zu einer hilflosen Geste. Vor dieser Frau Tränen zu vergießen, war undenkbar, also sprach sie lieber nicht weiter.

Dix sagte es für sie: »Jetz' tun doch alle, was sie soll'n, oder?«

»Ja«, räumte Fabia Bender ein. »Theoretisch. Aber Ness muss …«

»Dann lassen Sie uns 'ne Familie sein. Wir kümmern uns um Ness. Und um die Jungs. Wenn wir das nich' mehr tun, könn' Sie ja wiederkomm'.«

Fabia willigte ein, aber sie alle wussten, wie unerfüllbar die Aufgaben waren, die sich vor den beiden Erwachsenen auftürmten. Es gab zu viele Bedürfnisse, und die wenigsten davon waren so einfache Bedürfnisse wie Essen, Kleidung oder ein Dach über dem Kopf, die nur Geld und ein bisschen Zeit zum Einkaufen erforderten. Was aber die tiefergehenden Bedürfnisse anging – Ängste zu lindern, alltägliche Sorgen zu zerstreuen, den Schmerz der Vergangenheit mit der Realität der Gegenwart und den Möglichkeiten der Zukunft in Einklang zu bringen … all das erforderte professionelle Hilfe. Die Tante und ihr Freund sahen dies nicht ein, sah Fabia, aber sie war klug genug zu wissen, dass man zu gewissen Erkenntnissen von selbst gelangen musste.

Sie sagte ihnen, sie werde in zwei Wochen wiederkommen, um nach ihnen zu sehen. Doch bis dahin müssten sie dafür sorgen, dass Ness nach Oxford Gardens zur Therapie kam. Der Richter würde darauf bestehen.

»Ich brauch keine Scheißtherapie«, schnaubte Ness.

»Wär dir Jugendknast vielleicht lieber?«, entgegnete Kendra. »Oder weggeschickt zu werden? In Pflege? Und wäre es dir lieber, Toby würde in irgendein Heim gesteckt und Joel auf ein Internat? Ist es vielleicht das, was du brauchst, Vanessa Campbell?«

»Ken, Ken«, ging Dix dazwischen. »Sachte.« Er bemühte sich, Verständnis für Ness in seine Stimme zu legen. So wie er sich bemühte, Joel und Toby ein Vater zu sein: Er kontrollierte ihre Hausaufgaben, sah ihnen beim Skateboardfahren in Meanwhile Gardens zu, wenn das Winterwetter es erlaubte, erübrigte mit Mühe zwei Stunden, um mit ihnen einen Actionfilm im Kino anzuschauen, und lockte die Jungen ins Fitnessstudio zum Bodybuildingtraining, das jedoch keinen von beiden interessierte.

Ness rümpfte die Nase über Dix' Interventionsversuche. Joel spielte mit, aber seine Schweigsamkeit tat kund, dass es mit seiner Kooperation nicht weit her war. Toby folgte Joels Beispiel, wie immer hoffnungslos verwirrt über die Situation, in der er jetzt lebte.

»Eines sollte dir klar sein«, fuhr Kendra Joel an, als sie die Gleichgültigkeit der Kinder gegenüber Dix' wohlmeinenden Bemühungen eine Weile beobachtet hatte. »Wenn wir die Dinge nicht so in den Griff kriegen, dass diese Fabia Bender zufrieden ist, dann nimmt sie mir euch alle drei weg. Hast du verstanden, Joel? Weißt du, was das bedeutet?«

Joel wusste das nur zu gut, doch er saß in einer Falle, von der seine Tante jedoch niemals erfahren durfte. Er war The Blade für seine schnelle Freilassung aus dem Polizeigewahrsam etwas schuldig, und er wusste, sollte er nicht zahlen, wenn ihm die Rechnung präsentiert wurde, dann würden sie alle sich in Schwierigkeiten wiederfinden, gegen die ihre jetzigen ein Spaziergang wären.

Denn irgendwie war alles aus dem Ruder gelaufen. Was für Joel als simpler, primitiver Kampf um Respekt auf der Straße begonnen hatte, war zum Kampf ums schiere Überleben geworden. Neal Wyatts Existenz war in den Hintergrund getreten, als Joel ins Zentrum von The Blades Aufmerksamkeit gerückt war. Gemessen an The Blade war Neal Wyatt allenfalls lästig, wie eine Ameise, die einem das Hosenbein heraufkrabbelt – und nichts im Vergleich zu dem Wissen, das Joel mit sich herumtrug: Er war irgendwie in die gefährlichste, die schlimmste

Lage geraten, in die man in North Kensington geraten konnte. Er hatte Stanley Hynds' Wünschen zuwidergehandelt.

Carole Campbell erschien Joel der einzig offene Fluchtweg zu sein, so unrealistisch das auch jedem vorkommen musste, der auch nur ein Minimum über die Geschichte dieser Frau wusste.

Er besaß immer noch die fünfzig Pfund von »Du hast das Wort«, also bestand keine Notwendigkeit, irgendjemanden in seine Pläne einzuweihen. Für den Besuch bei seiner Mutter wählte Joel einen kalten Tag, als Kendra bei der Arbeit war, Dix im Rainbow Café und Ness in der Kindertagesstätte. Er musste sich nur um Toby kümmern und hatte genügend Zeit, um seinen Fluchtplan in die Tat umzusetzen.

Er kannte die Strecke inzwischen. Der Bus schien an der Haltestelle Elkstone Road geradezu auf sie zu warten und legte den Weg zur Paddington Station mit so wenigen Fahrgästen zurück, dass es Joel wie ein Symbol für die Leichtigkeit vorkam, mit welcher seine Hoffnungen sich erfüllen würden. Er kaufte die Zugfahrkarten und ging dann wie immer mit Toby zu W. H. Smith. Er hielt die Hand seines Bruders mit festem Griff, doch er hätte sich nicht zu sorgen brauchen. Toby war entschlossen, an Joel zu kleben wie eine Klette. Das Skateboard unter den Arm geklemmt, trippelte er neben ihm her und fragte, ob er einen Schokoriegel oder eine Tüte Chips haben dürfe.

»Chips«, entschied Joel. Das Letzte, was er brauchen konnte, wenn sie zu ihrer Mutter kamen, war ein schokoladenverschmierter Toby.

Toby wählte Krabben-Chips, und das mit so ungewohnter Entschlussfreudigkeit, dass Joel es als gutes Omen deutete. Er suchte eine Zeitschrift für ihre Mutter aus und entschied sich für *Harper's Bazaar,* weil es die dickste war. Einem Impuls folgend, nahm er noch eine Schachtel Pralinen für sie mit.

Bald rollten sie aus dem Bahnhof und an den deprimierenden, schmutzigen Mauern entlang, die die Bahnlinie von den noch deprimierenderen, schmutzigeren Häusern trennten, die gleich dahinter lagen. Toby trat mit den Fersen gegen den Sitz und knabberte zufrieden seine Chips. Joel sah aus dem Fenster und sann auf den richtigen Weg, ihre Mutter nach Hause zu holen.

Eisige Kälte schlug ihnen entgegen, als sie aus dem Zug stiegen – viel schlimmer als in der Londoner Innenstadt. Eine Eisschicht krönte die Hecken, deren nackte Zweige frierenden Sperlingen Obdach boten. Die Wiesen dahinter waren mit weißem Raureif bedeckt. Die Pfützen waren überfroren, und hier und da standen Schafe zu Gruppen zusammengedrängt im Windschatten der Bruchsteinmauern und stießen schnaubend Dampfwolken aus.

Die Jungen erreichten die Klinik, passierten das Pförtnerhaus und eilten die Auffahrt empor. Die Rasenflächen waren genau wie die Weiden weiß vom Raureif, der sich als gefrorener Nebel niedergeschlagen hatte, und während Joel und Toby zum Hauptgebäude gingen, senkte sich neuer Nebel herab. Wie in einem Gruselfilm waberte der Dunst um das Haus.

Als sie eintraten, schlug ihnen warme Luft entgegen wie in einem Gewächshaus. Sie taumelten durch die Hitze und erreichten den Empfang, wo Joel ihre Namen nannte. Carole Campbell sei draußen im Kosmetikmobil, erfuhr er. Sie könnten entweder hier in der Lobby auf sie warten oder zu dem Caravan gehen, der hinter dem Hauptgebäude auf dem Personalparkplatz stand. Ob er wisse, wo das sei?

Sie würden ihn schon finden, erwiderte er. Wieder nach draußen zu kommen, erschien ihm weitaus besser, als zwischen den Plastikpflanzen in der Lobby dahinzuschmelzen. Er zog Toby den Anorak wieder an, den der kleine Junge bereits abgelegt und auf den Boden geworfen hatte, und sie traten zurück ins Freie. Sie schlitterten einen Betonpfad entlang, folgten ihm um einen Gebäudeflügel herum, wo er sich schließlich gabelte, in die eine Richtung zur allgemeinmedizinischen Abteilung, in die andere zum Personalparkplatz.

Bei dem fraglichen Caravan handelte es sich um einen kleinen, rundlichen Wohnwagen von der Sorte, wie man sie früher häufig überall in England auf dem Land gesehen hatte, bis es preiswertere Flüge an die spanische Küste gab. »Ich fahre für ihre Haare«, stand in fetten Buchstaben auf einem Schild – ein lahmer Reim, über den wohl nur der Verfasser schmunzeln konnte. Daneben war ein Regenbogen gemalt, der nicht zu einem Topf voller Gold führte, sondern zu einer Trockenhaube. Eine Comicfrau mit Lockenwicklern eilte durch kleine Wölkchen, um darunter Platz zu nehmen. Über der Tür prangte ein zweiter Regenbogen.

Joel führte Toby zwei glitschige Stufen hinauf.

Drinnen war es warm, aber nicht so unerträglich heiß wie in der Klinik. Eine Friseurin kümmerte sich gleichzeitig um die Haare dreier Frauen. Am hinteren Ende befand sich der Bereich für Maniküre und Fußpflege. Dort entdeckten Joel und Toby ihre Mutter, die von einem jungen Mädchen bedient wurde, die wild vom Kopf abstehende Haare in Rot, Blau und Purpur trug – wie die stolze Flagge einer neu gegründeten Nation.

Carole Campbell sah ihre Söhne zuerst nicht. Sie und die Kosmetikerin waren voll und ganz auf ihre Nägel konzentriert. »Ich weiß nicht, wie ich's Ihnen sonst noch erklären soll, Liebes«, sagte das junge Mädchen gerade. »Sie haben einfach keine ausreichend große Grundlage. Sie werden nicht halten. Wenn Sie damit irgendwo anstoßen, brechen sie sofort ab.«

»Das ist doch ganz egal.« Caroles Stimme klang aufgekratzt. »Machen Sie's trotzdem. Sie sind nicht schuld, wenn sie abfallen. Aber bald ist Valentinstag, und da will ich Glitter. Den schönsten, den Sie haben.« Dann schaute sie auf, und als ihr Blick auf Joel fiel, lächelte sie. »Ach, du meine Güte, gucken Sie mal, wer zu Besuch kommt, Serena. Direkt hinter Ihnen! Sagen Sie mir, dass ich keine Halluzination habe! Ich hab doch nicht vergessen, meine Tabletten zu nehmen?«

»Immer zu einem kleinen Scherz aufgelegt, was, Caro?«, rief die Friseurin herüber, die etwas Zähflüssiges, Klebriges auf das strähnige Haar einer Kundin auftrug.

Serena folgte Caroles Wunsch. Man hatte ihr beigebracht, auf die Patienten einzugehen, damit sie sich nicht aufregten.

Sie warf Joel und Toby einen Blick zu, grüßte sie mit einem Nicken und sagte zu ihrer Kundin: »Alles in Ordnung, Liebes. Keine Halluzination. Gehören diese beiden kleinen Kerle zu Ihnen?«

»Das ist mein Joel«, erklärte Carole. »Mein *großer* Joel! Sehen Sie nur, wie er gewachsen ist, Serena! Komm, und sieh dir an, was Serena mit Mummys Fingernägeln macht, Liebling.«

Joel wartete, dass sie Toby begrüßte und der Kosmetikerin vorstellte. Toby hielt sich schüchtern im Hintergrund, also zog Joel ihn nach vorn. Carole war wieder dazu übergegangen, ihre Nägel zu begutachten. »Is' okay«, raunte Joel seinem Bruder zu. »Sie is' grad mit was ander'm beschäftigt, und sie konnte noch nie zwei Sachen gleichzeitig machen.«

»Ich hab doch mein Skateboard mitgebracht«, erinnerte Toby ihn. »Ich kann drauf fahr'n, Joel. Ich kann es Mum zeigen.«

»Wenn sie hiermit fertig is'«, erwiderte Joel.

Zusammen traten sie näher an das provisorische Nagelstudio heran. Carole hatte ihre Hände mit gespreizten Fingern auf ein weißes Handtuch gelegt, das nicht so sauber war, wie man es sich hätte wünschen können. Wie leblose Laborproben lagen sie im gleißenden Licht einer Gelenklampe. Reihe um Reihe kleiner Nagellackfläschchen standen einsatzbereit daneben.

Das einzige Problem mit Caroles Verschönerungsplänen war, dass sie keine nennenswerten Fingernägel besaß. Sie hatte sie so weit abgekaut, dass nur mehr Splitter davon übrig waren. Auf diese unattraktiven Stummel wollte sie nun künstliche Nägel setzen lassen. Diese lagen ordentlich sortiert in einer Plastikschachtel, auf der die Kosmetikerin mit ihren eigenen Fingernägeln trommelte, während sie Joels und Tobys Mutter vergeblich zu erklären versuchte, dass ihr Plan zur Nagelverlängerung nicht funktionieren würde. Ihre Ehrlichkeit ehrte sie, aber es war zwecklos. Carole wollte die falschen Nägel, die erst lackiert und dann hübsch verziert werden sollten. Die winzigen Goldherzchen, die zum nahenden Valentinstag passten, lagen schon bereit, auf eine Pappe geklebt und an die Nagellackfläschchen gelehnt.

Serena seufzte schließlich tief und sagte: »Wenn Sie unbedingt wollen ...« Ihr Kopfschütteln bedeutete jedoch vielmehr: Ich hab Sie gewarnt. Und sie prophezeite: »Das wird keine fünf Minuten halten.«

»Die fünf glücklichsten Minuten meines Lebens.« Carole lehnte sich auf dem Stuhl zurück und sah zu Joel. Sie runzelte die Stirn, und ihr Ausdruck verdüsterte sich. Dann strahlte sie wieder. »Wie geht es deiner Tante Ken?«, fragte sie.

Joels Herz tat einen hoffnungsvollen Hüpfer. Während der letzten Jahre hatte seine Mutter kaum je gewusst, dass es überhaupt eine Tante Ken gab. »Gut«, antwortete er. »Dix is' wieder da. Das is' ihr Freund. Der sorgt dafür, dass es ihr gut geht.«

»Tante Ken und die Kerle.« Carole schüttelte den Kopf. »Sie hatte immer schon Bock auf geile Böcke, stimmt's nicht?«

Serena kicherte, versetzte dann aber Caroles Hand einen sanften Klaps. »Keine unanständigen Reden, Miss Caro, oder ich muss es melden.«

»Is' aber so«, beharrte Carole. »Als die Großmutter der Kinder ihrem Freund nach Jamaika gefolgt ist und die Kids zu ihrer Tante Kendra kamen, hab ich gleich gesagt: ›Jetzt kriegen sie mal richtigen Aufklärungsunterricht.‹ Das hab ich doch gesagt, oder, Joel?«

Joel konnte sich ein Grinsen nicht verkneifen. Sie hatte niemals so etwas gesagt, aber die Tatsache, dass sie es vorgab; die Tatsache, dass sie wusste, wohin ihre Großmutter verschwunden war; die Tatsache, dass sie wusste, wo die Kinder lebten, bei wem und warum ... Bis heute hatte Carole Campbell noch nie ein Wort über Kendra, Glory oder Jamaika verloren oder irgendetwas anderes geäußert, das darauf hindeutete, dass sie wusste, in welchem Zeitalter sie lebte. Darum war es ganz gleich, ob das, was sie sagte, schlüpfrig, falsch oder eingebildet war. Es war so neu, so unerwartet und so willkommen ... Joel fühlte sich wie jemand, der sich unverhofft vor der Himmelspforte wiederfand.

»Und Ness?«, fragte Carole. »Joel, warum besucht sie mich nicht? Ich weiß, wie traurig sie über den Tod eures Vaters ist, wie er gestorben ist und all das. Ich verstehe, was sie fühlt. Aber wenn sie nur herkäme und mit mir reden würde, ich glaube, dann würde es ihr schon viel besser gehen. Sie fehlt mir. Sagst du ihr, dass sie mir fehlt?«

Joel wagte kaum zu antworten, so unglaublich schien ihm, was er gerade hörte. »Ich sag's ihr, Mum«, versprach er. »Sie … sie hat grad keine ganz leichte Zeit, aber ich sag's ihr.« Mehr erzählte er ihr lieber nicht. Er wollte nicht, dass seine Mutter von dem Überfall erfuhr, davon, wie Ness darauf reagiert hatte. Carole auch nur ansatzweise schlechte Neuigkeiten mitzuteilen, erschien ihm viel zu riskant. Wer konnte wissen, ob es sie nicht zurück ins Niemandsland katapultieren würde, wo sie sich so lange aufgehalten hatte?

Darum zuckte Joel zusammen, als Toby sich unerwartet zu Wort meldete: »Ness hatte 'ne böse Schlägerei, Mum. Paar Typen ha'm sie sich geschnappt und ganz schön zugerichtet. Tante Ken musste mit ihr ins Krankenhaus.«

Serena warf ihnen über die Schulter einen Blick zu, eine Braue hochgezogen, die Klebstofftube in der Hand. »Geht's ihr wieder gut?«, fragte sie, trug den Kleber auf einen künstlichen Nagel auf und drückte diesen dann auf einen von Caroles abgenagten echten Nägeln.

Carole schwieg. Joel wartete mit angehaltenem Atem auf ihre Reaktion. Sie neigte den Kopf zur Seite und betrachtete Joel versonnen. Als sie schließlich sprach, klang ihre Stimme genau wie vorher. »Du wirst deinem Vater jeden Tag ähnlicher«, sagte sie. Die Bemerkung war eigenartig, denn sie alle wussten, dass das ganz und gar nicht stimmte. Dann fügte sie erklärend hinzu: »Etwas in deinen Augen. Was macht die Schule? Hast du mir deine Hefte mitgebracht?«

Joel atmete hörbar aus. Die Erwähnung seines Vaters machte ihn nervös, aber er schob das Gefühl beiseite. »Vergessen«, gestand er. »Aber das hier haben wir dir mitgebracht.« Er reichte ihr die W.-H.-Smith-Tüte.

»Ich liebe *Harpers*«, sagte Carole. »Und was ist das hier? Oh, sind das Bonbons? Wie herrlich! Danke, Joel.«

»Ich mach sie dir auf.« Joel nahm die Schachtel, pellte die Plastikfolie ab und warf sie in einen Schwingdeckeleimer, wo sie an feuchtem, abgeschnittenem Haar kleben blieb. Er klappte die Schachtel auf und gab sie seiner Mutter zurück.

Schelmisch sagte sie: »Komm, wir nehmen jeder eins.«

»Sie sind aber nur für dich«, widersprach Joel. Er wusste, dass man bei Toby mit Süßigkeiten Vorsicht walten lassen musste. Wenn man ihm etwas anbot, konnte es passieren, dass er die ganze Schachtel leer aß.

»Darf ich auch eins?«, fragte Toby wie aufs Stichwort.

»Nur für mich?«, wiederholte Carole. »Aber ich kann die doch nicht alle essen, Liebling. Nimm eins, komm schon. Nein? Will niemand …? Sie auch nicht, Serena?«

»Mum …«, hob Toby an.

»Na schön. Wir stellen sie erst mal beiseite. Gefallen dir meine Herzchen?« Sie wies mit dem Kinn auf den Pappbogen, der den Nagelschmuck enthielt. »Kitschig, ich weiß, aber weil wir doch eine kleine Valentinstagsfeier machen … Ich wollte etwas Festliches. Februar ist so eine trübe Jahreszeit. Man fragt sich, ob die Sonne überhaupt noch mal zum Vorschein kommt. Obwohl, der April kann auch schrecklich sein, aber dann ist es der Regen, nicht dieser grässliche ewige Nebel!«

»Mum, ich will eins! Warum darf ich keins? Joel …«

»Ich will nichts verpassen, was uns um diese Zeit im Jahr aufheitern kann«, fuhr Carole fort. »Ich frag mich nur immer, warum der Februar einem so lang vorkommt. Er ist doch der kürzeste Monat im Jahr, sogar in den Schaltjahren. Aber er nimmt einfach kein Ende. Oder vielleicht ist es ja auch einfach so, dass ich in Wahrheit will, dass er lange dauert? Und alle Monate vorher sollen auch ewig lang andauern. Damit der Jahrestag niemals näher kommt. Der Todestag deines Vaters, weißt du. Ich will diesem Jahrestag nicht noch mal ins Auge schauen.«

»Joel!« Toby hatte Joel am Arm gepackt. »Warum gibt Mum mir nichts ab?«

»Schsch«, machte Joel. »Ich besorg dir später eins. Hier is' irgendwo ein Automat, und da zieh ich dir Schokolade.«

»Aber Joel, sie will nich' ...«

»Warte, Tobe.«

»Aber Joel, ich will ...«

»Jetzt warte doch.« Joel befreite seinen Arm aus Tobys Griff. »Warum gehst du nicht mit deinem Skateboard ein bisschen nach draußen? Du kannst auf dem Parkplatz fahren.«

»Da isses kalt.«

»Wir trinken einen Kakao, wenn du zurückkommst, und wenn Mum mit ihren Nägeln fertig is', kannste ihr zeigen, wie super du fahren kannst, okay?«

»Aber ich will ...«

Joel packte Tobys Schultern, drehte ihn um und schob ihn zur Tür. Ihm graute davor, dass irgendetwas Carole aus der Fassung bringen und zu einem Anfall führen könnte, und Toby wurde mit jeder Sekunde mehr zu einem menschlichen Zünder.

Joel öffnete die Tür und führte seinen Bruder die Stufen hinab. Er schaute sich um und entdeckte ein freies Stück Asphalt auf dem Parkplatz, wo Toby gefahrlos fahren konnte. Er vergewisserte sich, dass der Anorak seines Bruders geschlossen war, und zog ihm die Mütze tiefer in die Stirn. »Bleib hier, Tobe, und später besorg ich dir was Süßes. Und heißen Kakao«, versprach Joel. »Ich hab genug Geld. Du weißt doch, dass Mum nicht ganz richtig ist hier oben.« Er tippte sich an die Stirn. »Ich hab ihr die Pralinen mitgebracht, und sie hat's total falsch verstanden, als ich gesagt hab, ich will nix. Wahrscheinlich hat sie gedacht, du willst auch nix.«

»Aber ich hab doch die ganze Zeit gesagt ...« Toby sah so trostlos aus wie der Tag, trostloser als der Parkplatz, dessen unebene Oberfläche vollkommen ungeeignet zum Skateboardfahren war. Er schniefte vernehmlich und wischte sich mit dem Anorakärmel über die Nase. »Ich will nich' Skateboard fahren«, verkündete er. »Is' doch total blöd hier.«

Joel legte einen Arm um seinen Bruder. »Aber du willst es Mum doch vorführ'n! Sie soll doch sehen, wie gut du's schon kanns'! Sobald ihre Nägel fertig sind, wird sie sich das anschau'n wollen, also musst du doch bereit sein. Dauert bestimmt nich' mehr lang.«

Toby schaute von Joel zum Caravan und wieder zurück. »Versprochen?«, fragte er.

»Ich hab dich noch nie angelogen, Mann.«

Toby trottete zu der Freifläche hinüber, schleifte das Skateboard an einer Hand hinter sich her. Joel schaute zu, bis der Kleine das Brett auf den buckligen Asphalt fallen ließ und ein paar Meter rollte, einen Fuß auf dem Board, einen auf dem Boden. Zu mehr reichte Tobys Können ohnehin noch nicht, also war es nicht so wichtig, wie der Boden unter den Rädern beschaffen war.

Joel kehrte zu ihrer Mutter zurück. Sie war in die Betrachtung der künstlichen Nägel versunken, die Serena bisher hatte ankleben können. Sie waren viel zu lang und spitz, und die Kosmetikerin versuchte zu erklären, dass sie deutlich gekürzt werden mussten, wenn sie auch nur einen einzigen Tag halten sollten. Aber Carole wollte davon nichts hören. Sie wollte sie lang, rot lackiert und mit Goldherzen verziert. Alles andere war inakzeptabel. Selbst Joel, der keine Ahnung von Plastiknägeln, Klebstoff und Nageldeko hatte, erkannte, dass das keine gute Idee war. Man konnte nicht einfach etwas auf eine kaum vorhandene Unterlage kleben und dann hoffen, dass es hielt.

»Mum, vielleicht hat Serena recht«, sagte er. »Wenn du sie ein bisschen abschneidest ...«

Carole schaute ihn an. »Misch dich nicht ein«, befahl sie.

Er fühlte sich geohrfeigt. »Tut mir leid.«

»Weiter, Serena. Kleben sie die restlichen auch noch an!«

Serena schürzte die Lippen und setzte ihre Arbeit fort. Die Wahrheit war, dass es sie im Grunde völlig kaltließ, wenn irgendeine Irre in der Klapse darauf bestand, sich irgendwo und irgendwie künstliche Nägel ankleben zu lassen. Das Ergebnis blieb immer das gleiche: Geld in Serenas Portemonnaie.

Carole sah zu und nickte zufrieden, als der zweite Satz Plastiknägel an Ort und Stelle war. Sie richtete ihre Aufmerksamkeit wieder auf Joel und wies auf den kleinen gepolsterten Hocker in der Ecke. »Komm, setz dich«, lud sie ihn ein. »Erzähl: Was ist passiert, seit wir uns zuletzt gesehen haben? Warum warst du so lange nicht hier? Oh, ich freu mich so, dich zu sehen. Und vielen Dank für die Geschenke.«

»Die sind von uns allen«, erklärte Joel.

»Aber *du* hast sie mir mitgebracht. Du hast sie ausgesucht, Joel.«

»Schon, aber ...«

»Wusst ich's doch. Es war fast, als stünde dein Name drauf. So sensibel. So typisch für dich. Das war sehr lieb von dir, und ich wollte sagen ... Nun ja, ich fürchte, jetzt wird's ein bisschen schwierig.«

»Was?«, fragte er.

Sie schaute nach links und rechts. Dann lächelte sie. »Joel, vielen Dank, dass du dieses Mal diesen grässlichen kleinen Jungen nicht mitgebracht hast. Du weißt schon, welchen ich meine. Dein kleiner Freund mit der Triefnase. Ich will nicht grausam sein, aber ich bin froh, ihn nicht zu sehen. Er fing an, mir auf die Nerven zu gehen.«

»Du meinst Tobe?«, fragte Joel. »Mum, das war doch Toby.«

»Ist das sein Name?«, fragte Carole Campbell mit einem Lächeln. »Nun, wie auch immer, Liebling. Ich bin froh, dass du heute allein gekommen bist.«

25

Was Joel bei all seiner sorgfältigen Planung nicht berücksichtigt hatte, war die Tatsache, dass seine Geschwister und er nicht mehr zu Londons anonymer Masse von Kindern und Jugendlichen zählten, die ihrer täglichen Routine nachgingen: Schule, Sport, Hausaufgaben, Flirten, Lästern, Shoppen, Rumhängen mit einem Handy am Ohr oder auf dem Schoß, um verklärten Blickes eine SMS zu lesen, sich das Hirn mit lauter Musik aus allen möglichen elektronischen Gerätschaften rausblasen … In einer normalen Londoner Welt wäre Joel einer unter vielen in dieser Kategorie gewesen. Doch er lebte in keiner normalen Londoner Welt. Als er also beschloss, die Stadt mit dem Zug zu verlassen, um seine Mutter zu besuchen, war es ihm nicht möglich, dies unbemerkt zu tun.

Das lag teilweise daran, dass er Toby mitgenommen hatte, dessen Fehlen in der Schule registriert und umgehend gemeldet wurde. Doch ebenso lag es daran, dass er seit seiner Stippvisite auf der Polizeiwache Harrow Road unter strengerer Beobachtung stand und ein Anruf von Fabia Bender dazu geführt hatte, dass auch sein eigenes Fernbleiben vom Unterricht auffiel. Beide Schulen riefen seine Tante an.

Als Kendra erfuhr, dass sowohl Toby als auch Joel vermisst wurden, zog sie daraus mitnichten den Schluss, Joel könne in irgendetwas Riskantes oder Illegales verwickelt sein. Sie wusste, der ältere ihrer Neffen hätte niemals Tobys Sicherheit aufs Spiel gesetzt. Doch ein Serienmörder hatte es auf Jungen in Joels Alter abgesehen, und da die letzten beiden Opfer in Nordlondon gefunden worden waren, kam Kendra einfach nicht umhin, in diese Richtung zu denken, genau wie sie es getan hatte, als Joel zwei Nächte lang nicht nach Hause gekommen war.

Doch zunächst tat sie, was wohl jede Frau getan hätte, die

erfuhr, dass ihre Jungen nicht waren, wo sie eigentlich sein sollten. Sie rief zu Hause an, um festzustellen, ob sie vielleicht blaumachten und sich Videos ansahen. Dann rief sie in der Kindertagesstätte an, denn so unwahrscheinlich es auch war, konnte es doch immerhin sein, dass sie dorthin gegangen waren. Sie rief im Rainbow Café an, um Dix zu fragen, ob er sie vielleicht aus irgendeinem Grund mit zur Arbeit genommen hatte. Erst dann geriet sie in Panik. Sie sperrte den Laden ab und machte sich auf die Suche. Nachdem sie schon geraume Zeit durch Straßen und Wohnsiedlungen gefahren war, kam ihr Ivan Weatherall in den Sinn, also rief sie auch ihn noch an – ohne Ergebnis. Das steigerte ihre Panik, und in diesem Zustand betrat sie das Rainbow Café.

Dix ließ sich von ihrer Besorgnis nur bedingt anstecken. Er setzte sie auf einen Stuhl, brachte ihr eine Tasse Tee, und weil er ihre Zuversicht nicht teilte, dass Joel seinen Bruder um jeden Preis aus Scherereien heraushalten würde, rief er auf der Polizeiwache Harrow Road an. Zwei Jungen würden vermisst, erklärte er dem Beamten, nachdem er in Erfahrung gebracht hatte, dass Joel nicht wieder aufgrund irgendeines Vergehens in Gewahrsam war. Und weil doch der Serienmörder …

Der Constable am anderen Ende der Leitung fiel ihm ins Wort. Die Jungen wurden nicht einmal seit vierundzwanzig Stunden vermisst, oder? Die Polizei könne nichts tun, solange sie nicht für einen längeren Zeitraum abgängig waren.

Also rief Dix als Nächstes bei Scotland Yard an, wo die Ermittlungen in der Mordserie geleitet wurden. Aber auch dort hatte er kein Glück. Man werde von Anrufen besorgter Eltern regelrecht überflutet, deren Jungen schon viel länger vermisst würden, Sir. Scotland Yard habe keine Kapazitäten, um wegen zwei Schulschwänzern eine Suchaktion zu starten.

Dix blieb also nichts anderes übrig, als Kendras Beispiel zu folgen. Er wälzte seinen Job auf seine ohnehin abgekämpfte Mutter ab und entledigte sich seiner Kochmontur. Er müsse sich an der Suche beteiligen, erklärte er, und reichte ihr seine Schürze.

Seine Mutter sagte nichts, schaute nur zu Kendra hinüber, bemühte sich um ein ausdrucksloses Gesicht und verfluchte den Tag, da ihr Sohn in die Fänge dieser Frau geraten war, mit der er niemals eine konventionelle Zukunft würde aufbauen können. Dann band sie sich seine riesige Schürze um. »Geh«, sagte sie zu ihm.

Dix war es, der auf die Klinik kam, wo Carole Campbell untergebracht war. Ob die Jungen dorthin gefahren waren?

Kendra konnte sich nicht vorstellen, wie. Sie hatten doch kein Geld für den Bus und die Bahnfahrkarten. Trotzdem rief sie dort an, und so kam es, dass Dix D'Court an der Paddington Station wartete, als Toby und Joel einige Stunden später aus dem Zug stiegen.

Er hatte jeden einfahrenden Zug kontrolliert. Er hatte sein Training ausfallen lassen. Als die Jungen endlich auftauchten, hatte er einen gewaltigen Kohldampf, war aber nicht willens, seinen Körper mit irgendetwas von dem Zeug zu vergiften, das im Bahnhof zu bekommen war. Er war angespannt und wütend. Entgegen aller guten Vorsätze war er kurz davor, in Rage zu geraten.

Als Joel Dix auf der anderen Seite der Absperrung entdeckte, wusste er sofort, dass dieser auf hundertachtzig war. Er steckte in Schwierigkeiten, aber das war ihm gleich. Dass Dix D'Court sauer auf ihn war, war nur eine klitzekleine Sorge, gemessen an dem Trümmerhaufen, zu dem sein Leben geworden war.

Toby trippelte hinter ihm her und war in eine Unterhaltung mit dem Abziehbild einer Spinne vertieft, das ein früherer Besitzer auf seinem Skateboard angebracht hatte. Er sah Dix nicht, bis der genau vor ihnen stand und Joel rief: »Hey! Lass mein' Arm los, Mann!«

Da erst schaute Toby auf. »Hallo, Dix. Mum wollte Fingernägel. Ich hab 'ne Tüte Chips bekomm'. Überall sah's aus, als hätt's geschneit, aber es hat gar nich' geschneit.«

Dix zerrte Joel aus dem Bahnhofsgebäude. Toby folgte. Joel protestierte. Dix schwieg. Toby suchte Halt an Joels Arm. Er musste sich an etwas Massivem festhalten.

Auf dem Parkplatz verfrachtete Dix die Jungen auf die Rückbank seines Wagens. Im Rückspiegel sah er Joel an und fragte: »Hast du eigentlich 'ne Ahnung, in welchen Zustand du deine Tante versetzt has'? Was denkste eigentlich, wie viel sie sich von dir noch gefall'n lässt?«

Joel wandte den Kopf ab und starrte aus dem Fenster. Er hatte alle Hoffnung verloren und war nicht in der Verfassung, sich Vorwürfe anzuhören. Tonlos formte er die Worte: »Fick dich.«

Dix las es von seinen Lippen. Es wirkte wie ein Funke im Zunder. Dix sprang wieder aus dem Wagen, riss die hintere Tür auf und zog Joel nach draußen. Dann stieß er ihn gegen den Kotflügel und schnauzte: »Willste dich mit mir anlegen? Willste das wirklich?«

»Ach, lass mich in Ruhe.«

»Was glaubste, wie lang du gegen mich durchhälts'?«

»Lass mich in Ruh, verdammte Scheiße«, sagte Joel. »Ich hab nix gemacht.«

»Nein? Deine Tante ist durch die Gegend gefahren, um dich zu suchen, hat die Bullen angerufen, aber da hat man ihr nur gesagt, man kann ihr nich' helfen, und sie is' in Panik geraten ... Aber du has' nix gemacht, ja?« Mit einer wütenden Geste stieß er Joel zurück in den Wagen.

Die Fahrt nach North Kensington dauerte nicht lange. Sie schwiegen sich an. Dix war unfähig zu erkennen, was sich hinter Joels äußerlicher Feindseligkeit verbarg, ebenso wie Joel unfähig war, Dix' Reaktion zu durchschauen und zu begreifen, was ihr zugrunde lag.

Am Edenham Way eilte Joel die Stufen zum Haus seiner Tante hinauf. Toby folgte ihm hastig. Er drückte das Skateboard an seine Brust wie einen Rettungsring. Als Dix es ihm in der Diele aus den Fingern riss und beiseitewarf, fing der kleine Junge an zu weinen.

Das war zu viel für Joel. »Lass Toby in Frieden, Mann!«, brüllte er. »Wenn du was loswerden wills', dann komm zu mir, kapiert?«

Ehe Dix etwas darauf erwidern konnte, kam Kendra aus der Küche. Also stieß er den Jungen lediglich in ihre Richtung und sagte: »Hier isser. Und er is' jetzt ein richtiger Mann, wenn man ihn so reden hört. Er is' der Grund für all den Wirbel, aber ihm isses völlig egal, dass er andere Leute in Sorge versetzt.«

»Halt's Maul«, sagte Joel, und es klang ebenso erschöpft wie verzweifelt.

Dix machte einen Schritt auf ihn zu.

»Nicht«, ging Kendra dazwischen. Und an Joel gewandt: »Was war los? Warum bist du zu ihr gefahren, ohne es mir zu sagen? Weißt du, dass deine Schule angerufen hat? Und Tobys auch?«

»Ich wollte meine Mutter besuchen«, erwiderte Joel. »Ich kapier nich', was das ganze Theater soll.«

»Wir haben Regeln. Schule. Toby. Nach Hause kommen.« Kendra zählte sie an ihren Fingern ab. »Das sind deine Grenzen. Das hab ich dir doch gesagt. Und die Klinik liegt nicht innerhalb dieser Grenzen.«

»Mir doch egal«, gab Joel zurück.

»Und woher hattest du überhaupt das Geld für die Fahrkarten?«

»Das war meins.«

»Woher, Joel?«

»Es war *meins,* und wenn du mir nich' glaubst ...«

»Nein, ich glaub dir nicht. Gib mir einen Grund, dir zu vertrauen.«

»Scheiße, das muss ich überhaupt nich'.«

»Joel ...«, jammerte Toby. Er verstand gar nichts mehr. Eben noch hatten sie im Zug gesessen und eine Landschaft betrachtet, die gefrierender Nebel in Geheimnisse hüllte, und im nächsten Moment steckten sie plötzlich in Schwierigkeiten – in so schlimmen Schwierigkeiten, dass Joel fluchte, Dix wütend war und auf ihn losgehen wollte und Kendras Gesicht zu einer Maske erstarrt war. Die Bürde all dessen war zu schwer, als dass sein Verstand sie hätte tragen können. »Mum wollte Herz-

chen auf ihren Fingernägeln, Tante Ken«, erzählte er. »Stimmt's
nich', Joel? Goldherzchen.«

»Also schön«, sagte Kendra matt und ignorierte Tobys fruchtlose Bemühungen, der Unterhaltung eine andere Richtung zu
geben. »Dann will ich mich mal gründlich umsehen«, sagte sie
und ging die Treppe hinauf.

Joel ging ihr nach. Toby folgte, und Dix bildete die Nachhut.

Es war offensichtlich, was Kendra im Schilde führte. Joel protestierte nicht. Tatsächlich stellte er fest, dass es ihm ziemlich
egal war. In seinem Zimmer gab es nichts für sie zu entdecken,
weil er ihr die Wahrheit gesagt hatte. Die Pistole, die The Blade
ihm gegeben hatte, würde sie nicht finden. Sie lag in dem Hohl-
raum zwischen dem Fußboden und der unteren Schublade der
Kommode. Man musste den ganzen Schrank kippen, um dort
heranzukommen, und er glaubte kaum, dass seine Tante so
weit gehen würde, wenn sie doch nirgendwo sonst im Zimmer
etwas aufspüren konnte.

Kendra kippte seinen Rucksack aus und durchkämmte den
Inhalt – eine Frau auf einer unbestimmten Mission. Sie suchte
nach irgendetwas, ohne zu wissen, was es war – vielleicht einen Beweis, dass er einen erfolgreichen Straßenraub begangen
hatte. Größere Mengen Bargeld, die darauf hinwiesen, dass er
mit verbotenen Substanzen handelte, mit Drogen, Zigaretten,
Alkohol oder mit Waffen. Es spielte keine Rolle. Sie wollte nur
irgendetwas finden, das ihr ein Zeichen gab, was sie als Nächstes tun sollte, denn genau wie Joel gingen ihr die Optionen aus,
wenn auch aus anderen Gründen.

Sie fand nichts. Weder im Rucksack, unter dem Bett oder
darin, zwischen den Bücherseiten, hinter den Postern an der
Wand noch in der Kommode. Ihre nächste Maßnahme bestand
darin, Joel zu filzen, und er zog sich mit einer gleichgültigen
Bereitwilligkeit aus, die sie in Rage versetzte.

Toby!, ging ihr auf. Sie fragte sich, warum sie nicht früher
darauf gekommen war. Also wurde auch er aufgefordert, die
Kleidung abzulegen, was wiederum Joel in Rage versetzte.

Er brüllte: »Ich hab's dir doch gesagt! Ich hab nix zu tun mit ...« Er brach ab.

»Was?«, hakte Kendra nach. »Womit? Was?«

Joel wäre gerne aus dem Zimmer stolziert, aber Dix stand als unüberwindliches Hindernis in der Tür. Toby weinte noch bitterlicher als zuvor. In Unterwäsche ließ er sich aufs Bett fallen.

Joel kochte vor Wut, aber er unternahm nichts. Er konnte nichts tun, und das wusste er. Also sagte er seiner Tante die Wahrheit: »Ich hab's gewonnen, okay? Ich hab das Scheißgeld bei *Führt Worte* gewonn'. Fünfzig Pfund. Alles klar? Fühlste dich jetz' besser?«

»Abwarten«, entgegnete sie, ging in ihr Schlafzimmer hinüber und führte ein Telefonat. Sie hatte die Türen offen gelassen, damit Joel es auch ganz bestimmt hörte.

Sie berichtete Ivan Weatherall von Joels Behauptung. Sie wählte tatsächlich das Wort »Behauptung«, um ihre Zweifel zum Ausdruck zu bringen. Eher von Wut als von Klugheit geleitet, erzählte sie Ivan mehr, als zwingend notwendig gewesen wäre. Joel brauche Beaufsichtigung, erklärte sie. Er habe ihr Vertrauen nun endgültig verspielt. Er habe sich ohne ihre Erlaubnis weggeschlichen, reagiere unverschämt und trotzig auf ihre Fragen, und jetzt behaupte er obendrein, Geld beim Lyrikkurs gewonnen zu haben. Was Ivan ihr dazu sagen könne.

Ivan konnte natürlich etwas dazu sagen. Er bestätigte Joels Geschichte.

Während dieses Gesprächs fiel mehr als nur ein einziges Samenkorn auf fruchtbaren Boden, und es würde nicht lange dauern, bis sie aufgingen.

Ness besuchte die Therapeutin in Oxford Gardens, weil ihr klar war, wie die Konsequenzen aussehen würden, wenn sie sich weigerte. Drei Sitzungen ließ sie über sich ergehen, aber da sie unfreiwillig dort war, beschränkte ihre Kooperation sich auf ihre körperliche Anwesenheit. Ihr einziger Beitrag zu dem Bemühen, den Überfall aufzuarbeiten, bestand darin, dass sie der Therapeutin gegenüber auf einem Stuhl saß, einer Fünfundzwanzigjährigen, die einen erstklassigen Abschluss an einer drittklassigen Universität vorzuweisen hatte und ihre solide Mittelklassenherkunft in der Art, sich zu kleiden, ebenso ausdrückte wie in ihrer sorgfältigen Wortwahl. Sie sagte »Klöchen« statt »Toilette« und bildete sich ein, sie habe das nötige Rüstzeug, um Therapiesitzungen mit widerspenstigen Teenagern erfolgreich steuern zu können. Sie war weiß, blond und wie aus dem Ei gepellt – mitnichten Makel, aber Nachteile. Sie betrachtete sich selbst als Vorbild, nicht als das, was sie in den Augen ihrer Patienten unweigerlich sein musste: eine Provokateurin, die nicht einen einzigen Aspekt ihres Lebens verstehen konnte.

Nach drei Sitzungen mit Ness entschied sie, eine Gruppentherapie sei vielleicht der aussichtsreichere Ansatz, um bei Ness das zu bewirken, was sie einen Durchbruch nannte. Man musste ihr allerdings zugutehalten, dass sie die Geschichte ihrer Patientin minutiös recherchierte, und in diesem Zusammenhang suchte sie auch Fabia Bender auf, einen Aktendeckel in der Hand.

»Kein Glück?«, fragte Fabia. Sie standen im Kopierraum, wo eine prähistorische Kaffeemaschine ein giftig aussehendes Gebräu in eine Glaskanne spuckte.

Die Therapeutin – deren Name aus Gründen, die allein ihre Eltern kannten, Ruma lautete, was, wie die weit gereiste Fabia sehr wohl wusste, »Affenkönigin« bedeutete – berichtete von ihren drei Sitzungen mit Ness. Hart, resümierte sie. Vanessa Campbell sei wirklich eine harte Nuss, die sich nicht so ohne Weiteres knacken ließ.

Fabia wartete darauf, dass sie fortfuhr. Bislang hatte Ruma ihr nichts gesagt, was sie nicht längst wusste.

Ruma holte tief Luft. Die Wahrheit sei, dass sie noch keinen Schritt vorwärtsgekommen seien, gestand sie. »Ich habe an einen neuen Ansatz gedacht, eine Gruppe«, fuhr sie fort. »Mit anderen Mädchen, die das Gleiche erlebt haben. Gott weiß, davon haben wir ja genug.«

»Aber?«, hakte Fabia nach. Sie merkte, dass Ruma noch mehr zu sagen hatte. Die junge Frau hatte noch nicht gelernt, ihre Absichten hinter einer sorgsamen Intonation zu verbergen.

»Aber ich habe ein bisschen nachgeforscht und das hier gefunden.« Ruma tippte mit ihren perfekt gepflegten, französisch lackierten Nägeln auf den Aktendeckel. »Ich glaube, da verbirgt sich allerhand, was man nicht auf den ersten Blick sieht. Hätten Sie einen Moment Zeit?«

Fabia hatte nie genug Zeit, aber sie war neugierig. Sie mochte Ruma. Sie wusste, die junge Frau meinte es gut, und Fabia bewunderte die Unermüdlichkeit, mit der die Therapeutin jede Möglichkeit für ihre Patienten auszuloten versuchte, so ergebnislos ihre Bemühungen auch oft sein mochten. Wo Atem war, da war Leben. Wo Leben war, da war Hoffnung. Es gab schlechtere philosophische Grundsätze für jemanden, der sich dafür entschieden hatte, die vom Schicksal Betrogenen therapeutisch zu betreuen.

Sie zogen sich in ihr Büro zurück, sobald der Kaffee fertig war und die Sozialarbeiterin sich einen Becher eingeschenkt hatte. Dort teilte Ruma ihr mit, was sie herausgefunden hatte. »Sie wissen, dass die Mutter in einer psychiatrischen Klinik ist, oder?« Als Fabia nickte, fuhr sie fort: »Wissen Sie, warum sie dort ist?«

»Fortdauernde postnatale Depression, steht in meiner Akte«, antwortete Fabia. »Soweit ich weiß, geht das seit vielen Jahren so, immer mal wieder in der Klinik, dann wieder draußen.«

»Wie wär's mit Psychose?«, entgegnete Ruma. »Ich würde es schwere psychotische postnatale Depression nennen. Mit versuchtem Totschlag.«

Fabia betrachtete Ruma über den Rand ihrer Tasse hinweg. Sie hörte keine Aufgeregtheit in der Stimme der Therapeutin und schätzte sie für ihre Professionalität. »Wann?«, fragte sie. »Und wen wollte sie töten?«

»Es ist zweimal passiert. Beim ersten Mal konnte sie in letzter Sekunde daran gehindert werden, ihren Jüngsten aus dem Fenster im dritten Stock zu werfen. Das war in ihrer Wohnung auf der Du Cane Road in East Acton. Eine Nachbarin war dort, und sie hat die Polizei verständigt, nachdem sie das Kind in Sicherheit gebracht hatte. Beim zweiten Mal hat sie den Kinderwagen mit demselben Sohn darin auf die Straße geschoben, als sich gerade ein Bus näherte, und ist weggelaufen. Offenbar unzurechnungsfähig.«

»Was haben Sie noch?«

»Das Ganze hat eine lange Vorgeschichte.«

»Was für eine Vorgeschichte?«

»Sie sagten, Carole sei seit Jahren immer wieder eingewiesen worden. Aber wussten Sie, dass das mit dreizehn Jahren angefangen hat?«

Fabia hatte keine Ahnung. »Irgendein traumatisches Erlebnis?«

»Und nicht zu knapp. Ihre Mutter hat sich das Leben genommen, drei Wochen nachdem sie aus einer Klinik entlassen worden war. Paranoide Schizophrenie. Carole war dabei, als sie sich im Bahnhof Baker Street vor eine U-Bahn geworfen hat. Da muss Carole zwölf gewesen sein.«

Fabia stellte die Tasse ab. »Ich hätte das wissen sollen«, sagte sie. »Ich hätte es herausfinden müssen.«

»Nein«, widersprach Ruma hastig. »Das ist nicht der Grund, warum ich Ihnen davon erzähle. Und außerdem – wie tief sollen Sie denn bei jedem einzelnen Fall graben? Das ist nicht Ihr Job.«

»Ist es denn Ihrer?«

»Ich bin diejenige, die hier versuchen muss, einen Durchbruch zu erzielen. Sie sind es, die verhindert, dass die Dinge auseinanderfallen.«

»Ich verteile Pflaster, wo eigentlich Operationen nötig wären.«

»Man kann nur Wunden behandeln, die man auch sieht«, erwiderte Ruma. »Worauf ich hinauswill, ist das hier.«

Aber Fabia brauchte keine weiteren Erklärungen. »Sie glauben, Ness rutscht in eine Psychose? Wie ihre Mutter?«

»Es ist immerhin möglich, oder? Und hier kommt noch etwas Interessantes: Carole Campbell hat versucht, den Jüngsten umzubringen, weil sie glaubte, er habe ihr Leiden geerbt. Ich weiß nicht, wieso, denn er war ja noch ein Baby, aber ihn hat sie sich ausgesucht. Wie eine Hündin, die einen Welpen nicht säugt, weil sie weiß, dass irgendetwas mit ihm nicht stimmt. Ihr Instinkt sagt ihr das.«

»Sie wollen sagen, es liegt tatsächlich eine Vererbung vor?«

»Es ist die alte Frage: Sind die Gene schuld oder das soziale Umfeld? Die Neigung ist jedenfalls erblich. Sehen Sie: Es handelt sich hierbei um eine Fehlfunktion des Gehirns. Die Proteine tun nicht das, was sie sollen. Eine genetische Mutation, die die betroffene Person für eine Psychose empfänglich macht. Das Umfeld der Person erledigt den Rest.«

Fabia dachte an Toby, was sie gesehen und gehört hatte, wie die Familie versuchte, ihn abzuschirmen, sich von Anfang an bemüht hatte zu verhindern, dass er untersucht und vielleicht eine Erkrankung bei ihm diagnostiziert wurde, die der relativen Normalität seines Lebens ein Ende setzen würde. »Es ist eindeutig, dass mit dem Jüngsten etwas nicht stimmt. Das ist offensichtlich.«

»Sie müssen alle untersucht werden. Eigentlich müsste für jeden von ihnen ein genetisches Profil erstellt werden. Was ich meine, ist ... Es könnte völliger Blödsinn sein, Ness in eine Gruppentherapie zu stecken, wenn sie auf eine Psychose zusteuert ...«

»... oder bereits psychotisch ist«, warf Fabia ein.

»... oder bereits psychotisch ist«, bestätigte Ruma. »Dann müssen wir das in Angriff nehmen, ehe es zu einem weiteren Vorfall kommt.«

Fabia gab ihr recht. Aber sie fragte sich, was Ness – die in den Therapiesitzungen schon jetzt verschlossen und unkooperativ war – davon halten würde, sich psychiatrischen Tests zu unterziehen. Nicht viel, vermutete sie.

Also war es erforderlich, beim Richter vorzusprechen. Was Fabia und Ruma mit gutem Zureden nicht erreichen konnten, mochte eine richterliche Anordnung bewerkstelligen, wenn

Ness sich vor die Wahl gestellt fand, zu kooperieren oder in Jugendhaft zu wandern. Die Drohung, ihr zusätzliche Sozialstunden aufzubrummen, würde sie kaum beeindrucken.

»Lassen Sie mich mit ein paar Leuten reden«, sagte Fabia.

Ivan Weatherall war kein Dummkopf, und nach Kendras Anruf hatte er einige Stückchen des Puzzles, das Joel Campbell für ihn darstellte, zusammengesetzt. Die meisten dieser Stückchen hatten mit Joels Talent und *Führt Worte statt Waffen* zu tun, einige aber auch mit dem versuchten Straßenraub auf der Portobello Road. Der sah dem Jungen so unähnlich, dass Ivan längst zu dem Schluss gekommen war, es müsse sich um eine Verwechslung handeln. Im Zusammenhang mit Joels rascher Entlassung aus dem Polizeigewahrsam betrachtet, schien das die einzig mögliche Erklärung.

Doch Kendras Anruf hatte ihn gezwungen, sich einzugestehen, dass es einen Joel gab, den er nicht kannte. Jede Medaille hatte bekanntlich zwei Seiten – ein grässliches Klischee, das Ivan in diesem Fall aber hervorragend zu passen schien –, und so war es nur naheliegend, dass Joel einen Teil seiner Persönlichkeit vor Ivan verborgen gehalten hatte. Die Fakten, die er nun kannte, sprachen jedenfalls dafür.

Ivan wusste nichts von Joels Kontakt zu The Blade. Soweit es die weniger umgänglichen Bevölkerungsteile von North Kensington betraf, wusste Ivan nur von Joels Reibereien mit Neal Wyatt, den er fälschlicherweise für gefährdet, aber nicht für gefährlich hielt. Ivan merkte zwar sehr wohl, dass irgendetwas in Joel brodelte, aber er glaubte, der Ursprung seines Problems liege zu Hause, nicht auf der Straße.

Ivan wusste, dass der Freund der Tante bei ihnen eingezogen war. Der Vater war tot, die Mutter fort. Die Schwester war zu einer Jugendstrafe verurteilt worden. Der kleine Bruder war … nun ja … reichlich eigenartig. Ein neues Zuhause, eine neue Schule und neue Freunde waren für jeden schwer zu verkraften. War es da ein Wunder, dass Joel manchmal nicht mehr mit den Dingen fertig wurde? Nach Ivans Dafürhalten war Joel ein wirklich guter Junge. Also musste es doch ohne Weiteres möglich sein, ein wie auch immer geartetes kriminelles Potenzial im Keim zu ersticken – vorausgesetzt, die Erwachsenen in seinem Leben verfolgten eine gemeinsame Linie.

Ivan selbst war unter der liebevollen, aber strengen Aufsicht seiner Eltern aufgewachsen. Vielleicht brauchte auch Joel Strenge? Strenge, Fairness und Aufrichtigkeit.

Er beschloss, Joel zu Hause zu besuchen. Den Jungen *in situ* zu erleben, wie Ivan es in Gedanken ausdrückte, würde sicher neue Erkenntnisse zutage fördern, die letztlich dazu beitragen konnten, ihm zu helfen.

Als Ivan klopfte, öffnete Joel ihm die Tür – offensichtlich überrascht, doch er beeilte sich, sein Gesicht in eine ausdruckslose Maske zu verwandeln, um zu verbergen, was in ihm vorgehen mochte. Die Stimmen eines Zeichentrickfilms plärrten von oben herunter. Der kleine Bruder war offenbar auch da. Über Joel hinweg erkannte Ivan Joels Schwester in der Küche. Sie saß am Tisch, hatte eine Ferse auf die Kante gestellt und lackierte sich die Zehnägel in Metallicblau. Neben dem Nagellackfläschchen stand ein Aschenbecher, und Zigarettenqualm stieg in einer trägen Spirale daraus empor. Rapmusik dröhnte aus den Lautsprechern eines Radios auf der Küchenanrichte, und der DJ stellte kurz darauf den Sänger als Big R Balz vor – als könne man diese unverständlichen Grunzlaute Gesang nennen, dachte Ivan bei sich.

»Kann ich dich sprechen, Joel?«, wandte er sich wieder an seinen Freund.

»Ich hab nix geschrieben in letzter Zeit.« Er sah an Ivan vorbei auf die Straße, als wünsche er, der Besucher möge schnell wieder verschwinden.

Aber Ivan gedachte nicht, sich vertreiben zu lassen. »Deswegen bin ich nicht hier. Deine Tante hat mich angerufen.«

»Ja. Ich weiß.«

»Darüber möchte ich mit dir reden.«

Joel führte ihn in die Küche, wo Ness Ivan musterte. Sie sagte kein Wort, aber das war auch nicht nötig. Genau wie früher reichte es auch jetzt vollkommen, wenn Ness mit ihren großen dunklen Augen jemanden fixierte, um denjenigen aus dem Konzept zu bringen. Auf den ersten Blick war ihr Ausdruck verächtlich, aber es lag noch etwas anderes dahinter, was die Menschen verunsicherte.

Ivan nickte zum Gruß. Ness' volle Lippen verzogen sich zu einem schmalen Lächeln. Sie betrachtete ihn von Kopf bis Fuß und bemühte sich nicht, ihre Einschätzung dieser eigenartigen Person zu verbergen. Sie nahm sein strähniges graues Haar in Augenschein, die schlechten Zähne, sein abgetragenes Tweedjackett, die schäbigen Schuhe. Sie nickte, aber es war keine Erwiderung seines Grußes. Vielmehr sagte das Nicken: Deine Sorte kenn ich, Mann. Dann zündete sie sich mit dem Stummel ihrer Zigarette eine neue an und hielt sie zwischen den Fingern, sodass der Rauch ihren Kopf einhüllte. »Das is' Ivan, he?«, fragte sie ihren Bruder. »Hätt nich' gedacht, ihn mal hier zu seh'n. Kann mir nich' vorstell'n, dass er sich oft in dieser Gegend rumtreibt. Und, wie gefällt's dir hier bei uns Wilden, Mann?«

»So isser nich'«, widersprach Joel.

»Klar doch«, lautete ihre lakonische Antwort.

Ivan ließ sich von Ness nicht aus der Fassung bringen. »Aber sicher!«, rief er aus. »Ich habe dich schon mal gesehen, aber ich hatte ja keine Ahnung, dass du Joels Schwester bist. Du arbeitest in der Kindertagesstätte, oder? Du hast ein echtes Talent im Umgang mit den Kids.«

Das war nicht die Reaktion, die Ness erwartet hatte. Ihr Ausdruck wurde starr. Sie zog an ihrer Zigarette und stieß ein unschönes, bellendes Lachen aus. »Klar. Ich wär 'ne richtig gute Mami.« Sie stand auf, schlenderte aus der Küche und verschwand auf der Treppe.

»Habe ich irgendetwas …«

»So is' Ness einfach«, erklärte Joel.

»Verletzte Seele«, murmelte Ivan.

Joel sah ihn scharf an. Ivan erwiderte den Blick. Joel schaute weg. Ivans Blick war offen und schwer zu ertragen.

Er setzte sich an den Tisch. Sorgsam schraubte er Ness' vergessenen Nagellack zu und nickte zu einem zweiten Stuhl hinüber, was Joel bedeuten sollte, Platz zu nehmen.

Als Joel der Aufforderung gefolgt war, herrschte eine Weile Schweigen. Immer noch dröhnte Rapmusik aus dem Radio. Joel stand auf und schaltete es ab. Jetzt waren nur noch die Explosionen von oben zu hören – offenbar ergab eine Zeichentrickfigur sich gerade ihrem Schicksal, und Toby gluckste vor Vergnügen.

Strenge, Fairness und Aufrichtigkeit, erinnerte Ivan sich. Er kam auf *Führt Worte statt Waffen* zu sprechen und auf den Umstand, dass Joel den Lyrikabend als Ausrede für seine eigenen Unternehmungen vorgeschoben hatte. »Ich dachte, wir seien Freunde, Joel«, sagte er. »Aber ich muss gestehen, dass der Anruf deiner Tante mich gezwungen hat, diese Einschätzung zu überdenken.«

Joel, der sich nicht wieder hingesetzt hatte, nachdem er das Radio ausgeschaltet hatte, lehnte sich an die Anrichte und sagte nichts. Er war nicht ganz sicher, wovon Ivan sprach, aber inzwischen kannte er Erwachsene gut genug, um zu wissen, dass eine nähere Erläuterung nicht fern war.

Ivan sagte: »Ich mag es nicht, wenn ich ausgenutzt werde. Noch weniger mag ich es, wenn *Führt Worte* ausgenutzt wird, weil das dem Gründungsgedanken von *Führt Worte* zuwiderläuft. Verstehst du?«

Nein, hätte die ehrliche Antwort gelautet. Doch er wusste, dass er es eigentlich hätte verstehen müssen. Dieses Wissen – und das Wissen um sein Versagen – veranlasste ihn zu schweigen.

Ivan wertete dieses Schweigen als Gleichgültigkeit, und das kränkte ihn. Er bemühte sich, nicht auf ein »Nach allem, was ich für dich getan habe« zu verfallen. Er wusste genug über Jungen wie Joel, um zu verstehen, dass ihr Benehmen nichts mit ihm zu tun hatte. Doch er hatte geglaubt, Joel sei anders, empfänglicher für Nuancen, und Ivan wollte einfach nicht in Betracht ziehen, dass er sich geirrt haben könnte.

»Du bist zu *Führt Worte statt Waffen* gekommen, aber dann

bist du wieder verschwunden. Im Verlauf von ›Du hast das Wort‹. Du dachtest, ich würde es nicht merken, und das hätte ich vielleicht auch nicht, hätte deine Tante nicht angerufen. Oh, ich meine nicht den Anruf, als sie mich nach dem Geld gefragt hat. Es gab einen früheren.«

Joels Brauen fuhren hoch, ehe er es verhindern konnte. Er biss sich auf die Lippen.

»Ja. Am selben Abend hat sie mich angerufen. Mitten in ›Du hast das Wort‹, darum habe ich gemerkt, dass du nicht mehr da warst. Aber ich war nicht sicher. Es hätte ja sein können, dass du nur zur Toilette warst, als mein Handy klingelte, also konnte ich ihr nicht sagen, du seiest nicht da. Sicher ist er hier, hab ich ihr geantwortet. Er hat uns sogar ein ziemlich schreckliches Gedicht vorgelesen, Mrs. Osborne. Seien Sie ganz unbesorgt, habe ich gesagt. Ich achte darauf, dass er sofort nach Hause geht, wenn wir hier Schluss machen.«

Joel sah hinab auf seine Turnschuhe. Ein Schnürsenkel hatte sich gelöst. Er bückte sich und band ihn neu.

»Ich mag es nicht, ausgenutzt zu werden«, wiederholte Ivan.

»Sie hätten ihr ja nicht sagen müssen ...«

»Dass du dort warst? Das ist mir klar. Aber du *warst* ja da. Das hast du schlau eingefädelt. Du warst da, du hast dich vergewissert, dass ich das merke, und dann bist du verschwunden. Möchtest du mir darüber etwas erzählen?«

»Gibt nix zu erzähl'n, Mann.«

»Wohin bist du gegangen?«

Joel antwortete nicht.

»Joel, verstehst du denn nicht? Wenn ich dir helfen soll, brauchen wir eine Vertrauensbasis. Ich dachte, die hätten wir. Jetzt zu erkennen, dass ich mich getäuscht habe ... Was ist es, worüber du nicht reden willst? Hat es etwas mit Neal Wyatt zu tun?«

Ja und nein, aber wie sollte er Ivan das erklären? Für Ivan war die Lösung aller Probleme, Gedichte zu schreiben, sie Fremden vorzulesen, ihrer Meinung zu lauschen und vorzugeben, dass sich irgendetwas im Leben änderte, wo sich doch in Wahrheit gar nichts änderte. Im Grunde war es doch nur Schauspielerei – eine wirkungslose Salbe auf einer Wunde, die niemals verheilte.

»Nein, nix«, sagte er schließlich. »Ich hatte einfach kein' Bock zu bleiben. Wie gesagt, ich schreib nix mehr. Es bringt mir nix, Ivan. Das is' alles.«

Ivan versuchte, sich diese Worte zunutze zu machen. Er sah keine andere Möglichkeit. »Du hast also eine Durststrecke. Das passiert jedem mal. Das Beste wäre, du würdest dich auf ein anderes kreatives Feld begeben, um dich davon abzulenken, ob es nun mit dem geschriebenen Wort zu tun hat oder nicht.« Er schwieg, während er auf einen Weg sann, dem Jungen über sein Problem hinwegzuhelfen: eine Schreibblockade, die durch seine häuslichen Umstände bedingt war. Es war sinnlos, ihm Malerei, Bildhauerei, Tanz, Musik oder sonst irgendetwas vorzuschlagen, wozu er das Haus verlassen musste, was seine Tante nicht erlauben würde. Aber es gab eine Möglichkeit: »Mach bei unserem Filmprojekt mit«, schlug er vor. »Du warst doch schon mal bei einem der Treffen und hast gesehen, was wir dort vorhaben. Wir brauchen neue Ideen fürs Drehbuch, und deine wären mehr als willkommen. Wenn deine Tante zustimmt, dass du unsere Treffen besuchst – vielleicht anfangs einmal die Woche? –, dann bestehen gute Chancen, dass das Arbeiten mit Worten deine Kreativität stimuliert und wieder in Gang bringt.«

Joel konnte sich gut vorstellen, wie das ablaufen würde, und sah nicht, wie es ihn weiterbringen sollte. Er würde zu diesen Treffen gehen, wenn seine Tante es erlaubte, und sie würde dann mittendrin Ivan anrufen, um sich zu vergewissern, dass Joel wirklich dort war. Doch er hatte dem Drehbuchteam nichts zu bieten. Er konnte sich einfach nicht mehr mit so unwichtigen Dingen wie dem unerfüllbaren Traum von einem Filmprojekt befassen.

Ivan wartete. Er hielt Joels Zögern für den Ausdruck seiner Verzweiflung, was es in gewisser Weise ja auch war. Ivan führte Joels Trostlosigkeit allerdings auf die falsche Ursache zurück. Er sagte: »Im Moment zweifelst du, Joel, aber es wird nicht immer so sein. Manchmal muss man die Rettungsleine ergreifen, die einem zugeworfen wird, selbst wenn es nicht so aussieht, als könne sie einen aus den aktuellen Schwierigkeiten erlösen.«

Joel ging wieder dazu über, auf seine Füße hinabzustarren. Von oben war Dampforgelmusik zu hören. Joel erkannte die Titelmelodie einer Trickfilmserie.

Ivan sagte: »Denk daran, dass ich nicht dein Feind bin, Joel. Das war ich nie und werde ich niemals sein.«

Doch für Joel war jeder in seiner Umgebung ein Feind, und überall lauerte Gefahr. Gefahr für ihn selbst und jeden, der sich trotz aller Widrigkeiten entschloss, sein Freund zu sein.

Joel war auf dem Weg, Toby vom Lernzentrum abzuholen, als Cal Hancock plötzlich wie aus dem Nichts an Joels Seite auftauchte. Der Junge passierte gerade ein Wettbüro. Als Erstes nahm er das Haschischaroma wahr, das in Cals Kleidung hing.

Cal eröffnete ihm: »Nächste Woche, Mann.«

»Was?«, entfuhr es Joel.

»Was soll das heißen, was? Es gibt kein Was, Mann. Es gibt nix außer dem Deal.«

»Ich hab nix …«

»Is’ dir klar, was passiert, wenn du nich’ tus’, was The Blade von dir will? Er hat dich rausgeholt. Genauso einfach kann er dich wieder reinschicken. Ein Wort von ihm, und die Cops hol’n dich, klar? Haste das kapiert, Mann?«

Es war unmissverständlich. Joel blieb stehen, antwortete aber nicht. Worte kamen ihm zunehmend bedeutungslos vor. Er hörte sie, aber sie drangen nicht mehr zu ihm durch. Sie waren nur ein Rauschen im Hintergrund, während im Vordergrund eine Sinfonie erklang, die sich aus den Tönen seiner Furcht zusammensetzte.

»Du bist ihm was schuldig«, erklärte Cal. »Und er kassiert. Wenn du’s wieder so vermasselst wie mit der Paki-Tante auf der Portobello Road, dann haste mehr Probleme, als du dir vorstell'n kannst.«

Joel schaute zu dem Schulhof hinüber, den sie gerade passierten. Er war nicht sicher, wo sie sich befanden. Er kam sich vor wie jemand, der in einem Labyrinth gefangen war: zu weit drinnen, zu oft abgebogen, kein Weg in die Mitte und keiner hinaus. Aber da war immer noch eine Sache, die er nicht verstand: »Wie macht er das alles, Cal?«

»Wie macht er was?«

»Was er alles fertigbringt. Mich rauszuholen. Mich wieder reinzubringen. Schmiert er die Cops? Hat er so viel Kohle?«

Cals Atem hing wie Nebel in der eisigen Luft. Er trug ein graues Sweatshirt, die Kapuze über die Baseballkappe gezogen, eine schwarze Windjacke, schwarze Jeans und weiße Turnschuhe – unüblich für Cal, und Joel fragte sich, was es zu bedeuten hatte, ebenso wie er sich fragte, wie Cal ohne einen dickeren Anorak warm sein konnte.

»Scheiße, Mann.« Cal hielt die Stimme gesenkt und schaute sich um, als fürchte er, belauscht zu werden. »Es gibt Dinge, die den Cops mehr wert sind als Kohle. Haste das noch nich' kapiert? Weißte immer noch nich', wie die Dinge hier laufen? Warum die Bullen nicht mit Maschinenpistolen die alte Abrissbude stürmen?« Er steckte die Hand in die Jackentasche, und Joel glaubte, Cal werde irgendein Beweisstück zutage fördern, das dem Jungen ein für alle Mal demonstrierte, wer The Blade war und womit er es zu tun hatte. Doch es war nur ein Joint. Cal zündete ihn an, ohne sich auch nur umzusehen, was an sich schon hätte ausreichen sollen, um Joel zu illustrieren, wovon Cal sprach, doch das tat es nicht.

»Ich versteh nich' …«

»Musste auch nich'. Du musst nur funktionieren. Nächste Woche, klar? Sei bereit. Haste sie dabei?«

»Was?«

»Komm mir nich' andauernd mit ›Was‹. Haste die Pistole dabei?«

»'türlich nich'! Wenn ich damit geschnappt werd …«

»Von jetzt an nimmste sie jeden Tag mit, klar? Wenn ich dir Bescheid geb, dass es so weit is', und du hast sie nich' dabei, dann war's das. Dann kriegen die Cops grünes Licht und holen dich.«

»Was will er von mir ...«

»Das erfährste, wenn's so weit is', Mann.« Cal zog an seinem Joint und sah auf Joel herab. Er schüttelte den Kopf, während er den Rauch langsam aus der Lunge entweichen ließ. »Ich hab's versucht«, sagte er. Es klang resigniert.

Und mit diesen Worten verschwand er. Joel stand es frei, seinen Weg fortzusetzen. Aber er wusste auch, weiter ging seine Freiheit nicht.

Als er seinen Bruder abholte, ahnte er nicht, dass er beobachtet worden war. Dix D'Court hatte auf dem Weg vom Rainbow Café zum Jubilee Sports Centre einen Blick auf Joel und Cal erhascht. Und auch wenn er Joels Gefährten nicht kannte, war er doch in der Lage, seine Kleidung zu deuten. *Gang,* war sein erster Gedanke, und er zog die logischen Schlüsse. Er wusste, dass er das nicht ignorieren durfte. Er war eine Verpflichtung eingegangen, Kendra gegenüber ebenso wie den Kindern.

Darum kreisten seine Gedanken, während er eine hastige und abgekürzte Trainingseinheit absolvierte. Als er nach Hause kam, wusste er, wie er vorgehen wollte. Aber der Gedanke an die Unterredung, die er mit Joel zu führen gedachte, machte ihn nervös. Kendra war nicht zu Hause. Sie sei bei einem Massagekunden in Holland Park, klärte die Nachricht am Kühlschrank ihn auf, und mehrere Ausrufezeichen zeugten davon, wie erfreut sie über diese Kundenadresse war. Dix war es nur recht. Wenn er eine Vaterfigur für die Campbell-Kinder sein sollte, musste er das auch allein können.

Das Erdgeschoss des Hauses war leer. Doch vom Wohnzimmer drang der Ton des Fernsehers herunter – dieses unablässige Hintergrundmotiv, das sie jeden wachen Moment begleitete. Toby war also daheim, und das bedeutete, dass wohl auch Joel da war. Ness' Handtasche hing an der Lehne eines Küchenstuhls, aber ansonsten war von dem Mädchen keine Spur.

Dix trat zur Treppe und brüllte Joels Namen. Als er sich selbst hörte, fand er sich an die Stimme seines Vaters erinnert und daran, wie prompt er und seine Schwester immer auf diesen Ruf reagiert hatten. »Was?«, erwiderte Joel von irgendwoher im oberen Bereich des Hauses.

»Komm runter! Wir müssen reden.«

»Worüber?«

»Hey! Setz deinen Arsch in Bewegung!«

Joel kam, aber ohne jede Eile. Toby folgte ihm dicht auf den Fersen. Dix schien es, als schleiche Joel geradezu die Treppe hinab und in die Küche, und als er den Jungen anwies, sich an den Küchentisch zu setzen, folgte Joel mit einer Gemächlichkeit, die ihn zur Weißglut brachte.

Joel befand sich in einer anderen Welt. Er hatte die Kommode in seinem Zimmer angehoben, die Pistole hervorgeholt und in seinem Rucksack versteckt. Danach hatte er auf seinem Bett gesessen. Er fühlte sich krank an Körper und Seele. Er versuchte, sich einzureden, dass er tun konnte, was immer The Blade ihm befahl. Und danach konnte er wieder der sein, der er immer gewesen war.

»Was hast du mit diesem Penner zu schaffen, Joel?«, kam Dix direkt zur Sache.

Joel blinzelte. »Hä?«

»Komm mir nich' so, Bruder. Ich hab dich mit ihm auf der Straße geseh'n. Er hatte 'nen Joint in der Hand und du hast gewartet, dass du an die Reihe komms'. Was haste mit so einem zu tun? Dealst du schon, oder rauchste nur? Was meinste, wie deine Tante reagiert, wenn ich ihr erzähle, was du treibst?«

»Was?«, fragte Joel. »Du meinst Cal? Wir ha'm nur geredet, Mann. Das war alles.«

»Wie kommt's, dass du mit 'nem Pusher redest, Joel?«

»Ich kenn ihn nur, okay? Und er is' kein …«

»Was? Dealer? Kiffer? Meinste, ich bin blöd?«

»Ich sag doch, es war nur Cal. Das is' alles.«

»Und worüber habt ihr geredet, wenn nich' über Dope?«

Joel antwortete nicht.

»Ich hab dich was gefragt. Ich will 'ne Antwort.«

Der Tonfall stimmte Joel rebellisch. »Das geht dich nix an«, gab er zurück. »Verpiss dich. Ich muss dir gar nix sagen.«

Mit einem einzigen langen Schritt durchquerte Dix die Küche und riss Joel wie eine schlaffe Marionette vom Stuhl. »Pass auf, was du sagst«, fuhr er ihn an.

Toby, der die ganze Zeit am Fuß der Treppe gestanden hatte, schrie: »Dix! Joel! Nich'!«

»Halt die Klappe! Ich hab hier was zu regeln, okay?« Er packte Joel fester.

»Lass mich los!«, rief Joel. »Ich muss nich' mit dir reden! Oder mit sonst wem!«

Dix schüttelte ihn heftig. »Oh doch. Erklär mir, was du mit dem Kerl zu reden hattest, und zwar sofort! Und ich rate dir, erzähl mir kein' Scheiß.«

»Fick dich!« Joel wand sich, um sich zu befreien. Er trat aus, verfehlte Dix aber. »Lass mich los! Lass mich los, du beschissener Schwanzlutscher.«

Die Ohrfeige kam rasend schnell. Dix offene Hand traf mitten in Joels Gesicht. Es klang wie rohes Fleisch, das auf einen Tisch geknallt wurde. Der Schlag schleuderte Joels Kopf nach hinten und brachte den Jungen aus dem Gleichgewicht. Eine zweite Ohrfeige folgte, noch härter. Dann schleifte Dix Joel zur Spüle. »Du stehst also auf dreckige Wörter?«, keuchte er. »Magst sie lieber, als Fragen zu beantworten? Woll'n doch mal sehen, ob du sie hiernach weniger mags'.«

Er bog Joels Oberkörper nach hinten über die Arbeitsplatte und griff nach der Spülmittelflasche.

Toby schoss auf ihn zu, um ihn aufzuhalten. Er umklammerte Dix' Bein und schrie: »Lass ihn los! Er hat nix gemacht! Lass mein' Bruder los! Joel! Joel!«

Dix stieß ihn mit zu viel Schwung weg. Toby wog so gut wie nichts, und der Stoß schleuderte ihn gegen den Küchentisch. Er fing lauthals zu heulen an. Dix hatte die Spüliflasche jetzt in der Hand und spritzte die zähe Flüssigkeit in Joels Gesicht. Er zielte auf den Mund, aber ohne Erfolg. »Dir muss man ma' dringend den Mund desinfizieren«, knurrte er, während er versuchte, die Tülle zwischen Joels Lippen zu rammen.

Doch ein Poltern von der Treppe brachte Ness in die Küche. Sie warf sich auf Dix und ihren Bruder. Der Aufprall drückte Dix hart gegen Joel und Joel gleichermaßen hart gegen die Kante der Arbeitsplatte. Seine Füße suchten nach Halt auf dem PVC, rutschten aber auf dem verschütteten Spülmittel aus. Er ging zu Boden und riss Dix mit sich. Ness landete obenauf.

Sie fluchte kreischend und ging mit den Fingernägeln auf Dix' Kopf los. Dix ließ von Joel ab und versuchte, sein Gesicht zu schützen. Joel rollte zur Seite, packte einen Stuhl und hangelte sich hoch.

Ness schrie: »Du Scheißkerl! Arschloch! Fass meine Brüder ja nich' an!« Und traktierte den Bodybuilder mit Händen, Füßen, Ellbogen und Zähnen.

Dix gelang es, sie bei den Armen zu packen. Er warf sie beide herum, sodass er oben zu liegen kam, und er hielt sie am Boden. Dort wälzten sie sich in Spülmittel, und es sah aus wie ein wilder Paarungsakt, den Dix zu unterbinden suchte, indem er ihren Körper unter seinem einklemmte.

Da kreischte sie, stieß einen einzelnen langen, entsetzlichen Schrei aus, wie jemand, der gerade das Tor zur Hölle durchschritt.

Und in diesem Moment kam Kendra nach Hause. Toby lag zusammengerollt unter dem Tisch, Joel bemühte sich, Dix von seiner Schwester zu zerren, und Dix tat, was er konnte, um sie ruhig zu halten. Ness war an einen völlig anderen, entlegenen Ort entrückt. »Runter von ihr! Geh runter von ihr!«, schrie sie und warf den Kopf zurück und wölbte das Rückgrat mit solcher Kraft, dass es ihr gelang, sich selbst und Dix anzuheben. »Lass sie in Ruhe! Nein! Mama … *Mamaaaa* …« Und mit diesem Hilferuf an die Frau, die nicht da war, die nie da gewesen war und die nie da sein würde, fing sie an zu heulen wie ein weidwundes Tier, dazu verurteilt, langsam zu verenden.

Kendra hastete zu ihr. »Dix! Hör auf!«

Dix wälzte sich von dem Mädchen. Er blutete im Gesicht

und keuchte wie ein Sprinter. Er schüttelte den Kopf, unfähig zu sprechen.

Dafür sprudelten die Worte nur so aus Ness hervor. Sie lag mit ausgestreckten Armen und Beinen am Boden, dann begann sie zu treten, hämmerte mit den Fäusten erst auf einen unsichtbaren Gegner, dann auf sich selbst ein. »Geh weg. Hau ab! Geh *weg*!«

Kendra kniete sich neben sie.

»Er hat's getan! Er hat's getan!«

»Ness!«

»Und keiner war da.«

»Ness! Ness, was ist denn nur …«

»Und du bis' in die Spielhalle gegangen und has' ihm gesagt: Pass auf sie auf, und er sagt: Okay. Und du bis' einfach abgehau'n und has' uns bei *ihm* gelassen. Aber es war nich' nur er. Es war'n sie alle. Ha'm sich an mich gepresst, und ich konnte fühl'n, wie sie hart war'n. Und er fasst unter mein T-Shirt und drückt und sagt: Ich hab sie gern jung. So hab ich sie gern, dann sind sie schön fest, oh ja! Und ich weiß nich', was ich machen soll, ich hätt doch nie gedacht …«

Kendra riss sie stürmisch an sich. »Oh, mein Gott!«, rief sie.

Reglos schauten die anderen zu, zu Salzsäulen erstarrt – unfassbar, was sie da hörten.

»Und *du* bis' zu Besuch gekomm'«, schrie Ness, klammerte sich an Kendra und trommelte auf ihren Rücken ein. »Du bis' vorbeigekomm', bevor du in irgendein' Club gegang' bis' oder so, um 'n Kerl aufzureißen. Und jeder konnt seh'n, was du vorhast, weil du diesen Blick draufhast, und an der Art, wie du angezogen warst. Aber du wolltest nur ein bestimmtes Alter, und das haste auch klargemacht. Du wolltest sie jung. Mit sechzig, fünfundsechzig, siebzig wollteste sie nich'. Aber jetz' sind sie *heiß*, verstehste, sie alle. Sie sind heiß und hart und wissen, was sie woll'n. Und du verschwindest wieder und sie auch, denn sie geht ja immer in die Spielhalle, und da kommen sie. Nehm' sich einfach, was sie woll'n. George und seine Freunde, auf Grans

Bett. Sie haben alle ihre Schwänze rausgeholt ... Sie klettern aufs Bett ... Und ich kann nich' ... kann nich' ...«

»Ness! Ness!«, rief Kendra. Sie hielt sie fest und wiegte sie. Und an Joel gewandt: »Hast du das gewusst?«

Er schüttelte den Kopf. Er hatte sich in die Faust gebissen, als seine Schwester sprach, und hatte den metallischen Geschmack seines Blutes auf der Zunge. Was immer Ness passiert war, war in aller Stille und hinter verschlossenen Türen geschehen. Aber er erinnerte sich daran, wie oft sie vorbeigekommen waren, Georges Freunde. Angeblich zum Kartenspielen. Manchmal bis zu acht von ihnen. Und er erinnerte sich daran, was Glory gesagt hatte, wenn sie in den Mantel schlüpfte: »George, kannst du auf die Kinder aufpassen?«

Und George hatte immer fröhlich geantwortet: »Keine Bange, Glory. Mach dir nur keine Sorgen. Ich hab hier genug Hilfe, um ein, zwei Ozeandampfer zu bemannen, also sollten drei Kinder kein Problem sein. Außerdem is' Ness doch schon groß genug, um zu helfen, wenn die Jungs über die Stränge schlagen. Stimmt's nich', Nessa?«, und schickte ein Augenzwinkern in ihre Richtung.

Und Ness sagte nur: »Geh nicht, Gran.«

Und Gran erwiderte: »Mach deinen Brüdern einen Becher Malzkaffee, Liebes. Bis ihr ausgetrunken habt, ist eure Gran wieder zu Hause.«

Aber sie kam nie rechtzeitig zurück.

Als Ness sich also ein Obstmesser schärfte, schien es nur eine logische Folge dessen, was in der Küche passiert war und was sie ihnen offenbart hatte. Joel sah, wie sie es tat, sagte jedoch nichts. Ness war in dieser Hinsicht genau wie er: Wenn sie sich mit dem Obstmesser sicherer fühlte, was war dagegen einzuwenden, fand er.

Nach diesem Ereignis stellte Dix alles infrage. Das romantische Ideal einer Familie war immer zentraler Gegenstand seiner Träume gewesen, und seine Zukunftsträume hatten ihre Wurzeln in der Vergangenheit, deren prägendste Erfahrung die

Nestwärme innerhalb seiner eigenen Familie gewesen war. Seine Vorstellung von Familie war ein Paterfamilias, der am Kopfende des Tisches saß und den Sonntagsbraten anschnitt. Adventslichter in der Weihnachtszeit, ein Ausflug nach Brighton an einem Feiertag, wenn genug Geld da war für Zuckerwatte, Lutscher und Fish 'n' Chips auf der Promenade am Meer. Eine Familie – das waren für ihn Eltern, die ein wachsames Auge auf die Schulleistungen ihrer Kinder richteten, ihre nachmittäglichen Aktivitäten, ihre Freunde, ihre Kleidung, ihre Manieren und ihr Wachstum. Regelmäßig zum Zahnarzt und zum Kinderarzt für die Impfungen. Ein Thermometer unter die Zunge und Suppe und Toastbrot ohne Rinde, wenn sie krank waren. In solch einer Familie sprachen die Kinder respektvoll mit ihren Eltern, die sie wiederum mit fester, aber liebevoller Hand führten, sie zur Ordnung riefen, wenn es nötig war, und dafür sorgten, dass man offen miteinander sprechen konnte. Wenn man eine Familie je als normal bezeichnen konnte, dann diejenige, in der Dix D'Court aufgewachsen war. Das hatte ihm eine Folie dafür geliefert, wie seine eigene Zukunft mit Frau und Kindern aussehen sollte. Aber nichts hatte ihn auf den Umgang mit Kindern vorbereitet, die von derlei Schrecken geplagt waren.

Er glaubte, die Campbells brauchten Hilfe. Mehr Hilfe, als Kendra oder er ihnen jemals geben konnten. Als Dix das zur Sprache brachte, blockte Kendra ab. »Willst du, dass ich sie abschiebe?«, fragte sie.

»Das hab ich nich' gesagt«, entgegnete er ruhig. »Nur, dass sie zu viel durchgemacht haben, und wir sind einfach nicht in der Lage, sie aus diesem tiefen Loch herauszuholen.«

»Ness geht doch schon zur Therapie. Toby hat sein Lernzentrum. Und Joel tut, was wir ihm sagen. Was willst du denn noch?«

»Ken, das hier ist zu groß für dich und mich. Das musst du doch einseh'n.«

Aber das konnte Kendra nicht. Wäre sie nur nicht so stur darauf fixiert gewesen, ihr Leben genau so zu belassen, wie es war, als Glory die Kinder bei ihr abgeliefert hatte wie drei Kornsäcke, dann hätte sie ihnen allen vielleicht ein gutes Leben schaffen können, glaubte sie. Irgendetwas zu unternehmen, das auch nur im Geringsten nach Abschieben aussah, kam für sie nicht infrage. Sie würde tun, was nötig war, um die Kinder zu retten, und wenn sie es allein tun musste.

»Auch wenn du dafür alles aufgeben musst, wofür du geschuftet hast?«, fragte Cordie, als sie sich das nächste Mal trafen. »Die Massagen? Den Wellness-Tempel, den du eines Tages eröffnen willst? Das willste alles sausen lassen?«

»Hast du nicht auch genau das getan?«, konterte Kendra. »Hast du nicht Gerald nach- und dabei deine Träume aufgegeben?«

»Was? Weil er noch 'n Kind will und ich ihm eins geb? Wieso geb ich damit meine Träume auf? Und welche Träume denn eigentlich? Herrgott noch mal, Ken, ich hab den Leuten die Nägel lackiert.«

»Du wolltest in den Wellness-Tempel einsteigen.«

»Ja, stimmt. Aber letztlich ist es doch so: Ich hab mich für Gerald entschieden, weil ich eine Wahl treffen musste. Ich würd mich immer für Gerald entscheiden. Wenn es was wird mit dem Wellness-Tempel und das dann gerade in meine Pläne passt, steig ich ein. Und wenn es nich' passt, wähl ich Gerald.«

»Was ist mit den anderen?«

»Welche andern?«

»Die Männer, die du anmachst. Du weißt schon, was ich meine.«

Cordie betrachtete sie verständnislos. »Du irrst dich«, antwortete sie. »Ich mach keine Männer an.«

»Cordie, du knutschst mit neunzehnjährigen Jungs rum ...«

»Ich weiß, was ich hier habe«, erklärte Cordie entschieden und verschloss wie so oft die Augen vor ihren eigenen Schwächen. »Und ich wähle Gerald. Du solltest dir lieber angucken, was du hast, und eine Wahl treffen, mit der du leben kannst.«

Das war genau der Kern der Sache: Eine Wahl treffen und

hinterher damit leben. Kendra wollte weder das eine noch das andere.

Sie suchte sich Hilfe.

»Wir müssen Anzeige erstatten«, war Fabia Benders Reaktion, als Kendra ihr von den Ereignissen berichtete. Sie hatten sich in der Lisboa Patisserie an der Golbourne Road verabredet. Castor und Pollux warteten geduldig vor der Tür, während ihr Frauchen sich einen Café au lait und ein Krabbensandwich gönnte, das sie aus ihrem Aktenkoffer hervorgeholt hatte. Fabia legte das Sandwich auf eine Papierserviette und förderte ihr Notizbuch zutage, in dem sie alles von ihrem Terminkalender bis hin zu den Rabattmarken des Supermarkts verwahrte. Sie fing an, darin zu blättern.

»Anzeige erstatten gegen wen?«, fragte Kendra. »George ist weg. Und was seine Freunde betrifft: Ness kennt ihre Namen nicht, und meine Mutter wahrscheinlich ebenso wenig. Und was hätten wir gewonnen? Sie würde sowieso nicht mit der Polizei über diese Sache reden. Sie spricht ja kaum mit mir.«

Fabia wirkte konzentriert. »Das erklärt allerhand. Zum Beispiel, warum Vanessa nicht mit Ruma reden will. Oder einer psychiatrischen Untersuchung zustimmt. Oder in irgendeiner anderen Weise mit uns kooperiert. Die meisten missbrauchten Mädchen fühlen sich zutiefst beschämt. Sie glauben, sie haben irgendetwas gesagt oder getan, um den oder die Täter anzuspornen. Das ist genau die Denkweise, zu der die Täter ihre Opfer konditionieren. Und in Ness' Fall war niemand da, um ihr etwas anderes beizubringen. Die Mutter krank, der Vater tot, die Großmutter mit anderen Dingen beschäftigt. Am Beginn ihrer Pubertät war niemand da, um ihr zu erklären, welche Rechte sie hat, ihren Körper zu schützen«, dachte Fabia laut und blickte dabei aus dem Fenster, wo ein leichter Regen fiel. Als sie ihren Blick wieder auf Kendra richtete, las sie deren Gesichtsausdruck. »Es ist nicht Ihre Schuld, Mrs. Osborne. Sie haben ja nicht dort gewohnt. Ihre Mutter schon. Wenn man jemandem Vorwürfe machen will ...«

»Was spielt das für eine Rolle?«, fragte Kendra. »Ich fühle, was ich fühle.«

Fabia nickte. »Nun, auf jeden Fall muss Ruma davon erfahren. Und …« Sie zögerte. Sie wusste, Kendra meinte es gut. Aber die Versuche der Tante, den Kindern die Mutter zu ersetzen, waren so unbeschreiblich unzureichend gewesen, dass die Chance, dass Kendra in die Psyche ihrer Nichte vordringen und die Wogen würde glätten können, gleich null waren. Doch es gab andere Anlaufstellen. »Ich werde mit Majidah Ghafoor reden. Sie hat einen guten Draht zu Ness. Ein Feld, das man pflügen, wenn vielleicht auch noch nicht einsäen kann. Lassen Sie mich sehen, was ich tun kann.«

Mit den neu gewonnenen Erkenntnissen schlug Ruma eine Marschrichtung vor, die Fabia niemals erwartet hätte. Selbsthilfegruppen seien schön und gut, sagte sie. Und eine psychiatrische Untersuchung könnte ihnen Informationen über die chemischen Vorgänge in Ness' Gehirn liefern, die Aufschluss über eine mögliche Schizophrenie oder Depression gaben. Aber im Moment gehe es um den Zustand ihrer Psyche, ihrer Seele, und da die Patientin unwillig sei, über den Missbrauch zu reden, und natürlich zu alt für therapeutische Spiele mit anatomischen Puppen … »Hippotherapie«, lautete Rumas Schlussfolgerung. »Da gibt es ganz erstaunliche Erfolge.«

»*Hippo?*« Fabias erster Gedanke galt den riesigen, pummeligen afrikanischen Tieren mit den großen Mäulern und den winzigen, schlackernden Öhrchen.

»Pferde«, stellte Ruma richtig. »Psychische Behandlung mithilfe von Pferden.« Der Ausdruck der Sozialarbeiterin verriet Skepsis, sodass Ruma anhob zu erklären, es sei eine Form taktiler Therapie, bei der die Interaktion zwischen Mensch und Pferd nicht nur als Metapher für Themen diente, die zu schmerzhaft für den Patienten waren, um darüber zu sprechen, sondern auch als Beschleuniger für den Heilungsprozess. »Es geht um Themenbereiche wie Kontrolle, Macht und Angst«, sagte Ruma. »Ich weiß, es klingt verrückt, Fabia, aber wir müssen es versuchen. Wenn wir nicht bald irgendeine Art von Durchbruch bei Ness erreichen ...« Sie brach ab, und Fabia beendete den Satz in Gedanken: Es würde alles noch schlimmer werden.

»Können wir irgendwoher Mittel dafür bekommen?«, fragte Ruma.

Fabia seufzte. »Ich habe keine Ahnung.« Es klang so weit hergeholt. Dieses Mädchen bewegte sich in einem System, das die Grenzen seiner Belastbarkeit längst erreicht hatte, und war nur eines von vielen! Es mochte irgendwo Sondermittel für eine solche Therapie geben, aber es würde Ewigkeiten dauern, sie aufzutun. Fabia war dennoch gewillt, sich auf die Suche zu begeben. Aber in der Zwischenzeit würden Ness' Wunden schwären.

Sie suchte Majidah auf, wild entschlossen, für Vanessa Campbell keine Möglichkeit auszulassen. Majidah, Ruma, Fabia, Kendra ... Die Frauen in Ness' Leben mussten eine Front bilden, um Ness eine Botschaft von Anteilnahme, Liebe und Unterstützung zu vermitteln.

»Ach, dass solche Dinge passieren müssen«, lautete Majidahs leiser Kommentar zu der Geschichte, die Fabia ihr erzählte. Sie berichtete Fabia, was sie selbst aus Ness' Andeutungen über die Vergangenheit des Mädchens erfahren hatte.

»Mit *zehn* Jahren?«, wiederholte Fabia entsetzt.

»Es lässt einen an Gottes Plan zweifeln.«

Fabia glaubte an keinen Gott. Sie war schon vor langer Zeit zu dem Schluss gekommen, dass die Menschheit ein Zufallsprodukt war, das Ergebnis einer atomaren Kollision in einem uralten Universum. Ohne Plan, ohne Absicht und ohne die geringste Chance auf ein positives Ende, wenn man keine enormen Anstrengungen unternahm, es herbeizuführen. »Wir versuchen, ihr einen Platz in einer speziellen Therapie zu beschaffen«, erklärte sie. »Sollte sie bis dahin beschließen, mit Ihnen über das zu sprechen, was passiert ist ... Ich hielt es für das Beste, Sie ins Bild zu setzen.«

»Und darüber bin ich sehr froh«, versicherte Majidah. »Ich werde ebenfalls versuchen, mit dem Mädchen zu sprechen.«

»Es ist unwahrscheinlich, dass sie bereit ist, darüber zu sprechen ...«

»Ach, du lieber Himmel, davon werde ich doch nicht anfangen«, sagte Majidah. »Aber wie Sie sicher wissen, gibt es viele Dinge außer der Vergangenheit, über die man reden muss.«

Das war der Kurs, den Majidah einschlug. Schreckliche Erlebnisse konnten eine schwere Prüfung für die Seele sein, aber wenn es einem an Duldsamkeit und Vergebungswillen mangelte, vergiftete das den Geist. Sie hatte einen Plan. In der Kindertagesstätte verteilte sie alte Zeitschriften, Pappen, Klebstoff und Kinderscheren. Die Kinder sollten Collagen basteln, und Majidah bestand darauf, dass Ness mitmachte. Sie sollten Bilder machen, die ihre Familien und ihre Umwelt darstellten, erklärte sie.

»Warum soll ich da mitmachen?«, fragte Ness verdrossen. »Dann kann ich ihnen doch gar nich' helfen.«

»Du wirst ihnen ein Beispiel geben«, erwiderte Majidah ruhig.

»Aber ich will nich' ...«

»Vanessa, ich kann darin kein Problem erkennen. Wenn du das anders siehst, müssen wir unter vier Augen darüber sprechen.«

Eine Unterredung unter vier Augen war Ness durchaus recht. Es war auf alle Fälle besser, als an einem Tisch zu hocken, der ihr nicht einmal bis zu den Knien reichte, eingeklemmt zwischen Vierjährigen, die wild mit Scheren herumfuchtelten, egal wie stumpf sie auch sein mochten. Sie folgte Majidah also in einen ruhigen Winkel des Raums, wo eine Reihe Fenster auf den Spielplatz und auf Meanwhile Gardens zeigte. Aber Majidah kam nicht weiter als: »Vanessa, Sayf al Din und ich fragen uns, warum du nicht mehr in seine Werkstatt kommst ...«, ehe Ness' Aufmerksamkeit abgelenkt wurde. Eine Bewegung am Rande ihres Blickfeldes, und sie drehte den Kopf und sah, worauf sie seit Tagen gewartet hatte.

Dann ging alles sehr schnell. Ness schnappte sich ihre Tasche und stürzte zur Tür. Sie rannte auf den Spielplatz hinaus, durch das Tor im Zaun, und zog das Obstmesser hervor.

Gleich am Zaun stand Neal Wyatt und redete mit Hibah. Niemand sonst war in der Nähe, und Ness hatte den Überraschungseffekt auf ihrer Seite.

Mit unbeirrbarer Entschlossenheit stürzte sie sich auf Neal. Ehe Hibah oder der Junge irgendetwas tun konnten, um sie aufzuhalten, und noch ehe Majidah ihr folgen konnte, hatte Ness die Schnelligkeit, die Überraschung und die Wucht ihres Angriffs genutzt, um Neal Wyatt zu Boden zu reißen. Die Klinge ihres Obstmessers funkelte grau vor dem grauen Winterhimmel. Sie verschwand, kam rot verschmiert wieder hervor. Verschwand wieder. Wieder. Wieder.

Hibah kreischte. Ness stieß mit dem Messer in ihre Richtung, als sie sich zu nähern versuchte. Neal wehrte sich, aber Ness' Rachgier und Hass hatte er nichts entgegenzusetzen. Blut spritzte auf ihre Wangen und Brust.

Sie fing an zu schreien: »Willst du's, Baby? Willst du's so?«, und sie hob das Messer mit der unverkennbaren Absicht, es in Neal Wyatts Herz zu stoßen.

Majidah stürzte hinaus, und die Kinder folgten. »Nein!«, schrie sie ihnen zu, und sie drängten sich nahe am Zaun zusammen. Überall war Blut. An Ness, an dem Jungen, der auf dem Boden lag, an dem Mädchen, das hilflos und verzweifelt daneben stand. Ihr rief Majidah zu: »Hilf mir! *Jetzt!*« Sie packte Ness erhobenen Arm und riss sie zurück, während ihr das andere Mädchen unter unverständlichem Wehklagen beistand.

Alle drei fielen zu Boden. Neal rollte sich zur Seite. Und dann war er plötzlich auf den Beinen, blutend, aber nicht zu schwer verwundet, um nach ihr zu treten. Unartikuliertes Knurren und Flüche begleiteten seine Tritte, die auf Köpfen, Armen und Beinen landeten.

Dann näherten sich Schritte aus Richtung Elkstone Road. Ein junger Mann kam, schwang einen Stock und vertrieb Neal damit. Auf dem Bürgersteig stand die Mutter des jungen Mannes mit einer zweiten älteren Dame, die in ein Handy sprach: »Überall Blut ... drei Frauen ... ein Junge ... ein Dutzend Kinder ...«

Ihre Worte klangen bis zum Ort des Geschehens herüber. Sie entsprachen nicht ganz den Tatsachen, aber sie hatten den gewünschten Effekt. Es dauerte nicht lange, bis Polizei und Krankenwagen eintrafen.

Lange genug für Ness, um sich davonzumachen, und niemand war in der Verfassung, sie aufzuhalten.

26

Joel entdeckte die Hunde eher als Toby: den Riesenschnauzer und den kleineren, aber bedrohlicheren Dobermann. Wie immer, wenn er sie gelegentlich gesehen hatte, lagen sie mit den Köpfen auf den Pfoten am Boden und harrten der Befehle ihres Frauchens. Doch die Tatsache, dass sie links und rechts der Eingangsstufen zu Kendras Haus lagen, verriet ihm, dass etwas nicht stimmte. Wenn Fabia Bender im Haus war, bedeutete das, Kendra war ebenfalls dort, und eigentlich hätte sie um diese Tageszeit bei der Arbeit sein müssen.

»Guck dir die Hunde an«, murmelte Toby, als er und Joel sich vorsichtig an den Tieren vorbeischoben.

»Fass sie nich' an«, warnte Joel seinen Bruder.

»Okay«, antwortete Toby.

Drinnen waren sie in Sicherheit, aber nur vor den Hunden. Denn in der Küche saßen ihre Tante und die Sozialarbeiterin am Tisch, drei Aktendeckel vor sich aufgefächert und ein voller Aschenbecher neben Kendra. Ein Notizbuch, in dem eine Vielzahl von Zetteln und Blättern steckte, lag aufgeschlagen am Boden zu Fabia Benders Füßen.

Joel sah die Aktendeckel. Drei Stück. Drei Campbell-Kinder. Es war eindeutig, was das zu bedeuten hatte.

Er blickte zu seiner Tante. Dann weiter zu Fabia Bender. »Wo is' Ness?«

»Dix sucht sie«, antwortete Kendra. Der Anruf einer völlig aufgelösten Majidah hatte sie veranlasst, den Laden zu schließen und sich auf die Suche nach ihrer Nichte zu machen. Ein zweiter Anruf von Fabia Bender hatte sie nach Hause zitiert, sodass Dix die hektische Suche allein fortsetzen musste.

»Bring Toby nach oben, Joel! Nehmt euch etwas zu essen mit. Es sind Ingwerplätzchen da, wenn ihr wollt.«

Hätte ihr Tonfall nicht ausgereicht, sagte die Esserlaubnis im Schlafzimmer Joel doch alles, was er wissen musste. Denn Essen im Schlafzimmer war verboten, aber was immer passiert war, musste noch schlimmer sein. Er wusste, es hatte keinen Zweck, hier unten zu bleiben. Widerstrebend nahm er ein paar Plätzchen, ging nach oben, sorgte dafür, dass Toby es sich mit seinem Skateboard und den Leckereien auf dem Bett gemütlich machte, und ging zurück zur Treppe. Er schlich ein Stück abwärts, setzte sich dann auf eine Stufe und spitzte die Ohren, um die Hiobsbotschaft zu hören.

»... ihre Fähigkeit, mit der Situation fertig zu werden, realistisch betrachten ...«, hörte er Fabia Bender sagen.

»Es sind meine *Nichte* und meine *Neffen*«, erwiderte Kendra mutlos, »keine Katzen und Hunde, Miss Bender.«

»Mrs. Osborne, ich weiß, dass Sie Ihr Bestes getan haben.«

»Sie wissen gar nichts. Wie könnten Sie auch? Sie wissen nichts. Was Sie sehen ...«

»Bitte. Tun Sie sich das nicht an, und mir auch nicht. Dieses Mal geht es nicht um einen vereitelten Straßenraub. Das hier war ein vorsätzlicher tätlicher Angriff. Noch haben sie sie nicht, aber es wird nicht lange dauern. Sobald sie sie schnappen, kommt sie in Untersuchungshaft. Für eine Geschichte wie diese, die auf versuchten Mord hinausläuft, bekommt eine Jugendliche keine gemeinnützige Arbeit aufgebrummt, und sie darf auch nicht nach Hause, um den Gerichtstermin abzuwarten. Ich sage das alles nicht, weil ich grausam klingen will. Aber Sie müssen sich mit den Tatsachen ihrer Situation vertraut machen.«

Kendras Stimme klang matt: »Wohin bringen sie sie?«

»Wie gesagt, es gibt Untersuchungsgefängnisse für jugendliche Straftäter. Man wird sie nicht mit Erwachsenen zusammensperren.«

»Aber Sie müssen doch berücksichtigen – und die Polizei genauso –, dass es einen Grund gab. Dieser Junge hat sie überfallen. Er hat ihr an dem Abend neulich aufgelauert. Er und seine Freunde. Sie wollte es mir nicht sagen, aber er war es. Ich *weiß* es. Er hatte es von Anfang an auf alle drei Kinder abgesehen. Und dann ist da die Sache, die ihr früher passiert ist. Im Haus ihrer Großmutter. Es gibt *Gründe*.«

Joel hatte seine Tante nie zuvor so verzweifelt erlebt. Tränen schossen ihm in die Augen. Er drückte das Kinn auf die Knie, damit es aufhörte zu beben.

Dann klingelte es an der Tür. Fabia und Kendra fuhren herum. Kendra zögerte nur einen Moment, um sich für die nächste Katastrophe zu wappnen, ehe sie zur Tür ging und öffnete.

Drei Leute standen auf der obersten Stufe zusammengedrängt, während Castor und Pollux immer noch reglos auf der Erde lagen wie zwei steinerne Zeugen der tragischen Ereignisse am Edenham Way. Zwei der Ankömmlinge waren uniformierte Constables, eine schwarze Frau und ein weißer Mann. Und in ihrer Mitte: Ness, ohne Mantel, zitternd, der Pullover blutbesudelt.

»Ness!«, rief Kendra, und Joel rannte die Treppe hinab und in die Küche. Sobald er die Polizeibeamten entdeckte, blieb er wie angewurzelt stehen.

»Mrs. Osborne?«, fragte der eine.

»Ja. Ja«, antwortete Kendra.

Für einen Moment war die Szene wie erstarrt. Fabia Bender immer noch am Küchentisch, doch halb erhoben. Kendra mit beiden Händen ausgestreckt, um Ness in die Arme zu schließen. Die Beamten schauten sich um. Joel hatte Angst, sich zu regen, weil er fürchtete, dann in sein Zimmer zurückgeschickt zu werden. Ness' Gesicht war eine abweisende Maske. Ihre Botschaft war unmissverständlich: Nicht näher treten. Nicht berühren.

Die Polizistin durchbrach das allgemeine Zögern. Sie legte Ness eine Hand auf den Rücken. Ness fuhr zusammen. Die Beamtin reagierte darauf nicht, verstärkte lediglich den Druck, bis Ness ins Haus trat. Die Polizisten folgten ihr. Alle drei hoben den Fuß im selben Moment, als hätten sie die Szene einstudiert.

»Diese junge Dame hatte ein bisschen Ärger mit einem Kerl am Queensway«, erklärte die Beamtin. Sie stellte sich als Police Constable Cassandra Anyworth vor und ihren Partner als Police Constable Michael King. »Großer, schwarzer Kerl. Ein richtiger Muskelprotz. Er wollte sie in ein Auto zerren. Aber sie hat sich tapfer gewehrt. Sie hat ihn sogar erwischt, das muss man ihr lassen. Nur deshalb steht sie jetzt hier. Das Blut ist nicht ihrs, keine Bange.«

Diese Polizeibeamten hatten ganz offensichtlich keine Ahnung, was zuvor in Meanwhile Gardens zwischen Ness und Neal Wyatt vorgefallen war. Sie gehörten nicht zur hiesigen Wache. Dass sie Ness bei einer Auseinandersetzung mit einem schwarzen Mann am Queensway aufgegriffen hatten, sprach dafür, dass sie in der Dienststelle Ladbroke Grove und nicht in Harrow Road beschäftigt waren. Aber Ladbroke Grove klang auch alles andere als gut. Die Polizeiwache hatte einen ziemlich schlechten Ruf. Wer dort landete, hatte wenig Hoffnung auf eine faire Behandlung, erst recht nicht, wenn er einer ethnischen Minderheit angehörte.

Kendra dämmerte es. »Dix! Hat *Dix* dich gefunden? Hat *er* dich gefunden?« Und als das Mädchen nicht antwortete, wandte Kendra sich an die Constables: »War der Name des Mannes Dix D'Court?«

PC King antwortete: »Wir wissen seinen Namen nicht, Madam. Das erledigen die Kollegen auf dem Revier. Auf jeden Fall ist er in Gewahrsam, also besteht kein Grund zur Sorge, dass er wieder hinter ihr her sein wird.« Er lächelte, aber es war ein Lächeln ohne Wärme. »Die Kollegen werden schon rauskriegen, wer er ist. Im Handumdrehen haben sie seine Personalien und alles, was er in den letzten zwanzig Jahren angestellt hat. Da machen Sie sich mal keine Sorgen.«

»Er wohnt hier«, erklärte Kendra. »Bei mir. Bei uns. Er hat sich auf die Suche nach ihr gemacht. Ich hab ihn darum gebeten. Ich hab selbst nach ihr gesucht, aber dann wollte Fabia mich sprechen, also bin ich nach Hause gekommen. Ness, hast du ihnen denn nicht gesagt, dass es Dix war?«

»Sie war nicht in der Verfassung, irgendwem irgendetwas zu sagen«, erklärte PC Anyworth.

»Aber Sie können Dix nicht festhalten! Nicht dafür, dass er getan hat, worum ich ihn gebeten habe …«

»Wenn das der Fall ist, wird sich ja alles bald aufklären, Madam.«

»Bald? Aber er ist in Haft. Eingesperrt. Er wird verhört.« Und wird verprügelt, wenn seine Antworten ihnen nicht gefallen. Polizeigewalt, gefolgt von den üblichen Ausreden: Er sei gegen eine Tür gelaufen. Auf den Fliesen ausgerutscht. Habe den Kopf gegen die Zellentür geschlagen, wir wissen auch nicht, warum, wahrscheinlich leidet er an Klaustrophobie. »Mein Gott.« Und dann: »Oh, Ness.« Und nichts weiter.

Fabia schaltete sich ein. Sie stellte sich vor und gab den Beamten ihre Visitenkarte. Sie arbeite mit dieser Familie, erklärte sie, und werde sich um Vanessa kümmern. Mrs. Osborne habe ihnen übrigens die Wahrheit gesagt. Vanessas mutmaßlicher Angreifer habe lediglich versucht, sie nach Hause zu ihrer Tante zu bringen. Die Situation sei ein wenig unübersichtlich. Falls die Constables die Sache näher erörtern wollten … Fabia wies einladend zum Tisch hinüber. Dort lagen die Aktendeckel, die die Vergangenheit, Gegenwart und Zukunft der Kinder enthielten, und einer davon war aufgeschlagen. Fabias Notizbuch lag auf dem Fußboden, Formulare quollen heraus hervor. Es sah alles höchst offiziell aus.

PC King drehte die Visitenkarte um. Er war überarbeitet und müde und wollte das schweigsame Mädchen einfach nur in die Obhut eines anderen Erwachsenen geben. Er tauschte einen Blick mit PC Anyworth, und sie verständigten sich wortlos. Sie nickte, er nickte. »Weitere Erörterungen sind wohl nicht nötig«, sagte er. »Wir lassen das Mädchen bei Ihnen und der Tante, und wenn vielleicht jemand zur Ladbroke Grove fahren und den Mann identifizieren möchte, der die junge Dame in sein Auto zwingen wollte …«

Dieses »möchte« unterstrich in Kendras Augen die Dringlichkeit, Dix aus den Klauen der Polizei zu befreien. Sie bedankte sich bei den Beamten, sie verabschiedeten sich, und die Sache schien erledigt.

Doch das war sie nicht. Die Polizeiwache Ladbroke Grove hatte vielleicht noch keine Benachrichtigung über den tätlichen Angriff auf einen Jungen in Meanwhile Gardens und die Fahndung nach der Täterin erhalten, aber früher oder später würde sie das. Und selbst wenn das nicht der Fall wäre und die Beamten die beiden Fälle niemals in Zusammenhang brächten, hatte Fabia Bender jetzt doch eine Pflicht, die darüber hinausging, die Wogen in dieser Familie zu glätten.

»Ich muss Harrow Road anrufen«, sagte sie und zog ihr Handy aus der Tasche.

»Nein«, protestierte Kendra. »Warum? Das dürfen Sie nicht tun.«

Das Handy ans Ohr gepresst, entgegnete Fabia: »Mrs. Osborne, Sie wissen doch, dass es keine Alternative gibt. Die Polizei weiß, nach wem sie fahndet. Sie hat ihren Namen, die Adresse und ihre Vorstrafe in den Akten. Wenn ich sie hier bei Ihnen lasse – was ich nicht kann, und das wissen Sie genau –, zögere ich das Unvermeidliche nur hinaus. Meine Aufgabe ist es jetzt, dafür zu sorgen, dass Ness von den Behörden adäquat behandelt wird. Und Ihre ist es, Mr. D'Court aus der Ladbroke-Grove-Wache zu holen.«

Ein Schrei entrang sich Joels Kehle, und endlich bemerkten die beiden Frauen seine Anwesenheit. In ihrer Verzweiflung befahl Kendra ihm streng, wieder noch oben zu gehen und dort zu warten. Er warf seiner Schwester einen kummervollen Blick zu und floh die Treppe hinauf.

Kendra bat Fabia: »Geben Sie mir wenigstens Zeit, ihr das Blut abzuwaschen.«

»Das kann ich nicht ... Mrs. Osborne ... Kendra.« Fabia räusperte sich. Es war unvermeidlich, dass sie persönlichen Anteil an den Familien nahm, die sie betreute, aber sie zahlte immer einen Preis dafür. Sie hasste das, was sie sagen musste. Aber sie fuhr fort. »Beweise«, war das Wort, das sie wählte, und sie hoffte, die Geste, mit der sie auf Ness und das

Blut an ihr wies, sei genug, um Kendra klarzumachen, was sie meinte.

Ness stand einfach nur da. Es war unmöglich, zu entscheiden, ob sie erschöpft oder ratlos war, heimlich Pläne machte oder sich sorgte. Sie wussten indes alle, dass Ness jedwede Möglichkeiten in absehbarer Zukunft versperrt bleiben würden.

Es war nicht so einfach, Dix aus den Fängen der Polizei zu befreien. Es erforderte mehrstündiges Warten, Konsultationen mit dem Pflichtverteidiger, der wenig motiviert war, ihnen zu helfen, Telefonate mit Fabia Bender und Rücksprache mit der Wache an der Harrow Road. Und es würde noch einige Tage dauern, Dix sichergestelltes Auto aus dem Sumpf der Bürokratie zu bergen. Doch wenigstens kam Dix selbst als freier Mann aus dem Gewahrsam.

Er hatte nie zuvor mit der Polizei zu tun gehabt, nicht einmal wegen eines Verkehrsdeliktes. Er war erschüttert, versuchte aber, sich nicht von Rachegedanken leiten zu lassen. Er atmete tief durch und besann sich darauf, wer er gewesen war, bevor er ein betrunkenes Mädchen im Falcon gesehen und beschlossen hatte, sie zu ihrem eigenen Wohl nach Hause zu fahren. Damit hatte alles begonnen, mit der Sorge um Ness. Es kam ihm mehr als ironisch vor, dass die Sorge um Ness jetzt auch alles beenden sollte.

Was er Kendra zu sagen hatte, sprach er erst aus, als sie wieder nach Hause kamen. Er stieg die Treppe hinauf zu ihrem Schlafzimmer. Sie folgte ihm und schloss die Tür. »Dix, Baby«, sagte sie mit zärtlicher Stimme – dieselbe Stimme, die immer als Vorspiel zum Sex gedient hatte. Aber heute konnte er nicht an Sex denken. Er wollte keinen Sex, und er war überzeugt, Kendra auch nicht. Er ging zur Schlafzimmertür und öffnete sie weit.

»Die Jungs?«, fragte er.

»In ihrem Zimmer«, antwortete sie. Das hieß, sie konnten sie hören, wenn sie lauschten, aber das schien keine Rolle mehr zu spielen.

Zwei der Schubladen in der Kommode waren seine, und Dix zog sie heraus und schüttete den Inhalt aufs Bett. Dann ging er zum Schrank und holte seine Sachen heraus. Obwohl es vollkommen überflüssig war, erklärte er: »Ich kann das nicht, Ken.«

Sie sah zu, wie er eine Reisetasche unter dem Bett hervorholte, dieselbe, die er über der Schulter getragen hatte, als er hergekommen war und mit diesem strahlenden Lächeln in der Tür stand, so voller Vorfreude darauf, was es bedeutete – oder vielmehr, welche Hoffnungen er damit verbunden hatte –, bei der Frau, die er liebte, einzuziehen. Damals hatte er die Tasche herauf in dieses Zimmer gebracht und in eine Ecke gefeuert, weil es Wichtigeres zu tun gab, als auszupacken und Platz in Schubladen und Schränken zu schaffen. Wichtiger war diese Frau, sie zu lieben, ihr das zu beweisen, sie zu haben und mit der Sicherheit, die nur ein Dreiundzwanzigjähriger empfinden kann, zu wissen, dass es so richtig war, dass es so sein sollte, dass dies das Hier und Jetzt war.

Aber zu viel war passiert, und dazu gehörten der Queensway, Ness und die Polizisten von der Ladbroke Grove, deren Gedanken er hatte erahnen können – wie ein Jauchebad, das einen Gestank zurückließ, den abertausend heiße Duschen nicht abwaschen konnten.

Als er begann, seine Habseligkeiten in die Reisetasche zu stopfen, sagte Kendra: »Dix, es war nicht deine Schuld. Nichts von alledem. Ihr sind Dinge zugestoßen. Sie ist so voller Wut. Sie fühlt sich betrogen. Im Stich gelassen. Du musst das verstehen, Dix, bitte.« Sie war immer noch die taffe Lady, ihre Sprache wie tiefgefroren von all dem, was während der letzten Stunden geschehen war. Sie konnte sich selbst nicht hören, aber das spielte keine Rolle. Dix konnte sie auch nicht hören. »Ihr Dad wurde auf der Straße ermordet, Dix. Ihre Mutter ist in der Klapse. Meine Mutter hat sie im Stich gelassen, und dann ich. Dix, sie war noch klein! Der verfluchte Freund meiner Mutter und seine widerlichen Kumpel haben sie sich genommen! Sie haben Dinge mit ihr getan, wieder und wieder, und sie hat nichts gesagt, weil sie Angst hatte. Wir müssen ihr vergeben, dass sie schließlich die Kontrolle über sich verloren hat. Am Queensway. Mit dir. Was immer sie den Cops über dich gesagt haben mag – es gibt einen Grund, und der ist furchtbar, und ich weiß, dass du das weißt. Ich weiß, du verstehst das. Bitte.«

Sie bettelte und erniedrigte sich, sie war wie eine dieser armen Frauen, die man manchmal auf der Straße sah, ein Baby an die Brust gedrückt und einen Pappbecher den Passanten entgegengereckt. Ein Teil von ihr – die stolze Frau, die ganz allein ein schwieriges Leben gemeistert hatte – hatte genug gesagt, hatte klargemacht, sie und die Kinder bräuchten Dix nicht, und wenn er gehen wolle, dann solle sie sich lieber mit einem raschen, chirurgischen Schnitt mitten durchs Herz von ihm lösen. Doch der andere Teil von ihr – der jetzt schon so lange ratlos und verängstigt war, dass Ertrinken die einzig denkbare Zukunft zu sein schien – wusste, dass sie ihn brauchte, und sei es nur in der Rolle des Mannes im Haus für eine Familie, die Tod, Wahnsinn und Unglück zusammengewürfelt hatten.

»Das will ich nich', Ken, verstehste? Das hab ich nich' gesucht. Ich hab's wirklich versucht, das musste mir glauben, aber ich kann nich'.«

»Du kannst. Das ist doch nur passiert, weil ...«

»Du hörst mir nich' zu, Ken. Ich *will* nich' mehr.«

»Du meinst mich, oder? Du willst *mich* nicht mehr.«

»Das hier«, gab er zurück. »Ich kann nich', will nich', werd nich'. Ich dachte, ich könnt's schaffen. Ich dachte, es lief sogar ganz gut. Aber ich hab mich geirrt.«

Die Verzweiflung trieb sie zu sagen: »Wenn die Kinder nicht wären ...«

»Sag das nich'. So bist du nich'. Und außerdem hat es nichts mit den Kindern zu tun. Es ist alles. Denn ich will Kinder. Familie. Kinder. Das hast du immer gewusst.«

»Dann ...«

»Aber nich', wie es jetz' is', Ken. Nich' Kinder, deren Vergangenheit ich auseinanderpflücken muss und reparieren, was andere kaputtgemacht haben. Das will ich nich'. Jedenfalls nich' so.«

Was zu bedeuten schien, mit einer anderen Frau, anderen Kindern und in einer Situation, in der auch nur ein Mindestmaß an Hoffnung bestand, würde er anders fühlen. Er würde das sein, was die Frau wollte, was die Kinder brauchten und was Kendra sich niemals zu brauchen, ersehnen oder zu wollen geschworen hatte.

Und wenn sie es doch wollte, diese männliche Präsenz in ihrem Haus, entsprang dieser Wunsch dann eher Panik und Furcht als wahrer Liebe? Im Moment war sie nicht in der Lage, sich diese Frage auch nur zu stellen, geschweige denn zu beantworten. Sie konnte ihm nur dabei zusehen, wie er seine Sachen wild durcheinander in die Reisetasche stopfte. Sie hatte sich in die Sorte händeringender Frau verwandelt, die sie normalerweise verachtet hätte, die ihrem Mann vom Schlafzimmer ins Bad folgte und zuschaute – wie man Rettungssanitäter begaffte, die einen Toten aus einem zermalmten Auto holten –, während er sein Rasierzeug zusammenklaubte und all die Lotions und Öle, die er verwendete, um seinen Körper für die Wettkämpfe geschmeidig und glänzend zu halten.

Als er sich wieder zu ihr umwandte, sah er über ihre Schulter. Joel war aus seinem Zimmer gekommen, und Toby stand gleich hinter ihm. Dix sah den Jungen direkt ins Gesicht, ließ dann aber den Blick sinken und widmete sich wieder seiner Reisetasche. Er schloss den Reißverschluss. Das Geräusch war ein völlig anderes als beim Öffnen. Die Tasche war jetzt schwer bepackt, zum Platzen vollgestopft, aber nicht so schwer, dass ein so starker Mann wie er sie nicht hätte tragen können. Er warf sie sich über die Schulter.

Zu Joel sagte er: »Du musst dich jetzt hier um den Laden kümmern, Mann. Okay? Pass gut auf Ken auf.«

»Klar«, antwortete Joel. Seine Stimme klang dumpf.

»Das hier hat nix mit dir zu tun«, versicherte Dix ihm. »Klar? Es is' das alles, Mann. Lauter Scheiß, den du nich' verstehst. Denk dran. Es hat nix mit dir zu tun. Es is' einfach alles.«

Und genau das senkte sich auf Joels Schultern herab, nachdem Dix D'Court sie verlassen hatte: alles. Ein Haushalt brauchte einen männlichen Vorstand, um funktionieren zu können. Jetzt war er der einzig verfügbare Mann, der über Tobys Sicherheit wachen und Ness aus ihren Schwierigkeiten herausholen konnte. Dass dieses letzte Ziel unerreichbar war, gestand Joel sich nicht ein.

»Sie hat versucht, ihn umzubring'«, berichtete Hibah ihm entrüstet, als sie sich unweit des Trellick Tower über den Weg liefen. »Ich hab's mit eigenen Augen geseh'n. Die Alte von der Kindertagesstätte war auch da. Und ungefähr zwanzig Kinder. Hätt sie ein größeres Messer gehabt, *hätte* sie ihn umgebracht. Die is' total durchgeknallt. Aber die wird sich noch umgucken. Jetz' isse weggesperrt. Ich hoffe, die schmeißen den Schlüssel weg.«

Der Umstand, dass Ness tatsächlich eingesperrt war, barg die einzige Hoffnung. Eingesperrt zu sein, bedeutete Polizei, Polizei bedeutete Harrow Road, und Harrow Road hieß, dass es immer noch eine Chance gab zu verhindern, was Ness' unvermeidliche Zukunft zu sein schien. Es gab ein letztes Mittel, Ness aus dem Sumpf zu ziehen, und Joel hatte Zugang zu diesem Mittel.

Er sah den Weg, den er einschlagen musste, klar vor sich, und dieser Weg endete damit, dass er mit Haut und Haar The Blades Mann wurde. Kein vorübergehendes Arrangement, um sich einen Gefallen zu verdienen, sondern das ganze Programm: Er musste sich The Blade vollständig unterwerfen, sodass kein Zweifel daran blieb, wo Joel Campbells Loyalität lag. Das hieß, er musste warten, bis er seinen Marschbefehl bekam, und das fiel ihm nicht leicht.

Der Tag war gekommen, als Joel die Holland Park School verließ und Cal Hancock am Rande von Airlie Gardens auf dem Weg zur Bushaltestelle entdeckte. Cal stand an den Sitz eines pechschwarzen Triumph-Motorrads gelehnt, und einen Moment lang glaubte Joel, es gehöre ihm. Cal hatte sich gegen die Februarkälte dick eingemummt – von Kopf bis Fuß so schwarz wie die Triumph, von der Strickmütze über die Daunenjacke, die bis obenhin zugeknöpft war, bis hin zu Handschuhen, Jeans und Stiefel mit dicker Kreppsohle. Sein Ausdruck war finster, weder von Haschisch noch sonst irgendetwas aufgeheitert. Das zusammen mit seiner Ganzkörpermaskierung signalisierte Joel, dass der Moment gekommen war.

»Geh'n wir«, sagte Cal, nicht: »Es wird Zeit«, und auch nicht: »Haste die Pistole dabei?« Joel war befohlen worden, die Waffe immer bei sich zu tragen, und trotz des Risikos hatte er gehorcht.

»Erst muss ich Toby von der Schule abholen, Cal«, entgegnete Joel automatisch.

»Vergiss es. Komm mit.«

»Aber er kann nich' allein nach Hause geh'n, Mann.«

»Das is' nich' mein Problem, und deins ganz sicher auch nich'. Er kann ja warten, oder? Es dauert nich' lang.«

»Okay«, antwortete Joel und bemühte sich, gelassen zu klingen. Doch er spürte die Angst auf den Handflächen, als hätte jemand Eissplitter hineingestreut.

»Zeig ma' die Pistole«, sagte Cal jetzt, und Joel stellte seinen Rucksack auf den Bürgersteig. Er schaute sich um, um sicherzugehen, dass niemand sie beobachtete. Dann öffnete er die Schnallen, wühlte am Boden der Tasche und förderte schließlich die Waffe zutage, die in ein Handtuch gewickelt war. Er reichte Cal das Paket. Cal wickelte es aus, überprüfte die Waffe und steckte sie dann in die Jackentasche. Er ließ das Handtuch zu Boden fallen und sagte: »Geh'n wir.« Er machte sich in Richtung Holland Park Avenue auf den Weg.

Joel fragte: »Wohin?«

Cal antwortete über die Schulter: »Darüber brauchst du dir nich' den Kopf zu zerbrechen.«

Sie gingen die Straße entlang, und als sie die Holland Park Avenue erreichten, wandten sie sich nach Osten in Richtung Portobello Road, doch als sie die Ecke erreichten, wo sie hätten abbiegen müssen, ging Cal weiter geradeaus. Am U-Bahnhof Notting Hill ging Cal voraus die Treppe hinab und durch den Tunnel zu den Ticketautomaten. Er zog zwei Fahrscheine. Hin-

und Rückfahrt. Ohne Joel eines Blickes zu würdigen, ging Cal zu den Drehkreuzen, die zu den Bahnsteigen führten.

»Hey, Mann«, sagte Joel. »Warte mal.« Und als Cal nicht reagierte, sondern einfach weiterging, holte Joel auf und fügte unwirsch hinzu: »Ich mach nix in der U-Bahn, kommt nich' infrage.«

»Du tust, was dir gesagt wird, Bruder«, entgegnete Cal, steckte eine Fahrkarte in den Schlitz und stieß Joel durch das Drehkreuz, ehe er selbst folgte. Hätte er diesen Schluss nicht bereits gezogen, wäre Joel spätestens in diesem Moment klargeworden, dass er es mit einem Cal Hancock zu tun hatte, den er nicht kannte. Das hier war nicht der lässige, bekiffte Typ, der Wache stand, während The Blade es mit Arissa trieb. Das hier war der Mann, den man kennenlernte, wenn man sich etwas zuschulden kommen ließ. Zweifellos hatte auch Cal ganz schön was zu hören gekriegt nach dem Fiasko mit der Pakistani auf der Portobello Road. »Dieses Mal macht er keinen Fehler, oder *du* bis' fällig, Calvin«, hatte The Blade wahrscheinlich gesagt.

»Wieso bis' du immer noch bei ihm, Mann?«

Cal antwortete nicht. Er führte ihn lediglich die Tunnel entlang zum überfüllten Bahnsteig, wo Pendler und Shopper und Schulkinder auf dem Heimweg dicht gedrängt standen.

Joel hatte keine Ahnung, in welche Richtung sie fuhren, als sie schließlich den Zug bestiegen. Er hatte weder auf die Schilder am Zugang des Bahnsteigs geachtet noch auf die Station, die vorn am Zug stand, als der in den Bahnhof gerauscht kam, Fahrgäste ausspuckte und neue aufnahm.

Sie setzten sich gegenüber einer sehr jungen Mutter mit einem Baby im Kinderwagen und einem Kleinkind, das eine der Haltestangen hinaufzuklettern versuchte. Das Mädchen sah nicht älter aus als Ness, ihr Gesicht wirkte dumpf und ausdruckslos. Sie war wieder schwanger. Joel sagte zu Cal: »Du bist nich' wie er, Mann. Du könntest doch tun, was *du* willst, oder?«

»Halt's Maul.«

Joel sah dem Kleinkind einen Moment beim Klettern zu. Der Zug fuhr ruckartig an, der Kleine fiel, fing an zu schreien, aber seine Mutter ignorierte ihn. Joel ließ nicht locker. »Scheiße, Mann. Ich kann dich echt nich' versteh'n. Wenn das hier in die Hose geht, was immer es is', dann ha'm sie uns beide dran. Das musste doch wissen. Also, warum haste nie zu diesem Arschloch Stanley Hynds gesagt, er soll seine Drecksarbeit selber machen?«

»Weißte nich', was ›Halt's Maul‹ bedeutet? Biste blöd oder so?«

»Du bist doch 'n Künstler! Du könntest was Besseres aus dir machen als das hier. Du könntest das ernsthaft machen und sogar …«

»Halt's Maul, verfluchte Scheiße!«

Der kleine Junge sah sie mit großen Augen an. Die junge Mutter warf ihnen einen kurzen Blick zu. In ihrem Gesicht lag eine Mischung aus Langeweile und Verzweiflung. Mutter und Sohn waren wie eine Versinnbildlichung dessen, was es heißt, mit den Konsequenzen seiner Taten zu leben, mit den falschen Entscheidungen, die man dickköpfig wieder und wieder trifft.

Cal sagte mit gesenkter, aber scharfer Stimme zu Joel: »Ich hab dich gewarnt, klar? Was du hattest, haste weggeschmissen.«

Dann gab irgendetwas in Cal nach, trotz der Unerbittlichkeit seiner Worte. Joel konnte das sehen. Daran, wie die Wangenmuskeln in Cals Gesicht sich bewegten, so als kaue er auf weiteren Worten, die er zurückhalten wollte. In diesem Moment hätte Joel schwören können, er sei versucht, Cal der Graffitikünstler zu sein, der er wirklich war, fürchtete sich aber zu sehr.

Joel ahnte, dass er und Cal in gewisser Hinsicht Leidensgenossen waren, und das gab ihm ein wenig Trost, während sie ihrem unbekannten Ziel entgegenrumpelten, Fahrgäste ein- und ausstiegen, wenn der Zug in einem Bahnhof hielt, und Joel darauf wartete, dass Cal aufstand und zur Tür ging. Oder ihm ein Zeichen gab, dass diese oder jene Person, die einstieg, Joels Opfer war. Im Zug sollte der Überfall nicht stattfinden, dessen war Joel jetzt sicher, aber er konnte seinem Opfer nach dem

Aussteigen ja in einiger Entfernung auf dem kurzen oder langen Fußweg nach Hause folgen.

Er versuchte zu erraten, wer es sein würde: der Typ mit dem Turban und den Lacklederschuhen, dessen orangefarbener Bart mit den grauen Ansätzen es schwierig machte, ihn nicht anzugaffen? Das Goth-Pärchen mit den vielen Piercings im Gesicht, das an der High Street Kensington eingestiegen war, sich hingesetzt und augenblicklich begonnen hatte zu knutschen? Die alte Dame in dem verschlissenen rosa Mantel, die ihre geschwollenen Füße aus den abgewetzten Schuhen befreite? Andere fielen Joel ins Auge, und er fragte sich: Er? Sie? Hier? Wo?

Als der Zug das nächste Mal abbremste, stand Cal endlich auf. Er packte die Haltestange, die unter der Decke des Wagons entlanglief, und entschuldigte sich höflich, während er sich zur Tür vorarbeitete. Joel folgte ihm.

Der Bahnsteig sah aus wie alle anderen in der Londoner U-Bahn auch. Die großen Werbeplakate für Filme, Ausstellungen oder Ferien am Strand waren die gleichen wie überall. Am anderen Ende des Bahnsteigs führte eine Treppe zum Ausgang, und auf dem Weg dorthin hingen entlang der Decke Londons allgegenwärtige Überwachungskameras, die jede Bewegung im Bahnhof festhielten.

Cal trat beiseite und machte den übrigen Fahrgästen, die ausstiegen, Platz. Er holte etwas aus der Jackentasche. Joel brach der Schweiß aus, als er für eine Sekunde befürchtete, Cal wolle, dass er den Überfall hier auf dem Bahnsteig durchführe, direkt unter den Kameras. Doch Cal drückte ihm lediglich etwas Weiches in die Hand und sagte: »Zieh die an! Und halt den Kopf unten!« Es war eine schwarze Strickmütze, ähnlich wie die seine.

Joel stülpte sie sich über die roten Stahlwollelocken. Er war dankbar dafür und dass die Jahreszeit ihn bewogen hatte, einen dunklen Anorak zu tragen, der seine Schuluniform verbarg. Wenn der Job erledigt war und sie wegrannten, war es unwahrscheinlich, dass ihr Opfer der Polizei eine brauchbare Täterbeschreibung würde liefern können.

Sie gingen den Bahnsteig entlang, und als sie zur Treppe kamen, konnte Joel nicht widerstehen, einen Blick nach oben zu werfen, entgegen Cals Anweisung, den Kopf gesenkt zu halten. Hier waren zusätzliche Kameras an der Decke montiert worden, die jeden einfingen, der die Treppe benutzte. Eine hing über dem Drehkreuz, das den Ausgang des Bahnhofs markierte. Tatsächlich waren hier so viele Überwachungskameras, dass Joel zu dem Schluss kam, er und Cal müssten in einer wichtigen Gegend sein, Buckingham Palace oder so, wenngleich er keine Ahnung hatte, ob es in der Nähe der königlichen Residenz eine U-Bahn-Station gab. Er dachte an die Houses of Parliament und an die Kronjuwelen, wo immer die verwahrt sein mochten. Das schien ihm die einzig plausible Erklärung zu sein.

Sie kamen auf einen sehr belebten baumumstandenen Platz. Am entlegenen Ende sah Joel die Rückseite einer Statue von einer nackten Frau, die Wasser aus einem Krug in ein Becken goss. Die winterkahlen Bäume standen wie eine Ehrengarde, die zu diesem Brunnen führte, unterbrochen von schwarzen Straßenlaternen mit lupenreinen Glaszylindern neben Holzbänken, die mit grünem Schmiedeeisen verziert waren.

Am Rand des Platzes standen Schlangen schwarzer Taxen, die so sauber waren, dass das Sonnenlicht sich im Lack spiegelte, und Busse und Autos befuhren die Straßen, die hier zusammenflossen.

So etwas wie diesen Platz kannte Joel bisher nur aus dem Fernsehen. Es war ein London, das ihm fremd war, und sollte Cal Hancock ihn hier irgendwo zurücklassen, wäre er hoffnungslos verloren. Also ließ er sich keine Zeit, sich umzusehen oder sich auch nur zu fragen, was zwei Typen wie sie in dieser Gegend verloren hatten, wo sie etwa so unauffällig waren wie Rosinen in Reispudding. Lieber beeilte er sich, zu Cal aufzuschließen.

Der Graffitikünstler wandte sich nach rechts und schritt einen Bürgersteig entlang, der überfüllter war, als Joel es in North Kensington je erlebt hatte, von Markttagen einmal abgesehen. Überall hasteten Einkaufsbummler mit schicken Tragetaschen einher, eilten zur U-Bahn-Station. Andere betraten ein Café mit großen Schaufenstern und einer bordeauxroten Markise mit goldener Schrift. »Oriel«, stand dort. »Grande Brasserie de la Place«. Im Vorbeigehen erhaschte Joel einen Blick auf einen Servierwagen voller Törtchen. Kellner in weißen Jacketts trugen Silbertabletts vor sich her. Sie schlängelten sich an Tischen entlang, wo gut gekleidete Männer und Frauen saßen und rauchten, redeten und aus winzigen Tassen tranken. Manche waren auch allein und sprachen in ihre Handys, den Kopf gesenkt, um ihre Telefonate vertraulich führen zu können.

»Scheiße«, wollte Joel ausrufen, »was machen wir hier eigentlich, Mann?«, als sie an eine Straßenecke kamen und Cal abbog. Hier war die Atmosphäre plötzlich eine ganz andere. In der Nähe des Platzes gab es noch ein paar Geschäfte. Joel entdeckte glänzende Besteckteile in einem Schaufenster, moderne Möbel im nächsten und feine Blumenarrangements in einem dritten, doch schon zwanzig Meter hinter der Straßenecke ging die Bebauung in elegante Wohnhäuser über, die Wand an Wand standen, aber sich überhaupt nicht mit den schäbigen Reihenhäusern vergleichen ließen, die Joel kannte. Diese hier waren blitzblank von den Dächern bis zu den Kellerfenstern, und jenseits davon erstreckte sich ein Mehrfamilienhaus mit Blumenkästen voll leuchtender Stiefmütterchen und üppigem Efeu.

Obwohl auch diese Straße sich radikal von allem unterschied, was Joel gewöhnt war, fühlte er sich doch erleichtert, der Menschenmenge auf dem Platz entkommen zu sein. Auch wenn niemand sie wahrgenommen hatte, blieb es doch eine Tatsache, dass er und Cal hier aus dem Bild fielen.

Nach einem kurzen Stück überquerte Cal die Straße. Dem Mehrfamilienhaus folgten wieder Reihen großer Stadthäuser. Sie waren weiß – leuchtend weiß und absolut makellos – mit schwarzen Türen. Von der Straße aus konnte man in Souterrainfenster hineinsehen, und im Vorbeigehen warf Joel hier und da einen Blick hindurch: blitzblanke Küchen mit Granitarbeitsplatten, blinkendes Chrom, offene Regale mit buntem Geschirr. Stabile Gitter vor den Fenstern hielten Einbrecher fern.

Wieder näherten sie sich einer Kreuzung, und Cal bog erneut ab. Jetzt kamen sie in eine Straße, in der Grabesstille herrschte. Hier sah es aus wie an einem Filmset, das dem Eintreffen der Schauspieler harrte. Anders als in North Kensington hörte man hier nirgendwo Musik aus Lautsprechern wummern oder streitende Stimmen. Irgendwo in der Ferne schnurrte ein Auto vorüber, aber das war auch schon alles.

Sie kamen an einem Pub vorbei, dem einzigen kommerziellen Betrieb auf der ganzen Straße, und selbst der sah aus wie auf einem Gemälde. Gravierte Waldmotive schmückten die Fensterscheiben. Bernsteinfarbene Lichter glommen dahinter. Die schwere Eingangstür war geschlossen, um die Kälte draußen zu halten.

Hinter dem Pub ging es weiter mit den feinen Häusern: wieder Wand an Wand, aber jetzt cremefarben statt weiß. Auch hier gab es auf Hochglanz polierte schwarze Haustüren, und schmiedeeiserne Gitter trennten die Grundstücke vom Bürgersteig und umliefen die Balkone. Dort standen Blumentöpfe, Efeu rankte herab, und ganz oben waren die Warnlichter von Alarmanlagen montiert, um Eindringlinge abzuschrecken.

Und wieder bogen sie um eine Ecke, sodass Joel sich zu fragen begann, wie sie je aus diesem Labyrinth herausfinden sollten, wenn sie erledigt hatten, wozu sie hergekommen waren. Doch diese Ecke führte nur in einen Durchlass, der nicht breiter war als ein Auto – ein Tunnel zwischen zwei Gebäuden, die so leuchtend weiß und klinisch sauber waren wie alles in dieser Gegend. Joel sah ein Schild mit der Aufschrift »Grosvenor Cottages« und entdeckte am Ende des Tunnels eine Reihe kleiner Häuschen an einem Kopfsteinpflastergässchen. Das Gässchen ging bald in einen gewundenen Pfad über, der aber lediglich zu einem winzigen Garten führte, wo nur ein Vollidiot versucht hätte, sich zu verstecken. Der Garten war von einer Ziegelmauer begrenzt, die vielleicht zwei Meter fünfzig hoch war. Eine Sackgasse. Nur ein Weg hinein und derselbe hinaus. Joel spürte Panik aufsteigen. Würde Cal von ihm verlangen, hier irgendwen zu überfallen? Mit nur einem einzigen Fluchtweg? Da konnte er ebenso gut die Pistole nehmen und sich in die Füße schießen, denn die würde er wahrscheinlich nicht mehr lange brauchen, wenn er hier tat, was er tun sollte.

Cal ging nur zwei Schritte in den Tunnel hinein und sagte dann: »Jetzt.«

Verwirrt fragte Joel: »Was, jetzt, Mann?«

»Jetzt warten wir.«

»Cal, in so 'ner Sackgasse werd ich nix machen.«

Cal warf ihm einen schnellen Blick zu. »Du tust, was ich dir sag und wenn ich's dir sag. Darum geht's hier. Haste das immer noch nich' geschnallt?«

Er lehnte sich an die Tunnelmauer, gleich neben den offenen Flügel des schmiedeeisernen Tors, das Autos und Fußgängern den Zugang zu dem Sträßchen ermöglichte. Dann wurde sein Ausdruck ein wenig nachsichtiger. »Hier sind wir sicher, Bruder. Hier gibt's keine Wachleute. Die erste Figur, die vorbeikommt ...« Er klopfte auf die Tasche, wo die Pistole steckte. Die Geste beendete den Satz.

Trotz der beschwichtigenden Worte fühlte Joel einen leichten Schwindel. Er wollte nicht, musste aber an Toby denken, der geduldig darauf wartete, dass Joel ihn von der Schule abholte; der sich darauf verließ, dass sein Bruder pünktlich kam wie immer. Er dachte an Kendra, die im AIDS-Laden die Regale wischte oder die Auslage aufräumte und glaubte: Ganz gleich, was noch passieren mochte, das die Welt aus den Fugen brachte – auf Joel konnte sie sich verlassen. Er war jetzt der Mann im Haus. Er dachte an Ness, die eingesperrt war, an seine Mutter, die ebenfalls eingesperrt war, und an seinen Vater, der tot war und nie wiederkommen würde. Sein Blick verschwamm, und er versuchte, gar nicht zu denken, was wiederum unweigerlich dazu führte, dass ihm Ivan einfiel, Neal Wyatt und The Blade.

Joel überlegte, was The Blade wohl mit ihm machen würde, wenn er jetzt zu Cal sagte: »Vergiss es, Mann«, sich auf den Rückweg zur U-Bahn machte und dort das Geld für die Fahrkarte nach Hause zusammenschnorrte. Was würde The Blade tun? Ihn umbringen? Eher unwahrscheinlich. Selbst The Blade schreckte doch bestimmt davor zurück, einen Zwölfjährigen zu ermorden, oder? Das Problem war, wenn er sich The Blade jetzt widersetzte, bedeutete das gleichzeitig einen Mangel an Respekt – und dass wieder irgendeine Art von Bestrafung auf Joel zukäme, entweder durch The Blade selbst, durch Cal oder sonst wen, der sich bei Mr. Stanley Hynds verdient machen wollte. Das konnte Joel im Moment wirklich nicht gebrauchen: eine Meute von Möchtegerngangstern, die darauf lauerten, es ihm oder seiner Familie zu zeigen, mit Fäusten, Messern, Totschlägern oder Schusswaffen.

Ganz gleich, aus welchem Blickwinkel Joel die Sache betrachtete: Er saß in der Falle. Sein einziger Ausweg wäre gewesen, für immer wegzulaufen, niemals nach North Kensington zurückzukehren und nie mehr für seinen Bruder und seine Tante da zu sein. Entweder das, dachte er, oder hierbleiben und warten, bis Cal ihm das Zeichen gab.

Plötzlich sagte Cal: »Da, Mann.«

Joel richtete sich auf. In der Nähe des Tunnels war nichts, und es war auch niemand aus einem der Cottages an der Kopfsteinpflastergasse gekommen. Trotzdem hatte Cal die Pistole aus der Jackentasche gezogen. Er drückte sie Joel in die Hand und schloss die Finger des Jungen darum. Joel kam sie so schwer vor wie eines von Dix' Zwanzig-Kilo-Gewichten. Er wollte nichts so sehr, wie sie zu Boden fallen lassen.

»Was …?« Dann hörte er das Zuschlagen einer Autotür irgendwo ein Stückchen die Straße hinunter. Dann eine Frauenstimme: »Was hab ich mir nur dabei gedacht, diese grässlichen Schuhe anzuziehen? Ausgerechnet zum Einkaufen. Warum hast du das nicht verhindert, Deborah? Eine anständige Freundin würde mich doch wenigstens vor meinen größten Irrtümern bewahren. Könntest du wohl den Wagen parken?«

Eine zweite Frau lachte. »Soll ich ihn in die Garage fahren? Du siehst wirklich völlig erledigt aus.«

»Du kannst Gedanken lesen. Danke! Aber lass uns zuerst die Taschen ausladen …« Die Stimme wurde einen Moment leiser, dann: »Ach herrje, weißt du, wie man diesen Kofferraum öffnet? Ich hab auf dieses Dingsda gedrückt, aber ... Ist er offen, Deborah? Gott, ich kann mit Tommys Wagen einfach nicht umgehen. Ah, na also. Sieht aus, als hätten wir Erfolg.«

Joel riskierte einen Blick. Vielleicht drei Häuser entfernt sah er zwei weiße Frauen, die Unmengen schicker Einkaufstüten aus dem Kofferraum eines noblen silbernen Autos holten. Sie trugen immer einen ganz Schwung zur Haustür hinauf und kamen dann zurück, um weitere zu holen. Als der Kofferraum leer war, öffnete eine der Frauen – eine rothaarige in einem olivfarbenen Mantel mit passendem Barett – die Fahrertür. »Ich bringe den Wagen in die Garage. Geh du schon mal hinein, und zieh die Schuhe aus!«

»Tee?«

»Gern. Ich bin gleich wieder da.«

»Aber pass bloß auf Tommys Auto auf! Du weißt ja, wie er ist.«

»Allerdings.«

Sie startete den Motor, der fast keinen Laut von sich gab, und fuhr langsam an dem Tunnel vorbei, wo Joel und Cal sich versteckten. Da das Fahrzeug ihr offenbar nicht vertraut war, konzentrierte sie sich allein auf die Straße vor sich, beide Hände am Lenkrad wie jemand, der nichts anderes im Sinn hat, als von A nach B zu kommen, ohne Schaden anzurichten. Kein einziges Mal blickte sie in Joels und Cals Richtung. Ein Stückchen die Straße hinunter bog sie links in eine Seitengasse und verschwand aus ihrem Blickfeld.

Cal sagte: »Jetzt, Mann«, und stieß Joel an. Er wandte sich zur Straße und der zweiten Frau zu, die immer noch vor dem Haus stand. Sie war von ihren Einkaufstaschen umgeben und durchwühlte ihre Handtasche auf der Suche nach ihrem Hausschlüssel. Glatte, kinnlange Haare bedeckten ihr Gesicht, und als Joel und Cal näher kamen, strich sie sich das Haar zurück, sodass ein Ohrring sichtbar wurde: ein fein ziselierter Goldreif. Am linken Ringfinger trug sie einen großen Diamanten.

Sie hob den Kopf, als habe sie irgendetwas gehört. Völlig arglos sagte sie: »Ich kann meinen verflixten Schlüsselbund nicht finden. Ich bin wie üblich vollkommen ratlos. Wir müssen Tommys nehmen, falls du …« Dann blickte sie auf, sah Joel und Cal und fuhr zusammen. Dann lachte sie verlegen. »Mein Gott«, sagte sie. »Es tut mir leid. Sie haben mich erschreckt.« Mit einem Lächeln fügte sie hinzu: »Hallo. Kann ich Ihnen helfen? Haben Sie sich verlaufen? Brauchen Sie …«

»Jetzt«, sagte Cal.

Joel erstarrte. Er konnte nicht. Er konnte nichts tun. Sagen. Konnte sich nicht regen. Nicht flüstern. Nicht rufen. Sie war so schön. Sie hatte dunkle, warme Augen, ein gütiges Gesicht und ein sanftes Lächeln. Sie hatte glatte Haut und Lippen, die ganz weich wirkten. Sie schaute von Cal zu ihm, zu Cal, zu ihm, und sah nicht einmal, was er in der Hand hielt. Sie hatte keine Ahnung, was passieren würde. Deswegen konnte er nicht. Nicht hier, nicht jetzt, niemals, ganz gleich, was die Folgen für ihn oder seine Familie sein mochten.

Cal murmelte: »Fuck. Scheiße.« Und dann: »Mach endlich, verdammte Scheiße!«

Das war der Moment, da die Frau die Pistole entdeckte. Ihr Blick glitt von der Waffe zu Joel. Dann weiter zu Cal. Sie wurde bleich, als Cal Joel die Pistole entriss. »Oh, mein Gott«, keuchte sie und drehte sich zur Tür.

Cal feuerte.

Er hat *abgedrückt*, dachte Joel. Er hat die Waffe abgefeuert. Nicht einmal verlangt, sie solle ihm ihre Handtasche geben. Kein Wort von Geld, den Ohrringen, dem Diamantring. Nur ein einziger Knall von einem einzigen Schuss, der jetzt zwischen den hohen Häusern auf beiden Seiten der Straße hing. Die Dame sank zwischen ihre Einkäufe. »Oh …« Dann herrschte Stille.

Joel selbst stieß einen erstickten Schrei aus, dann packte Cal ihn, und sie rannten los. Sie liefen nicht in die Richtung, aus der sie gekommen waren. Ohne darüber zu reden, zu diskutieren und einen Plan zu fassen, wussten sie beide, dass die Rothaarige den Wagen in diese Richtung gefahren hatte und jede Sekunde zu Fuß aus der Gasse kommen und sie entdecken würde. Sie rannten zur nächsten Straßenecke und bogen ab.

»Scheiße! Fuck! Scheiße!«, rief Cal, als ihnen eine alte Frau mit einem watschelnden Corgi entgegenkam.

Er wandte sich nach links, wo sich ein weiteres Gässchen öffnete. Nach ein paar Metern knickte es nach rechts ab, und dort begann eine Häuserreihe. Sie bildete eine Sackgasse. Sie saßen in der Falle.

Panisch fragte Joel: »Was machen wir …«, doch weiter kam er nicht, denn Cal stieß ihn zurück in die Richtung, aus der sie gekommen waren.

Unmittelbar vor dem Rechtsknick der Gasse erhob sich eine hohe Ziegelmauer, die den Garten eines an der nächsten Straße gelegenen Hauses begrenzte. Selbst aus vollem Lauf und von Angst getrieben, hätten sie sie niemals überspringen können. Aber ein Range Rover – in dieser Gegend weit verbreitet – parkte direkt an der Mauer und bot Cal und Joel die Möglichkeit zur Flucht. Cal sprang auf die Motorhaube und erklomm von da aus die Mauerkrone. Joel folgte, als Cal sich an der anderen Seite herunterließ.

Sie fanden sich in einem verwunschenen, überwucherten Garten, durchquerten ihn hastig, zwängten sich durch eine niedrige Hecke und rannten eine leere kupferne Vogeltränke um. Dann standen sie wieder vor einer Mauer.

Sie war nicht so hoch wie die erste, und Cal erreichte die Kante mühelos mit einem Sprung. Joel hatte mehr Probleme. Er sprang einmal, dann noch einmal. »Cal! Cal!«, rief er, und der Künstler packte ihn am Anorak und hievte ihn hoch.

Ein zweiter Garten, der große Ähnlichkeit mit dem ersten hatte. Ein Haus mit geschlossenen Jalousien zur Linken. Ein gepflasterter Pfad führte über den Rasen zur nächsten Mauer. Ein Tisch und Stühle standen in einem Pavillon, und ein Dreirad lag auf der Seite.

Cal sprang an der Mauer hoch. Er bekam die Krone zu fassen, rutschte wieder ab. Sprang noch einmal. Joel packte seine Beine und schob. Als Cal oben war, beugte er sich herunter und half Joe herauf. Seine Füße traten gegen die Mauer, fanden aber keinen Halt. Sein Anorak riss, und Joel schrie in Panik auf. Er geriet ins Rutschen. Cal packte wieder zu, wo er ihn gerade erwischte, Arm, Schultern, Kopf. Joels Strickmütze löste sich und fiel zurück in den Garten, aus dem sie gerade kamen.

»Cal!«

Cal zerrte ihn hinüber. »Egal«, keuchte er. Sie ließen die Mütze zurück.

Alles, was noch zählte, war Flucht. Joel blieb keine Zeit, um zu hinterfragen, was passiert war. Er dachte nur: Der Schuss hat sich gelöst. Hat sich einfach *gelöst*. Er versuchte, an nichts sonst zu denken. Nicht an das Gesicht der Frau, an ihr leises »Oh«, nicht an den Anblick, nicht an den Laut, ganz sicher nicht an die Erkenntnis. Innerhalb von nur fünfzehn Sekunden war ihr Ausdruck erst verwundert gewesen, dann offen, dann freundlich, dann erschrocken, als sie es endlich gesehen hatte, ihr endlich ein Licht aufging und sie versucht hatte zu fliehen.

Und dann der Schuss. Die Kugel. Der Geruch und der Knall. Das Aufleuchten des Mündungsfeuers und der fallende Körper. Sie war mit dem Kopf an das schmiedeeiserne Geländer geschlagen, das das schachbrettgemusterte Podest am Hauseingang umlief. Dann war sie zwischen ihre Einkaufstaschen gerutscht. Sie war reich, sehr reich. Sie musste reich sein. Sie fuhr ein nobles Auto in einer noblen Gegend voll nobler Häuser, und sie hatten auf sie geschossen, *geschossen,* sie hatten auf eine reiche weiße Lady geschossen, nobel bis ins Mark, gleich vor ihrer Haustür.

Sie gelangten in den nächsten Garten – ein kleiner Obsthain. Sie rannten hindurch, kamen in den nächsten Garten, wo Büsche, Hecken, Sträucher und Bäume ungezähmt durcheinanderwucherten. Joel sah Cal die nächste Mauer erklimmen. Von oben winkte er Joel hektisch, schneller zu laufen. Joel keuchte. Seine Brust hatte sich zusammengezogen. Sein Gesicht war schweißüberströmt. Er fuhr sich mit dem Ärmel über die Stirn.

»Kann nich' mehr …«, stieß er hervor.

»Scheiß drauf. Komm schon, Bruder. Wir müssen verschwinden.«

Also ließen sie sich zu Boden gleiten und durchquerten den

nächsten Garten, wo sie an der gegenüberliegenden Mauer einen Moment innehielten. Joel lauschte nach Sirenen, Rufen, Schreien oder sonst irgendetwas aus der Richtung, aus der sie gekommen waren, doch alles war still, und das schien ihm ein gutes Zeichen. »Cops?«, fragte er und rang um Atem.

»Oh, die komm' schon.« Cal stieß sich von der Mauer ab und trat einen Schritt zurück. Er hangelte sich hoch, bis er rittlings auf der Krone saß. Dann schaute er in den nächsten Garten und murmelte ein einziges Wort: »Fuck.«

»Was?«, fragte Joel.

Cal half ihm hoch, bis auch Joel auf der Mauer saß. Sie steckten schon wieder in einer Sackgasse. Dies war zwar der letzte Garten, aber auf der Rückseite des Grundstücks stand kein weiteres Mäuerchen, sondern die Seitenwand eines riesigen alten Gebäudes. Der einzige Weg hinaus führte durch das zum Garten gehörige Wohnhaus. Joel und Cal ließen sich zu Boden gleiten. Sie hielten einen Moment inne, um sich zu orientieren.

Die rückwärtigen Fenster waren mit Gittern versehen, nur eines war beiseitegeschoben – entweder aus Achtlosigkeit oder weil jemand zu Hause war. Es spielte keine Rolle. Sie hatten keine Wahl. Cal ging voraus, und Joel folgte.

Auf der Terrasse standen sorgsam gestutzte Büsche in flechtenbewachsenen Tontöpfen. Cal packte einen davon und trug ihn zu dem unvergitterten Fenster hin, warf ihn hindurch, steckte die Hand durch die zerbrochene Scheibe und schob den klapprigen Riegel zurück. Dann stieg er ein, Joel hinterher. Sie fanden sich in einem Arbeitszimmer auf dem Schreibtisch, stießen einen Computerbildschirm um, der schon mit Blumenerde und Glasscherben bedeckt war.

Cal hastete zur Tür, und sie gelangten in einen Flur. Er ging zur Vorderseite des Hauses. Es war kein großes Gebäude, und sie konnten die Haustür sehen – das kleine ovale Fenster darin war wie eine Verheißung auf ihr Entkommen –, doch ehe sie sie erreichten, kam zu ihrer Linken jemand die Treppe heruntergesprungen.

Eine junge Frau, das Au-pair-Mädchen. Sie sah aus wie eine Spanierin, vielleicht auch Italienerin oder Griechin. Sie war mit einem Abflussstampfer bewaffnet und stürzte sich mit wildem Geschrei auf die Eindringlinge.

»Fuck«, brüllte Cal. Er wich dem Schlag aus und stieß das Mädchen zur Seite. Dann rannte er zur Haustür. Das Mädchen ließ den Stampfer fallen, behielt aber das Gleichgewicht. Als Joel sich an ihr vorbeistehlen wollte, packte sie ihn. Sie kreischte unverständliche Worte, aber es war klar, was sie zum Ausdruck bringen wollte. Wie eine Klette hing sie an Joel. Ihre klauengleichen Finger näherten sich seinem Gesicht.

Joel kämpfte mit ihr, trat ihr gegen die Knie, Knöchel, Schienbeine. Er riss den Kopf weg, um den Fingernägeln auszuweichen, die sie ihm ins Gesicht schlagen wollte. Da ging sie auf seine Haare los und packte eine Handvoll – Haar wie Leuchtfeuer, das niemand je vergaß.

Ihre Blicke trafen sich. Er dachte – und das entsetzte ihn zutiefst: Du bist tot, Fotze. Er wartete darauf, dass Cal sie abknallen würde, so wie er auf die dunkelhaarige Frau geschossen hatte. Doch stattdessen hörte Joel das Poltern der Haustür, als diese schwungvoll geöffnet wurde und gegen die Wand schlug. In derselben Sekunde ließ das Mädchen Joel los. Er rannte hinter Cal her auf die Straße hinaus.

»Cal ...«, keuchte er. »Du muss' sie kaltmachen, Mann. Sie hat mich geseh'n ... Sie kann ...«

»Keine Chance, Bruder«, erwiderte Cal. »Ich hab die Pistole nich' mehr. Lass uns abhau'n.« Er ging zügig die Straße entlang, rannte jetzt nicht mehr, wollte keine Aufmerksamkeit erregen.

Joel holte ihn ein. »Was?«, fragte er. »*Was? Wo* ...«

Cal schritt eilig aus. »Hab sie fall'n lassen, Mann. Irgendwo in 'nem Garten.«

»Aber die werden rauskriegen ... Du hast sie doch angefasst ...«

»Kein Problem. Mach dir keine Gedanken.« Cal hielt die Hände hoch. Er trug immer noch die Handschuhe, die er schon angehabt hatte, als er Joel von der Schule abholte. Dem Jungen kam es vor, als sei das in einem anderen Leben gewesen.

»Aber The Blade wird ... Außerdem hab ich doch ...« Joel starrte Cal an. Sein Gehirn arbeitete auf Hochtouren. »Oh, Scheiße«, flüsterte er. »Oh, Scheiße, Scheiße.«

Cals behandschuhte Rechte stieß ihn die Straße entlang. Hier gab es keinen Bürgersteig, nur Kopfsteinpflaster und Asphalt. »Was?«, fragte Cal. »Wir könn' nich' zurück. Geh einfach weiter, und sei ganz cool. Wir komm' hier schon raus. Aber in zehn Minuten wird's hier nur so von Bullen wimmeln, verstehste? Also, lass uns *geh'n*.«

»Aber ...«

Cal ging weiter, den Kopf gesenkt, das Kinn auf die Brust gedrückt, und Joel stolperte hinter ihm her, während Bilder durch seinen Kopf wirbelten wie Standbilder aus einem Film. Ohne jede sinnvolle Reihenfolge liefen sie vor seinem geistigen Auge ab: das Lächeln der Frau, als sie sagte: »Haben Sie sich verlaufen?« Ihr leises Lachen, ehe sie begriff. Cals gehobener Arm. Der Corgi. Die Vogeltränke. Eine Stechpalme, die sich in seinem Anorak verhakt hatte.

Joel wusste kaum, wo sie sich befanden. Es war eine Straße, die viel schmaler war als alle, die sie bisher entlanggekommen waren, und hätte Joel die Architektur dieser Gegend verstanden, wäre ihm klar gewesen, dass es sich hier um eine einstige Stallgasse handelte. Die Ställe waren längst in Wohnhäuser umgewandelt worden. Sie standen jetzt versteckt hinter den viel größeren Villen, deren Pferde und Kutschen sie einst beherbergt hatten. Zu seiner Linken erhoben sich schlichte Ziegelhäuser, zu denen die Gärten gehörten, durch die sie sich eben noch gekämpft hatten. Dreistöckig und allesamt identisch: einzelne Granitstufen führten zu hölzernen Haustüren, die einen V-förmigen Schlussstein über dem Sturz aufwiesen. Die Garagentore waren aus Holz und weiß lackiert. Rechts sah es ganz ähnlich aus, nur gab es dort auch vereinzelte Arztpraxen, Anwaltskanzleien und Autowerkstätten. Dann wieder Wohnhäuser.

»Halt den Kopf unten, Mann«, befahl Cal, aber in seiner

Verwirrung tat Joel unglücklicherweise genau das Gegenteil. Er sah, dass sie das größte Gebäude der Gasse passierten, vor dem schwarze Poller mit Eisenketten standen, um Autos daran zu hindern, vor dem Haus zu parken. Und da war noch etwas: Eine Überwachungskamera war über einem Fenster im ersten Stock angebracht.

Er keuchte und senkte schnell den Kopf. Cal packte ihn am Anorak und zog ihn weiter. Mit schnellen Schritten erreichten sie das Ende der Gasse.

Die erste Sirene war zu hören, irgendwo in der Ferne, genau in dem Moment, als Joel erkannte, dass vor ihnen zwei weitere Straßen abzweigten. Die Gebäude ragten hier drohend auf wie Türme, anders als alle, die sie bislang passiert hatten. Abgesehen von den Wohnsilos in North Kensington, waren dies die größten Häuser, die er je gesehen hatte, doch sie waren ganz anders als die trostlosen Hochhäuser: aus erdbraunen Ziegeln gemauert, mit bleiverglasten Fenstern und perlweißen Bänken. Hunderte und Aberhunderte fantasievoll geformter Schornsteine reihten sich auf den Dächern. Joel und Cal waren klein wie Ameisen, gefangen in einer Schlucht zwischen diesen Bauwerken.

»Hier lang«, sagte Cal, und zu Joels Verwunderung ging er in die Richtung, aus der die Sirenen tönten.

Joel rief: »Cal! Nein! Wir dürfen nich' ... Die haben ... die werden ... wenn die seh'n ...« Er blieb wie angewurzelt stehen.

Über die Schulter schnauzte Cal: »Jetz' komm endlich. Oder bleib hier, und erklär den Bull'n, was du in dieser Gegend verlor'n has'.«

Noch eine Sirene heulte ein paar Straßen weiter vorbei. Wenn sie einfach nur weitergingen ... wenn sie aussahen wie zwei Typen, die hier etwas zu tun hatten ... wenn sie wie Touristen wirkten – so lächerlich die Vorstellung auch war – oder wie Drogendealer, die hier das Geschäft ihres Lebens abwickeln wollten ... oder ausländische Studenten ... oder was auch immer ...

Doch das änderte nichts daran, dass das Au-pair-Mädchen

mit dem Abflussstampfer sie gesehen hatte. Sie hing längst am Telefon, ging Joel auf, und selbst mit bebenden Händen hatte sie die 999 bereits getippt, um die Polizei zu rufen. Bestimmt hatte sie die Adresse in den Hörer geschrien. Sie hatte die Lage erklärt, und die Cops waren schon auf dem Weg. Das hier war eine feine Gegend, wo die Cops sofort herbeirauschten, wenn irgendetwas passierte.

Also, wo waren sie?, fragte sich Joel. Wo waren sie?

Schmiedeeiserne Balkone schienen allgegenwärtig über ihm zu lauern. Keine verrosteten Fahrräder standen darauf, keine verkohlten Möbelstücke, die man nach draußen bugsiert hatte, damit sie bei Wind und Wetter allmählich verrotteten. Keine schlaffen Leinen mit gräulichen Wäschestücken daran. Nur Winterblumen. Pflanzkübel mit Büschen, die in Form geschnitten waren. Dicke, feine Vorhänge an hohen Fenstern. Und diese Schornsteine, die wie Soldaten in Reih und Glied auf den Dächern standen, ihre Formen deutlich vor dem grauen Himmel: Ballons und Schilde, Zylinder und Drachen. Wer hätte gedacht, dass es irgendwo so viele Schornsteine gab?

Cal war an einer Straßenecke stehen geblieben. Er schaute nach rechts und links, um festzustellen, wo sie sich befanden und welchen Weg sie einschlagen sollten. Gegenüber erhob sich ein Gebäude, das ganz anders war als diejenigen, die sie bisher gesehen hatten: grauer Stahl und Beton, unterbrochen von Glas. Es hatte mehr Ähnlichkeit mit dem, was sie aus ihrer eigenen Gegend gewohnt waren, doch es wirkte neuer, frischer und sauberer.

Als Joel zu Cal trat, war ihm klar, dass es hier keine Sicherheit gab. Menschen mit Einkaufstüten kamen aus Geschäften, in denen es Mäntel mit Pelzkrägen, Satinbettwäsche, Parfüm und kunstvoll geformte Seifenstücke zu kaufen gab. Vor einem Lebensmittelladen waren Orangen in der Auslage arrangiert, einzeln in Nestern aus grüner Folie, und ein Blumenhändler in der Nähe bot Sträuße in jeder nur denkbaren Farbe feil.

Es war nobel. Es sah nach Geld aus. Joel wollte in die entgegengesetzte Richtung davonlaufen. Doch Cal hielt schon wieder an und blickte ins Schaufenster einer Bäckerei. Er rückte seine Mütze zurecht, zog sie tief ins Gesicht und schlug den Kragen seiner Jacke hoch.

Zwei weitere Einsatzfahrzeuge heulten irgendwo in der Nähe vorbei. Ein dicker weißer Mann kam mit einer Kuchenschachtel in der Hand aus der Bäckerei. »Was ist denn passiert?«, fragte er.

Cal wandte sich an Joel. »Komm, wir geh'n nachsehen«, sagte er und trat mit einem höflichen »Entschuldigung« an dem Mann vorbei.

Joel zweifelte an Cals Verstand. Er führte ihn jetzt geradewegs auf die Sirenen zu. »Das könn' wir nich'. Das geht nich'. Cal, wir müssen ...«

»Mann, uns bleibt nix anderes übrig, falls du kein' besseren Weg weißt.« Er nickte in die Richtung, aus der der Lärm kam. »Da geht's zur U-Bahn, und wir müssen hier abhau'n, kapiert? Sei ganz cool! Mach ein neugieriges Gesicht wie alle andern!«

Joel schaute unwillkürlich in die Richtung, die Cal ihm gewiesen hatte. Cal hatte recht: In der Ferne erahnte er die nackte Frau, die Wasser ins Becken goss, nur jetzt sah er sie aus einem anderen Winkel. Sie gingen auf den Platz zu, wo sie aus der U-Bahn gekommen waren. Ein Fußweg von höchstens fünf Minuten trennte sie von dem rettenden Verkehrsmittel, das sie aus dieser Gegend schaffen würde.

Er atmete ein paar Mal tief durch. Er musste aussehen wie jemand, den das ganze Getöse neugierig machte. »Okay. Geh'n wir.«

»Sei einfach ganz cool«, lautete Cals Antwort.

Sie gingen in normalem Tempo. Als sie die Straßenecke erreichten, erhob sich schon wieder eine Sirene, und ein Streifenwagen raste vorüber. Sie erreichten den Platz. Hunderte von Menschen schienen auf dem umlaufenden Gehweg zu stehen. Sie waren aus den Cafés gekommen, zauderten an den Türen von Banken, Buchhandlungen und Kaufhäusern. Sie standen so starr wie die Bronzefrau im Brunnen: Venus, die zärtlich auf das lebensspendende Nass hinabblickte, das sie auf immerdar aus ihrem Krug fließen ließ.

Ein Löschwagen kam auf den Platz gefahren. Ein weiterer Streifenwagen folgte. Überall Stimmengewirr. Eine Bombe? Terroranschlag? Krawall? Banküberfall? Eine Demonstration, die außer Kontrolle geraten war?

Joel hörte all dies, während er und Cal sich durch die Menge schlängelten. Niemand sprach von Mord, von Straßenkriminalität, von einem schiefgegangenen Raubüberfall. Niemand.

Als sie die Platzmitte erreichten und diagonal auf den Eingang der U-Bahn zuhielten, kam von Süden ein Krankenwagen angerast, mit heulendem Martinshorn und blinkendem Warnlicht. Dieser Krankenwagen gab Joel Hoffnung. Ein Krankenwagen hieß, dass Cal die Frau nicht getötet hatte. Sie lebte.

Joel hoffte nur, dass sie sich nicht gar zu schlimm am Kopf verletzt hatte, als sie im Fallen gegen das Eisengitter gestürzt war.

27

Das Schlimmste war Toby, und das war das Letzte, womit Joel gerechnet hätte. Als er endlich zur Middle Row School kam, um ihn abzuholen, fand er ihn zusammengekauert in der frühen Winterdunkelheit vor dem verschlossenen Schultor. Irgendwie war er der Aufmerksamkeit der Lehrer und Schulverwaltung entgangen und verbarg sich im Schatten eines alten roten Briefkastens. Er stierte auf einen Riss im Gehweg und hatte sein Skateboard an die Brust gedrückt.

Joel hockte sich vor seinen Bruder. »Hey, Mann. Tut mir leid, Tobe. Ich hab dich nich' vergessen oder so. Haste gedacht, ich hätt's vergessen? Tobe? Hey, Tobe?«

Toby schaute auf. »Ich sollte heut ins Lernzentrum«, murmelte er.

»Tobe, es tut mir leid«, wiederholte Joel. »Ich hatte was zu erledigen ... Hör mal, es is' wichtig, dass du mich nich' verpfeifst. Es kommt nich' wieder vor, ich schwör's.«

Toby sah ihn abwesend an. »Ich hab gewartet, wie ich sollte, Joel. Ich wusste nich', was ich sonst machen sollte.«

»Du hast es genau richtig gemacht, Mann. Hier zu warten. Jetz' komm. Geh'n wir. Wenn ich dich das nächste Mal zum Lernzentrum bring, red ich mit denen. Ich werd denen erklär'n, was los war. Dann sind die nich' böse mit dir, okay?«

Joel zog seinen kleinen Bruder auf die Füße, und sie machten sich auf den Heimweg. Joel sagte: »Tobe, du darfst Tante Ken nix davon sagen. Haste gehört? Wenn sie rauskriegt, dass ich dich nich' zum Lernzentrum gebracht hab ... Sie hat schon genug am Hals. Mit Ness. Und weil Dix nich' mehr da is'. Und dann noch diese Fabia Bender, die nur auf 'nen Grund wartet, um dich und mich wegzuhol'n ...«

»Joel, ich will nich' ...«

»Hey. Das wird nich' passier'n, Mann. Und deswegen darfste nich' verraten, dass ich heut spät dran war. Kannste so tun als ob?«

»Wie meinste 'n das?«

»So tun, als wärste im Lernzentrum gewesen. Kannste so tun, als wär heute alles so gewesen wie immer?«

»Okay«, willigte Toby ein.

Joel sah seinen Bruder an. Tobys kurze Lebensgeschichte war ein fortlaufender Beweis, dass er nicht gerade ein Meister darin war, so zu tun als ob. Aber Joel musste daran glauben, dass es möglich war, seine Tante über den Verlauf des Nachmittags zu täuschen. Es war wichtig, dass das Leben in ihren Augen so aussah wie immer. Die kleinste Abweichung, und Kendra würde Argwohn schöpfen, und Argwohn konnte Joel im Augenblick nicht ertragen.

Doch bei all seinen Überlegungen hatte Joel Luce Chinakas Besorgnis nicht bedacht. Er kam nicht auf den Gedanken, dass Fabia Bender ihr vielleicht nahegelegt hatte, Toby ganz besonders im Auge zu behalten, und dass Luce die Dinge selbst in die Hand genommen haben könnte, als Toby nicht im Lernzentrum erschien, Kendra im Laden angerufen und sich erkundigt hatte, ob er vielleicht krank sei. Als Kendra abends nach Hause kam, stellte sie eine Tüte mit chinesischem Essen auf den Küchentisch und suchte nach Joel, um zu erfahren, wieso er seine Pflicht versäumt habe, sich um Toby zu kümmern. Doch ein Quäntchen Glück kam Joel zu Hilfe. Er hatte ein flaues Gefühl im Magen und eine Schwere in den Gliedern verspürt. Darum hatte er sich oben auf sein Bett gelegt. Dort lag er zusammengerollt in der Dunkelheit und starrte die Wand an, wo er, ganz gleich was er tat, Bilder der dunkelhaarigen Frau vor sich sah, ihr Lächeln, ihre Stimme hörte, wie sie »Hallo« sagte und fragte, ob er und Cal sich verlaufen hätten.

Als Kendra hereinkam, das Licht anknipste und fragte: »Joel, warum hast du deinen Bruder nicht zum Lernzentrum gebracht?«, konnte er wahrheitsgemäß antworten: »Mir war nich' gut.«

Kendra setzte sich auf die Bettkante und fühlte ihm mit mütterlicher Besorgnis die Stirn. Ihre Stimme klang völlig verändert, als sie fragte: »Hast du dir irgendetwas eingefangen? Du fühlst dich ein bisschen heiß an. Du hättest mich besser angerufen.«

»Ich dachte, is' nich' so schlimm, wenn Tobe ausnahmsweise mal nich' zum Lernzentrum ...«

»Nicht wegen Toby, sondern deinetwegen. Wenn du krank bist und mich brauchst ...« Sie strich ihm übers Haar. »Wir machen im Moment eine schwierige Zeit durch, Schatz. Aber eines musst du wissen: Du bist nicht auf dich allein gestellt.«

Das war das Schlimmste, was sie hätte sagen können. Die Güte in ihrer Stimme trieb Joel Tränen in die Augen. Er kniff sie zu, doch die Tränen liefen und liefen.

»Ich mach dir etwas, was deinen Magen in Ordnung bringt. Warum gehst du nicht runter ins Wohnzimmer und wartest auf dem Sofa? Leg dich hin, und ich mach dir ein Tablett fertig. Du kannst fernsehen, während du isst. Wie hört sich das an?«

Joel hielt die Augen geschlossen. Ihr Tonfall machte ihm schwer zu schaffen. Mit dieser Stimme hatte sie noch nie zu ihm gesprochen. Tränen liefen über seinen Nasenrücken und sickerten ins Kopfkissen. Er hatte Mühe, ein Schluchzen zu unterdrücken. Er konnte nicht antworten.

»Komm, wenn du so weit bist«, sagte Kendra. »Toby hat ein Video eingelegt, aber ich sag ihm, er soll dich sehen lassen, was du willst.«

Der Gedanke an Toby und daran, was der kleine Junge Kendra erzählen mochte, wenn sie ihn befragte, brachte Joel schließlich auf die Beine. Das war auch gut so, denn als er ins Wohnzimmer kam, hörte er, wie Toby ihrer Tante munter etwas von seinem Nachmittag im Lernzentrum vorlog, genau wie Joel es ihm aufgetragen hatte, da er ja nichts von Luce Chinakas Anruf wusste.

»... heute gelesen«, berichtete Toby. »Ich weiß nur nicht mehr, welches Buch.«

Joel sagte: »Das war doch nich' heute, Mann. Wovon redest

du denn?« Er setzte sich zu Toby aufs Sofa, Kopfkissen in der Hand, und die Bettdecke schleifte hinter ihm her. »Heute sind wir gleich nach der Schule nach Hause gekomm', weil's mir nich' gut ging, weißte wieder?«

Toby sah ihn verwirrt an. »Aber ich hab gedacht ...«

»Ja, ja. Aber das haste mir alles doch schon gestern erzählt.«

»Hast du«, verbesserte Kendra geduldig. Und dann – es schien Joel wie ein Wunder – ließ sie das ganze Thema fallen und sagte: »Toby, rück beiseite, damit Joel sich hinlegen kann. Lass ihn fernsehen. Du kannst mir in der Küche helfen, wenn du willst.«

Toby rutschte ans Ende des Sofas, aber sein Ausdruck blieb verwirrt. »Aber Joel, du has' doch gesagt ...«

»Du schmeißt mal wieder die Tage durcheinander«, unterbrach Joel. »Ich hab dir heut Nachmittag gesagt, wir geh'n nich' zum Lernzentrum. Wie kann's sein, dass du das nich' mehr weißt, Tobe? Ha'm die da kein Gedächtnistraining oder so was mit dir gemacht?«

»Haben sie«, kam die automatische Verbesserung von Kendra. »Joel, sei nicht so streng mit ihm.« Sie ging zum Fernseher und holte die Kassette aus dem alten Videorekorder. Sie stellte wahllos irgendeinen Kanal ein, und als das Bild aufflackerte, verschwand sie mit einem Nicken in die Küche. Im Handumdrehen hörten sie sie dort hantieren und das versprochene Essen für Joel zubereiten.

Toby hatte den Blick nicht von Joels Gesicht abgewandt, und seine Miene zeigte, wie durcheinander er war. »Du has' doch gesagt, ich soll sagen ...«

»Tut mir leid, Tobe«, murmelte Joel. Er selbst wandte den Blick zur Wohnzimmertür und hielt ihn dort. »Sie hat's rausgekriegt, verstehste. Die vom Lernzentrum haben angerufen und gefragt, wo du bleibst, darum musste ich ihr sagen ... Pass auf: Sag einfach, wir sind direkt nach der Schule hierhergekommen und war'n die ganze Zeit zu Hause. Wenn sie noch mal fragt oder so. Okay?«

»Aber du has' doch gesagt …«

»Tobe!« Joels Flüstern war ein wütendes Zischen. »Manchmal ändern sich die Dinge, okay? Das passiert andauernd. Zum Beispiel dass Ness nich' mehr da is' und Dix auch nich'. Verstehste? Dinge *ändern* sich.«

Aber für Toby änderten die Dinge sich nicht so einfach, nicht ohne dass er wenigstens versuchte, den Nebel aus seinem Gehirn zu vertreiben. Er begann wieder: »Aber …«

Joel packte sein Handgelenk und wandte sich ihm zu. »Sei nicht so verdammt blöd!«, zischte er. »Tu nur dieses eine Mal so, als hätt'ste 'n Hirn.«

Toby zuckte zurück. Joel ließ sein Handgelenk los. Tobys Kinn fing an zu beben, und seine Lider senkten sich. Hauchfeine blaue Adern waren auf ihrer sommersprossigen, mandelfarbenen Haut zu erkennen. Joel spürte einen Stich im Herzen, als er das sah, doch er verhärtete sich dagegen wie gegen alles andere. Toby musste es endlich kapieren. Es war von größter Wichtigkeit, dass er in der Lage war, sich eine Geschichte zu merken. Und zwar ohne Fehler.

»Joel!«, rief Kendra aus der Küche herauf. »Ich habe Essen vom Chinesen mitgebracht, aber ich mache dir gekochte Eier und Toast. Willst du Marmelade?«

Joel wusste nicht, wie er irgendetwas hinunterbringen sollte, aber er antwortete matt, Marmelade sei prima, ja, Marmelade sei in Ordnung, die Sorte sei egal. Dann blickte er zum Fernseher. Kendra hatte die Abendnachrichten eingestellt, und der Bildschirm zeigte eine Reporterin, die vor dem Eingang irgendeines Krankenhauses in ein Mikrofon sprach. »… Überwachungsvideos aus der Gegend um Sloane Square. Die Polizei in Belgravia wertet sie aus und scheut keine Mühen, um den Täter zu fassen. Es gibt offenbar mindestens einen Zeugen für das Verbrechen, das sich am helllichten Tage in Eaton Terrace ereignete. Wir haben in Erfahrung bringen können, dass das Opfer gerade von einem Einkaufsbummel zurückgekommen war. Mehr Informationen über den Hergang haben wir noch nicht. Nach unseren Erkenntnissen steht das Opfer – die vierunddreißigjährige Helen Lynley, Countess of Asherton – rund um die Uhr unter Bewachung hier im St. Thomas Hospital. Über ihren Zustand können wir zur Stunde nicht mehr sagen.«

Eine Männerstimme fragte: »Andrea, hat irgendwer Vermutungen angestellt, es könne einen Zusammenhang zwischen dieser Tat und der Mordserie geben, die gerade untersucht wird?«

Die Reporterin fasste an ihren Ohrstöpsel und antwortete dann: »Man kann kaum umhin, hier eine Verbindung zu vermuten. Wenn die Frau eines Polizisten, der eine Ermittlung von dieser Tragweite und Größenordnung leitet, angeschossen wird … Es ist wohl unvermeidlich, dass solche Fragen aufkommen.«

Hinter ihr öffnete sich das Krankenhausportal. Blitzlichter flammten auf. Ein Mann im Arztkittel trat vor einen Strauß aus Mikrofonen, während eine Schar weiterer Leute, die wie Zivilpolizisten aussahen, sich mit grimmigen Mienen durch die Journalisten drängten, um zu ihren Autos zu gelangen.

»… künstlich beatmet …«, waren die einzigen beiden Worte des Arztes, die bei Joel ankamen. Und dann: »Ihr Zustand ist sehr kritisch.«

Es folgte noch mehr, Fragen prasselten auf den Doktor nieder, und er antwortete zögernd, offenbar bemüht, die Privatsphäre der Patientin und die ihrer Familie zu schützen, aber Joel hörte nichts davon. Er hörte nur ein Rauschen wie von einem Sturmwind, während das Fernsehbild sich änderte und eine Montage von nur zu vertrauten Bildern zeigte: die Straße, wo er und Cal ihrem Opfer aufgelauert hatten. Die schachbrettgemusterte Eingangsstufe zum Haus, wo die Polizei ein Absperrband an das Eisengitter geknotet hatte. Ein Foto von der Dame mit ihrem Namen darunter, Helen Lynley. Dann folgten neue Bilder vom St. Thomas Hospital am Südufer der Themse und von dem Dutzend Streifenwagen mit blinkenden Warnlichtern davor. Ein blonder Mann und eine mollige Frau mit einem Handy vor einer finsteren Eisenbahnunterführung. Ein Typ in der Uniform eines hohen Polizeibeamten, der in eine ganze Batterie von Mikrofonen sprach. Und dann eine Reihe von Überwachungskameras, die hierhin und dorthin ausgerichtet waren, an diesem Haus und unter jenem Giebel befestigt, und jede einzelne davon – das wusste Joel und hätte jeden Eid darauf geschworen – hatte Bilder von zwei Typen aufgenommen, die auf dem Weg waren, die Frau eines Scotland-Yard-Cops zu erschießen.

Joels Tante kam die Treppe herauf. Sie brachte ein Tablett mit gekochten Eiern und Toast, denen ein Aroma entströmte, das tröstlich hätte sein sollen; nicht für Joel. Er sprang vom Sofa auf und rannte Richtung Treppe und Bad. Er schaffte es nicht.

Cal war verschwunden. Am nächsten Tag und tags darauf suchte Joel ihn an all den üblichen Orten, wo er normalerweise anzutreffen war: auf dem abgesenkten Fußballplatz, wo ein unvollendetes Graffito in Cals Stil darauf hindeutete, dass er Hals über Kopf untergetaucht war; Meanwhile Gardens, an der Wendeltreppe, unter der Brücke und in den Hügeln, wo Cal manchmal einen Joint rauchte oder den Jugendlichen der Gegend Dope verkaufte; die heruntergekommene Wohnung am Lancefield Court, wo die Drogenkuriere ihre Ware entgegennahmen; das Haus an der Portnall Road, wo Arissa wohnte. Joel streifte sogar über den Kensal-Green-Friedhof, um Cal zu suchen, doch es war, als habe er sich in Luft aufgelöst.

Für Joel ergab das überhaupt keinen Sinn. Wer sollte The Blade bewachen, wenn nicht Cal Hancock?

Doch als Joel sich auf die Suche nach The Blade machte, konnte er ihn ebenso wenig finden. Jedenfalls nicht gleich.

Am dritten Nachmittag entdeckte er ihn endlich. Joel kam die Stufen vom Lernzentrum herunter, wo er Toby bei Luce Chinaka abgeliefert hatte. Vielleicht dreißig Meter entfernt sah er auf der anderen Straßenseite The Blades Wagen, den er an dem schwarzen Streifen auf dem hellblauen Lack und dem Stück Pappe erkannte, das eines der hinteren Seitenfenster ersetzte. Das Auto stand am Bordstein im Halteverbot, und jemand hatte sich heruntergebeugt, um mit den beiden Personen auf den Vordersitzen zu reden.

Dieser Jemand richtete sich jetzt auf. Es war Ivan Weatherall, der eine Hand auf das Wagendach legte und ihm einen freundlichen Klaps versetzte, ehe er Joel entdeckte. Er lächelte, winkte ihn zu sich herüber und beugte sich dann wieder vor, um zu hören, was einer der Wageninsassen zu ihm sagte.

Wäre Ivan allein gewesen, hätte Joel sich unter einem Vorwand verdrückt. Der letzte Mensch, dem er derzeit ins Auge sehen wollte, war sein Mentor mit all seinen guten Absichten. Doch die Tatsache, dass The Blade dort war und dass Joel unbedingt mit ihm reden musste, über alles, angefangen von Eaton Terrace bis hin zu Ness … und der Glücksfall, dass Cal bei ihm war, was es wesentlich sicherer machte, mit The Blade zu reden …

Joel überquerte die Straße.

Er näherte sich dem Wagen von hinten. Durch das Rückfenster entdeckte er eine dritte Person im Wagen. Er erkannte sie an der Form ihres Kopfes. Joel hätte es vorgezogen, Arissa wäre nicht bei ihnen. Sie konnten kaum ein offenes Wort reden, solange diese Kokserin dabei war, die die ganze Zeit versuchte, irgendwem die Hand in die Hose zu stecken. Aber er wusste, er konnte einfach bei ihnen bleiben, bis The Blade irgendwann genug von Arissa hatte und sie aus dem Auto warf. Dann würden sie reden: darüber, was in Eaton Terrace passiert war und was als Nächstes geschehen sollte. Und über Ness. Ness und ihre Probleme waren immer noch seine größte Sorge, und was er getan hatte, hatte er doch nur begonnen, um ihr aus der Klemme zu helfen.

Doch da war immer noch Ivan. Er würde sich ganz bestimmt fragen, was Joel sich dabei dachte, zu The Blade ins Auto zu steigen, und es ganz sicher nicht vergessen.

»Wie wunderbar, dich zu sehen«, grüßte er Joel. »Ich habe Stanley gerade von unserem Projekt erzählt.«

So viel war im Laufe der letzten Woche auf Joel eingestürzt, dass er zuerst nicht wusste, wovon Ivan sprach. »Der Film«, fügte dieser hinzu. »Ich hatte ein ganz außergewöhnliches Gespräch mit einem Mann namens Mr. Rubbish. Natürlich heißt er nicht wirklich so, es ist sein Künstlername, aber all das erkläre ich dir später. Die Vorbereitungen unserer Produktion sind jedenfalls abgeschlossen. Wir haben jetzt das Geld. Wir haben tatsächlich das verdammte Geld!« Ivan grinste breit und vollführte eine höchst untypische Geste des Triumphs: Er reckte einen Arm in die Luft. In der Hand hielt er eine Tageszeitung, und das konnte nur eines bedeuten: ein Bericht über die Schießerei in Belgravia und dass in North Kensington darüber geredet wurde. Das Letzte, was Joel und Cal gebrauchen konnten.

Joel blickte zum Auto. Vage nahm er wahr, dass Ivan sagte: »Ich wusste, wir bekommen das Geld, wenn wir die richtigen Verbindungen aufbauen ...« Den Rest hörte Joel nicht. Denn im Auto saßen zwar The Blade und Arissa, aber nicht Cal Hancock. Auf seinem üblichen Platz, auf dem Beifahrersitz, saß Neal Wyatt, und Joel hatte den Eindruck, als fühle Neal sich dort pudelwohl.

Joel schaute von Neal zu The Blade. In seinem Rücken sagte Ivan: »Du hast Neal ja bereits kennengelernt. Ich war gerade dabei, ihm zu erklären, was wir vorhaben. Ich möchte euch beide in dieses Projekt einbinden, denn – und hört gut zu, was ich sage: Es wird Zeit, dass ihr eure Feindschaft begrabt. Ihr zwei habt weit mehr gemeinsam, als ihr wisst, und die Mitarbeit an diesem Film wird euch das vor Augen führen.«

Joel nahm seine Worte kaum wahr, er drehte und wendete die Dinge in seinem Kopf hin und her und versuchte zu begreifen, was das, was er hier vor sich sah, zu bedeuten hatte.

Cal musste The Blade doch gesagt haben, dass Joel nun ganz und gar sein Mann war. Vielleicht hatte The Blade sich daraufhin entschlossen, endlich seinen Teil des Neal-Wyatt-Handels zu erfüllen. Er hatte ihn abgeholt, wo immer der rumhängen mochte, wenn er nicht gerade die Leute hier in der Gegend heimsuchte, und ihm befohlen mitzukommen. Neal hatte nicht gewagt, nein zu sagen, und war in den Wagen gestiegen. The Blade hatte einen Joint mit ihm geteilt, und das war der Grund, warum Neal so entspannt wirkte. Seine Wachsamkeit war gedämpft, seine Stimmung gelöst. Aber jetzt, da The Blade Neal dort hatte, wo er ihn wollte, würde er sich den Dreckskerl gründlich vornehmen. Joel wollte froh darüber sein, es mit seiner eigenen Situation in Zusammenhang bringen. Dass The Blade sich Neal vorknöpfte, musste doch auch heißen, dass er Joel vor den Folgen des Schusses auf die Polizistenfrau beschützen würde. Das Thema, an das Joel sich nicht heranwagte, war das Warum hinter dem Schuss. Wie sich ein Raubüberfall in ein Szenario verwandeln konnte, bei dem eine Frau gefährlich verletzt wurde. Wann immer er sich diesem Gedanke näherte, schob er ihn mit dem Wort »Unfall« beiseite. Er hatte sich eingeredet, die ganze Sache sei ein schreckliches Missgeschick gewesen und der Schuss habe sich unbeabsichtigt gelöst, als Cal Joel die Waffe entrissen hatte, weil Joel es nicht fertiggebracht hatte, von der weißen Frau mit dem gütigen Gesicht Geld zu verlangen …

»… mit euch durchsprechen«, sagte Ivan, und es klang wie das Ende seiner Ausführungen. Er beugte sich wieder zum Wagen hinab. »Und Stanley, denk auch du über mein Angebot nach, ja?«

The Blade schenkte Ivan ein Lächeln, die Lider gesenkt. »Oh, Ivan, du bist ein beschissener Glückspilz, weißte das? Du amüsierst mich jetz' schon so lang, ich glaub nich', dass ich je Lust haben werd, dich umzulegen.«

»Ach, Stanley«, erwiderte Ivan und trat vom Wagen zurück, als The Blade den Motor startete und aufheulen ließ, »ich bin zutiefst gerührt. Hast du inzwischen eigentlich Descartes gelesen?«

The Blade lachte in sich hinein. »Ivan, Ivan. Warum kapierste's nich' endlich? Denken reicht nicht, wenn man *sein* will.«

»Das ist genau der Punkt, in dem du dich irrst.«

»Ah ja?« The Blade legte Neal Wyatt die Hand in den Nacken und drückte ihn freundschaftlich. »Bis dann, Ivan. Ich muss mit diesem Mann hier wichtige Geschäfte abwickeln.«

Neal lachte hämisch. Dann wischte er sich mit dem Handrücken über die Oberlippe, als könne er das Lachen damit wegwischen. Er warf Joel einen Blick zu und formte mit den Lippen: *Fick dich.*

»War schön, dich zu sehen, Joel«, sagte The Blade. »Und grüß deine Schwester von mir, die alte Fotze. Wo immer sie grad sein mag.«

Er gab Gas, und der Wagen raste in Richtung Maida Vale davon.

Joel sah ihm nach. Neal streckte den Arm aus dem Beifahrerfenster, machte eine Faust und zeigte den Mittelfinger. Niemand im Wagen hinderte ihn daran.

Ivan bestand darauf, dass sie einen Kaffee trinken gingen. Sie hätten viel zu besprechen, jetzt da Mr. Rubbish sich bereitgefunden hatte, den Film zu finanzieren, an dem Ivan und seine Schar hoffnungsvoller Drehbuchautoren schon so lange arbeiteten. »Komm mit. Ich muss dir einen Vorschlag unterbreiten.« Als Joel ablehnen wollte und irgendetwas von seiner Tante, seinem Bruder und den Hausaufgaben vorbrachte, versprach Ivan, es werde nicht lange dauern.

Sein Mentor würde ein Nein nicht akzeptieren, erkannte Joel. Er würde einen Kompromiss nach dem anderen eingehen, bis er bekam, was er wollte: nämlich die Chance, Joels Retter zu sein. Dass er das jedoch niemals sein konnte – nicht *mehr* sein konnte –, wusste er nicht, und er würde nicht lockerlassen, bis Joel einen Kaffee mit ihm trank, einen Spaziergang mit ihm machte oder sich zu ihm auf eine Bank setzte. Also willigte Joel ein, ihn zu begleiten. Was immer Ivan zu sagen hatte, konnte nicht lange dauern, und Joel beabsichtigte nicht, darauf einzugehen, weil das die unwillkommene Konversation nur verlängern würde.

Ivan führte ihn ein Stück die Harrow Road entlang zu einem Imbiss, einem schmuddligen Etablissement mit klebrigen Tischen und einer Speisekarte, die mindestens dreißig Jahre alt zu sein schien. Es gab Bohnen und Champignons auf Toast, Spiegeleier mit Speck, in der Pfanne geröstetes Brot, gebackene Bohnen mit Ei, Wurstpasteten, Grillkoteletts. Der Geruch von Frittierfett war übermächtig, doch Ivan schien nichts davon zu bemerken, wies Joel zu einem Ecktisch, fragte ihn nach seinen Wünschen und ging dann an den Tresen, um seine Bestellung aufzugeben. Joel wollte nur Orangensaft. Der würde aus einer Dose kommen und nach Blech schmecken, aber er hatte ohnehin nicht die Absicht, ihn zu trinken.

In einer Ecke döste Drunk Bob in seinem Rollstuhl vor sich hin. Ansonsten waren keine Gäste in dem Lokal. Während Ivan auf seine Bestellung wartete, faltete er die Zeitung auseinander. Joel konnte einen Teil der Schlagzeilen entziffern: »Überwachungskamera« und »Fernsehfahndung *Crimewatch*«. Die Polizei hatte sich also die Aufnahmen der Videokameras von dem großen Platz und der näheren Umgebung des Tatorts besorgt. Und diese Mitschnitte sollten nun im Fernsehen gezeigt werden.

Das war nicht weiter überraschend. Jedes Überwachungsvideo, das zeigte, wie eine weiße Frau in einer feinen Londoner Gegend vor ihrer Haustür angeschossen wurde, hatte gute Chancen, es ins Fernsehen zu schaffen – erst recht wenn es sich bei dem Opfer um die Frau eines Scotland-Yard-Detectives handelte, der in einem großen Fall ermittelte.

Es gab nur zwei Dinge, auf die Joel hoffen konnte: dass die Videos aus zu großer Entfernung aufgenommen waren und ihre Qualität zu schlecht war, um jemanden zu erkennen, und dass die Fernsehsendung für die Bewohner North Kensingtons von geringem oder überhaupt keinem Interesse war.

Ivan brachte ihre Getränke an den Tisch und warf die Zeitung auf einen freien Stuhl. Er rührte Zucker in seinen Kaffee. »Wer hätte gedacht, dass es möglich ist, mit Abfall ein Vermögen zu machen? Und dass diese Person dann auch noch willens sein soll, dieses Vermögen zu teilen ...« Ivan legte die Hände um seinen Kaffeebecher, und erst als er fortfuhr, wurde Joel klar, dass er nicht von einem Zeitungsartikel sprach. »Wenn ein Mann sich seiner Wurzeln besinnt, kann er viel Gutes tun, mein Freund. Wenn er den Menschen, die er zurückgelassen hat, nicht den Rücken kehrt ... So wie Mr. Rubbish uns nicht den Rücken kehrt, Joel.«

Joel bemühte sich, nicht zu der Zeitung hinüberzuspähen, aber der *Standard* war in der Mitte gefaltet und mit der oberen Hälfte nach unten gelandet. Die Schlagzeilen waren verdeckt, aber der Rest der Titelseite war gut zu sehen und wirkte wie der Gesang einer Sirene: absolut unwiderstehlich, nur dass Joel dasaß und keinen Schiffsmast hatte, an dem er sich hätte festbinden können. Was er sah, waren ein Foto und einige Zeilen des Artikels darunter. Er saß zu weit weg, um die Schrift entziffern zu können, aber mit dem Foto verhielt es sich anders: Ein Mann und eine Frau lehnten an einem Geländer und lächelten in die Kamera, Champagnergläser in den erhobenen Händen. Der Mann war gut aussehend und blond, die Frau attraktiv und brünett. Zusammen sahen sie aus wie aus einer Reklame für Kreuzfahrten, und im Bildhintergrund glitzerte das ruhige Wasser einer Bucht unter einem wolkenlosen blauen Himmel. Joel wandte den Blick ab und versuchte, Ivan zuzuhören.

»… nennt sich Mr. Rubbish. Anscheinend ist es ein ganz simples System, das Großstädte in aller Welt übernommen haben. Es geht irgendwie um computergesteuerte Förderbänder oder so etwas Ähnliches, wo der ganze Müll getrennt wird, sodass die Leute sich gar nicht selbst mit dem Thema Recycling befassen müssen. Damit hat er ein Vermögen gemacht, und jetzt ist er gewillt, einen Teil davon dorthin zurückzugeben, woher er kommt. Und wir sind eines seiner guten Werke. Er will uns jetzt und in Zukunft fördern. Was sagst du dazu?«

Joel besaß genug Geistesgegenwart, um zu nicken. »Is’ ja irre.«

Ivan legte den Kopf schräg. »Das ist alles, was dir zu zweihundertfünfzigtausend Pfund einfällt? Irre?«

»Cool, Ivan. Adam und die andern werden bestimmt total ausrasten.«

»Und du nicht? Du gehörst doch dazu. Wir brauchen jeden, den wir finden können, um an dem Projekt mitzuarbeiten, wenn wir es wirklich realisieren wollen.«

»Ich kann kein’ Film machen.«

»Was für ein Unsinn. Du kannst schreiben. Du kannst auf

eine Art und Weise mit Sprache umgehen, die andere Menschen … Hör mich an!« Ivan rückte mit seinem Stuhl näher an Joel heran und sprach mit großer Ernsthaftigkeit, wie er es immer tat, wenn er glaubte, dass er seinen Standpunkt mit Nachdruck vertreten musste. »Ich erwarte ja gar nicht, dass du in dem Film mitspielst oder hinter der Kamera stehst oder irgendetwas tust, was du nicht bereits gewohnt bist. Aber wir brauchen dich beim Drehbuch … Nein, warte. *Hör mir zu.* Im Moment tendieren die Dialoge ein bisschen zu stark zum Umgangssprachlichen, und wir brauchen jemanden, der das sprachliche Niveau ein wenig korrigiert. Ich meine, Slang ist völlig in Ordnung, wenn wir den Film nur auf lokaler Ebene zeigen wollen. Aber ehrlich gesagt, jetzt da wir diese Unterstützung im Rücken haben, bin ich der Auffassung, wir sollten uns etwas höhere Ziele stecken. Filmfestivals und dergleichen. Jetzt ist nicht der richtige Zeitpunkt, um kleine Brötchen zu backen. Ich glaube, du kannst die anderen davon überzeugen, Joel.«

Joel wusste, was Ivan da redete, war totaler Müll. Diese Ironie brachte ihn fast zum Lachen: Er würde hier jetzt gar nicht sitzen, hätte Müll im ganz großen Maßstab es nicht erst möglich gemacht. Doch er wollte nicht mit Ivan streiten. Er wollte diese Zeitung in die Finger kriegen, damit er feststellen konnte, was die Polizei trieb. Und er wollte mit The Blade reden. Abrupt fuhr er mit seinem Stuhl zurück, stand auf und sagte: »Ivan, ich muss los.«

Auch Ivan erhob sich. Sein Ausdruck hatte sich verändert. »Joel, was ist passiert? Ich merke doch, dass irgendetwas … Ich habe von der Geschichte mit deiner Schwester gehört. Ich wollte nicht davon anfangen. Wahrscheinlich habe ich gehofft, die Neuigkeiten über den Film würden es dir ermöglichen, für eine Weile an etwas anderes zu denken. Entschuldige. Ich hoffe, du weißt, dass ich dein Freund bin. Ich bin da, falls …«

»Bis später«, unterbrach Joel. Er wollte dieser nutzlosen Freundlichkeit entrinnen, verspürte das Bedürfnis, sie sich mit Fäusten vom Leibe zu halten. »Das sind super Neuigkeiten, Ivan. Wirklich. Aber ich muss los.«

Er stürzte hinaus. Toby war erst sehr viel später im Lernzentrum fertig, und Joel blieb genügend Zeit für einen Abstecher zum Lancefield Court. Er schlug den Weg dorthin ein, sobald er außer Sichtweite des Cafés war. Er zwängte sich durch die Öffnung im Zaun und stieg zur ersten Etage hinauf. Niemand stand Wache am Fuß der Treppe, und allein das hätte ihm bedeuten müssen, dass die Wohnung, in der The Blade seine Kuriere mit Ware versorgte, leer war. Aber Joel war verzweifelt, und diese Verzweiflung ließ ihn seine sinnlose Suche fortsetzen. The Blade musste mit Neal Wyatt an einen sicheren Ort gefahren sein, um sich ihn in aller Ruhe vorzunehmen. Zum stillgelegten U-Bahnhof etwa oder zu einem abgelegenen Winkel auf dem Kensal-Green-Friedhof. Oder zu einem großen Parkplatz, einer Tiefgarage, einem Lagerhaus oder Abrissgebäude. Joel kam es vor, als wimmele London nur so von Orten, wohin The Blade Neal Wyatt hätte bringen können, und er versuchte, sich mit der Vorstellung zu trösten, dass an einem dieser tausend Orte Neal Wyatt gerade davon in Kenntnis gesetzt wurde, dass die Tage, da er die Campbell-Kinder verfolgen, herumstoßen, angreifen und quälen konnte, ein für alle Mal vorüber waren.

Denn *das* war es, was sich abspielte. Heute. Gerade jetzt. Und war Neal Wyatt erst einmal gründlich der Kopf zurechtgerückt, dann konnten sie sich dem Problem zuwenden, Ness aus dem Behördensumpf zu ziehen und wieder nach Hause zu holen.

An all dies zu denken, gab Joel Trost. Und lenkte ihn von den Überlegungen ab, die er einfach nicht ertragen konnte: was es tatsächlich bedeutete, dass Cal Hancock wie vom Erdboden verschluckt war. Dass eine weiße Frau angeschossen worden war. Und dass die Polizei in Belgravia, New Scotland Yard und der Rest der Welt wild entschlossen waren, den Täter zu finden.

Aber bei aller Entschlossenheit, seine Gedanken vom Unerträglichen fernzuhalten, war Joel doch nicht blind. Auf dem Rückweg von Lancefield Court zur Harrow Road kam er an einem Kiosk vorbei, vor dem ein Plakat stand, wie sie überall in London für Zeitungen warben. Die Worte waren mit schwarzer Tinte geschrieben und auf dem porösen Papier ein wenig zerlaufen. Doch sie sprangen ihn geradezu an: »Belgravia-Killer bei *Crimewatch*«, lautete die eine Schlagzeile. Die andere verkündete: »Überwachungsvideo vom Countess-Killer«.

Joels Blickfeld verengte sich auf Stecknadelgröße, und das Einzige, was er noch erkennen konnte, war: Killer. Dann verschwand selbst das, und er sah nur noch Schwärze. Killer, Belgravia, Überwachungsvideo, *Crimewatch*. Joel streckte den Arm aus und tastete nach der Hauswand. Dort blieb er stehen, bis sein Blick wieder klar wurde. Er biss sich auf den Daumennagel und versuchte nachzudenken.

Doch alles, was ihm einfiel, war The Blade.

Er ging weiter. Ihm war nur ungefähr bewusst, wo er sich befand, und plötzlich stand er vor dem AIDS-Laden, ohne zu wissen, wie er dorthin gekommen war. Er trat ein. Es roch nach Dampf auf muffigen Textilien.

Seine Tante hatte im Hinterzimmer ein Bügelbrett aufgebaut. Sie rückte den Knitterfalten in einer lavendelfarbenen Bluse zu Leibe. Weitere Kleidungsstücke warteten auf einem Stuhl zu ihrer Linken.

»Es hat keinen Zweck, wenn man den Leuten nicht eine Vorstellung davon vermittelt, wie die Sachen aussehen können, wenn sie gepflegt sind«, erklärte Kendra, als sie ihn entdeckte. »Niemand will so ein verknittertes Ding kaufen.« Sie hob die Bluse vom Bügelbrett und hängte sie ordentlich über einen Plastikbügel. »Schon besser«, befand sie. »Ich kann nicht gerade behaupten, dass ich diese Farbe mag, aber irgendwer wird sie lieben. Du wartest ja gar nicht im Lernzentrum auf Toby?«

Joel hatte eine Erklärung parat. »Ich bin spazieren gegangen.«

»Dafür ist es ein bisschen kalt.«

»Ach. Na ja.« Er wusste nicht, warum er den Laden betreten hatte. Vielleicht ein vages Bedürfnis nach Trost, war die einzige Erklärung, die ihm einfiel. Er suchte irgendetwas, das änderte, wie er sich in seinem Innern fühlte. Er wollte, dass seine Tante dieses Etwas war, und wenn das nicht ging, dass sie es ihm wenigstens ein Stück weit vermittelte.

Sie nahm sich das nächste Stück vor, eine schwarze Hose, die sie auf dem Bügelbrett ausbreitete und von oben bis unten unter die Lupe nahm. Dann schüttelte sie den Kopf und hielt sie hoch, um sie Joel zu zeigen. Ein Fettfleck prangte auf der Vorderseite, lang gezogen, wie der Umriss Italiens. Kendra warf die Hose auf den Boden und sagte: »Warum glauben die Leute nur, arm sei gleichbedeutend mit verzweifelt, wenn es doch in Wahrheit nur bedeutet, dass man etwas sucht, was einen die Armut vergessen lässt und einen nicht jedes Mal an sie erinnert, wenn man es anzieht.« Sie wandte sich wieder dem Kleiderberg zu und fischte einen Rock heraus.

Joel sah ihr zu und hätte ihr gerne alles erzählt: The Blade, Cal Hancock, die Pistole, die Frau. Er wollte einfach nur reden. Doch als sie ihn ansah, brachte er kein Wort heraus, sondern trat den Rückzug an und streifte rastlos durch den Laden, an einem Toaster vorbei, der die Form eines Hotdogs hatte, und einem Cowboystiefel, aus dem jemand eine Lampe gebastelt hatte. Seltsam, was für Zeug die Leute sich kauften, fand er. Sie wollten es haben, und dann wollten sie es wieder loswerden, wenn sie erst festgestellt hatten, welche Wirkung es auf sie selbst und ihre restlichen Habseligkeiten hatte, wenn sie erkannten, wie es alles andere aussehen ließ, und wenn ihnen klarwurde, wie sie sich schließlich damit fühlten. Wenn sie es vorher wüssten, wenn sie es nur wüssten, hätte es diese Verschwendung nie gegeben. Und keine Zurückweisung.

»Wusstest du von ihnen, Joel? Das wollte ich dich schon lange fragen, aber ich wusste nicht, wie.«

Im ersten Moment glaubte Joel, sie rede von dem Toaster und der Cowboystiefellampe. Er hatte keine Ahnung, was für eine Antwort sie erwartete.

»Danach … Kam sie dir irgendwie anders vor? Und wenn ja, ist dir nie der Gedanke gekommen, mit irgendjemandem darüber zu reden?«

Joel schaute von der Lampe zum Toaster. »Was?«, fragte er. Ihm war heiß und flau.

»Deine Schwester.« Kendra drückte das Bügeleisen fester an,

und es zischte, als das heiße Wasser auf dem Stoff verdampfte. »Diese Männer und was sie ihr angetan haben, und Ness hat nie ein Wort gesagt. Wusstest du es?«

Joel schüttelte den Kopf, aber er hörte mehr als nur das, was seine Tante sagte. Er hörte den Vorwurf zwischen den Zeilen. Der Freund ihrer Gran und seine Kumpel hatten Ness missbraucht. Joel hätte es wissen müssen, hätte es sehen müssen, hätte es erkennen müssen, hätte etwas tun müssen. Selbst als Siebenjähriger oder wie alt er auch immer gewesen war, als diese schrecklichen Dinge mit seiner Schwester anfingen, hätte er irgendetwas unternehmen müssen. Ganz gleich dass die Männer ihm immer wie Riesen vorgekommen waren, und mehr noch als Riesen: potenzielle Großväter, sogar potenzielle Väter. Sie sahen ganz anders aus als das, was sie waren.

Joel spürte den unverwandten Blick seiner Tante auf sich. Sie wartete auf sein Eingeständnis, dass er etwas gesehen, gehört, gefühlt hatte – irgendetwas. Er hätte ihr den Gefallen gern getan, aber er konnte nicht. Er schlug die Augen nieder.

»Vermisst du sie?«, fragte Kendra.

Er nickte. »Was passiert jetzt mit ihr?«

»Sie ist im Jugendgefängnis. Sie ist ... Joel, wahrscheinlich wird sie für eine ganze Weile weg sein. Fabia Bender glaubt ...«

»Ness geht *nirgendwohin*.« Die Erklärung klang wütender, als er beabsichtigt hatte.

Kendra stellte das Bügeleisen ab. Nachsichtig sagte sie: »Ich will doch auch nicht, dass sie eingesperrt wird. Miss Bender versucht, es so zu drehen, dass deine Schwester irgendwohin kommt, wo man ihr hilft, statt sie zu bestrafen. Eine Einrichtung wie ...« Sie unterbrach sich.

Er schaute auf. Ihre Blicke trafen sich. Sie wussten beide, in welche Richtung diese Erklärung führte, und sie brachte keinen Trost. *Eine Einrichtung wie die, wo deine Mum ist, Joel. Ness hat die Familienkrankheit. Sag Auf Nimmerwiedersehen.* Die Ränder von Joels Welt rollten sich ein, wie ein Blatt, das vom Baum gefallen war.

»Dazu wird's nich' komm'«, sagte er.

»Kommen«, verbesserte seine Tante ihn geduldig. Sie griff wieder nach dem Bügeleisen und wandte sich dem Rock auf dem Bügelbrett zu. »Ich bin keinem von euch gerecht geworden«, bekannte sie. »Ich habe nicht begriffen, dass das, was ich hatte, wichtiger war als das, was ich wollte.« Sie wählte ihre Worte mit Bedacht. Und sie bügelte mit großer Sorgfalt. Die Aufgabe erforderte eigentlich nicht so viel Konzentration und Aufmerksamkeit, wie sie ihr widmete.

»Du vermisst Dix, oder?«

»Natürlich«, antwortete sie. »Aber Dix hat nichts mit dem zu tun, worüber ich hier rede. Ich sehe es so, Joel: Glory hat euch bei mir abgeladen, und ich hab mir gedacht, okay, ich komm schon damit klar, weil ihr ja meine Familie seid, aber es darf keinen Einfluss darauf haben, wie ich mein Leben führe. Denn wenn ich mein Leben verändern muss, werd ich die Kinder irgendwann dafür verabscheuen, aber ich will die Kinder meines Bruders nicht verabscheuen, weil nichts von alldem ihre Schuld ist. Sie wollten nicht, dass ihr Vater erschossen wurde, und sie haben auch nicht darum gebeten, dass ihre Mutter immer wieder in die Klapse gesteckt wird. Trotzdem muss jeder von uns seinem eigenen Weg folgen. Also schick ich sie zur Schule, geb ihnen zu essen und ein Dach über dem Kopf, und damit habe ich meine Pflicht und Schuldigkeit getan. Aber Pflicht und Schuldigkeit haben nicht ausgereicht. Und das wollte ich nicht wahrhaben.«

Erst ganz am Ende dieser Ansprache begriff Joel, dass seine Tante sich bei ihm entschuldigte, eigentlich bei ihnen allen. Er wollte ihr sagen, das sei nicht nötig. Hätte er nur die Worte finden können, hätte er gesagt, dass keiner von ihnen das Los erbeten hatte, welches ihnen zugeteilt worden war, und wenn sie bei dem Versuch, damit fertigzuwerden, einen Scherbenhaufen anrichteten, wessen Schuld war das dann eigentlich? Seine Tante hatte getan, was ihr zu dem Zeitpunkt richtig erschienen war.

»Schon okay, Tante Ken«, sagte er. Er strich mit dem Finger über die Cowboystiefellampe und ließ die Hand dann sinken.

Wie alles in diesem Laden war die Lampe sauber und staubfrei und wartete nur auf einen Käufer, der etwas Schrulliges suchte, um ihn von seinen Alltagsproblemen abzulenken. Toby würde diese Lampe lieben, dachte Joel. Einfache, schrullige Sachen reichten ihm vollkommen aus.

Kendra trat zu ihm, legte den Arm um seine Schultern, küsste ihn auf die Schläfe und sagte in ihrem taffen Tonfall: »All das wird vorbeigehen. Wir werden's überstehen. Du und Toby und ich. Sogar Ness. Wir werden es überstehen, und dann können wir endlich eine Familie sein, so wie es sein sollte. Wir werden eine richtige Familie sein, Joel.«

»Okay«, antwortete Joel mit so leiser Stimme, dass er wusste, seine Tante konnte ihn unmöglich verstehen. »Das wär wirklich schön, Tante Ken.«

Crimewatch hatte eine so unwiderstehliche Anziehungskraft auf Joel wie ein Verkehrsunfall auf einen Gaffer. Er musste es einfach anschauen, aber er wusste nicht, wie er das bewerkstelligen sollte, ohne unliebsame Aufmerksamkeit darauf zu lenken.

Als die Anfangszeit der Sendung näher rückte, sann Joel auf einen Weg, wie er seinem kleinen Bruder die Kontrolle über das Fernsehprogramm abringen könnte. Toby schaute ein Video, in welchem der junge Tom Hanks sich mit einer Meerjungfrau abmühte, und Joel wusste, er würde den Film nicht unterbrechen können, ohne dass Toby in lautes Protestgeschrei ausbrach. Die Minuten tröpfelten dahin. Zehn, dann fünfzehn, und Joel saß da und zermarterte sich das Hirn, wie er Toby von seinem Video loseisen konnte. Es waren Kendras gute Vorsätze bezüglich vermehrter mütterlicher Fürsorge, die ihm schließlich zu Hilfe kamen. Sie hatte beschlossen, Toby müsse ein Bad nehmen, und stellte dem kleinen Jungen in Aussicht, er dürfe den Rest des Films anschauen, wenn er aus der Wanne kam und seinen Schlafanzug anhatte. Kaum hatte sie seinen Bruder in Richtung Badezimmer abgeführt, stürzte Joel zum Fernseher und stellte den richtigen Sender ein.

Crimewatch war schon fast vorüber. Der Moderator sagte: »... noch ein letztes Mal einen Blick auf die Fotos werfen. Zur Erinnerung: Sie wurden an der Cadogan Lane aufgenommen und zeigen die Personen, die verdächtigt werden, mit der Schießerei in Eaton Terrace kurz zuvor zu tun zu haben.«

Was folgte, war genau wie Joel gehofft hatte, eine fünfsekündige Sequenz einer sehr körnigen Aufnahme, typisch für die Sorte Überwachungskameras, die dasselbe Band alle vierundzwanzig Stunden wieder und wieder abnudelten. Sie zeigte die schmale Gasse, auf der Cal und Joel herausgekommen waren, nachdem sie durch das letzte Haus hinter den Gärten gestürmt waren. Zwei Gestalten näherten sich, die eine dank ihrer Kleidung völlig unkenntlich: Strickmütze, Handschuhe, unauffällige Steppjacke mit hochgestelltem Kragen. Die zweite Gestalt war aufgrund der Haare, die beim Gehen ihren Kopf umwippten, schon etwas besser zu erkennen.

Als Joel das sah, verspürte er für einen Augenblick Erleichterung. Seine Haare, selbst unbedeckt, würden aufgrund der Filmqualität niemals ausreichen, ihn zu identifizieren. Sein Anorak sah aus wie ungezählte andere Anoraks auf den Straßen von London, und von seiner Schuluniform, die die Suche dramatisch eingegrenzt hätte, war nichts zu sehen bis auf die Hose und die Schuhe. Und die verrieten gar nichts. Und da Cals Gesicht für die Kamera unsichtbar war, durfte man wohl annehmen ... Noch während Joel all dies durch den Kopf ging, geriet seine Welt mit einem Schlag aus dem Lot. Gerade als sie die Kamera erreichten, wurde der rötliche Schopf angehoben, und Joels Gesicht füllte den Bildschirm aus. Es war immer noch körnig und einige Meter von der Kamera entfernt, doch noch während Joel gebannt hinschaute, erfuhr er, dass bei Scotland Yard »die Wunder der Bildbearbeitung« gerade in diesem Moment zur Verbesserung der Qualität eingesetzt würden, sodass das Video in wenigen Tagen in einer erheblich deutlicheren Fassung vorliegen werde, die *Crimewatch* der Öffentlichkeit dann wieder zu präsentieren gedenke. Sollte in der Zwischenzeit irgendjemand eines der Individuen auf dem Film erkennen, werde er gebeten, die eingeblendete Telefonnummer anzurufen. Die Identität des Anrufers werde selbstverständlich vertraulich behandelt.

Unterdessen sei das Opfer der Schießerei immer noch an lebenserhaltende Maschinen angeschlossen, berichtete der Moderator mit ernster Stimme, und der Ehemann und die Familie hätten die schwere Entscheidung über das Schicksal des ungeborenen Kindes zu treffen.

Joel hörte diese letzten Worte, als seien sie unter Wasser gesprochen worden. *Ungeborenes Kind.* Die Frau hatte einen Mantel angehabt. Er hatte nicht gesehen – *sie* hatten weder gesehen noch gewusst, dass sie schwanger war. Hätten sie das auch nur geahnt … Nichts von alledem wäre passiert. Das schwor sich Joel. Er klammerte sich an den Gedanken. Er hatte sonst nichts, woran er sich klammern konnte.

Er stand vom Sofa auf, ging zum Fernseher und schaltete ihn ab. Er wollte irgendjemanden fragen, was mit ihm und der Welt, die er kannte, passierte. Aber es gab niemanden, den er fragen konnte, und im Moment machte allein das, was er hörte, sein ganzes Bewusstsein aus: die Geräusche von oben, wo Toby munter in der Badewanne planschte.

Joel schwänzte die Schule, um Cal Hancock zu suchen. Er begann vor dem Haus, wo Arissa wohnte, überzeugt, dass Cal dort früher oder später aufkreuzen würde, um wie üblich über The Blade zu wachen. Joel bemühte sich, nicht an die Bilder der Überwachungskamera zu denken. Und auch alle anderen relevanten Details, die seine Zukunft in einem wenig hoffnungsvollen Licht erscheinen ließen, versuchte er auszublenden: die Flut von Zeitungsartikeln, die ein körniges Bild von ihm auf der Titelseite zeigten. Das Au-pair-Mädchen, das ihn aus der Nähe gesehen hatte. Die Pistole, die in einem Garten irgendwo zwischen Eaton Terrace und Cadogan Lane lag. Seine verlorene Strickmütze an irgendeiner Mauer in diesen Gärten. Eine Frau, die künstlich beatmet wurde. Ein Baby, über dessen Schicksal entschieden werden musste. An all das wollte er nicht denken – nur an Neal Wyatt und dessen Meute, die endlich keinen Versuch mehr unternahmen, Joel, Toby oder irgendwen zu malträtieren, der auch nur entfernt etwas mit den Campbells zu tun hatte.

Das hieß doch, dass The Blade sich Neal tatsächlich vorgenommen hatte. Es war jetzt keine Annahme mehr, keine Hoffnung, an die er sich verzweifelt klammern musste. Jetzt würde Neal ihm nie wieder Ärger machen, sagte er sich. Cal hatte ihm mitgeteilt, dass Joel seinen Teil des Handels erfüllt hatte, und so hatte auch The Blade seinen Teil erfüllt. Er musste ja nicht erfahren, dass es Cal Hancock und nicht Joel gewesen war, der auf die Dame in Eaton Terrace geschossen hatte. Cals Fingerabdrücke waren ja nicht einmal auf der Waffe, falls sie gefunden wurde. Wenn Cal also nichts verriet, würde niemand auf der Welt je den Verdacht schöpfen, dass Cal und nicht Joel die Mission durchgeführt hatte. Auch wenn es kein Geld, keine Handtasche und keinen Schmuck als Beweis gab, war das Getöse in den Zeitungen doch wohl ausreichend Beleg dafür, dass The Blades Instruktionen bis zu Ende befolgt worden waren.

»Und diesma' ein richtiger Überfall, Joel«, hatte The Blade gesagt, als er ihm die Waffe gab. »Biste Manns genug, das durchzuzieh'n? Diesma' solltest du's besser richtig machen. Dann sind wir quitt. Eine Hand wäscht die andere. Und noch was, Joel: Die Pistole muss benutzt werden. Ich will hören, dass sie abgefeuert worden is'. Das macht die Sache spannender. Damit die blöde Kuh auch weiß, dass du's ernst meins', wenn du sags', sie soll die Kohle rausrücken.«

Zuerst hatte Joel geglaubt, das Opfer solle eine Frau hier aus der Gegend sein wie die Pakistani auf der Portobello Road. Doch als er hörte, dass die Pistole abgefeuert werden müsse, hatte er angenommen, es handele sich um irgendeine Frau, die eingeschüchtert werden sollte, irgendeine Crackschlampe, die sich auf miese Tricks verlegt hatte, um an ein paar Körnchen ihres Gifts zu kommen. Oder die Nutte von irgendeinem Dealer, der in The Blades Revier eingedrungen war – kurz: irgendeine Alte, die sofort klein beigeben würde, wenn sie die Waffe sah. Und es würde zu einer Tageszeit und in einer Gegend passieren, wo ein Pistolenschuss nichts weiter bedeutete, als dass alles seinen gewohnten Gang ging unter den Drogendealern, den Gangstern und dem übrigen Pack. Darum würde es wahrscheinlich nicht einmal jemand melden, und ganz sicher würde die Polizei nicht ermitteln. Es war ja nur ein Schuss, der in die Luft gefeuert wurde, in einen Fensterrahmen oder eine Tür, egal wohin, aber doch nicht auf einen Menschen. Nur abgefeuert. Das war alles.

Daran hatte er sich geklammert, als sie in die U-Bahn gestiegen waren, sogar dann noch, als sie durch einen Teil der Stadt liefen, wo mit jedem Schritt deutlicher wurde, dass diese Welt völlig anders war als diejenige, die ihm vertraut war. Womit er nicht gerechnet hatte, war die Frau, die als Opfer sowohl für den Überfall als auch für den Pistolenschuss ausgewählt worden war. Eine weiße Dame, die vom Einkaufen nach Hause kam, sie anlächelte und fragte, ob sie sich verlaufen hätten, und die aussah wie jemand, der glaubte, er habe nichts zu befürchten, solange er vor der eigenen Haustür stand und freundlich zu Fremden war.

Trotz all seiner Bemühungen schwirrten Joels Gedanken wieder und wieder um die Frau, die sich nicht nur als Countess, sondern obendrein als Ehefrau eines Scotland-Yard-Detectives entpuppt hatte. Darum, dass er getan hatte, was ihm befohlen worden war – selbst wenn es letztendlich Cals Finger am Abzug gewesen war –, und ganz gleich, welche Mittel zu diesem Ziel geführt hatten: Das Ziel war erreicht, und Joel hatte sich bewiesen. Und daran, dass es ein Video von ihm in der Cadogan Lane gab, ein Au-pair-Mädchen, das ihn aus der Nähe gesehen hatte, und eine Pistole mit seinen Fingerabdrücken. All das konnte nichts Gutes bedeuten.

Erneut war The Blade seine einzige Hoffnung. Tauchte Cal nicht auf, wenn The Blade sich das nächste Mal entschloss, Arissa zu besuchen, bedeutete das, Cal war wirklich und wahrhaftig verschwunden. Das würde bedeuten, dass Cal in Sicherheit gebracht worden war. Es ergab keinen Sinn, dass The Blade ihn kaltmachen sollte, statt ihn einfach so lange aus London herauszuschaffen, bis die Wogen sich geglättet hatten. Joel kam zu dem Ergebnis – und es war das einzige Ergebnis, das er ertragen konnte –, dass The Blade für ihn das Gleiche tun könnte wie für Cal, und da zur Stunde, genau jetzt, ein Foto von Joel am Computer bearbeitet wurde, musste dies bald geschehen. Er brauchte einen Unterschlupf.

Joel musste nicht lange warten. Er bekam eine Antwort auf seine Bitte um Schutz, noch ehe er sie ausgesprochen hatte.

Er hatte sich an der Portnall Road in einem Hauseingang unweit von Arissas Wohnung versteckt. Vielleicht eine Stunde hatte er dort gewartet, in der Hoffnung, dass The Blade seiner Freundin einen Besuch abstattete. Er zitterte vor Kälte und hatte Wadenkrämpfe, als der Wagen schließlich vorfuhr. The Blade stieg aus, und Joel kam auf die Füße. Doch dann stieg Neal Wyatt ebenfalls aus dem Auto, und als The Blade im Haus verschwand, postierte Neal sich vor dem Eingang und nahm die Position von Cal ein. Er lehnte am Türrahmen und warf einen kleinen Gummiball dagegen.

Joel duckte sich. *Wie* …? *Warum* …? Er starrte ins Leere, während er zu begreifen versuchte, was er gesehen hatte, und als er das nächste Mal zum Haus hinüberschaute, stellte er fest, dass er entdeckt worden war. Neal blickte unverwandt zu ihm herüber. Er steckte den Ball in die Hosentasche. Dann überquerte er die Straße und kam den Gehweg entlang auf ihn zu. Er blieb stehen und betrachtete Joel in seinem dürftigen Versteck. Er sagte nichts, aber er sah verändert aus, ging Joel auf, und zwar nicht wie jemand, dem gründlich die Leviten gelesen worden waren. Joel fiel ein, was Hibah zu ihm gesagt hatte: Neal will Respekt. Kannst du ihm den nicht einfach erweisen?

Offensichtlich hatte Neal etwas getan, um Respekt zu erlangen, erkannte Joel. Und er nahm an, das Ergebnis dieser Begegnung würde ein Angriff auf seine – Joels – erbärmliche Person sein. Schläge, Tritte, Messer, was auch immer. Aber es kam kein Angriff.

Stattdessen ergriff Neal das Wort, und es war nur ein einziger Satz, ausgesprochen mit gelangweiltem Sarkasmus: »Du bis' im Arsch, Rotschopf.« Damit wandte er sich ab und ging zu Arissas Haustür zurück.

Wie Lots Weib verspürte Joel den Wunsch zu fliehen, aber er war erstarrt. Zehn Minuten vergingen, ehe The Blade erschien. Arissa folgte ihm wie ein Hund seinem Herrn. Zu dritt gingen sie auf den Wagen zu. The Blade öffnete die Fahrertür, während Neal auf der Beifahrerseite einstieg. Arissa blieb auf dem Gehweg stehen, bis The Blade sich ihr zuwandte, sie zu sich herüberzerrte, küsste und eine ihrer Hinterbacken packte. Abrupt ließ er sie wieder los. Er kniff sie in die Brust und raunte ihr etwas zu, und das Mädchen stand vor ihm und himmelte ihn an, sah aus wie eine, die sich niemals gegen ihn auflehnen und die hier an Ort und Stelle auf ihn warten würde, bis er wiederkam – die genau das war, was er wollte. Die eben überhaupt nicht wie seine Schwester war, wurde Joel plötzlich klar, die nicht so handelte oder dachte wie Ness. Kurz: eine Frau, die The Blade ansah, wie Ness wohl nie einen Mann ansehen würde.

Joel musste mit einem Mal daran denken, wie oft The Blade ihm so voller Boshaftigkeit und Häme Grüße an seine Schwester aufgetragen hatte, und in all der Dunkelheit um ihn herum ging ihm plötzlich ein Licht auf. Aber dieser Lichtstrahl fühlte sich an wie ein Eiszapfen in seinem Herzen, und sein Glühen erhellte die Gesamtheit der Ereignisse in seinem Leben, die alle auf genau diesen Moment hingeführt hatten: Neal Wyatt, der dort im Wagen saß, der genau wusste, dass er dorthin gehörte. The Blade, der Arissa zeigte, wo der Hammer hing. Und Joel selbst als Betrachter dieser Szene, die ihm eine Botschaft vermittelte, die er von Anfang an hätte begreifen müssen.

Cal spielte keine Rolle. Joel spielte keine Rolle. Und letztlich spielten auch Neal und Arissa keine Rolle. Das mochten sie jetzt noch nicht wissen, aber sie würden es herausfinden, wenn sie ihre Funktion erfüllt hatten.

Was Joel als Nächstes tat, tat er in Anerkennung all der vielen Male, da Cal Hancock ihn vor The Blade gewarnt hatte. Er trat aus dem Hauseingang und ging auf den Wagen, auf The Blade und Arissa zu.

Er fragte: »Wo ist Cal?«

The Blade warf ihm einen Blick zu. »Joel«, sagte er. »Sieht ziemlich finster für dich aus, Mann.«

»Wo ist Cal?«, wiederholte Joel. »Was hast du mit ihm gemacht, Stanley?«

Mit einem Satz sprang Neal aus dem Auto heraus, aber The Blade hielt ihn mit einem Wink zurück. »Cal hat sich schon lang danach gesehnt, seine Familie wiederzuseh'n«, antwortete er. »Drüben in Jamaika. Die ganze Nacht Steelbands, Gras und Reggae. Und oben von seiner Wolke aus schaut der gute alte Bob Marley auf ihn herab. Cal hat was für mich getan, also hab ich was für ihn getan.« Er nickte in Neals Richtung, der gehorsam wieder in den Wagen stieg. Dann küsste er Arissa noch einmal und schubste sie in Richtung Haustür. »Sonst noch was, Joel?«

Es war hoffnungslos, aber Joel sagte es trotzdem: »Die weiße Frau ... Ich hab nich' ...« Er wusste nicht, wie er fortfahren sollte, und verstummte. Er wartete nur.

»Du has' *was* nich'?«, fragte The Blade ohne besonderes Interesse.

Der Moment der Entscheidung war gekommen, und Joel traf die einzige, die ihm offenstand. »Nich' so wichtig«, sagte er.

The Blade lächelte. »Dann belass es dabei.«

Als Nächstes kam das Phantombild, erstellt mithilfe des Aupair-Mädchens mit dem Abflussstampfer. Die Boulevardzeitungen erhöhten sie zur Heldin, breiteten ihr ganzes Leben aus und zeigten ihr Foto neben dem Phantombild des rothaarigen Killers, mit dem sie es aufgenommen hatte.

»Ist dies das Gesicht eines Mörders?«, titelte die *Daily Mail,* die Joel vor der Westbourne Park Station über den Bürgersteig flattern sah. Wie die meisten Phantombilder hatte auch dieses keine große Ähnlichkeit mit der gesuchten Person, doch der

Artikel besagte, dass die Computerbearbeitung des Videos nun abgeschlossen sei. Außerdem seien weitere Aufnahmen aus der U-Bahn-Station Sloane Square ausgewertet worden. Die Polizei habe brauchbare Bilder isolieren können. Scotland Yard habe angedeutet, eine Verhaftung stehe unmittelbar bevor, und zahllose Hinweise aus der Bevölkerung gingen bei der Hotline ein, die man extra für die Fahndung nach dem Mörder der Gattin eines der ihren eingerichtet hatte.

Joel war mit Toby in Meanwhile Gardens, als der Zugriff erfolgte. Sie waren an der Skate-Bowl, auf dem obersten und einfachsten Parcours, und Toby frohlockte ob der Tatsache, dass er das Gleichgewicht lange genug gehalten hatte, um von einer Seite zur anderen zu fahren, ohne zu fallen. »Guck mal!«, jubelte er, »guck mal, Joel«, als der erste Streifenwagen auf der Brücke über den Grand Union Canal langsamer wurde und dann anhielt. Ein zweiter stoppte an der Elkstone Road, gleich um die Ecke von der Kindertagesstätte, doch sichtbar genug, dass Majidah aufblickte, die Stirn runzelte und auf den Spielplatz hinausging, um sich zu vergewissern, dass den Kindern keine Gefahr drohte. Ein dritter Wagen parkte an der Ecke Elkstone und Great Western Road. Uniformierte Constables stiegen aus allen drei Fahrzeugen. Die Fahrer blieben hinter dem Steuer.

Sie näherten sich der Skate-Bowl. Joel beobachtete ihren Aufmarsch und kam zu dem Schluss, dass irgendjemand ihn von irgendwo aus beobachtet haben musste. Vielleicht war er die letzten Tage über beschattet worden, seit er mit The Blade gesprochen hatte. Und als der richtige Zeitpunkt gekommen schien, hatte die Person die Polizei angerufen. Und nun waren sie hier.

Der Constable aus dem Wagen an der Kindertagesstätte erreichte Joel als Erster. »Joel Campbell?«, fragte er, und Joel sagte zu seinem Bruder: »Tobe, geh nach Hause, okay?«

»Aber du hast gesagt, ich darf Skateboard fahr'n, und du guckst zu«, protestierte Toby erwartungsgemäß. »Weißte nich' mehr?«

»Das müssen wir später machen.«

»Komm mit, Junge«, sagte der Constable.

»Tobe? Schaffste's allein nach Hause?«, fragte Joel. »Wenn nich', bringt dich einer der Cops.«

»Aber ich will Skateboard fahr'n! Du hast es gesagt, Joel. Du hast's versprochen.«

»Ich muss aber mit dem Constable geh'n«, erklärte Joel. »Lauf heim.«

Der Beamte von der Brücke kam als Nächster. Er sagte, Toby solle mit ihm kommen. Joel glaubte, der Polizist wolle den kleinen Jungen nach Hause begleiten, obwohl es ja nur einen Katzensprung von der Skate-Bowl entfernt lag, und sagte: »Danke.« Dann folgte er dem ersten Constable zu seinem Wagen – den Kopf abgewandt, damit er die Frau nicht ansehen musste, die von der Kindertagesstätte aus zuschaute. Doch dann sah er, dass Toby keineswegs in Richtung Edenham Estate, sondern zur Brücke geführt wurde.

Joel blieb stehen. Die Kälte des Wintertages rieselte in seinen Kragen und umschloss seinen Hals wie eine Faust. »Wohin bring' die meinen Bruder?«, fragt er.

»Um den wird sich gekümmert«, versicherte der Constable.

»Aber ...«

»Du kommst mit mir. Steig in den Wagen!«

Joel unternahm einen sinnlosen Versuch kehrtzumachen. »Aber Tobe soll ...«

»Widersetz dich nicht, Junge.« Der Constable packte Joel am Arm.

»Aber meine Tante wird sich fragen ...«

»Komm jetzt.«

Der Fahrer des Streifenwagens war ausgestiegen und kam im Laufschritt auf sie zu. Er nahm Joels anderen Arm und drehte ihn dem Jungen auf den Rücken, zog wortlos ein Paar Handschellen hervor und legte sie ihm an. Dann zischte er Joel ins Ohr: »Du beschissener kleiner Mischlingsbastard«, und stieß ihn auf den Wagen zu.

»Immer mit der Ruhe, Jer«, mahnte der andere Beamte.

»Halt mir keine Vorträge«, entgegnete der Erste. »Mach die Tür auf!«

»Jer ...«

»Scheiße, mach die Tür auf!«

Der Kollege folgte dem Befehl. Joel spürte einen harten Stoß im Rücken, eine Hand drückte seinen Kopf nieder, und er wurde auf die Rückbank geschleudert. Krachend fiel die Tür zu. Als die beiden Beamten vorne einstiegen, spähte Joel aus dem Fenster, um nach Toby zu sehen.

Der Streifenwagen auf der Brücke war verschwunden. Die Skater in Meanwhile Gardens hatten innegehalten, um Joels Festnahme zu beobachten. Sie standen am Rand der Skate-Bowl aufgereiht, die Skateboards unterm Arm, und unterhielten sich aufgeregt, während der Streifenwagen anfuhr und in die Great Western Road einbog, um den kurzen Weg zur Wache an der Harrow Road zurückzulegen. Joel verdrehte den Kopf auf der Suche nach einem Gesicht in der Menge, dessen Ausdruck ihm verraten würde, wie es nun weiterging. Doch er sah kein Gesicht. Er sah lediglich den unabwendbaren Verlauf seiner Zukunft, die in dem Moment begonnen hatte, als der erste Constable seinen Arm packte.

Während der Streifenwagen über die Brücke fuhr, erkannte Joel jenseits des Parks die Rückseite von Kendras Haus. Er heftete den Blick darauf, so lange er konnte. Einen kurzen Moment später versperrten ihm die ersten Gebäude der Great Western Road die Sicht.

Kendra erfuhr es von Majidah. Die Pakistani fasste sich kurz bei ihrem Anruf im Laden, wo Kendra gerade eine afrikanische Flüchtlingsfrau in Begleitung eines älteren Mannes bediente. Drei Streifenwagen seien gekommen, berichtete Majidah. In zweien habe man Ness' Brüder weggebracht. Getrennt. Das Beunruhigende sei, fügte sie hinzu, dass einer der Constables dem älteren Jungen Handschellen angelegt habe.

Kendra nahm die Neuigkeiten schweigend auf. Sie wollte schnell den Verkauf von Tischlampen, Schuhen und einem gelben Essservice abschließen. »Danke. Verstehe. Ich weiß Ihren Anruf zu schätzen«, sagte sie in ihrem förmlichsten Englisch, sodass Majidah am anderen Ende der Leitung dachte: Meine Güte, kein Wunder, dass Kinder vom rechten Pfad abkamen, wenn die Erwachsenen in ihrem Leben eine Schreckensbotschaft ohne einen einzigen Ausruf des Entsetzens aufnahmen. So sehr sie sich in all ihren Jahren in London auch der westlichen Kultur angepasst haben mochte, wusste Majidah doch, sie hätte eine so schreckliche Nachricht nicht empfangen können, ohne sich nicht wenigstens die Haare zu raufen und die Kleider zu zerreißen, ehe sie ihre Kräfte mobilisierte, um etwas zu unternehmen. Also rief Majidah als Nächstes Fabia Bender an, doch das hätte sie sich sparen können. Das Räderwerk der Justiz war bereits in Gang, und Fabia Bender war schon vor Joel auf der Polizeiwache Harrow Road eingetroffen.

Nachdem ihre Kunden den Laden verlassen hatten und Kendra sich gestattete, Majidahs Neuigkeit in sich aufzunehmen, kam es ihr vor, als treibe sie wie ein Blatt im Wind. Sie kam nicht auf den Gedanken, dass diese Ereignisse im Zusammenhang mit einem Mordfall stehen könnten. Natürlich wusste sie von den Schüssen in Belgravia. Auf der Jagd nach immer neuen Sensationen hatten die Londoner Zeitungen schnell und einhellig beschlossen, dass die Ermordung einer Polizistengattin, die obendrein Countess war, jede andere Meldung überstrahlte. Kendra hatte die Zeitungsartikel gelesen und auch das Phantombild gesehen. Da es jedoch nur marginale Ähnlichkeit mit Joel hatte, kam sie nicht auf die Idee, es mit ihrem Neffen in Zusammenhang zu bringen. Außerdem war sie mit ganz anderen Dingen beschäftigt gewesen, vor allem mit Ness: was ihr in der Vergangenheit passiert war und was jetzt aus ihr werden sollte.

Und nun Joel. Kendra schloss den Laden ab und legte den kurzen Weg zum Polizeirevier zu Fuß zurück. In ihrer Hast ging sie ohne Mantel und Handtasche. Das Einzige, was sie dabeihatte, waren Forderungen, und diese stellte sie dem diensthabenden Constable in dem winzigen Empfangsbereich, wo ein

Schwarzes Brett Lösungen für alle Lebenslagen bot, angefangen von Einbruchssicherung, Nachbarschaftswachen, Trickbetrügern und Verhaltensregeln für diejenigen, die nach Einbruch der Dunkelheit noch draußen unterwegs waren.

»Ihre Kollegen haben meine Neffen einkassiert«, erklärte sie. »Wo sind sie? Was geht hier vor?«

Der Constable – ein Möchtegern-Gangsterjäger, dazu verurteilt, genau das sein Leben lang zu bleiben – musterte Kendra von Kopf bis Fuß, sah eine Frau vor sich, die mehr schwarz als weiß war, mit einem figurbetonten marineblauen Rock und einer gewissen Ausstrahlung. Diese Person, war er überzeugt, hatte ihre Forderungen an ihn eine ordentliche Portion zu hochnäsig formuliert, wo es ihr doch besser angestanden hätte, ihm respektvoll zu begegnen. Er wies sie an, Platz zu nehmen. Er werde sich ihrer annehmen, wenn er so weit sei.

»Wir reden hier über einen zwölfjährigen Jungen«, sagte sie. »Und einen achtjährigen. Mindestens einer von beiden wurde hierhergebracht. Ich will wissen, wieso.«

Er antwortete nicht.

»Ich will meinen Neffen sehen. Und wohin hat man seinen Bruder gebracht, wenn er nicht hier ist? Ihr könnt nicht einfach Kinder von der Straße holen und …«

»Nehmen Sie Platz, Madam«, befahl der Constable. »Ich kümmere mich um Sie, wenn ich so weit bin. Was daran finden Sie so schwer zu verstehen? Muss ich einen Kollegen von da drinnen holen, um Ihnen das zu erklären? Kann ich machen. Sie könnten sich selbst in einem Verhörzimmer wiederfinden.«

Es war das Wort »selbst«, das ihr sagte, was sie wissen musste. »Was hat er getan?«, fragte sie heiser. »Sagen Sie mir, was er getan hat.«

Der Constable wusste es natürlich. Jeder in der Dienststelle wusste das, und in ihren Augen war es ein so ungeheuerliches Verbrechen, dass es gar keine ausreichende Strafe dafür gab. Einer von ihnen war angegriffen worden, durch einen Anschlag auf seine Frau, und dieses Verbrechen musste gesühnt werden.

Beim Gedanken an die Ereignisse in Belgravia begann das Blut in den Adern der Beamtinnen und Beamten zu kochen. Und kochendes Blut weckte das Bedürfnis zuzuschlagen.

Der Constable zückte einen Abzug des bearbeiteten Fotos aus der Überwachungskamera an der Cadogan Lane, das jetzt in jeder Polizeiwache der Stadt hing, und schob es Kendra hin.

»Die Kollegen reden mit dem kleinen Scheißer über diese Sache hier«, erklärte er. »Setzen Sie sich hin, und halten Sie die Klappe, oder hauen Sie ab!«

Kendra erkannte Joel zweifelsfrei wieder. Das krause, in alle Richtungen abstehende Haar und die münzgroßen Pigmentflecken im Gesicht waren unverkennbar – genau wie sein Ausdruck, der dem eines Tieres im Scheinwerferlicht eines heranrasenden Autos glich. Kendra fragte nicht, wo diese Aufnahme entstanden war. Plötzlich wusste sie es. Sie drückte das Foto an die Brust und senkte den Kopf.

28

Im Verhörzimmer waren die Dinge dieses Mal ganz anders, und Joel wusste, er stand an einem Scheideweg. Zuerst wurde er gar nicht befragt. Stundenlang saß er einfach nur da, abwechselnd in Anwesenheit von Sergeant Starr und Fabia Bender, dann mit einer Beamtin, die die anderen beiden Sherry nannten. Die Pflichtverteidigerin mit dem strähnigen blonden Haar war diesmal nicht dabei. »Ich werde die Rolle übernehmen, wenn es so weit ist«, hatte Fabia Joel versprochen. Aber der große Kassettenrekorder stand immer noch da, und er wartete nur darauf, eingeschaltet zu werden. Doch niemand drückte den entsprechenden Knopf, und niemand sagte etwas. Nicht ein einziges Wort. Stattdessen kamen sie, saßen schweigend da und gingen wieder. Sie warteten bestimmt noch auf die Ankunft von irgendjemandem, sagte Joel sich, aber ihr Schweigen zermürbte ihn, bis seine Knochen sich wie Gummi anfühlten.

Ihm war längst klar, dass dieser Aufenthalt im Verhörzimmer der Polizeiwache ganz anders ausgehen würde als der erste. Sein letzter Wortwechsel mit The Blade legte diesen Schluss nahe. In dem Moment hatte er sich endlich als das erkannt, was er die ganze Zeit schon gewesen war: eine Marionette in einem Rachedrama – in einem Drama, dessen Plot er nicht verstanden hatte, bis zu jener Unterhaltung mit Stanley Hynds, als Neal Wyatt in der Nähe lauerte und zweifellos auf weitere Belohnungen für das wartete, was er für The Blade zustande gebracht hatte.

Joel erkannte die Details nur unvollständig. Manche Dinge wusste er mit Gewissheit, andere ahnte er nur intuitiv.

Ein großer Spiegel hing dem Tisch gegenüber, an dem er saß. Joel wusste, dass es sich um einen Einwegspiegel handelte. So etwas hatte er in Kriminalfilmen im Fernsehen gesehen. Er nahm an, dass auf der anderen Seite Menschen gekommen und gegangen waren, die ihn betrachtet und darauf gewartet hatten, dass er mit irgendeinem Zeichen seine Schuld eingestand, und er bemühte sich, dieses Zeichen nicht zu geben, wenngleich er nicht wusste, was es war.

Er vermutete, dass die Leute ihn aus der Fassung bringen wollten, indem sie ihn so lange warten ließen. Damit hatte er nicht gerechnet, und er vertrieb sich die Zeit damit, seine Hände zu studieren. Die Handschellen waren ihm abgenommen worden, und er rieb sich die Gelenke. Auch wenn keine sichtbaren Spuren zurückgeblieben waren, konnte er den Druck und das Scheuern immer noch spüren, durch die Haut bis auf die Knochen. Man hatte ihm ein Sandwich versprochen und eine Dose Cola gebracht. Um die Dose legte er jetzt seine Hände und versuchte, an irgendetwas Schönes zu denken, nur nicht daran, wo er war und was als Nächstes passieren würde. Doch er schaffte es nicht.

Was hatten sie schon gegen ihn in der Hand?, fragte er sich. Ein Überwachungsvideo, sonst nichts. Ein Phantombild, das ihm kein bisschen ähnlich sah.

Und was hatten ein Video und ein Phantombild schon zu bedeuten? Dass irgendjemand, der ein bisschen wie Joel Campbell aussah, eine Straße entlanggegangen war, und das zufällig unweit der Stelle in Belgravia, wo eine weiße Dame angeschossen worden war.

Das war's. Mehr hatten sie nicht in der Hand. Schwarz und Weiß. Alpha und Omega.

Doch im Grunde wusste Joel es besser. Das Au-pair-Mädchen, das ihm ins Gesicht gesehen hatte. Die alte Frau, die ihren Corgi Gassi führte – gleich um die Ecke von der Stelle, wo der Schuss gefallen war. Seine Strickmütze, die er in einem der Gärten, durch die sie geflüchtet waren, hatte zurücklassen müssen. Die Pistole, die sie unterwegs verloren hatten. Sobald die Polizei die Waffe fand, was früher oder später passieren musste – falls sie sie nicht längst hatten –, würden sie die Fingerabdrücke darauf sicherstellen. Es waren nur Joels Abdrücke auf der Waffe, und das bereits von dem Moment an, da The Blade die Pistole abgewischt und ihm überreicht hatte, frisch wie ein neugeborenes und gebadetes Baby.

Das Bild eines neugeborenen und gebadeten Babys erinnerte Joel an das Baby der Dame. Sie hatten nicht gewusst, dass sie schwanger war – wenn sie das auch nur geahnt hätten, wären sie niemals ... *Niemals!* Alles, was sie getan hatten, redete er sich ein, war, in dieser noblen, schicken Straße mit den noblen, schicken Häusern auf den Erstbesten zu warten, der vorbeikam. Das war alles. Joel hatte nicht gewollt, dass sie starb. Er hatte nicht gewollt, dass überhaupt geschossen wurde.

Doch der Schuss auf diese Frau – die Ehefrau eines Scotland-Yard-Detectives, schwanger, auf dem Heimweg von einem Einkaufsbummel, jetzt im Krankenhaus und an lebenserhaltende Maschinen angeschlossen – war zum Dreh- und Angelpunkt in Joels Leben geworden. Er befand sich in einer prekären und gefährlichen Lage, konnte jeden Moment in diese oder jene Richtung abgleiten. Cal Hancock und nicht er hatte den Schuss abgegeben, und eigentlich musste er nur dessen Namen nennen. Und noch einen weiteren Namen.

Während er im Verhörzimmer saß und wartete, dachte er darüber nach, was mit zwölfjährigen Jungen geschah, die zur falschen Zeit in der falschen Gesellschaft am denkbar schlechtesten Ort waren. Ganz sicher steckte man sie nicht ins Gefängnis. Man schickte sie weg, in irgendein Erziehungsheim für Jungen, und dort behielt man sie eine Zeit lang, bis man sie wieder nach Hause entließ. War das Verbrechen schrecklich genug, brachten die Behörden sie nach der Entlassung an einen anderen Ort und gaben ihnen eine neue Identität, damit sie die Chance auf eine Zukunft hatten – eine Option, dachte Joel, die er wählen konnte, wenn er das wollte. Er hatte ja keine Ahnung gehabt, was an jenem Tag in Belgravia passieren sollte: Auch das konnte er ihnen sagen. Er hatte an dem Nachmittag einfach mit diesem Cal Hancock rumgehangen, und sie seien zur U-Bahn gegangen und mit der Circle Line gefahren, bis sie irgendwo ausgestiegen waren, wo es schien, sie könnten ...

Was?, überlegte er. Jemanden überfallen, war der nahe liegende Schluss, und Joel wusste, er würde das in seiner Aussage letztlich einräumen müssen.

Er würde ihnen sagen, sie hätten durchaus beabsichtigt, eine reiche Lady zu überfallen, wenn sie eine finden konnten, aber mitten in diesem Überfall sei auf einmal alles schiefgegangen. Cal Hancock habe die Waffe gezogen, um die Frau zu erschrecken, und plötzlich habe sich der Schuss gelöst. Nichts davon hatte passieren *sollen,* nichts davon war geplant gewesen.

Während er da im Verhörzimmer saß und das Warten und die Stille immer schwerer auf ihm lasteten, gelangte Joel so zu dem Schluss, dass er nur Cal Hancocks Namen nennen musste, um seine eigene Freilassung herbeizuführen. *Ich war mit einem Typen namens Cal Hancock zusammen.* Neun Wörter, und das wäre schon alles. Der wahre Schuldige wäre genannt, jemand, der alt genug war, dass man ihn lebenslänglich ins Gefängnis werfen konnte, wo er schließlich auch mindestens zwanzig Jahre bleiben würde. Neun Wörter. Nur neun Wörter. Das war alles.

Aber tief im Innern und trotz dieser hoffnungsvollen Gedanken, die wie Gummibälle durch Joels Schädel schossen, wusste er doch, dass er niemanden anschwärzen konnte. Und dass jeder Polizeibeamte sich darüber ebenfalls im Klaren war. Genau wie The Blade. Es ging einfach nicht. Wer jemanden verpfiff, war erledigt, ebenso wie jeder andere auch, der mit seinem Leben in Berührung stand.

Das hieß: Toby. Denn mit Ness – und es war ein langer, schmerzvoller Weg für Joel gewesen, das zu erkennen – waren sie schon fertig.

Joel spürte eine harte Blase in sich aufsteigen, die wuchs und von seinen Eingeweiden aufwärts in seine Kehle wanderte. Dort wollte sie mit einem Schluchzen aus ihm herausplatzen, aber er wollte sie nicht herauslassen, konnte nicht, musste es um jeden Preis verhindern. Er verschränkte die Arme auf dem Tisch und bettete den Kopf darauf.

»Wo ist Toby?«, flüsterte er.

»Er ist in Sicherheit«, erwiderte die Beamtin namens Sherry.

»Was heißt das? Wo ist Tante Ken?«

Er bekam keine Antwort. In der Stille fand Joel die Antwort selbst: Toby war in die Fänge des Sozialamts geraten – er war jetzt an diesem unausdenklichen Ort, wo Kinder im Rachen eines Systems verschwanden und dann vergessen wurden. Nachdem eines der Campbell-Kinder wegen Körperverletzung weggesperrt worden und ein zweites in eine Schießerei mit Todesfolge verwickelt war, waren die Polizei, das Jugendamt und überhaupt jeder, der einigermaßen klar denken konnte, zu dem Schluss gekommen, dass der Haushalt von Kendra Osborne kein geeigneter Aufenthaltsort für einen Heranwachsenden war.

Joel wollte nach Fabia Bender verlangen, um ihr zu erklären, dass dem nicht so wäre. Sie sollte wissen, dass nichts von dem, was passiert war, zulasten seiner Tante ging. Dass es an jemand anderem gelegen habe und an den Umständen. Aber das konnte er nicht.

Alles, was sich in seinem Kopf abspielte, war eine Serie von Bildern. Wenn er die Augen schloss, schien es, als würden sie vor seine Lider projiziert, und selbst mit geöffneten Augen konnte er sie noch sehen: Er sah seinen Vater, der auf offener Straße am helllichten Tag erschossen wurde. Seine Mutter, die den kleinen Toby aus dem Fenster im dritten Stock hielt. Neal Wyatt, der ihm in Meanwhile Gardens auflauerte. Glory, die nach Jamaika flog. Die eisigen Nächte auf dem Kensal-Green-Friedhof – und Cal, der versucht hatte, ihn davor zu warnen, sich mit The Blade einzulassen. George Gilbert und seine Kumpel, die sich hinter verschlossenen Türen über Ness hermachten. Toby auf dem brennenden Boot …

Es war zu viel, um darüber nachzudenken, und es gab nicht genug Worte, um all diese Dinge zu erklären, ohne dass er am Ende jemanden anschwärzte. Wenn man einfach gar nichts sagte, hatte man die Chance zu überleben. Sagte man einen Namen, starb man Stück für Stück.

Also redete Joel sich ein, dass The Blade ihm zu Hilfe kommen würde. Das hatte er schließlich schon einmal getan. Als Joel für den versuchten Überfall auf die Pakistani an der Portobello Road festgenommen worden war, hatte The Blade einen Anruf getätigt. Da war es doch naheliegend, dass er jetzt einen ähnlichen Anruf tätigen würde. Aber irgendjemand hatte auch mit nur einem Anruf die Polizei nach Meanwhile Gardens gelockt. Und die Polizei hatte ihn dort aufgegabelt.

Eine Hand wäscht die andere.

Joel kniff die Augen so fest zusammen, dass er Sterne hätte sehen müssen, doch er sah nur weitere Bilder. Er schluckte mühsam, und das Geräusch, das er dabei verursachte, kam ihm vor wie ein Urknall, der Schockwellen durch den Raum sandte. Die Beamtin legte ihm eine Hand auf den Rücken. Er versuchte, der Berührung ein wenig Trost abzugewinnen.

Aber sie war nicht tröstlich gemeint. Die Beamtin sagte seinen Namen. Joel verstand, dass er aufschauen sollte.

Er hob den Kopf. Drei weitere Personen hatten das Verhörzimmer betreten, während die Gedanken in seinem Kopf sich überschlugen. Fabia Bender war eine davon. Die anderen beiden waren ein großer Schwarzer in einem dunklen Anzug, der eine Narbe auf der Wange trug, und eine untersetzte Frau in einer gesteppten Daunenjacke, die aussah, als stammte sie aus der Kleiderspende. Die beiden starrten Joel an, ohne dass ihre Gesichter irgendetwas preisgegeben hätten. Joel vermutete, es seien Zivilpolizisten wie Sergeant Starr, und das waren sie auch: Winston Nkata und Barbara Havers von New Scotland Yard.

»Danke, Sherry«, sagte Fabia Bender zu der Beamtin, die daraufhin den Raum verließ. Fabia nahm den Platz an Joels Seite ein, während der große Schwarze und die untersetzte Frau sich auf die beiden Stühle ihnen gegenüber setzten. Sergeant Starr, berichtete Fabia Bender, hole Joel eben noch ein Sandwich. »Du hast sicher Hunger. Und du bist sicher auch müde. Wenn du willst, kann das hier ganz schnell vorbei sein.«

Dann ergriff der große Mann das Wort. Während er sprach,

hielt seine Begleiterin den versteinerten Blick unverwandt auf Joel gerichtet. Der Junge spürte ihre Feindseligkeit. Die Frau machte ihm Angst, obwohl sie nicht einmal besonders groß war.

Der Mann hatte eine Stimme, in der Afrika, Südlondon und die Karibik zusammenflossen. Er klang streng und sicher. »Joel, du hast die Frau eines Polizisten ermordet«, sagte er. »Weißt du das? Wir haben eine Waffe in der Nähe des Tatorts gefunden. Es wird sich herausstellen, dass deine Fingerabdrücke darauf sind. Die ballistische Untersuchung wird ergeben, dass es die Tatwaffe ist. Eine Überwachungskamera hat dich zur fraglichen Zeit in Tatortnähe aufgenommen. Dich und einen anderen. Was hast du zu sagen, Bruder?«

Es schien keine Antwort zu geben. Joel dachte an das Sandwich und an Sergeant Starr. Er war hungriger, als sie sich vorstellen konnten.

»Wir wollen einen Namen«, schob Winston Nkata nach.

»Wir wissen, dass du nicht allein warst«, fügte Havers hinzu.

Ein einzelnes Nicken. Nichts sonst. Er nickte nicht, um den Beamten zuzustimmen, sondern weil er wusste, dass das, was als Nächstes geschehen würde, ihm schon lange vorherbestimmt war – von einer Welt, in der er sich bewegte und die sich niemals änderte.

Danksagungen

Ein großes Dankeschön an meine Schriftstellerkollegin Courttia Newland in London, deren Berichte über Ladbroke Grove, West Kilburn, North Kensington und die dortigen Hochhaussiedlungen sich als unschätzbar für die Arbeit an diesem Roman und seinem Vorgänger, *Wo kein Zeuge ist,* erwiesen haben. Ich danke Betty Armstrong-Rossner von der Holland Park School, die mir ihre Zeit geschenkt und nach meinem Besuch meine Fragen per E-Mail beantwortet hat. Wie immer bin ich Swati Gamble von Hodder & Stoughton zu so tiefem Dank verpflichtet, dass ich nie hoffen kann, diese Schuld an Freundlichkeit und Großzügigkeit zu begleichen.

In den USA muss ich – leider zum letzten Mal – meiner wunderbaren Assistentin Dannielle Azoulay danken, die durch nichts dazu zu überreden war, mit mir in den Nordwesten zu ziehen. Ich danke meinem Mann Thomas McCabe für die unermüdliche Unterstützung bei der enormen Anstrengung, die ein Projekt dieser Art erfordert; meiner langjährigen Testleserin Susan Berner für ihre frühen Kommentare zur zweiten Fassung dieses Romans; meiner Lektorin bei HarperCollins, Carolyn Marino, und meiner Lektorin bei Hodder & Stoughton, Sue Fletcher, für ihre Begeisterung für die Idee, den Mord an Helen Lynley aus einem völlig neuen Blickwinkel zu betrachten; und meinem Literaturagenten Robert Gottlieb, der seinen Job so gut macht, dass er mir ermöglicht, den meinen zu machen.

Als Amerikanerin, die einen Roman über London schreibt, habe ich in diesen Seiten bestimmt den einen oder anderen Fehler gemacht. Diese Irrtümer habe ich selbst verschuldet und nicht diejenigen, die mir geholfen haben.

Seattle, Washington

12. Dezember 2005